教育部哲学社会科学研究后期资助项目

受浙江大学文科高水平学术著作出版基金

中央高校基本科研业务费专项资金资助

主　编　吴秀明
本册主编　南志刚

中国当代文学史料丛书

通俗文学
史料卷

ZHEJIANG UNIVERSITY PRESS
浙江大学出版社

总　序

吴秀明

　　如果将 1949 年中华人民共和国成立看作是当代文学的一个起点,那么当代文学迄今为止已走过风雨坎坷的六十余年历程。六十一甲子,苍黄一瞬间。在回顾和反思这段两倍于现代文学时长的历史时,愈来愈多的人开始认识到当代文学学科构建及其研究"历史化"问题的重要性。而学科构建和"历史化",就有一个文学史料的问题,也离不开文学史料的支撑。

　　众所周知,文学史料是学科构建和学术研究的基础,也是中国传统朴学和西方实证主义的精髓所在。文学史料意识有无确立以及实践的程度如何,不仅直接关系到研究的客观公允与否,而且在学术创新和学科建设中都占有举足轻重的位置。有时候一条史料的发现,可以推翻一个结论。因此,文学史料问题历来受到学界的高度重视,它也成为一门学科成熟的重要标志之一。古代文学研究之所以具有相对较恒定的学术水准,重要原因即此;五四和民国时期的一批学人如胡适、鲁迅、顾颉刚、郭沫若、陈寅恪、陈垣、郑振铎、闻一多、俞平伯以及嗣后现代文学领域的王瑶、唐弢等,之所以为我们留下了带有碑石性质的重要学术成果,也可从中找到解释。

　　应该承认,由于社会历史环境的制约和"贵古贱今"学术观念的影响,当代文学领域长期盛行的是"以论代史"、"以论带史"的研究理路;轻史料重阐释,将研究(包括立论和论证)建立在日新月异的"观念创新"而不是客观实在的文献史料的基础上,已成为主导这个学科的基本取向。这样一种研究理路在学科发展的某一特定阶段——如 20 世纪 80 年代即人们通常所说的"新时期",或许在所难免,且具有某种历史的必然性和深刻的合理性。因为那时刚走出"文革",累积的问题实在太多,思想观念的封闭、僵化和滞后问题显得很突出。所以在此情形之下,人们才高度重视并彰显思想观念的解放,并将其当作时代的中心任务;而思想观念的解放,它的确也给当代文学学科的确立和发展提供了很好的契机和重要的精神动力。但不必讳言,这样一种与文献史料"不及物"的研究及其空疏的学风,它本身是有问题的。一俟进入 90 年代,当人文知识分子由"广场"返回"岗位",其所存在的"思想过剩"和"理论泛滥"问题就显得更加突出。为什么当代文学研究领域中热点不断,却往往旋生旋灭,很快被历史所抛弃?为什么不少著述率性而为,无章可循,其研究往往变成无征可信的个人哲思冥想?对史料的漠视,不能不说是其中的一个"脆弱的软肋"。这也从侧面反映当代文学研究的浮躁和学科的不成熟。

针对上述这种状况,我认为在当前有必要强调和提出"当代文学史料学"问题,并藉此呼吁在这方面应该师法古代文学,从它那里寻找和借鉴有关的学术资源。王瑶先生早在1979年谈到"必须对史料进行严格的鉴别"时,就指出"在古典文学的研究中,我们有一套大家所熟悉的整理和鉴别文献史料的学问,版本,目录,辨伪,辑佚,都是研究者必须掌握或进行的工作"①。以后,马良春、樊骏、朱金顺等还对此作过更专门深入细致的探讨,提出了一系列很好的建议。② 最近几年,现代文学领域接连召开数次颇具规模和影响的学术研讨会,更是形成了一股不可小觑的"新思潮"。所有这些,对当代文学无疑是一个挑战,同时也为它提供了一个很好的参照。我们不赞同在当代文学研究中生搬硬套古代文学、现代文学史料的标准,却主张和倡扬从它们那里吸纳长期以来形成的、行之有效的学术规范和治学之道。已逾"甲子"的当代文学不是很年轻了,它留下了较之过去任何时代更为丰富复杂且永无止境的文学史料;其中有的还可堪称为"活态的文学史料",它留存在不少当代文学亲历者身上。而这些人因年事渐高,加上其他各种因素,不少史料实际处于随时可能湮灭的紧迫状态,可以说,抢救当代文学史料的工作已刻不容缓。

大量事实表明:目前,当代文学研究又处在一个重要的"十字路口",如何将"思想"与"事实"、"阐释"与"实证"融会贯通,从根本上改变上述所说的"思想过剩"和"理论泛滥"的弊病,这是一个需要我们严肃认真对待的问题。而从学科的角度讲,随着研究工作的深入,也是鉴于以往的经验教训,不少当代文学研究者已逐渐意识到单纯依靠或引进某种理论"漂浮物"是远远不够的,离开了真实可信的史料,正如恩格斯早就批判过的,这样研究所得的"历史至多不过是一部供哲学家使用的例证和插图的汇集罢了"③。其最终的结果,则不可避免地使"历史本质将被阉割,她的科学价值便不复存在,学科生命也随之窒息"④。

正是从这个意义上,我认为,"理论阐释"尽管在现实和未来的当代文学研究中仍将发挥它的重要作用,作为一种治学的方法和理念,它与"史料实证"之间的关系也不一定如我们想象的那样水火不能相容;但是就目前当代文学学科建设和研究现状来看,我们不得不对后者投以更多的关注,并认为它应从原来比较单一的"崇拜意义"或比较抽象的价值衡估的范式中走出来,向着包括"史料实证"在内的更加多元立体、更加开放宏阔的天地挺进,并把尊重历史客体、重视实证作为治学的基础,置于首位,在研究的思路、格局、向度和方法上进行一次带有革命性意义的重要调整。显然,这种调整对当代文学学

---

① 王瑶:《关于中国现代文学研究工作的随想》,《中国现代文学研究丛刊》1980年第4期。

② 马良春:《关于建立中国现代文学"史料学"的建议》,《中国现代文学研究丛刊》1985年第1期;樊骏:《这是一项宏大的系统工程——关于中国现代文学史料工作的总体考察》,《新文学史料》1989年第1、4期;朱金顺:《新文学资料引论》,北京语言学院出版社1986年版。

③ 《路德维希·费尔巴哈和德国古典哲学的终结》,《马克思恩格斯选集》第4卷,人民出版社1972年版,第225页。

④ 《文学评论·编后记》,《文学评论》2006年第6期。

科及其研究来说,不是个别局部和枝节的修残补缺,而是带有整体全局性质的一次重要的"战略转移"。它所内含的意义,不亚于 20 世纪八九十年代耳熟能详的"重写文学史"运动——如果说"重写文学史"运动所体现的"观念创新"是当代文学研究的一次意义重大的"战略转移",那么现在提出并强调对史料的重视则可说是研究的又一次重要的"战略转移",它表明当代文学研究在经过十余年的酝酿积蓄后,又进入一个新的历史阶段,正面临着一种新的、艰难而又美丽的蜕变,有望在整体学术水平和层次上有一个大的提升。

当然,这样说并无意于否认我们在这方面所取得的成绩。应当看到,60 多年来特别是近 30 年来,我们也陆续出版了一些文学资料,包括 20 世纪 80 年代由茅盾作序、众多大专院校合作编撰的《中国当代文学研究资料丛书》(现已出版近 80 种),也包括新世纪由孔范今等人主编的《中国新时期文学研究资料汇编》、洪子诚主编的《中国当代文学史·史料选》、路文彬主编的《中国当代文学史料文论选》、吴秀明主编的《中国现当代文学作品与史料选》(当代文学卷)等。但毋庸讳言,其存在的问题是突出的,也相当严峻:一、尚未普遍形成文学史料的自觉意识,崇拜理论、迷信主义而轻视史料仍有相当的市场;二、有关的文学史料工作,迄今基本停留在收集、整理和汇编的层次,且比较简单和零碎,明显滞后于研究,真正的研究似尚未有力地展开。

已有研究者注意到,当代文学史料尽管散落在各类图书馆、档案馆、纪念馆和各种杂志、文集、选本以及大量的拷贝、影像资料中,它们与当代近距离乃至零距离以及与政治几乎处于同构的存在,给我们的搜集、鉴定和整理带来为古代文学、现代文学所没有或鲜有的不少麻烦。这在一定程度上影响和降低了人们对它的积极投入,并由此及彼影响了对研究对象更加准确的把握。但正如福柯所说的,吊诡的是,这些历史档案并非如人们想象中的杂乱无章,那些看似混乱的资料堆积,其实就是一种有意图的历史分析。从本质上讲,史料的搜集、整理和编选就是建立在对历史"还原"基础上的一种再叙述,一种重返历史现场的再努力。所以,当研究者通过自己的搜罗爬剔的艰苦努力,从着重"观念创新"转向重视"史料证实",将过去被隐匿或遮蔽的材料重新发掘、整理并公之于众,他实际上已越过官方或主流所设定的界限,不仅恢复了非主流话语和声音的旺盛生命力,而且有效地"拓宽当代文学的视域,重新梳理当代文学的历史线索,使当代文学的研究不再是对现代政党的真理性及文艺政策的研究,而是可以放在 20 世纪中国革命多重的历史抉择,放在全球性左翼文化的总体格局之中,客观和重新检讨当代文学的历史贡献及其教训,这样的研究在今天不仅不是梦想,不是虚拟的现在,而成为一种可能"①。这也说明当代文学史料校注、辨伪、辑佚、考订、整理、编纂,并非是简单的剪刀加糨糊的纯粹技术性工作,它内在地体现了编者的史识及其重构历史的动机。

当然,今天谈当代文学史料问题,不能满足于一般的呼吁,而应该在全面清理和总结既有成绩的基础上有一个整体通盘的考虑和实施计划。史料搜集、整理和编选不同

---

① 程光炜:《"新时期文学"的再叙述》,《文艺报》2006 年 10 月 28 日;同时参考程光炜:《文学想象与文学国家——中国当代文学研究(1949—1976)》,河南大学出版社 2005 年版,第 185 页。

于通常的个体化的学术研究,它相对比较适合于"集体合作";而当代文学史料量大面广、丰富复杂的存在,也需要动员更多的有志者共同参与,需要投入很多的人力和物力,才有可能完成。当代文学史料与古代文学、现代文学史料之间有共同性,也有自己的独特之处。这里所说的独特,从纵向来看,大致可分"政治中心时代"和"经济中心时代"两个阶段;而从横向来看,大体则又分为两种不同的情况或曰两种不同的存在方式:

(一)一种当代文学史料,随着时间的推移,特别是政治意识形态的日趋松动和开放,虽未至禁忌尽除,却陆续公开或披露,它事实上已为学界所广泛接受,并对当代文学研究产生了影响甚至深刻的影响。这里包括官方、半官方的,也包括民间的。如中共中央党史研究室历经十六年编写的《中国共产党历史》、《杨尚昆谈新中国若干历史问题》、薄一波的《若干历史重大决策与事件的回顾》、胡乔木的《胡乔木回忆毛泽东》、李锐的《大跃进亲历记》、李之琏的《共和国重大事件决策实录》、周扬的《答记者问》、张光年的《文坛回春纪事》、王蒙的《王蒙自传》、邓力群的《邓力群自述》(未刊)、贾漫的《诗人贺敬之》、梅志的《胡风传》、周良沛的《丁玲传》、朱正的《1957年的夏季:从百家争鸣到两家争鸣》、韦君宜的《思痛录》、涂光群的《五十年文坛亲历记》、邵燕祥的《人生败笔——一个灭顶者的挣扎实录》、陈为人的《唐达成文坛风雨五十年》、郭小惠等的《检讨书:诗人郭小川在政治运动中的另类文字》、聂绀弩的《脚印》、廖亦武的《沉沦的圣殿》,等等。前者(即官方、半官方的),由于出自政要亲笔或其子女亲属之手,带有政治解密的特点,不仅在"浮出地表"之初的当时格外引人瞩目(初披露时还带有某种震惊的效果),而且对当时乃至于今的文学研究和文学史写作产生深刻的影响。后者(即民间的),最具代表性的,恐怕要数被文学史家挖掘并命名的"潜在写作",这一带有个性化的概念尽管有不同的看法,但它的源于史料的提出的确扩大了文学研究的内涵和外延,为当代文学及文学史研究拓展了空间。当然反过来,概念本身也富有意味地照亮和激活了史料的收集、整理和阐释,这是一个双向互动的过程。① 此类史料主要集中于"十七年"、"文革"两个阶段,它很好地起到了"记录着特定时期现代作家的生存状态和心理状态,怎样想、怎样说、怎样做的思维方式、语言方式和行为方式"的作用。② 这也从一个侧面反映和说明这两个阶段文学政治化的特点尤为突出,文学在生成、传播和接受的过程中,它备受政治意识形态乃至政治权力的干预;而与之相对应,文学在备受干预的同时,也遭到了来自作家和民间或显或隐的抵制。

(二)还有一种当代文学史料,广泛存在于各类档案馆、出版物、图像音响资料,包括自传、回忆录、书信、日记、手稿、报告、讲话、批示、访问、传说、口述、录像、录音、实物、照片之中,它与版本学、目录学、图书情报学、文物博物馆学、新闻传播学、计算机以及现实的政治、历史、经济、文化等连结在一起,牵涉收集、整理、编写、保管、出版、传播等各个环节,形成一个非常复杂的系统。但由于诸多原因,有的露出"冰山的一角",有的沉潜或半沉潜于历史深处尚未跃出水面,若明若暗;即使初露端倪,也有很多不确定,还留下大片

---

① "潜在写作"的文学史料及其相关情况,可参见刘志荣的《潜在写作1949—1976》,复旦大学出版社2007年版。

② 邵燕祥:《人生败笔》,河南人民出版社1997年版,第2页。

空白,需要进行鉴别、整理和拓展。应该说,当代文学史料的存在,更多是属于这种情况。它也是构成目前我们进行文学史料研究的主体和主要内容。有关这方面,笔者十年前在与人合写的一篇文章中曾将其归纳为八个方面、六种表现,并认为它在搜集、发掘和整理上存在六大困难。①　这里恕不赘述。需要强调和补充的是,在所有这些文学史料中,与重大政治事件关涉的文学史料的搜集相对最难也较为棘手,也许现在它还不具备足够的条件,还没有到"把历史的内容还给历史"的时候,其中有的甚至长久封存在具有保密性质的档案馆,不会向公众开放。但这不应成为我们裹足不前、消极等待的理由。相反,它应成为激发我们学术探秘的内在动力。当代文学史料在当下的意义,最具意味和价值的也许就在于此。它的可行性和可能性,也只有作这样理解,才比较切实。

　　本丛书编选始于 2010 年,目的是想通过努力,为广大文学研究者提供第一手的史料,为当代文学学科建设做点实实在在的基础性的工作,同时也为构建"当代文学史料学"作必要的准备。本丛书编选,主要强调史料的立体多维及其自身的独立价值,因此,进入我们视野的,除代表性或权威性论文外,颇多的是有关的文件决议、讲话报告、书信日记、思潮动态、会议综述、社会调查、国外(海外)信息等泛文本史料。这也是我们这套丛书的独特之处,它可藉此将我们的思维视野投向被一般文学史所忽略了的更隐秘然而往往对文学更有决定性作用的细枝末节,包括具有"中国特色"的一体化体制,从这个角度对当代文学史料进行全面系统而又富有意味的梳理和呈现。当代文学在六十多年行进过程中,自身的确已累积了相当丰沛的史料。为了回应历史,也为了现实及未来发展的需要,现在是可以而且应该考虑"史料学"的问题了,有必要编选一套与其丰富存在相谐的、有特色的大型史料丛书。这也是时代赋予我们的一种责任。

　　迄今为止的文学史料基本都是按照"作家或文体"的思路进行编纂的,本丛书基于对当代文学史料的理解,当然也是为了打破这种传统的编纂思路和范式,有意在这方面进行尝试和探索,选择了"公共性文学史料"、"私人性文学史料"、"民间与'地下'文学史料"、"台港澳文学史料"、"影视与口述文学史料"、"文代会等重要会议史料"、"文学期刊、社团与流派史料"、"通俗文学史料"、"戏改与'样板戏'史料"、"文学评奖史料"、"文学史与学科史料"等 11 个契入点,也就是 11 册,用这样一种带有"主题或专题"性质的体例来编纂当代文学史料。因为是尝试和探索,缺少更多的成功经验的借鉴,也限于自身的视野和学识,肯定存在不少问题或缺憾疏漏之处,包括史料的来源可靠性与内容真实性,史料的内涵与外延,史料的层次与结构,乃至史料的分类,等等。事实上,在整个编纂的过程中,针对上述问题,我们也在进行着调整。我们恳望得到业内同行和广大读者的批评指正,以便将来有机会加以弥补,把它编得更好,更周全些。史料编纂,从根本上讲,就是为史料的呈现寻找一个合适的"箩筐",如果这个"箩筐"有碍于史料的呈现,那么就应及时调整这个"箩筐"而不是史料本身。总之,一切从史料实际出发,更好地还原和呈现史料,追求其多元性、学术性、前沿性的价值,是本丛书编纂的目标所在。

―――――――――――

①　参见吴秀明、赵卫东:《应当重视当代文学史料建设——兼谈当代文学史写作中的史料运用问题》,《中国现代文学研究丛刊》2005 年第 5 期。

　　五年前,也就是 2010 年,我曾以"中国当代文学文献史料问题研究"为题申请国家社科基金重点研究项目,获得批准。在完成该项目的过程中,有感于史料的重要而又搜集不易,遂萌生了编纂一套大型文学史料丛书的动念。于是,在确定了该丛书的基本构架和思路之后,就邀请马小敏、方爱武、付祥喜、邓小琴、刘杨、杨鼎、张莉、南志刚、郭剑敏、黄亚清、傅异星(以上按姓氏笔画排序)等 11 位中青年学者加盟,主持各分册的编纂工作,并任分册主编。本丛书是我们大家通力合作的产物,一定程度上,它可以看作是国家社科基金重点研究项目"中国当代文学文献史料问题研究"的衍生物。需要指出的是,本丛书的出版,得到了教育部哲学社会科学研究的后期资助和浙江大学文科高水平学术出版基金的资助,浙江大学副校长罗卫东教授和浙江大学出版社有关领导鲁东明、袁亚春、黄宝忠等也给予了大力的支持。借此机会,我谨代表丛书编委会深表谢忱。曾建林、叶抒、傅百荣、宋旭华等责编,为本丛书的顺利出版付出了很大的心血,他们的严谨踏实及其对历史高度负责的精神,令人感动,在此也一并致谢。

2015 年 2 月 13 日于浙大中文系

本册编写说明

通俗文学,与此相关的表达有"俗文学"、"民间的文学"、"大众的文学"、"通俗的文学"等,在中国古代历史叙事和文学史叙事中,没有形成完整的叙事系列,因为"不登大雅之堂,不为学士大夫所重视",只是"流行于民间,成为大众所嗜好,所喜悦的东西"。① 真正关注通俗文学,并把通俗文学作为一种文学史存在而讨论的,应该从胡适和郑振铎开始。

五四时期,胡适提倡白话文学,提出了"双线文学的新观念":"一条是那模仿的,沿袭的,没有生气的古文文学;一条是那自然的,活泼泼的,表现人生的白话文学。"② 多年以后,胡适依然为这种"双线文学进化论"而自得:"特别是我把汉朝以后,一直到现在的中国文学的发展,分成并行不悖的两条线这一观点。……这一在文学史上有其革命性的理论实是我首先倡导的,也是我个人(对研究中国文学史)的新贡献。"③ "这一研究思路打破了此前按照朝代和文体讨论文学演进的惯例,找到了一根可以贯穿二千年中国文学发展的基本线索。……可以这样说,'双线文学观念'是本世纪中国学界影响最为深远的'文学史假设'。"④ 郑振铎更为激进地宣布:"'俗文学'不仅成为中国文学史的主要成分,且也成了中国文学史的中心。"⑤ 五四一代学人,如陈独秀、李大钊、鲁迅、周作人、钱玄同、沈尹默、顾颉刚等,都很看重中国文化和中国文学的民间资源,不同程度地表达过对俗语、俗文化和通俗文学的关注。

按照这样一种理路,由五四新文化运动所倡导的新文学,应该广泛吸纳通俗文学的丰富资源,建构与通俗文学密切关联的中国文学史叙述逻辑。然而,事实并不是这样,五四一代学人在建构中国现代知识精英文学的同时,毫不迟疑将近现代通俗文学打入"冷宫",甚至要将通俗文学排除在文学之外。由《文学旬刊》改版的《文学》宣告:"以文学为消遣品,以卑劣的思想与游戏的态度来侮辱文艺,熏染青年头脑的,我们则认他们为'敌',以我们的力量,努力将他们扫出文艺界以外。"(《文学》1923 年 7 月第 81 期)自此以后,"三顶帽子也扣上了市民通俗作家的头颅:一是封建思想与买办意识的混血种;二是半封建半殖民地十里洋场的畸形胎儿;三是游戏的消遣的金钱主义"⑥ 尽管左翼文学和延安时期,曾经提倡和鼓励进步文艺家采用"人民大众"喜闻乐见的"旧形式",书写表现新时代,但"新文学"轻视通俗文学的整体格局没有发生变化。

---

① 郑振铎:《中国俗文学史》,商务印书馆 2005 年版,第 1 页。

② 胡适:《白话文学史》,欧阳哲生编:《胡适文集》(8),北京大学出版社 1998 年版,第 160 页。

③ 胡适口述,唐德刚整理、翻译:《胡适口述自传》,安徽教育出版社 2005 年版,第 278 页。

④ 陈平原:《胡适的文学史研究》,王瑶主编:《中国文学研究的现代化进程》,北京大学出版社 1996 年版,第 223 页。

⑤ 郑振铎:《中国俗文学史》,商务印书馆 2005 年版,第 1 页。

⑥ 范伯群:《我心目中的中国现代文学史框架》,见《多元共生的中国文学现代化进程》,复旦大学出版社 2009 年版,第 12 页。

中华人民共和国成立以后,出于建设新的共和国文学艺术的迫切要求,全方位对文学艺术进行"社会主义改造",政府出台了一系列文艺调整、改造和管控的政策文件,并按照行政化方式组织实施,形成了富有"中国特色"的管理理念和管理机制。在文艺"社会主义改造"中,通俗文学所具有的"先天性""原罪",被有意、无意地放大。一方面,根据《中共中央关于处理反动的、淫秽的、荒诞的书刊图画问题和关于加强对私营文化事业和企业的管理和改造的指示》,北京、上海等主要城市开展了收换旧书刊活动,通俗文学的近现代资源空间受到挤压;另一方面,通俗文学作品和通俗文学作家感觉到"不同待遇",心怀委屈和不平,《通俗文艺作家的呼声》部分传达出 20 世纪 50 年代通俗文学的生存状态。实际上,中华人民共和国成立以后,大部分通俗文学作家怀着"配合"的积极心态,努力融入新时代的洪流,通过"上编模块(三) 一个新的开始:群众文艺运动"的一组文章不难看出。但是,由于通俗作家们发现的"民间"和主流意识形态所提倡的"民间"出现较大"间隙",许多通俗文学作家有"配合"不上之叹,导致通俗文学刊物的办刊方向出现"问题","改造地方文艺刊物"便成为题中之义,赵树理及其主编的《说说唱唱》提供了典型案例。

20 世纪 80 年代,是当代通俗文学的复苏期。在"实践是检验真理的唯一标准"和《关于建国以来党的若干历史问题的决议》激荡下,伴随着思想解放的思潮,域外文学艺术资源蜂拥而至,西方畅销书、港台言情小说和新武侠小说、港台影视作品,在尚没有形成"市场"的大陆,吹起阵阵"市场"风潮,直接刺激大陆通俗文学写作。一方面是通俗文学作家队伍逐渐复苏、壮大,通俗文学刊物相继复刊、创刊,通俗文学的读者群与"新文学"的读者群合流,呈现出一派"振兴"景象;另一方面,基于对"通俗文艺"的固有意识,20 世纪 80 年代"清除精神污染"、"扫黄打非"、"整顿书刊市场"等"运动",都给通俗文学带来了一次又一次冲击。这种创作与管理、市场与政治之间的张力,构成 20 世纪 80 年代通俗文学的奇特风景。从 20 世纪90 年代到新世纪,互联网的逐渐普及,为通俗文学(特别是类型文学)写作提供了极大方便,"网络文学"作为一个热词持续发酵,通俗文学的管理机制、生产机制、传播机制和阅读机制,都发生了"翻天覆地"的变化,扑面而来的"网络文学"带来了"剪不断、理还乱"头绪。当此之时,把握通俗文学现状,扫描一段时期内通俗文学景象,评估其得失成败,是通俗文学批评和研究的必要准备。

如果追寻中国当代通俗文学研究的历史化路径,20 世纪 90 年代应该是开端。尽管,在此之前,不能说没有关于中国当代通俗文学的思考和研究,但远远没有形成必要的研究格局和研究队伍。真正将通俗文学带入学术思考领域的,无疑从 20 世纪 90 年代开始,这当然有赖于以范伯群先生为代表的学者们,长期执着于中国近现代通俗文学及其文学史定位的研究,"现代通俗文学既在时序、源流、对象、功能上均与知识精英文学有所差异,那么当然有建立独立的研究体系的必要,而这种研究又是不能脱离现代通俗文学的内在发展规律的,是在它自身的历史发展过程中去探索它的成功经验与失误教训,总结出它的健康发展之路,考察它是否与知识精英文学具有互补性,从而确定它在中国现代文学史'大家庭'中的地位和价值"①。近现代通俗文学所受到的"新文学"种种"威压",中国当代通俗文学也同样经历着。作为中国当代文学的一部分,当代通俗文学如何进入文学批评和"文学史"范畴,也是需要解决的问题。于是,从 20 世纪 90 年代开始,关于通俗文学的性质和特点、通俗文学的批评标

---

① 范伯群:《中国现代通俗文学史·绪论》,北京大学出版社 2007 年版,第 2 页。

准和方法、通俗文学入史问题,成为当代通俗文学研究的学术着眼点。在此基础上,如何认识金庸及其武侠小说、如果把握网络文学及其所带来的文学格局变化,成为当代通俗文学研究历史化不容回避的问题。下编第六个模块"另一种空间"选录三篇文献,分别介绍中国通俗文学在东南亚的传播、1949—1977 年中国大陆翻译外国通俗文学情况、海外对中国通俗文学的研究情况等,旨在拓展思路。

在编选过程中,编选者深切地体会到:作为一种文献选本,既有广阔的选择空间,也存在或隐或显的局限性。在此需要说明如下几点:

1. 本卷所选文献,均来自 1949 年以后,中国大陆公开出版的图书报刊。对报刊所载文献一般采取全文收录方式(其中一篇会议综述采用节录方式),图书则采用节录方式。

2. 在编排体例上,按照"上、中、下"三编次序,每"编"由若干模块构成,归入相应模块的文献以出版时间为顺序。在一编中,既体现所选文献与当代通俗文学进程的时间对应关系,又注意从"问题"出发,将能够说明某个问题的文献,集中在一起,方便读者对某一具体问题进行"流程"把握。

3. 诸多学者在当代通俗文学研究中取得多方面成就,学术影响力有目共睹。但,为了体现学术研究的多点位、多层面、多声部,尽可能展示不同层面的学术成果和声音,只能忍痛割舍了许多名家名文,实属无奈。

吴秀明教授在总序中说,"从本质上讲,史料的搜集、整理和编选就是建立在对历史'还原'基础上的一种再叙述,一种重返历史现场的再努力",通过编选文献"还原"历史,让史料站出来"说话",何其难哉!《庄子·秋水》有"拘于虚、笃于时、束于教"之说。限于编选者的眼界和水平,该选本未免挂一漏万,不当之处,敬请大方之家指正。

南志刚

2016 年 3 月 18 日

目 录
CONTENTS

上　编　文艺整风政策与通俗文学管控

（一）改造与整顿

（二）改造地方文艺，端正文艺方向

（三）一个新的开始：群众文艺运动

（四）通俗文艺期刊：《说说唱唱》及其他

附录：通俗文艺组织章程

中　编　通俗文学的生存状态

（一）呼声与困境

（二）"现状"扫描与评估

（三）学术会议综述

下　编　通俗文学理论建设

（一）雅与俗：通俗文学的性质和特点

（二）边缘与主流：通俗文学与中国现当代文学史

（三）批评理论：通俗文学批评标准与方法

（四）金庸及其意义

（五）网络与文学

（六）另一种空间

上 编

文艺整风政策与
通俗文学管控

（一）改造与整顿

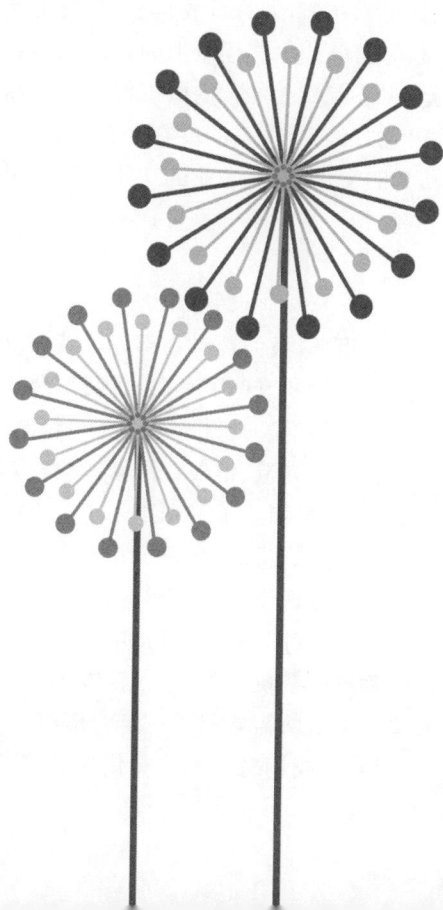

文化部党组关于加强对于私营文化事业和
企业的领导、管理和改造的请示报告

(1955 年 2 月 4 日)

中央、主席:

(一)

现在全国私营的文化事业和企业还很多。根据现有的初步调查材料,截至一九五四年底,全国有私营出版社九十七个,从业人员约一千人,所出版的图书占全部图书的百分之七。在三十个大中城市中,有私营书刊印刷厂(零件印厂不在内)七三二家,职工约二万人,拥有年印约一.○五九.○○○令的铅印生产力,占全国的百分之二○左右;年印约一.八二九.○○○令的胶印生产力,占全国的百分之三九左右。私营图书发行业约三千五百家,职工八千人,大部分是兼营性质。私营书刊租赁业,约一万户,一万五千人以上,每日出租图书约一百五十万册次。民间职业剧团二、二五八个,约十万人,如每团每日演出一场,每场观众平均以五百人计,每日即有观众一百多万人。私营电影院一○八个,职工一千九百多人,座位七七、三二九个,如每日放映三次,每场上座百分之六十,全年可容观众五千万人次。私营剧场(只算简单砖木结构以上的;戏棚、茶社等在外)六五七座,职工约九千七百人,座位无统计。此外,还有私人经营的电影器材工厂和作坊,可以修理和制造放映机、幻灯机和炭精,与我们发生加工订货关系的就有十九户,约三百人。私营的旧娱乐场所遍布全国各地。估计全国私营的文化事业、企业的从业人员至少在二十万人以上,如果加以很好的领导、管理、利用和改造,是一支不小的力量。

(二)

几年来,我们曾对一部分私营的文化事业和企业进行了不同程度的领导、利用和改造。曾大力整顿和改造了私营出版社,将它们由一九五二年底的三五六家变成了目前的九十七家,削弱了它们的投机性,并在整顿改造的基础上,建立了十六家公私合营出版社,这就克服了过去粗制滥造、错误百出的读物泛滥市场的局面。开始有计划地进行对私营印刷厂委托印制,基本上制止了书刊印刷生产力的盲目发展。改造了私营大的和中等的书刊批发商,控制了出版物的货源,掌握了几乎全部的批发环节,稳步地降低了书价,并开始加强了工厂和农村的发行工作。对连环画租赁业进行了初步的管理和改造。扶助和辅导了民间职业剧团,推行了戏曲改革,并初步改进了剧团内部的管理制度。掌握了电影制片工作,并实行统一排片统一票价办法,把私营电影院纳入了国家资本主义的轨道。这些工作对满足广大人民文化生活的需要起了一定的作用。

但是,我们对于私营文化事业和文化企业的领导和管理距离统筹安排的要求还很远。

它们的力量还没有充分地被利用,它们还有许多困难待解决。一九五四年以来它们的生产和营业大部分下降,经营困难,不少赔累,甚至倒闭歇业,增加社会上的失业。在整顿和改造私营出版社中,有一部分没有安置就业,并有一部分一般的著译者和绘画者没有吸收进来或联系起来。由于全国书版印刷厂,生产力过剩百分之四十左右(如果加上报版印刷厂、机关印刷厂和零件印刷厂,生产力就剩余更多),对私营印刷厂委托印制的书刊减少,上海若干私营印刷厂以变卖机器和铅字度日。私营书刊发行业的营业额,一九五四年较一九五三年猛跌百分之五十,歇业、转业者在二百家左右,估计生活受影响者不下一千人。民间职业剧团盲目发展、盲目流动,有的收入减少,生活困难,被迫作低级庸俗的表演。电影院、剧场的上座率普遍下降百分之十五左右,天津、广州等城市有的下降百分之四十。资本家无心经营,以各种办法抽走资金,对院子不加修缮,并挑拨职工和政府的关系;有些剧场已因营业无法维持而倒闭。只有私营书刊租赁业畸形繁荣,不少老弱残废、鳏寡孤独以及失业人员,以小量本钱经营租赁业务,维持生活。整个情况是紧张的,而尤以沿海大城市为甚。这种情况必须坚决地和逐步地加以改变,以有利于整个国家的建设和社会秩序的巩固。

<h2 style="text-align:center">(三)</h2>

上述现象的产生有它的客观原因。旧中国文化事业的发展原本是畸形的、盲目的、不合理的,它的分布偏于沿海大城市,尤以上海最为集中,而在大城市又集中于商业繁盛的地区。现在,由于政治中心的改变,北京成为第一个文化中心,而且我们的文化走着向工农兵普及的道路,向各地分散发展,因而往往北京和某些工业区及中小城市感到文化力量不足,而上海等沿海大城市则暂时地表现为大量的过剩。随着社会主义建设和社会主义改造事业的推进,经济上和文化上已经并正在发生剧烈的变化,例如:出版的数量虽然增加,但日益分散印制及分散发行,商业印件大量减少并集中印制,电影、戏剧的观众成分大大地改变,这就直接地或间接地影响大城市私营文化事业和文化企业的营业。此外,整个市场的紧张状况,也给了各种文化事业和企业以不同程度的影响。

我们工作中的主要缺点和错误是:国家观点和全局观念薄弱,对总路线的了解存在片面性,缺乏统筹兼顾、全面安排的思想,对私营文化事业和文化企业的管理很差,没有逐行逐业根据不同情况进行适当的利用、限制和改造。国营文化事业和文化企业的发展盲目性很大,既没有把其他国家机关和人民团体的力量列入计划之内,也没有考虑如何充分地利用和改造私营的力量。因此,有些事业已经大量过剩,但仍在盲目发展。对于私营文化事业和文化企业的管理,有的根本没有方针,有的方针不明确,有的虽有方针而未及时下达,或下达而未向下级说通,并采取有效措施加以贯彻。一般地存在着只顾公、不顾私和盲目排挤、不加安排的偏向。对私人举办的文化事业和文化企业的性质,缺乏认真的调查和分析,实际上在工人阶级领导国家政权和国家掌握影片、剧目和出版物的条件下,大部分私营文化企业已经是半社会主义性质,有些经营私营文化事业、企业的人员是资本家,但有些是劳动人民,而我们曾笼统地一概目为资产阶级,总想把它们早日完全排挤和淘汰干净,不了解我们如能正确地利用这些私营文化事业和企业的力量,不但可以满足人民群众一部分的文化需要,而且可以为国家节省很大一笔资金。例如我们在整顿和改造出版社时,由于出版物绝大部分由国家掌握,私营印刷业和发行业的生产和营业必然下降,就应及时调拨适当的生产任务和营业额给私营印刷厂和私营书店,而不应在印刷、发行上同时前进。尤其是国营书店,由于图书贸易市场已经发生根本变化,必须在党委统一领导和商业部门统一指导下,负责计划和安排全国市场,担负对所有私营发行业的改造任务,而不应再与私营书店争零售比重。但我们的国营书店却是零售继续增长,批发更加收缩,形成统购独销局面,置私营书店于困境。电影、戏剧事业,我们主要地应掌握影片生产和剧目演出,至于影院、剧场不妨利用私人力量,但有些地方和有些同志却想过早地淘汰私营影院、剧场,因此,对它们要求过高,限制过严。这是目前私营文化事业和文化企业不能有效地利用和改造的主观原因。

(四)

根据上述情况,今后我们应在加强文化工作的思想领导,掌握影片、戏剧、出版物及其他文化活动的思想内容的前提下,对一切国营的、公私合营的、合作社性质的、私营的文化事业和文化企业,切实地实行统筹兼顾,全面安排,加强管理,并逐行逐业进行进一步的利用和改造。文化部和各地文化行政机关必须进行认真的调查研究工作,透彻地了解各项文化事业和文化企业的状况,把一切力量逐步纳入计划之内,充分地加以利用和发挥,然后在需要和可能的条件下,在全国全面平衡的基础上,有计划地、有控制地发展文化事业和文化企业。同时,应积极地领导、管理、利用和改造现有的私人举办的文化事业和文化企业,首先使他们能够继续经营、维持生活,在这基础上,依据各项事业、企业的不同情况,采取不同步骤,逐步进行社会主义改造。应该允许私人举办那些为国家所需要的、能够控制的文化事业和企业(如电影院、剧场),以补国家力量的不足,更好地满足人民文化生活的要求,根据上述方针,今后对于各类私营文化事业和文化企业应采取下列的具体方针和办法:

(一)私营出版业:图书的出版是党和国家对人民进行政治、思想、文化教育的工具,是思想战线上强有力的武器之一,必须由国家完全掌握。因此,应该贯彻执行一九五四年八月中央宣传部对出版总署党组的批示,继续整顿和改造私营出版社,并争取在一九五五年将宗教出版单位以外的私营出版社基本上整顿和改造完毕,但在继续整顿和改造私营出版社中,应该更多地采取联营、合并和合营的办法,其必须淘汰者,对其从业人员,包括实职的资方人员,应一律妥善安置。对于过去尚未安置就绪的著作、绘画、编辑、出版人员,除反革命分子和不可救药的流氓分子外,也应以各种方法在国营和公私合营的出版发行单位中进行安置。有些人因身体、年龄和生活习惯关系,无法吸收到国营或合营出版发行企业工作,但有著译、编绘能力,也应与之发生组稿关系。在对他们组稿和安置就业时,应充分地照顾和利用他们的特长。国营和合营的出版发行机关应把安排他们的生活,并对他们进行教育改造,当作一项重要的政治任务,而不应弃置不顾。这些人如果安排和改造得好,可以发挥一定的积极作用,著绘出一些有益无害或益多害少的东西,帮助国家出版事业的发展。反之,他们会进行许多投机活动,为害国家和人民。同时,应在北京和上海指定一家到数家公私合营出版社,专门出版各种适合于水平低的读者阅读的各种小说、戏剧、唱本和文娱材料,廉价出售,以活跃图书出版发行市场,适应广大读者的需要。

(二)私营印刷业:加强对全国书刊印刷厂的管理,实行统筹兼顾,全面安排,注重改进经营管理,训练干部和技工,提高印刷技术和印刷质量,逐步利用和发挥现有国营和公私合营印刷厂的力量和逐步利用和改造私营印刷业,严格制止印刷厂的盲目发展。

(1)请国务院通令各部、各省市,一切国营、地方国营和公私合营的印刷厂,均应着重进行整顿巩固,改进经营管理,充分利用原有设备,训练干部和工人,提高印刷技术和印刷质量,一律不得增置新机器、增加新人员、增开新班次。各机关、团体、企业、学校如有必需建立新的印刷厂,或增加人员和设备者,应由文化部和各地地方工业局(厅)在现有的印刷厂的力量中调剂。外贸部和第一机械工业部,除了得到文化部的签证同意者外,不接受任何委托订购和制造印刷机的任务,机关性的专业印刷厂,其任务为满足本机关印刷上的需要,不得到市场招揽印件。其已成为营业性质者,应逐步缩小营业,将多余设备点交地方工业局,自身改为机关印刷厂。

(2)在全国平衡的基础上,依照各地书刊印刷生产力的状况,统一调度和分配印刷生产任务。方针是将集中在北京的印刷生产任务适当地外调,照顾全国各地,重点维持上海。各地文化局和地方工业局(或工商行政管理局)应将当地所有和北京调去的印刷生产任务,结合当地印刷生产力状况,在"有所不同,一视同仁"的原则下,确定正确的公私比例,统一分配,全面安排,就地平衡。

(3)有计划地组织对私营书刊印刷厂的委托印制工作,规定加工管理办法,凡在省会以上城市委托私营印刷厂印制书刊者,必须通过市文化局或出版处介绍和安排。鼓励稍具规模的私营书刊印刷厂实行联营或合并,改进生产组织和经营管理,以便委托加工,并为今后进一步改造创造条件。对个别规模较大、技术较好的私营印刷厂,根据需要和可能,实行公私合营。

(4)实行归口管理。文化行政部门管理所有直属报版和书刊印刷厂,负责一切公私营的报版和书刊印刷厂生产的计划工作。政府各专业部门的印刷厂(如人民银行、税务局和军委的印刷厂)由各专业部门管理。机关文件印刷厂,在中央由党中央办公厅和国务院机关事务管理局分别统一管理,在地方由省市委办公室和省市政府办公厅(或工业局)管理。

(三)私营图书发行业:新华书店应在当地党委统一领导和商业部门统一指导下,负责计划和安排全国图书贸易的市场,掌握整个社会的图书流转计划,并担负对私营发行业进行改造的任务。在私营图书发行业和租赁业没有全面改造和妥善安排以前,新华书店应积极发展批发业务,充分利用和改造私营零售商,并指导和协助私营书刊租赁业改造或兼营发行,保证私营发行业能维持营业,不发生歇业和失业现象,而自己则一般地不发展零售业务。在某些大中城市零售还应适当地退让,只在私营书店力量无法达到的地方(如涉及国防机密的工矿区)才可酌量发展零售业。其具体办法如下:

(1)新华书店应加强与私营图书发行业和租赁业的联系,通过同业公会、摊贩联谊会和营业来往关系,加强对他们的思想教育和业务指导。在省会以上城市,新华书店应在商业厅(局)的领导下,召集私营图书发行业者座谈,公开宣布安排和改造私营图书发行业的办法,消除他们的疑虑,征求他们的意见,并说服他们接受国家的改造措施。一九五五年内,在原则上省会以上城市应将专营的私营发行零售业改为代销店,将兼营性的私营发行零售业改为经销店,并委托私营书刊租赁业,首先是一千家左右旧小说租赁业,兼营或改营书刊发行。但专营的私营书店如不愿代销,也可经销;兼营的私营书店如条件适合也可代销。在将私营发行零售业改为新华书店代销店或经销店时,各个城市应作全行业的统一安排,同时分别地挂出代销处或经销处的招牌,而不要一家一家地零碎去搞。在农村中,应在供销合作社的指导下,委托小商小贩经销书刊。现有的私营图书批发业(或批发兼零售者),凡能继续经营者,帮助其继续经营;不能继续经营者,促其改营零售,或吸收其人员加以安置。为此,新华书店应制定代销、经销章程,并迅速地作好组织代销店、经销店的各项准备工作。

（2）新华书店和公私合营的上海图书发行公司合共应提高批发指标到二千万元（去年新华书店的批发额为六百亿元），即占除教科书外的一般图书发行营业额的约百分之十五，并保证充分供应私营书店所需要的出版物。凡新华书店所有的图书，如私营书店需要发行，应一概允许批给，不得因系畅销货而扣留不批，在各个不同的地区，新华书店还应适当地让出一部分品种，由私营书店零售。让出的品种以适于私营书店销售，而又不致使读者到新华书店买书时感到太大不便为原则。例如：某些字典、地图、戏曲、唱本、旧小说、年画、连环画、文娱材料等。对于那些适合于私营书店发行和购买力低的读者阅读的出版物的批零差价应适当地扩大。差价的扩大，用出版社多给书店以折扣的办法解决；至于书价则只能低降，不能抬高。

（3）新华书店应控制门市和书亭的发展，凡有私营书店的地点，不得新设立门市和书亭。今后新增设的销售据点应限于私营书店力量无法达到的地方。门市和书亭过多的城市，应适当地撤销一些据点。有些地方的新华书店还可每周在星期一至星期五之间停业一天，并不再延长每天的营业时间。

（4）建议邮电部和各地邮电局增加报纸、杂志的零售数量，并交给私营书铺、书摊、书贩零售，在今后一定时期内，自己不再在城市增设零售据点。

（5）新华书店分店以上组织应设立专门的机构，在当地党委领导下，负责管理对私营书店的改造和安排工作，包括调查研究情况，组织分配货源，指导业务经营，调整发行网，掌握私商思想动态，教育和改造私商从业员，审查和吸收人员，进行财务、会计监督等，并由经理或副经理一人领导。各地分支店也应采取相应的组织措施。

（四）私营书刊租赁业：加强对书刊租赁业的领导和管理，以国家行政机关和国营文化事业的力量配合，把现有的一般的租书铺摊，用一定的组织形式和方法组织起来，改变它们所租赁的图书内容，成为国家领导的流通图书的据点，并尽可能组织他们下乡作流通图书的工作。同时，逐步地争取租书铺摊兼营和改营书刊发行业务。其具体办法如下：

（1）举办租书铺摊登记，凡经营书刊租赁业务的，必须向市文化（教）局申请核准营业，然后才能向工商行政机关领取营业执照。在市委宣传部指导下，由市文化（教）局、区文教科、区政府街道办事处经常召集书铺书摊人员座谈，了解他们租赁图书的情况，对他们进行思想教育和业务指导，并指定专人负责抽查铺摊中出租的图书，定期开出处理书目，经过一定的批准手续，将反动、淫秽、荒诞的图书逐步地加以收换或收购，以改变它们所租赁的图书内容。

（2）由城市文化馆负责组织和辅导租书铺摊，用一定的组织形式把它们组织起来，试行轮流供给书刊租赁业者以适合于水平低的读者阅读的正当有益的图书，由它们租给读者，并定期收回另换，把它们改造成为文化馆进行群众文化工作的据点之一。

（3）积极地出版更多的适合于水平低的读者阅读和青年、儿童的心理和兴趣的，故事性、趣味性强烈的文艺作品（包括许多有益无害或益多害少的旧小说）、通俗读物、少年儿童读物，并广泛地廉价供应，以代替租书铺摊中的有毒害的图书。

（4）国营书店和公私合营书店与租书铺摊建立密切联系，积极地介绍适合租书铺摊读者阅读的图书，并以优待折扣批给它们，由它们租赁或发售。

（五）民间职业剧团：加强对民间职业剧团的思想领导和包务辅导，继续推行戏曲改革，有计划地组织上演，防止盲目发展和盲目改为国营。

（1）举办民间职业剧团的登记工作，固定班社，克服盲目发展和盲目改为国营的现象。

（2）继续推行戏曲改革，帮助整理和改进上演剧目和上演计划，更多地排演有益的新戏，建立适合于艺术发展的各种制度。

（3）有计划地组织民间职业剧团在各个城市的不同剧场演出，并到工厂、农村举行巡回演出，提高他们的上座率和票价收入，克服在演出上的过苛限制和过高要求。

（4）通过组织观摩、举办讲习班等，建立剧团内部自觉自愿的学习制度，进行社会主义教育，逐步提高艺人的政治、文化、业务水平。

（六）私营电影院、剧场：应该采取积极领导、充分利用、逐步改造的方针。

（1）加强对私营影院、剧场的领导和管理，大力维护现有院场，充分利用和发挥它们的潜在力量，改进排片方法，有计划地组织国营和私营剧团在不同剧场轮流演出，提高上座率，使他们有正当利润可得，改善经营管理，并在这个基础上稳步地进行进一步的社会主义改造。允许私人投资修建新的影院、剧场，在经营上则由国家与之公私合营。过去规定的对于影院剧场的若干管理制度，例如禁止三尺以下幼童观剧，场内不得饮食茶水和带壳皮食物，开幕后谢绝观众入场等，对有些私营影院剧场是要求过高了，应加以适当的改变，同时应多作保持场内秩序和卫生的宣传。

（2）国营影院、剧场的建设，必须在全国各方面平衡的基础上（即既要准确估计节目和观众的可能增长的状况，又要充分地估计现有机关、团体、企业、学校的礼堂、俱乐部和公营、私营影院的力量），有计划地、有控制地、有重点地发展，并必须使它们在地区分布上逐步合理化，防止盲目发展、喜新厌旧和排挤私营的现象。

（3）积极地繁荣文艺创作，增加新的影片和新的戏剧节目，使影院、剧场有更多的新片新戏演出。此外，对于旧娱乐场所、私营电影器材工厂和作坊等等各项文化事业和文化企业，都应逐行逐业进行调查研究，制定具体的方针和办法，贯彻利用、限制和改造政策。总之，要做到既掌握思想教育的工具，又充分地利用私人的力量，并把私营的各项事业和企业逐步地纳入国家计划的轨道。在对私营文化事业和文化企业加强领导管理和利用改造的同时，必须加强思想政治工作，开展反对资产阶级错误思想的斗争，端正文艺思想，整顿文化队伍，并改进领导作风。必须防止反革命分子和不法资本家的各种各样的反抗和破坏活动。在吸收私营企业的人员参加国营和公私合营企业时，必须进行认真的审查，防止反革命分子混入。必须加强干部对马克思、列宁主义理论和党的方针政策的学习，提高国家观念和全局观点，克服主观主义和片面观点，正确地和全面地执行党的政策，既要反对对私人举办的文化事业和企业，不作调查分析，盲目排挤的情绪，也要防止放弃领导、麻痹大意、听任自流和无原则地扶植，对不法资本家的不法行为熟视无睹，以致削弱工人阶级思想的阵地，以及肥私损公的偏向。

（五）

为了加强对私营文化事业和企业的领导、管理和改造工作，文化行政机关还必须注意如下三点。

（一）分辨主次、轻重、缓急，对各项文化事业、企业，逐行逐业继续进行深入的调查研究工作，务求在一九五五年年内对各项重要事业做到心中有数，克服主观地、盲目地发号施令现象。在调查研究中，既要搜集和整理统计资料，又要重视典型调查，并把两者正确地结合起来。

（二）重视计划工作。领导干部必须把制订计划和监督检查计划的执行,当作经常的中心工作之一,以减少和克服工作中的盲目性和事务主义。在计划工作上,必须贯彻全国平衡、统筹安排、增产节约、重点建设的方针。必须把一切文化事业和文化企业的力量逐步地纳入计划,并与各个有关方面联系,了解人民群众的真实需要,谋求计划上的平衡和分布上的合理。根据已经摸出和今后可能摸出的情况,应该对五年计划草案和一九五五年计划进行修正,无论事业指标、财务指标、基建指标、劳动指标都应作必要和适当的调整。调整时,应以充分利用和发挥现有潜在力量,大力精简节约,减少支出,增加收入,少花钱,多办事,并把事情办好为原则。

（三）文化部和各地地方政府对于文化事业、企业的领导和管理应有正确的分工。文化事业中的大部分是地方性的事业,它们应由地方政府领导和管理;文化部应根据中央的方针政策,加以指导和检查。地方文化事业和文化企业,诸如电影院、放映队、剧团、剧场、创作室、报社、出版社、书店、书摊、印刷厂、文化馆、图书馆、博物馆、俱乐部、艺术学校等,均应由各地地方政府根据当地的情况和主观力量,制定计划,文化部则从全国平衡的要求出发加以审核和汇总。地方文化事业和文化企业的财务预算,应由地方政府编制,列入地方预算,并监督其执行。凡能企业化者均应实行企业经营,收入打足,支出打紧,收支相抵以后的不足之数,由地方政府层报中央财政部,由中央实行差额补助。此项补助款项应逐年减少,原则上要逐步做到由地方自力更生,以事业、企业收入来发展新的事业、企业。地方文化事业、企业由地方政府负责经常的具体的管理,文化部除在方针政策上加以指导外,应多作调查研究、交流经验的工作。

以上报告,是否妥当,请中央批示。

（原载中共中央文献研究室编《建国以来重要文献选编》第六册,中央文献出版社 1993 年版）

中共中央关于处理反动的、淫秽的、荒诞的书刊图画问题和关于加强对私营文化事业和企业的管理和改造的指示

（1955 年 5 月 20 日）

上海局、各分局、各省、市委，国务院各办，国家机关各党组，青年团中央、各人民团体党组、人民日报：

中央同意文化部党组关于处理反动、淫秽、荒诞书刊图画的请示报告和关于加强对私营文化事业和企业的领导、管理和改造的请示报告，现转发你们，望各地党委和有关部门研究执行。

反动的、淫秽的、荒诞的书刊图画，是传播封建阶级和资产阶级的反动的、腐朽的思想的主要方法之一，也是目前资产阶级对工人阶级实行思想进攻的重要工具之一。全国解放以后，各地文化行政机关和公安机关曾对这类图书进行过取缔和收换，但因对这个工作重视不够，方针不明确，对于著绘、摄制、印行、贩运、租赁这类有毒图书的各个环节缺乏有效的社会主义改造措施，同时，出版和发行适合于水平低的读者阅读的通俗读物的工作又做得很差，以致至今这类有毒图书仍在公开地或暗中地流行。这对于人民群众，特别是青年、少年、儿童的身心健康，对于社会公共秩序的巩固，对于国家社会主义建设和社会主义改造事业的推进，都有很大的危害。因此，坚决地有计划地有步骤地处理这类反动的、淫秽的、荒诞的书刊图画，是当前阶级斗争中必须完成的一项重要的政治任务。

鉴于过去曾发生乱禁书刊和乱禁戏曲的教训，今后查禁书刊和戏曲必须有严格的控制。即凡要查禁书刊和禁演剧目，必须经省市以上政府文化部门审查，在党内报经省市以上党委宣传部批准，然后执行，同时必须将书刊和剧本报送中央文化部，以备中央文化部的检查和复审，不准其他任何机关和个人胡乱查禁。为此，文化部和各省市文化局（文教厅）应组织图书和戏曲审查委员会，专门负责对于查禁的书刊和戏曲的审查工作，所有应行查禁和收换的书刊和剧目都必须经过该委员会审查通过。这个委员会应该吸收一些党外文化界人士参加。

要扩大和巩固社会主义思想阵地，加强对人民群众的思想政治教育，必须大力发展群众性的文化事业，而发展和改进通俗图书特别是适合思想水平较低的读者阅读的故事性、趣味性较强的图书的出版和发行，是其中重要的一环。出版机关和发行机关应努力做到这点。现在不少出版和发行机关轻视通俗读物的出版发行，不注意对思想水平低的广大劳动人民进行宣传教育，这是一种脱离群众、脱离实际的倾向，必须坚决克服。须知我们的出版物只有为广大劳动人民所需要所接受，才能达到教育和提高他们的目的。报刊和广播电台应注意组织对于具有一定教育意义而又读者范围广泛的图书的评介工作，以推广这些读物，并指导读者阅读。

与处理反动的、淫秽的、荒诞的图书同时，应该积极地对租书铺摊和有关行业进行社

主义的改造。这类有毒害的图书之所以能大量地流行，一方面固然是由于这类图书能够迎合一部分落后群众的喜好，而我们新的社会主义的文化事业还远不能满足广大人民的要求；另一方面也还由于这些租书铺摊和少数著绘、摄制、印行、贩运这类图书的人后到这种行业确还有利可图，就群趋以赴，这正反映出资产阶级在思想战线上向我们的进攻。因此，如果不对租书铺摊和有关行业加强领导和管理，实行进一步的社会主义改造，并对从事这些行业的人员的生活加以妥善的安排，这个问题还是不能从根本上得到解决的。中央责成各地党委和政府有关部门，对私营出版业、印刷业、发行业、照相业、租赁业加强领导和管理，实行统筹兼顾，全面安排，并逐行逐业进行社会主义改造，各地文化行政部门应该责成和指导文化馆负责把租书铺摊用一定形式组织起来，改造成为流通通俗图书的据点，并引导它们中的一部分兼营或改营书刊发行业务。对于流散在社会上的旧的著译、绘画、编辑人员，除反革命分子和不可救药的流氓分子外，应一律加以收罗，或以组稿办法发挥他们的力量，维持他们的生活，并逐步改造和提高他们。

对于其他私营文化事业和企业，也应采取统筹安排、利用改造方针。在我们加强文化工作的思想政治领导，掌握影片、戏剧、出版物及其他文化活动的内容的前提下，正确地利用私营文化事业和企业的力量，不但可以满足人民群众的一部分文化需要，而且可以为国家节省很大一笔资金，使我们可以集中力量进行重点建设。对私人举办电影院、剧场等，可允许私人修建房屋，但经营上应由国家与之进行公私合营。那种对私营文化事业和企业盲目排挤，不加安排的做法，已给国家带来了不少困难，是不利于社会主义建设和社会主义改造事业的。但在利用和改造私营文化事业和企业时，必须防止反革命分子和不法资本家的反抗和破坏，并且决不允许放弃领导，放松警惕，以致削弱工人阶级的思想阵地。

（本件和两个附件可登党刊）

中央

一九五五年五月二十日

（原载中共中央文献研究室编《建国以来重要文献选编》第六册，中央文献出版社 1993 年版）

文化部党组关于处理反动的、淫秽的、荒诞的书刊图画问题的请示报告

（1955 年 3 月 4 日）

中央并主席：

我们在接到刘少奇同志和周总理对青年团中央关于反动、淫秽、荒诞书刊图画毒害青年儿童的报告的批语以后，先后调查了几个城市的这类有毒害的图书和租书铺摊的情况，召集了北京、天津、上海、武汉、广州、重庆、沈阳、西安等八大城市，辽宁、河北、江苏、河南、广东等五省和通县文化行政机关的负责人，协同中央一级有关部门的同志，共同研究了处理办法，并曾经提请全国财经会议讨论。现将情况和意见报告如下：

目前省会以上城市约有租赁书籍和连环画的店铺、摊子和流动摊贩一万个以上，其中八大城市就占了约七千个，在这一万个以上的铺摊中，只有百分之十左右出租旧小说，其余都是出租连环画的。在大城市的，大部分都是专业性质，在中等以下城市的，大部分由其他行业（水果铺、纸烟摊等）兼营。人员成分十分复杂，有：（1）原来的旧书商；（2）失业人员、孤寡老弱残废以及烈士家属和军人家属；（3）隐藏的或被管制的反革命分子、国民党宪警军官官吏、会道门头子、逃亡地主、破落的资本家、流氓地痞。但以城市贫民占多数。小户每月营业额多数在五十万元（旧币）以下，但极少数的大户有达三、五百万元的。后者都设在大城市的繁华地区。估计全国租书铺摊共有图书二万种以上，一千万册左右，读者每天达一百五十万人次左右。连环画的读者以少年儿童占多数，但成人也占很大数量。旧小说的读者有：工人（特别是小工厂和手工业工人）、店员、商人、家庭妇女、失业知识分子、大中学生。此外，上海、广州等大城市，有夜市流动摊贩，租售淫书、淫画。

我们过去在发展社会主义文化事业的同时，对于私营书刊出版社、印刷业、发行业、租赁业曾经作了一些管理和改造，对于反动、淫秽、荒诞图书也曾经作过一些取缔和收换。私营出版社已由一九五二年底的三五六家减为一九五四年底的九十七家。现存的私营出版社的投机性也有所削弱。过去依赖私营出版社为生的著作者、绘画者、编辑者也大多数作了安置。这就大大减少了有毒害的图书的新的来源。现在编绘有毒害的图书的人已经很少，公开地以铅印印制这类图书的场所已经绝迹（但秘密印刷的场所估计还有），经过登记的书刊发行业已不发行反动、淫秽书刊，租赁旧书铺摊所出租的图书内容也有不少改变。其中以连环画租赁业的变化较为显著，小部分铺摊已专门出租解放后出版的新书，约有半数以上铺摊是新书、旧书都租，很少完全租赁旧连环画的。但还有一千家左右租赁旧小说的铺摊却改造得很少。

除了连环画铺摊还出租一部分有毒害的旧连环画外，上述一千户左右旧小说铺摊所出租的图书，只有百分之十左右是新文艺作品，百分之十左右是旧的说部演义，其余百分之八十是带有色情淫秽成分的"言情小说"和荒诞的武侠小说，以及描写特务间谍活动和盗匪流氓行为、鼓吹战争和杀人的反动小说。有的还秘密地或公开地出租淫书淫画。这些图书，散

播了大量的地主、资产阶级的反动腐朽思想和堕落无耻的生活方式,对于广大人民群众,尤其是青年、少年、儿童的毒害很大。许多人读了这些书籍后,身体败坏,精神颓丧,胡思乱想,神志昏迷,有的企图上山学剑,有的整日出入下流娱乐场所,以致学习旷废、生产消极。其中还有一些人甚至组织流氓集团,拜把子,称兄弟,行内殴斗,称霸街道,戏弄异性,奸淫幼女,盗窃公产,杀人放火,并且不以为耻,反以为荣。这就严重地影响了社会公共秩序的巩固,并妨碍社会主义建设和社会主义改造的顺利进行。

新中国成立已经五年,这类有毒害的图书仍然经由租书铺摊大量流通,这一方面固然是由于旧社会遗存下来的这类图书为数极多,而且为一部分落后群众所喜好,有它一定的社会基础,而我们新的社会主义文化事业还不能满足广大人民的需要;另一方面,也是因为刻印、摄制、贩运、租售这类图书确还有利可图,因而群趋以赴。我们已发现至今还有个别堕落文人专门著绘和油印淫书,某些照相馆秘密翻印春宫图片,并有一批人数不多的流动书贩往来大中城市,从事收罗和贩运淫秽、荒诞书刊。而帝国主义和蒋匪分子正在由香港、澳门用各种方法偷运反动、淫秽、荒诞书刊进来;某些不法资本家开设书铺专门出租这类图书,引诱工人、店员、青年、儿童阅读,借以向工人阶级进行思想进攻。这正反映出资本主义因素的侵袭,反映出阶级斗争的尖锐和激烈。如果我们不对一般租书铺摊和有关行业进行社会主义改造,并对广大摊贩的生活加以全面的妥善的安排,问题是不能得到根本的解决的。最近因为社会上失业增加,而我们过去工作中又存在着一些缺点和错误,某些城市的租书铺摊有所增加,许多过去曾被取缔和收换的有毒害的图书又复流行,这应该引起我们严重的注意。

我们过去工作中的主要缺点和错误是:在整顿和改造私营出版业中,有少数从业人员没有安置,也有某些应该安置的著作者和绘画者还没有被联系起来或收罗进来。随着私营出版业的整顿和改造,上海的私营书刊印刷厂生产下降,我们没有及时地拨给足够的印刷生产任务。私营发行业的营业额日益萎缩,国营书店不但没有积极地发展代销、经销,以维持他们的营业,反而紧缩了对他们的批发额。这就使得某些私营书店改营租赁业务或其他行业,甚至变成失业。对于私营图书租赁业,即租书铺摊,我们的领导和管理更为薄弱,而且还缺乏有效的社会主义改造的措施。过去在处理反动、淫秽、荒诞图书上,方针不明确,步调不一致,有时胡乱查禁,有时放任自流,更重要的是一般地没有结合着进行对私营图书租赁业的社会主义改造,而适合那些落后群众阅读而又能起一定的教育作用的图书的出版也十分不够,因此,不能确实地巩固成果,根本解决问题。

目前国家已进入社会主义建设和社会主义改造时期,阶级斗争日益尖锐和复杂。帝国主义、蒋介石匪帮和资产阶级不法分子,正在利用反动、淫秽和荒诞的图书散播他们的思想影响,腐蚀和毒害劳动人民的思想和生活,勾引他们走上腐化堕落的道路,破坏我们社会主义的建设和改造事业。因此,改造租书铺摊和其他有关行业,清除反动、淫秽、荒诞图书的毒害,清除地主资产阶级的反动腐朽思想和下流无耻生活方式的影响,提高人民社会主义的思想觉悟和道德品质,已经成为当前阶级斗争中的一项严重任务。必须引起全党的注意,并动员各方面的力量配合工作,来胜利地完成这一战斗任务。

我们对于清除反动、淫秽、荒诞书刊图画和改造图书租赁业,提出如下意见:

(一)清除反动、淫秽、荒诞书刊图画的毒害和对图书租赁业进行社会主义改造,是一个长期的、严重的、复杂的斗争和工作,必须坚决地有计划地有步骤地进行。必须把处理反动、淫秽、荒诞图书与积极地对一般租书铺摊及其他有关行业实行社会主义改造结合起来进行,并对一般的编著者、绘画者、印制者、贩运者和租赁者的生活作全面的确实的安排,以杜绝反动、淫秽、荒诞图书的来源,同时大力加强通俗图书的出版和供应工作,才能根本解决问题。那种企图用一次两次运动就把反动、淫秽、荒诞图书彻底肃清,求得"一劳永逸"的想法是错误的。几年来的事实证明:只取缔或收换反动、淫秽、荒诞图书,而不改造租书铺摊和其他有关行业,或者只注意取缔或收换坏的图书,而不同时输送新的适宜于水平低的读者阅读的有益无害的图书,那都是效果不大的。对于反动、淫秽、荒诞图书必须坚决地严肃地处理,但步骤应该慎重、稳妥。对于现有的一般的书铺书摊应该积极地利用、改造,要由国家行政机关和国营文化事业的力量配合,并以一定的形式和方法把它们组织起来,逐步地改变它们所租赁的图书的内容,成为国家领导的流通图书的据点。这在今天中国公共图书阅览工作很不发达,而租书铺摊又拥有大量读者的情况下,是完全必要的。同时,要用国营和公私合营企业委托经销或代销报刊图书的办法,争取租书铺摊,尤其是一千家左右资金较多的出租旧小说书铺,改营或兼营报刊图书的零售业务。必须把对待有毒害的图书的态度和对待一般租书铺摊的态度严格地加以区分,不要因为处理反动、淫秽、荒诞图书,而打击一般租书铺摊(他们大部分是城市贫民)。只有对极少数专门著绘、摄制、印行、贩运、租售反动、淫秽、荒诞图书的反革命分子和坚决抗拒改造的不法分子,才应给以严重打击。八大城市的公安、司法机关应该逮捕其中个别罪大恶极的分子,提付公审,予以法办,必要时甚至处以极刑,以事儆戒。

(二)对书刊的处理,必须既严肃又谨慎,严格掌握处理标准,对毒素轻重程度不同的书刊采取不同的处理力法,并应经过一定的审查批准手续。应该把有关的书刊分为三类:

(1)查禁。凡内容极端反动和极端淫秽的,例如:《我的奋斗》、《中国之命运》、《蒋先生奋斗史》、《请看今日之华北》、《苗疆风云》、《科学原子弹》、《第一号勋章》、《性史》、《淫妇性史》、春宫图片等等,一概宣布查禁。这次查禁时,不搜查,也不登报,一般地由书铺书摊自行检查上缴。为了照顾铺摊生活,在这次查禁时,可以按收缴图书的数量,酌给一部分款项,作为救济;或发给一部分新书,帮助他们维持营业。但这类被查禁的图书,以后再有租售贩运,即属犯法,应将这一部分图书没收,并给予适当处分。

(2)收换。淫秽的色情小说和荒诞的武侠图书,例如:《云破月圆》、《红杏出墙记》、《蜀山剑侠传》、《青光剑侠》等等,一律收换,即以新书与之调换。

(3)保留。为了防止轻率地胡乱处理,保护古典著作,并免使摊贩生活受到太大影响,必须建立一条防线,规定下列图书一律准予照旧租售。即:五四以前出版的图书(包括《封神榜》、《西游记》、《聊斋》、《白蛇传》、《七侠五义》等旧小说。但近来有人专门掇拾古典文学中的淫秽文字编辑成书,如《金瓶梅补遗》等,则不在保护之列);五四以后的一般新文艺作品,如郁达夫、沈从文等人的作品;鸳鸯蝴蝶派作家所写一般谈情说爱的"言情小说",如张恨水的《啼笑因缘》;虽有一些色情描写但以暴露旧社会黑暗为主的书,如《如此人家》;一般的侦探小说,如《福尔摩斯侦探案》;神话、童话及由此而改编的连环画,如《天方夜谭》、《鲁宾逊漂流记》、《漫游小人国》等;真正讲生理卫生知识的科学书,如《婚姻与健康》;以及其他不属于查禁和收换范围的一般图书。

在上述三类中,查禁面应窄,凡采取查禁手段稍嫌过严,而任其流通又为害很大者,可以加以收换。对于保留类的这个界限,必须明确肯定,不允许破坏,否则就会搞乱阵线,造成错误。凡可收换可不收换者,目前可以暂不收换。鉴于过去对连环画已收换数次,而对旧小说则很少处理,这次应特别加强有毒害的旧小说的处理。为了便于各地掌握,我们开列了一个查禁和收换两类典型图书的目录,已经中央宣传部审核批准。各地可依照这个目录的原则标准,制定详细的分类处理书目。为了防止重犯胡乱查禁图书的错误,各省市文化局应组织图书审查委员会,吸收一些党外文化界人士参加,共同审定查禁和收换这两部分的图书目录,并在党内报经省委或大市委宣传部批准,然后执行。在收缴的图书中,应选取样书保存,并报文化部备检。文化部也应在吸收党外文化界著名人士参加下,组织图书审查委员会,负责审查图书的工作。

(三)对于一般租书铺摊,采取加强管理、利用改造、限制发展的方针。即对现有的一般租书铺摊和人员,加强领导管理,进行教育改造,使他们出租正当的有益无害的图书,并争取他们兼营或改营书刊发行业务,为新文化服务。同时,应限制新的租书铺摊的设立和登记,以免增加对现有租书铺摊改造和安排上的困难。

为了正确地利用和改造现有租书铺摊,并保障处理反动、淫秽、荒诞图书工作的顺利进行,必须进行一系列的工作:

(1)必须加强对书铺书摊经常的管理、教育和改造工作。各地文化行政机关和工商行政机关应即举办租书铺摊的登记,凡是要经营图书租赁业务的,必须向市文(教)局申请核准营业,然后才能向工商行政机关登记,领取营业执照。市委宣传部应指导市文化(教)局、区文教科和区政府街道办事处经常召集书铺书摊人员座谈,了解他们租赁图书的情况,对他们进行思想教育和业务指导,并应指定专人负责抽查铺摊中出租的图书,定期开出处理书目,经过一定的批准手续,将有毒害的图书逐步地加以取缔、收换或收购。城市的文化馆应在市委或区委宣传部领导下,担负起组织和辅导租书铺摊的任务,把他们用一定的形式组织起来,并与之保持经常的联系,指导他们改进租赁业务,使他们逐渐成为自己的进行群众文化工作的基点。八大城市的文化馆,应该适当地增加图书经费,添置一批适合于水平低的读者阅读的正当有益的图书,试行轮流借给图书租赁业者,由他们租给读者,并且定期收回另换,保障图书经常和广泛的流通。各省市文化局应在组织和辅导租书铺摊上,注意创造办法,总结经验,并及时报告文化部。

(2)必须加强和改进文艺作品、通俗读物和少年儿童读物的出版工作,努力使这类出版物更能适应广大读者的需要,并以低廉价格发行,积极地扩大供应,用以代替书铺书摊中下流的旧小说、旧连环画。出版机关应重视通俗读物的出版,注意直接地为工农兵群众服务。尤其是文艺书籍出版社、通俗读物出版社、美术出版社、音乐出版社和地方人民出版社,要多出版一些适合于水平低的读者阅读和青年、儿童的心理、兴趣的读物,例如:描写抗日战争、解放战争、抗美援朝战争和国防前线斗争的故事,惊险小说,描写反间谍斗争和科学幻想的小说,神话、童话、戏曲、唱本,以及上述主题的连环画。文化部和上海市人民政府,还应在北京和上海,各指定一个或几个公营或公私合营出版社,专门出版许多故事性、趣味性强烈的,适宜于水平低的读者阅读的书籍(包括有益无害或益多害少的旧小说)、连环画和文娱材料。国营书店和公私合营书店,应该与租书铺摊建立密切联系,从他们那里了解读者的需要情况,积极地介绍适合租书铺摊读者阅读的图书,并以优待折扣批给他们出租和零售。现在某些出版机关和发行机关忽视水平低的读者的要求,轻视通俗读物的出版发行工作,以致这类读物出版得太少,在内容和形式上都缺乏改进,有些读物内容公式化,概念化,故事性不强,连续性不够,而书店又以本子薄、利润低不积极推销。这种现象必须加以改变。

(3)必须在处理反动、淫秽、荒诞图书时,对一般租书铺摊的生活加以妥善的照顾和安排。为此,在收换旧书时,应该有意识地提高收换的比价,以减轻铺摊的困难,加速收掉坏书换上好书的过程。各地应该大体上以二比一的比价(如以一元新书换取二元旧书),发给新书书券,让他们到国营书店领取新书。我们估计,大部分租书铺摊,更多地租赁新书,是可以维持生活的。但因新书一时不能完全满足旧书的读者,一部分租书铺摊的营业可能受到影响,其中影响较大的将是一千户左右原来租赁旧小说的铺摊。因此,应该推动那些租书铺摊,尤其是租赁旧小说的铺摊,扩大营业范围,同时租赁新小说和新连环画,并兼营或改营图书发行业务。对于那些生活确实困难者,尤其是烈属军属,应由政府在一定时期内酌予救济。文化部拟拨出经费一百万元,以七十万元用于收换旧书、三十万元用于救济。以生活困难应予救济者占十分之一,即一千户,平均每户每月救济十五元计,三十万元可用一年半以上。这笔经费主要地拨给上海、广州、武汉、天津、北京、重庆、沈阳、西安等八大城市,由他们包干使用。

(4)对于与图书租赁业有关的私营出版业、印刷业、发行业、照相业必须加强领导和管理,进行改造工作,并逐行逐业作全面的安排。关于私营书刊出版业、印刷业、发行业的管理和改造,和对于社会上一般旧的著作绘画人员的处理,将另有报告。对于承印商业印件的印刷厂,应由地方工商行政机关或工业局举办登记,加强管理,规定缴送样本、样张的办法,并有计划地安排他们的生产任务,防止偷印非法印件。对于私营照相业,应由各地工商行政机关和公安机关加强管理,引导他们经营正当业务,禁止偷印淫秽图片。

(四)处理反动、淫秽、荒诞书刊图画,必须以政治动员和行政处理相结合的方法进行。必须进行充分的政治动员,取得社会力量的支持,并消除一般铺摊的疑虑,然后进入行政处理,决不能简单地仅仅以行政命令行事,甚至进行普遍搜查,使自己陷于政治上不利的地位。必须提高政治警惕性,防止反革命分子和阶级敌人的反抗和破坏。各个城市必须由市委统一领导,各方协作配合,共同行动。在这场严重的斗争中,既要反对缩手缩脚,畏缩不前,容忍反动、淫秽、荒诞书刊图画长期毒害人民的右倾情绪;也要防止急躁粗暴、简单轻率的"左"的偏向。根据过去的经验,后一种偏向,在进入处理反动、淫秽、荒诞书刊时,是极容易产生的,应该引起足够的注意。

(1)在行动开始前,应动员党、政府、工会、青年团、民主妇联、文化教育机关的力量,在报刊和广播电台上,在工厂学校中,在街道里弄间,进行广泛的加强共产主义道德,反对资产阶级腐化堕落的思想的宣传,并揭露若干典型事例,说明反动、淫秽、荒诞图书的毒害,宣传政府严加处理的必要,号召阅读正当的有益的图书,借以取得社会力量的充分支持,使租书铺摊感到不得不在政府的政策和行动面前就范,并造成一种抵制下流的文化娱乐的社会风气,但报刊电台的宣传,应与实际行动密切配合,一般地应多作正面的思想教育工作,不要发表对于普通租书铺摊的过激的言论,以免在人民群众中产生不好的反作用,并使敌人得到造谣诽谤的借口。

(2)应该由文化行政机关和工商行政机关出面,通过书业同业公会或书摊联谊会等组织,召集铺摊人员进行充分的动员教育,说明租赁反动、淫秽、荒诞图书之害和租赁并发行正当图书之利,表明政府处理有毒害的图书的决心,公开交代清楚政策,讲明查禁、收换和保留的界限,并宣布"过去从宽,今后从严"的方针,限期自行检查上缴和送换。同时,应该在启发铺摊人员思想自觉的基础上,特别争取一批过去已经或今后愿意专租或多租新书的积极分子,团结在政府周围,帮助我们进行处理反动、淫秽、荒诞书刊的工作,并在同业中起带头作用,推动大家接受改造。对于一般的书铺书摊一律不进行任何搜查,也不派公安人员监视,以免影响他们的营业,并引起社会上的不安。只对个别的一贯租售反动、淫秽图书,而又拒绝缴纳或大批隐匿这类图书的分子,才由公安机关加以搜查,并只限于搜查查禁的部分。如有反革命分子或不法资本家造谣破坏,应该坚决追查和处理。对于家庭藏书一概不予处理。公共图书馆和机关、团体、企业、学校图书馆的藏书,应由各个管理系统的上级领导机关另行拟定妥善办法分别处理,在没有妥善办法以前不得任意进行处理。

(五)各地在进行处理反动、淫秽、荒诞书刊图画前,应做好充分的准备工作:(1)由党委统一领导,在省市人民委员会下组织党、政府(包括文化、教育、公安、民政、劳动、工商行政等部门)、群众团体的力量,建立临时的不增加编制的办事机构,调集必要干部,学习有关文件,弄通政策界限,制订工作守则。(2)摸清摊贩和图书的情况,特别注意掌握秘密著绘、秘密印制、秘密贩卖和秘密租赁的线索,对于人和书进行分类排队,确定分别对待的办法。(3)准备好调查表格、代替旧书的新书、救济款项。代替旧书的新书,应是那些比较能够接近旧书原来读者的故事性强、生动有趣的小说、剧本、民间故事、神话、童话和连环画,文化部应制发新书参考目录,各地可适当补充当地出版的这类书籍。各地新华书店应根据当地图书租赁业的情况,估计需要收换的旧书的种类和册数,事先储备适量的新书。(4)组织好宣传队伍,配合实际工作部署,及时地、正确地展开宣传动员工作。

(六)和改造租书铺摊和处理反动、淫秽、荒诞书刊的同时,必须积极地加强对人民群众尤其是青年儿童的社会主义教育,并发展新的群众性的文化事业和艺术活动,以扩展和巩固社会主义思想的阵地。现在教育部和青年团、工会、妇联对此已经开始注意,并正在进行许多工作。出版机关和发行机关应大力增加和改进文艺作品、通俗读物和儿童读物的出版发行工作。城市的文化馆、图书馆应向工厂、工地、街道、里弄展开广泛的活动,特别注意小工厂、手工业工人、店员、学徒、家庭妇女、失学的少年儿童的工作,举办更多文娱活动,并充分利用文化馆、工会图书室和租书铺摊发展图书的阅览工作。我们希望报纸刊物经常地组织图书评介,特别多介绍那些具有思想教育意义而又读者范围广泛的读物,并指导读者正确地选择和阅读书刊,担当起读书顾问的责任。

(七)建议这次全国省辖市或相当于省辖市以上城市,在七月初开始进行处理反动、淫秽、荒诞图书的工作。至于其他县、市这次是否行动,可由各地党委视当地情况决定。我们特别着重地建议各级党委抓紧对这个工作的领导,随时给当地文化行政机关和政府其他有关机关以方针政策的指导,并及时总结经验,纠正偏向,保障工作的正确进行。而在这次运动过去以后,还要注意经常的督促检查,使政府有关机关真正加强对书铺书摊的管理和改造,并逐步地清除社会上的有毒害的图书。

以上报告是否妥当,请批示。

文化部党组

一九五五年三月四日

(根据中央档案馆提供的原件刊印)

(原载中共中央文献研究室编《建国以来重要文献选编》第六册,中央文献出版社 1993 年版)

文化部关于重申从严控制新武侠小说的通知

（1985 年 6 月 18 日）

今年三月，经中宣部批准，文化部下达的《关于当前文学作品出版工作中若干问题的请示报告》（文出字［85］第 432 号文）中明确规定，新武侠（包括港、台新武侠）小说、旧小说以及据此改编的连环画，须专题报告文化部出版局批准后方能出版。四月，在全国出版局（社）长会议上，又反复强调了不要滥出新武侠小说，要求各出版社严格按照规定执行。五月，文化部出版局又发出通知（［85］出版字第 147 号文），规定上述几类图书未经文化部出版局批准，新华书店不得征订；出版社不得交集体或个体发行单位批发，亦不得自办批发；并要求在此以前自行安排的选题必须补报。以上文件下达以后，多数出版社是认真执行的，但也有一些出版社置若罔闻，拒不执行。一些专业出版社也超出分工范围出版新武侠小说。目前这类图书大有泛滥之势。这种状况，干扰党的出版方针的贯彻，不利于社会主义精神文明的建设。冲击现已十分紧张的书刊印刷和纸张供应，应当坚决加以制止。为此，重申前令，通知如下：

一、各有关出版社必须进一步端正指导思想，对从严控制新武侠小说等图书的出版予以高度重视，这是目前是否执行党的出版方针的一个标志。

二、未经批准的在制品，一律停排、停印、停装；已成书发往书店但尚未发行者一律封存（封存书目由出版单位通知书店）。出版社应将在制品印制进度、计划印数、已出品种及其印数、发行情况等，写出书面报告，由出版社上级主管部门签署意见后，报文化部出版局审批。

三、新武侠小说、旧小说和据此改编的连环画，未经批准，擅自出版或在批准印数之外擅自追加印数的，以及非出版单位滥编滥印这类图书的，都要实行经济制裁，具体办法另行下达。

（文化部文出字［85］第 962 号文件）

（原载中国出版工作者协会编《中国出版年鉴 1986》，商务印书馆 1986 年版）

陆定一在中宣部通俗报刊图书出版会议上的总结报告

(1951 年 4 月 27 日)

同志们：

经过几天的会议，了解了各方面的情况，讨论了一些问题。通俗报刊出版问题是一个很重要的关系我国数万万人民的问题，我们的会议是第一次会议，这次会议的结果准备订出总的草案交 5 月间的全国宣传会议讨论。

今天的总结要说明七个问题：

第一，要解决思想问题。有一位同志在讨论中提出"面向工农兵，放下架子"的口号，很好。现在的情况是上面的刊物很多，看都看不完；自然，各部门都有自己的刊物，适应他们的需要，并不必把那些都变成通俗刊物，问题是下面没有东西看，成万万的群众没有人管，甚至连共产党都不管，好像他们是另一个国。这是不能容忍的重大的原则问题。我们究竟依靠谁来建设我们的国家呢？是依靠知识分子呢，还是依靠广大的工农群众呢？这是立场问题，不管这个问题就叫作丧失立场，共产党一定要管，一定要有一部分共产党员献身于这样的事业。

群众中对于这种情况是有意见的。有人说清朝时我们没有书读，蒋介石、日本统治的时候我们没有书读，连毛主席来了我们都没有书读，共产党员听了这样的话应该觉得很难过。就以文艺问题为例，各省所有的农村剧团每省数以千计，每个剧团，就算只有 10 个人，总人数就是几十万，但是谁管了这些人呢？群众的文化要求是非常迫切的，我们还没有力量给以完全的满足，但一定要给以最低限度的满足；一定要正视这个问题，要把它看成一个严重的问题，一定要同各地讲清楚，要到处宣传，唤起大家，眼睛要向下看。

有的人提出机关报的问题。我们的报刊是机关报，要刊登机关的东西，就通俗不了。但机关报的作用在什么地方呢？不外是用以指导工作，如果登了许多东西，群众根本不看，等于浪费；如果下面什么也看不见，不知道我们要做什么，而机关报却似乎只是给自己看看，群众睬都不睬，那还成为什么机关报呢？机关的东西有地方发表，而报刊却一定要留出地位来给广大的工农群众。

还有一个前途问题，有人觉得做通俗工作没有前途，这一点我们要做自我批评，没有对通俗工作者进行奖励是领导上的缺点，今后要实行认真的奖励。做通俗化工作的同志也应该认识，我们的前途只有在与阶级国家的前途一致的时候才是真正的前途。如果中国没有前途，阶级没有前途，我们有什么前途呢？要给工农兵以读物，这就是我们的前途。领导机关应该对进行通俗报刊图书的编辑、出版、发行工作有成绩的同志给以奖励，为他们扬名，要把这种风气打开来。苏联派了许多专家来协助我们工作，他们并不是生来做部长的，从前也只是普通的人，财经委员会有一位苏联顾问，来中国之前是共和国的财政部长，最初却只是普通税务员，轻视普通的基层的工作是不对的。通俗工作是我们国家的大工作，大家应该努力做这工作，领导机关应该注意提拔干部、表扬模范。

思想问题就讲这些，因为在《新民主主义论》、《论联合政府》、《共同纲领》等基本文件中都讲过了。

第二是报纸问题。总结起来要有一个原则，就是在每一个地方，一定要有一种报纸是给工人和农民看的。

先说农民报。在东北，省报本身就是农民报，或者省报另出农民版。有些省只出农民报就够了，有必要的才出两版。具体做法请东北研究一下。关内可以有三种办法，总起来说就是准备实行三级制。第一种办法是省报本身就成为农民报纸，西北的青海、宁夏已经这样办了，凡是省内基本上没有工人的都应该这样办。第二种办法是省报附设农民版，凡是省内地委级报纸还没有办，或者没有完成办的，省报都应该附设农民版。第三种办法是逐渐创办地委的报纸，以农民为对象。将来应在两三年，或三五年内做到每一地委都办一种报纸，因为农民报是越到下面去越好办的。地委报纸应该先从距离省城远的地方办起，近一点的地方可以慢一点。以上各种报纸都是给农民看的，不要把对象弄糊涂了。

工人也一定要有报看，要做到每一个工人比较集中的城市、工矿区域（例如有 3 万以上工人的地方），都应该有一种直接以工人为对象的报纸，使工人都有报看。中央、大行政区和省的直属市，僻远的大矿厂，都要由总工会或其指定的机关指导创办工人报纸。各厂的厂报不出，只出快报。

办到了这一些，我们就会有一个通俗报纸的网，使每一个愿意看报纸的工人、农民都有报看，而不至于像现在这样要看而没有报看。总之，我们的原则是每一个地方一定要有一种通俗的供工人、农民阅读的报纸，一种都没有的现象是不行的。

通俗报纸的内容怎样呢？农民报纸一定要使农村小学教师、区村干部能看懂，不识字的农民能听懂，过去陕甘宁边区出版的陕北群众报就是读起来能听懂，用字顶多两千，非常通俗化、口语化的，这至今仍是我们的模范。报的内容必须是地方化的，多讲本地的事情，国家大事当然也要讲，但不要太多。字体要用大一点的，农民报一定要用老 5 号字，工人报可以小一些；报纸的价钱要低，农民报如没有图画只出 8 开，价钱就可以很便宜，一两百块钱就可以买一张，有画的可以出 4 开。不要每天出版，规定只出 3 日刊，这样新华社也可以有计划地供给稿子。

此外，还有几件事应该注意。第一，除最重要的政府公告，如惩治反革命条例之外，不登任何长文章。第二，要讲党，要报道党员和支部的情形。第三，要有画、有民间文艺。这些作为办通俗报纸的要求和方向，有了这些规定报纸就好办了，办出来工人、农民也会欢迎。到了有些地方就[这]样的规定已经不够的时候，再来做变动的计划。

第三是通俗书刊和出版社问题，关于出版社，中央和大行政区的出版社必须有一个通俗书刊的部门，出版通俗的书刊，或竟另成立一个通俗出版社，或者选择一个有成绩的私营出版社直接掌握，加以指导，让它担负起这个责任。省一级现在已有 15 个出版社，有的好，有的不好，应该加以充实，没有设立的要准备条件设立这种出版社，其任务就是出版通俗读物。领导机关对这些出版社要给以干部和经费上的协助。

通俗的书籍要切实选择几种，内容如关于抗美援朝、政治思想、反迷信的，不要太多，拿来有计划地大量发行，通知和动员邮局、合作社、小学都来做这个发行工作，使得这几本必要的书像以前的《三字经》、《百家姓》一样，做到家喻户晓。出版总署、人民出版社就要把这些书选好，内容、文字、封面、装帧都要经过仔细的修改、审查，以便完全适合群众的需要，宜于大量发行。其他关于卫生、生产的通俗画刊，可以由地方选定，出版总署加以监督。要把这些大量发行的书籍作为工作的重点，当作出版工作的重要政治任务，大力完成。

关于书籍出版工作有许多意见，有的主张少出多销，有的说有许多书还不够，应该多出。以后我们仍应该有重点，缺少的如政治思想、理论、史地、科学应该补上去。只有重复的才需要调整。有些书籍太少，要出题目，组织作者来约写稿。形式上也要改善到字大、有画、易唱、易读、听得懂。出版社要来管这件事，要有很大的权力，对通俗作品进行研究，提意见，展开斗争以贯彻这个方针。

杂志期刊方面问题很多，如对内刊物问题这里不必加以讨论。应该解决的是，第一，应该办一种通俗的、综合性的杂志，这种杂志现在还只有《新农村》、《华北人民》、《中南农民》等几种，大行政区都应该办这样的杂志，并逐渐做到各省都能出版这样的杂志。这些杂志也应该做到使粗识文字的农民、区村干部、农村小学教员、党员都能看懂。要做到看了这本杂志就有材料向人讲话，做晚会节目，演小戏、唱歌、讲故事，总之是完全有用的，好像低级的宣传员手册一样。这种杂志也可以大量发行。

教育杂志现在有 40 多种，上面的另作调整，省和市出的一定要给小学教员看，帮助他们的工作。

文艺杂志现在有九十几种，中央的和大行政区的就这样办下去，省市出的应该是通俗文艺杂志，对象主要是工人业余剧团和农村剧团。可以每半个月出一本，刚刚够用就好。在这种杂志上发表的材料一定要是可以用的。如果做到这样，销数就可以很大。大行政区的刊物也要照顾到各文工团的需要。有些大市如北京、上海，还允许出专门的文艺杂志。大型文艺杂志上应该发表作品。这是主要的，但也应该注意指导通俗文艺工作。

在杂志的管理方面，大行政区、大市出版杂志应由中央出版总署批准，其他都由大行政区办理。

第四是画报问题。中央和大行政区都出了一些画报，这些可依旧办下去。如果可能希望各大行政区都办一种通俗的画报。各省已办了的应该办好，山西画报的经验很好，值得大家学习。现在各省要都出通俗画报还有困难，可以准备条件办，但不要太急，办得不好而条件本来不够的，可以停办，但应在一两年内大行政区都能办出较好的通俗画报。

第五是干部训练问题。要出版这样多的通俗报刊书籍，就需要训练大批通俗刊物的编辑人员，这件事由各大行政区来办，数量要多少，要先计算一下。美术干部一定要克服困难，训练出来。美术工作者应该放下架子，面向工农兵。现在我们有条件出大批连环图画，仅依靠那 200 个旧画人，白天画"解放画"，晚上"跑马式"地赶画落后的作品是不行的，要训练出大批的干部来做这件事。有的人说，有些地方美术干部使用不得当，这不全对，问题是干部不够，缺得太厉害了，应该大批训练，中央文化部在今年的计划中已经订下了这一点，请各大行政区都注意这件事，东北准备到上海去请旧画人，能请到自然好，但恐怕请不到，应该自己训练。还可以训练一些初级的工农中的图画干部，但中级干部的训练应该成为美术干部训练的重点，要在几年内训练千把、两千人分到各地去担任连环图画和插画等工作。

第六是发行工作问题。发行要以邮局为主，书店摊贩只是辅助的力量，单纯依靠书店发行是不行的。为了把通俗书刊大量发行到各地去，应该对轻视和排斥发行通俗书刊的邮局加以批评，并要经过书店和邮局系统内部纠正这种现象。

第七是奖励问题。一定要对好的通俗报刊、好的通俗报刊工作者加以奖励,这是一件非常光荣的事,一定要好好宣传,并继续不断地宣传,好的报纸、刊物,好的工作者的名字都要在报上发表,中央将在这方面多做些努力。此外,还应该由政府给以奖励,可以由大行政区先开始实行,中央现在来进行这个工作是有困难的,因为要照顾到各方面,大行政区应该先做起来,以后中央也要进行奖励。

(根据中央档案馆保存的原件刊印)

(原载袁亮主编《中华人民共和国出版史料　第三卷:1951》,中国书籍出版社 1996 年版)

1955—1956年处理反动、淫秽、荒诞书刊工作及对私营书摊铺的安排改造

　　1955—1956年间，上海市进行了关于处理反动、淫秽、荒诞书刊图画和整顿私营摊铺的工作，这是新中国成立后本市文化界进行社会主义改造的一项重要政治任务。

　　处理工作开始前，上海全市原有私营图书租赁业2500余户（包括连环画租书摊和小说书租书摊），销售旧书的私营摊铺约300余户。这些书摊铺存有大量新中国成立前遗留下来的反动、淫秽、荒诞的旧连环画和旧小说、旧唱本，每天租售给十几万读者，散布大量资产阶级腐朽思想和堕落的生活方式，严重毒害、腐蚀广大人民的思想意识，尤其危害青少年的身心健康。

　　1955年，国家已进入社会主义改造和社会主义建设时期，为了防止有害读物对人民造成不良影响，坚决对坏书予以查禁、处理，以巩固社会治安，保障社会主义经济建设和文化建设，上海市首先在1955年初开始了准备工作。

　　文化部在1955年7月转发了国务院《关于处理反动的、淫秽的、荒诞的书刊图画的指示》及1955年7月20日国务院批准的《管理书刊租赁业暂行办法》。同年7月27日《人民日报》也发表社论《坚决地处理反动、淫秽、荒诞的图书》。于是这一工作就在全国范围展开了。

　　1. 准备工作

　　上海市进行这项工作，是由市文化局、市出版事业管理处在中共上海市委领导下进行的。在正式开始处理之前，先经过一个较长时间的准备阶段。早在1955年1月，已由市文化局、市出版处在各自所在的单位调集了一批人员对旧书（极大部分是旧小说）和旧连环画进行审读。通过审读以定出旧书刊的处理标准。同时对全市书摊铺陆续摸清其政治、经济、文化和营业情况，并先行征集图书样本。

　　据当时初步调查，全市有私营图书租赁业2532户（连环画摊2399户，小说租书摊133户），另有销售旧书的私营店铺59户、书摊251户。经掌握的图书品种，有旧书约7000种，旧连环画约9537种。经过初步审读结果，其中要查禁的旧书为1174种，旧连环画为242种；要收换的旧书为2014种，连环画为6287种。

　　在掌握全面情况的基础上，为统一领导和便于进行处理工作，经文化局报市人民委员会批准于1955年4月建立了"上海市处理反动、淫秽、荒诞书刊联合办公室"（以下简称书刊办公室）和各区工作组。这个统一办公机构，是由市文化局、出版事业管理处、工商行政管理局、公安局、民政局、新华书店上海发行所共同组成，以市文化局副局长钟望阳为办公室主任，汤季宏、林长青为副主任，下设秘书组、宣传组、审读组、处理组，并由文化局、出版处及各区人委等单位调集干部237人为工作人员。于1955年12月拟定了处理工作具体计划，根据文化部指示精神，分登记、处理（查禁、收换）、审核发证和安排改造等几个阶段逐步进行，

同时制订了《上海市管理书刊租赁业、旧书发行业的补充办法》以及登记公告、登记表格、工作制度等,在同年12月报经市人委批准后转发各区知照办理。12月中旬书刊办公室派出工作组至各区开始进行工作,由区人委密切配合。

2. 摊铺主登记

上海市处理反动淫秽荒诞书刊的工作,是于1955年12月下旬正式展开的。首先经市人委发布公告,发动全市书摊铺(包括图书租赁业和旧书发行业)登记。经过向书摊铺从业人员进行动员,解释1955年7月27日国务院颁布的《管理书刊租赁业暂行办法》和上海市人委批准的《管理补充方法》的内容,阐明登记的意义目的和政府处理坏书的决心及方针政策。

按照上级指示,对于这些坏书的严肃处理和书摊铺的整顿,必须贯彻坚决、彻底、慎重、稳妥的方针,既反对容忍的右倾情绪,也防止轻率的粗暴态度。在政策上对一般租书摊给予教育和改造,提高他们对坏书毒害性的认识,使他们租售好书,为新时代、新文化服务。但对于专借租售坏书毒害青少年及抗拒政府改造措施的社会危害分子,则按情节轻重严予惩处。对书摊贩的方针,从长期来说,是教育改造、限制发展、逐步淘汰,所以经过此次登记后,再不发展新摊户。

全市书摊(铺)户,经过动员和分组讨论后,都认识到"摆书摊只为了混饭吃","有害无害与己无关"等想法都是错的。也有人说"坏书像毒药,好书是补药,天下父母都爱子女,不能把毒药给别人吃"。这样,在普遍提高思想觉悟的基础上,在各所在区分别进行登记,并填报其存书目录(开列书名、作者、出版者、出版年月)。

经过登记,全市共有书刊租赁业2357户(其中连环画摊2253户、小说书摊104户),书刊发行业333户(其中旧书摊264户、旧书占69户)。这些书摊铺从业人员的生活情况,如下表:

	总户数	直接抚养人口总数	每月收入总计数(元)	平均每人每月生活费(元)
连环画出租摊	2253	8650	76906.80	8.89
小说出租摊	104	489	4490.60	9.17
发行业旧书摊	264	1034	11514.75	11.34
发行业旧书店	69	393	7446.10	18.87

说明:以上抚养人口,包括从业员本人在内。

从上表数字看,他们的生活水平是不高的。

3. 书刊审读

旧书刊的审读,与掌握处理书刊的标准和政策是密切相关的,是一项重要而艰巨的工作。为了做好审读工作,1955年初,已先向有关单位调集了一批有一定政治、文化水平的人员,经过政策及处理标准的学习后进行了审读工作。同年4月,本市处理反动、淫秽、荒诞书刊联合办公室成立,即在办公室下正式设置审读组。以后另于1956年1月报经市人委同意组成"上海市图书杂志审查委员会",以白彦为主任委员,唐弢、舒新城为副主任委员,并请有关单位及各方面人士二十余人为委员,以便研讨某些书刊在审读中发生的疑难问题和复审事宜。

经过较长时间的审读,根据书刊内容及流传情况,拟定分三类进行处理:

(1)查禁类:(一)反共反人民等涉及现实政治的反动书刊;(二)社会公认的淫书、淫画及露骨描写性行为的书刊;(三)宣扬特务、强盗、战争及反动会道门的书籍。

(2)收购调换类:(一)内容荒唐的神怪武侠书;(二)传布色情、腐化堕落生活方式的图书;(三)严重宣传反动思想及一般涉及现实政治的反动书刊;(四)内容离奇恐怖的侦探书刊;(五)宣扬间谍活动及帮会组织的书刊。

(3)基本上可不予处理的书刊:(一)五四以前出版而民间流传已久的图书;(二)新文艺作品中虽有不健康的色情描写,但系反映当时社会条件下青年男女生活苦闷的书刊;(三)暴露旧社会黑暗,有一定社会意义,而内容较合情理和少色情描写的言情小说;(四)表现仗义行侠,含有一定民族意识的技击武侠或神怪武侠书;(五)内容情节较合理,尚无恐怖性的侦探书刊;(六)正当讲解性知识和生理卫生的书刊;(七)无政治反动言论的宗教迷信书刊;(八)某些反动情节不甚严重,流传不广,而对学术研究尚有参考作用的书刊。

对于连环画也基本上按以上标准处理。在具体审读过程中,对不少疑难的书和难以决定处理界限的问题,为慎重起见,采取了集体研讨或征询专家意见,也有多次请示文化部后予以解决。审读期间,掌握了旧连环画11207种,经审读后列入查禁的为256种,列入收换的为7412种,可以不予处理的为3539种。又掌握了小说书7666种,经审读后列入查禁的为1258种,列入收换的为2596种,可以不处理的为3812种。

经过审读,分别编印了上海市处理反动、淫秽、荒诞图书(查禁、收换)目录、处理连环画(查禁、收换)目录和图书连环画暂不处理目录等。以后又编出了上海市处理反动、淫秽、荒诞图书(收换、查禁部分)第四套书目。以上书目均经上报文化部及市委宣传部。

4. 查禁与收换处理

处理反动、淫秽、荒诞书刊的工作,是在1956年2月4日开始分六批进行的。处理的方法是以经过审读后所编定的书籍和连环画的处理(查禁、收换)书目为准,由各区工作组人员根据各书摊铺在登记时自报的存书目录加以详细核对,并在上面标出应查禁或应收换的记号,再根据记号来验收应予处理的书,秤出斤两。收换的价格是连环画每斤一元三角,小说书每斤一元;查禁的还可给五分一斤。按此规定发给换书券,凭券向新华书店换新书。处理工作的进行,首先对市内104户小说书出租摊、246户旧书摊、69户旧书铺、郊区108户连环画出租摊进行处理,在取得经验以后再全面展开。各区验收的书刊图画,要填写送书单,连同查禁、收换的图书一并送交书刊办公室指定的仓库,并取回回单。

这次实际查禁、收换的旧连环画和旧小说书共计1559394册(150154.7斤),比较书刊办公室原估计的110余万册的数字,超过39%。在处理将告结束时,又组织审读组人员至全市书摊广泛搜集样本,并组织全体工作组人员和书摊人员进行了一次复查和互查,又复查出应予查禁、收换的坏书6000余斤。这样,基本上达到了清除坏书的目的。到1956年5月底共发出换书券9685.26元,已换出新书142924.46元,于是大大改变了书摊铺的面貌,使它成为流通好书的场所,同时也改变了社会人士对书摊铺的看法。此外,处理淫书206册、春宫照片901张和底片57张,春宫瓷器13具。估计这个数字是不尽符合上海的实际情况的,处理还没有彻底。由此也已掌握到一些租售淫书淫画的线索及其方式方法,当即把这些有关材料提供本市公安部门作为参考。

在处理过程中,由于事先对书摊铺从业人员进行了教育,贯彻了"对书不对人"、"过去从宽,今后从严"的政策,提高了摊户的觉悟,有不少人能主动协助政府做好这项工作。租书摊经过处理坏书,换来了新书以后,除了少数摊户过去拥有较多落后的读者看坏书,因而营业额有所下降外,大多数摊户营业有普遍上升之势,如过去每天只做一元的,换新书能做到两元或更多些,得以改善了生活,也改变了某些摊户"新书没有生意"的不正确想法。

5. 安排改造

根据文化部指示的原则和标准,在经过处理书刊后,全市各区的租书摊都分区按地段组成若干同行业小组和小组联席会议,每组推出小组长二人和会议召集人,定期开会交流经验,协商本行业的有关问题,如统一议价、互利互助,以及组织政治、文化学习等。行业小组由区人委文化科领导、管理。提篮、虹口等几个有条件的区还在自愿的基础上,成立了若干租书合作小组。同时,对已经登记的租书摊2357户的极大部分都核发了营业许可证,总计发给营业证2119户。

这次办理发证,是根据文化部指示精神,对于原有租书铺摊的申请营业放宽尺度,除极少数必须淘汰者以外,一般均可核准营业。但结合劳动就业,对一部分农村有土地或有特殊技能而可转业的摊户得分别办理歇业或转业。因回乡、转业或歇业而未发证的计有238户,其存书则由政府收购,规定价格50斤以下每斤5角;50斤到100斤每斤3角,100斤以上每斤1角5分,这个收购价格,仍比当时市上交易的价格为高。另有未登记的568户的存书,亦按此标准予以收购。

另外,对旧书发行业则未发证,决定由市出版事业管理处统一安排改造。

在安排改造中,出租书合作小组体现出比单干摊户具有较多的优越性,由于书摊合并,品种增多,营业也胜过单干户,且人力能得到合理使用,可以有组织地对读者服务。出现合作小组这种形式,是为改造创造了一个新方向。

对于图书租赁业的改造,主要是采取加强管理、利用改造、限制发展的方针,以保证其出租好书,抵制坏书的继续流通,并控制新设书摊的发展。对现有的一般摊户(约占80%),基本上仍维持其独资经营,分散租赁、各计盈亏、自食其力的形式。但对具有一定条件的摊户(约15%),可逐步发展为租书合作小组。

6. 善后工作

上海市连环画租书摊2000多户,在违法图书处理后,其营业收入多则二三十元,少则五六元。收入少的困难户(约470余户)无法维持全家的最低生活,势必影响其营业的积极性,为维持其营业,并进一步巩固处理的成果,发挥该业在图书流通中的积极作用,书刊办公室给予他们应有的照顾。如在1956年春节由书刊办公室预发了一批换书券给租书摊,以便他们添买新书。1956年4月在处理工作结束时,又对生活困难的和在运动中表现积极的摊户发放了一批补助书券,补助的控制数字为10000元,当时分配给全市各区的金额,以闸北、邑庙、蓬莱三区为最多,均在1000元左右。当时由书刊办公室规定了两种发放标准:第一等,16~25元;第二等,1~15元;并规定了适合这两等的补助条件。

为了帮助解决租书摊经营中的资金困难问题,市文化局于1956年11月14日发文中国人民银行上海市分行请协助办理对图书租赁业的贷款,以资周转。11月16日召集各区人委文化科开会,布置了贷款工作。

至于图书租赁业从业人员的临时救济补助,自1957年由市民政局统一办理。1956年12月15日,市文化局、民政局联合发文称:"1957年度补助经费二万元列入市民政局社会救济预算项目。"

　　上海市处理反动、淫秽、荒诞书刊联合办公室于 1956 年 5 月底宣告结束,其内部扫尾工作也在 8 月中旬全部结束。以后书刊办公室的工作分两方面移交:关于书刊租赁业的业务移交给上海市文化局社会文化事业管理处,关于旧书发行业的业务移交给上海市出版事业管理处。以后有关安排、改造等未了事宜,均由上述单位分别负责。

　　　　　　　　　　　　　(原载《上海图书馆事业志》,上海社会科学院出版社 1996 年版)

（二）改造地方文艺，端正文艺方向

办好文艺刊物

敏　泽

革命的胜利,给我们的文艺刊物提供了生长和发展的条件。一年以来,文艺报刊的发展是很快的。根据不完全的统计,在一九五一年年内创刊的文艺刊物,就有五十八种之多(全国现在约共八十多种文艺刊物)。各地报纸的文艺副刊还不计算在内。这样的数目,是相当可观的。在发展的速率和销售的总额上,也都是空前的。文艺报刊出版和发行这种广大的规模,只有在现在——在我们有了真正的出版自由,人民群众的文化不断提高,才有可能实现。这是值得我们兴奋的。但是我们却不能仅仅因为我们数量上的多,有了几十种文艺刊物而自满,而不去正视和注意我们文艺刊物中某些不能令人满意的现象。

我听到有些同志说:我们的文艺刊物出版得"太多"了,某些文艺刊物的出版,实在有些"不必要"。我们的文艺是不是真的"太多"了呢?我想还不是。在苏联《真理》报的一篇社论里,曾经提到苏联"有关于科学、艺术……各方面的""七千七百种报纸"和"数百种杂志",然而他们并没有认为"多"。当然,我们的情况和苏联不同,还不能和苏联相比。但中国地区这样大,人口和民族又是这样多,假若要求最充裕地和全面地满足群众的精神食粮的需要,目前我们的文艺刊物却还并不能算"太多"。目前群众所感觉的还是可读的东西太少,而不是"太多"。我们的某些文艺刊物,给人一种"不必要"的印象的原因,我想,最主要的,恐怕就是因为我们某些文艺刊物,方针还不够明确,内容还不够充实,没有自己的明确的特点,不能很好地满足读者的要求。在处理来稿上,以及和群众的联系上,也不能令人满意。

我们的文艺刊物,也像其他革命工作一样,应该是有比较明确的分工的。我们的每一个文艺刊物,都应当根据自己的具体的情况,制定自己的方针和任务,并为执行和达成这个方针和任务而努力。我们的文艺刊物,一般说有着比较明确的方针,而且也都依照自己的方针做了很好的努力。像《长江文艺》、《河北文艺》、《湖北文艺》、《群众文艺》等,都有很好的显著的成就。《长江文艺》不但能够经常地、密切地配合和推动中南区人民的现实斗争,而且能够及时地提出目前创作上存在的主要问题,加以讨论和指导,像发表在三卷二期的《围绕土地改革、展开创作运动》等几篇关于配合土地改革运动,进行创作的文章,对于推动中南区的创作运动和群众文艺运动上,是起了一定作用的。在培养新的文艺活动的积极分子上,新的工农作家上,初学写作作者上;在通讯工作上,通过各种形式(如"文艺顾问会")和群众的联系上,都有很好的成绩。他们发现和培养了不少新晋的作家。由于这种种原因,《长江文艺》获得了读者比较广泛的爱戴和支持,在群众中生了根。《湖北文艺》和《河北文艺》也都能够根据该省的具体情况,确定刊物的正确的方针,并和群众取得密切的联系,在群众文艺运动和人民的现实斗争中,起了积极的配合和推动的作用。……这都是很好的。但是还有一些刊物所作努力是不很够的。甚至还有一些文艺刊物,在方针上还不够明确或正确。常常临时塞进去一些既不能适应全国,又不能切合地方的空空洞洞、不痛不痒的文章。《郑州文艺》在自己的工作检讨中,认识到了这样做法的不正确,而且力求改进,这是很好的。我们还有些文艺刊物,在某种程度上,也有着同样的偏向。这是我们应当及时地予以改正的。不然就会遭到群众的不满,使他们认为这样的刊物"不必要"。

还有一种地方文艺刊物,不顾及自己的客观条件,具体情况,急于向"全国性"的方向发展;或者追求形式上"派头大",对于"大块"文章,注意得比较多,但对当地创作上,文艺工作上,思想上,作风上存在的实际问题,以及适合群众阅读的作品,却注意得不很够。结果形式上看起来或许比较"堂皇",但内容上却常常不够充实,不很受群众的欢迎。我自己觉得南京的《文艺》、《淮海文艺》等,在某种程度上都有这样的倾向。不从群众的实际需要出发,单纯追求形式上的"像样"、"派头大"的态度,是不很好的。

文艺刊物只有植根于群众的土壤中,不断地吸取群众的智慧,才有可能获得无限的生机。刊物离开群众,正像树木离开了土壤一样,必将枯萎、衰颓的。

全国性的刊物和地方性刊物也应该是有分工的。全国性的文艺刊物,有它的对象和任务。它不仅是应该经常选载一些较好的、示范性的作品,同时它还应该经常刊载一些指导整个文艺工作、文艺运动、文艺思想的文章。在这一方面,我们有些全国性的文艺刊物,做得也是不很够的。《文艺报》也是如此,曾经进行过检讨。又如:现在有很多文工团员很苦闷,急欲提高,而又无从提高;某些地方还有禁演旧戏,或歧视旧艺人的偏向存在;个别地方不重视当地的民族戏剧;在旧剧改革中也存在着不少的问题……所有这些,全国性的《人民戏剧》都是应该经常予以指导和批评的,但是检查一下《人民戏剧》创刊以来几期的内容,我个人觉得在指导实际运动、实际工作这一方面,做得是不很够的。

全国性的刊物,有它自己的任务。不可能也不应该按照部分读者的要求,改变它的方针。《人民美术》在申述它的方针时说:"《人民美术》的编辑方针是指导普及,它和一般书报的内容应该有所区别。它以美术干部为对象,不是以一般群众为对象。它的中心任务是帮助美术工作者如何搞好普及工作,如何提高现在的创作水平。不论对于这一任务完成得如何,甚至有很严重的缺点。但不准备把它改成叫工人、农民、士兵都看得懂的书报性质的刊物。"作为一个全国性的美术刊物来说,我觉得这样的方针基本上是正确的。

但是地方性的文艺刊物的方针却不应当是这样的。虽然地方刊物也应当常发表一些以文艺干部为对象的文章,然而最主要的还是加强刊物的群众性、地方性、通俗性,和群众取得密切的联系,经常供给群众以新的精神食粮;并有计划、有步骤地从群众中培养出一批新的文艺活动积极分子,新的工农作家和初学写作者,来推动群众性的文艺运动的开展。但是,我们有些地方刊物恰恰在这方面做得很不够。内容上不但不注意刊物的群众性、地方性、通俗性,在和群众的关系上,也存在着敷衍的态度,处理来稿不但不及时,而且不管什么稿子一律使用现成的"奈篇幅有限,不能刊登"一类的油印(或铅印)条子退稿,或者很潦草地提上两句不痛不痒的意见。这种现象是很普遍的。三十一期《文艺报》中发表的几封读者来信,是代表着广大的初学写作者的呼声的。这种对待初学写作者的态度,对于我们文艺事业的发展,将是一种妨害。在有一期的苏联《文学报》社论里,特别强调地指出"苏联文艺的强大,是由于青年天才的自由而蓬勃的发挥。苏联艺术无止境的发展,以及它许多新成就的保证就在这个地方"。而青年天才的自由而蓬勃的发挥,是和"文艺干部的关心者和热烈的培养者,不倦的编辑，顾问，忠告者和鼓舞者"分不开的。我想，这几句话同样是值得我们做编辑的同志们深深思索的。我希望我们的编辑同志们，能够珍视自己的光荣工作，明确自己的方针，把自己的刊物面向群众，和他们取得密切的联系，帮助初学写作者，同时多听取群众的意见，使我们的文艺刊物更好地生根、开花和结果。

（原载《文艺报》1950 年第 8 期）

提高通俗文艺刊物的思想性

——读最近几期的《翻身文艺》与《郑州文艺》

李 晴

全国各省市的文艺刊物不下七十余种,其中大部是通俗化的文艺刊物。在内容上,它们一般地都在不同程度上,反映了新中国两年来生产建设上的伟大成绩,表现了在各种运动中涌现的新的、英雄的人物,及时地配合了全国性及地方性的政治运动,指导与推动了群众文艺运动的开展。从形式上说,它们都正在或开始采用通俗的、短小精悍的、为人民群众喜闻乐见的文艺形式。在大多数的通俗文艺刊物中,都充满着浓厚的民族风格与地方色彩。这都是可喜的;也正因此,它们才被人民群众所喜爱。

但是,我们并不能因此得出这样的结论,说:我们的通俗文艺刊物都已经办得很好了,不是这样的,特别是在提高通俗文艺刊物的思想性、反对庸俗化的倾向这方面,我们还需要作不懈的、更大的努力。

有一些同志不是这样认识这一问题的。他们把"普及第一"和"通俗化"错误地理解为不必强调通俗文艺刊物的思想性,他们说:如果我们强调了提高通俗文艺刊物的思想性,那么便不容易为人民群众所接受。他们把"通俗化"与"提高思想性"看成是矛盾的东西。

思想性,这是作品的灵魂。文学事业既然是"总的无产阶级的革命事业的一部分",是"整个机器中的螺丝钉",那么我们自然就要求它更好地去完成这光荣的职责——以高度的思想性去教育广大人民群众,更真实、更本质地反映出现阶段革命斗争的主导方向,给予他们以生动的、深刻的爱国主义思想教育,鼓舞他们为创造幸福的生活而斗争。谁对这一点估计不足,他就必然不能更好地去完成自己的职责。

我们什么时候也不应该放弃对通俗文艺刊物中的作品的思想性的要求。自然,对于普及的文艺来说,我们不应该像一般提高的、加工较多的文艺作品那样去要求;但是,这并不意味着我们可以降低对它的思想性的要求。它们的区别在于:"普及的文艺是指加工较少,较粗糙,因此也较容易为目前广大人民群众所迅速接受的东西,而提高的文艺则是指加工较多、较细致,因此也较难为目前广大人民所迅速接受的东西。"(毛主席:《在延安文艺座谈会上的讲话》)显然,毛主席在这里所说的普及的文艺与提高的文艺的区别,只是说对它们的加工的程度应有所不同,而不是让我们放松对普及文艺的思想性的要求。

我想谈谈最近几期的《翻身文艺》(河南省文联编)和《郑州文艺》(郑州市文联编)上的几篇作品。

在七卷二期的《翻身文艺》上,刊载了一篇题为《互助好》的梆剧。这篇作品的主题,是在于批判农民在个体经济基础上形成的狭隘自私的"单干"思想,说明互助组织对于提高农业生产的巨大作用。显然,这样的主题对读者特别是对该刊主要对象的农民读者来说,是有着积极的教育意义的。但是,在这篇作品中,作者是怎样地表现了他的主题呢?作者用了很大的力气和大量篇幅,描写主人公的妻子和其他农民积极分子向那个落后的主人公进行说服,说:参加了互助组,可以"多打粮",可以"省工出活","你没看看王老大,独干一手抓了瞎,麦子全被大风刮,一亩地才打了一斗八!"而对于互助组织可以提高农业产量,增加国家财富,对于农民的利益与国家的利益的一致,则完全没有去表现。作者不是向农民进行爱国主义的思想教育,而是片面地宣传着农民的"发家致富"的资本主义思想。

通过文艺形式,正确、及时地反映党和人民政府的政策,是通俗文艺刊物的首要任务。

但是在有些作品中,却表现着作者与编者对一般政治常识的无知和草率的作风。如在二卷三期的《郑州文艺》中,刊载了一篇题为《小两口谈时事》的作品,其中出现了"美帝……提出谈判停战","美帝在朝鲜想与我们来和谈","美帝设法提出了谈判停战"等字句。作者把美国侵略军接受马立克关于停战谈判的建议歪曲为主动"提出了谈判停战"。像这样的作品,它将怎样去教育读者呢?它必然会在某些读者中造成一些思想上的紊乱。

要表现人民群众在生产建设中的英雄事迹,更重要的是,还要透过他的英雄行为来表现他所以产生这些英雄行为的思想基础——这就是正在蓬勃上升着的爱国主义思想,那种主人翁的,对祖国浸透着深深的热爱的,把自己的命运和整个祖国的命运紧紧联结在一起的高贵的感情。在七卷二期《翻身文艺》的《淮河沿岸庄稼好》一文和三卷三期《郑州文艺》的《搬掉石头,提高生产》一文中,通过党和人民政府所领导的社会改革或生产建设对人民的好处,来表现劳动人民对自己的领袖的热爱,这种题材是很好的。但是两篇作品都只是停留在一种报恩的思想上,而忽略了这些运动本身就是群众自己彻底解放自己的斗争,这就削弱了作品的思想性。

由于某些通俗文艺刊物的编者忽视了作品的思想性,所以在发表出来的作品中有很多存在着脱离政治的、庸俗的倾向。《郑州文艺》在最近几期歇后语中,竟出现了一些"半夜床动弹——人上来啦","脱了裤子放屁——多那一哆嗦","裤裆里放屁——弄两岔里去啦"等庸俗的东西。另外,在《郑州文艺》的《俱乐部》栏中,也常常出现一些像"漫地搭个棚,棚上挂油瓶","出南门走七步,拾块鸡皮补皮裤"等绕口令,这些,究竟又有什么教育意义呢?

用简短、通俗的形式,发表一些关于开展工厂、农村文艺运动,指导工人、农民协作的文章,是通俗文艺刊物的一个重要任务。可是有些通俗文艺刊物的编者却不去重视这一点。据我所知,不仅是《翻身文艺》极少这样的文字,在其他很多通俗文艺刊物中也都没有给这类文字以篇幅。这些刊物的编者也许是这样想的:"理论性的东西群众看不懂,还是多登些作品吧。"他们没有去考虑:切合实际的、通俗的、富于指导性的论文,同样为群众所迫切需要。譬如说:如何开展工厂文娱活动?如何提高工厂、农村业余剧团的宣传质量呢?怎样写文艺作品?……这些问题,难道不是工农群众所最关心而又亟待解决的吗?增加一定数量的短小的指导性的文字,是提高通俗文艺刊物的思想性并推动与提高群众文艺运动的重要一环,我们是不应该忽视的。

我所以举出了上述的一些例子,目的只是在于企图批判认为提高思想性与通俗化是矛盾的这一错误观点,说明提高通俗文艺刊物思想性的必要,并引起人们的注意而加以改进;我完全不是想借此来抹杀《翻身文艺》与《郑州文艺》在过去一阶段中的成绩与作用。据我所知:这两种刊物在当地各种政治运动中曾起了积极的、良好的配合作用,与当地人民群众的政治斗争紧紧结合,为广大工人、农民所喜爱,并因此有着很大的销路(《翻身文艺》行销河南全省各乡村,达数万份;《郑州文艺》由五百份销到两千多份,在当地工人及劳动市民中有着很大的发行量)。我想,也正因此,提高通俗文艺刊物的思想性的要求对于我们也就更为迫切。通过文艺作品去教育群众,鼓舞他们,并且提高他们,这是我们每一个作者与编者的艰巨而又光荣的任务。我们要无愧地担当起这一艰巨而光荣的任务。

（原载《文艺报》1951 年第 4 期）

为彻底纠正通俗文艺工作中的错误而奋斗

王亚平

北京市的通俗文艺工作,两年来,在毛泽东文艺思想指导下,在组织、教育工作和创作方面,产生了不少作品,有了相当的基础,这成绩是应该肯定的。当然也不是没有缺点。不过我这篇文章还不能作为整个工作或整个领导的检讨,而只是就我个人(一个在这工作中比较负责的人)及一部分同我工作较接近的同志来谈。我以为我们是有严重缺点的,我们没有站在无产阶级立场上,来及时认真地检查通俗文艺工作中存在的缺点和错误。因为我们这些同志,大都是小资产阶级出身,存在着浓厚的小资产阶级意识,常常用"灵感"式的方法来领导工作。这样就造成在具体工作中缺乏或放弃了思想领导,不能严肃地开展思想斗争的错误,增长了夸功、自满、自大的思想,形成创作上粗制滥造的作风。在某些地方投降了旧形式,不断地发生政治上的错误,在群众中散布了不良影响。

我们曾提出"夺取封建文艺阵地"的口号,也作了一些具体工作。可是对于北京封建文艺阵地的具体情况缺乏认真的调查、研究,在工作上就产生了盲目性。在创作上,我们有"只求无害"的想法,以为只要没有毒害就可以写,可以发表。在剧本写作上以为只要写出来能演,总比老的封建迷信的戏好。甚至还错误地以为群众觉悟不够,还不到吃"馒头"的程度,给他们"窝窝头"吃也就不差。这些降低艺术思想,迁就落后的想法是错误的,不能容许的。我们常常以作品量多而自慰,以为多写比不写好。这不是以作品为人民服务的真诚态度,是把个人利益摆在党的利益、人民利益之上,以写作来表现个人的错误思想。我自己有这种错误思想,而且表现为创作上的粗制滥造。慢慢地还滋长了"戏只要能演","诗歌顺口就行","小说要能说,曲艺要能唱"等等的偏重技术,忽视政治内容的倾向。

对于这些文艺思想上的混乱、错误倾向,我没有及时带头地展开批评与自我批评的严肃斗争。这就造成了你写你的,我写我的;这里搞一摊子,那里搞一摊子;自由发表,自由印行等等事实。不懂得用无产阶级、毛泽东文艺思想来领导,不能形成坚强的领导核心,纵容了封建艺术思想及小资产阶级意识的传播。《新民报》"文艺批评"周刊的编者竟妄想"称霸文坛",发表了假"清除旧文学中的色情毒素"为名,而以传播色情实例为实的,极端荒谬而有反动思想的文章;站在小资产阶级立场写妇女姚瑢转变的《母与子》小说竟在"萌芽"上(《新民报》副刊)连载;不少可有可无的作品连续发表;《大众诗歌》刊载了我自己的《愤怒的火箭》和沙鸥同志的《驴大夫》等有政治错误的作品。这样,就把刊物、报纸当成了私人、朋友表现自己作品的园地。这一切都充分证明了思想领导不强,在通俗文艺工作中产生了极端的自由主义,小资产阶级意识和封建思想残余侵进了我们的思想领域。

表现在我们思想上的另一种错误,是瞧不起某些专业文艺工作者,跟他们有对立的情绪。认为只有我们这些人才是搞通俗文艺的,专业文艺工作者是专门搞不通俗文艺的。这是我们对毛泽东文艺为工农兵服务的方针没有正确的认识,对于普及和提高的关系缺乏正确的了解,才造成这种"门户之见"。在这样的思想支配下,就不能切实地和专家紧密合作,不能吸收专家的意见和帮助来提高通俗文艺作品,更好地开展通俗文艺工作。有个别同志在群众面前、讲演会上,攻讦别人。有的用讽刺的口气说:"新诗是无韵、分行、带杠、加点、高低不平。"有的竟说:"我写的作品他们不批准,他们写的作品我们也不批准。"竟忽略了作品只有群众才能批准的真理,把作品看成自己的私有物,这是瞧不起群众,使文艺脱离实际需要、人民需要的具体表现。作为一个党员作家,竟不站稳立场,滋长了这种错误思想,真是到了不能容忍的地步。

对于戏曲界的艺人,我们合作得比较好,也有一定的成绩。京剧《将相和》是合作成功的例证之一;不少鼓词,经过有技术的艺人修改后,唱出去效果更大;评戏方面,也在合作中产生了新剧本,改进了评戏的音乐。在这些业务合作改进的过程中,我们没有巩固、发扬这些成绩。我自己和某些同志,不能虚心地、认真地、深入地学习民间文艺形式,有时枝枝节节地学一些,自以为懂了,却没有真懂,也就不能很好地运用民间艺术形式,吸收它的优良传统,进一步地发扬光大。在艺人一方面,虽说办过讲习班,进行过思想教育,都做得很不够。特别是对于他们的创作、演唱中发生的错误,不能及时地批评、纠正,平素又缺乏政治、思想指导,形成了自编自唱的自流现象,跳不出旧形式的圈子,作品缺乏思想性。

对于工人、农民群众文艺方面的合作,我们是重视的。组织发动过他们创作,产生了较好的通俗文艺作品,配合政治任务进行了文艺宣传活动。缺点是,我自己和某些同志,实际上和工人、农民群众来往很少,具体地帮助他们很不够。我自己到北京两年多,没有到过工厂和郊区,也没有和工人、农民做朋友,当然说不到合作,说不到深刻地体验他们的生活、思想、感情,学习他们丰富的语言,又怎能写出正确表现工农兵形象的作品呢?对于他们的不成熟的作品,不够重视,也就不能帮着他们加工、提高,使群众文艺创作有了萌芽而不能很好地发展,这是严重的脱离实际、脱离群众的错误。

既不能很好地联系专家,又没有很好地联系群众,结果是看得不远,想得不深,接触的面不广,沾沾自喜地抱住自己的小圈子,提不高,深入不下去,"有点飘飘然了"!在这种情况下,表现在通俗文艺创作方面,就难以产生有血有肉、有思想内容的好作品。有不少作品,还犯了政治上的错误。

我自己对于政治生活热情不高,对于政策不精细地研究,反映到作品里就是思想性不强。同时满足于旧形式的运用,却又对旧形式的真正优点不熟、不懂,不能在民间形式上发展、提高,往往信手一挥,就算作品,其实那不是作品,是不负责任的粗制滥造。没有严肃的创作态度,作品就起不了教育人民的作用,反而贻害了青年,让他们向坏作品学习。我们审查反映抗美援朝的稿件,一次就有作者不同、作品内容相同的四十余篇之多。《说说唱唱》每月收到稿件六百余篇,《新民报》文艺副刊和周刊每月收到稿件在千五百篇以上,其中能用的很少,其原因之一就是我们随便写,大家跟着随便写。这种自误误人的严重现象是十分可怕的。

实际分析一下二年来的通俗文艺创作,是好的少,坏的多。"填"的多,创作的少。一种是名义上运用旧形式,实际上是按旧调调填上去的,如"十二个月"、"四季歌"、"五更调"、"孟姜女哭长城调"之类。这些旧调调、旧形式,多半是在封建社会里创造出来的,适宜于表达悲伤、忧郁的感情,硬填上新事物的内容,新人物的生活,怎么也不相称,情调不合,叫人听了很难过。一种是抄袭旧套子,如有了"三婿上寿",再来个"五婿上寿";有了"三女夸夫",再来个

"五女夸夫"、"九女夸夫"；有了"小女婿"，再翻一个"老女婿"。抄来翻去，出不了那一套，形成作品的一般化，没有新鲜气息。一种是按着鼓词的旧格律，写进新的内容，无论如何也得受拘束，不能把旧形式突破。有的用上一些旧词、滥调、老套套去形容新人物，那就把"通俗化"庸俗化了，自然也歪曲了劳动人民的形象。比如用"乌云"（女人头发）、"杏子眼"、"樱桃口"、"风摆柳"等陈词滥调来形容今天新社会的妇女，还成什么话呢？这是向旧形式投降，没有新思想，反现实主义的创作方法。不用健康的、纯洁的语言，不用新鲜的手法来表达新事物，其结果必然走进形式主义的泥坑。

从主题思想上，来检查通俗文艺作品，那就更显得空洞、贫乏、苍白了。为什么发生这种现象呢？就是对于表现主题的事物不熟悉，接触得不够，认识得不深。没有足够的观察、体会和了解，因而写出的作品就一般化，没有新内容，也就没有新鲜、活泼的感人的力量。

有些作品是报纸新闻的翻版，或是别人既成作品的翻版，我们叫这样的作品为"翻译"。既说是"翻译"，也就说不上思想性了。因为自己是不劳而获，主题是别人发现的，思想是别人的思想，人物故事是别人创造的，只不过把小说、新闻改成唱词、剧本，变换一种形式罢了。如果真正有文艺修养，认真负责，改编得比原作好，那当然也很好。最要不得的是那种不负责任的乱改、乱翻。如"七个小英雄"、"郭俊卿"、"新事新办"等同一主题，就有好多人去随便写，随便翻，那是浪费自己和别人的时间！

有些作品原是旧鼓词的改写，而我们管那叫作"推陈出新"的作品。这个工作，如果做好了，是很有意义的。如果做不好，迁就原作的辙口韵脚，既未在思想上加以提高，也未在形式上将它发展，那就没有意义。甚而保存下原有的封建色彩、低级的描写手法和庸俗的词句。这都因为对民间艺术形式，没有正确的认识，没有严肃的态度，就产生不小的恶果。

有一部分作品，是粗制滥造，没有思想性，甚至歪曲人物形象，在政治上犯错误的作品。我写的《愤怒的火箭》正是这一类型的代表。这篇东西的创作动机是企图概括北京抗美援朝的现实，集中地表现人民的伟大力量。可是自己对于工人、学生、农民、劳动人民的思想、感情、抗美援朝的运动，都了解得不够，认识得不深，对于政策又没有足够的体会，这就只有凭自己的空想来任意地虚构这篇东西，于是，把工人、学生、农民、人民解放军都集中到天安门来表现力量，把打特务、捉地主的形象也拉到天安门前。这个庄严的主题内容，变成了抒发小资产阶级意识、感情、想象的场所，正似火箭一样，真到了"乱飞乱响"的程度，结果是歪曲了现实，曲解了政策，制造了一些混乱的语言。这说明用小资产阶级的立场、观点、手法去写东西，就不可避免地会产生如此严重的错误。

我和不少同志，总以为我们勇于赶任务，勇于写作。但赶任务并不等于配合了政治任务，实际是赶在任务的后边。我们打着赶任务的旗号，写了很多不痛不痒、可有可无的作品，原因是平素对政治任务关心不够，也不调查、了解党的政策在群众中发生了什么样的影响，有什么样的变化，有什么样的新问题。单凭主观的"热情"，动笔去写，结果任务没有赶好，在政治上表现了低能和无知。

产生这些严重的缺点、错误的根本原因，正如乔木同志所指出的"在目前文艺工作中存在着相当浓厚的小资产阶级倾向，以致妨碍了文艺工作的前进"。也正如周扬同志指出的"由于文艺工作的领导上，放松或放弃了毛泽东文艺思想的领导，放弃了对一切非工人阶级的思想批判、思想斗争和思想改造的工作，这就给了资产阶级、小资产阶级思想以很大的间隙来占领文艺工作的领导地位"。我们要坚决、迅速、及时地克服、改正这些缺点和错误，就必须首先改造通俗文艺工作领导干部的思想,坚定地站在无产阶级的立场、党的立场,来从事文艺工作,从事创作活动;不断地开展批评自我批评,彻底清除有害的小资产阶级意识、残存封建意识及残余宗派思想;认真学习马列主义、毛泽东文艺思想。在工作中,要创造经验,总结经验,提高领导能力,有步骤有计划地和文艺专家一道夺取封建文艺阵地,建立新文艺阵地;批判地吸取民间艺术的精华,学习劳动人民的新语言,来丰富自己,培养自己,进一步创造民族的新风格,写出歌颂、表现伟大祖国和劳动人民的新生活、新事物以及英雄模范的高贵品质的作品;用严肃的态度,进行创作,矫正粗制滥造的自由主义作风和反现实主义的创作方法;对已组成的通俗文艺队伍(如大众文艺创作研究会、业余艺术学校等)进行严格的整顿,展开思想教育和思想改造;清理、审查、研究已有的通俗文艺作品,表扬好的,批评坏的,求得进一步的发展和提高。只有这样,通俗文艺工作,才能展开一副新的面貌,新的生动活泼气象,达到文艺为工农兵服务的目的,完成党和人民交给我们的重要任务。

(原载《文艺报》1951年第5期)

为什么停滞不前

天　明

就目前情况看,通俗文艺创作落后于现实斗争,落后于广大群众需要,是一个很严重的问题。

我碰到过一些通俗文艺的作者,几年来在各方面很少进步,作品始终停留在原来的水平。各省的通俗文艺刊物,销路不佳,有的从整万份的跌到两三千份光景。当然,这里还有着别的原因,但内容的不能满足群众日益增长的要求,却是主要的原因之一。从各地报刊和出版社所出版的通俗作品来看,公式化、概念化的倾向仍然普遍存在,思想性、艺术性都很差,得不到群众的喜爱。再从各地工农的作品和演出来看,极大部分还停留在说明政策,单纯描写技术的阶段。较好的作品当然也有,但终于还不是多数。问题的严重正在于:与这同时,群众的阶级觉悟和思想水平却正在不断地提高,对艺术的欣赏力也在逐年逐月地增长,而通俗文艺又是直接为广大群众所接触的,因而这一缺点,也就表现得更普遍、更突出。

通俗文艺创作的水平长期停滞不前,原因是很多的。例如一部分作者长期脱离生活、脱离政治,文艺机构对创作领导的薄弱,专家缺少应有的帮助和指导,地方文艺刊物编辑工作也还存在着一些缺点等等。但最主要的、最基本的原因还在于作者本身的主观努力不够,而这种努力的不够,又往往必由于以下一些对通俗文艺的看法不对头而产生的。

一种是把普及工作看成固定不变的与提高工作没有联系的工作,特别是用固定的眼光来看群众的需要。有一些过去搞过相当长时期通俗文艺的作者,对高级的文艺作品往往不感兴趣,不是抱了学习的态度,来关心它、研究它,而是狭隘地说:"这些作品只有少数人才能欣赏,群众是不会接受和欢迎的,群众需要和欢迎的是我们普及的东西。"对于苏联的先进作品也同样表示冷淡。他们说:"苏联的作品,和我们这里有很大的距离,这些提高了的作品,对我们做普及工作的没多大用处。"与这同时,对一些先进的文艺理论也是不大学习的,好像做普及工作的不需要什么理论,只要解决如何具体做的问题就行了,他们认为那些"深奥"的理论,只有专家才需要去研究。当然,对这些的学习研究,需要有一定的文化水平才行,并不是每一个人都可以做到的,但问题是在于他们所以不积极、主动接受先进事物,却是由于保守自满、故步自封的结果。这些人虽然口口声声讲"群众的需要",其实对群众真正的需要是并不了解的,对群众的思想水平和艺术欣赏力是估计不足的。这种把普及工作和提高工作截然分开的做法,使普及工作失去了指导,模糊了方向,长期停滞不前,不能满足群众的要求,这是直接地违反了毛主席的"在提高指导下的普及"的原则的。

另一种错误的认识,是把通俗化理解成为光是形式的问题。什么内容是无关的,只要运用了民间形式就行。这种忽视内容只讲形式的看法,就导致了以下的恶果。有些作者没有生活,照理是不能进行创作的,却可以从报纸上翻找一些材料,改编成鼓词说唱。既然通俗化只是形式问题,那么向民间文艺的学习也主要是学习它的形式,而它的思想性和艺术性,也就可以置之不问了。我国的优秀艺术遗产,许多是用文言文或者韵文写的,"不通俗,没有学的必要"。苏联的作品呢,其形式和我们很有距离,自然也就没有学习的必要。也有些人以另外的说法来提出问题:"通俗化虽不只是形式问题,但通俗作品在内容上要求不能高,思想性可以降低些。"既然对通俗作品的要求可以降低,那么政治政策的学习,文艺理论的钻研,艺术技巧的锻炼,也就成为无关紧要的事了。不知道"简单浅显",并不等于粗制滥造;深入浅出,尤非有一定的思想艺术水平不可。

最后,还有一种相当普遍的看法,特别在提出了要创作思想性、艺术性较高级的作品以后,不少人看不起通俗文艺,表现在专家身上是对通俗文艺漠不关心,既不阅读,也不指导;表现在地方通俗刊物编辑同志身上,是不重视、不安心自己的工作,对作者采取应付的不热情的态度;而表现在作者身上,则为信心不足,对自己的工作发生怀疑,看不见工作前途,产生了自卑情绪。就是搞,也往往是草草了事,勉强应差。当然也就不可能积极努力,来提高自己创作的水平。

看不起普及工作的根源,首先是忽视了广大群众当前迫切的需要,用小资产阶级的眼光来看待这一光荣的任务。其次也仍然是把普及工作和提高工作分开,不了解用通俗的形式也可以写出思想性、艺术性都很高的作品,《白毛女》《血泪仇》正是既能普及而又思想性、艺术性都有很高成就的作品。高级的作品,只有在普及的基础上才有可能,普及工作者也须和人民要求的提高一同提高。鲁迅先生说过"从唱本和说书里可以产生托尔斯泰和福罗培尔",也正是这意思。毛主席早就说过:"轻视和忽视普及工作的态度是错误的。"

为了改进我们通俗文艺的创作,首先我们的作者要端正对通俗化的看法,既不要自满自足,故步自封,也不要妄自菲薄,失去信心,而要加强学习,努力提高自己的思想艺术水平,脱离生活的作者还应长期地深入生活。而作者的主观努力,再和文艺领导上的关心,专家们的帮助、指导,地方文艺刊物工作的加强等结合起来,是可望逐渐改善目前这一严重的情况的。

(原载《文学月报》1953 年第 7 期)

（三）一个新的开始：群众文艺运动

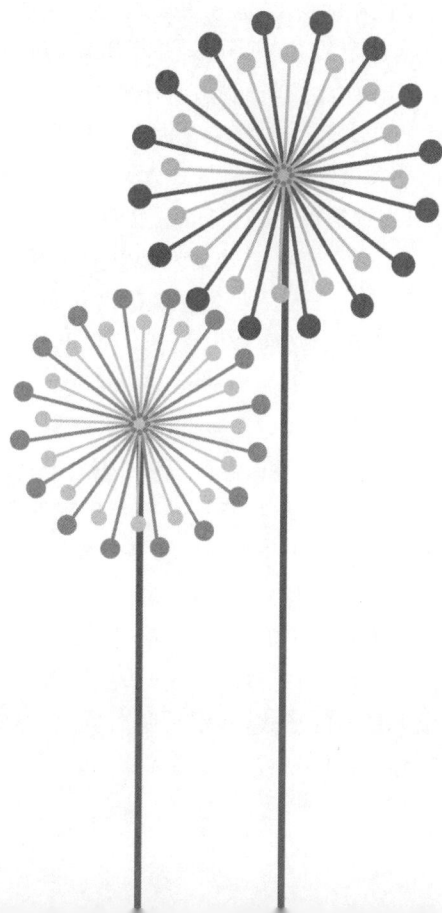

《大众诗歌》创刊了

一九五〇年的春天来了,中国的人民大众,第一次真正有了自己的春天。对于这样的春天,谁都感到新鲜、活泼、真实,不由地对它生出一种亲切的感情,甚至是热爱的感情。这种感情的产生,自然有它的思想基础、社会背景。就是说,从人民大众的眼睛里,看到封建的统治势力垮台了,旧社会向着新社会转变了;许多新人物、新英雄、新现象出现了;他们的思想、情感也自然跟着起了变化,这变化是历史上从来没有的。就在这巨大的变革中,中国人民第一次感受到胜利的骄傲,自由、平等、和平、民主的喜悦。他们进一步地对民族、国家、世界有了初步的认识,有了较密切的联系,有了一个新鲜的希望。

站在这样人民大众面前的和站在他们当中的中国诗人们,究竟应该怎样为人民歌颂、为人民写作呢?毫无疑义地,要坚决地站在新形势、新任务底下,用诗歌的形式为广大的人民服务。中国既然在巨大的变革当中,也就不断地产生着为人民解放事业牺牲、流血、战斗不屈的英雄;也就不断地产生着生产、支前的新人、模范;也就不断地产生着一些典型事例与高贵的品质;……这一切正是诗人应该热情歌颂的!同时,那些死灰一样的反动残余、特务和所有的国内外帮凶们,也就不能不作最后的挣扎、阴谋破坏人民的解放事业,人民的胜利成果,中国的诗人,正好用强烈的阶级意识,犀利的眼光,锐敏的感情,来暴露、讽刺、打击这些反动残余的丑态、阴谋,并指出他们必然灭亡的命运。

在如此的新形势、新任务要求下,中国诗人的写作题材是丰富的,取之不尽用之不竭的。中国诗人写作的领域是大大地展开了,这就必然规定了诗人不允许再躲在自我小圈子里,要面向人民大众,走进人民大众中间,和他们一同呼吸、一同感受、一同生活、一同提高、一同前进,为着把革命进行到底,实现新民主主义的社会而奋斗。这个新现实主义的创作方向是肯定了,是在毛主席的文艺思想指导下明确了、发展了。中国的诗人已经或正在向这个方向靠拢了,那么,人民大众也就有权利要求所有诗人们写出能适合目前形势和任务需要的作品。

人民大众的文化水平不同,思想力、感受力的大小不同,也就规定了诗歌的创作不能固定于一个形式。事实上,诗人所选择的主题、所表现的内容绝不能一致,它的形式也一定容许多样的尝试与发展。但有一个标准,必须使你所用的语言,表现的形式做到通俗易懂、群众喜爱接受,进而起到反映现实、推动现实的作用。这里所说的通俗易懂,既不等于"迁就群众",也不是反对"提高的艺术形式"。我们说,群众经过土地改革、人民解放战争、建立中华人民共和国的伟大现实斗争、考验、影响,早已有了飞跃的进步。他们不只提高了觉悟,有了新思想、新看法,有了初步鉴别艺术好坏的能力;他们还创造了很多的新名词、新语言。因此他们也不一定需要你过分的迁就。如果,非要迁就他们,没有原则地迎合他们,那就有当尾巴、流入庸俗的危险。同时,我们所说的不反对提高的艺术形式,也正是在已有或现有的基础上提高的形式,并不是脱离群众,站在空中,站在山顶上去提高,那样的提高,群众是不会理睬的,更不会喜爱的了!

　　因此,创作为人民大众喜爱的诗歌作品,就成了当前中国诗人们的严肃而神圣的任务。我们知道写一首被群众喜爱的通俗诗歌,或者说是大众化诗歌,是极其不容易办的事情。诗人们多半是知识分子出身,对工农兵大众的生活、思想、情感、语言,懂得不多,体验不够,这里就必须深入而具体地认识他们,了解他们,向他们学习。懂得他们怎样用恰当的有光彩的语言表达思想、情感,进一步去提炼一番、加工一番,才能够创造出新形式、新风格。这正是本刊和广大诗歌写作者、爱好者共同努力的一个目标;也只有在这一共同目标、共同努力下,才能拿出好货色,把这个《大众诗歌》名副其实地办好!

　　为了开展大众诗歌工作,为了推动诗歌运动,逐步提高诗歌艺术,除去以创作为主之外,我们将围绕着大众诗歌的创作、发展,提出一些具体问题来,互相分析、研究、讨论、批评,使它发生出指导创作的作用,或者能帮助读者学习诗歌,那就算是理论吧。对于好的翻译作品,我们同样欢迎,从进步民族人民诗人的作品中,能得到一些滋养、借鉴,对我们该是有利的呢。我们不必夸耀地说,这是诗的时代,诗歌创作的高潮到来了,但我们敢说、敢于相信在人民大众的要求下、在广大诗歌工作者的爱护下,大众诗歌的创作会有一个新的起色! 新的面貌! 新的进展! 谨以此热情与希望来迎接这个不平凡的一九五〇年春天!

一九四九年十二月末,北京

(原载《大众诗歌》1950 年创刊号)

巍山区群众说说唱唱的经验

金 陇

浙江省东阳县巍山区中心小学从一九五一年十月开始,组织了"说说唱唱"的文艺宣传工作,深入群众进行教育,收到很好的反应和效果,他们把工作的总结经验寄来,我们认为是值得介绍推广的,所以把它发表出来,介绍给各地作文艺宣传工作的单位作为参考。

——编者

一 组织群众说唱的重要性

通俗文艺已经普遍地在人民大众中间生了根,它的滋长繁荣是可以预期的,但是这中间也还存在一个比较严重的问题,就是文艺与群众在某一种程度上还有着脱节的现象;也就是文艺要面向工农兵,工农兵却还没能很好地爱好他们自己的文艺的问题。这一个情况表现在戏剧、歌曲与美术方面还比较轻一些,而表现在文学创作上的就更为严重了。我们的党在三十年艰苦的斗争中创造了无比伟大的业绩,产生了无数的革命英雄,我们的作家在这些方面也曾忠诚地给人服务,也歌颂与表现了他们,尤其在开展抗美援朝运动爱国主义教育以后,我们的报告文学在质和量上都有了空前的发展和提高。但是群众对这些伟大业绩和英雄形象的认识,还是比较模糊的,这问题显然就是我们没有很好地将这些新的英雄和新的事物向群众介绍的缘故。

农民群众随着政治经济上的翻身,在文化和娱乐上的要求,也显著地提高了,他们不但要求学习文化,而且要求文娱活动,这具体表现在农村剧团和秧歌、连厢等的迅速普遍的发展上。但是演一次戏,准备、设计等工作,要花相当的时间和精力。秧歌、连厢等只适宜于街头或空场上的表演,不但受时间上的限制,也受形式的限制,不能表达比较丰富的内容。经常能供给群众需要的小型文娱形式,还没能很好地组织起来,因此组织群众的说唱,是有相当重要的意义的。通过说唱,可以向群众表演各种文艺作品,介绍前线和后方的新人新事;组织收听广播,或教唱新的民歌小调。这样,既能结合新爱国主义教育,又能配合每一个时期的中心任务,不但满足了群众的文娱需要,又能达到辅助党的宣传目的。

二 组织说唱的经过

"说说唱唱"是以北京《说说唱唱》这一刊物命名的,由巍山中心小学社教辅导处组织筹办的。从一九五一年十月十八日开办以来,已经举行了二十六次演唱,表演的节目有《红军长征故事》、《英雄沟》、《李家沟反维持记》(以上革命故事)、《王贵与李香香》、《小二黑结婚》

（道情）、《志愿军出国一周年》、《汉江南岸的日日夜夜》、《钢铁第三连》（抗美援朝故事）、《新婚姻法讲座》、《寡妇应德娥改嫁》、《新旧婚姻的对比》（新婚姻法宣传）、《张阿三学文化》（说唱）、《水浒传》（说书）等三十八个，听众共达四五五〇人，平均每次一七五人。有一部分群众，从开始说唱以来，没有间断过一次。各种表演形式中，以道情、讲卷、相声等最受欢迎。期间是每逢旧历二、五、八日举行。在缴粮的时候，说说唱唱搞得比较热闹，送粮来的群众都来听说唱，给了他们的鼓动和兴趣不少。经费方面，因需要数字不多，没有向群众筹募，主要都是工商联负责的。

三　说唱的方式、方法

我们组织群众说唱，分两种方式来进行。一种是布置固定的场所，以一定的时间向群众进行一定内容的说唱，选择地点比较适中而又不妨碍开会的厅堂、寺庙或其他公屋，布置一个矮台，在台前安排几条凳子，夜间点一盏油灯，即可向群众进行说唱。这一种固定的说唱，每次可以有一个到四个节目。一般的还可以有一定的次序，如农村新闻、国家时事等排在前面，革命故事或小型表演排在后面，每隔一两夜举行一次。每次说唱时间，以两小时左右较为适宜，但也可根据生产或中心任务的需要，随时伸缩。在门口还可以挂一块黑板报，预告表演节目，也可以悬挂灯笼作为说唱的标志。另外一种是没有固定的场所和时间，根据不同情况，对群众作流动性的说唱。只要有了材料，任何里弄巷口、天井、空场、街市、乘凉或晒太阳的地方，也不论是白天晚上，只要有群众聚集或临时能聚集起来的地方，都可以进行说唱。这一种方式较前一种更为深入和普遍，效果也就更大。

表演的方法，一种是说，一种是唱，一种是说说唱唱，一种是唱唱做做。前两种方法适宜于流动性的表演，后两种适宜于固定性的表演（当然在运用上是完全自由的）。有一个重要的环节，就是一切的表演必须发动群众自己来搞，也发动群众自己来听来看，一方面是自说自唱，一方面又是自听自娱。这样不但能提高群众文娱与爱国热情，还可以培养出民间艺人和工农作家来。

四　说唱的具体内容

说唱的内容，以我们的经验来说，可分成下列几方面：（一）国家时事或农村新闻，包括朝鲜前线通讯故事、祖国建设成就、婚姻法讲话、地方新闻或纪念节日讲话、对当地中心任务的宣传等，一般都排在第一个节目，这样群众就容易接受，领会也比较深，这一个节目必须严肃切实而有教育意义，同时必须注意与黑板报等配合。（二）革命故事或小型演唱，包括各种新的或旧的革命故事，如历代农民革命运动、党的革命史、剧曲内容介绍、道情、花鼓、相声、讲卷等的演唱，这一个节目必须活泼、生动而具有吸引力。在当地的中心工作中有了很好的材料，镇压反革命或婚姻法宣传中出现了典型事例，不妨加以整理编写，随时对群众演唱，其教育作用更大。（三）新的长篇创作与旧的章回小说，以说书的方式向群众讲说，如《新儿女英雄传》、《吕梁英雄传》、《水浒传》等。在固定性的说唱里，它具有很大的吸引力，也能使群众听得欲罢不能，是抓住群众的好方法。在流动性的说唱里基本内容与上述情况相同，但方式必须灵活应用，节目须精炼，条件许可的地方还可以收听广播。

五 经验与教训

通过说唱,不但提高了群众的阶级觉悟和爱国主义思想,同时还适当地配合中心任务,扩大宣传婚姻法。经过这几个月来的事实证明,这是最经济、便利而又容易为群众接受的宣传方式。在中心任务繁忙,会议开得很多的时候,"说说唱唱"可以吸收一部分会议以外的群众(如老年人或比较落后不大欢喜开会的人),他们也欢喜听说唱,通过说唱可以使他们得到教育,使宣传力量扩大到每一个角落和每一个人身上,因此"说说唱唱"可以弥补党的宣传动员工作的空隙,扩大宣传阵容。

"说说唱唱"可以和图书馆读报组等结合,相互推动工作,还可以和冬学、民校结合,将说唱送上门去,也可以在会议休息时间或人数未齐的时候来搞。在城市里说唱工作可以由文化馆组织发动,并因此教育、提高旧艺人。"说说唱唱"可以配合黑板报和剧团节目,黑板报上的农村新闻可以作说唱材料,剧团节目也可以作说唱节目。在表演方式上,说唱不需要化妆、动作等,但仍可以表情唱做,这样的方式根据我们的试验是成功的,我们曾经组织过一次《王秀鸾》的说唱,得到很多的听众。

我们在工作上的缺点也是相当严重的,首先在争取区党委对我们政治上的帮助做得不够,在业务上没有很好地贯彻"自说自唱,自听自娱"的原则,让群众自己来搞,一直由区校包办代替,形成吃力不讨好的现象。和黑板报、冬学、民校等配合得都不够好,群众反映次数少,时间短,因为没有交给群众自己去搞,时间上虽然延长一些,次数仍不能增加。在发现与培养积极分子方面根本没有注意,因此听众的流动性很大,如今还没有很好地巩固卜来。

六 今后的努力方向

为了更好地巩固与发展说唱工作,首先必须注意发现与培养积极分子(包括说唱者与听众),将他们组织起来,给以相当的帮助,使他们参加说唱和扩大宣传作用。将说唱交给群众,扭转包办代替的偏向。在政治上多争取党委和行政领导上的帮助,密切地配合中心任务,同时多组织流动性的说唱,将说唱送到群众的门上去。特别希望上级重视我们的工作,将这些不成熟的经验加以介绍推广,并建议出版社有系统、有计划地编印说唱材料,这样,"说说唱唱"的文艺宣传工作就能够更普遍、更深入地展开。

(原载《说说唱唱》1952 年第 3 期)

大规模地搜集全国民歌

云南省委宣传部向各地县委发出了"立即组织搜集民歌"的通知,通知中说:云南各族人民中出现了很多歌颂生产大跃进的民歌。它不但丰富着人民的文化生活,而且有利于各族人民社会主义意识的增长。因此,应该十分注意把它们搜集起来(见 4 月 9 日本报第一版)。

根据最近的消息,已经有不少地方在进行这项工作。他们搜集民歌的方法是通过群众路线,深入群众,依靠群众,把民歌记录下来,分类整理,这比我们历史上任何时期搜集民歌的方法都要完善得多了。有些县已经编出了一些民歌集子。看来,这项工作已经引起了各地领导机关相当的重视,已经完全有条件可以大规模地进行。这是一项极有价值的工作。它对于我国文学艺术的发展(首先是诗歌和歌曲的发展)有重大的意义。

从已经搜集发表在报刊上的民歌来看,这些群众的智慧和热情的产物,生动地反映了我国人民生产建设的波澜壮阔的气势,表现了劳动群众的社会主义觉悟的高涨。"诗言志",这些社会主义的民歌的确表达了群众建设社会主义的高尚志向和豪迈气魄。河南禹县的一首民歌中,有这样的句子:"要使九百一十三个山头,一个个地向人民低头。"四川叙永县的农民唱的是:"不怕冷,不怕饿,罗锅山得向我认错。"湖北麻城的一首民歌是这样四句:"笼子装得满满,扁担压得弯弯,娃的妈呀你快来看,我一头挑着一座山。"

这些是现实主义和浪漫主义相结合的好诗。在农业合作化以后的大规模的生产斗争中,农民认识到劳动的伟大,集体力量的伟大,切身地体会到社会主义制度的优越性,他们就能够高瞻远瞩,大胆幻想,热情奔放,歌唱出这样富于想象力的,充满革命乐观主义精神的杰作。农民的形象在这些作品中早已不是呼天抢地的杨白劳了,而是足智多谋的"鲁班仙",大闹天宫的孙悟空,以及治水的圣人"大禹王"。他们否定了曾经世世代代压在他们头上的"玉皇大帝"和"海龙王",而自豪地说:"我就是玉皇","治水龙王社员当"。他们深信自己能够使"万水千山听调动",使自己家乡的粮食增产的水平迅速地"跨黄河,过长江"。

这样的诗歌是促进生产力的诗歌,是鼓舞人民、团结人民的诗歌。只要把这些作品从群众中搜集得来,再推广到群众中去,就一定能够收到很大的效果。

民间歌谣"刚健清新",历来都是诗歌文学的土壤。它对于今天的新诗创作也将起一种促进的作用,无论在思想内容、语言艺术、体裁形式上,它们的特色都值得诗人们的注意和学习。我国从第一部诗歌总集《诗经》起,就有着记录歌谣的宝贵传统,历代优美的诗歌没有不是从民间歌谣汲取了丰富营养的。五四新文化运动中,北京大学首倡搜集歌谣,搜集歌谣的风气也曾经盛极一时,陆续出版了不少集子。但是,尽管过去的时代给我们留下许多民间的美妙的诗歌,成为诗人们汲取营养的取之不尽的源泉,旧时代毕竟不是人民当权的时代,他们用以表达自己的劳动生活和精神世界的歌谣,绝大部分像风一般地永远消失了;幸而未遭散失,为人们口耳相传保留下来的,则成为我们的民族文化宝库的重要部分。毛主席《在延安文艺座谈会上的讲话》发表后,民间歌谣的记录工作跨入了一个新时期,不仅更多地发掘了表现社会生活的作品,其中也有着崭新的革命歌谣。中华人民共和国成立以后,人们听到了许多从心坎里飞出来的各族人民歌颂共产党、歌颂毛主席、歌唱他们自己新生活的民歌;各种的长诗短歌,如蒙古族的"嘎达梅林"、彝族撒尼人的"阿诗玛"、苗族的"古歌"、傣族的"召树屯"、回族的"花儿"、僮族的"欢",等等,真是琳琅满目,美不胜收。这些传统的或者新产生的民间歌谣,无疑都是人民群众和诗人们所需要的珍贵食粮。中国新诗的发展,无疑将受到这些歌谣的影响。因此,为了发展我们的诗歌艺术,大规模地搜集全国民歌也是决不可少的一项工作。同时,我们还要注意发掘尚有踪迹可寻的历代口传至今的歌谣宝藏,使它们不致再消失。

这是一个出诗的时代,我们需要用钻探机深入地挖掘诗歌的大地,使民谣、山歌、民间叙事诗等等像原油一样喷射出来。我们既要把它们忠实地记录下来,选择印行,也要加以整理和研究,并且供给诗歌工作者们作为充实自己、丰富自己的养料。诗人们只有到群众中去,和群众相结合,拜群众为老师,向群众自己创造的诗歌学习,才能够创造出为群众服务的作品来。

（原载《人民日报》1958 年 4 月 14 日）

记一次关于"小说在农村"的调查

我们的小说在农村普及的程度怎么样？还有哪些问题值得注意？

为了具体了解这方面的情况，1962年12月，我们在保定专区的定兴、望都、唐县三个地区做了一次调查，同时又向阜平、涞源、容城、定县的一些比较了解情况的农村文艺爱好者作了个别访问和座谈。这次调查的对象，绝大部分是公社社员（包括一部分男、女知识青年），还有一部分基层干部，少部分是业余青年作者和青年教师。

在调查中，我们处处感到兴旺蓬勃的气象。由于农村生产情况的显著好转，文化生活也日益活跃，特别是近年来，党号召劳动人民的青年儿女，号召优秀工人和知识分子到农村去，为进一步发展和巩固人民公社、建设社会主义的新农村而贡献出自己的力量，大批知识青年怀着自豪的心情积极响应了党的号召。可以想见，大批的知识青年回到农村，一方面必将大大改变农村文化生活的面貌，同时，他们对于文化生活的渴望，也必然是十分热切的。

定兴县是一个突出的例子。全县文化工作开展得较好，各种文娱活动如评剧、讲故事、说唱、展览、黑板报都很活跃，县文化馆的图书室，有六千册书，平均每天有近百人借阅书籍，许多优秀的文学作品根本在书架上放不住，几年来周转不息，争相传阅。容城平王公社社员李辉描述他们村的生动情景时说："大秋后，一到后晌，就说开书了，老人爱听旧书，如《聊斋》、《水浒》、《三剑侠》；年轻人愿听新书，如《林海雪原》中的《杨子荣舌战小炉匠》等。有时说到夜里11点半，大家还不愿散。"定县南支合村王葛玄说："我们村已经电气化了，村里有四五十架收音机，听《红岩》时，热腾腾地挤满了一屋子，很受欢迎。"像这类情况，在我们调查的几个县里，都比较普遍，确实是令人兴奋的气象。

什么样的文学作品是他们所喜爱的呢？

在调查中，社员同志们举出了许多生动的事例和情况，这里不可能一一加以举例，只能介绍几个比较典型的例证和情况，借以看出一个基本的轮廓。

从调查中看，具有强烈的战斗性、鼓舞性的长篇小说，受到农村广大社员、干部、技术人员等各方面的热烈欢迎，普及面相当广，青年社员的反映尤其热烈。如《红岩》，这部充满壮烈的革命激情的作品，在农村中引起的热潮，并不下于城市。望都同宠公社副书记张来顺说："《红岩》这本小说在公社干部中已有一半人看过，小说中牺牲的人虽多，却不给人低沉绝望的感觉，他们死得壮烈伟大，给人很大鼓舞。"容城留通村社员李辉说："公社里有两本《红岩》，初到公社时，我连看一夜放不下手，太吸引人了，一直到天快明，灯油都没了才撒手。"涞源马圈村社员孙晓福说："《红岩》在报上连载，报一来，我们就把它剪下来，最近还准备排演《红岩》，大家积极性都很高。"望都公社社员张文发、女社员贺宝绵也说：看了烈士们在狱中的斗争，这样坚强不屈，非常感动，受到了很大的教育。定兴、唐县、望都文化馆的同志和新华书店的同志们也都反映这部书受到了十分热烈的欢迎，用他们的话来说：读《红岩》形成了高潮，成百册数，转眼便销售一空，因此书店不能不根据各方面的需求，适当地加以调整和平衡,使更多的人看到它。这部好书便是这样在农村青年和干部中深入人心。

与这部书媲美的,还有描写冀中农民参加火热革命斗争的《红旗谱》,和描写知识分子参加革命的《青春之歌》。五台山东南脚下的阜平县,是老解放区,那里北果园公社崔家沟大队社员陈继合,1943年曾经是教育模范,参加过晋察冀边区群英大会,他给我们介绍的情况便非常生动,他说:"老头们和我挺好。到冬闲常找我讲个古话,他们喜欢听《聊斋》、《武松打虎》,但讲点新书也爱听,我从头到尾讲过《红旗谱》,一开始的砸钟就吸引了他们,他们回忆起过去自己的斗争,并且说:这些事现在不稀罕,过几百年不是和《西游记》、《武松》一样吗?我给他们讲《青春之歌》南下请愿示威这一段,他们很有兴趣,并且反映说:'昨晚可听了个稀罕,学生们上南京找蒋介石、国民党算账去!'我还讲过《林海雪原》里'智取座山雕'一大段,他们说:'杨子荣不比那个武松软呵。''杨子荣比杨香武三盗九龙杯还有能耐呢!'像这些作品都能让他们想起过去的斗争,很有教育作用。"

《林海雪原》这部情节惊险曲折、人物机智果敢的长篇小说,在农村中是脍炙人口的。定县南支合村社员王葛玄说:"青年小伙子中,《林海雪原》非常流行,书中的英雄人物也有鼓舞作用。《林海雪原》四五十岁的老头子都看了,故事情节惊心动魄,农民特别喜欢看。"在调查中许多社员、干部、中小学教员都反映了对这部书的爱好,书店中这部小说的销售量也很可观,定兴新华书店就卖去了五百本左右,有的村选择其中的段落说给群众听,也受到很大欢迎。

可以说,战斗性、鼓舞性强而人物形象又鲜明生动的作品,在广大社员中,总是得到强烈的反响,这是在调查中给我们的突出的印象。但是,这并不是说,他们的兴趣只局限于这方面,从调查中我们也看到,广大社员对于作品的选择和爱好,是多种多样的,这里除了欣赏趣味、阅读习惯不同外,也因为年龄、阅历、文化水平的不同而各有所好。

赵树理同志的具有深厚的现实生活基础的小说,一直受到农村中广泛的欢迎,他的较早的作品,如《李有才板话》、《小二黑结婚》以及前几年写的《三里湾》,在农村中影响都很大,可以说历久不衰,特别是像《小二黑结婚》,曾经改编成戏曲演出,更是家喻户晓。涞源马圈村孙晓福说:"赵树理在我们那里无论大人小孩都知道,一提《小二黑结婚》、《三里湾》,大家便都能说出里面那些人物来。"望都谷家村魏炳章说:"《李有才板话》,不识字的人也喜欢听,大家对板话很感兴趣,有的人可以背下来。"望都文化馆的张炳清说:"赵树理的作品所以受欢迎,主要是具有中国风味,如二诸葛、三仙姑,识字不识字的都可以记住,印象深,有的作品因为写法太洋,一般农民就不一定喜欢了。"这个看法是很中肯的。

除此之外,具有浓郁的抒情气息和地方特色的作品,如孙犁的《白洋淀纪事》也同样为他们所喜爱。容城留通村社员李辉说:"孙犁在我们那里大家都知道,因为他写的是咱们地区的事,大家读起来觉得特别亲切。"在调查中,还引起我们很大兴趣的是,在一些青年社员和干部中,对优秀电影的文学剧本的阅读,也很热情,他们说,看了电影,又看电影文学剧本,可以帮助自己理解影片,同时以后再去看电影就更好懂了。革命回忆录《王若飞在狱中》等书,在青年中也畅销一时,他们从这些书里,为革命先辈们英勇顽强的革命精神所感动,把他们作为自己学习的楷模。

五四以来的好作品,如鲁迅先生的小说和散文,矛盾、巴金、老舍的小说,也都不乏读者,虽然书里所描写的生活,和他们现在的生活距离很远,但是作品对当时现实生活真实动人的描绘,也同样能打动他们。阜平陈继合说,他曾给村里的妇女们讲过一次柔石的《为奴隶的母亲》，她们都听得流泪了，效果很好。由此可见，农村对于文学作品的兴趣是很广泛的。

总之，从调查中看，农民喜欢的长篇小说，大体有这样一些特点：一、战斗性、鼓舞性强，情节生动紧张；二、语言群众化，生动易懂；三、人物形象扎实，生活气息浓厚。在艺术风格上继承了古典小说的传统，具有民族化、群众化的特点。反之，即使写得比较深刻，但由于写法上离群众的习惯较远，语言不够群众化，也会限制更多的农村读者接受。这里首先是一个适应群众喜闻乐见的中国作风、中国气派的问题，自然也有逐步提高、扩大群众的欣赏趣味的问题，这二者应是相辅相成的。

关于短篇小说，我们也作了一些调查，有些好的短篇小说，引起了社员和干部的兴趣。如赵树理同志的《登记》、《锻炼锻炼》都为不少社员所熟悉，不久前发表的《互作鉴定》，在一部分青年社员中也获得了好评，他们认为问题提得及时，有很大的现实意义，启发人思考。望都同宠公社张来顺说："《人民日报》发表《沙滩上》时，唐县正在召开三级干部会议，第一书记王桂集同志读后，认为很好，特地在大会上推荐，要每个人都读读，帮助整风，起了很好的作用。"阜平社员陈继合说："李准、马烽在我们村有影响、有威信，小说《李双双小传》确实是不错，与现实结合得紧，马烽的《老饲养员》、《我的第一个上级》、《三年早知道》也都写得好，写得非常实际，人物塑造不露刀子印，有趣幽默。王愿坚的小说影响也很好，如《七根火柴》、《党费》，我讲给学生们听，他们都哭起来了。"对王汶石和峻青的短篇，大家也很喜爱，他们说：王汶石作品中人物写得好，峻青的作品年轻人看了带劲，冲劲大。茹志鹃的《百合花》，望都潘泗岱、阜平陈继合都认为写得真实、感人，一点没有废话，听了以后忍不住掉泪。此外像最近发表的《出山》、《一面之缘》也都受到了注意，他们说，这些作品事实虽平凡，可是和农村的生活接近，有说服力。

在调查中，我们感到短篇小说的农村读者面还不够广，有些受到工人、学生注意的佳作，在农村还没有受到应有的重视，这和这方面的发行、推广、介绍等工作做得不够是有关的。

在农村中受到很大欢迎的还有优秀的古典小说，如《水浒》、《三国》、《列国》、《西游记》、《聊斋》等等。在书店中，常年陆续不断地供应，销售量也很大。另外，《杨家将》、《呼家将》等书，也有很多读者和听众。值得注意的是像《施公案》、《大八义》、《小八义》这类内容封建反动的旧小说，也仍有一定市场，这些书大部分是过去留下来的，在小范围内流传，有时市集上也掺杂着卖一两本，还有些老艺人说这些书，虽然数量都很小，但正如唐县中学女教师安春淑所说："在村里没有新书看的时候，旧书就会出来占市场。"如何彻底廓清这方面的影响，以优秀的古今小说来全部夺取这个阵地，仍然是一个不容忽视的问题。

在调查中，我们注意到曲艺和戏曲对于农民文化生活的作用。可以说，过去很多古典的文学作品经常是通过这类形式来向农民推广的，不论识字的或不识字的都从这里接触文学，印象深刻，影响深远，特别是不识字的农民，他们更只是依靠听书、看戏，因此如何使得当代的优秀的文学作品也能通过这些方面得到推广，是一个值得研究的问题。

目前农村也有不少旧艺人，他们是农村文化生活中的一支重要的力量，但是他们文化水平低，往往又不是职业化的，只是农闲时，才做一些演唱活动，因此既没有时间也限于水平，不可能将优秀的现代文学作品改成新段子，只能说说旧书。望都许家庄大队社员李佩华，在村里有时也说点书，就提出要求说："老艺人都说《杨家将》、《呼家将》，其他的说不了，也没有合适的材料，有些新曲艺不上口，不上腔，各地曲调也不同，我们希望有关方面结合着老艺人一同改编出一些新节目来。"这个意见不仅反映了老艺人的要求，也提出如何利用曲艺这种轻便、最具有群众性的形式,更深入地推广现代优秀作品,更好地向农民进行社会主义教育的问题。我们觉得是值得重视和研究的。

在调查中,我们深切感到广大社员十分渴望读到优秀的文学作品,通过对新华书店、邮局、文化馆的了解,可以看出,十多年来,图书发行额逐步增长,1956年以后,增长得特别快,这和扫盲运动的深入开展、知识青年回乡、学校增长、社会主义觉悟的不断提高等方面都有关系,农村对文学书籍的需要增长得尤其显著,因此需要将推广和指导农村阅读当代优秀作品的工作更好地做起来,过去在这方面应该说是做得不够的。在调查中,很多同志提到《红岩》、《红旗谱》、《李双双》、《林海雪原》这些好作品,评论较多是引起注意的重要原因之一,他们认为这些书评可以帮助他们理解作品,提高欣赏水平,因此对这方面的工作绝不应该轻视,而是需要更多地考虑广大的农村读者,做得更经常、更认真。另外,报纸发行量较大,经常发表、转载或连载优秀的短篇小说,也可以使得农村广大的读者更及时地读到好作品,有些社员对前一时期报纸副刊上连载了《红岩》,《中国青年报》转载了《出山》,就感到很满意。

在调查中,有的社员还希望出版社能经常出一些适合于农村读者需要的作品选集或丛书,在装订上要力求结实,长篇小说最好分册,这样既便于携带,也便于传阅交流。不久前新版的《红岩》分订为上、下两册,便受到了欢迎。

这次调查,虽然只是在有限的范围内,但是大体上可以看出广大农民对于文学作品的爱好与要求,在调查的过程中,我们时时感到:广大的农村社员对于社会主义的新文学充满了热情和渴望,他们多么迫切地希望作家们更多地写出优秀的作品,他们多么迫切地希望从这些作品中汲取鼓舞自己为建设社会主义而奋发前进的力量!

(中国作家协会创作研究室整理)

(原载《文艺报》1963年第2期)

蓬勃开展的上海农村新故事活动

左　查

编者按：新故事活动，是一种新型的、革命的、群众性的业余文学活动。它从一开始，就成为社会主义思想战线上兴无灭资、生动地进行阶级教育的锐利武器，对三大革命运动起了有力的推动作用，因此也就受到广大群众的热烈欢迎。作为社会主义时代的口头文学，它是最为群众喜闻乐见，又便于为群众所掌握、便于发挥群众创造性的文学新品种之一。它是有强大生命力，有广阔发展前途的。在开展新故事活动的过程中，能够培养也已经产生了许多革命化、民族化和群众化的优秀作品。新故事活动很早就在上海农村兴起，在其他地区的农村，在许多工厂和连队也得到了蓬勃的开展。我们发表本刊记者的这篇报道，综合地介绍了上海在开展新故事活动方面已经取得的突出的成就和经验，这些宝贵经验，很值得各地在继续推广新故事活动的时候研究和参考。我们也很希望各地在开展新故事活动中，随时总结经验，提供大家研究和参考。

上海农村的新故事活动，是在 1958 年开始的。当时市里经常举办赛诗会和赛画会，郊区各县则有赛故事会的活动。上海群众艺术馆曾经在各县举办的基础上，组织过一次全郊区的赛故事会。但由于缺乏经常的有计划的领导，全市范围的活动并没有坚持下来。

党的八届十中全会公报发表以后，阶级斗争形势进一步明朗化了。面对着党所提出的要占领思想阵地的号召，上海的文化艺术部门把新故事作为农村小型文艺宣传队的一个内容。接着，在 1962 年末和 1963 年初，市文化局和共青团市委联合举办了一期故事员训练班。故事员回去就发挥作用。这样，新故事活动便在阶级斗争的新形势下重新有组织、有领导地开展了起来。

中共上海市委对新故事活动给予完全的肯定和大力支持，保证了这个活动的迅速而健康的发展。到今春为止，郊区各县的故事员已经由 1963 年的一千多人增加到一万多人，他们活跃在农村人民公社，成为社会主义新农村中一支强大的文艺轻骑兵。

新故事活动正在逐步占领旧文化在农村的基地和市场。它形象地宣传党的方针政策，有力地配合三大革命运动，生动地介绍新人新事，传播社会主义思想。新故事内容丰富多彩而活动形式简单，它不需要布景、道具、舞台，甚至也可以不要灯光；它不计时间，不论场合。在田头、场角、茶馆、车站，在民校的课堂和社员的家里，到处都是故事员活动的地方。他们利用劳动间隙或会前会后，见缝插针地进行活动。甚至在一些农活的劳动过程中，也可以开讲。新故事的革命内容和轻便形式为广大农民所喜闻乐见，是推陈出新的社会主义群众文艺的优美样式。新故事活动正以其崭新的姿态蓬勃发展，欣欣向荣，前途未可限量。

一 新故事活动在斗争中发展

前几年每当三秋完毕和春节期间,一些旧艺人也趁机活动,大量散布反动的封建文化。以南汇县书院人民公社为例,这个公社傍邻东海,地处偏僻,居住分散,交通不便。全公社十四个大队,没有一处规模较大的集镇。革命的文艺活动在本地很少开展,外来演出也不多,因此文艺领域长期为封建迷信所盘踞。尽管没有茶馆和书场,那些流散的旧艺人却常常游荡到村口桥边,摆一个说书摊子,讲什么《粉妆楼》《天宝图》《济公传》之类。既宣扬了反动文化,散布了低级趣味,又骗取了群众的钱。

书院公社党委认识到这是一个争夺思想阵地的问题,所以,在1963年春天召开的三级干部会议上,让武装部长陆国桢按照《中国青年》上发表的材料,向大会开讲雷锋故事。讲到"雷锋童年"那一段,到会的很多干部都感动得哭了。外灶大队的民兵队长还当场上台发言,回忆自己悲惨的童年,向旧社会进行了强烈的控诉,深深激起了干部们对旧社会的仇恨和对新社会的热爱。这样,雷锋故事便作为旧小说、旧故事的对立物,在书院公社流传开来。

但是,落后反动的旧故事并没有从此销声匿迹。那些旧艺人还在群众中寻找市场。针对这种情况,在1964年春节,公社武装部长陆国桢又选择了一所小学的课堂,在课余开讲革命故事《劫狱》。一些群众本来是到小学旁边来听旧书的,一看武装部长讲得神采飞扬,不知不觉都被吸引住了。散场以后,一位旧故事迷老木匠对陆国桢说:"我过去只当新故事没啥听头,现在听听邪峤(很好)。明朝我再来!"而那个眼睁睁失去了听众的旧艺人只好灰溜溜地走开,他的《粉妆楼》再也没有在这一带出现。

新故事活动跟旧故事争夺阵地的事迹不可胜数。又如上海县三林人民公社故事员吴训仁,一天偶然路过一家茶馆,只见许多群众都在聚精会神地听说旧书。那艺人手舞足蹈,津津有味地讲《施公案》。吴训仁觉得这是在向群众灌输封建反动思想,十分反感。于是他征得当地文化站的同意,在第二天专程前往这家茶馆,以强烈的阶级感情开讲《血泪斑斑的罪证》,使茶客们深受感动,一时间听众挤得水泄不通。从此,这一带茶馆的旧书、旧故事就被新故事所取代了。

旧书、旧故事曾经迷惑过相当多的农民群众,特别是老农。只是在新故事的不断斗争下,局面才发生了根本的变化。书院公社洋溢大队的老年社员朱杏根,就是既爱听又爱讲旧故事的人。在一次拣棉花的劳动中,他讲开了《乾隆皇帝游江南》。一位青年故事员听了觉着不对味,为了争夺阵地,便打消顾虑讲了《血泪斑斑的罪证》。群众听了说好,又让他讲了《半夜鸡叫》。老人被青年打断了话,最初气鼓鼓地在一边很不高兴,但听着听着却来了劲,心悦诚服地点头称是了。这个大队的大队长瞿祥根过去爱听旧书,还常常给社员讲《天宝图》。新故事活动的开展给了他很大教育,他便响应公社党委的号召,积极收集新故事的脚本和材料。在一次社员大会上,他带头上台开讲《老队长迎亲》,轰动全场。瞿祥根从此就成为一名出色的故事员,深受群众的欢迎。群众自豪地说,这是他们的"瞿队长迎亲"!

就这样,新故事活动以革命的姿态到处同旧故事争夺阵地,大讲工农兵和社会主义的新人新事,在斗争中发展并壮大了自己。

二 鲜明正确的政治方向

在斗争中发展起来的新故事活动方向正确,旗帜鲜明。它紧紧地围绕着党的中心工作,为三大革命运动服务。

在社会主义教育运动期间,上海农村普遍开讲《血泪斑斑的罪证》。这个集中揭发地主阶级罪恶的故事使老年人纷纷忆苦思甜,批判那种"吃了饱饭忘了讨饭"的思想,并且大讲家史,把在旧社会受到的阶级压迫告诉下一代,要他们"晓得长辈的出生根底,永不忘本"。中久大队的民兵们听了和讨论了《血泪斑斑的罪证》,激发起阶级仇恨,提高了革命警惕,从而加强了夜间巡逻,时刻注意敌对阶级分子的一举一动,果然发觉地主分子黄金平在深夜还翻着账本子。经过侦查,搜出来竟是一本变天账,叫作"土地房产登记手册"。这本变天账的第一页居然写了这样一副对联:"父兄之仇深似海,今生不报非好汉"。横批是"决不忘记"。党支部当众进行了揭发,群众见了,情绪激愤,纷纷说:"过去以为地主安分守己了,也跟我们一样劳动了。想不到他是鱼死眼不闭,时时在妄想变天。我们一定要同他斗争到底!"

为了配合参军运动,各县大讲《雷锋参军》、《兄弟参军》等故事。书院公社有一适龄青年,两次征兵都因为自己不坚决,不能说服老人而没入伍。1963 年他听了《雷锋参军》,立志要做雷锋式的战士。他岳母百般拖腿,逼他成亲。在剧烈的斗争中,他想到故事里雷锋的形象,想到自己要做雷锋式的战士已经是最后一次机会了。他终于找了党支部,说服了岳母和未婚妻,使她们欢欢喜喜地送他到兵役站。现在,这位青年已经几次立功,成了人民解放军的五好战士。《兄弟参军》也同样对农村青年参军卫国起了很好的推动作用。祝桥公社在动员大会上讲了这个故事,故事中适龄青年张国汀和张永汀立刻双双上台,争先报名;不料台下也有金火祥和金锦祥兄弟俩,抢着参军,结果是兄弟俩都检查合格,成了同故事媲美的参军佳话。

同样地,新故事活动也有力地促进了生产斗争。上海县莘庄公社社员们听了《穷棒子办社》的故事,议论说:"穷棒子社开始时三条驴腿,我们开始有半条牛,为什么他们办好了,我们就办不好呢?"坚定了走集体化道路的信心和决心。南汇书院公社中久大队的青年们在试验田里用麦套种棉花,麦收以后经风一吹,棉苗死去大半。青年人泄气了。团支部便召开会议,讲个《低产田里夺高产》的故事。大家听了说:"这故事好像为我们编的!"于是,便精神抖擞地大干起来。故事中的人物是三次补苗,而这些受故事启发的青年则不屈不挠地补了四次,终于战胜了自然灾害,打了个漂亮的胜仗。

"学大寨,赶大寨。"为了响应党的号召,迎接今年农业生产新高潮,上海农村的新故事活动也面临着一个新的高潮。郊区各县各人民公社都已经传授或开讲了《大寨人的故事》。青浦县小蒸公社金星大队党支部书记陈永年听了激动地说:"我们差得太远啦!人家遭了灾,国家三次补助都不要。我们没遭灾,只是扩大双季稻种植面积还差点肥料,就老想伸手向国家要!"听完故事就发动群众积肥打野草,一天下雨活儿不好干,有个社员主张"今朝勿要去了吧",许多社员说:"大寨人在冰天雪地里开山造田,我们淋点雨怕什么?"结果当天超额完成任务百分之二十五。大寨人气壮山河的革命精神已经通过故事的媒介,在上海人心里开始生根、抽芽。

新故事在宣传晚婚、计划生育和推动爱国卫生运动等各方面,都起了极为显著的移风易俗作用，并且直接打击着农村中存在的封建迷信活动。青浦吕燕华趁"算命先生"给群众"算命"时大讲《小铁口改行》，讲得那先生面红耳赤而去，以后再来却挑上担子干修理活儿了。群众说："这可真是'小铁口改行'啦！"

为阶级斗争和生产斗争服务，为各项中心工作服务，这就是新故事鲜明正确的政治方向。这个方向保证新故事不是旧故事那样的茶余饭后的消遣品，而成为团结人民、教育人民、打击敌人、消灭敌人的有力武器。

三　为广大群众所喜闻乐见

上海农民普遍欢迎新故事。

1963年春节，上海县三林公社故事员吴训仁从市里学习回来，年初一上午在三林茶园讲《红岩》，轰动了远近。下午在另一家茶馆讲《血泪斑斑的罪证》，听众越来越多。初二讲《创业史》，听众不散，要求明天再来。但初三吴训仁有事没来，听众向茶馆提了一大堆意见。初四吴训仁来讲《杨立贝》，讲完已经八点多钟，而听的人仍然不散，只得又讲《雷锋》。两个故事讲了三个多小时，夜深了，群众却都说："一点也不晚，邪崭！"

为什么这许多旧故事迷一下子变了新故事迷呢？

南汇书院公社的老年社员汤常青，过去也是个旧故事迷。但现在他说："过去的东西听了只是笑笑，无形当中上了它的当，还要丢掉钞票，好处的确是没有的。现在讲新故事实在好。从前我们吃旧社会的苦，今朝常常要忘记，多听新故事就可以多想想从前，比比今朝。"他的老伴也说："新故事讲过去的事，我吃过苦，要听；讲现在的事，我心境里开心，也要听。"这对老夫妇的看法反映了新故事首先从内容上，以它强烈的革命真实性取得了广大群众的信任。因此在新旧故事之间，群众有了完全正确的选择。他们说："听了几十年《济公传》，就没见一个活佛下凡。""现在听革命故事的人越来越兴旺。讲前朝古代的人只好自拉自唱，我们不要再听了。"

新故事所以为群众喜闻乐见，还由于它具有适合群众的简易灵活的形式。妇女们孩子多，家务多，劳动完了也没有太多的空闲，因此即便是公社放电影演戏，也不想拖儿带女，撇下家务去看。而故事呢，在田头听，在场上听，有时还送上家门来，这样慢慢地也就上了瘾。

当然，除了简单和方便之外，新故事还有它为群众欢迎的艺术特色。听书院公社瞿祥根讲《老队长迎亲》，从故事员脸上仿佛看到了那位积肥的老队长的音容笑貌；摇橹、撑篙、捞水草，都如见其人，如闻其声。故事员用自己的感情让听众感受了故事中人物的感情，也就是老队长那颗全心全意为社会主义的赤诚无私的心。徐梅芳讲《保健员打针》，好像她说的就是自己的事情，为了苦练打针的硬功夫，年青的保健员怎样把尖利的针头一下又一下地往自己的腿肚子上扎。陆国桢开讲《斩网》，一下子就把听众带到白茫茫一片的大海上，身临其境，目睹这个捕捞大队的渔民在惊涛骇浪中发扬高度的共产主义风格，放弃已经到手的几千斤鱼，斩断渔网，拼着生命去抢救将要被海水吞没的阶级兄弟。陆国桢在十四五度的气温下开讲，讲了一半就挥汗如雨，而听的人也紧紧地跟着他感情的起伏，直到听完，才敢透一口气。

讲故事不像说旧书那样有许多做作和不切实际的夸奖，但也不能照着脚本宣读。故事脚本当然是讲述的依据，但口头文学的样式却规定故事员必须有自己的再创造，而关键则在于感情的表达。正因为故事员用质朴的群众语言和真实丰富的感情,生动、形象地讲述群众所关心的事情,或者就是群众中发生的事情,所以就为群众所喜闻乐见。

四　关键在于党的领导

上海农村的新故事活动所以在短短的时间里取得了巨大的成绩,关键在于中共上海市委的直接领导。

1963 年 10 月,群众艺术馆举办第一次农村创作故事会,集中各县的优秀作品进行表演。《新民晚报》发了一则小消息。柯庆施同志看到以后,立刻打电话给文化局负责同志,要他汇报详细情况。柯庆施同志对新故事活动给予了完全的肯定和热情的支持,认为抓得对,抓得好,要求认真地坚持抓下去。市委还为此批转了文化局的一个报告。在柯庆施同志和市委指示以后,文化局和共青团市委都进一步把工作开展起来,报纸和电台也进行了大张旗鼓的宣传。1964 年,单《文汇报》就对新故事活动发了七篇社论,选刊了不少的故事脚本和有关的消息报道,为这个新生事物造了很大的声势,推动了它的发展。

各县县委和各公社党委也重视新故事活动,有的已把这项活动正式列为政治思想工作的一部分。

南汇书院公社党委会对开展新故事活动就有这样一个认识过程:长期以来,我们讲阶级斗争、讲生产、讲改造自然,可是旧书、旧故事却讲命运、讲福气、讲帝王将相和神妖鬼怪。我们做报告讲自力更生和奋发图强,而旧艺人却讲"济公活佛"和《粉妆楼》。有的群众受了迷惑,有的还代为传播。这就使党委感觉到:一颗子弹只能打倒一个人,一部坏书或一个坏故事,却可以毒害许多人。怎么办?开始时党委决定取缔非法的流散艺人,但群众有意见。群众说:"非法的赶脱了,合法的来呀!光赶不来,我们听些啥?"事实上,你撵走他,他却仍然来,矛盾没法解决。这里就有个群众需要的问题。更严重的是旧故事长期流转,面广量大,而不少群众甚至干部还替它传播。这些义务"故事员"是无法取缔的。这样,党委就考虑到用什么东西去占领阵地的问题。

公社党委的重视,使那次三级干部会议上出现了陆国桢开讲的第一个故事,即雷锋故事。随后,又派了一个共青团员去市里参加学习,带回来《血泪斑斑的罪证》。这两个故事产生了很大影响,又进一步引起了党委的重视。在毛主席著作学习中,党委组织公社干部重新学习《在延安文艺座谈会上的讲话》,重新体会毛主席的指示:"文艺是从属于政治的,但反转来给予伟大的影响于政治。"毛主席的指示使大家思想开了窍,使大家认识到一切阶级都是用文艺来为本阶级服务的,讲故事本身就是阶级斗争,只有用革命的新故事去挤掉反动的旧故事,才是解决矛盾的根本途径。

公社党委在支部书记会议上正式号召大讲革命故事,要求干部能讲的自己讲,不能讲的发动和组织群众讲,干部要带头听和议论故事,并且提出"讲故事也是干革命"的口号,把故事活动列为政治工作中的一部分,责成公社团委当作一项主要工作来抓。同时规定,公社干部下到大队和生产队,除抓生产外,第一要抓好毛主席著作学习,第二要抓好新故事活动。

党的领导是搞好新故事活动的关键。在上海,从市委开始的各级党委都重视这项活动。为了推动今年农业生产新高潮,市委曾经利用一次会议的机会,让各县县委第一书记听取了《大寨人的故事》,随后又指示在全市传授和推广这个故事。青浦县委经常在三级干部会议上组织讲故事,最近得悉县文化馆在传授《大寨人的故事》,立刻召集全县公社的党、团支书来听,号召他们首先体会和学习大寨精神,同时设法开讲这个故事。在青浦县朱家角镇,镇党委亲自指挥着故事员打开局面。当年青的女教师徐亚珍面对着任务有些胆怯,不敢进入茶馆的时候,党委书记用烈士的革命事迹教育她,给她讲李大钊同志怎样在白色恐怖下向群众宣传革命道理,怎样不顾生命危险而上街进茶馆。徐亚珍终于打消顾虑,勇敢地跨进了茶馆,占领了阵地。正是在各级党组织的重视、关怀和领导下,新故事活动遍地开花,在上海农村迅速而健康地发展。

五　无产阶级的口头文学队伍的形成

在短短两年多的时间里,上海农村已经形成了一万多人的故事员队伍。

各级党组织十分注意故事员队伍的政治质量,就是首先解决"什么人讲"的问题。书院公社党委把有无产阶级的阶级觉悟,看成是故事员的首要条件,要求挑选那些成分好、思想纯正、学习努力而又能够以集体利益、群众利益为重的青年,来担任故事员,并且进行了队伍的整顿。整顿以后的队伍更纯洁了,也更壮大了。在现有的一百六十三位故事员中,党员十三人,团员九十三人;绝大部分出身于贫下中农家庭,是革命的农村青年。市里举办训练班,也注意对故事员的政治教育。落实到基层,则更加注意故事员的言行一致,以身作则。因为故事员是通过自己的讲演在群众中活动的,有很大的独立性,所以党委常常教育他们"让群众信服你的为人,因而也信服你讲的道理",要求故事员努力使自己成为"红色宣传员"。

故事员在党的教育培养下觉悟不断提高。"红色宣传员"的称号使他们感到自豪,也感到肩负的责任。为了提高讲演水平,他们常常在劳动之余相互观摩,相互议论,废寝忘食地孜孜以求,把脚本念而又念,以至揣在兜里揉成了碎纸片。书院公社的徐芹伯经常忙里偷闲看脚本。烧饭、上厕所,甚至夜里蒙着被子还用手电筒照着看。他的信奉基督教的母亲阻挠他讲故事而要他念《圣经》。他耐心地向母亲摆家史,他母亲终于觉悟过来,同意和支持他讲故事了。

学习故事中先进人物的先进思想,怎么讲就怎么做,严格要求自己,这已经是年青的故事员队伍中正在形成的好风气。青浦故事员吕燕华,讲了雷锋故事就以实际行动向雷锋学习;她把雨具借给一位带孩子的妇女,自己在滂沱大雨中跌跌滑滑地护送了好几里,临别还不把姓名留下。有一次,吕燕华讲反映农村阶级斗争的故事《一把镰刀》,发现听众有人在笑她。她苦苦思索方才想到原来是这么回事:她母亲与一个劳改回来的反革命"干亲"界限不清。吕燕华想,我自己家里人界限不清,讲阶级斗争还有谁要听?她于是回去做母亲的思想工作。母亲骂她管得太宽。她回答说:"我们红色故事员,就应当管得宽!"直到把母亲说服才罢。

这些生动的事例说明,上海农村的故事员队伍,是一支成长中的年青的无产阶级口头文学队伍。在党的培养下,他们方向对头,任务明确,像对待革命事业那样对待故事活动。大批的故事员在活动中经受了锻炼而入了团,大批的故事员由于言行一致、生产积极而成了五好社员。在参军和支援边疆建设等运动中,许多人带头应征,许多人奔赴边疆。

六　新型的社会主义文艺创作

当故事活动开展到一定程度的时候，必然出现故事脚本和需要之间的矛盾。书院公社在这方面的体会是："打仗要用枪，枪里不能只有一颗子弹。故事员讲故事，也不能光讲那一两个。要经常满足群众需要和及时配合中心任务，就必须不断更新故事脚本。"

农村故事员所讲的故事，来源有三方面。一是现成材料，包括专业人员创作的或根据影视、小说改编的脚本；二是自己改编；三是自己创作。

上海群众艺术馆从1963年开始，已经举办了六期创作训练班，接受"带着故事素材来"的学员。除进行政治教育而外，还邀请作协分会、出版社和评弹团的同志来辅导，参加学员作品的议论，提出修改意见。基本方法是：开小组会，由作者们口述自己的作品或素材；大家议论；本人修改；试讲；完工定稿——"五部曲"。通过训练班培养了不少优秀故事员，辅导出一批较好的故事，如《一只鸡》、《亲家坝》、《老队长迎亲》、《两个稻穗头》等。

蒋桂福是贫农出生的故事员，担任着商榻公社港溇大队党支部副书记的职务。在训练班帮助下他写出了《一只鸡》（发表在"故事会小丛书"上）。这故事歌颂一个一心为集体的好社员，又批判了自私自利的坏思想，写得风趣而动人。许多群众听了这故事的广播极为感动。思想比较落后的社员就问："你是不是写我家的鸡吃队里的谷？占小便宜确实不对，该批评！"蒋桂福还帮助许多人对故事进行了加工整理。群众反映他一不为民，二不为利，就是勤勤恳恳为社会主义编故事。

徐道生是青浦莲盛公社的副社长。他创作的《育种专家》经过多次反复加工，而后改为《两个稻穗头》，在各县农村发生了非常广泛的影响。徐道生在旧社会里是个动不了笔杆的农民，但"现在有党的领导，有各方面帮助工农兵开窍，为什么不写"？他认为："不把群众的先进思想和先进事迹写出来，讲出去，就是抹杀劳动人民的革命积极性！"正因为这样，他特别注意在创作过程中听取群众意见。他的故事都是先在群众中广为流传，经过群众的反复检验而逐步写定的。

服从革命和建设的需要，就地取材，从现实斗争中经过群众检验而产生作品，这是新故事创作的基本特点。在这方面，南汇书院公社也有着深切的体会。

当时，年青的故事员们闹剧本荒。党委就根据毛主席思想指示：社会生活是文艺创作的源泉，要求大家解放思想，自力更生，动手编写。"什么叫革命故事？就是群众在革命斗争中的实践。我们种试验田经过许多曲折，不就是故事？老贫农的家史，不就是故事？地主黄金平鱼死眼不闭妄想变天，不就是故事？小青年参军，不也是故事？"在这样的思想指导下，公社创作组成立了。根据地主暗藏变天账的事实，加上另一个地主婆每年"祭奠"她被镇压了的丈夫血衣的罪行，创作了《决不可忘记》；根据严桂芳坚决与地主儿子解除婚约的事实，创作了《抗婚》；根据一位青年跟岳母和未婚妻斗争胜利的事实，创作了《阿青参军》，等等。这些故事，都具有鲜明的思想性和强烈的战斗性。

在各级党委的关怀下，上海农村的新故事创作正在蓬勃发展。尽管已经发表的作品中，属于农民业余作者的还不是很多，但大量的没有发表的则根本无法统计。就书院公社来说，除了已经发表的三篇（《斩网》、《接班人》、《保健员打针》）之外，流传开来的创作故事就有二十多篇。这说明社会主义的新故事创作具有多大的潜在力量。

在短短的时间里,本刊记者访问了上海的有关部门,粗略地接触了一些人民公社和集镇的新故事活动,受到了很大的教育。

上海农村新故事活动的产生和发展,它的显著效果和受到广大群众的欢迎,说明它完全符合毛主席文艺思想,是忠实服务于经济基础的社会主义的上层建筑,是为工农兵服务、为无产阶级政治服务的革命工具。

作为口头文学的新故事,它能够使看不懂书面文学或缺少机会欣赏影剧艺术的群众,听到书面文学或电影戏剧中动人的情节、故事、人物和思想。新故事能够迅速及时地反映和推动现实,它很容易为群众所理解而产生深刻的影响。

农村故事员都是人民公社社员,是从事集体生产的新农民。他们置身于群众之中。讲故事,这是故事员和群众面对面的活动。活动完了,也仍然和群众一起工作,一起劳动。正因为这样,已经建立起来的故事员队伍就特别可靠,他们是体力劳动与脑力劳动结合的一代新人。应该帮助他们,把新故事活动提高到自觉地宣传毛主席思想的高度,在业务上(例如讲演风格和技巧)有所总结,有所推广。同时,还有必要帮助故事员提高鉴赏能力,使他们能够挑选那些最优秀的作品,来改编和开讲。在这些方面,上海已经积累了不少有益的经验。

上海的新故事活动形势大好,新故事创作的形势也大好。广大的故事员们正在跃跃欲试,力争在创作方面迎头赶上。他们热切盼望作家和艺术家们下去,看看他们的活动,听听他们的故事,帮帮他们的创作。他们需要各方面更多的支持和扶植。当然,广大的故事员也希望作家艺术家们多提供一些好的小说、好的电影、好的剧本,以便改编成为适宜开讲的脚本,满足群众的需要。

(原载《文艺报》1965 年第 7 期)

（四）通俗文艺期刊：
《说说唱唱》及其他

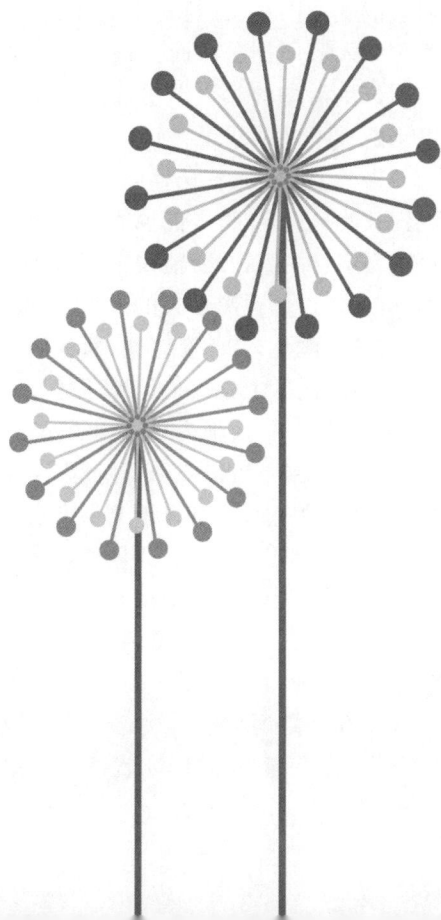

我与《说说唱唱》

赵树理

　　我与《说说唱唱》已经有两年关系了,趁着这次文艺界整顿思想,我把这两年来在这刊上经我手弄出来的错误检查一下。

　　这两年来经过我手在这刊物上弄出来的具体思想错误有三次:第一次是发表了歪曲农民形象的小说《金锁》。发表这个作品的原因,一方面是因为自己的理论水平低和固执地从旧农村得来的一些狭隘经验;另一方面又以为"不必要强叫人家和自己的观点一致"(见第一次检讨)。第二次是《武训问题介绍》中说"有些人"捧场,"有些人"批评,故意把"阶级"观点字样避开。第三次是发表了用单纯经济观点宣传种棉的《种棉记》,以为只要使不愿种棉的人读了去种棉就行,也不必给农民以更高的政治教育。产生这三次错误有一个相同的根源,就是不懂今日的文艺思想一定该由无产阶级领导。因为我们的文艺是要教育人民的;传播了错误的思想,就会把人引到错误的路上去。我们这国家的性质是"无产阶级领导的,以工农联盟为基础的,团结各民主阶级和国内各民族的人民民主专政,反对帝国主义,反对封建主义和官僚资本主义的共和国",要是没有无产阶级领导,就不能彻底战胜帝国主义、封建主义和官僚资本主义的势力。这个道理,在今天早为参加革命的各阶级人民所拥护。而我自己是个共产党员,反抱着一种糊涂想法,不是去宣传无产阶级在国家生活中的领导作用,而是故意把阶级面貌模糊起来,甚而迁就了非无产阶级观点,以至造成不断的错误。

　　再一个错误是在选稿问题上,由要求"形式通俗化"走到了"形式主义"。在形式问题上,我们开始只规定"力求能说能唱,说唱出去大众听得懂、愿意听",并不是一定要用"旧形式",更不是不管内容,只要能说能唱就行。可是有些作家往往不习惯于通俗的形式,不能多来稿;有些掌握了说唱形式的人,对新的政治生活未必熟悉,写来的东西,在内容上有的太单薄,有的一般化,有的有错误,而我们选稿的时候偏又得从这些来稿中去挑,结果就从形式上比高低,在内容上自然仍以单薄的,一般化的为最多,甚而发表了有错误的东西。这样就把形式放到第一位而把内容放到了第二位了。就是单从形式上讲,也只是为了给掌握旧技术的艺人拿去当下可以说唱,并没有多注意到丰富和改变那些通俗的形式,使它们适切地表现生活中的新因素,而符合于毛主席所指示的"从普及基础上求提高"。不论我们编辑者在客观上有什么原因,拿出去的货色大多数既然是这样的东西,投稿者就照样制货,结果每月收到五六百件稿子,大部分是一些"儿婿拜寿"、"儿女夸夫"、"某甲翻身"、"某乙改造"的千篇一律的故事加了一些陈腔滥调的敷衍,到了发稿时期无好稿可发,仍旧发的是这些。这真叫作自己搬石头砸了自己的脚面。

　　还有个错误是事前缺乏计划,弄得完全被动。每逢有了重要的政治任务,就临时请人补空子,补不起来的时候,就选一些多少与该问题有点关系的来充数,简直有点和政治任务开玩笑。

经过这次整顿思想,我和几位有同样毛病的同志们,深深感到错误的严重,因此就和这几位同志约定,今后努力提高自己的理论水平,加强对读者的责任心,务使不犯旧错,并望文艺工作者和读者诸同志随时加以监督。

(原载《说说唱唱》1952 年第 1 期)

提高通俗文艺刊物的质量

——评北京文艺刊物调整后的《说说唱唱》

陈 骢

据全国文联常务委员会扩大会议于一九五一年十一月二十日通过的关于调整北京文艺刊物的决定,规定了《说说唱唱》这个刊物的性质和任务,指出它"应当成为发表优秀通俗文学作品和指导全国通俗文艺工作的刊物"。它的任务是按照当前人民的实际需要和各地通俗文艺工作的迫切要求来规定。

但是,以此来要求经过刊物调整以后五期来的《说说唱唱》(从总第二十四期起,至一九五二年的四月号止),应该说:它今天的工作情况,还不能较好地完成它的任务。

先就作品方面来说。五期来的《说说唱唱》,除图画及歌曲外,共发表了十九篇作品,在这些作品中,能够说得上是"优秀通俗文学作品"的很少。

作为直接向千百万群众进行思想教育的艺术武器,通俗文学作品首先应该做到及时配合政治任务,通过多样的群众喜闻乐见的文艺形式,真实地反映群众的思想感情,传达党和政府的政策的精神,向群众进行宣传,启发和鼓舞群众在生产斗争中的自觉性和战斗热情。而五期来《说说唱唱》所发表的一些作品,在这方面表现得怎样呢?

《说说唱唱》从今年二月号起,陆续地发表了五篇以"三反"、"五反"为主题的作品。而这些作品,却并没有能生动、深刻地反映出这一场严重、紧张的阶级斗争的丰富内容:它在政治上的和经济上的重大意义、党和政府所规定的方针政策的精神及具体执行的情况、全国人民尤其是广大职工在运动中所表现的热火朝天的战斗情绪。因此,这些作品的思想内容是十分薄弱的。

《资产阶级陷害革命工作人员的恶毒手段》(一九五二年三月号)这个作品,在技巧上是比较熟练的,而在内容上则只是报纸上所发表过的一些材料的罗列,对于资产阶级之所以要向革命队伍进行如此猖狂进攻的反动思想实质的揭发,却很不够。《这是一场严重的阶级斗争!》(一九五二年三月号)报道北京市店员工人向不法资本家所做的面对面的斗争,只是平铺直叙地记录了一些事实,并没有能将这一场斗争的复杂、丰富的内容表现出来。像这样的很一般化的通讯报道,发表在《说说唱唱》上,显然是很不够的,因为《说说唱唱》的读者要求的是生动而充实的作品,不管采用什么形式。诸如此类的作品,虽然它们也反映了一些政治运动的情况,但从它们的思想内容和艺术表现来说,都不能令人满意。这使我们想起《我与说说唱唱》(一九五二年一月号)一文中所谈到的一种情况:该刊从前"每逢有了重要的政治任务,就临时请人补空子,补不起来的时候,就选一些多少与该问题有点关系的来充数"。从这几期的《说说唱唱》的配合"三反"、"五反"的作品来看,这种情况并没有得到很好的改变。

我们还可以举出五期以来该刊所登载的几篇反映工厂及农村增产运动的作品来谈。在这一类的作品里,有些只是生产事迹的一般的叙述,如《省煤英雄李秀俊》(总第二十四期)、

《打锉刀》(一九五二年一月号);在《带徒弟》(一九五二年三月号)这篇短篇中,作者写了批判农民的某些落后意识,过分地夸张了人物(小模范"大黑")的狭隘和"个人英雄"的一面。而对于英雄人物在增产运动中所表现的爱国主义的思想感情的正面的、具体的刻画,却显得十分不够,这就大大地减低了作品的积极作用。尤其是《打锉刀》这个独幕歌剧,几乎全部是以枯燥乏味的关于生产技术的冗长的讨论,来代替丰富多彩的生活内容。显然的,如果不是凭借生动的艺术形象,而仅仅将生产过程搬上舞台,在台上打起铁来,即使如作者所描写的那样:"叮叮当当的声音那么好听",也是不容易"充分地表现出工人们的积极生产、保证完成任务的伟大品质"来的。这种创作上的毛病,在初学写作者来说,是常常容易犯的,刊物的编辑在《编后记》里,仅仅指出这个格局"歌词写得不很出色,押韵不全协调",对于作品的思想内容却只字未提。这也说明了该刊编辑部以前所存在的"偏重技术的观点"、"忽视作品的思想内容"的偏向,至今仍然没有从根本上加以清除。对于初学写作者,仍然缺乏认真的帮助。

缺乏生动、深刻的艺术形象,只见铺叙事实,不见人物,很难使人感受到生活的气息,这种毛病,在五期来的《说说唱唱》所发表的大多数作品中存在着。这是一个应该引起该刊编辑部注意并对作者们提出如何逐步克服的指导意见的重大问题。

通俗化不仅是"说唱出去大众听得懂",更重要的是要大众"愿意听",而且从中得到教育。工农兵群众对于淡而无味的唠叨和空泛概念的说教,是不会感兴趣的。举个实例来说:在苏北沐阳后兴庄,有一百多户人家,在雨雪天,经常摆下两三处唱旧小词书,听众很多。村里的指导员看到这种情况,就去买了一本《农业生产十大政策》给他们唱。不到半天时间,《十大政策》就唱完了。以后群众仍然是爱听小词书,因为他们觉得那些小词书写得"很生动"。这种现象并不是个别的,值得我们注意。也就是说,当我们以通俗文学作品向群众进行宣传教育的时候,必须借助生动的艺术表现,必须通过群众所易于而且乐于接受的有血有肉的生动的艺术形象,否则,仅仅将政策条文、革命理论"翻译"成为口语或者是"叶韵"、"合辙"的文字说唱出来,是不容易受到教育群众的实效的。比如说:

> 我是个,十足的,官僚主义,
> 我应该,很好地,检讨自己。
>
> (总第二十四期《罗汉钱》)

像这类枯瘪无味的语言,又怎样能引人入胜呢?

五期来的《说说唱唱》所发表的作品,在题材范围来说,也很不够广泛。通俗文学作品应该迅速地来反映群众生活斗争中多种多样的新鲜事物,可是,现实里许许多多新的任务、新的事物,在这全国性的通俗文学刊物上却都几乎看不见踪影。就以修治淮河为例,在治淮工地,在淮河两岸的农村里,不少的由群众中的天才歌手创作出来的,美丽、生动的诗篇在广泛地被传诵着,在歌颂着敬爱的毛主席对人民幸福生活的关怀,歌唱着劳动创造的翻天覆地的力量,歌唱着新的生活的欢乐。像这一类的作品为什么在《说说唱唱》上反而极少看见呢?

在作品所采用的形式方面,从五期来的十九篇作品看,在介绍各地优秀的民间形式、创造适宜于表现新的生活内容的新的通俗形式的工作上,编辑部的努力是很不够的。快板、鼓词等等,是好的通俗形式;但是,如果一味让群众听"打竹板、响连天"之类,也就会使他们感到单调了。应该设法以多种多样的形式来表现丰富多彩的生活,满足群众的需要。必须注意,群众的艺术欣赏水平也是在逐日提高的。

通俗的文艺作品,在形式上应当是短小的、多样的、适合于群众的演唱的,但《说说唱唱》在自己的不多的篇幅中却发表了长达八万余字的小说《桦树沟》,这个小说的连载有时甚至占去它的全部篇幅的三分之一以上。长篇连载是可以的,但要更适合在这刊物上连载。

上面的这些情况,说明了《说说唱唱》编辑部,对于人民生活中的新鲜事物还缺乏敏感,对于自己所负的重大任务的认真还不明确,而在如何更好地满足群众的要求上,还是缺乏应有的努力的。

通俗作品的语言,应该是经过加工的群众语言,《说说唱唱》在这方面也应该起示范的作用。但从所发表的这些作品来看,也很少能够达到这样的要求。在有些作品中,所用的语言,远不如群众生活中的语言来得生动;有些作品,为了追求叶韵等等,甚至以词害义,形成了语言的混乱。例如:"试验的成绩是很乐观"(总第二十四期《省煤英雄李秀俊》),"职工们发挥了高度的劳动观点","努力学习先进的老大哥是苏联"(一九五二年二月号《成渝铁路通车》)等等。像这样的语言混乱的现象,是必须加以纠正的。

五期以来《说说唱唱》上所发表的这些作品,无论在思想内容上和艺术形式上,大多数是没有能够达到应有的水平的。希望《说说唱唱》编辑部今后能够更多地注意提高作品的思想水平与艺术水平,否则,正如毛主席告诉我们的:"普及者若不高于被普及者,则普及还有什么意义呢?"

其次,我们认为,在刊物调整以后,《说说唱唱》对于"指导全国通俗文艺工作"这一任务,没有予以足够的重视,而这一任务确实十分重要。

由于全国人民的经济生活日益改善,对文化生活的要求日益提高,因此,各地群众文艺运动也就日益蓬勃地开展起来。除了专业性质的通俗文艺工作机构以外,还有许许多多群众性的业余剧团、文艺小组、说唱小组散布在各地工厂、农村和连队中。在群众文艺活动蓬勃开展的过程中,存在着各种各样的问题,如通俗作品的创作、演唱材料的供求、演唱活动的方式方法、如何配合任务、如何接受民间优秀的遗产、地方通俗刊物的内容及方针……都需要进行研究讨论。而五期以来,我们从没有看到在《说说唱唱》上提出过诸如此类的有关通俗文艺工作问题的讨论,也没有看到一篇较踏实、深刻的指导性的文章。

在一九五二年三月号上,转载了重庆《说古唱今》编辑部的工作总结:《八个月来的〈说唱古今〉》。同期上,发表了一篇浙江东阳县《巍山区组织群众说唱的经验》,这也许标志着该刊编辑部在这方面工作的努力的开始。这一开始,是非常好的,希望继续下去。

在转载《八个月来的〈说唱古今〉》的时候,编辑没有对这篇总结以及这个刊物表示自己的意见,也没有提出任何有关地方通俗刊物的问题。其实,这方面是有许多问题可以而且应该提出讨论的。例如,在这篇总结中谈到的"刊物配合政治运动,结合实际斗争还不十分紧密"。这是一个具有普遍意义的问题,《说古唱今》编辑部认为"主要的原因"是:"能力不足,经验不够。"问题的症结是不是就在这里呢?应该如何解决呢?都是值得讨论的。在《巍山区组织群众说唱的经验》一文的前面,《说说唱唱》编者加了简短的按语,但也只是笼统地指出这"是值得介绍推广的","介绍给各地做文艺宣传工作的单位作为参考",而没有能够在刊物中很好地针对当前的群众文艺宣传中所存在的某些具体问题,进行分析和指导。

从以上所说的这两方面的情况看来,五期以来的《说说唱唱》还没有能负起它所应当负起的任务,它还落后于"发表有些通俗文学作品和指导全国通俗文艺工作的刊物"的应有的水平,而且缺乏明确的战斗目标。

要改变这种情况,《说说唱唱》编辑部就应当从编辑思想和工作方法上认真地加以改进。它应当突破目前的少数的写作者的范围,通过各种方式,和广大群众取得密切的联系,尤其要和群众中的宣传员、群众文艺活动的积极分子、群众中的通俗文艺的写作者及各地通俗文艺工作者取得经常的和十分密切的联系,对他们进行经常的、认真的帮助,并应当以更多的力量有计划地去组织通俗作品的创作。只有这样,才有可能及时发现优秀的反映新的生活现实的通俗文学作品,这样才可能及时发现各地通俗文艺工作中所存在的问题,也只有这样,才有可能做到发表、推荐优秀的通俗文学作品,介绍各地优秀的民间文艺形式,交流各地通俗文艺工作经验和指导全国通俗文艺工作。

希望《说说唱唱》编辑部加强研究工作,组织有关的各方面的专家,研究群众通俗文艺工作中的各式各样的问题,发表切实有益的指导性的文章,并帮助群众不断提高创作水平,推动全国通俗文艺工作更健康地发展。

（原载《文艺报》1952 年第 9 期）

告别读者

这一期（九月号）的《山西文艺》是最后一期了。

《山西文艺》自 1954 年复刊以来，由于党的正确领导，广大读者和作者的积极支持、关怀，不断地对刊物提供改进意见，才使它能够逐渐克服缺点，不断改进工作。因此它在繁荣我省文学艺术创作，鼓舞我省广大群众为建设社会主义的热情和斗争中，起了一定的作用。值此《山西文艺》停刊之际，我们首先向亲爱的读者、作者同志们致以深切的敬意！

现在，山西省文学艺术工作者联合会为了更好地适应现实需要；为了更好地反映我省广大人民社会主义建设中的生活和斗争；为了更好地繁荣文学艺术创作和培养业余作者，决定从十月份起将《山西文艺》停刊，与原《太原画报》合并创刊《火花》文艺月刊。《火花》是一个综合性的文艺刊物，主要刊登各种文学艺术作品，和一部分文化生活的报道、评论。在内容方面，它和文化局即将出版的《俱乐部》有所分工。它不再刊登和处理演唱稿件了。我们衷心地希望过去支持本刊的广大读者、作者们，继续积极地关怀和支持即将创刊的《火花》文艺月刊。

关于《山西文艺》的一切未了事宜和尚未处理的稿件，现在已交由《火花》编辑部继续处理。同志们如果再投寄演唱稿件的时候，请直接寄给山西省文化局主办的《俱乐部》编辑部。

亲爱的读者、作者同志们，让我们再一次向你们致以深切的敬意！

——本刊编辑部

（原载《山西文艺》1956 年第 9 期）

通俗文学的转轨与大众审美趣味的变迁

——《说说唱唱》的兴与衰

王　力

内容提要：《说说唱唱》作为新中国成立之初最重要的通俗文学刊物,既反映了现代文学对城市与乡村关系的重新叙述,也体现了文学写作与传播从意义追求到"思想"姿态追求的深刻变化;其后期作品的公式化倾向则反映出大众审美趣味在新国家意识形态下沉缓变迁的事实。以这一刊物为媒介,可以发现通俗文学变革、新文学主题叙述方式转化、大众审美趣味变迁等方面的深层原因和历史意义。

关键词：《说说唱唱》;转轨;大众审美趣味

虽然现代出版制度使得社会大众接受文艺熏陶的机会大大增加了,但由于媒介传播效果的不确定性,人们很难确切地知道,一个时代以千万计的普通读者的审美趣味因为所接触的刊物而发生多大的变化。就此而言,研究刊物与读者之间复杂的互动关系,有利于更真实地了解社会文化心理的沉缓变迁,能够从中发现大众审美趣味趋避的诸多启示。《说说唱唱》(1950—1955)作为新中国成立之初最重要的通俗文艺期刊,只是因为人们在研究老舍和赵树理等人时才被偶一提及,至于它作为通俗文学作品的集散地和大众审美趣味的集中表达这些文学史意义,一向未被充分注意。本文以这一刊物为研究个案,目的是要充分挖掘它在引领通俗文学变革、转化叙述新文学主题、影响大众审美趣味等方面的历史意义。

引领通俗文学变革

《说说唱唱》1950 年 1 月在北京创刊,由郭沫若题写刊名,署名为(北京市)"大众文艺创作研究会",其实是当时全国通俗文艺创作和研究的中心。1951 年 11 月 20 日,中华全国文学艺术界联合会常务委员会通过关于调整北京文艺刊物的决定,要求"加强《说说唱唱》。原有的《北京文艺》停止出版,其编辑人员与《说说唱唱》合并,……《说说唱唱》应当成为发表优秀通俗文学作品和指导全国通俗文艺工作的刊物"。在这样的指导思想下,《说说唱唱》从初发行的三万份,一度发展到四万八千份,长期保持在四万份左右。其规格和传播范围与全国性文艺刊物《文艺报》相差不远。其编辑队伍的"身份"也非常特殊,包括来自国统区和解放区两方面的著名作家,像老舍、赵树理、李伯钊、王亚平等;创刊号上有郭沫若、茅盾、周扬等人的题词,也显示了该刊受重视的程度。同期出现的其他通俗文艺刊物的影响区域则相对较小,像上海的《群众文艺》虽然创刊很早,但是直到 1950 年 6 月(第 3 卷第 4 期)才达到7000 册的印数;《说古唱今》创刊于 1951 年 6 月 20 日,主要在西南地区传播。

研究刊物,首先须对其存在周期作大致的时段划分,以分类梳理作品风貌和思潮走向,在此基础上才能勾勒出刊物与特定作家群、时代风潮、文化传统之间的复杂迎拒关系,以及这种迎拒关系的历史意义。通过细致阅读《说说唱唱》存续期间发表的各种文字,可以将其划分为两个阶段:1950、1951 年为第一阶段;1952 年后为第二阶段,分期的依据是编辑阵容、编辑表白、所载题材与内容的不同风貌、版面风格、作者队伍的更迭——其深层原因则是权威政治话语对文学生产的规范。

将该刊上所发表的文章进行归类,从而便于细致深入的探究。分类标准如下:以各期目录中所列的正文题目数量为统计基准(同一题目下有多个作品的,如"大众诗选"、"新河北民歌"等,以单篇计入总数,而以其主要题材进行归类);以发表文章的题材为划分类型,主要包括农村、市民生活、工业生产、战争故事四类题材。工业生产的各种故事本可以视为新市民生活的一部分,但因其政治宣谕特征明显而与市民生活有质的不同,所以单列为一类,并与各种农民故事、市民故事相对应;为了充分体现该刊的"大众化"特点,特将插图与版画作为一种单独的形式要素综合评述;此外的论说、批评、检讨文字则适当论及。之所以这样分类,既是要充分体现该刊的"媒介"特征,又利于通过对这一特征的分析研究来展示现代中国文学由"解放区"阶段向"新国家"阶段转变时在通俗文学领域所发生的各种微妙变化,及其对文学生产体制建构的深沉影响。第一阶段,由于解放区文学的强势影响和浓郁的战争文化思维辐射,多种题材的情节要素呈现出某种新中国文学的"原型"性,富有文学史类型学的研究价值;第二阶段趋于"规范",作品的"表态性"渐强,而内容和主题与前期相比没有多大变化,更适宜作文学史演化的背景资料。所以本文的论述重心在第一阶段,对第二阶段只是略作钩沉提要。

第一阶段,共发表农村题材作品 75 篇,工业生产题材 23 篇,市民生活故事 16 篇,战争故事 41 篇,其余为启事、歌曲或者"检讨"等。四类题材都有小说、通俗故事、鼓词、评弹等多种艺术表现形式。在内容上的变化也有明显的脉络可寻:农村和工业生产题材的作品开始都有翻身做主人、喜悦中不忘述说血泪家史的特点,直到第 6 期后这种"诉苦"现象才淡化;然后大量出现的是"我有土地了"的欢歌和劳动竞赛的热烈场面;此后是对新农具功效的宣传、对技术革新事迹的介绍、对互助生产事迹的赞扬,同时与抗美援朝的严峻形势配合,出现了大量的战争与反特故事,叙事背景覆盖了从长征到抗战再到朝鲜战场的广阔空间,营造出浓郁的战争文化氛围,同时强化了生产即爱国、劳动即参战的政治文化心理。描写市民生活的作品在创刊初期发表较多,随着朝鲜战争的爆发和国内形势的变化,从第 9 期后非常少见。

从历史的角度考察,新中国成立之初的社会发展主题集中在恢复发展生产、提高民众文化水平(包含反封建教育)、反抗侵略(暗含弘扬革命战争光荣传统)几大方面,既要搞好经济建设,又要强化规范国家意识形态。《说说唱唱》发表的农村题材作品,提倡学习与劳动并举、反对封建迷信、鼓励生产爱国、宣传民主选举优越性等,都属于参与国家意识形态(包括文学体制)建构的行为。其参与方式以叙述"集体"行为和传统的劳动价值观念为主,《张树元参加农代会》《人勤地不懒》《捞鱼度荒》等写农民团结度过灾荒,《郭老汉》《收割》等写军队帮助农民收获庄稼,真实地反映了那个时代生气勃勃的社会风貌。从叙事学的角度来看,这种写作也是一种示范,目的在于培育人—集体—国家三位一体的政治文化心理,这在相当程度上转化为整个社会的审美心理,并进一步催发了此类题材的创作。1952 年之后,由于朝鲜战场的严峻形势和国内政治态势的变化,对"生产"这一主题更加强调,各种题材也开始穿插"反特"的情节,写实性渐弱而传奇性渐强,公式化现象开始露头。事实上,这体现了通俗文学相对于"纯文学"叙事的某种优长,即故事主角可以从旧时代的英雄豪杰、才子佳人顺利地转变为新社会的劳动能手、无畏战士,在急剧变动的政治体制下,通俗文学更快地"适应"了环境并对普通读者产生广泛影响。也正是在这一意义上,本文称《说说唱唱》代表了通俗文学的"转轨"而不是"转型",驶上了全新而规范的政治审美观念的轨道。

在人物形象塑造和故事情节安排方面,《说说唱唱》不仅将叙事主人公置换为农民和工人,而且将"文化"定义在文字知识和应用技术领域。这对于新文学以来习惯于将文化作为"思想"同义语理解和使用的情况来说,的确具有某种"原型"性。新文学从发生之初就存在着一个看似矛盾其实和谐的现象,那就是强调"知识者"对于社会的价值,同时又屡屡揭示"知识者"的性格和思想缺陷,这是"启蒙"的要义之一。从20世纪40年代的解放区开始,政治权威并没有改变这种格局,只是把"知识"划分为两类,一类是读书识字传播科学的"文化",另一类是马列主义毛泽东"思想",即以思想统驭文化。这种策略在知识分子那里也许还会遇到或显或隐的抵制,在识字无多的社会大众身上却可以收到非常好的效果。"扫盲识字"不仅是塑造人物形象的有效策略,也成为一种时代召唤。《咱们都要订计划》一诗(名之为诗,其实是新民歌)以劳动和学习双双进步作新社会青年的标准;故事《李老霍》写老农民主动上夜校;《误会》讲不识字的害处;"独幕小演唱"《小上寿》写过去贫苦的赶脚汉现在改名赵旗杆,要做红旗的旗杆,并且准备国庆节时去北京给人民政府上寿。"我又带上一个日记本一管新铅笔呀! 到北京我看见啥听见啥就记上个啥回得家来好学习呀!"虽嫌夸饰过分,却体现了新政权努力提高农民文化水平的政策一贯性,也与该刊普及大众文化的宗旨相吻合。通俗文学本来是教化的利器,《说说唱唱》积极主动地从事这一工作,从转化叙述新文学主题和引导大众审美趣味的角度来看,自有其独特的价值。1952年后,"学文化"成为《说说唱唱》作品的一个常见情节。

大众文艺研究会积极吸纳留居北京的各路通俗文学作者,《说说唱唱》在赵树理、老舍等人的努力下,也为他们发表作品提供机会,这对于刊物和通俗文学的共同繁荣起到了良好的作用。刘植莲曾以雷妍的笔名在20世纪40年代发表了很多作品,她以崔兰波的笔名写了《小力笨》,赵树理将此文发表于第五期的头条,而且以手写体署名,以示重视;刘植莲受到鼓励,很快又以真名投稿见刊。大众文艺创作研究会列出的作家名单,也是集纳式的,张恨水、还珠楼主、金寄水等早就在通俗文学领域享有盛名,马烽、王亚平等来自解放区文学队伍,老舍等在国统区文学界颇有号召力,成名于华北沦陷区的梅娘也恢复了孙加瑞的本名加入编辑部工作,颇有"五湖四海为一家"的气象。除了老舍,解放区之外的通俗文学作家主要发表些政治表态和评介性文字,虽然受到繁荣文化市场的鼓励,但他们在创作转轨方面的实际成绩不是短时间内就能够产生的,随着1953年后文艺政策的变化,他们基本上没有作品见刊了。

转化叙述新文学主题

通俗文学因其常态性和传播的普泛性,凭借稳定的主题和叙事模式对大众审美观念产生深远影响。《说说唱唱》的创刊时间和辐射范围,比较典型地反映了通俗文学创作和传播领域在转化叙述新文学主题方面的特点和历史内涵。

　　首先,通俗文学创作在新中国成立之后的一个重要变化是对于城市与乡村关系的重新叙述。从政治文化思维的角度来看,新中国成立前城市是反动统治的中心,即人民苦难的深渊,所以无论是乡土叙事还是城市叙事往往将城市树为伦理道德和文化重建的反面;新中国成立后则与此相反,因为新政权以城市为中心辐射其文化和政治影响。不过,出现在通俗文学叙事中的城市更多呈现出"新社会"物质丰足、文明昌盛的气息,所以在文学叙事中城乡关系被调换的同时,城市的内涵被抽空,这种情况一直持续到 20 世纪 80 年代中期之后城市叙事的真正勃兴。

　　一些以城市为背景的作品,情节结构比较独特,借农民的眼睛观察和反映城市中所发生的各种变化,农民既是观察者,也是学习者。从叙事学的角度来说,这是对"城市启蒙乡村"话语模式的颠覆:农民既不是城市罪恶的承担者,也不是土地或传统的奴隶,而是以新城市为中心的跟从者。《二大娘进城》《游京城》《进城》等篇都将城市置于中心话语地位,向农村和农民辐射其文明优势,农民除了欣羡不已,就是赞叹新国家建设的伟大成就。进城时"打扮得都像个新女婿串亲戚样",颇有以观览城市生活为节日庆典之意,这与过去解放区文学、国统区文学中一贯把城市作为文明腐败渊薮的姿态完全不同。新中国成立,标志着政治重心由农村开始向城市转移,城市才是政治战略的长久中心——这也是现代国家经济文化发展的统一特征,于是通俗文学在"人民政权"的名义下迅速改变了对城市的态度。这些作品不经意间反映了中国现代政治进程中城市与乡村关系的对换。

　　如果联系"乡下"、"城里"、"下乡"、"上城"等词几十年来为所有中国人所熟知所习用的事实,就应该深深地体味到《说说唱唱》中这些农民欢欢喜喜"进城"的故事背后具有非常沉重的历史内涵。国家意识形态面对知识者继续否定"小资产阶级情调",而在强调政权以城市为中心的同时,也将市民生活趣味列为"新社会"的讽刺对象。这是对大众审美思维的有力调整。城市是作为合理政权的象征而存在,并非娱乐的天堂,这一点在政治建设上有其历史合理性,普通人则是从感性认识上察觉到了这一变化。新京剧《香炉回家》写一个小贩在事实教育下破除迷信思想,开头有这么几句唱词:"报子上面多新戏:《兄妹开荒》马玉芬。戏名也和从前不一样! 为什么不见'十万金',看来北京都在变,老汉我也得换脑筋。"这反映了解放区艺术进占市民娱乐市场的情况,也反映了市民审美趣味逐步被改变的事实。

　　其次,《说说唱唱》上的众多作品都隐含了"做思想工作"的情节,从而使"提高(或改造)思想认识"成为一种影响深远的叙事主题,这种泛及新中国文学创作不同领域的主题特征,反映了现代文学从意义追求到"思想"姿态追求的深刻变化。在表现工农业生产、工农兵生活的大量作品中,指导员与支部书记、工会主席的角色经常互换,这一人物序列的叙事功能就是强化"思想工作"这一情节,以其基层工作者身份和潜含的"民间领袖"气质,使得"思想工作"顺利进入读者的认识。这些,在《说说唱唱》的传播推动下不仅成为通俗文学创作和传播的重要内容,也逐渐沉淀为相当长时期内文学写作的普遍"语法"。《说说唱唱》只有部分比较稳定的写作者,更多是偶一为之,像"孟浪"这个名字两年间只出现了一次,但是大量同类作品的出现证明了这种思维的社会普遍性。对生存"意义"的探寻将作者和读者导向独立的个体思考;对"觉悟"(或者说"思想")姿态的追求导向社会身份的认同。

　　"做思想工作"这一情节的叙事价值在于强调领导阶级的身份和地位。为了体现工人阶级的"领导"属性,工业生产题材创作中的政治化步骤比农业题材显然要快得多,也"典型化"得多,这显示了通俗文学创作将"领导阶级"设为叙事主角的努力,应该视为新中国文学对此前三十年间叙事思维的内涵更替。《老赵头回来了》(孟浪,1951年第1期首篇)的主要人物形象和基本情节都相当具有典型性。差点被日本鬼子杀害的矿工,逃出虎口参加抗日部队,转战南北,复员回原来的煤矿参加生产,从他的眼中见出路上的残楼、黑烟、烈火,反映了多年战争造成的破坏,但他马上记起了指导员的话:"他们能摧毁这些旧的,我们就能建设新的。建设得比这更好!"指导员这一形象在新中国成立后几十年间的文学创作中是一个非常显眼的象征符号,其精神激励功能不仅体现在战场上,也体现在生产中,使战争—生存、人民—国家、保卫胜利—建设家园的几重主题融为一体。主人公不断地回忆指导员的教诲,最终在煤矿重逢已转业的教导员,他确信教导员对前景的展望,"因为老赵他是一个工人"。这种不容置疑的语气暗示了"工人"和"战士"两种人物身份在当时的特殊性,是国家柱石,是精神标杆。一个可作上述判断的旁证是:儿子在矿井下与父亲相遇不相识,认为是别人"开玩笑",老赵为儿子十多年没有父亲而难过,工友也来安慰;这一场面本来很感人,触及战争所带来的灵魂创痛,可以进一步挖掘思考,但作者随即转入对生产流程兴致勃勃的介绍,那种深沉的哀伤被消解了。应该说,这主要不是作者的才力问题,也不仅仅因为《说说唱唱》喜欢发表大众化的故事(赵树理《登记》也发表在此刊上),而是时代氛围诱导所致。结尾的处理更能显示这一特点:十年生死两茫茫的一家人,只是"欢聚在一个桌子上吃了一顿丰满的团圆饭",然后就"锁上了门",都去参加"保卫世界和平,反对美帝侵略"大会。通向个人情感和家庭亲情叙述的"门"在当时的确是不常开的。①

与"思想工作"的重要性相呼应,《说说唱唱》上的作品常常呈现出农民、工人、战士多重身份叠合的现象,这就具备了文学史主题变迁的意味。农民成为工人或战士,战士复员参加工农业生产,既应和了工农兵大交汇的历史事实,也以彼此的"血缘"关系象征全民"一体化"的政治策略,而不仅仅代表着战争文化思维的延续。在众多的战争故事中都有"老乡"的身影,而对农民从军故事的反复叙述,都是对特定"历史主题"的强化,使战争与生产紧密地结合起来。这既有利于发扬战争时期的优良传统,又可以外部的某种压力来加强国民凝聚力。《苏长胜》具有一定的典型性,退伍军人回乡务农,后被美军飞机炸弹所伤,村中青年愤激之下参加志愿军,这一故事可以视为战争与生产两大主题的互相证明;从另一角度看,以农民所受到的战争伤害激发农民投入战争的激情,是解放区文学中常取的手法,也是激发民族情感的有效手段。《十月的爱园》反映青年农民为支援战争压抑个人情感而互相理解,再现了英雄浪漫主义精神,又有旖旎之态,辅以淳朴的乡土人情。《韩虎宽》写村民欢迎支前的担架队载誉归来,以农业丰收反衬抗美援朝雄厚的物质与精神基础。前方与后方合而为一,其实就是"国家",通俗文学把这一抽象的概念具体化为故事,使新政权在大众范围内得到迅速而广泛的认同;变革主人公和叙事主题的意义在于建设新的审美意识形态,《说说唱唱》充分实践了这一思想。

"反特"情节是"做思想工作"的得力辅助,其叙事功能在于强调"国家安全"意识。这类作品将主人公完全拉出家庭和个人情感,投入街道角落、公园僻处、暗夜密室、荒郊山洞等既有神秘刺激性又富于战争文化象征性的场景——这是后来满是阶级斗争念头的作品的雏形。《小英雄捉特务》讲的是两个小学生在公园中发现了鬼鬼祟祟的人,便怀疑是特务,报告公安人员将其抓获。这类作品的文学价值不大,但是想一下那么多文学作品中生产、战争、救灾、反匪特场面中都有少年学生出现,就不能不承认,这种写作也在应和着政治文化思维的熏育,并且自然成为意识形态传播的一个端口,模塑着不止一代少年,潜移默化地影响着他们成年后的生活与审美趣味。这可以归结为政治文化思维的影响，但是和公案武侠小说的叙事主旨有着本质的不同，公案武侠小说强调的是情节曲折对于读者的娱乐价值，其主题要么是对腐败政治的不满要么是对个人意志的倡扬，即使有些为"天下"着想的动机，却与现代的"国家安全"意识不可比拟；上述"原型"性情节暗含的主题则是民族和国家面临着颠覆的威胁，每个人都应该尽力履行一份保卫的职责。虽然对于每一个人而言，国家、民族只不过是"巨大的同质性的空洞的存在"，②但是现实中的朝鲜战争，使"国家安全"成为每个国民的明确意识；这种对"国家安全"的焦灼呼吁，产生了普遍的精神认同，从而成为大众审美价值标准。如果把视野放得更远一些，将发现目前电影、电视对红色经典的重新阐释仍然遵循这种"国家安全"的审美思维，只不过故事情节更为跌宕起伏罢了；从更深刻的层面上看，这种情节原型无疑反映了一个多世纪以来"中国"想象的强大吸引力。这种情节设置在发挥传奇叙事的传播效果时，附加了"思想工作"的时代性内涵。

女性形象在《说说唱唱》的作品中顶起了"半边天"，人物形象内涵上显示出与传统的深刻渊源，或者说对五四以来女性独立生存意识的回避。《烟花女儿翻身记》写妓女主动改造成自食其力的织布工；《双喜临门》有纱厂青年男女在劳动中恋爱的情节；《金妹与小兰》写纱厂女工在劳动中加强了友谊。在"十七年"文学中，"纱厂女工"也是一个常见的形象，这既说明当时发展轻工业的国家战略对通俗文学创作的隐性影响，更深刻的也许在于，这些女工的"纺织"工作与中国传统女性的社会身份有着某种遗传关系。"男耕女织"即使在新中国成立后相当长时间里，仍是普通人生活的日常内容，如果和大量的为子弟兵做鞋子、绣鞋垫荷包情节综合比较，更可以发现这种人物身份安排仍然遵循了女性保证后方（家庭）稳定和物质生产、支援前方（男性）夺取胜利（成功）的传统思维。至于那些女火车司机、女性生产（抗灾）模范，从作品的实际叙事企图看，主要是为了突出这些女性身上爱集体、勤劳动、敢争先等性格特点，强调女性完全可以做男性的事情，但这不是真正的女性生活和情感内涵，更主要是抹去性别的社会主义新人的特征。把崭新的生活内容，填充进古老的叙事模式之中，相得益彰，这也是通俗文学的特点之一。

大众审美趣味沉缓变迁

《说说唱唱》创刊号发表的首篇作品，就是赵树理将田间长诗《赶车传》改编成的鼓词《石不烂赶车》，很快风行一时，还被当作第一届北京文代会的赠送礼品。诗人肖三评论道："拿赵树理的《石不烂赶车》和田间的《赶车传》相比，《石不烂赶车》对新诗可说是一个很大的'讽刺'，也可以说是一个启发。"③后来赵树理的《传家宝》被改编成鼓词（王尊三）、《登记》被改编成剧本《罗汉钱》（端木蕻良），各地传唱，"通俗"形式的流行，从侧面暗示了大众读者的实际接受水平和审美趣味；大批作家被集结到《说说唱唱》周围，从事创作和理论倡导，说明了这一刊物在新中国成立初期作为通俗文艺活动中心的真实地位。其后主流话语对民间文学传统一再强调，各地曲艺组织踊跃活动，乃至样板戏全民化传播的事实，更明显反映了大众审美意识趣味的沉缓变迁。

第二阶段署名"编辑部"的文章增多，广泛介绍各地群众性文艺活动的情况，提供了现代文学进入新中国后引导大众审美趣味变迁方面的重要资料，也反映了文艺刊物逐渐与大众读者疏远的尴尬和无奈。《说说唱唱》从1953年起辟出"民间传说"的专栏，介绍各地的神话和传说,依靠来自民间和传统的东西吸引读者,但是调查资料和编读往来的信息反映出这种努力收效并不大。

"我们审查抗美援朝的稿件,一次就有作者不同、作品内容相同的四十余篇之多。《说说唱唱》每月收到稿件六百余篇,《新民报》文艺副刊和周刊每月收到稿件在千五百篇以上,其中能用的很少。"④内容的雷同起因于写作者认识生活的深度和广度不足,更说明审美思维方式的单调;多种刊物都有此类现象,一方面反映了社会审美趣味的"纯化",另一方面则暗示了深刻的事实,即专业写作者失去了发挥个性和才华的空间。根据 1952 年前 4 个月的统计:在 1394 件稿件中,工人作品有 52 件;农民及其干部的作品有 92 件;战士及部队干部的作品有 125 件。"工农兵群众的作品只占来稿五分之一。其余的作者多半是中学生、小学教员、机关干部,就连文艺工作者的作品也是很少的。"这一刊物的大众化特色,因工、农、兵、学的群体参与而得到体现和发扬;专业写作者的不参与,则妨碍了其艺术水平的提高,并使读者的兴趣减弱。报纸副刊和《说说唱唱》这样的通俗文艺杂志本来是大众接受文学熏陶的主要途径,它们的收稿、发稿以及与读者的沟通,是大众审美趣味的主要体现。新中国成立后的文学生产逐级体制化,有国统区或沦陷区背景的通俗作家裹足不前(像在华北沦陷区曾经很有名的梅娘,这时恢复了孙加瑞的本名,虽然参加《说说唱唱》的编辑工作,却没有作品发表),通俗文艺作品的来源单一,导致接受者的审美趣味要么被压抑,要么被偏枯培养。

编辑者努力加强与读者的互动,以活跃通俗文学创作,但效果显然不理想。编辑部把读者和投稿者对 1952 年前 3 期的意见整理出五点,有些表达耐人寻味:"忽视群众稿件,爱登长篇作品,既脱离了群众,又不易配合政治任务。有些作品,既不能说,也不能唱,没法表演;因此,群众不能不演出旧的作品,与当前政策不能密切结合。""群众不欢迎长篇'自我检讨'的文字,也不喜欢空洞说理的论文。"⑤去掉配合政策的话,上述表达反映了一种两难的编辑心态,而"群众不能不演出旧的作品"或者可以看作一种警告:束缚太多的编辑方针(根源是当时的文化政策)导致了刊物与群众需要的背离,甚至有被"旧作品"挤出阵地的危险。1952年第 2 期上的连环画《刘正明终于站稳了工人阶级立场》,就说到主人公:"他过去爱看旧小说,新中国成立后虽爱看《小二黑结婚》、《白毛女》等新书了,但有时借不到新的,还是看《三国演义》。"赵树理在"大众文艺创作研究会"成立时就提过类似的问题:"过去农村中,唱戏唱新的,但是不久就唱旧的了——因为新的太简单,太容易,唱几回就腻了。"⑥通俗文艺创作本身的不够成熟,反衬出大众审美趣味仍停留在"旧作品"的氛围中。虽然《石不烂赶车》、《登记》、《小二黑结婚》、《王贵与李香香》这些优秀作品广为流传,但数量有限,尚不足以使社会大众审美趣味迅速提高。

1952 年第 5 期署名"编辑部"的文章提供了确凿的数据和比例:"根据我们现在的了解:在刊物销到四万八千份的时候,北京仅仅销出一千二百余份,绝大部分的读者是学生和机关干部。最近我们的同志到北京的几个较大的厂、矿里去,据说《说说唱唱》这个刊物看不到,郊区文化馆里有的是订了,但是文化馆以外就少见。我们知道有一些战士是读过这个刊物的,但不是经常的与普遍的。从读者来信看,来信较多的是小学教员,农村中的宣传员,文化馆工作人员,军队文工队的队员,文化教员,中学生,而工人和农民的来信却极少。"数据所暗示的问题意味深长。从传播学的意义上讲,"绝大部分"的读者即学生和机关干部,是刊物的核心受众,他们可以对识字不多的群众(边缘受众)进行二次传播,这个社会的"绝大多数"本来是刊物预定的目标受众,却处于文学接受的边缘地位,不能不令编者忧心忡忡。"工人和农民的来信却极少"，说明以千万计的边缘受众反应的冷漠或者对刊物的隔膜，他们既没有参与写作也没有反馈自己的接受愿望；编者和基层读者沟通的渠道虽然存在，事实上却没有发挥多大作用。《说说唱唱》最初两年获得了相当大的成功，各地广播电台多采用其文章作为广播材料，当时《新民报》的"新曲艺"周刊，也和《说说唱唱》一起为艺人提供演唱材料，甚至浙江东阳县的巍山区中心小学还以"说说唱唱"为名举行了 26 次文艺演出活动。但是，"到第十期后，这种情况就有了显著的改变，在内容、来稿的质量上和发行的数量上都渐渐地不如以前，而且渐渐地失掉了一部分读者"。编者也认识到，文化上翻了身的工农兵一天天增加，如果没有足够新鲜的东西给他们阅读，就有"还原"的危险。

与此相应的，市民趣味迟迟不愿退场，形成了一道独特的景观。老舍的"大鼓书词"《生产就业》写三轮车夫改行务农的故事，反映了和农民羡慕进城相对立的心态，刘二失业后仍舍不得离开北京："尽管没钱看电影，看看广告，花花绿绿，心里也开通。虽然没钱看大戏，街上的广播可白听。没钱咱们吃棒子面，有钱就来烙饼卷大葱。没钱的时候喝凉水，有钱就香片一壶热腾腾。……若去开荒更难受，没有大街没有城。情愿杀杀裤腰带，饿死也在老北京！"最后刘二觉悟了，准备出城务农，但还要等待邻居行动的确切消息，一直支持和鼓励他的妻子这时也微微一笑："你这家伙可真行，凡事不敢先伸腿，唯恐吃亏碰了钉。"这种市民生存心理的真实广泛性是不言而喻的。当年的祥子无论如何要回到北京谋生，因为城市提供了农村所没有的吃食；刘二眷恋北京，主要是因为城市有五光十色的娱乐和享受。《龙须沟》以后，老舍的人物仍然生活在北京，不过开始感受到新社会的温暖，而城市对于市民生存的精神寄托意义则被遮蔽了。虽然《生产就业》是鼓词形式，但是在叙事学的层面上和《骆驼祥子》《龙须沟》互为文本，借此可以思考老舍笔下的市民形象系列以解放为纽结点所发生的细微变化，进而探究新中国成立后市民题材在通俗文学领域继续流行和在整个文学创作格局中趋于萎缩的复杂原因。

编辑部开始深入工厂和郊区农村调查，1952 年第 7 期的《编辑札记》详细地介绍了调查和分析结果："一般地说来，他们喜爱表现生活、描写人物、讲述故事的作品。最好是作品中的人物、故事、生活是他们自己所熟悉的，或者是能引起他们的阅读兴趣的。……据我们了解，他们在开始阅读的时候，喜爱小快板、顺口溜、简短的曲艺以及内容有意思、语言有变化的小故事。"《编辑札记》还发现，阅读能力稍微强一些的读者，要求就更高一些，高碑店的农民就喜欢比较长的有说有唱的鼓词，他们说："长点，有人，有事，看着过瘾。"生活化、趣味性、说唱性，基本代表了当时大众读者的阅读取向，这也就是他们最主要的审美追求。周扬作为文化界的主要负责人，对此有清醒的认识，他在 1940 年就指出："要说明人民的旧的爱好，不能以作品之旧内容正投合人们的旧的感情、心理、意识这个事实为唯一理由，旧形式为他们所熟悉、所感到亲切，因而容易为他们所接受，这一点有很大关系。旧形式的偏爱，在旧社会没有完全改造以前，是不会轻易改变的。甚至到了新的社会人民意识中，旧的趣味与欣赏习惯，由于一种惰性，还可以延续很长一个时候。"[7]

把周扬的这一论断和《说说唱唱》的插画设计比较一下，还会发现"解放区"留下的深刻印记。该刊前两年的 24 期里，除了战争故事中的插图人物形象与故事情节比较相得益彰外，其余各篇文章前后的版画和文章内容的联系非常淡薄，绝大多数仅仅起到版面上的美化作用，这种状况一方面反映了更为内在的意识形态规范性，另一方面显示出市民生活背景对新国家传播媒介的潜在影响。封二或刊头、插图里的农民形象往往头裹一条毛巾（有时身边加上弯角大绵羊），这应该是西北和华北解放区的艺术产物——20 世纪 40 年代的《小二黑结婚》版本及其他出版物中的农民形象都以此为蓝本。但是像《金锁》中的插图就显得生搬硬套了，故事发生在南方，画面中的男性却头裹毛巾，坐在炕上。这其实表明了刊物编辑的一种混杂心理，将农民的外在形象下意识地"解放区"化了，不仅他们视为理所当然，读者也没有什么异议。这只能说明编辑和读者认识上的趋同，在政治文化心理上是"一家人"。农村与工厂题材的故事发生地大都在华北或者东北的新老解放区，这同样是一种叙事"样板"，是整体国家叙事的一个组成部分。

即使讲述的是农民生活，下面这样的版画也反复出现，或为艺人身穿长衫持折扇、丝弦、鼓槌等物作说书状，前有一桌，背后一面"人民歌声"的幕布；或为一舞蹈女性；或为一唱片机；或为一水汽袅袅的茶盏；或为一戴帽男子坐在沙发上看报纸——都流露出明显的市民娱乐休闲气息，而以第一类形象居多，这不能不说是现代市民生活样式对整个社会文化娱乐趣味的渗透，而"人民歌声"的幕布设计，则反映出引导市民生活趣味向新社会转变的意图。也就是说，在该刊的前两年里，旧的"市民趣味"和新的"人民生活"还是彼此交织于现实中的，正因为此，刘二贪恋北京的声色娱乐不愿去开荒才有其理由，那样的作品才能得以发表。

1953 年后，编辑部的调查和思考未能从根本上改变版面内容的单调和沉闷，但是插画设计有较大改观，常有配文的连环画，版画、插图与作品内容的互补性也明显加强。《带徒弟》写老模范带着年轻的互助组长完成生产任务，前面的版画是一个老农民肩挑两筐；《丰产模范》写农民大丰收，文前的版画是农民赶着满载庄稼的马车；《抢救山林》写民兵扑山火抢救国家财产，文前的版画是弯月下两个背枪的民兵；《周师傅》写木业工人冒着大雨遮盖木材，文前的版画是一些在暴雨中奔跑的人像。这些版画都以农民、工人形象和工农业生产的相关内容为主，反映出市民趣味开始消淡，而工农兵在各方面逐渐成为社会审美趣味的主体形象。

结 语

特殊时代的文学主题意味着特定的社会审美趣味，同时意味着文学史的整体性是由不同的阶段连续构成的。《说说唱唱》是阶段性的产物，但在政治历史延续和文学史衔接变化的链条上，以其独特的作品风貌和较强大的社会辐射力显示出承上启下的媒介特征，在现代文学的主题变化、社会大众的审美趣味变化等方面的影响至今仍存，是一个具有丰富思考空间的大文本。它既是深化文学史研究的典型个案，也可以为繁荣当下文学创作与传播提供有益的参照。

（原载《中国现代文学研究丛刊》2012 年第 6 期）

注 释

①金进：《权力话语下亲情的退场——论十七年农村题材小说日常生活场景的消隐》，《沈阳师范大学学报》（社会科学版）2003 年第 5 期。

②[美]本尼迪克特·安德森：《想象的共同体——民族主义的起源与散布》，吴叡人译，

上海人民出版社 2003 年版,第 6 页。

③肖三:《谈谈新诗》,《文艺报》第 1 卷第 12 期。

④王亚平:《提高说唱文学的思想性和艺术性》,《说说唱唱》1952 年第 2 期。

⑤《编后记》,《说说唱唱》1952 年第 4 期。

⑥赵树理:《在大众文艺创作研究会成立大会上的讲话》,《赵树理全集》第 4 卷,北岳文艺出版社 2000 年版。

⑦周扬:《对旧形式利用在文学上的一个看法》,《中国文化》创刊号,1940 年第 1 期,第 5 页。

地方文艺刊物的"说唱化"调整及其困境(1951—1953)
——兼与张均教授商榷

周 敏

内容提要：新中国成立初期,围绕地方文艺刊物的"说唱化"调整所展开的通俗文学势力与精英文学势力的博弈,实际上更可说成是经过改造的民间口语文学形式与知识分子的书面文学形式之间的博弈,其背后体现的是对"民族—国家"这一"共同体"想象与建构的不同理念与愿景。本文试图论证这一"说唱化"调整的历史必要性,并在此基础上,分析在博弈之中凸显的文艺普及困境的多重原因。

本尼迪克特·安德森在《想象的共同体》① 一书中详细地论述了"印刷语言"如何促成了"想象的共同体"的产生,而所谓的"印刷语言"落实在形式上,则诞生了现代报纸与小说。具体到中国语境,"印刷语言"及其形式确实发挥着想象与构建中国"民族—国家"这一"共同体"的重要作用,但由于中国民族独立与中国革命有着千丝万缕的联系,而后者又以普通民众("群众")作为革命主体,因而经过"改造"的与群众生活世界发生密切联系的口语文学同样对"想象的共同体"的形成有不容忽视的影响。在革命的视域中注重口语文学,不仅仅因为它能够被广大的"文盲"群众所听懂与欣赏,更在于口语所蕴含的集体主义观念以及与群众日常生活的某种同构性。与"印刷资本主义"所达成的政治结果不同,中国革命自始至终都具有"双重"特征,"既是一场社会主义革命,又是一场摆脱半殖民统治的民族解放斗争"②。作为"社会主义革命",它必然是一场思想与文化革命,指向了群众的主体再造。而这一"再造"必然要通过群众日常生活这一"同时使社会再生产成为可能的个体再生产要素的集合"③所来完成,经由改造口语来改造日常生活从而重塑群众主体。在这一意义上,它甚至比"印刷语言"的影响更深广而复杂。

从 20 世纪 30 年代"文艺大众化"运动以来,左翼就一直关注和讨论口语与革命的关系,并付诸"革命的口语文学"实践,最终形成"革命文学"的一条重要经验和传统,融入新中国的文艺实践当中。这一融入的"表征"之一就是革命的口语通俗文艺("革命通俗文艺")对"印刷语言"的文学形态(小说、散文、诗歌等,也包括近代以来形成的"市民通俗小说")的遏制与替代,而发生在 1951 至 1953 年间地方文艺刊物的"说唱化"调整以及由此引发的知识分子公开批评与抵制现象则是这一"遏制与替代"过程具体而生动的体现,从中可见"革命文艺"普及的多重困境。本文试图对这一多重困境作较为深入的分析与探讨。

一

新中国成立初期,在"普及第一"文艺方针与"注重出版有益于人民的通俗书报"的出版方针的双重推动下,一些以发表口头说唱作品为主的通俗性文艺刊物纷纷创刊,如北京的

《说说唱唱》、重庆的《说古唱今》、上海与沈阳分别主办但名称相同的《群众文艺》等，一定程度上缓解了对此类作品的巨大要求。但总体而言，普及方针的执行情况并不令人满意，对此，胡乔木、陆定一等一些中央分管领导在1951年3、4月间纷纷提出批评，指责通俗读物工作不力。在这种情况下，全方位地调整地方文艺期刊、使其能够更多更好地发表有新内容的说唱作品成为文化主管部门进一步落实"普及第一"方针的重要举措之一。

严格说来，拉开地方文艺刊物"说唱化"调整序幕的是陆定一1951年4月在中宣部召开的"通俗报刊图书出版会议"上所做的总结报告。针对现有的90余种文艺杂志，陆定一提出"中央的和大行政区的就这样办下去，省市出的应该是通俗文艺杂志，对象主要是工人业余剧团和农村剧团"④，这为之后的地方文艺刊物调整定下了基调。

同年7月，全国文联在上述认识的基础上出台了更为详尽的改进意见《关于地方文艺刊物改进的一些问题》⑤，提出："地方文艺刊物，由大行政区办的，最好办成综合性的文艺刊物，除发表较优秀的作品外，应着重指导本地区的文艺普及工作，省、市一级最好办成通俗文艺刊物，以主要篇幅发表供给群众的文艺作品材料，向着通俗化、大众化的方向发展。"并具体规定了"（通俗文艺作品）在内容上，首先配合当时、当地的政治任务和中心工作，随时照顾群众的需要，并注意群众可能的接受程度"，"在形式上，要注意做到能说能唱、生动活泼、短小多样"。

由此，地方文艺刊物的"说唱化"调整正式启动，到1951年底，全国七八十种地方文艺刊物基本完成了"说唱化"，大大推动了通俗文艺的生产与传播，不过这一调整也埋下了隐患，到1953年问题开始浮出水面，在主流媒体上出现了不少主要来自知识分子的批评声音。这些批评显然取得了一定的成效，1955年之后，地方文艺刊物纷纷公开宣布告别"供应演唱材料为主"的原则，以主要篇幅发表小说、诗歌、散文等看起来更为"高级"的文学样式。这次转变的趋势直到1957年的"反右"运动，再次被遏制。

对上述过程，张均教授在其论文《"普及"与"提高"之辨——围绕地方刊物的精英势力与通俗势力之争》⑥有颇为详细的梳理与探讨。该文认为"雅俗对峙是现代文学基本格局"，而"1949年后，鸳蝴文艺虽渐行渐弱，但包括革命通俗文艺在内的民间说唱，仍与'人民文学'——'新文学'精英地位与价值的继承者——维持着分疆而治的'成规'"。在认可这一"成规"为某种文学史规律的前提下，该文对这次地方文艺刊物的"说唱化"调整整体上持否定态度：

地方刊物一律普及，既是对精英写作的犯界，也是对本土通俗文学传播方式的误解。说唱文学传播并不怎么需要刊物，依靠的是说书与表演。它也不倚重当下创作，而讲求对代代相传的话本、唱本的"翻新"。但通俗化政策令地方刊物硬性介入通俗文艺传播，不免多余。地方刊物事实上很难有效加入原有通俗文艺的流通与传播，甚至由于编写水平过低，农村、工厂剧团也很少采用它们作为表演脚本。

而对部分知识分子之后的抵制性言行以及所取得的"成效"，该文在结尾处给出了这样的认识：

（1）即便执政党的政治强力也很难挑战业已成为成规的雅俗疆界。文艺界存在一定的"自治"力量，并非绝对附从于政党政治。（2）在精英文学势力与通俗文学势力的出版博弈中，"群众"是缺席的。

可以说,张均的研究在正确地指出以"为工农兵"为文学方向的"人民文学"内部依然存在精英/通俗紧张关系的基础上,比较清晰地呈现出了这一段围绕着地方文艺刊物"说唱化"调整所引发的政治与文学、精英与通俗等势力之间的复杂博弈过程。不过由于该文或多或少受到 20 世纪 80 年代以来对"十七年"文学史叙述成规的影响,其中的一些见解不是没有值得商榷与推进之处⑦,这构成了本文写作的原因之一。

二

首先需要明确的是,此次的地方文艺刊物的"说唱化"调整,与其说是"党的高层直接推动的通俗文学对精英文学的一次'犯界'",不如说是口语文学对书面文学的一次"犯界",尽管无论是通俗/精英,还是口语/书面,都不能完全涵盖其中的多重内涵,但后者明显更为贴切。

新中国成立初期,在"普及第一"方针的推动下,通俗文艺刊物最初所追求的是所刊作品"识字的能看懂,不识字的能听懂",有意使书面文学向口语文学靠拢。不过,对普通民众(尤其是占其中大多数的农民)来说,这种靠拢还不够,听书、看戏才是其日常的主流文娱方式。因此,新政权要使文艺发挥更好、更广泛的宣传教育作用,就必须进一步调整整个文艺的性质与偏向,真正介入演—看—听的口语通俗文艺的传播路径中去。

当然,改变文艺的生产与传播方式,变文字中心为"语音"中心,自然有出于文艺大众化、通俗化的考虑,更因为语音与群众日常生活的某种同构性。这在文章开头已有所提及,此处需要补充讨论的是,声音(口语)到底以何种方式参与重塑群众的革命主体? 裴宜理在讨论中国革命时,曾从独特的"情感"视角,指出:"激进的理念和形象要转化为有目的和有影响的实际行动,不仅需要有利的外部结构条件,还需要在一部分领导者和其追随者身上实施大量的情感工作。"裴宜理并将这一"情感工作"解释成中国共产党如此迅速取得革命胜利的关键性因素⑧。而口语文学的生产与传播正是"情感工作"的一部分。语音的特点在于其"内在性",它可以"汹涌地进入听者的身体",将听者放入"声觉世界的中心",使其沉浸其中,从而在引发听者的"一体化感知"中与其"结合"⑨。由于这一"结合性",口头文化"多多少少贴近人生世界,以便使陌生的客观世界近似于更为及时的、人们熟悉的、人际互动的世界",而书面文化则"能够使人疏远,甚至在某种程度上能够使人失去自然的天性,把人变成贴上甲乙丙丁标签的物体"⑩。在此意义上,语音的发生必伴随着人的"在场","献声"即代表着"献身"。而集体与集体意识正是在这种"在场"的关系中诞生。正因此,口语文学就可以成为"以情绪、精神状态,感情取向和思想取向的一致性联合人们,团结人们的更有效的手段,是克服每个个性精神世界的孤立性,个体闭锁性的更有效的手段"⑪。对于中国革命而言,在借用口语文学做"情感工作"之时可能尚不会有如此复杂的思考,却也明显意识到口头文学与情感、集体以及行动性的关联⑫,有意使抽象的意识形态工作具体落实到群众的情感世界与生活世界之中。

也正出于上述考虑,左翼才在倡导文艺大众化、通俗化的过程中,却一直对同属于"通俗文艺"的市民通俗小说进行抵制,因为后者的叙述模式是"对平民的、日常的生活的肯定,是对细节的推崇甚至张扬",其目的"则是提供能为最大数量读者(消费者)或者接受或者幻想的'现实'"⑬,因此它是个人主义式的、取消集体行动的,与革命的理念不相符合。

需要说明的是,重视语音,不代表彻底反文字,而是以语音为中心,使文字向语音靠拢,准确地说,是向加工过的人民群众的口头语靠拢,经由这一路径达到"言文一致"的目的。落实到文学及其形式上,则是首倡"民族形式"(即经过"改造"的民间形式),并不完全排斥小说、散文与诗歌等"新文艺形式",在地方文艺刊物的"说唱化"调整的事件上,也主要在"分工"的意义上对后者进行"压制"。

既然是首倡口头说唱的民族形式,那么在整个文艺的生产与传播过程之中,新剧本、曲本的创作,艺人、艺人组织的管理自然就变得特别重要。就此而言,当时存在大量性质各异的剧团,其中尤以农村剧团居多。据1953年《文艺报》上的一篇文章统计:"平原省农村剧团共有691个,剧团团员达15000人;山东、苏北、苏南、皖北共有农村剧团4331个,其中苏北就有1121个,团员20893人。"[14]如此众多的农村剧团与艺人,在满足了群众一定程度文娱需要的同时,也带来了演出节目的"混乱":或继续演与新意识形态无关甚至相悖的旧戏;或对旧戏进行自以为"新"的改造;或以旧形象、旧的表演程式来穿凿附会"新",如把刘胡兰扮成花旦,把人民解放军扮成武生,穿着龙袍打电话[15]等;或曲解政策,在表演中进行错误的宣传。这些显然不是国家文化主管部门所乐意看到的,在他们看来,只有加强领导和管理才能改变这一混乱现象:"不管这个问题就叫丧失立场,共产党一定要管,一定要有一部分共产党员献身于这样事业。"[16]不过,领导与管理并不意味着禁演与限制[17],而是具体的改造与指导。对此,提供剧本(也包括曲本)正是其中一个主要环节[18],而面对全国庞大的剧团与艺人现状,大规模地生产合适的说唱脚本就变得极为迫切和必要。在此意义上,受"计划"与"分工"思想的影响,对地方文艺刊物进行"说唱化"调整,使其以供应说唱材料为主,以此整合各种文化资源,鼓励、催生出大量可用的新说唱作品,为剧团与艺人服务,不失为一个好的办法,尽管此举改变了近代自有期刊以来书面文学形态(也即"印刷语言"的文学形态,小说、散文、诗歌等)就一直占据的统治地位。

除了主要供应说唱材料、以此加强对民间剧团与艺人的管理并加速"革命通俗文艺"的生产与传播之外,地方刊物的"说唱化"调整也是1951至1952年间"文艺整风学习"运动的一项重要举措。新中国成立后的这次文艺整风学习运动,由知识分子思想改造运动直接触发并成为后者的一部分。而后者的正式发动一般认为是在1951年10月23日全国政协一届三次会议召开时毛泽东到会发表改造知识分子思想的动员讲话之后。为响应这一运动,全国文联决定以北京文艺界为试点,组织整风学习,并准备将这一经验向全国文艺界推广[19]。11月24日,北京文艺界召开"整风学习动员大会",胡乔木、周扬作为党的文艺事业的领导者到会并分别发表长篇讲话。在胡乔木题为《文艺工作者为什么要改造思想》的讲话中,为文艺界指出了六条"出路","整顿文学艺术出版物,首先是整顿文学艺术的期刊"为其中之一。在该条下,胡乔木提及"全国文联已经做出了整顿文艺期刊的勇敢的决定",并希望"这个决定能够坚决地迅速地实施"。"这个决定"指的应是动员大会前四天,也即11月20日在全国文联常委会扩大会议上通过的《关于调整北京文艺刊物的决定》[20],该决定是在"各个刊物都必须有明确的战斗目标,强烈的思想内容、生活内容和群众化的风格,成为文艺事业不断的革新者"这一原则性认识的基础上,针对"现有的刊物离开这个要求是很远的"现状而做出的,其调整包括加强《文艺报》《人民文学》《说说唱唱》《大众电影》等,并停止出版《人民戏剧》《新电影》等刊物。这一决定以及在其中表露的上述认识,实际上是对文联发布的《关于地方文艺刊物改进的一些问题》的延续和深化。

在此意义上,地方刊物"说唱化"的一项重要功能正在于用"工农兵"("先进阶级")的口语文艺趣味来改造知识分子的"小资产阶级"书面语文艺趣味,纠正文艺、文艺工作者与人民相脱离的倾向,这一倾向的"严重"表现之一即为"高级文艺机关和文艺专门家"普遍轻视普及工作㉑。在这一思路的背后,实际上是将意识形态领域的领导权斗争与文艺形式相联系,赋予形式以意识形态意味。之后所谓"精英势力"与"通俗势力"的争论很多都从这个层面展开。

三

在全国文联发布的《关于地方文艺刊物改进的一些问题》中,对地方文艺刊物的"说唱化"调整提出了相互联系的三个方面:一是将"供给演唱材料为主"规定为地方文艺刊物的一项基本原则;二是这些演唱材料要"配合当时、当地的政治任务和中心工作,随时照顾群众的需要";第三,无论是照顾群众审美需要,还是要达到"劝人"目的,都要求刊物与群众保持密切的联系,而建立通讯员组织、培养工农通讯员则是了解群众、与群众联系的重要方法之一。并且,刊物的通讯员也往往成为撰写配合政治任务文章的骨干力量。

从最初的要求来看,虽然明确以说唱形式为主,但也兼顾形式的灵活性与多样性,在"通俗性、群众性、地方性"这个前提下并不反对非说唱的形式。同时,虽强调"思想性"、"配合政治任务",但也反对内容概念化、公式化,讲求"精心的提炼和艺术加工",比较辩证地看待政治性与艺术性的关系,不把艺术性只看作单纯的艺术形式,以为政策条文配上韵脚就是合格的文艺作品,而是从艺术效果,即是否能感染人、说服人上判定作品的艺术性。因此,总体而言,上述要求是比较全面和公允的,符合一定的艺术规律。

但在之后的推行和执行过程中,却出现诸多与最初的设想相悖的现象。首先,在不少地方刊物那里,"主要供给演唱材料"变成"只能"供给演唱材料,狭隘地理解演唱形式,将其固定为快板、鼓词、地方戏、民歌小调,认为只有这些演唱形式才是群众喜闻乐见的形式,并以此为由拒绝刊载一切其他形式,哪怕同是属于民间口语文学范畴但形诸文字更接近"小说"体裁、适合书面阅读的故事、评书等㉒。其次,"结合政治任务与中心工作"演变成"赶任务","把结合中心工作理解为所有大大小小工作一律都要生硬地结合"㉓,并且要求尽可能快地拿出"结合中心任务"的作品,"必须在某一中心工作开始后的第二天早晨,就一定要拿出作品来"㉔,甚至"明天要进行土改复查了,就要求今天的刊物发表配合复查的剧本"㉕。这种"赶任务"的工作思路实际上是"把文艺刊物与报纸、宣传员、时事手册或介绍技术方法的小册子混同起来"㉖。而"结合中心任务"思路原本是要照顾"艺术"规律的:首先要把中心任务还原到群众的生活当中,再通过文艺作品反映出来,但由于不是所有的中心任务都能"还原",也不是所有的生活都能用文艺"表现"(如技术性的,种棉、施肥等),所以对中心任务的结合必然有一个选择的过程。

第三,由于疲于"赶任务",与群众的密切联系自然弱化。这主要表现在刊物编辑部对群众文艺活动漠不关心,以"轻视"、"怕麻烦"的态度对待文艺"积极分子"、"骨干分子"的自发创作,只有在编辑部无法"包揽"配合某一中心任务的文章时才将任务布置给通讯员㉗。这就失去了通过刊物与读者的"互动"以及通过"通讯员制度"以培养与提高工农作者的目的,"指导"演变成了"摊派"。

出于上述原因,1953 年,不少地方文艺刊物的编辑和一些"读者"纷纷以论文与读者来信的形式在报刊上发表抵制意见,其中以《文艺报》前后多期刊载的相关文字影响最大。张均在文章中论证了此次抵制"出自高层知识分子的有计划组织",是令人信服的,并且也确如张均所说,抵制的背后反映的是精英势力与通俗势力之争。不过,与张均站在知识分子立场认为刊物"说唱化"是对雅俗对峙格局的"犯界"、是公式化与概念化的根源并将知识分子的"抵制"完全合理化不同,本文则主张持一个更为宽容与历史化的认识。

四

"结合政治任务"的"说唱化"写作与发表要求,实际上并不会直接导致"赶任务"现象的普遍出现,后者更来源于在具体的实施过程中产生的与前者相悖的一些思想、认识与做法。从地方分管领导方面看,其中的多数是文艺的"门外汉",甚至对整个文艺工作都抱有轻视与警惕的态度。在这一态度下,他们容易片面地理解"政治标准第一,文艺标准第二",将文艺与政治对立起来,将前者简单地当作政治宣传品,因而也就产生了他们在布置任务时"把内容规定得十分具体",并且将"写作任务分配得太多"②,使作者没有艺术加工的空间与时间。

而地方刊物的编辑们虽然重视文艺工作,但相当一部分人认为文艺普及没有前途,并不能在其中实现自己的文艺追求。五四式的启蒙主义、精英化文艺思想仍有意无意地影响着他们的办刊思路。因此,"说唱化"调整之时,他们有一定的抵触和抵制,而这正是"文艺整风"试图"打掉"的东西。"打掉"的手段之一是公开进行批评与自我批评,如《江西文艺》主编王克浪就发文"深刻"检讨自己的"小资产阶级出身"和艺术趣味,"看各种地方形式的戏,就不及看京剧有兴趣;看快板、小调就不及看长篇小说名著有兴趣",并批评自己办刊只是"为了普及而普及,发表一些通俗作品是为了点缀门面"⑧。经过一轮文艺整风之后,编辑们"怕受批评",不想被人认为"刊物的政治性不强"⑨,因此又从抵触倒转为努力迎合。但既有的轻视态度不易抹去,于是他们又转而认为通俗创作十分简单,"拿概念去套生活"⑩就行;或者由于没有创作说唱作品、通俗作品的经验与能力,要么想当然地追求文字口语化,如《苏北文艺》将征稿启事取名为《最近写什么稿儿》,并在具体内容中将"稿"字后面一律加上"儿"⑪,使整篇征稿启事显得异常滑稽;要么只从单纯的说唱形式上下功夫,以形式的整齐与押韵当作"说唱化"的全部。而在这些思想的背后,是对"劳动人民"的文艺欣赏能力不抱信心,因而可以相对安心地以低劣的作品"糊弄"之,自己则另有一套"艺术"追求。对此,当时就有不少人注意并提出批评⑫。赵树理后来也专门撰文指出,群众虽受教育少,文盲居多,而"一个文盲,在理解高深的事务方面固然有很大的限制",但"文盲不一定是'理'盲、'事'盲,因而也不一定是'艺'盲"。赵树理认为正是一些人认识不到这一点,才会"把既不艺术,又宣传不好政治的东西强往群众眼睛里塞"⑬。由于上述种种现象,可以说,公式化、概念化绝不仅仅是"结合政治任务"这一单因直接导致的。

在1953年对地方刊物"说唱化"的批评声中,"火力"明显集中在对说唱形式的要求上,即使表面上承认"供应演唱材料为主"原则的合理性,但更多的是在"抗争"策略的意义上承认这一原则,也即在反复强调"为主"的前提下为其他文艺形式争取合法性,而几乎没有涉及如何在说唱形式的基础上克服其非艺术性。这里的"其他形式"指的主要是适合于阅读的小说、散文、诗歌等,这实际上是在争取知识分子的"阅读权"。在《文艺报》1953年第7号"读者来中"栏目发表的《对地方文艺刊物的意见》中,读者嘉季(原名庞嘉季,河南《翻身文艺》编辑)就强调了自己对"喜洋洋"、"道短长"、"说衷肠"、"话瑞祥"这种唱词快板式写作的不满和不耐烦,把"公式化、概念化"的原因直接归结到对"地方刊物以供应剧本等演唱材料"这一指示的"片面理解"上。虽然没有明确反对说唱文学,但批评"喜洋洋"、"道短长"的用词,已经表明了自己的立场,因为说唱文学作为一种口语文学,实际上离不开这些套语。在此意义上,当嘉季将"说唱化"调整批评为"一味从形式出发"的时候,他的解决意见也可以说是另一种"一味从形式出发",并没有去思考说唱形式本身有没有克服公式化与概念化、生动反映生活的可能性,而只是简单地引入其他(非说唱)的新形式,用可读之文补充、替代可说可唱之文。

　　嘉季的看法很有代表性,在这组来信中,启焯也表达了类似意见,并且其表述更为直接,"整个刊物(指《湖南文艺》——引者注)都只适合于演唱,所以读起来不但不方便,而且乏味。假若把那些作品搬到舞台上演出的话,或者倒喜欢看一看"。就是说,阅读与听(相对于说唱)、看(相对于演)所引发的审美体验可能是不同甚至矛盾的,通过听、看认为有趣而阅读起来却可能乏味。这也就意味着,批评者对通俗文艺作品公式化、概念化的判断,不仅有作品本身不讲求"艺术性"的原因,也可能包含由于其对口语文学审美性不适应和认识不全面而产生的偏见,毕竟口语文学艺术性的完整表达不仅需要作品发表("底本"),还依赖之后的表演。批判者爱用读者订阅数量锐减来说明"说唱化"的失败,确实,由于订阅期刊的读者主要是"从群众文艺运动中涌现出来的积极分子、骨干分子"[③],这些人实际上都拥有一定程度的文化知识,属于一定意义上的地方文化"精英"。他们阅读地方文艺刊物,有出于寻找"演唱材料"开展文艺活动的需要,更多的还是想要满足自身的阅读需求。因此,对"可读性"的要求实际上强过了对"可演性"、"可说性"的要求,这也是他们"用脚投票"表达不满的主要原因。但正因此,刊物销量减少并不就意味着作品质量差。在这种情况下,说唱化刊物不应仅仅以"读者"的多少来说明其成败,而更应以全部受众(包括观众、听众)的多寡和喜好考虑进来。从这点看,"说唱化"出现问题以后,思考的应该是如何改进其"艺术性",让剧团乐于演,观众乐于看,同时又不损害其政治性,但1953年的批评文章主要篇幅却是在指责"说唱化"带来的剧团不想演、观众不愿看,而提供的解决方案是"形式多样化"。

　　从这一过程也可以看出,"说唱化"的最初意图是只将他们作为"中介人"来向基层"辐射"文化产品,但结果他们却成了接受的主体和"终端",仍旧与更广大的基层"文盲"群体或多或少保持着距离。这确实反映出"文化下基层"的困境。

　　那么,如何才能从"说唱化"的内部解决问题呢?当时还是有一些思索的。带有共识性的意见是,艺术性的产生不能只从"艺术形式"上着眼,更应落实在艺术形象上,后者是艺术感染力的基础。文艺必须有思想性(政治性),但"只有体现在高度艺术形象中的思想性,才有感染与说服的力量"[⑤],而艺术形象的获得则离不开"体验生活"。当然,"体验"出来的生活需要反映出一定的本质和方向,又会引起一系列其他要解决的问题。不过,对纯粹追求艺术形式(技巧)进行纠偏,并提出艺术形象上的要求,是新中国口语文学探索的一个进步。

　　并且对于说唱文学而言,艺术性并不应当做唯一的标准,一定数量的采用说唱艺术技巧的宣传品实际上也可以允许出现。当时也有人提出过如下包容性意见:"作为普及的群众性的地方文艺刊物,在一定的条件下,用文艺的形式,尽可能生动地宣传政策、时事,是必要的。"[⑥]这种作品类似资本主义社会中的产品广告,后者也常采用文艺形式与技巧(一首诗、一行排比、一个比喻等)达到加深受众对产品印象的目的。广告作为"资本主义现实主义"的深刻体现,它以典型化、理想化的生产手法,以赞美消费选择的快乐和自由的审美观,为私人生活和物质追求辩护。从这点看,它与社会主义现实主义有可比之处,只不过后者是以歌颂劳动、集体生活、克己奉公等为追求,有完全不同的价值观[②]。此处将二者对比,我想表达的是,对在革命通俗文艺之中出现类似于广告的宣传品,无论当时还是现在,都应该持一个更为开放性的态度,正如广告,无论拙劣还是精美,人们对它的判断不是依据其是否符合一件伟大艺术品的标准。而且这种对比也可以为"结合中心任务"甚至"赶任务"提供另一种理解的视角。

保持开放性态度的原因还不仅如此,对新生事物的扶持也需要这一态度。赵树理在比较新旧说唱作品时曾说:"传统节目是古人把古代的生活升华成音乐、舞蹈形式来表达古代的生活——如起霸、写信、骑马等动作都加以舞蹈化……我们还没有把我们现代的生活都化为歌舞"[③],把现代生活"化为歌舞"无疑是一种艺术探索,而艺术探索则需要有"试错"的时间与机会以及宽容的态度。

当然,对这种艺术探索的宽容确实又不可避免地造成了对他种艺术探索(姑且称之为"知识分子的艺术探索")的不宽容。这种不宽容的历史后遗症是,当新时期知识分子重新获得"新启蒙"话语权之后,就反过来一举剥夺了这种艺术探索的"艺术性"("文学性")资格,将之归为政治的工具、传声筒,并使政治与艺术完全对立起来。对此后来不少学者有过反思与批判[③],此处不拟重复这一反思与批判,只是试图指出,这种艺术探索依然是"艺术的",艺术的工具论(典型的如"政治标准第一、艺术标准第二")依然有强调艺术的一面,只不过由于与政治效果(一定意义上的"社会性")联系密切,它强调的是艺术通俗性、感染力、"人情人理"的一面,而忽略甚至压制了"朦胧性"、游戏性、文体实验、叙事实验等"艺术自律"的一面。这一点从梁启超的《论小说与群治之关系》那里就有体现,所谓"熏"、"浸"、"刺"、"提"四力就是强调艺术感染力的一面。但后来的学者在警惕与批判梁氏成为近代"艺术工具论"始作俑者的同时,有意无意地忽略了他对艺术这一面的强调。因此,在不否认这种艺术探索确实给"知识分子的艺术探索"带来了伤害的前提下,也应对其有一个更为客观的评价,否则可能会陷入历史虚无主义之中。

结　语

1951年,地方文艺刊物的"说唱化"调整在"文艺整风"的整体氛围中拉开了序幕,它试图以改造的民间口语文学(所谓革命通俗文艺)来改造知识分子的书面文学传统,并最终在很大程度上达到了它的目标。但这一过程也使得很多问题浮出水面,催生出了大量公式化、概念化的作品,在1953年招来了主要包括地方文艺刊物编辑的知识分子群体公开的批评与抵制。他们强烈地批评了说唱文艺形式,试图捍卫自己书面文学的"阅读权"与写作权。在此意义上,强烈的态度多少反映了一部分知识分子对文艺整风运动所给他们带来的创作、办刊束缚的不满和抵抗。

然而从"历史化"的视野与今天的反思立场观之,无论是文艺整风一方还是知识分子一方,在具体的"碰撞"过程中都有矫枉过正的倾向,前者为了防止和克服后者在"艺术性"与普及性无法兼容的思想指引下对说唱文学轻视的倾向,强行发布了"主要提供演唱材料"的地方文艺刊物调整指示,但在一系列其他因素的共同作用下,使"主要提供"滑向了"完全提供"

演唱材料,营造和加强了"赶任务"的氛围,在客观上导致了公式化、概念化作品的大量出现;而后者为了捍卫"艺术性"与一定程度的创作"自由",在呼唤形式多样化的同时,又对说唱形式过于敌视,尽管一开始肯定"演唱材料为主",但明显只是策略性的,到1955年之后终于"暴露本来面目",纷纷以"旧名新刊"、"新名新刊"、"新创刊物"的形式告别"说唱化"⑩。

这确实如张均所言,"文艺界存在一定的'自治'力量",然而这也造成了说唱作品艺术探索的挫折与中断,因而在一定意义上削弱了基层文盲群体参与文艺的可能性。这也是为什么赵树理在1957年又急切地重提"普及"工作的原因⑪。在一个"文字"日渐占据艺术生产与传播中心的现代语境之下,这种挫折与中断给说唱文学的现代转化增添了某种宿命般的悲剧色彩,也使得赵树理这个一直站在民间立场从事普及工作的"农民作家"充满着焦虑与无奈。

在这一视域下反思张均所认为的"说唱文学传播并不怎么需要刊物,依靠的是说书与表演。它也不倚重当下创作,而讲求对代代相传的话本、唱本的'翻新'。但通俗化政策令地方刊物硬性介入通俗文艺传播,不免多余"的观点,则可以发现这实际上是不承认传统说唱文学可以进行现代转化的可能性,也没有注意到口头文学与"案头文学"可以融合这一现代口头文学生产与传播的新特点。事实上,在反省"说唱化"调整所带来的问题的同时,不应忽略其积极的一面。如前文所论,它首先对新说唱作品的生产起到了很大的作用,不少优秀的作品(如收入罗扬主编的《中国新文学大系(1949—1966):曲艺集》[中国文联出版公司1990年版]中的大部分新曲艺作品)都曾发表在刊物上,借助刊物的发行得以在全国更广的范围内阅读、表演与传播。即使在古代,说唱文学也常常借助文字(唱本)的形式刊行于世⑫。此外,这一调整也培养、锻炼了从事普及工作的作者,正如陶钝所说:"(青年曲艺作者)一般的是自己爱好曲艺,就去曲艺场所听曲艺,在刊物上读曲艺,以后就开始自己写曲艺,摸索久了就能写出较好的作品,在这里我们不能抹杀了地方文艺刊物在这方面的成绩。"⑬

最后还需要与张均商榷的是,"在精英文学势力与通俗文学势力的出版博弈中","群众"是否真是"缺席"的?在何种意义上言说群众的"缺席"?张均"缺席"说的理由是,通俗文学势力"主要不是'群众'及其作者,而是他们不确定的代理人(党)",并且又由于"党的文艺政策必须通过精英知识分子来落实,通俗文学势力注定了要被'遣返'到落寞与边缘之中"。对此,本文提出质疑的是,在既有的历史当中,群众(底层)确实因没有掌握文化与话语权而一直丧失"发声"的资格,然而能不能因为"不发声"而断定他们一直"缺席"呢?尤其在新中国这一群众至少在意识形态上获得"主人"地位的语境下。正如蔡翔所指出的,群众作为"某类文化传统的产物",有着不符合政治要求的一面,因而需要接受"改造",当代文学正是这种改造的方法之一,但其作为"政治概念",则是革命的主体,因而又"改造"着当代文学,使后者的结构发生种种变化,而"这一变化的形式表征之一,即当代文学的通俗化倾向"⑭。也即,当代文学文本内部的"通俗化"表征本身就显示了群众的"在场"。群众确实是通过"代理人(党)"而"发声"的,但在本文看来,这一"代理"机制却为群众创造了某种曲折"发声"的可能性,尽管远称不上完美。原因正在于"通俗化"的口语化倾向,正如前文所分析的,它意味着说者和听者的同时"在场"。一方面,国家意识形态在群众之"场",面对面"说"给群众"听";另一方面,群众在说唱文本之"场","听"自己的声音在"说"。德里达在《论文字学》中将艺术在场与政治在场进行类比,指出:"在语言和艺术中,合法的例子莫过于亲自出场的代表",而"统治权是在场和在场的快乐"⑮,意识形态正是通过口语文学的在场凸显了自身的在场,因而获得了自己的"统治权"。而如何保证群众在说唱文本之场,其关键在于知识分子自我"改造",与工农兵群众打成一片,用成为他们一分子的方式使自身的"代理"痕迹透明化,自己说话完全就是群众在说话。不过这一状态过于理想,有很大的乌托邦成分,但乌托邦的可贵之处在于它实实在在吸引着人们向其实践。在张均所说的精英知识分子当中,事实上就至少存在两个阵营,也即赵树理所说的"新文艺"阵营与"民间传统"阵营,他们在各自传统的影响下有着不同的"普及的前途观"⑥。对于后者而言,他们确实比较自觉地追求将自身透明化地超越"代理人"的"代理人"角色,并且在这两类知识分子的各种"碰撞"中,群众的声音作为"第三方"也以一种隐形的方式参与其中。

因而准确地说,群众既是"缺席的",又以一种比较内在的方式显示了自身的"在场"。

(原载《文学评论》2014 年第 6 期)

注　释

①本尼迪克特·安德森:《想象的共同体:民族主义的起源与散布》(增订版),吴叡人译,上海人民出版社 2011 年版。

②德里克:《重访后社会主义:反思中国特色社会主义的过去、现在和未来》,《马克思主义与现实》2009 年第 5 期。

③阿格妮丝·赫勒:《日常生活》,衣俊卿译,重庆出版社 2010 年版,第 3 页。

④⑯《陆定一在中宣部通俗报刊图书出版会议上的总结报告》,《中华人民共和国出版史料》(一九五一年),中国书籍出版社 1996 年版,第 132 页。

⑤全国文联研究室整理:《关于地方文艺刊物改进的一些问题》,《文艺报》四卷六期,1951 年 7 月 10 日出版。

⑥㊶张均:《"普及"与"提高"之辨——围绕地方刊物的精英势力与通俗势力之争》,《文学评论》2008 年第 5 期。

⑦实际上,该文的一些史料梳理也存在一些失误,比如全国文联的署名文章《关于地方文艺刊物改进的一些问题》实际发表于《文艺报》四卷六期(1951 年 7 月 10 日出版),而该文却标注为三卷六期(1951 年 1 月 10 日出版),并且在行文中也将该文发表的时间算成 1951 年 1 月。这一时间错误导致了一些判断不够准确,如《文艺报》上所发表的相关讨论文章《办好群众文艺刊物》、《办好文艺刊物》、《地方文艺刊物的地方性与群众性》等就不是在全国文联署名文章"随后刊发",而在其之前,分别发表于该年的 1 月与 2 月之间。

⑧裴宜理:《重访中国革命:以情感的模式》,《中国学术》(第 8 辑),商务印书馆 2001 年版,第 98—99 页。

⑨⑩沃尔特·翁:《口语文化、书面文化与现代媒介》,《传播的历史》,董璐等译,北京大学出版社 2011 年版,第 86、32 页。

⑪卡岗:《艺术形态学》,凌继尧、金亚娜译,上海三联书店 1986 年版,第 349 页。

⑫参见钟敬文:《口头文学——一宗重大的民族文化遗产》,《民间文艺集刊》(第一册),新华书店发行,1950 年版,第 2—22 页。

⑬唐小兵:《我们怎样想象历史(代导言)》,《再解读:意识形态与大众文艺》,北京大学出版社 2007 年版,第 11 页。

⑭杜黎均：《提高农村剧团的宣传质量》，《文艺报》1953年第10号。

⑮王钺：《对农村剧团演出节目的混乱现象的意见》，《文艺报》1953年第1号。

⑰当时文化部对一些地方干部粗暴禁演旧戏是坚决反对的，并出台政策制止这种行为，如1952年12月26日发布的《文化部关于整顿和加强全国剧团工作的指示》就规定"在（戏曲剧本）未经中央文化部批准禁演前，任何机关与团体不得随意禁止其演出"。

⑱在《文化部关于整顿和加强全国剧团工作的指示》中，就有如下表示："各级文化主管部门对上述私营公助剧团应加以具体的领导和协作，如……供应剧本。"

⑲《迎接文艺界的整风学习运动（社论）》，《西南文艺》1951年第3期。

⑳《关于调整北京文艺刊物的决定》，《新华月报》1951年第12月号。

㉑周扬：《整顿文艺思想，改进领导工作》，《文艺报》五卷四期，1951年12月10日出版。

㉒参见刘金锋：《地方文艺刊物的几个问题》（《文艺报》1953年第9号）与《对地方文艺刊物的意见（读者中来）》（《文艺报》1953年第7号）中"读者"白得易的来信。

㉓刘金锋：《地方文艺刊物的几个问题》，《文艺报》1953年第9号。

㉔㉗㉚㉟㊲记者：《办好地方文艺刊物的一些问题》，《文艺报》1953年第15号。

㉕㉖王克浪：《对地方文艺刊物的几点意见》，《长江文艺》1954年第1期。

㉘㊱萧殷：《论"赶任务"》，《文艺报》1953年第5号。

㉙王克浪：《从〈江西文艺〉检查我的编辑思想与作风》，《长江文艺》五卷十二期。

㉛编辑部：《关于"赶任务"问题的讨论》，《文艺报》三卷九期，1951年2月25日出版。

㉜梁策：《谈地方通俗文艺刊物的语言》，《文艺报》1952年第16号。

㉝如李晴的《提高通俗文艺刊物底思想性》（《文艺报》五卷四期，1951年12月10日出版）、萧殷的《论"赶任务"》等。

㉞赵树理：《供应群众更多、更好的文艺作品——在中国共产党第八次全国代表大会的发言》，《人民日报》1956年9月26日。

㊳将广告作为"资本主义现实主义"的体现与社会主义现实主义对比，参看米切尔·舒德森：《广告：艰难的说服》（陈安全译，华夏出版社2003年版）第七章："作为资本主义现实主义的广告"；学者唐小兵也认为二者有可比性，参见李凤亮、唐小兵：《"再解读"的再解读——唐小兵教授访谈录》，《小说评论》2010年第4期。

㊴赵树理：《业余创作漫谈》，《曲艺的创作与表演》，工人出版社1956年版，第16页。

㊵代表性的学术成果有蔡翔的《何谓文学本身》（《当代作家评论》2002年第6期）以及董之林的《关于"十七年"文学研究的历史反思——以赵树理小说为例》（《中国社会科学》2006年第4期）等。

㊷赵树理：《"普及"工作旧话重提》，《北京日报》1957年6月16日。

㊸参看张次溪：《北京书市史话——通俗唱本之发行》，燕山出版社编：《古都艺海撷英》，燕山出版社1996年版，第448—452页。

㊹陶钝：《要重视发展曲艺创作》，《陶钝曲艺文选》，中国曲艺出版社1985年版，第8页。

㊺蔡翔：《革命/叙述：中国社会主义文学/文化想象（1949—1966）》，北京大学出版社2010年版，第194—195页。

㊻雅克·德里达：《论文字学》，汪家堂译，上海译文出版社2005年版，第431页。

《故事会》复刊后的新故事理论探讨及其生产实践

——兼及当代民间文学研究范式的反思

王 姝

内容提要：1979 年复刊后的《故事会》组织了一系列的新故事理论探讨,其首要目的是剥离新故事的革命意识形态,确立其民间文学属性。但是,以写作技巧为重心的实用主义理论导向,使得新故事研究缺乏对当代民间价值立场的自觉反省。随着 20 世纪 80 年代后期通俗文化场的分裂,《故事会》的新故事传统不得不消耗在与通俗文化的博弈之中。而对新故事民间文学属性的矛盾犹疑,某种程度上也反映了当代民间文学学术理路与研究范式对当代民间文学价值的遗忘。

20 世纪 60 年代社会主义教育运动中兴起的新故事,一度借助"革命"话语的力量,获得广泛的流传。新故事的代表刊物——创刊于 1963 年 7 月的《故事会》——在编辑思想中强调了新故事的"思想性和战斗性","能够迅速配合中心任务","是文艺宣传中最为灵便的轻武器",能"促进群众故事活动的发展,扩大社会主义的宣传阵地,丰富群众文化生活"[①]。

"革命"推动下的"民间",很快又被激进的"革命"改造。1966 年 5 月,出版了 24 辑的《故事会》停刊。1974 年,《故事会》以《革命故事会》的刊名刊行,到 1978 年 12 月一共出版了 39 期。从第 40 期起,《故事会》恢复原名。随着"革命"印记的剥落,《故事会》的新故事不但没有如一些学者预言的那样衰落,反而在新时期迎来了充分的繁荣,并引领了一大批故事类报刊的集体登场。故事类报刊的繁荣一直延续至今。它以 1/7 的期刊品种,赢得了 7 倍于其他文学期刊的发行量。其中,《故事会》近 400 万册的发行量占据了故事类报刊的"半壁江山",领先于第二名近 10 倍。1985 年,它曾以 760 万册的发行量创造了世界期刊单语种发行的最高纪录。1988 年以来,在全国九千多种期刊激烈的市场竞争中,《故事会》的发行量一直保持前五的位置,并连续多年高居榜首。《故事会》创造的神话,在世界范围来看,也是令人吃惊的。反映当代生活的民间故事,在日本有"现代民话",德国有"每日的故事",还有苏联和东欧流传的"政治笑话",然而,能够像《故事会》的新故事这样,从民间来,到民间去,深深扎根于民间,取得如此成功的,并不多见。

与其他故事类报刊接近通俗文学不同,《故事会》始终坚持以口头文学为中心,在形成新故事这一独立艺术形式的过程中,有着充分的民间文学理论自觉。尤其在 20 世纪 80 年代初,《故事会》复刊后,腾出版面专门发表了一系列探讨新故事理论的文章。故事刊物为什么要在登载故事之余,专门开辟理论专栏? 这些理论文章对刊物的发展究竟起到了什么样的作用? 这些理论探讨与学术界对新故事的研究之间又是什么关系?

本文回顾 20 世纪 80 年代初由《故事会》刊物推动的新故事理论探讨与生产实践,旨在发现新故事背后当代民间文化、通俗文化场的裂变,重新定位当代文化格局中的"民间",并重新反思 20 世纪民间文学学术理路与研究范式。

一　新故事民间文学属性的确立

1979 年 1 月,《故事会》第 40 期出版。恢复《故事会》刊名,编辑部并未多加宣扬,只是在 1978 年《革命故事会》第 6 期也就是当年最后一期刊登了一则简短启事以示说明。伴随着《故事会》这个开端,却是刊物相当的理论自觉。从这一期开始,作为一本刊载故事的文学读物,《故事会》刊发的理论文章重新接续"文革"前对新故事之民间渊源、继承关系的讨论,开始有意识剥离新故事的"革命"属性,明确民间文学的身份。

在刊物上发表有关新故事编讲的研究文章本是《故事会》的传统。创刊之初的《故事会》是给各地故事员提供的故事脚本,因而在刊登故事之余辟有诸如"经验交流"、"故事员的话"、"创作体会"、"小讲座"等栏目,有些故事还有"附记"来提醒故事员该故事的主题,讲述时的技巧和注意点。这些文章并不讲求体系,多为故事编讲经验的交流。《革命故事会》也会刊发有关"革命故事"的讲述与组织,特别是如何贯彻"三突出"原则、选题如何配合政治运动、如何塑造英雄人物等问题的理论文章[2]。"文革"结束后,蒋成瓅在不触及"革命故事"命名的前提下开始探讨"革命故事"与民间故事之间的关系[3]。1978 年第 5 期起,《革命故事会》连载张紫晨的《介绍几种散文体民间文学样式》。"编者按"指出刊发此文的目的是"作为今天搜集新传说和编写新故事时的借鉴"。

《革命故事会》脱胎换骨为《故事会》,新故事理论探讨大胆跳出了"革命"的制约,开始系统地、有目的地倡导新故事写作。嘉禾认为:"只要有利于'四化'早日实现",则不论古今中外,悲剧喜剧,"都应该得到鼓励和支持"[4]。不但不提《革命故事会》"团结人民、教育人民、打击敌人、消灭敌人的锐利武器"[5],就连 1963 年"文艺宣传中最为灵便的轻武器"的说法也不提了。文章进一步解释恢复《故事会》命名的原因:"'革命故事'这一名称,在某种程度上也是受极'左'思潮影响的反映","这种提法,也是作茧自缚,把故事创作的题材局限在一个小天地里,搞得非常单一和狭窄"[6]。

命名的更迭促成了新故事对民间故事的"认祖归宗"。《故事会》陆续刊发了陈圣来《不胫而走历久不衰——从故事的人民性谈起》、蒋成瓅《故事的"三叠式"结构及其发展》、刘守华《故事·小说·评书》、姜彬《新故事要在传统民间故事的基础上发展》等文,持续探讨新故事与传统民间故事、评书以及小说之间的渊源关系。

从"革命故事"到"新故事",其间的关键是以"人民性"取代"阶级性"。1979 年 9 月,《故事会》的主办单位上海文艺出版社邀请故事工作者和故事理论研究人员 30 余人,召开了新中国成立以来第一次全国性的故事工作者座谈会。在这次座谈会上,与会者讨论得最热烈的就是"故事的人民性问题"。判断"人民性"的标准即新故事的流传性:"凡是植根于人民群众之中,反映了人民群众要求,表达了人民群众心声的故事,就会受到人民群众的喜爱。从人民群众中来,又能够回到人民群众中去的故事一定是好故事。"[7]

主持《故事会》工作的何承伟指出:"《故事会》要姓'故',那她所发作品的艺术风格上,就必须继承民间故事的长处,采用中国老百姓所喜闻乐见的形式,用白描的手法刻画人物,结构明快简洁,故事完整连贯,故事单线发展,写作要尽量采用短句,切忌用欧化句子。要多用比喻,节奏感要强,要朴实上口,易记易传——这便成了《故事会》以后选稿的一条艺术标准。"⑧

新故事应当植根于人民的日常生活。嘉禾提出了"打回老家"的口号。他说:"'老家'就在人们的日常生活之中。"⑨还故事于民,回到民间文学属性,对于新故事的发展方向有着重大的指导意义。"把新故事划入民间文学的范畴,是为了在搜集整理、创作、改编和编选新故事时,指导思想更加明确,能够按照民间文学的基本性质是劳动人民的口头创作,适合人民群众口头流传,主要反映人民大众的生活、斗争和思想感情,表现他们的审美观念和艺术情趣,具有自己的艺术特色等,严格要求它,以求提高新故事的质量,促使它在人民中流传,把我们的工作搞得更好。"⑩

属性明确之后,如何流传就成为急需讨论的问题。《故事会》专门开辟"如何使新故事在人民群众中流传"专栏,发表了乌丙安的《不胫而走的路——谈故事的流传性》、张紫晨《新故事需要创造便于流传的艺术手法》、顾乃晴《从来稿中看群众喜爱的流传故事》、赵和松《先讲后写边讲边改》等文章,在讲写结合的独特创作方式中形成了自己独立的艺术形式。

通过系统的、有目的的讨论,复刊后的《故事会》不但明确了新故事的民间文学属性,更开启了新故事研究的热潮,甚至在某种程度上创立了一门新故事学。

二 新故事写作理论及其生产体制

完成了新故事"民间文学"血统的追认之后,《故事会》理论研讨的重心开始向写作理论转移。写出值得流传的好故事,是新故事的生命线,也是《故事会》的命脉所在。对于刊物而言,新故事创作中的艺术规律,是比一般理论更为迫切的事。如何能在最大限度上发现并催生与当代民间生活紧密联结,又能为群众喜闻乐见的优秀稿件,是刊物的中心工作,也是贯穿组稿编稿全过程的指导思想。

从刊物的实际出发,由《故事会》主导的故事写作理论探讨是与刊物的栏目设置、用稿要求密切互动的。理论与创作的互动关系存在下列特点。首先体现在民间故事类型的恢复与拓展。张紫晨的《介绍几种散文体民间文学样式》先后介绍了民间传说、民间童话、民间寓言、民间笑话与生活故事。相应地,《故事会》陆续开辟了"风物传说"、"童话"、"寓言"等栏目。专门对"笑话"艺术进行探讨的有谭达先《笑话艺术浅说》《笑话艺术续说》、刘守华《笑话艺术一得》等。高度的理论自觉使"笑话"成为《故事会》最早固定且长盛不衰的王牌栏目。1983 年第 1 期,刊登周竞《谈谈编讲儿童故事》,同一期出现了与之相配合的专栏"妈妈讲故事"。新的故事类型亦在探讨,1979 年第 4 期发表了何玉麟《浅谈"科学故事"的创作》,随之即有科学故事、科学幻想故事发表。

其次是重视新故事写作技巧辅导。现实题材的新故事,最初没有设专栏,只在编排上放在最前面以示重点推出。新故事先后被冠名为"新传说"、"新民间故事",1981 年第 2 期起,才固定为"新故事"。约与此同时,1981 年第 5 期起,《故事会》的理论专栏改为"短评",都是针对性非常强的新故事创作技巧辅导:如《要"讲究"不能"将就"》、《一语中"的"和弦外有"音"》、《谈谈故事中的"重复"》、《要根据故事艺术特点塑造人物》、《故事也要讲究以情动人》、《故事题目小议》等。连稿约也征集"有关故事创作和讲述的辅导性文章"。1983 年第 1 期起,又改为"故事编讲辅导",集中探讨新故事创作的得失。吴文昶《怎样讲好故事》、陈圣来《从社会新闻中挖掘故事素材》、陈文《要注意新故事的特性》等文章切合创作实际,已经逐步走出传统民间故事的影响,开始寻找新故事的独特文体与艺术价值。

1984 年起,《故事会》改为月刊。而《故事会》复刊以来的新故事理论探讨,也到 1984 年第 6 期之后戛然而止。一方面,从新故事民间文学身份的确定,到新故事创作技法的研讨,对刊物而言,已经完成了对新故事理论的实用主义探询。另一方面,愈演愈烈的期刊竞争,也使刊物有限的版面更集中在刊登优秀故事稿件,提炼品牌栏目上。特别是 1985 年下半年开始,沿用了多年的"新故事"专栏不见了,取而代之的是更为复杂的新故事分类,如法制故事、讽刺故事、生意经故事、当代写实故事、都市新传说等。早期按传统类型划分的栏目"传说"、"寓言"、"童话"越来越少,被压缩在"民间故事金库"一个栏目中。这说明,经过多年的新故事理论探讨与写作实践,新故事已经形成独立的类型、主题,需要用更细的栏目划分来精确定位了。新故事取代了传统民间故事,成为刊物主推的故事类型。

理论文章的缺席并不代表《故事会》放弃了对新故事理论的进一步研讨。刊物不但仍然主导着新故事写作理论探讨,而且通过独特的组稿、用稿与评奖方式,在探索中创造了一种较为成熟的口头传播与书面传播相结合的新故事生产与评价体制,其中蕴含了《故事会》对当代民间"讲故事"这一生活方式的思考。

一是深入基层,创作者、专家学者与编辑三方面结合,组成故事理论研讨的核心队伍。编辑部以研讨会、笔会、函授、培训班、故事沙龙、读者俱乐部等形式,最大限度地组织起基层创作者,让专家、学者与编辑为普通作者尚嫌粗糙、稚嫩的创作底稿把脉诊断,进行集体修改。专业学会"中国新故事学会"从会长到成员,既有故事学学者,也有新故事家。《故事会》还与地方文化部门的故事编讲活动结合,先后举办过几期针对全国文化馆创作干部的会议和培训班。编辑部还主动到有需要的地方上门辅导故事创作,经费都由编辑部全额承担。

二是建立了"书面—口头—书面"的作品修改体系。有的作者文化水平低,只会讲,不会写,或者写出的稿子极不通顺,编辑就手把手地指导作者修改。如故事家夏元寿最初是上海一家工厂的职工,他的第一份五千多字的稿子,编辑标注修改的地方达 23 处之多,经过反复修改,第 14 次的修改稿终于发表。几千字的稿件,修改的底本却达到十万字之多。有的作者会写不会讲。编辑部就专门请故事员讲,作者与编辑在下面听,吸取群众意见后,把讲述中发现的问题及时补充进来。经过"书面—口头—书面"的多重打磨,一批来自基层的创作者,渐渐掌握写故事的技巧,把丰富的生活积累转化为一篇篇生动的新故事。专家学者、刊物编辑、普通作者、故事听众一同围绕具体作品进行研讨的方式,有效地实现了从群众中来、到群众中去的民间故事生产体制,也进一步推动了《故事会》的繁荣。

《故事会》对新人新作的扶持,尤其是对有故事核但写作水平不高的作品的反复修改,说明它有意识地追求新故事广泛而现实的生活基础。因为写作技巧可以磨炼,但想要新故事与时代同行、最大限度地反映生活,必须从原始素材中寻找故事核。因而,从读者俱乐部到故事创作培训班,再到创作笔会,构成了自下而上的金字塔形稳固的新故事生活来源,使《故事会》的"民间"不光是对故事形式的简单继承,更是民间"讲故事"生活方式的精神承传。

三是建立了编读互动的大众传播机制。

《故事会》始终重视与读者的交流,腾出紧张的版面刊登读者来信。尤其值得注意的是《故事会》富有特色的评奖机制。它从一开始就选择了专家与读者共同评选的方式,让群众为刊物选用的稿件把脉。1981 年的新故事征文评奖,总共收到全国各地来稿一千多篇,近两千名读者参加了评选。1984—1985 年,举办了首届《故事会》优秀作品奖大奖赛,后改为每年一届乃至月月评。评奖方式由评选委员会初选,再由读者投票确定名次,还设了读者推荐奖。还联合新故事学会举办各种专题征文比赛。围绕着大赛,又举办专门的笔会,有针对性地评稿改稿。专家与读者结合的评奖方式不仅成为《故事会》听取最广泛意见的评价机制,也为刊物开辟了一个与读者紧密联系的沟通渠道。

这一阶段的《故事会》新故事理论研究,从刊物的实际需求出发,围绕着故事写作技巧,通过培训班、笔会、研讨会,以及广泛的评奖机制,探索出一条大众传播时代的民间故事流传道路。与前一时期不同,它不再探讨新故事的本质属性,也不纠缠于抽象的概念,只是扎扎实实地解决"如何写好值得流传的新故事"这样的实际问题,力图恢复新故事的"民间"本色。

三　通俗文化影响下的新故事写作实践

刊物主导的新故事理论研讨,从《故事会》1979 年复刊开始,到 20 世纪 80 年代中期基本落下帷幕。剥离了革命意识形态的新故事,在向传统民间文学的学习中确立了民间文学的属性。《故事会》自觉的民间意识,使它占领了新故事的理论高地。理论又反过来推动了新故事的繁荣,帮助《故事会》成为新故事的领军刊物。然而,随着社会转型的深入、消费文化的兴起、市场化以及海外通俗文学的引入,文学发生了前所未有的向通俗文化的裂变。由《故事会》主导的理论研究未能将新故事置放在当代文化场的整体演变中,及时思考并调整新故事对于当代民间文化的意义,实用主义的理论导向开始显示出薄弱之处。

1983 年起,刊物开始自负盈亏,市场竞争愈演愈烈。当时,《故事会》已经成为许多杂志效仿的对象。"仅从 1984 年下半年的统计,全国故事类刊物已多达六七十种。除此之外,故事又开辟了一个新天地,即从刊物向着报纸延伸。"①故事类报刊蜂拥而至,许多已经滑向言情、警匪、侦破等通俗文学。

《故事会》明显感到来自通俗文学的压力。1989 年第 2 期《故事会》"编者的话"写道:"故事这一门民间艺术形式,越来越多地受到来自外界和其自身内部的挑战。如何使她在当今不受其他艺术门类的同化以及促进自身发展,已成目前故事创作者们的当务之急。这一期里,我们特别编辑了一组故事性较强的作品,旨在说明故事是故事本身而不是其他。"显然,在通俗文化的挑战下,《故事会》意识到,仍然必须坚持民间文学的方向,才能保持新故事的特色,也才能守住刊物的生命线。

考察《故事会》新故事写作实践,可以看出以下几个特点。一是从传统民间走向多元现实。故事的产生从民间自发流传到个人自觉创作,早期类似《蔷薇花案件》、《冤狱恨》、《王奶奶的枕头》等从民间搜集整理的新故事越来越少,根据作者的亲身经历或耳闻目睹的真实事件、新闻素材创作的越来越多。如写科技致富的《财神爷》、写国企改革的《服服帖帖》、写个体户的《变迁》、写进城打工者的《轿车里的故事》、反映住房难的《来自恋爱角的新闻》、写看病难的《桑琼泪》、写拆迁问题的《三拆新屋》等。这些故事紧扣时代的脉搏,切入社会问题的方方面面。值得注意的是,《故事会》在 20 世纪 80 年代初就开始引入异域文化。《故事会》的金牌栏目"外国文学故事鉴赏"先后介绍过《悲惨世界》、《一仆二主》等名著,更是介绍了大量的当代外国文学故事如《追捕老人的人》、《演出没有停止》等。《故事会》还从评书、戏曲、传统民间故事,以及后来的电影、电视和其他文学刊物中改编故事,"故事传递"栏目就旨在扩大故事的来源,提升刊物的文学品位。随着"故事中国"网站的创办,手机、网络等新媒体也构成了《故事会》的生活世界，并进一步形成了跨媒体经营的格局。融通中外古今，杂糅多种媒介样式，使《故事会》新故事满足了民间对"奇闻"、"轶事"的心理需求，以口头、书面与现代传媒互相作用的方式呈现出一个复杂多样、日新月异的当代民间社会。

二是新故事的类型、体式不断发展。"中篇故事"既是《故事会》的品牌栏目，也成为《故事会》创造的适应现代人讲述与阅读需求的体式。《蔷薇花案件》总计五万多字，曲折离奇，用了整整五期版面连载。早期中篇故事学习通俗小说复杂多变的情节，借鉴谍战、侦破、武侠、婚恋等类型，后来则以反映现实的作品为主。这些故事长而不冗，仍然强调"易讲易记易传"的特点。中篇故事越写越长，讽刺故事、三分钟典藏故事则越来越短小精悍，在千字之内，有的短短两三百字。它适应"短、平、快"的现代节奏，也成为通过《故事会》优秀栏目提炼出来的新故事体式。

随着时代的发展，越来越多的当代写实故事取代传统民间故事占据《故事会》更多的版面。传统故事"三叠式"结构发生较大变异，已经不明显。应当值得注意的是，新故事"易讲易记易传"的关键因素——"故事核"。《蔷薇花案件》虽然篇幅很长，但其中"梅花党故事"、"绿色的尸体"、"太平间的特务"、"装有毒药的牙齿"、"误戴的证章"等故事核却在同时代《一只绣花鞋》、《绿色的尸体》等反特故事中反复出现，具备很强的流传性。"'故事核'是指十分'讨巧'的生活细节，奇特有趣，令人忍俊不禁。"⑫它可能是"一个情节、一个细节、一句话、一个动作"⑬，往往出人意料，又合乎现实常理。许多学者都讨论过"故事核"的改造、加工，但新故事发展到今天，我们可以从大量的新故事文本中辨认出"故事核"的流传与变异。如《三百元的故事》、《四百元的故事》、《二百元的故事》、《老鹰叼走大黄牛》都围绕着一笔金钱的遗失、寻找、复得，来展开人物良知与道德的搏斗。其中讨巧的情节都在"失而复得"，不过或"智取"或"巧归"，复得的方式不同。《为了一百个称心》、《抢憨大》、《彩蝶》都写金钱腐蚀婚恋关系，为了结婚抛弃老母或子女；《绿毛龟传奇》、《被放生的老鳖》都围绕捉放老鳖展开人物的悲欢离合，相似的故事反复刊登，且反响都很好。

三是"领先半步"的民间价值坚守。《故事会》新故事采取了一种自我讲述的立场。特别是"百姓话题"、"我的故事"这两个栏目，内容都与百姓生活密切相关。在城乡关系描写上，以农村读者为主要对象的《故事会》有更从容的心态，既有《城里人和山里人》写山村之善良淳朴，《失踪的阿福》写进城卖瓜农民的小喜剧，温暖喜人；也有批判乡村陋俗、愚昧的《新嫁娘》。中篇故事、当代写实故事中更有大量描写拐卖妇女、买卖婚姻、因风水或琐事口角引发的连环命案，以及由于乡村封闭而导致的腐败专制等故事。它立足农村，深入现实，却无精英文学高高在上的启蒙期许，着力写人物自身的抗争，无论悲剧喜剧，都在善恶分明、因果有报的故事模式中实现民间的自我修复，表达着"眼光向下"的民间立场⑭。"都市新传说"栏目的开辟说明刊物开始将城市生活纳入视野，对当代民间的表现亦随时代变迁扩容到都市。

对社会时弊的讽刺体现了民间智慧。尽管有些故事还存在清官模式，但更多的故事依靠群众智慧，如惩治腐败的《陪搓》、《酒瓶子的秘密》，甚至清官也得依托群众，如《王老汉买字画》。不少故事通过智斗惩恶扬善，如《陌路情》、《换鞋》。即使没有惩治的环节，也充满了民间情趣和笑讽的力量。《选贼》、《一票否决》中选举贼、火化指标等荒谬情节揭示官僚主义的危害。《罚苍蝇两公斤》借苍蝇说事，《郑屠杀羊》给羊注水，《小偷搬家》空忙一场，笑点是人物对自身行为的嘲讽。

通俗文学题材重复，多为武侠、言情等类型。《故事会》新故事却充满了生活气息，来自田头、工厂、都市,来自百姓的日常生活,真实自然,不做无谓的说教,又坚持美好、健康的普世价值。故事核奇巧有趣,但不猎奇,奇得有理有道。《第三个条件》流传的结局是丈夫咬下了负心妻子的鼻子,奇是奇却格调不高。发表时改为善良的丈夫放弃了第三个条件,妻子被感动,重归于好。用主编何承伟的话来概括,就是"领先半步",既不曲高和寡,也不随波逐流,要做醒世的"劝人方"⑮。大量关乎时代的新故事切中时弊,涉及社会伦理道德的方方面面。生活的真实性、传奇性与教育性有机地统一在一起。

四 新故事与当代民间文学学术范式反思

在通俗文学、大众文化大潮中的《故事会》还是不是新故事? 新故事是否还属于民间文学? 学术界与《故事会》编辑有着不同的看法。早在 20 世纪 80 年代初,刘守华、姜彬就因新故事的内容、体式及传播方式的变化而对新故事的民间属性有所犹疑⑯。他们只好把新故事一分为二,分为新民间故事与通俗文学。受"告别革命"的时代思潮、《再解读》和发现"民间"等学术思路的影响,游自荧、隋倩、李云等人的研究辨析出加诸新故事之上的革命意识形态影响,以及民间对于革命反作用力,认为在革命意识形态消退之后,新故事从革命通俗文艺向通俗文学转变⑰。

《故事会》主编何承伟却坚持新故事易讲、易记、易传的口头流传性,认为新故事是社会主义民间文学,强调新故事对传统的继承与发展。他说,"社会主义民间文学主要是口头语言艺术","尽管一些故事用文字固定下来后,也可供人阅读,但它主要还是供人讲述的,而阅读是第二位的,次要的"⑱。即使到新世纪,何承伟仍然强调故事的"可传性"、"集体性"。对新故事的变化,他认为应当以"集中了人类智慧的文学"突破民间文学阶级论,"站在现代人的角度,以现代人的眼光看古今中外","告诉人们现实世界的丰富多彩性"⑲。

事实上,学界对新故事的判定更多地受到当代文学与文化观念的牵制。如果我们从《故事会》自身对新故事理论的研讨出发,从新故事的生产方式与写作实践出发,应当说它从"革命民间"到"通俗民间"的演进,恰恰构成了一个"当代民间"的自我发展史。追溯 20 世纪民间文学学术史,我们不难发现,五四学者倡导民间文学,一看重其民俗学的科学价值,二看重其为"国民心声"的文学价值⑳。五四时期"白话文学"、"平民文学"、"俗文学"、"民间文学"的混用为民间文学留下了两种发展可能:一个"无产阶级的"革命民间㉑;一个"为民众所写作,且为民众而生存的"通俗民间㉒。彼时,民间文学与通俗文学交接往来,互相转化。主张推陈出新、改旧编新的延安文学,也把通俗文学的写作与民间故事的整理改编视为"文艺大众化"不可或缺的两个方面。"将民间文艺加工、提高、发展,以创造新民族形式的新民主主义的文艺"㉓。某种程度上实现了五四学者对民间文学所赋予的新的文学期待。

直到 20 世纪 50 年代,郑振铎的俗文学观才被彻底批倒:"在民间流传的通俗的文学,不能一概认为是民间文学,同等看待,而应以阶级的观点去检查这些作品。"㉔民间文学终于与通俗文学切断了联系,借阶级论窄化为劳动人民的口头文学。1961 年"社会主义民间文学范围界限问题"大讨论,批驳了资产阶级的民俗学、俗文学,提出了作家文学与民间文学"合流论"。"合流论"在今天看来当然是荒谬的,但它却是在阶级论的前提下,对劳动人民文化水平提高,"人民"内涵的扩大,书面传播与口头传播交互作用,民间文学向前发展的一种勉强解释。"文革"结束后,民间文学研究界又对"改旧编新"问题进行了讨论。由于急于去除革命意识形态的影响,当时的论争呈现出一边倒的局面,只强调民间文学的《故事会》复刊后的新故事理论探讨及其生产实践,搜集、整理与抢救传统的"民间",却对鲜活的、发展的当代民间文学视而不见^⑧。因此,由《故事会》刊物主导的这场新故事理论的研讨以及新故事生产实践恰恰是在民间文学主流学界之外的一次成功突围。

新故事是当代中国民间文学研究中不可或缺的组成部分。传统的乡土自发的讲故事生活方式已经永不能再现。当代民间文学已经并正在面临通俗文化、大众传媒乃至新媒体的全新传播语境,必须重新建构新的口头性。只有在民间文学、通俗文学与精英文学三元文学格局中,保持彼此间的动态互通,特别是民间文学与通俗文学的勾连往来,才能创造出有着深厚的民族传统又具时代性的大众文化来,从而恢复民间文学的文学价值。正是从这个意义上来说,从当代生活与创作实践出发的《故事会》新故事,有着不可替代的学术价值。借用有的学者对民俗学的反思:"现代性、都市化、公民的日常生活会成为当代中国民俗学基本的研究对象,至少会与传统、过去、乡民的日常生活这些研究对象一样重要。"^⑮也只有当新故事成为重要的研究对象,当代民间文学研究才能跳出革命民间与通俗民间的纠缠,走出遗产抢救的困境,在发展中保护民间文艺生态,为当代民间的转型、变迁留下可变空间,重返民间文学与当代生活的血脉联系。

（原载《文学评论》2012年第6期）

注　释

① "编者的话",《故事会》第一辑,上海文化出版社1963年7月。

② 相关的文章有陈永绩:《努力贯彻"三突出"的创作原则——移植〈智取威虎山〉片段〈打进匪窟〉的体会》,《革命故事会》第2期;沈正艳:《努力塑造无产阶级英雄形象—谈讲好革命故事必须正确处理四个关系》,《革命故事会》第4期。

③ 相关的文章有蒋成瑀:《谈革命故事的口语化艺术》,《革命故事会》1976年第1期;《民间口头故事与古代说唱文学——略谈革命故事的艺术源流》,《革命故事会》1978年第3期。

④⑥ 嘉禾:《恢复优良传统遵循艺术规律——漫谈故事创作为工作重点转移服务》,《故事会》1979年第2期。

⑤ 《致读者》,《革命故事会》第1期,上海人民出版社1974年3月。

⑦⑧⑪ 沈国凡:《解读〈故事会〉——一本中国期刊的神话》,上海社会科学院出版社2003年版,第26、28、89页。

⑨ 嘉禾:《打回"老家"去》,《故事会》1980年第4期。

⑩ 张楚北:《要明确新故事的属性》,《故事会》1981年第3期。

⑫ 杨春清:《新故事创作要善于捕捉生活中的"故事核"》,《新故事研究文集》,商鹏蓉、余强主编,华岳文艺出版社1987年版,第7页。

⑬ 吴川淮:《论故事的模式感与扩张力》,《新故事研究文集》,商鹏蓉、余强主编,华岳文艺出版社1987年版,第59页。

⑭ 秦文苑:《情趣向上眼光向下——浅析〈故事会〉的编辑思想》,《出版科学》2007年第

2 期。

⑮⑲李晓晔：《〈故事会〉大理论撑起"小刊物"：访〈故事会〉杂志主编何承伟》，《传媒》2002 年第 10 期。

⑯相关论述见刘守华：《故事学纲要》，华中师范大学出版社 2006 年版，第 166 页；刘守华：《故事学的春天》，《民间文学论坛》1986 年第 5 期；姜彬：《新故事的性质和特征》，《姜彬文集》第三卷，上海社会科学院出版社 2007 年版，第 124—125 页。

⑰李云：《从群众文艺到通俗文学——〈故事会〉(1979—1986)在新时期的转型兼及"80 年代通俗文学热"》，《中国图书评论》2009 年第 12 期。

⑱何承伟：《应该明确新故事的属性》，中国民间文艺研究会上海分会编：《民间文艺集刊》第 4 辑，1983 年版，第 147—151 页。

⑳《歌谣·发刊词》，《歌谣周刊》第 1 号，1922 年 12 月。

㉑徐蔚南：《民间文学》，上海世界书局 1927 年 6 月。

㉒郑振铎：《中国俗文学史》，上海人民出版社 2006 年版，第 17—18 页。

㉓郭沫若：《我们研究民间文艺的目的》，《民间文艺集刊》第 1 册，人民文学出版社 1950 年版。

㉔北京师范大学中文系 1955 级学生集体编写：《中国民间文学史》上册，人民文学出版社 1958 年版，第 9—17 页。

㉕张弘在《民间文学改旧编新论》的后记中提到，1980 年《民间文学》月刊上关于改旧编新问题的讨论，他寄去的 18 篇答辩文章全部不予发表。1981 年 8 月讨论被人为中断。张弘：《民间文学改旧编新论》，时代文艺出版社 1991 年版，第 310 页。

㉖岳永逸：《反哺：民间文艺市场的经济学——兼论现代性的民俗学》，《思想战线》2010 年第 5 期。

附录：通俗文艺组织章程

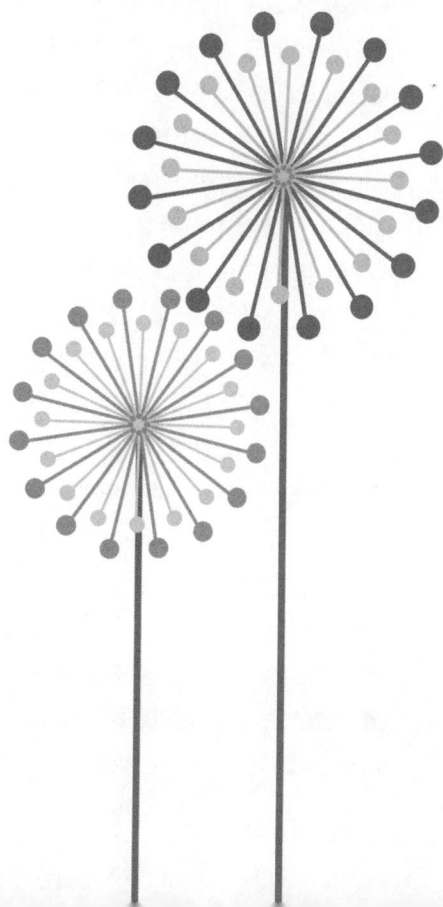

中国民间文艺研究会章程

第一条　本会定名为中国民间文艺研究会。

第二条　本会宗旨,在搜集、整理和研究中国民间的文学、艺术,增进对人民的文学艺术遗产的尊重和了解,并吸取和发扬它的优秀部分,批判和抛弃它的落后部分,使有助于新民主主义文化的建设。

第三条　本会的主要工作如下:

甲、广泛地搜集我国现在及过去的一切民间文艺资料,运用科学的观点和方法加以整理和研究。

乙、刊行、展览或表演整理、研究的成绩,以帮助推动民间文艺的创作、改进与发展。

丙、举行学术性的座谈会及演讲会,进行关于民间文艺的专题报告及讨论。

丁、协助或发起有关民间文艺的保存、研究等活动。

第四条　甲、凡具有下列两项条件之一,由会员二人的介绍,经本会理事会通过者,得为本会会员。

(1) 对文艺具有素养,并热心民间文艺的整理、研究及改进者。

(2) 对民间文艺有兴趣,并在搜集上有一定成绩者。

乙、凡能供给民间文艺资料,愿意参加本会者,经许可后,得为"通信会员"。

第五条　本会会员有遵守会章,履行决议,发展本会事业等义务;及选举,被选举、建议、批评,并受赠本会刊物等权利。

第六条　会员有违反会章,破坏本会工作或信誉者,经理事会或会员大会或代表大会的通过,得给以警告或开除的处分。

第七条　本会每三年召开会员大会或代表大会一次。大会的任务为:①订定或修改本会章程。②报告、检讨及计划本会工作。③选举理事长、副理事长和理事。

第八条　本会设理事长一人,副理事长二人,理事四十七人,组织理事会,领导全会工作。

第九条　理事会下设下列七组:

(1) 秘书组;(2) 民间文学组;(3) 民间美术组(包括绘画、图案、雕塑、建筑等);(4) 民间音乐组;(5) 民间戏剧组(包括一切地方戏、扮演故事、皮影戏、傀儡戏等);(6) 民间舞蹈组;(7) 编辑出版组。

每组设组长一人,干事若干人。

第十条　本会经费,除募集外,拟请求政府资助。

第十一条　本会设在首都。各地有会员五人以上者,经理事会通过后,得成立小组;有会员十五人以上,事实上有必要且条件许可者,经理事会通过后,得成立分会(小组及分会章程另订之)。

  第十二条 本章程经成立大会通过后施行。如有未妥善处,得于会员大会或代表大会上修正之。

(原载《人民日报》1950 年 4 月 1 日)

中国民间文艺家协会章程(草案)

第一章　总　则

第一条　中国民间文艺家协会(简称中国民协)是中国共产党领导的,由全国各民族民间文艺家组成的专业性人民团体,是党和政府联系广大民间文艺家和民间文艺工作者的桥梁和纽带。其宗旨是:以马克思列宁主义、毛泽东思想和邓小平理论为指导,坚决贯彻执行中国共产党建设有中国特色社会主义的基本路线,贯彻江泽民同志"代表中国先进社会生产力的发展要求、代表中国先进文化的前进方向、代表中国最广大人民的根本利益"的重要思想,坚持文艺为人民服务、为社会主义服务的方向,贯彻百花齐放、百家争鸣的方针,广泛团结民间文艺家和民间文艺工作者,繁荣和发展我国民间文艺事业,为社会主义物质文明和精神文明建设,为社会主义现代化建设做出贡献。

第二条　中国民间文艺家协会是中国文学艺术界联合会的团体会员。

第二章　任　务

第三条　本会遵照中华人民共和国宪法、法律和政府各项法规,按自身特点开展各项会务活动。

第四条　中国民协对会员和团体会员有联络、协调、服务及业务指导的责任。

第五条　本会依据宪法、法律、法规维护民间文艺家的合法权益。

第六条　本会以最广泛地团结民间文艺家和民间文艺工作者为己任,并采取多种形式,组织和推动民间文艺家和民间文艺工作者学习马列主义、毛泽东思想和邓小平理论,学习党的方针、政策,学习业务和科学文化知识,努力提高会员队伍的思想文化素质和业务水平。规划、组织和指导民间文艺的搜集、整理、研究和传播,发展民间文艺理论,繁荣民间文艺事业。

第七条　本会积极培养民间文艺人才,重视、支持群众性民间文艺活动的开展,并以多种形式加强与群众性民间文艺活动的联系,促进民间文艺的普及与提高。

第八条　本会认真组织中国民间文艺"山花奖"和各种形式民间文艺的比赛、评奖活动,对成绩优异的民间文艺家和重要的民间文学艺术成果,民间文学、民间艺术、民间文化理论研究成果,以及在工作中有突出成绩的民间文艺工作者予以奖励和表彰。

第九条　本会积极促进并加强与港、澳、台及海外侨胞中民间文艺家、民间文艺学家及民间文艺团体的联系和往来,为弘扬中华民族的优秀文化艺术,为完成祖国统一大业贡献力量。

第十条　本会致力于促进国际民间文艺的交流,扩大友好往来,增进同国际和各国民间文艺组织、机构的联系,努力对世界文化的发展和各国民间文艺家、民间文艺学家的友谊、和平做出贡献。

第三章　会　员

第十一条　本会实行团体会员和个人会员制。各省、自治区、直辖市的民间文艺家协会,为本会团体会员。新疆生产建设兵团和全国性产业系统文联所属民间文艺家协会凡具备一定条件者,经申请并由主席团批准,可成为本会团体会员。

第十二条　凡具有中华人民共和国公民身份,在民间文学、民间艺术、民间文化领域成绩显著者,赞成本会章程,本人申请,由两名本会会员介绍和所在省、自治区、直辖市民协推荐,经本会批准,成为本会会员。

第十三条　中央直属系统的申请者和省、自治区、直辖市有因工作流动等特殊原因的申请者,经两名本会会员介绍,可直接向本会提出申请,经本会批准,成为本会会员。

第十四条　本会会员有遵守本会章程,参加本会活动,对本会工作提出批评、建议的权利;有执行本会决议、按期交纳会费的义务;有退会的自由;有选举权和被选举权。

第十五条　本会会员如因违反本会章程,有损本会声誉者,视情节轻重,经本会主席团讨论决定,可给予通报批评、暂停会籍、取消会员资格的处分。

第四章　组　织

第十六条　本会的组织原则是民主集中制。本会最高权力机构为全国代表大会,代表大会选举产生理事会,理事会选举产生主席团。全国代表大会每五年举行一次,必要时可提前或延期召开。代表大会闭会期间理事会为最高权力机构,理事会闭会期间主席团为最高权力机构。主席团会议由主席或常务副主席召集。主席团负责每年召开全国民协工作会议。全国代表大会的职责是:确定本会工作的大政方针,审议会议工作报告;制定和修改协会章程;选举产生理事会。理事会任期五年。理事会产生办法为:由各省、自治区、直辖市等团体会员推举驻会主席、副主席或秘书长一人为当然理事;从个人会员中选举产生一定数额的理事。理事会中团体会员理事工作变动后,由所在单位另行推举替换人选,报主席团确认。

第十七条　理事会选举主席一人、副主席若干人组成主席团。主席团聘请名誉主席和顾问若干人。名誉主席和顾问不担任本会理事。主席团任命秘书长一人,副秘书长若干人,负责处理协会日常会务工作。

第十八条　本会依照国家法规,逐渐完善协会领导成员的任职、兼职制度的科学化、民主化、法制化。对违纪违法、违反会章或不称职的领导成员,通过民主程序及时予以撤换、调整或罢免。

第十九条　本会如因故终止活动,需由主席团提出动议,经理事会讨论决定并通报全体团体会员和个人会员。

第五章　经费及其他

第二十条　本会经费来源为国家拨款、会员会费、社会赞助及其他合法收入。

第二十一条　本章程解释权属于本会。

（以上资料来自网站 http：//www.baike.com/wiki/中国民间文艺家协会）

中 编

通俗文学的生存状态

（一）呼声与困境

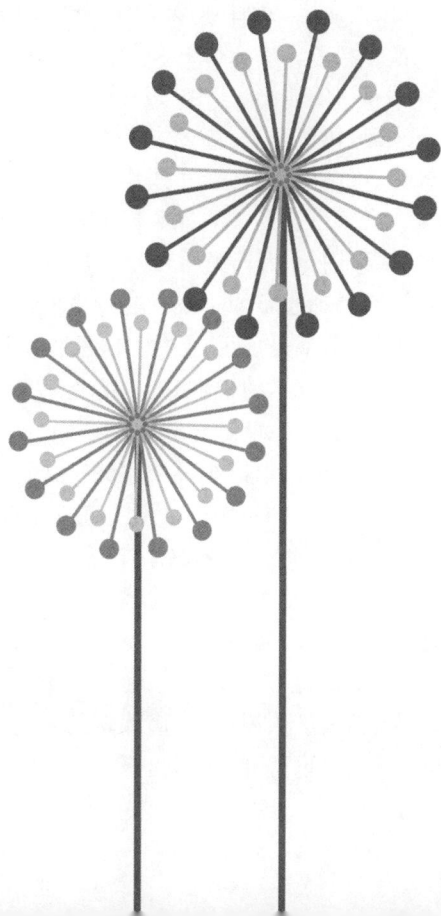

通俗文艺作家的呼声

木 杲

最近,通俗文艺出版社邀请通俗文艺作家举行座谈会,到会的有陈慎言、张友鸾、张恨水、李红、王亚平、苗培时、金受申、金寄水等20人。下面的报道,就是这个座谈会的旁听记。

瞧不起通俗文艺

座谈会上,大家谈起通俗文艺和通俗文艺作家在社会上受人轻视,在文学领域内,没有一席之地,一提起章回小说、单弦、鼓词,就好像是未入流的作品,搞这一行的作家,似乎低人一格。金受申说:一次他遇见一个朋友,朋友问他:"你在搞什么?"他回答道:"搞曲艺!"那个朋友好像万分惋惜地叹道:"你为什么搞这一行!"金受申还指出有很多人不欢迎通俗的东西,他说,刘绍棠最近还在《北京日报》发表文章,"善意地"劝告《北京文艺》,说是为了提高刊物质量,要他们把说唱文学部分让给同时同地出版的《群众演唱》。有人认为这种风气的造成同党的领导有关系:党支持得不够。苗培时说,说领导不去支持,不合事实,刚进北京时搞过"大众文艺创作研究会",获得党的支持也起过作用,但党的支持是不长久的,到了1951年,"大众文艺创作研究会"不欢而散。他也曾听到过别人说:"你现在搞普及,20年后,你还得走我这条道路。""今天人民需要'阳春白雪',不需要'下里巴人'。"这样,就使得搞普及的人犹豫、彷徨起来,心中也产生了自卑感;再加上文学评论一提到通俗文艺,就是概念化、公式化、粗制滥造,使得一些作家不敢动笔,这样下去,通俗的东西怕要绝种了。

大家也谈到文艺界非但不重视章回小说,也不重视章回小说家。张友鸾老先生激动地说:章回小说为人民所喜爱,但章回小说家却不被重视,往往被看作旧文人。现代文学史上就没有提到过章回小说。《啼笑因缘》印得那么多,作者张恨水到底好不好?在文学史上只字不提,这不是虚无主义?不是取消主义?通俗文艺出版社编辑陈允豪也指出通俗作家受到歧视的情况,他说:"1954年北京市文联选理事时,各个方面都选上了,就是这个方面没有,张恨水先生就这样被排斥在外边。作家协会对章回小说作家也是采取关门政策,作协会员中有几位是章回小说作家呢?作协从来也没有通知过通俗文艺出版社开会,通俗文艺出版社出了多少书,作协也不了解。张恨水写了80多部书,2000多万字,在群众中影响很大,《啼笑因缘》1949年前出了27版,1949年后再版,可是没有一篇评论谈到它。"

不仅通俗文艺作家受歧视,就是通俗文艺出版社也受到歧视,得不到支持。通俗文艺出版社的另一位编辑高野夫说:"作家协会对人民文学出版社,对作家出版社是大力支持的,一有书,就送到那边去,我们通俗文艺出版社呢?找一本质量高的书就很困难,只有自己去找作家,但人又认识得少,搞编辑的本身又不是作家,总有些自卑感。要不是赵树理同志自己坚持把《三里湾》给我们出版,怕这本书也会落到人民文学出版社去的。"

在棍棒下讨生活

歧视,只是事情的一方面。造成歧视的原因,主要还来自文艺批评界。大家指出,近年来文艺批评界对通俗文艺是采取一概抹杀的态度,对一些作品则是一棍子打死的。

苗培时说,文艺批评者动不动就把公式化、概念化加到通俗文艺的头上,好像文艺作品的公式化、概念化是由通俗文艺制造出来的,这是很不公允的。张友鸾说,章回小说其实很少有公式化、概念化的东西,它的特点就是故事性强,情节曲折,把这顶帽子扣在章回小说头上,是不合适的。他说,文艺批评的刊物对通俗文艺和章回小说的评价,是抡起大斧砍头的。比如,张恨水先生的作品是黄色的,有毒的,要不得;这样张先生的作品就被打入地狱了。其实,张恨水先生的作品很难找出"黄色"的东西。张友鸾也说出了他的亲身经历,他曾出版了一本名叫《神龛记》的章回小说,立刻就挨了沉重的一棍,《人民文学》上刊登文章说:"赶快把作品收回。"《文艺报》则说他的作品是一本"为不法商人辩护"的小说,说他歪曲工人形象,其实他写的不是工人,是私方人员。在四面棍棒声之下,没有申辩的机会,只得隐忍下来。他们(批评者)全不了解作者一番心意——为了配合政治运动而写作的。这番苦心孤诣,谁知道呢?

作品挨了棍子,送上断头台,文艺批评界还不许受屈者喊一声冤。陈允豪说:去年《光明日报》发表了一篇评论李红先生(还珠楼主)作品的文章,把李红先生说得一无是处,东也不是,西也不是,左也不是,右也不是。他看了不大舒服,就写了一篇反驳的文章。文章写好后,中宣部看过,没提什么意见,送到出版局,一压就是几个月,《光明日报》及其他报刊都不肯发表。他气得把稿子扯得粉碎。

在批评界口诛笔伐之下,谁也不敢动笔写现代题材。张友鸾说:"谁不愿写现代生活呢?想是想写,就是不敢写。"一部小说出来,不是说歪曲现实生活,就是没有思想内容(也就是没有值得学习的英雄人物,或者被认为对社会主义建设不能起什么推动作用)。找个出版地方,也有困难。只得在历史题材上兜圈子,改编改编民间故事,就是历史题材,也会遭到非难。

人民是不是不需要"下里巴人"? 是不是需要普及? 对于这个问题,大家认为与批评界的看法相反,广大的人民,却是很欢迎章回小说,喜欢通俗文艺的,它的销量远超过新文艺书籍。苗培时说,人民还是需要普及的。他在新中国成立后,去过几处矿山,看到过矿工在下班后成群结队地去街上听故事。特别是大同,书场有二三十处,是一些老先生在一字不改地磕磕巴巴地念《彭公案》、《施公案》、《七侠五义》,尽管念的人不高明,他们还是乐意花钱去听。那么,今天为什么我们不拿这种为群众喜闻乐见的东西给群众呢?

定额高,稿费低

通俗文学创作近年来走下坡路,同稿酬低、印数定额高也有很大的关系。张恨水说:"我出版的几本书最少的是七万册一个定额,《白蛇传》竟达十万册一个定额,《白蛇传》销到九万,不满十万就拿不到稿费。这样做,作家是吃不消的,因为十万字的一本书,作家要写一年,定额十万册,就很难再拿到第二次稿费了。"他认为定额应降低一点,二三万册的定额就差不多了。

苗培时指出,目前稿费标准极不一致,通俗文艺比一般文艺创作低得多,新诗 20 行算一千字,曲艺一千行只有二三十元。他写了《婚姻自由歌》,有 800 行,印了 70 万册,他只拿到 210 万元(旧币),外边还传说他发了财。他说今年开始作家职业化,稿费这么低,非饿死不行!稿费过低是不利于繁荣创作的。张友鸾说,章回小说的稿费千字只有五、七元,定额却是十数万,这不合乎按劳取酬的原则,这会降低作家写作的积极性。他问:"今日定额够十万,几人乐意写章回?"

稿费低的原因,同社会歧视有着密切的联系:许多人认为章回小说容易写,历史题材容易编,花的劳动少,不应该同创作等同。张友鸾说:"章回小说作家并不是一个晚上就写几十万字。"编写历史小说,是一个再创作过程,在这里边凝聚着作家的心血。他说:"章回小说也不是人们听说的是什么浅入浅出,而是深入浅出的;也不是人们所说的那样庸俗可憎,也有雅俗共赏的呵!"李红说,一部小说往往要写几十遍,拿他正在写的《杜甫》来说,他看的参考书就达一百多种,所花的劳动甚至倍过创作。他们有权利要求公平的待遇!

舒芜认为稿费低、定额高,不能归咎于出版社,而应该由行政部门——出版局——来负责。他说出版局有一个专门草拟稿费办法的小组,到现在还没搞出来,他们有个指导思想:作家少拿些钱总是好的,拿多了就会腐化堕落。也许是他们见惯了中国文人一向是过穷愁潦倒的生活,今天还应该这样!他认为以这种行政观点来搞这个工作,是搞不好的。

乱删乱改

各出版社对作家是不够尊重的,乱删作品的现象很多。张恨水指出了这种粗暴作风,他给通俗文艺出版社的几本书的序都去掉了,为什么去掉?也不说原因;《啼笑因缘》后边有一首很普通的小诗,也不知道什么原因给删掉。最突出的,是上海文化出版社出版了他的《魍魉世界》,原名叫《牛马走》,这个名字原是很好的,没有改的必要。出版社一定要改,结果改掉了。书名改掉,小说也被删削掉十万字以上,事前又未征得他的同意,他认为这种做法是不好的。

苗培时也遇到过类似的事,他写了《马六孩的故事》,先在《工人日报》连载,后来华北人民出版社印成单行本,校样上改了很多,而改的人又没有去过矿山,乱改一通,出版社虽然答应恢复,出版了的书非但没有恢复,反而大大改变了原来的面目,其中一章全部砍掉,出版社说增加二元稿费。苗培时说:"一个忠于写作的人,不是珍惜稿费,而是文字。作家对自己心血凝练成的文字,其痛惜程度,一如痛惜自己的孩子。"

舒芜和李微含都认为编辑不能恣意挥笔砍杀,这样会损害原著的风格。李微含说:"'话说'、'且听下回分解'之类是不能删去的,有些字看起来是多余的,如'以应编辑同志之约,聊以数笔搪塞'等等,实际是作者的风格,保留下来,就显得活泼。"他不同意人民文学出版社把《红楼梦》里的《西江月》删去。舒芜也不主张对古典作品有所删节,应尽量保留原著色彩。

(原载《文艺报》1957 年第 10 期)

新中国成立后十七年通俗文学的生存状况

李　松

中国传统的文学观念的主流是文以载道,自晚清以来,文学服从于实现民族国家的现代性想象,它载道的功能被当成思想启蒙与政治斗争的工具。毛泽东把文学作为武器看待,用来"团结人民、教育人民、打击敌人、消灭敌人"①。毛泽东文艺思想的权威阐释者周扬认为,文艺作品"必须表现新的工人、新的农民、新的知识分子,批判和鞭挞一切阻碍人民前进的旧事物旧思想,引导人民积极参与建设社会主义和保卫社会主义的伟大斗争"。这些是"今天人民要求于文艺工作者的最严重也最光荣的任务"②。而滥觞于晚清,具有现代文化产业雏形的通俗文学具有商业性、娱乐性与模式化的特点,当时的政治任务要求通俗文学作家直接从主题上完成上述政治功能,在实践上是有一定难度的。虽然通俗文学和以赵树理为代表的大众文学都有通俗性的特点,但赵树理的创作动机在于解决现实社会问题,正如作者所说:"我在作群众工作的过程中,遇到了非解决不可而又不是轻易能解决了的问题,往往就变成要写的主题。"③其效果是"老百姓喜欢看,政治上起作用"④。他的作品既是喜闻乐见的,又能普及文学的政治诉求。新中国成立后,根据主流意识形态对于文学功能的规定,通俗文学本身的娱乐性与它应该具有的教化性之间,具有明显的冲突。那么,主流意识形态又是如何将娱乐功能进行压抑的? 其后果是什么呢? 下面笔者拟从读者的阅读状况、阅读心理,通俗文学的创作、批评与出版,以及通俗文学作品的戏剧改编三个方面来探讨。

一、被引导与被规训：现实的阅读心理与刚性的阅读导向

在读者的阅读需求上,政治教化与市民趣味构成了严重的冲突。1949 年 8 月,按照传统习俗,北平上演了改编版的《鹊桥相会》,却招来了观众极大的不满。原因是,根据消除封建迷信需要而改编的剧本去掉了天帝下旨赐婚的戏段,观众情绪激愤地大叫:"戏没完! 戏没完!"剧场工作人员出来解释说是出于反封建的需要,可观众还是拒绝退场⑤210—211。据外国记者记载,城市居民拿着茶壶、嗑着瓜子观看《白毛女》是出于休闲、娱乐的目的,更多的是欣赏故事的离奇、惊险的情节,相对疏远于阶级斗争的教育目的⑤147—150。

新中国成立初,新解放区一些爱好文艺的知识青年给丁玲所在的《文艺报》写信,抱着热情直言不讳地谈到对书籍的好恶与内心的需求,据丁玲复述,这些知识青年并不喜欢读描写工农兵的书,说这些书单调、粗糙,缺乏艺术性;既看不懂也不乐意看。而且主题太狭窄,太重复。他们乐意看点如神话戏、山水画之类使人轻松的书。他们喜欢巴金、冯玉奇、张恨水的书,喜欢刀光剑影的连环画,还有一批人则喜欢翻译的古典文学。他们要求写小资产阶级知识分子的苦闷,写知识分子典型的英雄,写出解放战争中可歌可泣的故事。要求写知识分子改造的实例,或者写以资产阶级为故事的中心人物,或者写城市的小市民的作品,并且要

求这些书不要写得千篇一律^{⑥37-38}。上述看法在一定程度上真实地反映了新解放区一批知识分子与市民的阅读状况和阅读心理。当时仅仅识字的人也被划入了知识分子层次,可见反映的读者面是很广泛的。而且,在主流意识形态的话语权威处于建立之初,文网编织还不够绵密,政治钳制还不够苛严,这些看法才不揣深浅,得以露出地表。在解放区文艺政策的控制进一步加紧以后,这种异端的看法就势必陷入沉默。

丁玲以具有号召性的标题《跨到新的时代来》一文分析了知识分子的旧兴趣与工农兵文艺的关系。她首先指出了文学阅读的个体差异性与工农兵作品存在的问题,态度是坦诚而严谨的。"读者的文化程度、社会经历、政治水平都不一样,作品也不该一样,但的确是属于进步的和要求进步的,向我们提出问题的读者也至少是要求进步的。但这些书按今天革命斗争的深入和复杂、雄壮和胜利来说,其表现的角度、气派、生动与深刻,都是很不够的,其与政治、经济、文化各种建设要求的配合也是很不够的。"这意味着读者应该与时俱进,接受思想改造。就主题的狭窄问题,丁玲认为中国文艺抛弃"个人情感的小圈子"、"知识分子的孤独绝望"以及"少爷小姐"因恋爱而苦闷的主题,走向揭示"阶级斗争的本质,和它的激烈尖锐和复杂",这是文学主题扩大的正确路向。丁玲与当时小知识分子的分歧在于,新解放区人们要求的不一定全是载阶级斗争之道的宏大叙事,而是偏向于轻松、惬意的日常生活。她指出,在当前"人民的时代",革命文艺与通俗文艺有两种迥然不同的命运:"有的革命了,有的却堕落了。"^{⑥42}丁玲的这些话语对于读者和通俗文学作家都隐含有较为严厉的政治批判性,其告诫、警示意义是不言自明的。

丁玲希望知识分子读者通过对作品中知识分子的自我改造过程的认识,来完成个人思想上的脱胎换骨。那么,作品中知识分子思想改造的具体过程是什么呢?她的看法是,这个过程可以省略。那么,通过政治教化去生硬地改变读者的审美感受过程,理由是什么呢?丁玲认为,知识分子在动荡时代中的一些摇摆、斗争,比起工农兵的斗争来,显得单薄无力得多,因而没有什么值得表扬了。由此,我们可以明白知识分子与工农兵人物形象为什么有高下、主次的等级差别了。即使将改造过程展示出来,丁玲认为知识分子犹豫、彷徨、多情、善感的劣根性决定了他们形象的不光彩。

丁玲对比了古典文学与当前文学在艺术上的差距以后也承认,"今天以劳动人民为主体、写新人物的这些作品还不是很成熟的,作者对于他所喜欢的新人物,还没有古典文学对于贵族生活描写的细致入微,甚至不如过去一个时期知识分子写知识分子的苦闷那么深刻"。然而,她为此找出的是寄托于未来发展的理想性理由:"这是必然的,因为一切是新的,当文艺工作者更能熟悉与掌握这些新的内容与形式时,慢慢就会使人满意起来。"^{⑥42}但是,文学发展的实际结果是,丁玲的乐观预计并没有实现。带有一定传统审美趣味与娱乐性、商业性的通俗文学被逐步废黜。上述反映的是新中国成立之初普通读者真实的阅读心态以及文艺领导者的纠偏。丁玲具有代表性的看法,反映了读者多样化的阅读心理在刚性的文艺政策的规约下,被生硬地扭曲以至格式化。

二、被忽略与被挤压:通俗文学的创作、批评与出版

通俗文学在创作、批评与出版状况方面的实际情形是怎样的呢?1957年《文艺报》上的《通俗文艺作家的呼声》^⑦为我们揭开了一个展示真实面目的盖子。通俗文艺出版社邀请通

俗文艺作家举行座谈会,陈慎言、张友鸾、张恨水等通俗文学作家纷纷发言,反映的问题主要表现在如下几个方面。

第一,新文学阵营瞧不起通俗文艺。通俗文艺如章回小说、单弦、弹词被看成是未入流的作品,通俗文艺作家似乎低人一格。"再加上文学评论一提到通俗文艺,就是概念化、公式化、粗制滥造,使得一些作家不敢动笔,这样下去,通俗的东西怕要绝种了。"正如苗培时辩护道,"文艺批评者动不动就把公式化、概念化加到通俗文艺的头上,好像文艺作品的公式化、概念化是由通俗文艺制造出来的,这是很不公允的"⑦。

第二,新中国成立后,除了张恨水被新文学阵营有限地承认,通俗文学作家通常被排除在权力机构之外。大家谈到文艺界不但不重视章回小说,也不重视章回小说家。张友鸾激动地说:"章回小说为人民所喜爱,但章回小说家却不被重视,往往被看作旧文人。现代文学史上就没有提到过章回小说。《啼笑因缘》印得那么多,作者张恨水到底好不好? 在文学史上只字不提,这不是虚无主义? 不是取消主义?"⑦通俗文艺出版社编辑陈允豪也指出通俗文学作家受到歧视的情况。他说:"1954 年北京市文联选理事时,各个方面都选上了,就是这个方面没有,张恨水先生就这样被排斥在外边。作家协会对章回小说作家也是采取关门政策,作家会员中有几位是章回小说家呢?"⑦

第三,通俗文学的创作题材与思想内容被批评界硬性地置于排斥性机制之外。在批评界口诛笔伐之下,谁也不敢动笔写现代题材。张友鸾说:"谁不愿写现代生活呢? 想是想写,就是不敢写。"⑦一部小说出来,不是说歪曲现实生活,就是没有思想内容(也就是没有值得学习的英雄人物,或者被认为对社会主义建设不能起什么推动作用)。找个出版的地方,也有困难。只得在历史题材上兜圈子改编民间故事,即使是历史题材也会遭到非难。大家指出,近年来文艺批评界对通俗文艺是采取一概抹杀的态度,对一些作品则是一棍子打死的。通俗文学作家诘问,人民是不是不需要"下里巴人"? 是不是需要普及? 对于这个问题,大家认为与批评界的看法相反,广大的读者却是很欢迎章回小说、喜欢通俗文艺的,它的销量远超过新文艺书籍。

第四,通俗文学创作在 20 世纪 50 年代初连连走下坡路,同稿酬低、印数定额高也有很大的关系。张恨水"出版的几本书最少的是七万册一个定额,《白蛇传》竟达十万册一个定额,《白蛇传》销到九万,不满十万就拿不到稿费。这样做,作家是吃不消的,因为十万字的一本书,作家要写一年,定额十万册,就很难再拿到第二次稿酬了"⑦。苗培时指出,目前稿费标准极不一致,通俗文艺比一般文艺创作低得多。另外,对通俗文学作品乱删乱改的现象也很严重⑦。

三、肯定与否定的博弈:如何看待通俗文学进行戏剧改编

新中国成立后,通俗文学面对新的文学生产体制与文艺政策,它的生存空间日益局狭。受到文艺主流话语有限承认的通俗文学大家张恨水的有些作品虽然被准予出版,但是通俗文学的封建性、买办性的文化定性依然没有改变。由于 20 世纪五六十年代戏曲改编受到相当的重视,通俗文学作品以题材的广泛性、情节的离奇性、剧情的观赏性受到一些改编者的注意。上海等地的一些剧团曾上演了一些从《玉梨魂》《秋海棠》《啼笑因缘》等"鸳鸯蝴蝶派"小说改编的戏曲剧目,并上演了一些创作或根据其他文学作品改编而在不同程度上存在

"鸳鸯蝴蝶派"倾向的戏曲,例如《碧落黄泉》、《叛逆的女性》等。这类戏大约在 1949 年至 1953 年上演较多,当时就引起了不同看法。有的人认为这类小说是现实主义的,今天演出有现实的教育意义。大多数人则不同意这种看法,认为上演这类剧目宣扬了资产阶级、小资产阶级的思想和生活方式,有消极作用。关于通俗文学的戏剧改编,有如下三种代表性的观点。

1. 肯定的看法:这类戏具有现实的认识价值

有些人对这类戏基本给予肯定的评论,认为《啼笑因缘》等言情小说是现实主义作品,上演这类小说改编的戏曲剧目或类似剧目有现实意义。其依据有两点。第一,在主题上揭露社会黑暗,在思想倾向上同情底层人民。"西装旗袍戏","它主要描写半封建半殖民地的旧中国十里洋场、畸形繁华的大都市生活,暴露和鞭笞军阀、国民党反动派和帝国主义者凶横暴戾、荒淫无耻、祸国殃民的丑恶面貌,而对被压迫被凌辱的广大知识分子和小市民寄予深切同情"⑧。有人认为"北京曲艺团的曲剧《啼笑因缘》,是一部旧社会说唱艺人的血泪史。它的演出,情致哀婉,使不少观众受了感动。这是很好的一出社会悲剧"⑨。观点与之相似的是,有人认为,"《啼笑因缘》这部小说,曾经是当年轰动一时的名著,由于它现实主义地反映了当时人吃人的社会的种种现象,受到群众的喜爱。取这部小说中的若干章节,演为戏剧,从今天看来,也仍然是有意义的,我们看到旧社会的普通群众受着怎样的迫害,这可以反映出社会主义是多么的光明和优越"⑩。第二,在艺术上功不可没。"(《啼笑因缘》)在艺术上也有一定特色,因此,得到群众喜爱。如果把这批剧目经过慎重的整理、加工,不仅能满足人民群众多种多样的文化生活需要,而且能使老一辈的人抚今追昔、不忘旧痛;让年轻一代看了,更体会到今日新生活之可贵。它是我们文艺百花园中的一朵鲜花,是贯彻'百花齐放,推陈出新'的文艺方针的一个收获。"⑧有的人认为,《秋海棠》是新中国成立前的一个老剧本。"它抓住了魑魅魍魉的旧社会的一角,唱出了旧时代的悲歌。""剧本通过鲜明的艺术形象,深刻地揭露和控诉了旧社会的残忍,军阀流氓残暴丑恶的嘴脸,使人在艺术享受中,引起对旧社会的憎恨,从而更加激励我们热爱身边的幸福生活。"⑪

2. 辩证的看法:这类戏有严重缺陷,但某些方面还值得继承

有的人认为对这类剧目应该用历史唯物主义观点给予正确估价,不应盲目捧场,也不要简单地否定,对待具体剧目应该做具体分析。这类剧目有着严重的缺陷,但在某些方面还值得批判地继承。

持这类意见的人认为,这类剧目中,有的基础好些,有的基础差些,不可一概而论。《碧落黄泉》基础就较好。透过它所写的爱情悲剧,"隐约可以看到旧社会阴暗生活的某些侧面","在不同人物、不同生活的交迭介绍中,给我们勾勒出沦陷时期上海社会生活的若干真实面貌"。然而,这类剧目由于作者都是非无产阶级,因而存在一些共同的问题。第一,"在整个舞台上看不到当时的时代精神与政治气氛"。这些戏只能"浮浅地揭露某些旧社会的黑暗和小市民的苦难生活,而不能从中发现造成这些苦难生活的社会根源"。第二,"美化小资产阶级,袒护他们的弱点,甚至把他们的丑事当作好事来击节赞赏"。第三,"剧本充满了悲观厌世、颓废伤感的哀情愁绪。……剧本作者往往总以哀伤的情怀,缠绵的笔触,在'薄命'与'悲剧'上大肆渲染,剧中的女主人翁总是'对花流泪,见月伤情',而男主角也常常只是看到了旧社会黑暗,但无力抗争,对压迫他们的四周的势力抱着'怨而不怒'的态度,除了长吁短叹,喋喋不休地诉说生离的烦恼、死别的痛苦而外,别无其他出路"⑫。当然,这类剧目在某

些方面还值得我们批判地继承。"如果认真地对待它,对丰富当前上演剧目的花色品种还是有一定作用的。"理由有以下三方面。首先,"这类题材可以反映,也值得反映"。因为反映五四前后几十年内资产阶级与小资产阶级生活的戏不多,大多数剧种这方面还是个空白。沪剧既然有这份财产,应该是件好事。其次,"在艺术技巧方面,这类戏也有不少可供参考借鉴的地方。这些作者是很善于把握戏曲创作的特殊规律的"。再次,这些剧目大多是与演员共同创造的。某些剧目往往也成为某一主要演员的"拿手戏"。其中有些艺术创造的特点和经验,今天仍可作为借鉴⑫。

上述分析既看到了通俗文学的流弊,也分析了参考借鉴、改造提高的可行性,不失为批判继承的良方。然而,在要求工农兵形象占领文艺舞台、体现工农兵情趣的时代氛围里,通俗文学纵然有生存发展的民众土壤,但是毕竟无法逾越主流意识形态批评标准的规训。

3. 否定的看法:这类戏应当被批判

占据话语中心权的主导观点对通俗文学持否定性看法。1963 年 12 月 3 日《光明日报》的第二版刊登了关于鸳鸯蝴蝶派的一些原始材料和新文学运动对它的批评,以及一些报纸杂志对鸳鸯蝴蝶派小说的不同评价。该报第三版同时刊发了罗荪的长篇论文《论鸳鸯蝴蝶派对戏曲的思想影响》。论文认为鸳鸯蝴蝶派的源头"是中国近代文学发展中的一股浊流"。"它宣扬的是陈腐的封建意识和没落的资产阶级思想,追求的是小市民的低级趣味,渲染的是纸醉金迷的糜烂生活,散布的是悲观厌世、玩世不恭的情绪,描写的是旧社会黄色新闻、桃色事件,根本是脱离现实生活的,反现实主义的。"在过去的旧社会里,"给群众带来了极其恶劣的影响"⑬。代表性的看法认为,受鸳鸯蝴蝶派影响的"言情"戏曲充满"那种颓废、没落、感伤、糜烂、疯狂、混乱的资产阶级思想感情"⑭。

从新中国成立后的通俗文学戏剧改编来看,文艺界对通俗文学在开始进行了改造的有益尝试。问题是,偏重于对通俗文学的片面否定,而没有将重心放在如何改造的合理性选择上。当思想内容的政治性成为唯一标准,题材被赋予一定意识形态色彩时,肯定性看法与否定性看法的博弈结果是,通俗文学富有生命力的艺术形式与合乎时代的题材被全盘抛弃了。

四、结语

新中国成立后通俗文学的命运多舛,始终没有取得加入文学主流或载入文学史著作的资格。"即使作为'通俗小说'的取代品的《新儿女英雄传》、《烈火金钢》、《敌后武工队》等'革命英雄传奇'小说,最终并没有形成一条强有力的、独立的小说创作路线。但是'通俗小说'的读者群仍然存在,上述带有某些通俗小说特征的小说的广泛流行,以及富于传奇故事色彩的《林海雪原》在当时拥有众多读者,就是证明。"⑮然而,读者的阅读范围被有效控制,审美趣味被严格修正,情感方式被硬性限定。毛泽东曾经说文艺舞台全被帝王将相、才子佳人统治着。他的批评,一方面反映了传统文艺题材延续演变的强劲力量以及老百姓欣赏趣味深层次的历史传承;另一方面,表明了毛泽东对文艺现状的强烈不满。因此,通俗文学的主题与题材在"文革"时期被彻底贬黜。

(原载《东北大学学报》2009 年第 1 期)

参考文献

①毛泽东.在延安文艺座谈会上的讲话[M].毛泽东选集:第三卷.北京:人民出版社,1991:848.

②周扬.我们必须战斗[J].文艺报,1954(23-24).

③赵树理.也算经验[M].赵树理全集:第四卷.北京:人民文学出版社,1992:186.

④陈荒煤.向赵树理方向迈进[M].赵树理研究资料.北京:中国社会科学出版社,1985:200.

⑤德克·博迪.北京日记——革命的一年[M].洪菁耘,陆天华,译.上海:东方出版中心,2001.

⑥洪子诚.二十世纪中国小说理论资料:第五卷[M].北京:北京大学出版社,1997.

⑦木杲.通俗文艺作家的呼声[J].文艺报,1957(10).

⑧天方.当观众蜂拥而至时[N].文汇报,1962-09-11(4).

⑨张真.旧社会艺人的血泪史——谈曲剧《啼笑因缘》[J].戏剧报,1962,36(3):18—36.

⑩刘乃崇.充满了生活气息的曲剧《啼笑因缘》[N].北京日报,1962-02-15(6).

⑪丁权.演员们在成长[N].大众日报,1962-03-14(5).

⑫诸葛文谦.试从三个剧目谈沪剧的"西装旗袍戏"[J].上海戏剧,1962(12):30—32.

⑬罗荪.论鸳鸯蝴蝶派对戏曲的思想影响[N].光明日报,1963-12-03(3).

⑭慕容文静.试谈《秋海棠》等戏的思想倾向[J].上海戏剧,1963(7):36—48.

十七年期间的鸳鸯蝴蝶派作家

张　均

对于 1949 年后留在大陆的鸳鸯蝴蝶派作家,学界极少注意。推其原因,大约受刘扬体影响。刘先生以为,"随着旧制度的崩溃,新中国的建立,旧的生活土壤的根本改变,新的文化和文艺政策自上而下的贯彻,不仅'鸳鸯蝴蝶派',所有以旧式的传统章法、语言写作,缺少新思想新气象的通俗文学,都一起结束了它们在祖国大陆上的存在"①。这种判断不太准确。其实,新中国成立后不但鸳鸯蝴蝶派作品以各种形式长时间"残存",而且鸳鸯蝴蝶派作家也多数仍以笔耕为业。虽然成绩未必可以高评,但作为一个曾经风云际会的文人群体,鸳蝴派在新中国成立后十七年间仍然存在,其"流风余韵"直到 20 世纪 60 年代后期才彻底消失。

一、新中国成立初中国共产党对鸳蝴作家的政策

在新中国成立前不同类别文学文本中,鸳蝴作品受众最广,跨越不同地域与文化层次。从民国初年到 20 世纪 40 年代,它聚集了规模庞大的文人群体,前后迭经三代:民初至 20 世纪 20 年代的沪苏扬才子群、抗战时期的"北派"作家群、战后海派小报文人群体。期间才人辈出,有"五虎将"、"十八罗汉"之誉,知名作家包括:徐枕亚、李涵秋、包天笑、周瘦鹃、张恨水、孙玉声、张春帆、吴双热、李定夷、王西神、王钝根、朱瘦菊、毕倚虹、严独鹤、范烟桥、郑逸梅、程小青、徐卓呆、向恺然、李寿民、王小逸、胡梯维、秦瘦鹃等。此外,鸳鸯蝴蝶派还拥有一批声名煊赫的刊物。国共内战时期,鸳蝴文学面临大的变动。沪苏扬才子群"零落星散","通俗文学活动中心,从上海、重庆转向平、津"。②平津新才子群代之而起,史称"北派"。其重要小说家,包括刘云若、冯玉奇、王度庐、李薰风、耿小的(言情)、还珠楼主、宫白羽、郑证因、朱贞木(武侠)等。同时,上海又崛起了小报文人群体,如捉刀人(王小逸)、冯蘅、周天籁、田舍郎、苏广成、桑旦华、金小春、蓝白黑等。至 1949 年,鸳鸯蝴蝶派虽然迭经战乱,但南北合力,兼之集大成者张恨水坐镇北平,仍可谓人才济济。

新中国成立伊始,新政权通过新组织制度、出版制度发动了对鸳鸯蝴蝶派的打击。这种做法,是五四破旧立新思维的延续。本来,自新文学运动肇兴以来,鸳鸯蝴蝶派文学始终受到五四知识分子的贬抑与排斥。五四新作家屡以现代性的进步话语挤压鸳鸯蝴蝶派,而鸳鸯蝴蝶派则努力抵制这种侵犯企图,双方呈割据分治状态。1949 年后鸳蝴文学整体性地破碎为革命大叙事的边角点缀,鸳鸯蝴蝶派作家则受到全面压制,失去出版阵地与聚集写作的舆论环境。

打击鸳蝴文艺,并非出自中共中央安排。中国共产党的高层领袖对鸳蝴作家的处理意见,未形成直接文件或指示。但他们对鸳蝴文学的态度,不难梳理。石楠披露的张恨水材料表明,延安曾翻印《水浒新传》,毛泽东读过《春明外史》,周恩来在《新民报》座谈会(1941 年)

上亦亲口称赞过《八十一梦》。足见毛、周等领袖对张恨水其人其文有一定了解。1945年重庆谈判期间,毛还约张长谈,并亲赠延安土产粗呢一块、红枣一包、小米一袋③。这表明,党的领袖对张恨水怀有好感。但若以此作为中共青睐鸳蝴作家的证据,又不免误解。毛约见张,非因张作为鸳蝴小说家的文学成就,而是考虑到他身为《新民报》主笔的言政影响。当时,在周恩来安排下,毛还约见王芸生、赵超构等言论界实力人物。这些亲近举动,意在争取政治舆论。但是,毛、周对作为鸳蝴小说家的张恨水并不看重。最有力的证据是新中国成立后张的处境。在鸳蝴界,张之分量与茅盾在新文学界相当,可谓一代"文宗",但二人境遇悬殊。茅盾被授以文化部部长高位,张则无人过问。新中国成立后,中共中央未将鸳蝴作家列入招抚对象(如对郭茅巴老曹),更未将他们列为剿除对象(如对自由主义作家),而是疏漏、遗忘了他们。

作如此判断有理论根据。党录用人才,落后/进步固是公开标准,但实力是更重要的考量要素。这种实力与读者、市场有关,但根本上取决于其话语类型。鸳蝴文学的市场占有,优于新文学,但其话语类型属于一种"安全的叙述"。它情节曲折,想象奇异,但思想总以重复主流观念为前提。对当权政府而言,鸳蝴文学毋宁是"安全"的。恰如 A. Hauser 所言:"大众艺术是'盲目的,沉溺于奇思幻想之中'。任何正常的人都要为此而深觉沮丧,大众文化所教育者无他,就是让大众谦卑顺从而已。"①

鸳蝴文学缺乏异议陈述,唤起大众对现存秩序的抵触。这一特点使之不能与新文学相提并论。新文学具有高雅艺术的特征,"纯真的艺术(高雅文化)并不鼓励人们安于现状……(它)不单抗拒异化,它并且抨击主流的政治与经济秩序"⑤。新文学以现代性历史话语为编码原则,以黑暗/光明、落后/进步、罪恶/幸福等二项对立结构表述生活。它往往将现实政治(如国民党统治)表述为黑暗、罪恶力量,并通过对新的理想政治的想象,来激发、引导读者抗击黑暗、创造未来的冲动。这种讲述,对现行政治是破坏性的,具有强烈伤害能力。尤其是,新文学已培育出稳定的读者群体,在精英群体中影响甚大。而鸳蝴文学,不具备这类破坏质素,不会激起读者对现实政治的叛逆。

这是鸳蝴作家当初选择的结果。因为,新文学的激进表述,对于初涉人生的新式学生,可能有潜移默化之功,但对于久经世故的成年读者,则高度冒险,可能反遭其道德信条与实用哲学的讥薄。为市场考虑,鸳蝴作家不会作这种"超前"冒险。他们更愿意在大众道德层次上,提供平面性阅读消费。大众道德如何,他们便如何讲述。鸳蝴文学研究专家刘扬体列出的几类鸳蝴主题——譬如"一定程度的民主意识"、"爱国主义精神"、"同情弱小、扶危济困、除暴安良、急公好义、成人之美、愿有情人终成眷属,以及善有善报、恶有恶报,明哲保身清白做人、孝亲友弟、尊老爱幼等等传统观念"⑥——显然都未超出大众常识。不挑战,不犯忌,易获得广泛认同。它浅显而不越矩,不在革命主流之外另建独立"道统",故也无力以否定、批判成为令人不安的异端和叛逆。鸳蝴文学这种不重新设想正义与伦理的写作模式,导致它缺乏对现行统治集团质疑和破坏的力量。本来,按照"文化霸权"建立的常规,刚刚取得政权的政党会和"对立的社会集团、阶级以及他们的价值观念进行谈判……(并)将对立一方的利益接纳到自身"。⑦鸳蝴叙事的高度"安全"则难以引起党的敏感。民国以来,鸳蝴作家一直遭到当权者忽略。国民党屡次查禁新文学刊物,对鸳蝴文学却极少如此。其原因,自不在于蒋介石对鸳蝴作家"法外推恩",不过不以为意而已。鸳蝴文人群体也历来无意与统治集团发生纠葛,只是钟情浅吟低唱,在一个市场化出版环境中觅得娱人自娱的独立空间。

中共中央忽略无破坏性质素的鸳蝴文学,延安作家却难以忽略,作为党的高级文艺官员,丁玲在多种场合毫不隐讳地批评鸳蝴作家。1949年10月,在一次青年文艺讲座上,丁玲严厉指责鸳蝴作品"使一个人的感情低级,无聊,空洞,庸俗",并宣布,"这一类小说的作者是没有出路的。现在北京这样的'文人'不少,他们如果不好好从思想上改造,他们如果还以为可以麻醉些读者,可以混饭吃,那简直是幻想。因为小市民也在进步,在新的国家里,凡是起腐蚀作用的东西,是不能生存下去的"。⑧丁玲还利用她主编的《文艺报》,对鸳蝴文学及其作家发起"围剿"性批评,将鸳蝴文学彻底放逐为"进步"的反面。这更激起了文坛对于鸳蝴文学的普遍鄙视。

二、制度性遗忘

第一次文代会召开前,张恨水被推荐为正式代表。但在代表资格审查时,他与沈从文两人未获通过,原因在于他们曾被郭沫若批评为黄色作家和粉红色作家。后来为团结起见,虑及他们的影响,另立一新名称:特邀代表。而后新成立的"全国文联"等部门,对张恨水未表示出什么兴趣。无人请他编辑刊物,甚至无人来登记他的工作单位。张恨水骤然成为失业人士。张被遗忘,主要不是因为政治,而是因为他在新中国成立时已退出《新民报》。

张恨水作为鸳蝴文人群体的旗帜,好歹还列名一次文代会。但阵容庞大的鸳蝴作家,仅他一人获此"殊遇",其他人皆不被承认为"作家",仅被目为"旧文人"或"封建文人",像《蜀山剑侠传》作者还珠楼主(李寿民)、《江湖奇侠传》作者平江不肖生(向恺然)这样名动一时的武侠大家,在全国文联名册里竟然不能找到。少数"旧文人"若运气好,倒可列名市县文联。但与这类人交往往往被非议。葛翠琳回忆,老舍任北京文联主席时,与鸳蝴作家金受申、金寄水多有交谊,"于是有一种舆论,说老舍先生旧意识很浓,欣赏趣味,结交来往的朋友,大都是旧艺人、旧画家、封建文人等。还说他把浓厚的旧意识带进市文联机关来,主席办公室变成了旧文人的据点儿了"。⑨

多数鸳蝴作家迅速堕入经济困顿。1950年,"天津张恨水"刘云若、前《礼拜六》主编王钝根相继怅然弃世。另外一些鸳蝴作家则为谋生不得不离开文学。平江不肖生到湖南文史馆任职,王度庐到旅大师范专科学校充任教员,王小逸(捉刀人)进入上海市南中学。更多鸳蝴作家,由于对新社会缺乏了解,不明了单位制度意味,兼之缺乏门路,未能进入有稳定薪金的单位。他们仍"卖文为生",结果艰难异常,风雨飘零。鸳蝴文人迅速解体。1950年,在北京租书摊上,"武侠和言情小说,新作品很少……言情的简直就没有什么新东西,张恨水、冯玉奇不写了,刘云若死了,耿小的参加了工作,至于所谓新作家,更没有出现什么"。⑩

平、津两地鸳蝴作家受损严重。而华东主持文学界工作的夏衍,与鸳蝴作家如唐大郎、龚之方等颇有私交,态度就略有宽容。新中国成立后,上海甚至由党出面,新创办《大报》、《亦报》两种小报,网罗一批小报文人,如名气仅次于捉刀人的陈亮(田舍郎)。其他鸳蝴作家也多能谋得一份职业。秦瘦鸥在上海文化出版社任编辑。严独鹤作为《新闻报》副总编辑,较受优待,出任新闻图书馆主任。久已搁笔的周瘦鹃,还于1951年被邀请出席苏南区第一届文代会。苏南行署主任管文蔚,专门接见他,并致信鼓励。这类待遇非平津作家所能有。但局部宽解和私人友好,不能改变排斥本质。即使在上海,夏衍也不时受到批评。《大报》、《亦报》仅坚持两年,即以停刊了事。鸳蝴作品被拒绝出版,大量旧作被作为淫秽、黄色书刊查禁。徐訏、无名氏、仇章、张竞生、王小逸、蓝白黑、笑生、待燕楼主、冷如雁、田舍郎、桑旦华、冯玉奇、刘云若、周天籁、耿小的、朱贞木、郑证因、李寿民、王度庐、宫白羽、徐春羽等21人，还直接登上了文化部查禁黄色作品的"黑名单"⑪。

1952—1955年，鸳蝴作家沉寂无言，一片凋零。在政策实行过程中，两种调节性力量也逐渐出现。一是具有一定话事权的"旧知识分子"群体，譬如茅盾、叶圣陶等。他们是延安文人的师辈，新中国成立前也曾批评鸳蝴文学。他们习惯鸳蝴文学边缘化，倒未见得希望它们真的绝灭于文坛。所以，在20世纪50年代，胡愈之、叶圣陶以出版总署名义，数度下文，禁止对鸳蝴作品乱封乱禁，规定查禁书刊，须报上级机关批准。如1951年11月26日《出版总署关于查禁书刊的规定》称："查禁书刊过去没有统一的制度。最近书刊审读工作各地都在逐渐加强，对于政治上反动及有严重错误的书刊，各地往往自行禁售，既没有报请总署批准，也没有通知其他地区采取共同行动。由于各地区在禁售书刊中的标准与行动不能完全一致，致使甲地区已禁售的书刊，乙地区仍在流行。兹特规定：今后禁售书刊必须经本署批准。但对于政治上反动及有严重错误的书刊，在未经本署批准禁售前各地可先行封存。"⑫

在中共中央，周恩来作为一种特殊的调节力量，对知识分子一直很为关注。他对张恨水两次见危出手（1953年将其安排为文化部顾问，1958年将其安排为文史馆馆员，并发放生活补贴），表明高层态度。

三、"卖文为生"的尴尬

在党的出版社内，对鸳蝴作家的作品出版，非常挑剔，定额高，稿费低，明显歧视。这种境况，加之作协"关门主义"、评论界"围剿"，使鸳蝴作家群体性自卑加剧发展。在现实压力与自卑意识的双重作用下，他们也努力搬弄马列主义新名词，作自我检讨。据《文艺报》报道，他们"对于自己过去的写作一致地加以批判"，"沉痛地说：'我们过去写的都是低级趣味的东西，里面是鬼话连篇。''我们的作品给青年人很多坏影响，给人民散布了毒素。'"⑬显然，鸳蝴作家希望以"臣服"姿态获得接纳。这种努力发生一定效果，他们获得重新写作的许可。但是，新刊物并不考虑向他们约稿。张恨水身在北京，近在咫尺的《人民文学》《文艺报》，从不与他联系。赵树理主编的通俗刊物《说说唱唱》倒与他及少数声名较大的"旧文人"有所联系。但"旧文人"写作显然不能"满足"《说说唱唱》的需要。1953年，北京文联在工作汇报中明确表明这种看法。文联认为，他们的写作完全"落后"于时代，"旧小说家……的政治思想水平很低，又不熟悉新社会，如张恨水、陈慎言等，写东西很多很快，但都不能用，如张恨水仍以旧社会恋爱的条件和方式（容貌、偏爱、看电影、逛北海）来写目前的恋爱问题"。张友鸾利用原《新民报》工作关系，刊发了一部力图靠近革命文学的转型新作《神龛记》。

批评家对鸳蝴写作大加鞭伐。余雷说："那群黄色作品的写作者，事实上做了旧统治阶级的帮凶。"⑭1952年，《文艺报》刊发专文，批评张友鸾《神龛记》为"不法商人""辩护"，张友鸾仓皇检讨。而张恨水旧作《啼笑因缘》，也受到"修正"与批评。这些批评，使鸳鸯文人群体无以面对。既然旧作、新编都"不合时宜"，他们的写作信心，就不能不迅速削弱。在这种形势下，他们不敢写，不能写，写了也往往卖不出去。"卖文"困难，衣食不继的状况就很快发生了。

在20世纪20至40年代，彻彻底底"卖文为生"相当艰难。鲁迅曾言："我想，中国最不值钱的是工人的体力了,其次是咱们的所谓文章,只有伶俐最值钱。倘真要直直落落,借文字谋生,则据我的经验,卖来卖去,来回至少一个月,多则一年余,待款子寄到时,作者不但已经饿死,倘在夏天,连筋肉也都烂尽了,哪里还有吃饭的肚子?"[15]鲁迅用语或有夸张,但实情其实相去不远。所以,鸳蝴作家创作量虽大,但真正能一博万金、一夜暴富者,也仅张恨水、张秋虫、王小逸数人而已。大部分作家生计艰难。20 世纪 30 年代,普通稿费每千字约 1 至 3 元,每天必写两千字且必卖出,方可糊口。这很困难。还珠楼主是高产作家,他在天津《天风报》连载《蜀山剑侠传》,边连载,边出书,至 1949 年,已出版 55 集 350 万字。但稿费所得,仍难以养家。魏绍昌回忆,"李寿民子女多,家庭负担重,尤其他后来目力不济,只得请两个秘书帮助笔录,支出更大了。他每天非写两万不可"[16]。刘云若薄利多销,经济也不乐观。白羽曾戏说,"云若近日渴望发财,发财则可闭门著书,勒成名作。昔戴南山自谓胸中有一部书,犹未写出;方灵皋已深信其胸中果有一部书也。我于云若,亦复云云。何日不愁柴米,得泰然掭笔,写其所欲写耶?且同仁望,有此一日"[17]。由此可见一斑。"北方武侠小说巨擘"[18]王度庐,撰有《卧虎藏龙》(1941—1944)、《铁骑银瓶》(1942)等名作,总数达 33 部,但仍不敷家用,不得不兼作中学代课教师、赛马场售票员,甚至摆地摊卖春联。其艰难自不必言。被人看不起亦不言而喻。体制外纯粹"卖文为生",无异于吃"青春饭",挣血汗钱。而且,国共内战时期,通货膨胀,鸳蝴作家即便有所积蓄,也多荡然无存,生计艰难。周瘦鹃有《苏州近事杂咏》载其事云,"炭薪已尽难为继,茶灶尘封釜甑凉。饥火中烧正不耐,更无热火润枯肠"[19]。张恨水也回忆说:"自由职业者,就非常的痛苦,尤其是按字卖文的人,手足无所措。月初,约好了每千字的稿费,也许可以买两三斤米,到了下月初接到稿费的时候,半斤米都买不着了。"所以,新中国成立后,鸳蝴作家一旦不能"卖文为生",很快就出现生存之忧。

无以为生之下,鸳蝴作家只好"硬写"。言情和武侠已验明"黄色"之身,不便再写。而现代题材,又把握不准(张友鸾的《神龛记》是为一例)。唯有传统戏曲和民间传说故事不犯忌,在书写逻辑上与鸳蝴小说亦较接近,遂成为首选。于是,在 1952 年之后,鸳蝴作家从都市通俗创作,集体性转入乡场通俗创作。后者受到了党的鼓励。在这一过程中,张恨水海内知名,发表渠道、稿酬标准皆还如意,但其他数以百计的作者就不能如此。他们有着不良名声,在通俗刊物与出版体制中无尺寸权力,写作与发表仍然艰难。因此,不少人不得不走向歧途。1955 年,一则是由通俗文艺出版社编辑陈允豪捅出来的文坛"丑闻",让人看到鸳蝴文人群体谋生的辛酸。陈允豪揭露,"北京通俗文艺的组织者"苗培时,把鸳蝴作家当成了雇佣工人,狠加剥削。据说,"去年冬天,苗培时对通俗文艺出版社说,他要写一本《李闯王演义》的长篇小说,……当时口头约定今年八月交稿。但今年四月里,怪事发生了:出版社偶然发现有一位姓刘的'旧知识分子'正在写这个《李闯王演义》。一问之下,真相大白,原来是苗培时交给他的'任务'。苗培时对这位姓刘的说,'《李闯王演义》是部革命历史故事,旧具名不方便,出书用我的名义。这是任务,你写作期间,我每个月给你些生活费'。并叮嘱姓刘的说:'此事不必同外人谈'……更加荒唐的事发生在今年春天:这位利欲熏心的'捎客',进一步用个人名义'组织'了一批旧社会黄色小报的作者,专门化名替某地报刊写小说。……苗培时在'研究选题'的会上就当面对这群人说:'审稿费按稿酬数目而定。稿酬每千字八元的,审稿费每千字一元;每千字十二元的,审稿费一元五角;每千字十六元的,审稿费二元。'其用心之精细,剥削之凶狠,是使人吃惊的!"[20]不过,这种潦倒挣扎状况,1957 年后得到较大改观。

四、迟到的复苏

1956 年毛泽东发动整风,鼓励知识分子"鸣"、"放"。鸳蝴文人处境得到披露并获明显改善。此年,中国作协组织作家参观团游历西北,张恨水、还珠楼主都获参加,到玉门油矿、铜川煤矿等处参观。同时,一批鸳蝴作家还被吸收为中国作协会员,如周瘦鹃、严独鹤。1957 年,作协又专门召开"通俗文艺作家座谈会"。这种座谈会,1949 年也曾召开,但当时名为"旧的章回、连载小说作者座谈会"。会议名称从"作者"升格为"作家",可见作协态度改变。会上,张恨水、张友鸾等获得机会"为他们和他们作品的现实处境,为他们的文学史地位进行辩护和争取"①。这种宽松环境为鸳蝴作家复苏提供了很大可能。

1956—1957 年,鸳蝴作家迎来"小阳春"。陈慎言 1956 年为《中国新闻》写散文数十篇,介绍福建风俗,1957 年计划写一部民间故事《菜头大桥》与艺人故事《艺海情潮》。还珠楼主此前编写过剧本《赵氏孤儿》、《文君当垆》,此时计划"庞大",拟写《一个劳模》、《勘探姑娘》、《游侠列传》和《刺客列传》等。《新民晚报》副刊 1957 年刊出张友鸾(署名"草厂")写的中篇连载小说:《杏花庄》、《魔合罗》、《赛霸王》、《鲁斋郎》、《救风尘》等。《文汇报》笔会副刊也发表大量小品诗词,成为鸳蝴作家聚集地。这些旧式作品受到毛泽东称赞。

1957 年,鸳蝴作家早是闲散人员,"反右"没有太大冲击(张友鸾被打成"右派",很快摘帽)。鸳蝴作家意外地在党的作家的内讧中,迎来了相对宽松的政治环境与写作环境。周瘦鹃、严独鹤先后被增补为全国政协委员。到 20 世纪五六十年代之交,随着对延安文人的疏远,喜爱"旧文学"的毛泽东和这批擅于诗词唱和的闲散"旧文人"建立了联系。1959 年,毛泽东接见周瘦鹃,1962 年又接见郑逸梅。由于周瘦鹃本人兼以养菊知名,陈毅、叶剑英、廖承志、周恩来、朱德、刘伯承等高层人物,都登门访见。这种眷顾,令鸳蝴作家获得复苏机会。周瘦鹃接连出版《花花草草》、《花前琐记》、《园艺杂谈》、《盆栽趣味》、《拈花集》等多种小品。1962 年,中央新闻电影制片厂专门摄制张恨水纪录片《老人的青春》。这不能不说是很高的荣耀。借此"东风",严独鹤在《新民晚报》、张友鸾在香港《大公报》都开辟专栏。陈亮(田舍郎)甚至创作了犯忌的小说《黑弄堂》,于同年在《新民晚报》连载。

不过,这种复苏毕竟来得太迟。新的鸳蝴创作已只能充作文坛点缀。而且英雄迟暮,鸳蝴文人群体此时后继无人,北派才子和小报文人步入全面凋零期。平江不肖生、陈慎言于1957 年,还珠楼主于 1961 年,张恨水于 1967 年,严独鹤于 1968 年,相继逝去。获眷最隆的周瘦鹃,因为与田汉、夏衍过于密切的交往,亦于 1968 年投井自杀。王小逸进上海市市南中学后,不再为人所知。

（原载《广东社会科学》2010 年第 1 期）

注　释

①②⑥刘扬体:《流变中的流派——"鸳鸯蝴蝶派"新论》,中国文联出版公司 1997 年版,第 39、39、52 页。

③ 石楠：《张恨水传》，江苏文艺出版社 2000 年版，第 397—399 页。

④⑤［英］斯威伍德：《大众文化的神话》，生活·读书·新知三联书店 2003 年版，第 21、20 页。

⑦［英］托尼·本尼特：《英国文化研究导言》，《文化研究读本·前言》，中国社会科学出版社 2000 年版。

⑧ 丁玲：《在前进的道路上》，《丁玲文集·卷 6》，湖南人民出版社 1984 年版，第 27 页。

⑨ 葛翠琳：《魂系何处——老舍的悲剧》，《百年文坛忆录》，北京师范大学出版社 1999 年版，第 92 页。

⑩ 康濯：《谈说北京租书摊》，《文艺报》1950 年第 2 卷第 4 期，第 27 页。

⑪《文化部关于续发处理反动、淫秽、荒诞图书参考目录的通知》，《中华人民共和国出版史料·卷 8》，中国书籍出版社 2002 年版，第 2—3 页。

⑫《出版总署关于查禁书刊的规定》，《中华人民共和国出版史料·卷 3》，中国书籍出版社 1996 年版，第 20 页。

⑬ 杨犁：《争取小市民层的读者》，《文艺报》1949 年第 1 卷第 1 期，第 7 页。

⑭ 余雷：《黄色文化的末路》，《文艺报》1949 年第 1 卷第 7 期，第 29 页。

⑮ 鲁迅：《华盖集·并非闲话（三）》，《鲁迅全集·卷 3》，人民文学出版社 1981 年版，第 150 页。

⑯ 魏绍昌：《我看鸳鸯蝴蝶派》，香港中华书局 1990 年版，第 160 页。

⑰ 范伯群：《言情圣手、武侠大家——王度庐》，南京出版社 1994 年版，第 41 页。

⑱ 张恨水：《我的创作和生活》，《鸳鸯蝴蝶派研究资料·上》，上海文艺出版社 1962 年版。

⑲ 陈允豪：《文艺"掮客"苗培时》，《文艺报》1955 年第 23 期，第 12 页。

⑳㉑ 洪子诚：《中国当代文学史》，北京大学出版社 1999 年版，第 126、127 页。

20世纪50年代第一次文艺调整和通俗格局的建构

肖　进

虽然1949年的第一次文代会确立了《在延安文艺座谈会上的讲话》（以下简称《讲话》）提出的"文艺为工农兵服务"的方向，但由于文艺思想的复杂性和抽象性，这一理论并没有真正落实到一些文艺工作者的实践中去，许多作家和读者的创作与阅读仍然沿着既有的惯性进行，这就导致在新中国成立初期的一段时间中，新文艺与旧趣味、新方向与旧思想的同时并存。为改变这一矛盾、混乱的文艺状况，中宣部、全国文联和出版总署联手出击，从1950年开始对全国文艺状况进行调查、摸底，经过将近一年的酝酿，于1951年开始实施对文艺的大调整。这是新中国进行的第一次文艺调整，调整的主旨是要规范新中国之初文艺和出版方面的混乱状况，落实《讲话》提出的"文艺为工农兵服务"的方针。调整的核心则体现在对文艺的通俗性质的强化。具体措施就是以行政的强力"关、停、并、转"了一批文艺刊物，同时加强对文艺的领导，统一文艺方向。通过体制强力进行的期刊调整，文艺的"无序化"倾向得到规正，阶级/革命/政治在文学中得到凸显，面向工农兵的通俗文艺格局在全国范围内确立起来。

一、文艺调整的起因与背景

这次文艺调整的原因，从理论上看，是以《讲话》为纲领的新文艺方向没有得到完全的贯彻，一些文艺工作者基于自己多年来的文艺经验，对《讲话》提出的"文艺为人民并首先为工农兵服务"和"政治标准第一，艺术标准第二"的具有强烈政治色彩的文艺政策尚有疑问，具体体现在第一次文代会后的"可不可以写小资产阶级"和文艺与政治的关系之争。从新中国成立后文艺的组织实践上讲，由于新中国百废待兴，各个方面都面临着巨大的建设挑战，加之整个国家还处于战时状态，因此文艺的建设相对滞缓，文艺界在组织、编辑、出版方面存在一定的混乱状况。因此，文艺调整既是贯彻《讲话》理论纲领的必要措施，也是新中国建设大局中的一个必有环节。

理论方向的确立、发展，首先意味着理论格局的统一。混乱的理论状况不仅不能对理论的发展有促进作用，反而会对理论方向的确立带来潜在的威胁。第一次文代会上，虽然周扬热情洋溢地宣称《讲话》提出的方向就是"新中国的文艺的方向"，并且，"深信除此之外，再没有第二个方向了"。[①] 但这种绝对化的文艺思维给文艺界带来的并不都是兴奋和衷心的拥护，一些知识分子心中更担心的可能正是今后文艺发展的命运。因此，当上海作家洗群看到

---

① 周扬：《新的人民的文艺》，转引自朱寨主编《中国当代文学思潮史》人民文学出版社1987年版，第20页。

剧作家陈白尘提出的"文艺为工农兵,而且应以工农兵为主角,所谓也可以写小资产阶级,是指在以工农兵为主角的作品中可以有小资产阶级、资产阶级的人物出现"的观点时,马上以文代会的亲历者的身份提出质疑,指出文代会并没有关于限制描写小资产阶级的文件或决议,"我们在北平的一连串的观摩演出里,曾经看到过一次华北文工团所演出的《民主青年进行曲》",这个戏就是专门写知识分子(小资产阶级)的,可是这个演出并没有因为剧中没有以工农兵为主角而出现了那么多的知识分子(小资产阶级)因而遭受到批评,或被否定"。① 洗群的反驳表明了他在思想上的顾虑以及对《讲话》精神的游离。相对来说,作为左翼剧作家的陈白尘显然更能领会《讲话》的深层含义,对于文艺为政治服务方针跟得很紧。而对于倾向自由创作的作家洗群来说,他更关心的是在《讲话》的方向下,对小资产阶级和知识分子的写作究竟还有多大的余地。

这场争论很快形成了以上海《文汇报》为阵地,波及全国的大讨论,形成新文艺发展史上"第一次颇具规模和影响全国的论争"。② 实际上,"可不可以写小资产阶级"讨论的背后,是被聚拢到《讲话》旗帜下的作家们为争取文艺的自主性所进行的一次抗争。在他们看来,文艺具有政治性自是不言而喻,任何文艺都是在一定政治环境下的产物,但是在政治性之外,文艺还有属于自己的审美属性。文艺去掉了审美性,只留下政治性,那就变成了政治的传声筒,变成了政治的宣传工具,这样的文艺也就不成其为文艺。而恰恰在毛泽东的《讲话》中,明确表示要文艺成为政治的附属品,文艺的价值要由政治来决定。在政治的强力之下,违心地接受《讲话》方向成了当时一个普遍的现象。洗群的抗争自然不可能取得胜利,在一年后的文艺整风中,他被迫出来作检讨,说自己在感情上"是小资产阶级的文艺方向",关心的是"小资产阶级在文艺上的地位"。③

如果说关于"可不可以写小资产阶级"的讨论还只是在《讲话》的框架之下寻求一种可能性的话,那么,阿垅的《论倾向性》则是直接向《讲话》的权威提出挑战。1950年,阿垅在《天津文艺》第一期发表论文《论倾向性》,提出了自己对文艺和政治之间关系的理解。首先,阿垅认为艺术与政治是"一元论"的,两者不是"两种不同的元素",而是同一的东西,"不是艺术加政治,而是艺术即政治"。进而,他提出:"艺术,首要的条件是真",从这一原则出发,那些图解政治的公式主义、教条主义作品,都是在"说谎和造假",因为"这个概念,却不是真"。他认为艺术产生政治效果是通过特殊的途径,"艺术,它是亲密的谈心,而不是干燥的说教,它渗透到人们的灵魂而征服了那个灵魂,它感染了人们的感情而组织了那个感情,它从'美'的条件获得艺术效果,从'亲爱的东西'发生艺术力量;而这样的一种一定的艺术效果和艺术力量,也正是那个一定的政治效果和政治力量"。阿垅的观点虽说并不新颖,他也并没有否定政治在文艺中的作用,但在当时的政治环境下,他对文艺属性的强调,无疑是对于《讲话》的公然挑衅。理论家陈涌随后在《人民日报》撰文反驳,他以《讲话》为依据,指出阿垅对毛泽东关于文艺与政治的关系的标准作了"鲁莽的歪曲",以达到自己"艺术即政治"的纯粹唯心论立场。同时认为,在实质上,阿垅是反对文艺为政治服务的,"它以反对为艺术而艺术始,以

---

① 洗群:《关于"可不可以写小资产阶级"的问题》,《文汇报》1949年8月27日。
② 朱寨主编:《中国当代文学思潮史》,人民文学出版社1987年版,第36页。
③ 洗群:《文艺整风粉碎了我的盲目自满——从反省我提出"可不可以写小资产阶级"的问题谈起》,《文汇报》1952年2月1日。

反对艺术积极地为政治服务终"。① 《文艺报》在转载陈涌的文章时添加编者按说,阿垅的文章,"在文艺与政治的关系上,在对马克思主义的了解与文献的引用上,表现了很多歪曲的、错误的观点",认为阿垅的这种错误观点和理论具有一定的代表性,"不论在目前,在过去,同样在其他的一些文艺工作同志及其他的一些论文中,也还是存在的,这说明在文艺战线上,理论与批评工作尚待展开,是值得大家来继续关注的"。在这样的批判阵势之下,阿垅只有出来检讨,承认"这已经不是一个思想问题或者理论问题,而是一个不可饶恕和不可解释的政治问题"。② 当双方均以"政治问题"作为这场辩论的节点时,文艺与政治之间的关系也难以再有进一步讨论的可能性。

文艺上的争论和检讨体现出一种理论上的规训,组织实践的混乱也是 1951 年文艺调整的一个重要诱因。新中国成立之初,一切都需要从头开始。在文艺的出版规划上,1950 年五月,国家出版总署发布今后出版、编辑方向:(一)少年、儿童方面的读物;(二)职工通俗读物及工人自己的作品;(三)连环图画;(四)文艺作品(主要以地方性作品为主)。③ 规划虽然如此,组织实施却有难度。由于一切以工农兵为主导,领导文艺的干部十分紧缺。五月三十一日,西南军政委员会新闻出版局在关于新闻出版工作的报告中说:"目前最大的困难是干部不够,现在全局共有干部十六人,县以上四人(本局局长是由西南局宣传部廖副部长兼,实际只有三人),相当于区级的两人,其余都是新参加的学生或留用的旧人员。业务上的干部很少。"④ 干部人手的捉襟见肘,造成工作上的混乱无序,导致书刊的"生产量少质量低,最大部分的新书,内容平庸,千篇一律"。⑤ 全国出版总署署长胡愈之针对此种情况指示,"目前最大的问题,也就是克服目前困难的关键,是消灭经济中的盲目性和无政府性,以求逐渐做到计划经济"。⑥

几乎是同时,文艺方面的最高领导机构中宣部也看出了这一问题的严重性。七月二十七日,在关于出版工作的指示中,中宣部提出出版工作的两个缺点必须克服,"一个是出版和发行工作上的无计划、无政府状态……全国公私出版杂志二百三十五种,大多缺乏健全领导。第二个缺点是公私关系不协调"。⑦ 为此,文艺界在各地组织了一些座谈会,讨论相关问题的解决。八月四日,上海市公私出版界关于杂志方面的座谈会提出以下几点意见:(一)杂志的销路打不开。其原因主要有以下几种情况:1. 内容不符合读者的需要;2. 有些杂志社由于人力不够,编委会不健全,大多属业余性质;3. 物价上涨,人民的购买力低等。有

---

① 陈涌:《论文艺与政治的关系》,《文艺报》第 2 卷第 3 期。

② 《阿垅先生的自我批评》,《文艺报》第 2 卷第 3 期。

③ 《出版总署办公厅关于天津知识、读者两书店合并经过的情况介绍》,1950 年 5 月,《中华人民共和国出版史料》第 2 卷,中国书籍出版社 1996 年版,第 275 页。

④ 《西南军政委员会新闻出版局关于新闻出版工作的报告》,1950 年 5 月 31 日,《中华人民共和国出版史料》第 2 卷,中国书籍出版社 1996 年版。

⑤ 《出版总署工作综合报告》,1950 年 6 月 7 日,《中华人民共和国出版史料》第 2 卷,中国书籍出版社 1996 年版,第 300 页。

⑥ 《出版工作的一般方针和目前发行工作的几个问题——胡署长在京津发行工作会议上开幕式上的报告》,1950 年 6 月 20 日,《中华人民共和国出版史料》第 2 卷,中国书籍出版社 1996 年版。

⑦ 《中央宣传部关于目前出版工作的指示》,1950 年 7 月 27 日,《中华人民共和国出版史料》第 2 卷,中国书籍出版社 1996 年版,第 425 页。

几个销得好一点的杂志,主要是专业分工明确,把握住了一部分读者的要求;同时得到了政治上的领导与支持等。(二)在杂志的编辑方面,有的杂志本身在改变中,旧的稿子不能用,新的作者太少,新的写稿关系还没有建立;另外,经济困难,稿费低,难以吸收到好的稿子也是不可忽视的情况。①八月五日,东北地区从作者和读者两个方面反馈说,文艺作者普遍反映,书刊的出版时间慢,不及时,稿费也无法正式统一标准,影响了创作的积极性;读者方面则反映提出,有关自然科学书籍和中小学参考书出版得太少,尤其是工人读物和通俗读物的出版太少,而这方面的读物往往供不应求。②

二、期刊调整的三个步骤

通过对以上现象的调查、分析,中共高层逐渐对文艺调整形成了一个整体的思路。胡愈之在第一届全国出版会议全体会议上的报告中透露:"中央人民政府正在考虑从一九五一年开始各部门工作加强计划化。经初步研究,一九五一年度,为准备扫除文盲,推广干部文化教育,出版书刊应以工、农、兵、青年、妇女通俗读物为重点。此外并应加强增加政治建设,生产建设所需要的出版物。"③加强计划性是文艺调整的大前提,而调整的重点,则主要从文艺的阅读对象上确定,即适合于工、农、兵、青年、妇女的通俗读物。这就确立了文艺调整的主要框架和方向。但在具体实施中,还是采取了较为谨慎的态度,大概地可以看出调整分为以下几个步骤进行:首先是给予文艺调整一个政策上的定位;其次,批判分析和自我检讨相结合;最后,在综合考虑前两者的前提下,自上而下进行整体上的调整。

(一)政策定位

十月二十八日,出版总署发布第一届全国出版会议的五项决议,其第四项就是关于改进期刊工作的决议,其中主要的两点是:

第一,期刊是教育、团结群众的有力武器之一。各种期刊应根据其性质及读者对象,逐步做到专业分工,以消除目前存在着的重复混乱现象。性质相同的期刊,可在自愿的原则下,协商分工、联合或合并等办法。第二,大量增加各种性质的通俗期刊,以配合工农兵的识字教育与文化、政治、技术教育。④

可以看到,出版总署对期刊的调整,着眼点在于整顿期刊出版的混乱状况和对通俗期刊的重视,要求大量增加这方面的刊物。在听取了出版总署的报告之后,政务院发布了《中央人民政府政务院关于改进和发展全国出版事业的指示》,就文艺期刊的调整,指出:

出版期刊是出版工作中最重要方法之一,应予重视。现在出版的多数期刊没有计划,没

① 《上海市公私出版业座谈会的综合意见》,1950年8月4日,《中华人民共和国出版史料》第2卷,中国书籍出版社1996年版,第457页。

② 《东北人民政府文化部出版处国营出版组织及工作情况向出版总署的报告》,1950年8月5日,《中华人民共和国出版史料》第2卷,中国书籍出版社1996年版,第430页。

③ 《论人民出版事业及其发展方向》(胡愈之署长在第一届全国出版会议全体会议上的报告),1950年9月16日,《中华人民共和国出版史料》第2卷,中国书籍出版社1996年版,第520页。

④ 《出版总署关于发布第一届全国出版会议五项决议的通知》,1950年10月28日,《中华人民共和国出版史料》第2卷,中国书籍出版社1996年版,第651页。

有领导,没有比较健全的编辑部,因而其质量不能令人满意,甚至徒然浪费人力物力。政务院责成出版总署会同各有关方面将现有期刊逐渐调整,并改善它们的编辑状况。与这些期刊有关的机关团体也应重视期刊工作,把出版期刊当作指导工作的经常性的和锐利的武器,按时给予具体的指导。①

在政务院的直接指示下,1951年初,出版总署订立了出版计划大纲,准备在1951年调整全国出版的期刊,使它们走向分工专业化,同时改进质量,减少重复浪费,并使之与宣传方针和建设需要相结合。四月二十七日,在全国通俗报刊图书出版会议上,宣传部部长陆定一进一步做出更为明确的指示,在全国现有的近一百种文艺杂志中,中央的和大行政区的基本按照当下的情况办下去,北京、上海还允许出专门的文艺杂志。各地方省市出版的,应该是通俗文艺杂志,对象主要是工人业余剧团和农村剧团。并且就出版时间也做了大致的规定("可以每半个月出一本,刚刚够用就好")。另外,着重强调,在地方通俗杂志上发表的材料一定要是可以在农村剧团用的。这就在较微观的层面给期刊调整定下了基调。

(二) 批判与检讨

外在的行政力量对期刊的调整固然起着巨大的矫正作用,但是如果刊物自身不能很好地认识问题的严重性,进而在编辑思想上做出改进,那么调整还是不能得到彻底的解决。因而,对期刊的调整重点是从批评与自我批评开始的。1950年四月二十一日,各报刊载了中共中央的《关于在报纸刊物上开展批评与自我批评的决定》,五月十日,《文艺报》响应号召,刊发《〈文艺报〉编辑工作初步检讨》的自我批评文章。重点检讨《文艺报》在通过文艺形式密切联系政治、贯彻《讲话》不够到位以及没有更好地结合当前的文艺运动三个方面的问题。五月二十五日,又发表社论《加强文学艺术工作的批评与自我批评》,号召全国的文艺期刊都来检查自身存在的问题,提高刊物的思想水平。

其实,作为对全国文艺刊物负有指导责任的《文艺报》,早在政务院发布对于期刊工作的指示前后,就已经开始关注期刊调整和普及问题。1950年九月十日,《文艺报》编发了一组关于报纸副刊编辑工作的文章,请相关人员就如何加强与人民群众的联系谈一些问题与经验;十一月,《文艺报》从编读双方的角度发表两篇谈普及与提高的文章,分别是通讯员石化玉的《我对普及与提高的一点体会》和主编萧殷的《试论普及与提高》,其着重点在强调普及的重要性;1951年初,《文艺报》就群众文艺刊物问题再次刊登一组文章,讨论如何办好地方文艺刊物,并专门以《河北文艺》和《湖北文艺》为典范,强调省市级刊物的地方性和群众性。七月,中共中央宣传部召开通俗报刊会议,就地方文艺刊物的方针走向的地方化、群众化作出指示。七月十日,全国文联在对各方面的材料进行调研之后,在《文艺报》发布《关于地方文艺刊物改进的一些问题》(以下简称《问题》)的文章,针对各地文艺期刊的编辑现状,以《讲话》提出的"普及第一"为准则,对各地方刊物做出甄别。全国文联肯定了在普及问题上做得较好的一些地方性刊物,比如北京的《说说唱唱》、河南的《翻身文艺》、《河北文艺》、《湖北文艺》、上海的《群众文艺》、东北的《群众文艺》和《川西说唱报》等,全国文联认为这些期刊大都具有如下特点:文字通俗;文章短小多样;内容上结合了当地的政治任务,与群众斗争结合

---

① 《中央人民政府政务院关于改进和发展全国出版事业的指示》,1950年10月28日,《中华人民共和国出版史料》第2卷,中国书籍出版社1996年版,第643—644页。

紧密;形式上则是富有地方风味的民间形式。这些特点都有利于刊物在群众中进行普及。

批评方面,重点提到了两个刊物:江苏的《苏北文艺》和南京的《文艺》。《苏北文艺》的主要问题是读者对象不明确。针对《苏北文艺》发刊词中提出的"(面对)专职的和兼职的文艺工作干部和工农兵群众,和知识分子中的文艺爱好者和文艺活动者",《问题》指出,"为什么要包括这么多方面?"认为这是对对象做了不恰当的选择。也许,在全国文联的逻辑中,恰当的选择应该是针对工农兵群众,而不应该包括"知识分子中的文艺爱好者和文艺活动者",因为他们并不是新文艺的服务对象。对于《文艺》创刊词中"只要反映工农兵,或直接间接为了工农兵的,我们一律欢迎"的原则,《问题》尖锐地提出,"(《文艺》)是办为工农兵群众的通俗刊物呢? 还是间接为工农兵,办一个比较高级的读物呢?"《文艺》的问题关键在于没有做好刊物的定位。作为一个地方性刊物,《文艺》以"文学艺术的综合性刊物"自居,其意图自然不限于地方性,但是这种努力,被《问题》概括为追求"堂皇"、"大派头",在这样的宣判下,其以后的命运不问可知。

对《文艺报》提出的批评,《文艺》和《苏北文艺》分别做出了检讨。实际上,《文艺》在三卷一期对刊物进行过一次调整,增加了"青年习作"、"文艺顾问"、"习作简评"等栏目,供初学写作的青年发表作品,同时加强了与政治任务的结合,但在配合政治宣传方面,仍然达不到群众的要求,如《文艺》没能解决群众演戏需要的剧本等现实问题。[①]《文艺报》批评后,《文艺》在第四卷第二期发表《致读者》,检讨自己没有紧密结合群众的具体斗争,追求"堂皇"、"大派头"的错误方向,作为地方刊物没有明确地方性性质等。最后,综合各方面的情况做出决定,编辑部决定把《文艺》停刊,另出小型的四开报纸刊物,内容是结合南京的文艺运动,指导和培养工人、青年文艺工作者开展文艺创作,再有就是出版一种小型的丛刊,专门供应群众演唱所需要的文艺材料。在调整过程中,像《文艺》这样"主动"停刊的杂志并不多见。[②] 很显然,重新创办一份杂志要花费更多的物力和人力,在当时的情况下,《文艺》的停刊只能说是不得已而为之。

相比之下,《苏北文艺》则要轻松很多。由于《苏北文艺》本来就是地方性的群众刊物,其检讨和整改相对容易。经过调整,刊物在编辑方向上得到明确,即主要以"广大农民为对象,其次是工厂和部队",在贯彻普及第一的精神下,整个刊物都做了大的改动,首先是开本变小了(由二十四开本改为三十开本),更利于群众阅读;其次是把原来的月刊改为半月刊,更加灵活多变;再次是售价降低了一半多,减轻了群众负担。改版之后,"在两个月之中,销路从三千本发展到六千五百本"。

(三) 整体调整

伴随着全国文艺整风学习的开始,文艺期刊的调整也进入高潮阶段。十一月二十三日,中宣部向中共中央提出关于文艺干部整风学习的报告。十一月二十五日和十二月十日,《文艺报》先后发表《关于开展文艺界的学习运动和调整全国性的文艺期刊》和《全国文联关于调

---

① 邵荃麟:《对〈文艺〉改版后的希望和意见》,《文艺》第 4 卷第 2 期。

② 其他主动停刊的还有天津的《文艺学习》和《天津文艺》,《文艺学习》因发表了阿垅的《论倾向性》而于 1950 年 9 月停刊,《天津文艺》则在 8 月受到《人民日报》的严厉指责,随后停刊。见《〈天津文艺〉不向通俗化地方化方向改进是错误的》,《人民日报》1951 年 8 月 31 日。

整北京文艺刊物的决定》,对文艺界进行整风和刊物调整。因为"目前文艺界中,存在着相当严重的思想混乱现象,在文艺工作的思想领导和贯彻毛主席文艺方针的各方面的具体工作中,存在着许多迫切需要解决的问题"。[①] 为加强文艺界的思想改造,组成以丁玲为首的"文艺界学习委员会",学习《实践论》等文件,从文艺思想、存在实践、工作作风等几个方面进行检查。对于全国性的文艺刊物,则认为当前的文艺性刊物过多,刊物的质量不高,"为提高文艺刊物的质量,并响应毛主席……关于增产节约的伟大号召,决定实行精简"。决定将《人民戏剧》《人民美术》《人民音乐》《新戏剧》《民间文艺集刊》《新电影》《北京文艺》停刊;加强《文艺报》,"使之成为关于文学、戏剧、美术、音乐、电影的综合性的艺术评论刊物和艺术学习刊物",同时对《文艺报》编委会进行改组;加强《人民文学》,使《人民文学》成为集中发表全国优秀作品的刊物,对于发表在《人民文学》的作品,还应当要有思想性、战斗性和群众性。调《文艺报》主编丁玲任《人民文学》副主编,实际负责刊物工作,《文艺报》主编一职由冯雪峰继任;加强全国性的通俗刊物《说说唱唱》,把原《北京文艺》的编辑人员与《说说唱唱》编委会合并,组成新的编辑委员会,主要任务是指导全国的通俗文艺刊物。

在这次调整中,地方性的刊物分为两类处理,一类是在调整前后陆续停刊。这里不仅有前面提到的《文艺》《文艺学习》(天津)《天津文艺》,还有创刊于 1949 年以前的《小说》月刊(茅盾主编)《大众诗歌》(沙鸥主编),1950 年复刊的《文艺生活》(司马文森主编)《文艺新地》(巴金、唐弢主编)等。这些刊物大多是具有"半同人"色彩的文艺期刊,在文学趣味上与工农兵的要求相去较远,虽然有些刊物并没有遭到明令停刊,但在这种情势下,停刊几乎是唯一的选择。另一类就是前面所提到的地方性通俗刊物,在中宣部、全国文联、出版总署和《文艺报》的联手指导下,地方文艺刊物几乎是整齐划一地向着工农兵群众方向转变,期刊所刊载的文章,大都是为农村演唱所准备的材料,不过,这些期刊鲜明的地方特色,也显示出新文艺在通俗化方向上所作出的努力。

三、通俗文艺格局的建立

从 1949 年到"文革"之前,文艺期刊经历了几次调整。1951 年的调整是第一次,也是规模最大的一次;20 世纪 50 年代中期,随着双百方针的贯彻落实,文学环境的相对宽松,各地文学刊物酝酿着新一轮变革,在 1957 年前后,文艺界进行了第二次的调整;这次调整之后不久,由于文艺界的"反右"运动,很多刊物主编被打成"右派",到 1958、1959 年又有了一次较大的变动。其中,在 1951 年第一次调整之后,到 1957 年第二次调整之前,新文艺的发展进入了一个以通俗文学为主导的时期。

有必要对通俗的概念稍作追溯。在钱理群、温儒敏、吴福辉合著的《中国现代文学三十年》中,对通俗文学的解释引用了郭沫若的观点,"中国近现代通俗文学是指以清末民初大都市工商经济发展为基础得以滋长繁荣的,在内容上以传统心理机制为核心的,在形式上继承中国古代小说传统为模式的文人创作或经文人加工再创造的作品……形成了以广大市民层为主的读者群,是一种被他们视为精神消费品的,也必然会反映他们的社会价值

---

① 《关于开展文艺界的学习运动和调整全国性的文艺期刊》,《文艺报》第 5 卷第 3 期。

的商品性文学",①这一概念下的通俗文学,其性质属于"商品"文学,在时限上远离当代文学的范围,内容上和形式上均倾向于传统性,对象则界定为市民读者,很显然是不适合用之于1949年之后的"通俗文学"的。相反,倒是20世纪30、40年代的"大众文学"更贴近50年代的"通俗文学",鲁迅在"左联"自动解散时,为了与"国防文学"相抗争而提出的"民族革命战争的大众文学"的口号,在20世纪40年代得到发展,"枪杆诗、传单诗、广场剧、市民戏剧、通俗小说、'旧瓶装新酒'的各种创作实验……为'大众文学'发展开辟了新机遇"。②1940年毛泽东在《新民主主义论》中也提出:"中国文化应有自己的形式,这就是民族形式。民族的形式,新民主主义的内容——这就是我们今天的新文化。"③不过,相对于文学家鲁迅来说,在政治家毛泽东那里,大众文学逐渐地被引入革命的范畴,并赋予文学以政治意识形态的性质,到1942年的《在延安文艺座谈会上的讲话》中,文艺的意识形态性质被强化为"为工农兵"和"如何为工农兵"的问题。至此,对"通俗文艺"的政治要求已经压过了艺术性。

　　20世纪50年代对通俗文学的构建,秉承《讲话》的宗旨,在"文艺为工农兵"的方向下,进一步演变成为"工农兵大众文艺",④在20世纪50年代的文学语境下,"工农兵"其实并不完全是一个实指的概念,它更多地代表一种政治的意识形态。因此,无论是在《讲话》中还是在一般的文学表达中,"工农兵"都是一个核心的概念,一切符合"工农兵"的文学就是政治上过得硬的文学,就是"人民的、大众的"文学。不过,这里的大众,还具备一层"民间"的意味,虽然这个民间已经是被"改造"过的。也就是说,20世纪50年代的"通俗文艺"构建,在内容和形式上,是(不那么纯粹的)"民间"的、"大众"的,在体制和功能上,是"工农兵"的。

　　首先,20世纪50年代"通俗文艺"的构建,是在对民间传统文艺进行改造的基础上进行的。民间传统文艺在中下层人民中间有很深的基础。无论是鼓词、戏曲、说书,都有悠久的历史。"通俗文艺"要想争取这部分的人民,就必须借鉴民间文艺,但同时又要对其进行改造,以适应工农兵文艺发展的需要。这个改造包括两个部分,一是对旧艺人的改造,二是对旧曲艺的改造。对旧艺人的改造主要表现在通过组织他们进入艺人训练班,以讲座、研究、座谈、学习的方式逐步理解、融入新文艺。同时,通过对同业公会这类组织进行改造,一方面,对艺人进行有组织的领导,另一方面,通过提高艺人的生活水平彰显新文艺的优势。如北京就组织旧艺人利用广播讲说新曲艺,每天一段,艺人每唱一次,可得到三十斤小米的报酬,⑤这样一来,艺人的社会地位不仅有了提高,生活也有了保障,自然要求学习新词,演唱新曲了。在旧曲艺改革方面,早在1948年,《人民日报》就发出了《有计划有步骤地改革旧剧》的呼吁。文艺调整之后,各地在注重地方特色的同时,积极改编旧文艺,形成了一股热潮。如河南的《翻身文艺》对豫剧、曲子的改造,《甘肃文学》对青海花儿的改编,《湖北文艺》对楚剧的改造,《山东文艺》对花鼓、快板、喇叭剧的改造等。改造之外,对于一些传统的曲艺评书,也予以禁唱,如上海市评弹协会为了响应新的形势,对《珍珠塔》、《三笑》、《啼笑因缘》、

———

① 钱理群、温儒敏、吴福辉:《中国现代文学三十年》,北京大学出版社1998年版,第90页。
② 吴福辉:《农民大众文学与市民大众文学并存的新局面——谈1940年代文学全景中的重要一角》,《井冈山大学学报》2010年第4期。
③ 毛泽东:《新民主主义论》,《毛泽东选集》第2卷,人民出版社1966年版。
④ 这个概念虽嫌重复,却可以较真切地呈现20世纪50年代通俗文学的性质,因为"工农兵"已经不仅是作为团体的代表,它更意味着一种政治的意识形态。以下为行文方便,仍沿用"通俗文艺"。
⑤ 王亚平:《大众文艺工作的推进》,《文艺报》第1卷第4期。

《彭公案》、《落金扇》、《济公传》、《乾隆下江南》、《玉蜻蜓》等八部"内容极其恶劣腐朽的旧评弹"予以禁唱。① 对这些传统戏曲的现代性改编，部分地弥补了工农兵大众文艺在数量上的不足，但由于在作品中添加过多的政治教化，也造成与民众阅读口味的疏离。②

其次，20世纪50年代"通俗文艺"的构建，还体现在通俗文艺的"赶任务"上。文艺调整后，地方文艺的最主要工作就是配合每一次政治任务，为农村提供演唱材料。"赶任务"这个概念，最初是茅盾提出来的，他在《目前创作上的一些问题》中提出，一篇文学作品既要完成政治任务又要具有艺术性。在这两者之中，如果能够兼顾，那就是伟大的作品，如果不能兼顾，"与其牺牲政治任务，毋宁在艺术性上差一些"。在随后的讨论中，这一提法引起了争论。针对"赶任务"必将导致文艺创作公式化、概念化的看法，邵荃麟专门写了一篇《论文艺创作与政策和任务相结合》的文章，批评了那些在口头上承认文艺服从于政治，而在实践中企图抗拒的倾向。他认为文艺的"赶任务"并不是奉令写作，而是作家个人的自觉实践，"每位作家在其生活实践或一定岗位工作中，都应该自觉地担负其宣传教育的任务"。虽然如此，"赶任务"的弊端还是显露出来。据《文艺报》对读者来信的统计，对"赶任务"的讨论来稿多达五十余篇，范围包括黑龙江、青海、香港等地。读者普遍认为，赶出来的作品，一是粗制滥造，质量低下，二是标语口号形式严重，读起来千篇一律，枯燥乏味。三是为"赶任务"而赶，南通中学陈霜桥来信说，"赶任务""总是被动性的，带些勉强，不问效果怎样，且赶下来再说，否则，旁人赶，我不赶，可能要受批评或自己觉得难为情的"。③ 在这样的情况下，"赶任务"某种程度上已经变成了一种难以脱卸的创作负担。20世纪50年代前中期的"赶任务"创作中，主要有配合"镇反"、"土改"、"三反五反"、增产节约和交公粮的写作，通俗文艺虽然利用多种形式，如民歌、花鼓、梆子、地方戏曲等样式来表现这些运动，但是很难说能有多大的效果。尤其是交公粮，当农民为交公粮而饿肚皮的时候，这样的"赶任务"只能说是一厢情愿的颂歌。

第三，20世纪50年代"通俗文艺"的构建，和建立文艺通讯员机制有密切关联。地方刊物要面对工农兵大众，就必须熟悉他们的生活、运动和斗争，由于期刊编辑人员人手紧张，一般都是通过期刊的文艺通讯员来了解地方的具体情况。几乎每一个刊物都建立了通讯员联络机制。如《华南文艺》在第二卷第一期中说："刊物与群众建立密切的联系，办法之一是有计划、有步骤地展开文艺通讯员运动"；《江西文艺》自第二卷第四期改版后，要求"多介绍工农兵通讯员"，并在每一期都设立"文艺通讯员之页"，介绍通讯员作者，展示通讯员的作品；《翻身文艺》则开辟"生活小故事"栏目，利用通讯员的写作及时真实地反映生活。

通讯员机制的建立，主要体现在通讯员的身份、任务的确立和通讯员创作的展示方面。许多刊物在征聘通讯员时，为避免受到不重视工农兵的指责，要求"凡爱好文艺喜欢写作的同志"，不管在工厂、农村，都欢迎成为通讯员（像《贵州文艺》、《广州文艺》等刊物的征聘启事，除个别字句外，要求几乎一样），这种普遍撒网的方式其实并不理想，《新农村》的经验也许值得借鉴，他们"'有多大本钱，做多大买卖'，改变通联做法，采取重点联系，即在所有通讯

---

① 芸生：《珍珠塔等八部坏书停止演唱》，《文汇报》1952年3月16日。

② 这个问题并不是调整之后才出现的，1949年，北京上演《鹊桥相会》，当演出落幕时，因没有看到天帝下旨那场戏，许多观众大叫："戏没完！戏没完！"当一位工作人员出来解释说，删去那场戏是为了破除迷信时，观众还拒绝退场，前排的观众甚至把瓜子掷到他的身上。德克·博迪：《北京日记——革命的一年》，东方出版中心2001年版，第211页。

③ 《为什么"赶"不好"任务"》，《文艺报》第4卷第1期。

员中,挑选一批有培养前途的,修改稿件,指导写作,加强培养,其余则一般联系,不退稿。这样就节省了人力,加强了编辑工作,稍微提高了来稿质量";①其次,通讯员的任务,主要经常为刊物写稿,反映自己熟悉的生活与斗争,同时负责收集整理各地民间文艺作品,记录口述故事,给刊物提供研究材料。第三,刊物往往辟出一定版面,发表通讯员作品,像《江西文艺》开设有"文艺通讯员之页",《浙江文艺》有"明信片",《广西文艺》有"读者通讯员园地",《东北文艺》开展通讯员"阅读小组",等等。

经过一系列的整改努力,到1951年底,全国的文艺形势,除在文艺上负有指导任务的《文艺报》《人民文学》和各大区的几个有限刊物外,几乎是清一色的通俗文艺期刊。通俗文艺的建构终于通过这种非文学的方式取得了成功。

四、结语

1951年的文艺调整,是把文艺纳入全国的整体格局进行的调整,文艺成了国家建设中的一颗"螺丝钉"。调整之后,全国的文艺期刊中,除《文艺报》《人民文学》等有限的几家刊物外,其余的全部都是通俗期刊。在新中国的历史上,这是第一次通过运用国家强力实现了文艺上的通俗一体化格局。文艺调整虽说完成了国家想象的实践,达到了理想中的"统一",但是,这种不尊重文艺特性的调整,很快就显露出它的弊端:一方面,通俗并没有真正落到实处。在通俗化的过程中,一些出版机构出现了"跟风"现象,导致通俗读物的粗制滥造和重复浪费;投机现象充斥出版市场,许多的读物是用剪刀加糨糊的模式出版的;还有的出版社竞相出版苏联名著的改写本,对原作的精神肆意歪曲。② 另一方面,当地方刊物通俗化调整还未结束时,就有文章指出,通俗文艺只达到通俗是远远不够的,最主要的是提高它的思想性。所谓的思想性,其实就是在文艺"工具化"的思想理路下,"宣传党和人民政府的政策,提高劳动人民的政治认识和阶级觉悟……从而在祖国的建设和抗美援朝的运动中,增强生产热情和斗争意志"。③ 如前所述,这里的"通俗"其实是一种特殊政治环境的产物,是借文艺通俗之名行政治教化之实。因此,在强调思想性的压力下,各地通俗作品纷纷在理论上上纲上线,一篇作品好不好,不在于有没有文学价值,而是看它的阶级性/政治性高不高,是不是紧密配合了政治任务。这样,虽然"思想性"上去了,然而到底有多少人阅读这些"思想性强"的作品呢?《文艺报》1953年第六号的一篇文章透露出一些令人担忧的信息,文章报道一位通讯员在调查通俗文艺读物的影响时,发现"通俗读物积压的现象很严重,所有我去过的工厂都是如此。棉纺三厂一共买了九百多本通俗读物……因放在图书馆没有人借,只好送进车间去,但借的人仍很少,据统计有四百多册通俗读物,在车间经过八、九、十三个月的时间,只借出四十多册,其余三百多册只好原书退还图书馆。棉纺一厂的情况也差不多,速成识字班买了两千多册通俗读物,工人都不愿意看,只好放进图书馆存起来……"④如果说这则消息登

---

① 《各期刊代表在第一届全国出版会议分组会上的工作经验报告》,1950年9月19、20日,《中华人民共和国出版史料》第2卷,中国书籍出版社1996年版,第562页。
② 白非:《纠正出版界的混乱现象》,《文汇报》1953年5月28日。
③ 吴倩:《应当加强通俗文艺刊物的思想内容》,《文艺报》第5卷第4期。
④ 王钺:《关于通俗文艺读物》,《文艺报》1953年第6号。

载在一般刊物上,我们可以说这是个别现象,但是在指导全国刊物方向的《文艺报》上出现,足以说明其严重性。全国期刊(尤其是地方性的)到1956、1957年又进行了第二次的调整,应该说和这次通俗化有很大的关系,甚至可以说是对这次调整中出现的一些违背文学发展规律的现象的一次反拨。

（原载《当代作家评论》2012年第3期）

"文革"期间的手抄本通俗小说研究

王　璐

一、小引

随着研究的不断深入,文学史对于"文革"文学的揭示早已不仅仅局限于绝对效忠于"文革"政治的主流文学。在被主流意识形态严格控制的时代,还有一些接近自在状态的文学实践从几乎不可忍受的重荷中幸存下来,提供了与当时公开文学完全不同的作品,手抄本通俗小说便是这些存在于主流文学话语之外①的文学现象中的一种。

通俗小说历来难入学者法眼,在业已浮出地表的"文革"手抄本作品中,通俗小说比起后来早成神话的朦胧诗等,虽然当年同样被默默"手抄"过,但受到的关注却无法与之同日而语。也许是因为认准了其文学含金量的低微,文学史对于简陋粗疏的"文革"手抄本通俗小说的发掘、研究往往只有只言片语,即便是谈到手抄本小说,述及的对象也多为像《波动》、《公开的情书》这样思想上、艺术上在当时看来具有绝对先锋性的小说。② 然而,一部作品的文学艺术价值与作品在文学史上的价值并不能等同视之,正如有的学者所言,"即使某阶段作家作品甚少乃至全无,它同样也是小说创作的一种态势……某种特殊阶段的'创作空白'也应使之进入研究视野,这是'史'的研究的需要"。③ 同理,手抄本通俗小说虽然文学价值不高,但它在写作和传播过程中引发了那么多读者形形色色的阅读体验,对这枚文化化石的勘探,关乎的其实是我们对于"文革"历史的想象与认知。对于文学史和集体记忆而言,手抄本通俗小说作为精神档案的价值应该并不低于其他的手抄本作品,它的意义也不可能仅仅局限于文学领域。也就是说,手抄本通俗小说虽然并非反映了那个时代知识分子的严肃思考,但却是那个时代精神现象的一个不可忽视的有机组成。这些作品的创作过程、传播形式和内容能指性符号远远超过作品本身带给文学史的文本意义,从中折射的文化心态也未尝不联系着我们的今天。正因为如此,笔者不揣浅陋,拟以此文来对"文革"手抄本通俗小说作一

---

① 当然,这里必须说明的是,"存在于主流文学话语之外"并非指的是与主流文学话语无所干系。"文革"潜流文学中那些看似存在于主流文学话语之外的文学现象其实都或多或少受到了主流意识形态的浸淫。手抄本通俗小说与主流文学话语的纠缠关系也甚为复杂,后文将论述到这一点。

② 文学史对手抄本小说的研究现状可见三本文学史教材:陈思和主编:《中国当代文学史教程》,复旦大学出版社 1999 年版;洪子诚:《中国当代文学史》,北京大学出版社 2007 年版;董健、丁帆、王彬彬主编:《中国当代文学史新稿》(修订本),人民文学出版社 2005 年版。其中,《中国当代文学史新稿》对"文革"手抄本通俗小说中的《一只绣花鞋》、《第二次握手》终于有了相对深入的个案分析,这也给笔者写作本文带来一定的启发。

③ 陈大康:《明代小说史·序言》,上海文艺出版社 2000 年版,第 9 页。

番详细考察,以期厘清其流播迁衍的线索,挖掘特定时代下这股文学现象的内部信息,充实和丰富现有的历史总结和文学断言。

在进入正式论述之前,笔者不得不对本文研究的基石,即自己所阅读的"文革"手抄本通俗小说的文本作一番说明。按理说,研究"文革"手抄本通俗小说,应尽可能以最充分的依据,找到离创作真实最接近、最原始的版本,这样才能还原与澄清"文革"手抄本通俗小说的真实面目,做出恰切定位。然而当年以"手抄"方式流传的文本今天能够进入文学史的研究视野,又必然是已经公开出版的。这就带来了一些问题。首先需要谨慎的是,市场上的各种所谓手抄本小说真假相混,殊难辨认。基于这种警觉,笔者的阅读文本主要采自《暗流:"文革"手抄文存》①这本正式的出版物,书中提供了大量看来较为可信的介绍及图片,有原始抄本作为证据。其次,在创作和发表之间的这一较长的时间差使得这些公开出版的文本,"无论其内容,还是发表方式,事实上已不是'文革'中的那些'手抄本',后者的原来面貌已无法重现"。② 虽然如此,我们考察"文革"手抄本通俗小说的创作方式、叙事逻辑、阅读心理等等方面,以现今出版的较为可靠③的"文革"手抄本通俗小说为材料,还原到这些作品酝酿和形成的时代背景下去阅读和理解,还是可以追索到很多耐人寻味的信息。

二、接力传抄下的炮制——"文革"手抄本通俗小说的创作特点及基本面貌

手抄本作为书籍存在样式的式微,不只是缘于今日大规模批量生产的印刷工业的突飞猛进,就是在活字印刷术发明的早期也出现了不可挽回的颓势。④ 在文学史上,别种样式的文学作品,一般并非定要刊印成书以后才能在世间广为流传,然而篇幅相对较长的通俗小说则不然。⑤ 可是,历史的演进过程又总不断遭遇着尴尬,在20世纪的中国大陆,"手抄"这种最原始的文学传播样式曾经成为通俗文学的主要传播样式存在过。

"文革"时期,文学作品失去正常的创作和发表条件,许多文学作品不得不通过人工抄写的方式流传,在这其中,通俗小说的传抄行为最为热烈,传播范围也最为广泛。"文革"手抄本通俗小说的原创者和传抄者以当时社会底层的"知识青年"和城里工厂的青年工人为主体,其影响遍及部队、工厂、学校。人们以日记本或工作手册之类的纸制品作为载体,⑥自发而隐秘地于密友之间传抄小说。这种非常态时期特殊的传播、接受方式使"文革"手抄本通俗小说具有一些鲜明的特点。

如果不是只孤立地考察作品而是同时又注意它的社会影响,那么从作家到广大读者欣赏作品便构成了一个完整的过程。通常情况下,创作与阅读是该过程中最主要的两个既相

① 白士弘编:《暗流:"文革"手抄文存》,文化艺术出版社2001年版,第9页。
② 洪子诚:《中国当代文学史》,北京大学出版社2007年版,第183页。
③ 所谓"可靠",即这些已经出版了的"文革"手抄本通俗小说虽然不是原本,甚至经过了或多或少的修改,但它们最大限度地保留了原来抄本的基本面貌。
④ 冉云飞:《手抄本的流亡》,大象出版社1998年版,第67页。
⑤ 见陈大康《明代小说史》,上海文艺出版社2000年版,第159—160页。
⑥ 正如有的学者所言,手抄本的"本"并非书本的本的字面意义,而是其传播的载体,各种本子也是那个时代的纪念物。见白士弘编《暗流:"文革"手抄文存》,第17页。

互联系又相对独立的环节。但"文革"时期,手抄本通俗小说的创作和阅读却呈现出同一性的过程。即它的流传过程也是创作过程,抄写者既是通俗小说的阅读者,也是它的创作者,可谓一身二任。著名的手抄本小说《一只绣花鞋》的主要创作者张宝瑞回忆当年的传抄现象时说:"抄的过程他们也加工,他要觉得这个词不合适,他就给改了,或者增加点儿细节都有可能。所以手抄本实际上是群体劳动,逐步被加工。"①轰动一时的手抄本小说《第二次握手》在原创者张扬那里,一直是以《归来》为名,一九七九年该小说正式出版之时,考虑到大多数中国人对传抄中的改题更感亲切,经原作者同意,出版社遵循了读者的意愿。这部小说成了文学史罕见的"由读者取名而不是作者取名"的作品。② 无论是作品题目的窜改还是小说内容的增减,正是由于存在着传抄者根据自己文字功底、生活经验和审美好恶对小说进行再加工、再创作的现象,同一部手抄本小说会有不同的版本出现。所以有人说:"当手抄本风靡起来时,我曾经读过至少十几个不同版本的《少女之心》(拙劣的和比较不拙劣的)……这些版本因抄写者加入了自己的感受与想象而变得面目全非。"③造成"文革"手抄本通俗小说版本不固定的原因还来自于其口头创作与书面创作相结合的创作方式。跟那些在纸面上进行原创的小说不同,手抄本通俗小说中有很多是即兴创作于唇齿之间的。换句话说,这些作品实际上是某种谈资的延伸或物化,而它们之所以又会被兴冲冲地传抄,恐怕也主要是为了获取其中的谈资。据张宝瑞回忆,当年,他坐在锅炉边,映着熊熊炉火,对围坐在周围的工友们"边侃边编",以先讲后记的方式诞生了他的那些小说,而他所说的故事也随着口口转述传播开来。④ 文字和口头故事间的相互转换使得有些"文革"手抄本通俗小说从一开始就并不具备一个稳定的原本。

在对创作阶群和写作、传播特点进行了上述考量之后,"文革"手抄本通俗小说的一些基本面貌也就变得不难理解了。比如,它是被作为"文革"时期的谈资和消遣之物的,而不难想见,若非经过说书先生那般长期正规的训练,要生动而完整地转述故事内容便是极难做到的事,因而很多由口头故事落实成文的"文革"手抄本通俗小说大多结构单纯、情节简单、文字粗糙,这也是集体创作特有的面貌。当阅读环节扩张其功能来补充创作领域的不足时,虽然本为读者的抄写者的修改加工不无合理之处,但他们的书写动机、文化水准与艺术品位都极大地影响了手抄本的文学价值。于是,这类作品虽然也具有一般通俗小说共有的故事性、娱乐性、趣味性等特点,却不能媲美于柯南·道尔的活灵活现,也无法媲美于阿加莎·克里斯蒂的丝丝入扣。很多作品虽然注意将凶杀、恐怖、艳情等诸种因素掺杂在一起引人入胜,却总在叙事的过程中表现出构思的潦草及想象的谬误。由此才会出现"人声杂乱"的"特快软席车厢"⑤(《叶飞三下江南》),才会有大阪街头日本特务所开的苏制"伏尔加"小汽车⑥(《一百个美女的塑像》)。在《一缕金黄色的长发》里,那个美丽的女特务蒋宛梅,竟能一下子把一整瓶白兰地给灌下去,而下酒之物则不过是一块腻人的巧克力。由此可知,无论抄写者还是故事的听讲人,其实都并不了解白兰地酒的烈度和用途,也对巧克力之外的西餐饮食所知甚

① 冯成平、张宝瑞:《文化饥渴:对话宝瑞》,中国档案出版社 2008 年版,第 103、102 页。
② 见张扬《我与〈第二次握手〉》,中共党史出版社 2007 年版,第 263—264 页。
③ 朱大可:《记忆的红皮书》,花城出版社 2008 年版,第 86—87 页。
④ 冯成平、张宝瑞:《文化饥渴:对话宝瑞》,中国档案出版社 2008 年版,第 103、102 页。
⑤ 白士弘编:《暗流:"文革"手抄文存》,文化艺术出版社 2001 年版,第 71、231 页。
⑥ 白士弘编:《暗流:"文革"手抄文存》,文化艺术出版社 2001 年版,第 71、231 页。

少。这些都极大地影响了"文革"手抄本通俗小说的文学品格。

还有一个有趣的现象值得一提。一般说来,通俗小说都具有精神产品和文化商品的双重属性。在"文革"中,专制的文化政策使手抄本通俗小说失去了出版营利的可能,尽管如此,它却似乎并没有因此失去"文化商品"的属性。当时手抄本通俗小说的善讲者在群众中极受欢迎和尊重。比如,云南有一个姓沈的上海知青,就因为会讲故事,能把《一双绣花鞋》讲得绘声绘色,很多知青农场都争先恐后做上好吃的请他讲,讲了这家讲那家,吃了总场吃分场。在将近一年的时间里,这位知青因此蹭了不少"有肉的饭"吃。① 这里足见手抄本通俗小说在民间受到的欢迎。当然,比起传抄所要承担的巨大政治风险,比起"非法阅读"所付出的沉重代价,② 这些所得之福已显得微乎其微。

三、对主流观念的迎合与偏离——"文革"手抄本通俗小说的文本分析

"文革"手抄本通俗小说的创作方式和传抄阶段在很大程度上决定了其文学价值的低微,从这方面说,跟其他手抄本作品比如说当代朦胧诗的"圣地"——白洋淀的文化产品相比,这些笔触粗疏、内容芜杂的故事书,尽管当年同样以手抄的形式存在过,却既不需要也无资格享受一个文饰的过去。尽管如此,我们却不应小觑或漠视这些看似无聊的故事文本。因为要深入了解它们当年广为流行的原因,必然离不开对文本叙事逻辑、构成要素等的勘探。

"文革"手抄本通俗小说的创作并非采取与国家政权和现实社会制度自觉对立的立场;相反,文本更多表现出的是对主流意识形态的迎合。"大批判、肃杀、颠覆、嗜血成性、拙劣的迎附政治语境、神经质的图解阶级斗争观、空洞浮夸等大标语式的信息符号仍是手抄本的主流。"③《一只绣花鞋》《叶飞三下江南》《一缕金黄色的头发》《地下堡垒的覆灭》《远东之花》这些小说都与现实社会政治情况有着千丝万缕的联系。"文革"政治的匪夷所思与云谲波诡为民间想象提供了巨大的空间。此类故事发生地多选北京、南京、重庆、上海、武汉、广州等地。究其原因,正如有的学者分析的,"是案发地便于诠释阶级斗争的理论——因为以上地名多与国民党旧政权中枢相关联,重庆、南京是旧政体的首都,暗藏的'历史垃圾'自然多;上海、广州又同是帝国主义分子经营多年的半殖民地,潜伏特务自然就不会少",④ 作为"全国人民心脏"的北京和武汉、南京的长江大桥更是为铺写与敌特的斗争提供了最好的案发地。受"主流文学"创作规范的影响,敌我对抗、黑白分明的二元对立逻辑支撑着小说的整体构架。在上述"反特"侦探题材(这是"文革"手抄本通俗小说主要的一类)的小说中,俯拾即是这样的主流政治话语:"毛主席教导我们,敌人绝不甘心于他们的失败,他们还要做最后的挣扎,要进行破坏和捣乱,我们要毫不留情地把他们消灭干净"⑤(《地下堡垒的覆灭》),"我们是两个阶级战壕里的人,你是国民党,我是共产党","我们是两股道上跑的车,你是资产阶

① 见何德麟《〈一只绣花鞋〉背后的故事》,《红岩春秋》2009 年第 6 期,第 76 页。

② 这方面最著名的案例,当然要数由《第二次握手》的传抄所引发的"文字狱",见张扬《我与〈第二次握手〉》。

③ 白士弘编:《暗流:"文革"手抄文存》,文化艺术出版社 2007 年版,第 16—17、23、207—208 页。

④ 白士弘编:《暗流:"文革"手抄文存》,文化艺术出版社 2007 年版,第 16—17、23、207—208 页。

⑤ 白士弘编:《暗流:"文革"手抄文存》,文化艺术出版社 2007 年版,第 16—17、23、207—208 页。

级的小姐,我是无产阶级的战士"。① 敌我界线的分明体现出时代政治对"文革"手抄本通俗小说思想、主题的巨大影响和约束,这种约束同样体现在各小说的人物塑造上。手抄本通俗小说里的"我方"主要人物大多与当时的主流观念相对应,是绝对的"无产阶级英雄典型"。他们大都具有外向性格,在近于虚构的客观世界中从事维护人民利益的反特斗争,"他们没有时间也根本不需要进行更多的反省和怀疑,因为马克思主义能够为实现正确目标提供正确的指导"。② 龙飞、叶飞、陈刚、沈楠这些小说的主角,都是被主流意识形态彻底规训的无产阶级英雄人物:龙飞艺高人胆大,数次深入敌人巢穴寻找梅花图(《一只绣花鞋》);叶飞三下江南,与敌人巧妙周旋,制服一路行凶的特务,挫败阶级敌人的惊天阴谋(《叶飞三下江南》);陈刚远赴南洋,擒获王牌女特务"远东之花",驾驶战斗机胜利归国(《远东之花》)……在对这些故事的描绘中,虽然掺杂了侦探、恐怖、艳情等元素,却在叙事逻辑和人物刻画等关键环节紧随"主流文学"的创作理念而不敢越雷池一步。

　　然而,不能否认的是,"文革"手抄本通俗小说毕竟不像"主流文学"那般强调直接的社会功利性与立竿见影的政治作用。因而在深受"主流文学"的影响之余,还是存活了相当部分的异质因素,这些因素构成了对主流政治宣传的颠覆。比如,很多小说虽然在主题观念、人物塑造等方面屈从于主流政治观念,但并不死盯着现实政治不放,而是将叙述的兴奋点放在情节的刺激、气氛的恐怖和事件的神秘上。像看守医院太平间老头装着发报机的假驼背(《一只绣花鞋》)、零点时废墟里的笑声(《绿色的尸体》)、被挖去装有微型照相机的左眼的女尸(《一只绣花鞋》)、玻璃窗外的一张灰脸(《一缕金黄色的头发》),等等,在这里,小说以不顾客观可能性限制的离奇描述来逗引读者的心理紧张和阅读欲望,其传奇、侦探色彩十足,无疑偏离了"文革""主流文学"的创作规范,冲淡了小说的政治意义。再如,这类小说时常在叙述之中插入大量非政治而极具吸引力的元素(这些元素往往也是这类粗制小说最具"文学性"的地方),它们的存在实际上使得作品主题领域和人物塑造上所依附的主流意识形态被悬置和延宕。《一只绣花鞋》中,龙飞跟踪一个前来接头的梅花党成员到五台山时,对五台山风景和古迹的介绍;肖克与路明在破案之余互讲的笑话;破案人员追踪敌特所到之处对异国风貌的描绘……"当小说的情节发展滞留于大量地理风貌、名胜古迹、奇风异俗、神话传说、历史典故、政治秘闻、破案技巧、故事笑话之类的内容,这时候小说已构成了对'阶级斗争'内容的消解。"③《一百个美女的塑像》、《三〇三号房间的秘密》、《远东之花》等故事将发生地放置于日本、法国、新加坡等资本主义的国度,包含了传抄者对于"对立世界"的想象。这些想象往往又暗含着对于异质世界的惊羡之情和向往之意,形成了对"文革"政治理念和道德内涵的消解。

　　"文革"中,人的政治以外的意义被忽视。"主流文学"通常将每个人都组织到一个特定的政治目标中去,为那个政治目标服务,而个人生活、成长乃至爱情在社会生活中的正当地位从不被关注。整个"文革"时代,社会舆论否定男女情爱,甚至抹杀两性区别,像爱情这种更具私人性质的生活描写,更是被排斥在"主流文学"之外。不仅八个"样板戏",主流作品中

---

　　① 张宝瑞:《一只绣花鞋》,大众文艺出版社 2000 年版,第 260—261 页。

　　② [美]罗德里克·麦史法夸尔、费正清主编:《剑桥中华人民共和国史(1966—1982)》,海南出版社 1992 年版,第 632 页。

　　③ 董健、丁帆、王彬彬主编:《中国当代文学史新稿》(修订本),人民文学出版社 2005 年版,第 342 页。

的正面英雄都是不存在"爱情生活"的。在"文革"手抄本通俗小说涉及爱情关系的作品里，《一只绣花鞋》中的正面英雄龙飞和其妻子南云之间就仅仅表现出阶级同志的情感，然而还是有相当一部分手抄本通俗小说展现出了和"主流文学"殊异的面目。尽管《九级浪》《少女之心》《曼娜回忆录》和《第二次握手》在艺术上参差不齐，但它们都毫无例外地涉及了爱情。《九级浪》中，作者把我们领入司马丽的内心世界，展现了她与男性间的爱情纠葛和心灵的绝望挣扎。[①] 《少女之心》中裸露的情爱描绘早已成了一代人的阅读记忆，在广大青少年中发挥了类似于性启蒙读物的作用。[②] 而《曼娜回忆录》和《第二次握手》中关于人物间爱情故事的描绘则显得更为精细动人。这些手抄本通俗小说在一个拒绝、否定个体需求和情感价值的年代实现了个人性文学表达的回归，使人的生命属性获得了自然释放，表现出对政治禁忌的突破和超越。然而，一个不容忽视的事实是，即使是在这些以男女之爱为表现对象的小说里，主流意识形态还是无孔不入地决定着叙事的发展。在手抄本小说《第二次握手》中，虽然对优秀知识分子和杰出科学家的歌颂已构成了和"主流文学"创作规范的"根本任务"论的直接冲突，对苏冠兰与丁洁琼之间爱情故事的描绘也体现了可贵的犯忌之勇，然而整部小说表现的还是一种"正确的"政治，那就是：主流意识形态决定着个人的人生选择——"小我"的感情必须服从"大我"的理想，个人的真正感情必须按政治标准来过滤和消解。小说中，苏冠兰放弃对丁洁琼的等待而选择叶玉菡是革命的需要，是对政治的服从。丁洁琼这样一位祖国急需的科技人才发现自己苦苦等待的情人背弃诺言后哀痛欲绝，准备离开北京之时，又是政治的力量影响了她的去留——周恩来的出场显然代表了党和国家，感情的矛盾纠缠最终是以高级领导人的力量来弥合的。"丁洁琼、苏冠兰、叶玉菡谁也没有获得爱情，然而这种男女之爱的缺陷在对'祖国'的爱情中得到补偿，三人无法解决的矛盾在一个更高的层次上象征性地解决了。"[③] "爱国主义"这面 20 世纪中国最大的政治旗帜在此再一次发挥了作用，知识分子在政治的恩威并施下又一次被"驯化"，表现出对主流意识形态的臣服与皈依。这样的处理逻辑，本质上并没有偏离"主流文学"所确立的叙事框架，体现出政治话语强力压制个人生活的粗暴本质。

由此可见，"文革"手抄本通俗小说既有着公式化的叙述，又有对"文革"主流意识形态非对抗性的错位和逃逸，其个人性文学表达的精华和霸权话语的糟粕夹杂在一起，构成了这些故事文本独特的藏污纳垢之态。政治叙事、历史传奇、个人体验的经纬横竖纠缠，造成了手抄本通俗小说各种文化成分并存的奇观，使文本呈现出一种多层次性：对主流叙事成规的因袭和文本裂隙中的异质元素夹杂相成，暧昧不清。

四、专制时代里的逆流——"文革"手抄本通俗小说的创作心理和接受心态

在《暗流："文革"手抄文存》这本书的序言中，代序者对手抄本通俗小说有过这样的评判，他说："手抄本之于中国当代精神生活流变史和个人记忆的撞击与烙印无异于填鸭式渗

---

① 见杨健《"文化大革命"中的地下文学》中相关介绍，朝华出版社 1993 年版，第 76—79 页。

② 见白士弘编《暗流："文革"手抄文存》，文化艺术出版社 2001 年版，第 27—28、19 页。

③ 李扬：《50—70 年代中国文学经典再解读》，山东教育出版社 2003 年版，第 342 页。

入民族记忆之中的文集、语录,其影响几乎浸淫了那一代人整个精神和心智的成长期,那种公式化的叙事和粗暴的霸权话语,甚或影响他们一生且延及后世。"①文化专制和话语霸权严重带菌者的身份的确让手抄本通俗小说"难辞其咎"。然而,如果回到当年此类小说的诞生现场,对这一文学现象进行一番掘地三尺的考量,手抄本小说所呈现的这番面貌似乎又让人不忍厚责。尽管从可能性的角度说,文学可以超越现实社会进行更为深入的精神探索,我们对于手抄本等当年非公开的文学创作现象的研究本来也就暗含着我们对于文学的期待和寄望。然而,文学的现实却总又呈现出一种命定的束缚,就像某位学者所说的,"任何作家都无法超越自己所处的年代,其创作只能与当代的社会状态相适应,创作受到当时占统治地位的小说观的制约"。② 新中国成立后持续有效的国家意识形态的宣传和规训,已成功构建了一套主流政治话语;"文革"前期的大批斗、大串联、大规模武斗,也极大地渲染了全民革命的社会氛围。"文革"手抄本通俗小说在这样的时代土壤中产生,它来自时代,为这个时代所造就,就必然会受到这个时代的影响和约束。更何况,当我们已经确定,产生于"文革"结束后的"伤痕"、"反思"文学,其语言风格、叙述方式等都与"文革""主流文学"有极大的类似时,就毋宁说身处"文革"期的手抄本了。在这里,文学在非常年代里的极端败坏体现出了政治对文学的致命伤害:中国史无前例的"文化大革命",使文学难以找到任何避身之所,政治"是非"的观念已深深烙印在民众心中,成为内化的规范。除了受时代氛围不自觉浸淫的原因,"文革"手抄本通俗小说之所以携带了大量的政治毒素,恐怕也是创作者的自我保护意识使然。在那个风声鹤唳、人人自危的特殊年代,手抄本通俗小说如果不模仿或伪装成革命的套路,传抄者难免不遭殃。于是,不单内容的叙述框架要"追求"安全,就是在包装上,也出现了被"加上'毛选'的塑料封套,伪装成革命圣典"的《少女之心》。③

虽然手抄本通俗小说在"文革"中始终为当时政权所不容,在 1974 年,江青集团还发动了一场全国范围的对"地下文学"的围剿,"一时间,破字猜谜,烦琐考证,大抓影射,罗织构陷之风盛行,文字狱遍及全国",④不少传抄者受牵连入狱,但是手抄本通俗小说却一直有着庞大的读者群。人们"不辞劳苦"地拿着生命作抵押,秘密传抄这些手抄本小说,以获得比别人更多的手抄本为荣。他们夜里打着手电躲在被窝里偷偷传看,用随手可得的马粪纸奋笔誊写,在路边墙角贼头贼脑地"接头交易"。每个人都成了手抄本的自发创作者和推广者。⑤ 这种传抄阅读的空前盛况恰恰反映了那个时代"主流文学"的匮乏和贫血。人们在难耐的文化饥荒里表现出极端的精神饥渴,故而以手抄本通俗小说作为应急式的补偿。然而,仅仅以"自娱、自赏与自我宣泄"来涵盖当年传抄者的创作、接受心理,从而对手抄本"通俗小说"盖棺定论还太过表浅。如果我们对手抄本通俗小说在"文革"时代的流行进行更为深入的考察,特别是这种文学现象所联结的那个时代潜在的社会心理,我们也许还能发现某些更具特殊性的文化心态以及这种心态与当时的政治变化间的特殊关联。

如果说"文革"手抄本通俗小说在文本内容上不与现实政治自觉对立,那么它的传播方

---

① 见白士弘编《暗流:"文革"手抄文存》,文化艺术出版社 2001 年版,第 27—28、19 页。

② 陈大康:《明代小说史》,上海文艺出版社 2000 年版,第 20 页。

③ 见朱大可《记忆的红皮书》,花城出版社 2008 年版,第 87 页。

④ 杨健:《"文化大革命"中的地下文学》,朝华出版社 1993 年版,第 293—295 页。

⑤ 见黎然《手抄本:相见不如怀念》,《往事》2004 年第 4 期。

式——"手抄"则无疑是一种潜在的集体反抗。当印刷文本为政府垄断和控制时,"手抄"就不再是一种简单的交际手段和传播方式,尤其在文化专制的背景下,它实际上是一种思想行为,是对时代的反抗。如古代社会里《水浒传》、《三国演义》、《红楼梦》等作品的流传,手抄行为就曾经作为传播媒介而对文化专制政治表现出抗争,使地下文本成为冲破封建禁忌制度坚冰的春潮。在越少动笔就越安全的"文革"年代,大张旗鼓地去抄写这类很可能招灾惹祸的可疑小说,正显示着普通民众某种难以遏止的心理冲动和顽强的表达意识。这种接力传抄既悄悄地潜伏于地下,又热烈得不可控制,正因为如此,它才不单是一种大胆的个人行为,还更表现出一种集体的越轨。传抄者在传播和阅读的过程中,会体会到"逾矩"所带来的犯罪欣悦感,这在压抑荒芜的年代里无疑刺激了人们的神经,充当了某种代偿性的宣泄渠道,而这种行为本身就成了反抗社会压抑的手段,构成了对"文革"政治的挑战。需要说明的是,我们肯定这种突破禁忌的行为并非是要给予这种挑战形式本身多么高的评价,在产生了印刷文明的国度,文学传播以这样的方式进行无疑是一种倒退。然而这种抗禁行为在当时却的的确确有着不容忽视的历史价值,在默默积累的对于荒谬政治的反拨中,它承担了一份叛逆者的角色。正像有的学者分析的:"并不是一次抓捕'四人帮'的高层突发事变,而是千百万人民水滴石穿的地下抄写行为,才真正传递出和积攒着否定'文革'的民意基础。"①这样一种来自民间地火的文学趋势发展到 1976 年天安门广场的诗歌运动时达到了火山爆发的程度,于是,一个旧时代的丧钟也终于敲响了。

从这个角度考虑,当我们再一次回到"文革"手抄本通俗小说的具体文本,不要急于根据其对"主流文学"创作规范的迎合与否来裁判它们,而是以其来管窥当时人们独特的文化心理,我们便可以看到,在那个几近文化沙漠的时代背后,汹涌着怎样的狂想和偏见、恐惧与希望,它们又怎样凝聚着终结"文革"的力量。

在情感压抑、生活封闭的年代,人们的猎奇和窥探之心反倒异常强烈,表现在"文革"手抄本通俗小说中,是对政治文化秘密和生命秘密的不倦探求。"文革"时代,虽说人们最怕谈论的是政治消息,最想打听的其实也正是政治消息。各种"反特"题材的手抄本小说迎合阶级斗争的时代氛围,描写公安人员与炸长江大桥、炸密云水库的破坏分子的周旋斗争,其实都是当时各类神秘传闻的翻版,是对政治斗争的民间理解与民间想象。而随着作品对我敌特人员深入各地破案经历的描绘,读者便更加由此窥见资本主义"腐朽世界"的繁荣景象。革命是要求摒弃物质享受的,对资本主义生活方式更是应该拒之千里,但"文革"手抄本通俗小说却在那个对立的世界里展开了丰富的幻想,进行了细致的描摹,这其中不无把玩、向往之意。这种对于异质世界的偷尝禁果式的憧憬正悄悄地升腾于革命的废墟之上。小说的描写既暗合了人们的心思,又在煽动着他们对于封闭肃杀、禁锢重重的社会现实的不满。"文革"中成为禁区的男女情感问题,在手抄本通俗小说中却是"大放异彩"。对于那些在感情的沙漠中奄奄一息的读者而言,缠绵悱恻的情爱故事不啻一顿丰饶的情感大餐。于是,《第二次握手》、《曼娜回忆录》、《少女之心》等手抄本小说的出现,完成了对人们备受扭曲和创伤的情爱原欲的激活。它们和"反特"题材中作为阶级敌人的美女特务形象一起,向当时正处于极度情爱干渴中的人们,提供了唯一敢于领受的情色享受。这些小说中的爱情想象和性描写实际上是用文学的方式反抗了"文革"压抑人性的政治体制和文化体制,是对革命的禁欲

---

① 刘东:《黑天的故事——"文革"时代的地下手抄本》,《开放时代》2005 年第 6 期,第 152 页。

主义的僭越。

　　禁锢与禁忌总是伴随着超常的欲望。在一个人性被禁锢的时代,人们寻奇探秘和情爱享受等基本欲求竟是靠着这类手抄本去满足的,这恐怕为实施"禁欲主义"的权力人物所始料不及。这一现象表现了社会禁忌造成的荒谬以及给民众带来的精神伤害和人性扭曲,而它更有历史意义的地方则在于对当时政治环境变化的配合。只要看看手抄本通俗小说在"文革"中受到的截然对立的评价——它在文艺整顿中受到的围剿和在民间受到的欢迎,便可以想见,在专制的政治现实的背后,人们对主流意识形态的疏离和叛逆之心正在怎样暗流涌动。在荒芜的岁月里,在黑暗和高压下,这种百姓意志默默积累、挣扎不息,终于使那场荼毒生灵的革命走向了自己的反面——这或许是"文革"手抄本通俗小说更深切的文化意味。

五、结语

　　对"文革"手抄本通俗小说的一步步勘探把我们带入了"文革"年代最为隐秘精微的底层,感受到那个时代精神潜流的默默汹涌,于是我们对于那场革命的理解也有了更为立体化的可能。在一个毫无自由可言的专制环境里,手抄本通俗小说以其粗糙、野性、活泼的形态生气勃勃地生长,证明着文学不亡的事实,也宣告了主流意识形态企图制造的"大一统"局面的失败。然而又因为它与时代政治意味不尽的关联,在政治语境因素淡化、政治形势扭转之后,在新时代有了新的需要表达的情绪、话题之后,手抄本通俗小说便难逃衰休的命运。然而,我们却不该轻视这些手抄本小说对 20 世纪 80 年代新故事的崛起和之后通俗文艺的发展所作出的土壤优化的贡献,依靠它所培养出的广大读者群和一支庞大的群众性创作队伍在很大程度上参与了 20 世纪 80 年代文学复苏的努力。可即使如此,我们仍很难不去为之抱恨:如果手抄本通俗小说能够更具文学品格,更富精神内涵,那么"文革"后中国小说的发展也许还能获得一个更高的起点和稍微丰厚的平台。

(原载《当代作家评论》2012 年第 6 期)

（二）"现状"扫描与评估

试论当前的通俗文学

鲍 昌

一个新的、引人注目的文学现象

最近一个时期以来,中国文坛上出现了一个引人注目的文学现象,即通俗文学的兴起与繁荣。我所说的通俗文学,包括了通俗小说、传奇故事、通俗传记文学、通俗纪实文学、各类民俗传说、通俗谣谚、笑话及其他一些通俗文学作品,而以通俗小说为主。它们兴起的势头十分猛烈,伴随着我国经济改革形势的发展,在短短几年的时间里,就达到了历史上空前的繁荣。

当前通俗文学的繁荣,首先表现在全国许多地区(特别是南方地区)纷纷出版了一大批专门刊登通俗文学作品的刊物、小报和书籍。自1984年春以来,通俗文学刊物、小报和书籍更如雨后春笋般出现,令人眼花缭乱,目不暇接。这些刊物和小报,有些是新创办的,有些是由旧有的文学、曲艺、民间文学报刊改刊而成的,有些则是以现存的某些报刊的增刊形式出现的。它们的发行量很大,像武汉出版的《今古传奇》,目前发行157万份;上海出版的《故事会》,目前发行640万份;黑龙江的《章回小说》、四川的《传奇》、安徽的《通俗文学》、河南的《传奇文学》、陕西的《百花》等等,也有很高的发行量。在书籍方面,粉碎"四人帮"后的最初几年,大多是翻印传统的中国通俗小说,如《三侠五义》、《小五义》、《施公案》、《儿女英雄传》、《呼家将》等;接着便是翻译出版外国近现代的通俗小说,如克里斯蒂、奎恩、松木清张、森村诚一等人的惊险小说、犯罪小说等等。更进一步,则是我国当代作者新创作的各类通俗小说,如《夜幕下的哈尔滨》、《香港大亨》、《萍踪侠影》、《津门大侠霍元甲》、《侠盗"燕子"李三传奇》等等。上述的每一种书,都有很高的发行数字。如山东出版的《霍元甲、陈真传》,印行了180万册,天津出版的《津门大侠霍元甲》,也印行了80多万册,对比起来说,通俗小说的单种发行数字,大大超过了所谓的"纯文学"——艺术文学作品。

上述情况表明:当前通俗文学作品(主要是通俗小说),已经有了很大的读者面,并初步形成了一个作者群。在全民的文学生活里,占据了广阔的领域。值得注意的是,当前通俗文学的读者包括了农民、工人、学生、士兵、干部乃至高级知识分子等各个阶层,是一个复杂的职业有机构成。许多人过去怀有偏见,对通俗文学作品不屑一顾,现在则改变了态度,不惜花费较多的时间和财力,渴求阅读各种体裁、各种题材的通俗文学作品。与此同时,某些一向坚持纯文学创作的作者也改变了态度,开始重视甚至参与通俗文学的写作了。这种情况,说明了读者的审美心理和作者的创作心理都有了明显的变化。若与"四人帮"禁锢文化的时代相比,完全不能同日而语了。

综观一部中国文学发展历史,虽然从很早以前便有了通俗文学的源流,而且在古代也兴起过几次通俗文学的浪潮,但都不能同当前通俗文学的繁荣局面相比。可以毫不夸张地说,当前中国文坛上通俗文学的繁荣,无论从广度上或深度上看,在中国历史上都是空前的。它是一个引人注目的、崭新的文学现象。

然而,这也就给我们提出了一系列新的问题:通俗文学作品为什么能在今天获得空前的繁荣?形成这一文学现象的历史的、政治的、经济的、文学的原因是什么?应当怎样来认识、评价这一新的文学现象?通俗文学(主要是通俗小说)应当怎样进行分类?它们的特征是什么?它们有哪些成功的、值得肯定的艺术表现手段?同时,它们又有哪些需要防止、需要批判的不良倾向?它们和纯文学的关系应当是怎样的?我们应当怎样来疏导当前的通俗文学,使之发展为真正的社会主义通俗文学,以便为社会主义精神文明建设服务?所有这些问题,都需要我们认真地加以思索,加以探讨。

当前的通俗文学为什么空前地繁荣

文学是一种独具特色的意识形态,构成它的因素是多元的、多层次的。实际上,它是以语言为外壳的复杂的符号系统,反映着人们的社会生活,而又同人类社会的历史、经济基础及其他意识形态有着千丝万缕的联系。当我们考察通俗文学繁荣这一新的文学现象时,应当对它进行全方位的分析,首先,要分析它的纵的、历史的方面。

通俗文学有悠久的历史源流。在原始社会中起源的文学,最初都是通俗文学。阶级社会形成以后,才有了专门由文人创作的艺术文学,被人称为雅文学或纯文学。尔后这两种文学互相借鉴,共同发展,构成一元化的整体文学史。由于通俗文学为广大群众所欣赏,它在历史上从未中断过。即使在"四人帮"禁锢文化的时代,它仍在民间暗中传播着。粉碎"四人帮"后,通俗文学迅速繁荣起来,不过是这一历史源流的再现,是通俗文学向人民的复归。有人说它是对"四人帮"文化桎梏的反拨,是对极"左"思潮的惩罚,不无一点道理。

次于上述的历史原因,应当提到三中全会以后的政治形势。众所周知,党的十一届三中全会制定了一条开明的政治路线,在意识形态领域内解放思想,在文化战线上坚决执行"二为"、"双百"的方针,这就给文学打开了许多禁区,使通俗文学得以恢复发展。有人把通俗文学的繁荣看成是"政治清明"的表现,那是完全正确的。

经济方面的原因也不能忽视。十一届三中全会以后,我们国家对内搞活经济,对外实行开放,大胆进行了经济改革。最近一个时期,改革之风吹到了文化出版界,一些出版社、报刊编辑部为了谋取必要的经济效益,竞相发表、出版了大量的通俗文学作品,这对当前通俗文学的繁荣起了重要的作用。

由于政治形势和经济形势的好转,我国的社会生活发生了变化。一方面,人民的生活较以前相对地富裕了、安定了,迫切地需要有适度的精神生活,特别需要阅看能给人带来轻松愉快的通俗文学作品,使身心获得调剂式的休息;另一方面,人们有时又需要阅看能给人带来紧张刺激的通俗文学作品,使身心获得有益的兴奋。同时,由于我国的国民经济走上了轨道,人们的劳动紧张了,生活节奏加快了,需要阅看单位生活容量较多的通俗文学作品,以节约时间。所有这些社会生活的变化,都使通俗文学应运而生。

广大群众对通俗文学的欣赏,也还有着心理学方面的原因。现代心理学关于人类情感的研究,总结出情感的三种基本形态,即激情、热情与心境。激情是剧烈而迅速的情感过程,强度大而时间短;热情是在强度和持续时间上介于激情与心境之间的情感过程,总是与某种有目的的活动结合着的。心境亦即心情,是一种强度小而持续时间长的情感过程。任何人都具有并需要这三种情感体验。而各种题材的通俗文学作品,既能给人带来刺激后的激情,也能给人带来恬适的心境,因此就比思想内容深邃的艺术文学作品,更容易为广大群众接受和欢迎。此外,绝大多数的人都具有学习本能和猎奇心理,这就使他们对惊险小说、内幕小说之类的通俗文学作品产生了浓厚的兴趣。

由以上的分析可以看到,当前通俗小说的繁荣有许多方面的原因,只看到其中的一点是不全面的。有人认为,当前通俗文学的繁荣,是因为艺术文学作品质量不高,从而使大批读者转向了通俗文学。这一看法并不全面。因为即使在艺术文学繁荣兴旺时期,通俗文学也还拥有大量的读者。它们是不同的两类文学鉴赏对象,全都具有强大的生命力。当然,我指的是真正的通俗文学,而不是当前某些小报上刊登的诸如花边新闻、佚事、案例之类的东西。更不是那些胡编乱造、诲淫诲盗的货色。

通俗文学的定义和通俗小说的分类

"通俗文学"这个概念,是约定俗成的产物。它是否准确地概括了所指的对象,学术界迄今还有争论。这就存在着一个通俗文学的正名,也就是它的定义、界说的问题。

历史上曾有人把通俗文学简称为俗文学,以与雅文学(即艺术文学或所谓的纯文学)相对照。但有些学者理解的俗文学范围很广,他们把一切产生于民间甚至源于民间的文艺作品都看成是俗文学。例如,郑振铎在其《中国俗文学史》中,上自《诗经》,下至弹词宝卷,全都囊括其内。今天看来,这种做法未必稳妥。比如《诗经》,它虽然包括了当时的民歌,同时也包括了文人作品和庙堂颂歌,很难笼统地称之为俗文学。在中国文学史上,"俗文"二字最初出现于敦煌石室遗书中,那是由诗歌、散文组成的对于佛教经典的通俗演绎。由于唐代僧人向俗众讲经开辟的风气,出现了民间艺人说唱的俗赋、话本、词文。到了宋代,城市经济繁荣,勾栏瓦舍中盛行说唱艺术,出现了《京本通俗小说》等大量话本。元末明初,在话本基础上产生了长篇章回小说。其中经过文人整理加工的《三国演义》、《水浒传》等,成为中国古典文学名著。到了明代,又出现"三言"、"二拍"中的拟话本。至于清代,以《三侠五义》、《施公案》等为代表的侠义小说、公案小说大为流行。我认为,那些未经文人重新改编的各种话本、拟话本、小说、弹词、曲本、歌谣、谚语等等,概可视之为通俗文学。而构成通俗文学主体的,乃是最受群众欢迎的通俗小说。五四运动以后,中国出现了从西方文学借鉴了形式技巧的新文学;但类如张恨水、刘云若、秦瘦鸥、宫白羽等人所写的通俗小说,在新中国成立前依然有相当多的读者。20世纪40年代,解放区崛起了工农兵群众文艺运动,从这一文艺运动中涌现出的赵树理、马烽等人的某些作品,甚至包括新中国成立后出版的《林海雪原》、《烈火金钢》一类作品,也有人认为它们具有通俗文学的性质。但关于这个看法,我以为还值得进一步研究讨论。

目前,国外关于通俗文学的界说也未取得一致。同中国一样,世界各国、各民族的文学,都有通俗文学的源流。它在历史上的称谓颇不一样。但国外目前所说的通俗文学,基本上是指19世纪开始流行的侦探小说、冒险小说、科幻小说、打斗小说等文学样式。这些文学样式在20世纪日益繁荣。它们拥有广大的读者,往往超过了传统的艺术文学。由于它们有广泛的群众性,日本等国家就称之为大众文学。但大众文学怎样与"纯文学"划分开来,学者们的看法也还是有分歧的。

我认为,通俗文学有广义与狭义之分。广义的通俗文学,除了文人创作的通俗作品外,还应包括民间流传的口头文学与说唱文学,甚至包括民间戏剧脚本在内。狭义的通俗文学,专指文人用通俗形式创作的文学作品。简括地说,通俗文学是拥有大量读者,其思想和艺术内容很容易为普通群众理解和喜爱,并且有比较明晰的艺术表达方式的文学。通俗文学一般富有趣味性、娱乐性和刺激性,但有些作品也可以表现重大的社会主题和广阔的历史内容。优秀的通俗文学作品,能够像优秀的"纯文学"作品一样取得文学史上的地位。

通俗文学作品以通俗小说为大宗,而通俗小说的品类是很多的。目前,国内外研究者对通俗小说的分类,可说是五花八门。在这里,笔者愿意提出自己的分类如下:(一)打斗小说:又可称为侠义小说、武林小说。此类小说虽然可以有一定的故事情节,但以表现武士间的格斗与武功为主。细分起来,又可分为武侠小说、剑侠小说以及含有神魔成分的剑仙小说等等。(二)惊险小说:这是一大堆故事情节带有惊险性的小说的总称。它包括侦探小说(晚近时期又发展出一种推理小说)、间谍小说、追捕小说、探险小说、冒险小说等等。(三)犯罪小说:此类小说虽与侦探、推理、追捕小说相接近,但主旨是在表现犯罪者的罪行和心理的。某些公案小说、法制小说可以归为此类。(四)内幕小说:以揭露某项实际发生过的政治、军事、外交、经济等重大事件为主旨的小说。(五)通俗历史小说:在中国,宋代的"讲史"话本、明清的"历史演义"都属于此类。今天,这类小说在国内外仍然十分流行。(六)通俗传记小说:此类小说有时与内幕小说相近,但它以个人的传记为主要题材,还是不易混淆的。(七)人情小说:以描写爱情、亲情、友情及其他世俗情感为主题的小说。在新中国成立前,它们被称为言情小说。(八)民俗小说:此类小说不一定有中心人物和完整故事,而以描写世风民俗、地方景物为主。细分起来,又可分为乡土小说、市井小说、风物传说小说等等。(九)科学小说:在国外,往往把科学小说(包括科幻小说)归为通俗小说之列。

以上是笔者对于通俗小说的分类。这个分类未必精确,因为任何一种小说往往有好几种成分,如打斗小说中有惊险成分,惊险小说中也难免有武打。所以上述的分类,只能是概括的。需要指出的是,近年来我国流行的通俗小说,几乎包括了上述的所有品类。因而我国当前的通俗小说园地,是全面繁荣的。

通俗小说的艺术特征及其给艺术文学带来的启示

当前通俗小说的繁荣,除了上面分析过的政治、经济、人民生活、群众审美心理等等原因外,还与通俗小说本身的艺术特色有密切的关系。正是由于这些艺术特色,通俗小说才赢得了广大的读者。

据我看来,通俗小说有以下一些艺术特色:

故事的完整性。通俗小说是最合乎小说标准的文学样式,就是说,它总要叙述、描写一个故事。这故事还必须有头有尾,首尾呼应,通过事件的开头、发展(发展过程中可能有若干曲折)直到结局,对故事中主要人物的命运一一作了交代,从而形成一个封闭性体系。它绝不像外国现代小说那样,掐头去尾,凭空截断,允许故事和人物无所交代,从而形成所谓开放性体系。在中国传统通俗小说里,常常有"大团圆"式结局,这甚至变成了群众审美心理上的需要。

结构的直缀性。由于通俗小说特别强调故事性,也由于通俗小说读者不希望故事发展中断,因此它往往采取一线到底的直缀式结构。情节尽管曲折,甚至作者故意来个宛转迂回,时断时续,但总是较快地把故事主线的脉络缀上,达到结构上的统一性。

情节的曲折性。情节实际上是故事发展的各个层次,从而自然构成的艺术段落。通俗小说最吸引人的地方,就是把故事的层次段落,像水流的波澜那样处理,达到波澜迭起,变化丛生。当然,也可以用"曲径通幽"来做比喻,仿佛山路纤曲,洞壑幽深,几经跋涉方抵胜境。这种情节的曲折性,给人带来了异样的审美快感。

悬念的充分利用。通俗小说采取的题材大都是曲折离奇的,这就给作者一个方便,使他把故事的终局充作猜谜的谜底,直到最后才彻底揭开。于是,在故事发展过程中,人物的命运始终被人悬念着。正是凭借这一点,通俗小说紧紧抓住了读者。

大量细节的省略。通俗文学与艺术文学的重要区别,是它故意省略去许多描写的、抒情的特别是说理部分的细节。这样做的结果,可以使情节发展的节奏加快,避免了读者审美意识的梗阻式扩散。当然,细节的减少,就使情节的单位容量增多了。

以叙述为主、白描为辅的艺术表现手法。通俗小说为了达到上述的要求,其艺术表现手法主要是叙述。即使需要描写,基本上用的是白描手法,即运用最精炼的笔墨绘出对象神态的手法。这样就带来了艺术表现上的简约性和明晰性。广大读者(特别是文化较低的读者和要求时间节约的读者)是欢迎这种写法的。

动作性强的人物形象。通俗小说既然以故事性见长,当然就以描写人物的动作和语言为主。动作和语言,都是动作性很强的艺术形象。与此相应,人物的内心独白和内心描写,就减少到最少的程度。

语言的口语化。艺术文学和通俗文学,最重要的区别之一是语言。前者时常使用典雅的乃至艰涩的词语,后者则基本上使用人民的口语,其间杂有充满地方色彩的方言。正因如此,通俗文学才能为广大读者(包括文化水准较低的读者)理解和喜爱。

说话人的口气。由于通俗文学与历史上的民间说唱文学有血肉相关的联系,它在叙述故事时往往带有说话人、说书人的口气。这使人感到亲切、平易近人,听读效果胜过了态度严肃的艺术文学。

关于通俗文学的艺术特色,当然不止上面提到的那些。例如题材的选择,人物的提炼,形象的夸张,某些作品公开声明的虚构……也还值得提到。但我认为,仅仅是上述罗列的几点,足够给艺术文学(雅文学)带来重要提示了。艺术文学作品当然也有自己的许多长处,有些长处是通俗文学难以企及的。但艺术文学作者若能适当地吸收、借鉴通俗文学的艺术特色,必然能使自己的作品开辟出新生面来。文学史上不乏这样的例子:作家以通俗文学为原料,重新加工,创作出辉煌的古典文学名著。《三国演义》、《水浒传》、《西游记》等书,不都是这样的例子吗?现代西方的某些著名作家,像毛姆、格林、福克纳、迪伦马特、水上勉等人,创造了一种介于艺术文学和通俗文学之间的"中性文学"。这种文学兼有两者之长,既为广大读者喜闻乐见,又能给人以深沉的思考。我以为,这是很值得提倡的文学途径。

当然,通俗文学也应向艺术文学很好地学习借鉴。优秀的通俗文学作品,总是从艺术文学中吸收了不少东西的。即以惊险小说为例:柯南道尔的《四签名》、《巴斯克威尔的猎犬》;克里斯蒂的《尼罗河上的惨案》、《东方列车谋杀案》等书,早已成为文学史上的定评之作。总之,艺术文学、通俗文学及所谓的"中性文学",全应当在保存本身特点时向前发展,而且应当互相借鉴,共同提高。只有这样,才能有文艺百花园的全面繁荣。

当前我国通俗文学的得失估价

如前所述,当前我国的通俗文学处在上升的势头,进入空前的繁荣。从总的方面来看,这是一件好事,是一个值得重视的新鲜事物。它打破了"四人帮"给通俗文学设置的禁区,使广大群众重新获得阅读、欣赏通俗文学的权利。在某种意义上说,这是艺术归还人民的一个标志。同时,它也标志了党的文艺方针政策的胜利,标志了新时期社会主义文艺的繁荣。对于这样的局面,广大群众是欢欣鼓舞的。

当前出版的各种通俗文学作品,多数的内容还比较健康,符合党的四项基本原则,能够宣传爱国主义和社会主义思想,揭露反动腐朽的事物,提倡勇敢、勤劳、智慧、忠诚、疾恶如仇、济困扶危等优良品德。同时,它们给读者带来了很多知识,带来了充满趣味的审美感受。这些都是当前通俗文学作品取得的成功,也是值得肯定和鼓励之处。

但是,由于通俗文学刚刚恢复和发展,也由于对它缺乏理论上和工作上的指导,当前的通俗文学暴露出不少问题和倾向。大家都能看到:尽管现在通俗文学出版物大量涌现,但迄今尚无质量优秀的代表作出现。相当多的通俗文学作品,其水平尚不如 20 世纪三四十年代的通俗文学大家之作。而在少数作品中,思想内容不够健康和充实,这表现在:缺乏高度的审美理想,格调低下;流露出小市民的名利观念、庸俗趣味;未加批判地再现历史,甚至美化了反动阶级的人物;一味追求琐闻佚事,不能反映时代和历史的真实本质;从唯心史观出发,过分夸大了个人的作用;渲染暴力、恐怖甚至血淋淋的凶杀;追求感官刺激,少数作品夹杂有色情成分;还有少数作品,含有荒诞、神怪、迷信的成分;等等。

在艺术上,当前通俗文学作品普遍有以下一些缺陷:题材陈旧,存在着严重的互相抄袭、互相套用的雷同化倾向;许多故事情节成为套式,陷入公式化的泥沼;主题比较一般,也比较单调;严重的胡编乱造,离奇不经;表现手法非常简单,看不出什么艺术匠心;语言干瘪、枯燥、套语连篇,使文章毫无文采;还有些作品,词不达意,语不成章,甚至充满文法上的错误,暴露出作者的文化水平亦甚为低下;等等。

必须指出,这样一些思想、艺术水平都很低下的作品,往往出自文化小贩乃至文化扒手之手。他们利欲熏心,对社会主义精神文明建设若罔闻,对人民的精神生活不负责任,单纯想牟取私利,通过非法途径,把大量精神垃圾抛撒出来。对这些所谓通俗文学"作品",我们应当予以必要的批判。

为发展社会主义的通俗文学而努力

当前以通俗小说为主的通俗文学,既然还存在着一些问题和倾向,这就向我们提出了一个迫切任务,那就是对通俗文学给以思想上、理论上、工作上的正确引导。依我看来,首先需要做到的一点是:对当前通俗文学的流行情况进行一番调查研究,总结经验,发现问题,展开必要的理论探讨。比如:通俗文学在今天发展繁荣的原因,通俗文学的界说和分类,通俗文学在艺术内容和艺术形式方面的特征,通俗文学与艺术文学之间的关系,中国传统通俗文学的推陈出新,中国通俗文学向外国通俗文学的借鉴,社会主义通俗文学的新内容、新形式,通俗文学的民族性、乡土性、民俗性,通俗文学的历史,通俗文学的发展前途……这些理论问题的探讨,对于发展当前的通俗文学创作来说,具有十分重要的意义。

其次,我们应当明确地提出"发展社会主义的通俗文学"的口号。今天,我们的国家是一个社会主义社会,正在开展轰轰烈烈的社会主义现代化建设。在这样一个时代里产生的通俗文学,应当是一种新型的社会主义通俗文学。顾名思义,社会主义通俗文学应当努力反映社会主义的新时代,从内容到形式上都该有所创新。为了做到这一点,今天的通俗文学应当尽量选用现代生活题材;如果可能,还要设法去塑造社会主义新人形象。同时,今天的通俗文学新作应当以社会主义的政治思想、伦理道德为准绳,在富有情趣的内容中,体现出高尚的审美理想和进取的时代精神。这样的作品,应当成为社会主义时代通俗文学的主流。

当然,社会主义时代的通俗文学,不可能全是时代性、思想性很强的新式题材作品。事实表明:当前的通俗文学仍将有大量的旧式题材作品。然而,我们的作者若根据旧式题材来进行创作时,则应当站在时代的思想高度上,推陈出新,写出富有人民性的新作。走老路、"炒冷饭"都是不行的。鲁迅在《且介亭杂文・论"旧形式的采用"》一文中说:"旧形式是采取,必有所删除,既有删除,必有所增益,这结果是新形式的出现,也就是变革。"鲁迅的这段话,原是文学史上早已证实的真理。今天,我们要创造新型的社会主义通俗文学,必须具有变革的精神。

让我们的作家、评论家和广大通俗文学作者携起手来,共同为发展社会主义通俗文学而努力。

(原载《天津社会科学》1985 年第 1 期)

论当前通俗文学

姚雪垠

一

　　近几年,一种被叫作"通俗文学"的流派突然兴起,十分热闹,迅速占领了文学出版物的大部分市场,冲击了严肃文学的阵地。"传奇文学"是当前通俗文学中的重要组成部分,在文学刊物的市场上最受读者喜爱,是热门货,所以有人将这一情况称为"传奇文学热"。总之,所谓通俗文学(包括传奇文学),由于一时刊物泛滥,销数空前,已经引起了各方面的重视,到了必须认真加以讨论的时候。时至今日,"通俗文学"的作品已经很多,为评论这一文学浪潮而发表的文章也有很多篇。在这些评论文章中,除有少数几篇做出清醒的评价外,大多数都是对这文学浪潮发表吹捧和维护之词,避开了问题的本质,被五光十色的现象所迷乱,甚至震惊。不论从这一文学浪潮已经发表的大量作品看,或从许多为之宣传和吹捧的论文看,我们对这一突然兴起的浪潮应该有清楚的认识。它的性质,已经由大量作品和许多吹捧的论文本身充分暴露了。有的论文说当前流行的通俗文学是"新时期的社会主义大众文学","正在成为社会主义文学运动重要的一翼"。实际上,当前,绝大多数的通俗文学作品,尤其是它的主力军传奇文学,既不能反映社会主义的现实生活,也不能反映社会主义的时代精神。许多新历史演义、新公案小说、新武林小说……好的很少,大多数在故事上胡编乱造,思想感情陈腐,或者互相抄袭。近几年历史题材的电影片、电视片对于祖国历史的不尊重,随意瞎编,这是大家有目共睹的,决不能说是社会主义的文艺。像《飘然太白》、《杨贵妃》、《懿贵妃》,以及香港风格的电视系列片如《霍元甲》、《陈真传》等,尽管观众很多,能够说是社会主义的文艺吗?这一类作品有助于我国社会主义精神文明的建设吗?至于新的武侠片,除《武林志》等很少数的以外,大多数是充满着荒诞、庸俗的情节,加一些廉价的爱国主义的"佐料"。与这种电影、电视系列片密切配合的是一部分所谓新传奇小说。这一类历史题材、武侠题材的传奇小说丝毫不新鲜。这种投合落后趣味的小说在 20 世纪 20 年代和 30 年代就有,但不能同五四新文学对抗,更不像目前泛滥。这是在当前历史条件下的沉渣泛起,并不像有的评论者称颂的那样:"它已培养出一种新的、社会化的对通俗文学的审美心理,一种新的大众化的阅读欣赏趣味,并对我们整个文学审美趋向发生着影响。"(滕云:《通俗文学正在起新潮》)

　　什么是我们应该培养的欣赏趣味?且看与当前通俗文学相呼应的是所谓流行音乐。今年中央电视台举办的春节晚会,完全被港风支配,丢掉了我国健康的文艺传统,它的社会效果如何?它所反映的艺术趣味和艺术水平如何?四月上旬,我在杭州观看一次文艺晚会,唱的全部是港台歌曲,不停地激光闪闪,身体扭动,既没有中华民族传统的音乐,也没有五四以来的中国歌曲。后来我回到北京,从电视屏幕上看到中顾委组织的五一节音乐晚会,突然耳目一新,精神为之一振。试问,拿两种音乐会作比较,都有娱乐性,哪一种是健康的? 哪一种是社会主义的文艺道路?

二

为当前通俗文学作积极评价的论文很重视文艺的娱乐性,也注意到文艺的教育作用和娱乐作用的关系。但忽略了对现存的大量通俗文学作品作一番实质考察。从表面看,有一个论点是值得我们重视的,例如说:

通俗的文艺是重视娱乐性的。优秀的文艺作品都寓教于乐。我们过去只讲文艺的教育作用、认识作用、美感作用,对文艺的娱乐作用讲得很少。而人民大众自发地接触文艺,通常情况下,为的是消遣、娱乐。他们在消遣、娱乐中潜移化地受到教育,获得知识和美感熏陶。(滕云:《通俗文学正在起新潮》)

这一段话虽然也谈到文艺的教育作用,但最重视的是作品的娱乐性。还有别的论文,对娱乐性的强调更为突出。例如说:

文学作品具有娱乐性,丝毫也不会减弱它的认识作用、教育作用和审美作用。相反,正是这种娱乐性吸引了读者,使文学作品能够寓教于乐,使之更巧妙,更不易令人觉察地将文学作品所带有的倾向性沁入读者的心灵之中,以实现教育感化读者的目的。(庄众:《通俗文学浪潮及我们的思考》)

以上论点都有值得商榷的地方。首先,我认为真正好的文艺作品,其审美作用、教育作用、认识作用和娱乐作用常常是浑然一体,并不故意强调娱乐作用。一幅好画、一首好的民歌或诗,人人喜欢,审美作用与娱乐作用是统一的。不管画的是人物、山水、花卉、翎毛、草虫……画家以其成功的艺术作品感染人们,满足人们的审美享受,同时也起到了娱乐作用。有些家庭,当儿童四五岁时就教他们读歌谣体的读物,看"花书",将知识教育同艺术趣味结合起来。千百年来,在有知识有文化的家庭中有教儿童读唐诗的教育传统,先教五绝,后教七绝,然后《木兰辞》一类长诗。这都是文学作品,儿童喜欢背诵,主要目的是教育,不是突出娱乐,与儿童游戏不同。《三字经》、《百家姓》、《千字文》之所以出现和流行,目的在教育,不在娱乐。这三种书以及《七字鉴略》,读起来朗朗上口,带有音乐感,但目的不是娱乐。

拿我国的古典长篇小说看,《三国演义》和《水浒》,它们作为优秀作品的地位不是由于娱乐作用,而是由于审美作用和认识作用。到了明朝中叶,出现了《金瓶梅》,不再走英雄传奇的道路,而转入描写日常生活和常见的市井人物,单就创作方法说,这无疑是我国古典现实主义的一大发展。沿着这条道路到了18世纪,出现了《儒林外史》、《歧路灯》、《红楼梦》三部小说,而以后者的成就最为辉煌。曹雪芹写《红楼梦》充分运用他对那个时代的生活知识、他所掌握的各种文学表现手段和他的才华,用力描写生活,刻画人物,从封建大家庭的典型环境中塑造一大群典型人物。《红楼梦》非常吸引人,令人百看不厌,但是曹雪芹写作时显然不是将娱乐作用放在第一位,不依靠曲折离奇的情节,更不制造惊险的故事。他的创作态度非常严肃,追求的艺术境界很高,与当前流行的通俗文学或传奇文学根本不同。

三

文艺作品的社会效果是多方面的,娱乐仅仅是一个方面。就这一个方面说,也有高尚与庸俗之别,可以对社会起好的效果,也可以起坏的效果。我们当前不再提文艺为"政治服务"的口号,不等于放弃社会主义的方向和共产主义的理想。我们提文艺为人民服务,为社会主义服务,这里边就包含着革命的思想,而不是拿腐朽的封建思想或资本主义的思想情趣为人民服务,为社会主义服务。这是必须坚持的根本原则。

为了歌颂通俗文艺,有些论文把五四运动以来的新文学的历史贡献和重大成就故意贬低,也对那些不肯同样赞赏通俗文艺的作家表示责备。例如说道:

> 既然我们的文艺方针是为社会主义服务,为人民服务,我们就没有理由对广大人民群众喜闻乐见的东西抱冷漠和轻蔑的态度。归根结底这是有无群众观点的问题。我们的文学完全应该迁(屈)尊降贵,"出了象牙之塔","走向十字街头",同广大群众相结合。(浩成:《通俗文学漫谈》)

这一段话有两点基本思想:第一是肯定当前流行的通俗文学确实是为广大群众服务,是一条最正确的文学道路;第二是从五四以来直到当前,我们的现实主义的进步作家都是高踞人民群众之上,活动于资产阶级或贵族老爷的文艺殿堂,即所谓"象牙之塔"。这两种看法都是错误的,我将在以后论述。

在同一篇文章中,还有一段话也反映了目前较有代表性的意见,抄录于下:

> 把文艺作品的"社会效果"看得过于严重是"左"的指导思想的另一反映。诚然,通俗文学中确有一些宣扬凶杀、色情、迷信等等不健康的东西,迎合部分群众的落后心理和低级趣味。某些小报唯利是图,粗制滥造,我们当然不能熟视无睹,放任自流。除了确属内容反动、淫秽、荒诞的应予取缔、禁止外,确正的方法也还是批评和引导,大可不必为此大惊小怪,惶惶(惶惶)不可终日,因为正像廖沫沙同志所说的那样:"若道文章能祸国,兴亡何必动吴钩?""文艺亡国"的事事实上是不会有的。有些人动辄把青少年犯罪现象归罪于某些小说与电影,其实这只是无知妄谈。我这样谈的根据之一就是在"史无前例"的时期,只剩下八个样板戏,应该说纯而又纯了,而犯罪却泛滥成灾,这又作如何解释呢?根据之二是我自己,从小就养成杂览的习惯,几乎无书不读,什么《江湖奇侠传》、《蜀山剑侠传》、《三言二拍》之类都曾寓目,但至今还算好端端地做人,并未堕落成为罪犯。(浩成:《通俗文学漫谈》)

文学的"社会效果"是应该重视的,但是什么叫作"看得过于严重",这是尺度问题,最容易发生争论。很可能,文艺界一批评通俗文学的某些不好的现象,谈一谈正当的"社会效果",就会被指责为"把文艺作品的社会效果看得过于严重,是'左'的指导思想的另一反映"。从上一段文字的整个精神看,实际是否定讲究文艺的"社会效果",一切顺从读者的落后的欣赏趣味,对各种代表"沉渣泛起"的文艺现象不加干涉,否则就是"左"的指导思想。

从实际情况看,自党的十一届三中全会以后,逐渐在排除"左"的干扰,直到近来出现的"创作自由"的空前好形势。今后,在文学创作方面,既要继续"防左",也要"防右"。"防右"就是防封建的和资本主义的腐朽文化的侵蚀,也要警惕这一类文化的沉渣泛起。至于说目前通俗文学流行已经引起了你们所说的"纯文学"的"惶惶不可终日",我还没看见有这种情况。这恐怕是有些吹捧通俗文学的人们夸张了形势。其实，凡稍有文学修养和哲学思想的人，都明白目前通俗文学以及其中的传奇文学的泛滥的社会原因和思想原因，只能冲击和干扰现实主义文学，而绝不能威胁其健康发展并保持其历史主流地位。

至于说"文艺亡国"之说是妄谈，我们的作家们和文艺理论家队伍中也有人有相反的意见。倘若认为作家中有此意见，恐怕是吹捧通俗文学泛滥这一现象的人由于夸张了形势，无的放矢。

但是话要说得合理，不要夸张过火，也不要带有片面性，徒作意气之争。文学虽然不能亡国，却能影响社会风气和社会心理，也能反映国民的精神面貌。所以我们有社会责任感的作家重视文学艺术的"社会效果"是理所当然的，不能一谈到作品的"社会效果"就指责为是"'左'的指导思想的反映"。

关于重视"社会效果"这一原则，曾对我国的文学发展史起过积极的作用，到今天仍在起作用，成为我们新文学创作的一个指导思想。我们所反对的是来自"左"的干扰和对真正现实主义的破坏，而不是它的基本原则。

早在春秋时代，孔子观察了我国从西周初年到他在世时几百年间各国诗歌的情况，据此编辑一部诗总集，即流传至今的《诗经》，并且他曾经对诗的社会作用问题总结为四个方面，即"诗可以兴，可以观，可以群，可以怨"。这"兴、观、群、怨"四个字是孔子论诗歌的社会作用的精髓，对后世影响很深。我这里所说的社会作用，实质上也就是"社会效果"。

到了汉朝，出现了一篇为《诗经》作的序，称为《毛诗序》，作者不可考，但是很精辟地发挥了儒家关于文艺的"社会效果"的理论。它有下边几句最为著名的话：

诗者，志之所之也。在心为志，发言为诗。情动于中而形于言，言之不足故嗟叹之，嗟叹之不足故咏歌之，咏歌之不足，故不知手之舞之，足之蹈也之。

情发于声，声成文谓之音。治世之音安以乐，其政和；乱世之音怨以怒，其政乖；亡国之音哀以思，其民困。故正得失，动天地，感鬼神，莫近于诗。先王以是经夫妇，成孝敬，厚人伦，美教化，移风俗。

《毛诗序》的这一理论是经春秋、战国到汉朝，逐渐严密起来的，而且是将诗、音乐、舞蹈结合一起谈的。这一文艺理论遗产，值得我们批判地继承。

五四新文学运动提出来"为人生的艺术"这一现实主义口号，起了划时代的影响。以娱乐为主旨的鸳鸯蝴蝶派受到现实主义和积极浪漫主义并肩作战的进步文学浪潮的冲击，溃不成军。半个多世纪的现实主义新文学虽然不断受到"左"的教条主义的干扰，出现了这样那样的缺点，但是它的主流是健康的，历史已经证明它有强大的生命力。粉碎"四人帮"以后新出现的中青年作家灿若群星，其思想的深度，艺术的成熟，超过以往的几个历史阶段。他们都是"为人生"而从事创作，不仅仅为了娱乐。

文学虽然不能亡国，却可以影响社会风气，这情况不能说是"无知妄谈"。20世纪30年代，常有少年儿童因受武侠小说和影片的影响，结伴逃往峨眉山、华山和嵩山的新闻，见于报端。前几年，因连续放映《加里森敢死队》，在东北少年儿童中出现了许多秘密结合的"加里森敢死队"。最近一两年也有小学生私自前往少林寺的事。我并不是说《加里森敢死队》和有关少林寺的影片都是坏作品，应该禁止，而是说，不论小说、电影片和电视片，只要公开出版和放映，都必然产生不同的客观影响，即不同的"社会效果"。

让我谈一点外国的例子。美国青少年犯罪较多与美国"西部影片"有关系,这是大家都听说了的。太平洋战争结束后,新加坡重新受英国的殖民政府统治,原来从事抗日的进步运动的作家和知识界人士横遭迫害,有的被投入监狱,有的被驱逐出境,进步的文化活动和出版物被取缔了。于是黄色文化泛滥,社会风气败坏,道德沦丧。这种现象引起新加坡各界和各阶层群众公愤,发动了声势浩大的反黄色文化运动,而这一运动对新加坡反殖民主义的政治独立运动作了有力的配合,起了推动作用。可见,文艺和文化都没有超脱于社会之外的,不能不重视"社会效果"。

《通俗文学漫谈》的作者,为着保卫当前通俗文学的道路,用什么样的逻辑进行论证呢?他说:"在'史无前例'时期,只剩下八个样板戏,应该说是纯而又纯了,而犯罪现象却泛滥成灾,这又作何解释呢?"其实,这样提出问题是没有道理的。江青一伙搞得"只剩下八个样板戏",同你们称为"纯文学"的作家们毫无关系,作家们在当时也是受害者,对江青一伙在文艺方面的胡作非为是痛恨的,抵制的。怎么能够扯到一起呢?怪论!又,犯罪事件泛滥的现象是"无产阶级文化大革命"造成的严重社会问题之一,但是"只剩下八个样板戏"不是这一现象的产生原因,更与你们所说的"纯文学"风马牛不相及。企图用这样混乱的逻辑来论证文学不应当重视"社会效果"以及目前通俗文学走的是康庄大道,恐怕是事与愿违。

虽然吹捧当代流行的通俗文学和传奇文学的论文中也提到作品的教育作用和美感熏陶作用,但总是不提什么样的教育作用和什么样的美感熏陶;提到使读者(或观众)获得知识,唯独不提获得什么样的知识。凡遇到这些实质性问题时都放了空炮。这些论文中空谈为人民服务,空谈对读者的潜移默化,唯独不谈以社会主义的文艺为人民服务,以社会主义的思想感情对读者潜移默化。自然,更不敢提革命的现实主义文艺道路。他们对以上要害问题是必须回避的,免得他们不能够自圆其说,也避免使自己落在"新潮流"的后边。

目前那些为当前的通俗文学唱赞歌的文章中不敢提以上实质性的问题,还有一个原因,即当前的通俗文学的作品并不高明。我很同意孙犁同志的评论:

> 目前的通俗文学的特点,不在于形式上的仿古,而在于内容的陈旧,还谈不上什么新的内容和新的创造,它只是把前一个时期不许启动的食品厨门,突然打开了而已。这一开放,可能使各式各样概念化的政治作品受到冲击,但如果说,它会冲垮传统的现实主义文学,那就是过分夸大了。随着人民群众文化修养的提高,现有的通俗文学,自然要受到历史的检验。(孙犁:《谈通俗文学》)

目前对通俗文学的吹捧,反映了我们文艺评论界一部分人思想理论上的混乱或者是被通俗文学的销路所震惊,没有将这种一时的历史现象深入分析,自己也跟着吹肥皂泡。

四

通俗文学为什么忽然流行起来?这既是一种文学现象,也是一种社会现象,值得我们思考。但目前称道这种文学的评论文章,多是停留在问题的表面,甚至曲解和贬低五四以来新文学的光辉传统。例如在《通俗文学漫谈》一文中写下这样的看法:

> 对于文坛上这样一种新的趋势,人们的认识是很不一致的。有人认为这是沉渣的泛起,大部分属于"精神污染",应该加以禁止、取缔,至少是不宜加以提倡。有人(包括我自己)则

认为这是我国政治清明、经济繁荣,人民生活改善以后必然出现的情况,是对过去长期实行"左"的禁锢政策的一种抗议,一种反作用,值得我们认真地加以研究,也来一个"再认识",正视事实,承认通俗文学在百花园中理应占有自己的一席之地。

在这一段文字中包含着两层意思,第一层说的是有人反对目前的通俗文学,主张"加以禁止取缔,至少是不宜加以提倡"。这一层意见不是我在本文中要讨论的问题,可以置之不论。关于第二层意见,颇值商榷。试问,目前绝大多数的通俗文学作品在内容上思想陈旧,艺术上粗制滥造,对历史题材随心瞎写,在创作方法上完全背离了现实主义的严肃性,片面地强调娱乐性,用迎合读者或观众的落后趣味以争取销路,这一类文学(包括电影、电视以及其他文艺演出)难道是政治清明和经济繁荣时期的必然产物吗? 难道是像中国这样有数千年辉煌的文学艺术传统的社会主义国家应该发展的文艺方向吗? 是应称颂的所谓"新的趋势"吗?

从我国的历史看,唐朝的贞观和开元两个时期,在中国封建社会史上,可以算是政治清明和经济繁荣时期,与之相适应的是文学上由初唐走向盛唐,产生了健康繁荣、光辉灿烂的盛唐文化,开元时期的诗歌被称为"盛唐之音"。目前的所谓通俗文学虽然不应该不加区别地说成是"精神污染",可是能够说成是今天的"盛唐之音"吗? 我们当前全国上下奋发以求的是建设社会主义物质文明和社会主义精神文明。目前的通俗文学,从其思考内容以及其艺术追求,是不是能够符合建设社会主义精神文明的历史任务?

至于说目前通俗文学的流行"是对过去长期实行'左'的禁锢政策的一种抗议,一种反作用",这样论断也是值得商榷的。自从打倒了"四人帮"以后,尤其是党的十一届三中全会以后,所谓"左"的禁锢政策已被打破。虽然仍有"左"的干扰,但是主要趋势是向着自由、繁荣的历史新形势发展,中青年作家灿若繁星,各种题材的作品如百花争妍,这种新形势为我国新文学史上未曾有过。为什么通俗文学偏偏在这时候泛滥起来? 它是对什么起"反作用"? 对什么"抗议"? 显而易见,上边所引《通俗文学漫谈》一文中的议论并没有充分理由。

如果就反抗"'左'的禁锢政策"的斗争说,我应该是有资格说话的作家之一。新中国成立以后,我国的文学创作的指导思想,长期受"左"的教条主义思想的严重干扰,不仅是思想干扰,而且往往是行政干扰。我于一九五七年秋天被暴风骤雨般地批斗之后,划为"极右派",坚决不自杀也不灰心,一边哭一边悄悄地动笔写《李自成》。这部小说的第一卷出版于一九六三年,第二卷和第三卷的一部分写成于"文化大革命"中。在那些年代,文学上"左"的表现最突出在以下几点:

第一,只许写现实,叫作为当前政治服务;不许写历史题材,几乎凡是写历史题材的作品都被曲解和诬陷为"影射现实","反党反社会主义"。第二,片面地强调写工农兵和先进人物,使文学题材的范围大大缩小,破坏了现实主义创作方法的优越性,损伤了现实主义的名誉。第三,片面地强调作品的政治性,即所谓政治第一,而忽视艺术的重要意义,加上片面地强调文学创作为当前政治服务,为阶级斗争服务,于是乎粗制滥造、图解政策、写中心、演中心、公式化、概念化,各种现象都出现了。第四,强调"歌德",反对一定程度的批判和揭露,于是不真实的、浮夸的、粉饰现实的文学作品充斥报刊,却不受读者欢迎。第五,片面地强调写正面人物,而对于反面或落后的人物不管多么重要都不能写;如果写,也只能简单地写几笔,加以贬词。至于像号召只写"十三年"以及什么"三突出",什么"高大全",还有写什么"评法批儒",什么"领导出思想,作家出技巧",等等,更不必提了。

　　以上种种,都不是革命现实主义本身的东西,而是反现实主义的极"左"思潮加上反民主的政治力量对革命现实主义创作方法的歪曲和破坏。

　　今天既然是"政治清明"的时代,所谓"'左'的禁锢政策"已不复存在,而且已经涌现了大批优秀的中青年作家,大大扩展了现实主义的创作领域,形成了我国当前的文学主潮,请问,从实质上说,"通俗文学"或"传奇文学"的兴起,究竟对什么进行"抗议"? 对什么"起反作用"?

　　退一步说,纵然我们承认这一股"通俗文学"或"传奇文学"的浪潮是对已经过去的"'左'的禁锢政策"的"抗议"和"反作用",请问,将这一浪潮放在五四以来的新民主主义和社会主义文化发展的长河中,它能够代表什么进步的思想? 它可曾更深刻地反映了当前的建设"四化"的现实生活? 这一重大问题难道不应该引起我们的认真深思和重视吗?

五

　　目前,最为通俗文学鼓吹者引为骄傲的是传奇文学。有一篇文章用十分热情的口吻称颂说:"以传奇文学为号角吹出了通俗文学的最强音。"什么样的最强音呢? 且看作者是这样论述传奇文学的:

　　　现时期传奇文学热是一个多指向多层次的文学欣赏热潮。它是在曲艺(主要是评书类)、民间文学(主要是传说、故事类)、电影电视(主要是武林功夫片)、小说(主要是侦破、推理、惊险小说类)的共同影响下出现的一种欣赏旨趣上的一致性在文学上的反映和体现。这种一致性体现在传奇色彩的追求方面。它的形成和展示是文艺进一步从"左"的思想观念束缚下解放出来的集中体现。只有在今天,这种欣赏旨趣才能够得到充分表达和发挥的许可。目前这种传奇文学热的文学现象正在受到社会各界的广泛重视和关注。(任聘:《"传奇文学热"三题》)

　　这是打着反"左"的旗号为当前的传奇文学做宣传,而同时也宣传了传奇文学所集合的是什么旨趣,贩卖的是什么货色。作者更进一步为传奇文学的内容和创作方法作了如下充分介绍:

　　　现时期传奇文学的内容包括各种不同的品系,它包括:武林、侠客、侦破、推理、公案、演义、市井、乡土、民风、民俗……形式主要是小说、评书、故事等散文体通俗化的文学读物。……喜好大胆泼辣不拘一格的"泼墨"式的写情画意的作品,喜动厌静,追肠求新;不囿于细腻,品滋品味,倒热衷于一目十行,解气过瘾。欣赏者从作品中求的是感情的奔放,关心的是人物的悲欢离合,崇尚的是豁达豪放的性格,喜欢的是巧妙的机警和意料之外的跌宕起伏。这些从美学和心理学方面都可以找到时代的根据。

　　从这些宣传看,一些同志鼓吹的"不囿于细腻","热衷于一目十行,解气过瘾",无非就是反对现实主义文学的各种原则,反对表现日常的社会生活,反对对人物和性格的艺术刻画,而以投合庸俗的欣赏趣味为目的,绝没有什么新的追求,也不可能产生什么新的货色。这一点,在前引孙犁同志的文章中已经指明了。

　　关于传奇文学的写作手法,即它的艺术特点,除上引文章中指出来的以外,还有不断被称道的说故事写法,否定细节描写的艺术价值。例如有一篇文章雄辩地说:

众所周知,受着19世纪实验科学方法论影响的批评现实主义的小说艺术,虽然也注重情节的生动性和完整性,但作为它的成熟的艺术表现手法,一般说来,却不以"叙述"故事取胜,而以描写细节见长。因而在五四以来现代小说艺术概念中我们就特别推崇描写,而比较轻视叙述。在当代文学中,我们之所以要将故事和小说区分开来,而且以故事在小说之下,我想,也许正是出于这个原因。但实际的情形是,有些故事,由于作者能够熟练地运用叙述的技巧,充分发挥其叙述手法的特长,因而在艺术上比某些虽叙事描写,但并不熟练的小说高明得多。这毕竟是一个不可否认的事实。(于可训:《通俗文学的兴起与文学观念的更新》)

在这一段文章中,有一点是逻辑上的失误。作者不应该拿描写失败的小说同熟练地运用叙述手法的故事相比,证明叙述手法优于描写手法,这种逻辑上的失误,我只提一下,不用多说,作者在理论上的主要失误约有三点:一是文艺美学或小说创作原理上的失误;二是对文学发展史理解上的失误;三是在如何看待现、当代文学作品成就的客观事实上的失误。

文学是语言的艺术,这含义包括形象化的语言。对于小说来说,不仅是指词句的形象化,更重要是指细节描写。只有成功的细节才能表现更深刻、更生动的形象。典型环境中的典型人物,是现实主义小说美学的重要课题。没有成功的细节描写就不可能有成功的典型环境,没有成功的细节描写就没有典型的人物形象。有了许多光彩的细节描写,才有辉煌的小说艺术。

由叙述故事到细节描写的小说,是文学史长期发展的结果。从宋代的"说话"到明初的《三国志通俗演义》和《水浒传》,虽然开始有了细节描写,但仍然以叙述为主。经过《金瓶梅》、《儒林外史》、《歧路灯》、《红楼梦》等小说出现,中国长篇小说才完成从说故事到纯以描写为主要表现手法的漫长发展阶段。《红楼梦》丝毫不依靠惊险离奇情节,纯以细节描写取胜,达到了中国古典长篇小说的高峰。今天我们究竟应该沿着《红楼梦》已经取得的经验继续发展下去呢,还是应该退回到叙述故事的阶段重新向前走?我们是沿着狄更斯、雨果、托尔斯泰已经达到的小说艺术阶段向前发展呢,还是退到《天路历程》和《鲁滨孙漂流记》,甚至退到《坎特伯雷故事集》的阶段重新向前走?

五四新文学运动以来,我国的新文学获得了很多的成就。小说始终是新文学的主力军。而且小说的艺术表现手法也不仅仅限于学习欧洲19世纪的批判现实主义。拿我来说,就从中国古典文学中吸取了许多营养。从细节描写和性格刻画说,《红楼梦》给予我许多启发。我从几十年创作的实践中深深体会到,艺术的细节描写在小说美学上具有重要意义。如果单靠叙述,《李自成》是写不出来的。什么艺术成就?这是客观事实,不是空谈。

凡是吹嘘通俗文学热的文章,一谈到传奇文学就要谈到它的各种优点,无非是追求惊险、离奇、夸张,反对写一般人的日常生活,认为这是新的小说美学,群众的新的欣赏趣味。例如说:

它是一种情节新奇、人物行为超越寻常的传说故事,是一种消遣性、娱乐性的通俗化了的文学读物。

……从本质特性上看它可以说是通俗文学的一种新的崛起,而称它为"传奇文学热"则更突出地指明了现时期通俗文学所具有的艺术的和审美的特色。(任骋:《"传奇文学热"三题》)

前引于可训的论文从叙述手法的运用谈追求"奇"的必要性,值得我们玩味:

> 通俗文学既要发挥上述叙事手法的特长,就不能不在题材的选取和情节的安排上能出"奇",叙述手法才有用武之地,才能发挥它特有的艺术功能而制胜。平凡的故事,平淡的情节,无论怎么叙述,也无法产生艺术的吸引力。(于可训:《通俗文学的兴起与文学观念的更新》)

这就是通俗文学热的吹嘘者们所说的"文学观念的更新"和创作方法的新的"突破",新的"开拓"。稍有文学史常识的人都会指出,这是文学观念和创作方法的一大倒退。

在欧洲文学史上,从充满传奇色彩的英雄传说、骑士故事、海盗故事等到写日常生活和普通的人和人民英雄,从以追求惊险和曲折情节为主的传奇到追求深刻反映人生的小说,标志着文学从中世纪跨进现代。请问,你们的所谓"新突破"、"新开拓"、"新观念",新在什么地方? 难道不是退回中世纪吗? 你们为何不谈文学应该深刻地反映生活? 在工人、农民、知识分子和干部的日常生活中和先进人物身上,哪有很多的惊险情节和离奇故事?

你们可曾想过作家应该是"灵魂的工程师"? 你们可曾想过文学作品的先进的思想性与完美的艺术性是统一的? 你们可曾冷静地想一想,你们所谓提倡的创作道路要将中国文学引向何处? 是引向进步呢,还是倒退?

六

为什么近几年所谓新通俗文学突然勃兴,泛滥起来? 歌颂这一现象的评论者迄今只谈现象,不曾谈到问题的本质,总是有所回避,虽然有的同志也从我国近几年的社会新形势着眼,解释通俗文学新潮兴起的原因,这种解释值得我们注意,但也值得商榷。例如有一篇文章说道:

> 新时期社会政治、经济、文化生活的新变化,是我国新通俗文学勃兴的现实土壤。神州大地,正开展民富国强、物阜民康的前景。国家政治清明,社会愈来愈具有开放性。经济振兴,四化建设高速而又稳定地进行。人民心情舒畅,并且有可能追求和享受更丰富的物质文化生活。生活节奏的加快,国民收入水平的提高,又使人民群众产生了精神调剂和休息娱乐的愿望。这一切,促成了人民群众对于文化艺术的欣赏、审美心理发生着不同于我国以往任何历史时期的变化。通俗文学的新潮,于是乎应运而生。通俗文学之外,流行歌曲、轻音乐、大众歌舞、大众的电视连续剧、打斗影片等等,也以咄咄逼人的气势,占据歌坛、乐坛、舞台、银幕、屏幕。这是一股泱泱(浩浩)荡荡的大众文艺的潮流。(滕云:《通俗文学正在起新潮》)

在这一段论述文字中,值得我们注意的有以下三点:第一,通俗文学勃兴的现象是与我国近几年的"政治清明、社会愈来愈具有开放性"有密切关系。第二,在这一新的历史时期,"人民心情舒畅,并且有可能追求和享受更丰富的物质文化生活"。第三,作者指出了与通俗文学密切联系的另外一股文艺力量:"通俗文学之外,流行歌曲、轻音乐、大众歌舞、大众化的电视连续剧、打斗影片等等,也以咄咄逼人的气势,占据歌坛、乐坛、舞台、银幕、屏幕。这是一股泱泱(浩浩)荡荡的大众文艺的潮流。"

以上三点,都是事物的现象,不是本质。新通俗文学和"大众文艺"到底是什么性质? 是社会主义性质的吗？倘若是的，其根据何在？倘若不是社会主义性质的，那么它代表一种什么样的文化力量？它对我们所要建设的社会主义精神文明究竟起什么作用？这些问题，作者都未作明确解释。

在这篇文章中，作者明白无误地把这一股新浪潮说成是新时期的社会主义文艺发展的新阶段。作者说：

> 我以为，20世纪80年代通俗文学的勃兴，是我国社会生活从动荡转向国泰民安的一个标志，是社会主义文学运动进入正常的、全方位发展的新时期，走向新的发展历程、新的成熟阶段的一个标志。

这一段文字，不仅明白无误地肯定目前的通俗文学是社会主义文学，而且是社会主义文学"走向新的发展历程、新的成熟阶段的一个标志"。这样的评价是不是准确呢？我看，作这样的高度评价是不妥当的、不严肃的，需要商榷。

社会主义文学应该具有什么特点呢？

首先，社会主义是通往共产主义的一个历史阶段。因此它必然反映无产阶级的世界观，用辩证唯物主义和历史唯物的哲学思想观察和认识现实生活和历史生活。其次在作品中要反映出比较先进的思想感情。这种思想感情在一定程度上同共产主义和社会主义思想相联系。第三，在作品中强调反映社会主义的先进人物和事迹，发扬社会主义爱国主义精神和民族自豪感，表现集体主义精神和社会主义的道德风尚。反之，对于违反上述旨趣的社会现象则予以暴露、讽刺和批判。第四，提倡严肃的创作态度，坚持由深入生活到表现生活的统一性，反对脱离生活，胡编乱造。第五，力求继承中外的优秀文学传统，不断在艺术上进行新的探索，创作出思想深刻、内容充实、形式优美完整的作品。

前边引述的文章中将当前通俗文学吹嘘得那么高，说成是"社会主义文学进入正常的……发展历程"，有什么理论根据？难道只是因为它强调了"娱乐性"和销路好吗？

从新民主主义革命时期直到目前，虽然我国新文学不断地遭到"左"的干扰，并且经历过"史无前例"的严重破坏，但是几十年间曾出现了不少好的和较好的文学作品，有一部分现实主义文学作品包括诗歌、小说、剧本达到了辉煌成就，可以成为文学史上的不朽之作，放在世界文学名作画廊中而无愧色。"史无前例"的时代结束以来，我国现实主义的新文学运动继续前进，在有些方面超过了被人们盛称的20世纪30年代，而且这种势头方兴未艾，前程似锦。《通俗文学正在起新潮》的作者说当前通俗文学的兴起是社会主义文学达到"新的成熟阶段的一个标志之一"。既然是"新的成熟阶段"，必然在内容上和艺术上对五四迄今的新文学已经达到的水平有所突破，有所超越，否则不能说成是"新的成熟"。为什么不具体地摆出例证？

在吹嘘当前的通俗文学和传奇文学时，常常提到历史题材的传奇文学，还提到民族传统的写作方法如何得到继承，好像真的开辟了新的领域，有了新的建树。倘若果真如此，那当然是值得我们共同庆贺的事。说来惭愧，我也是在这条道路上摸索追求的作家之一，一部《李自成》尚未写完。请恕我孤陋寡闻，不知当前新兴的传奇文学中，有什么作品，能成为"新的历史阶段的一个标志"？

我十分同意孙犁同志的论断："目前的通俗文学的特点，不在于形式上的仿古，而在于内容的陈旧，还谈不上什么新的内容和新的创造。它只是把前一个时期不许启动的食品橱门，突然打开了而已。"(《谈通俗文学》)那么,为什么把前一个时期不许启动的食品橱门突然打开了呢? 也就是说,为什么通俗文学在十一届三中全会以后突然兴起并且泛滥起来了呢?

我认为,不能孤立地看通俗文学流行的问题,要把以下几个方面的现象或问题连起来看,才能清楚:

第一,正如《通俗文学正在起新潮》一文中所说的,"通俗文学之外,流行歌曲、流行音乐、大众歌舞、大众化的电视连续剧、打斗影片等等,也以咄咄逼人之势,占据歌坛、乐坛、舞台、银幕、屏幕"。讨论通俗文学的勃兴,要同这一文艺浪潮联系起来看。作者称赞说,"这是一股泱泱(浩浩)荡荡的大众文艺的潮流"。当然,我们必须将香港传来的歌唱、音乐、跳舞、胡编乱演的电影、电视连续剧、武打片以及随心糟蹋祖国的历史片都要算在"大众文艺的潮流之中"了。

第二,要同同时兴起的打着"通俗"旗号的、庸俗低级的小报联系起来看。小报有两种:一种是好的,"以知识性、趣味性、故事性取胜,受到不少读者的欢迎"。(一九八五年一月二十七日《人民日报》评论员:《小报要管理》)另一种是不好的,"以色情、凶杀、内部秘闻等不堪入目的内容吸引读者,并以比一般报刊贵得多的价格出售"。(同上)在讨论通俗文学勃兴的社会原因时,我们既要把黄色小报同通俗文学严格地区别对待,也要从同一时期出现的不同社会现象中考虑其内部联系。这是我们认识复杂问题的一个方法。

第三,我们特别要同香港传过来的音乐、歌曲、舞蹈、电影、电视等资本主义的庸俗的风尚和趣味联系起来看。近几年,这一股庸俗的港风刮得很猛,严重地影响了我国社会主义文学艺术的健康道路,已经引起有识之士的注意和愤慨。可是在许多吹嘘通俗文学浪潮的论文中对于港风的影响是欢迎的,甚至对电视连续片《霍元甲》大为称赏。我们应该衷心拥护在解决祖国统一问题上"一国两制"的马克思主义的伟大构思,作为一个新的原则是我党的一大创造。但是在"一国两制"的历史条件下,在我国大陆,不仅不能放弃或放松,反而更应该加强社会主义文学艺术的纯洁性。我们一方面要继续纠正和清除历史上遗留的极"左"思想(或称"左"的教条主义)对文学艺术的干扰,一方面要保卫社会主义文学艺术的健康发展,这是我们当前和今后相当长的时期所担负的历史任务。可惜,目前通俗文学的鼓吹者同时也鼓吹"港风",根本没有考虑我国当前思想战线上的历史任务。

第四,要同近几年在开放政策与搞活经济等口号下产生的新的社会现象联系起来看。从中国社会主义的发展进程看,目前是一个伟大而复杂的过渡时代,经济体制和社会力量的新旧交替和激烈斗争的时代。由于当前要早日实现社会主义的四个现代化的战略目标,必须实行开放政策、搞活经济,引进外资和外国的企业管理体制,同外国进行文化交流,发展民族事业,封闭式的时代一去不复返了。在这一新的历史条件下,虽然历史的积极因素是主流,因而使我们对新时代充满乐观和希望,但是不可否认,消极的因素也随处可见。消极因素有的是历史遗留下来的,有的是受资本主义世界传染的。由于社会上对以往长期"左"的禁锢政策的反感,加上人民经济生活的改善,给上述消极因素提供了广泛的土壤。人们的价值观念和生活要求迅速改变,而且深刻影响到文学艺术领域。在经济战线上有社会主义力量和反社会主义力量的不断较量和复杂斗争,在文学艺术战线上也是如此。出版业有时离开了社会主义文化的轨道,为着赚钱而出版不好的书籍和刊物。有些为通俗文学浪潮吹嘘的文章不能区分社会主义商业和社会主义文艺的不同功用,混淆了不同的价值规律。例如有的文章说:

文艺生产要以文艺消费者为中心,文艺生产要受供求规律的影响,文艺事业不能全由国家经费包办,也还要以文养文。通俗文艺在这些方面提醒了我们。实际上,发展通俗文艺在许多地方,在许多文艺部门,已经被率先纳入文艺改革的轨道了。文艺事业的改革,还会从通俗文艺的发展获得直接与间接的有益启示。(滕云:《通俗文学正在起新潮》)

在这一段文章中,作者忽略了社会主义文艺是共产党领导的革命事业的一个组成部分,不应该以赚钱为目的,不能退化到资产阶级的原则上。有些文艺事业恐怕必须由国家给予财政补助。例如交响乐团、芭蕾舞剧团、昆剧团甚至话剧团等,都不能指望赚钱。出版社应该认真从体制上、经营管理上、发行办法上进行改革,要改变目前编辑出版方面业务人员的素质差、效率低、人浮于事的不合理现象。"一切向钱看"不是方向。

通俗文学所得的赚钱经验并不是"有益的启示"。

第五,应该同我国有大量的文化落后和思想觉悟落后的社会现象联系起来看。我国原是一个封建的小农经济占绝大比重的国家,文化和思想落后的历史包袱十分沉重。新中国成立后的许多年中,我们的教育和文化比抗战时代有进步,但是仍处于不被重视和很不发达的情况,而在十年动乱中,教育和文化事业又遭到极大破坏。我们在新中国成立后长期缺乏社会主义民主,社会主义法制不健全,以及对知识和知识分子的轻视与摧残,还有以提倡个人迷信代替共产主义思想教育。中国当代的文化、教育和群众思想水平的不高,也为某些不健康的通俗文学的勃兴提供了土壤。通俗文学的吹嘘者喜欢强调一点,即现在的读者和观赏者比 20 世纪三四十年代的工农大众的文化水平要高得多。这是一种形而上学的论点,只看见空洞的时间,而没有看见历史本质的实际面貌和复杂性。在 20 世纪的 60 年代,我亲眼看见一座大都市的混乱局面和残酷的武斗,多次看见几十辆卡车在马路上示威游行,工人、学生、干部,其中还有党政高级干部拥挤地站在卡车上,头戴柳条帽,手执红缨枪,有的人还口中衔着匕首,使我想到了 20 世纪 20 年代河南农村中的红枪会。到了如今 20 世纪 80 年代,下边干部的不正之风,其普遍性和严重性,令人担忧。我们目前的社会风气道德、党员和干部的革命热情,都不如新中国成立初期。所以,我们不仅要看见现在群众生活提高、思想活泼与解放的积极方面,也要看见许多消极方面,包括思想意识的沉渣泛起,也包括在许多党员身上的党风不正,党性不强。联系这些社会消极因素看通俗文学的勃兴,也可以悟出一点道理。有几个出版机构的领导人和通俗文学刊物的主编人不是共产党员?马克思主义的文艺思想为什么在他们身上不起作用了?

第六,应该同我们当代文艺思想领导的"左"的错误,破坏了威信的情况联系起来看。从 20 世纪 30 年代以来,在我们的党内和党所领导的文艺战线上就存在一股"左"的思潮,但由于一则我国长期处于同反动势力艰苦斗争的历史条件下,二则革命文艺发展的主流是健康的,充满生命力,所以革命文艺运动中的"左"的倾向没有引起特别重视,而在新中国成立后继续发展。20 世纪 50 年代中期的文艺界"右派"言论中有不少是对"左"的教条主义提出批评和责难,可惜缺乏党内民主和社会主义民主,不能展开正常的深入讨论,而以政治运动的方式解决思想领域中的矛盾。接着有"大跃进",有"反右倾",又有"无产阶级文化大革命",如高山滚石,势不可止。"史无前例的"十年虽然对国家破坏严重,但也有非当局预期的一种结果,就是对人民进行了反面教育,也可以说是民主补课。经过"文化大革命"的折腾,社会上产生了"信仰危机"。然而在"信仰危机"中产生了两种相反的情况:一种情况是用力探索马克思主义的真正原理和重新认识革命现实主义的创作方法的基本原则,从而排斥了过去对马克思主义的歪曲和对革命现实主义创作方法的破坏。另一种情况是由怀疑而抛弃了马克思主义和革命现实主义。这后一种情况造成了思想意识领域的混乱现象,从而给通俗文学浪潮的勃兴增添了条件。

第七,十年浩劫之后,一则社会上出现了一定范围的信仰危机,二则我们的思想战线和文艺战线上面临着一个反"左"的历史任务。这本来是两种不同性质的问题,然而大概由于缺乏权威性的理论指导,暴露了思想战线上从 20 世纪 30 年代以来没有过的软弱和混乱。在哲学方面,本来应该更深刻地、准确地而且富于创造性地解释和宣传马克思主义,同时在文艺理论方面,应该总结革命现实主义(20 世纪 30 年代称新现实主义)运动以来的经验教训,肃清"左"的教条主义,更高地举起革命现实主义的旗帜,但只作为号召,不排斥其他风格、流派的自由竞赛。我们不但应该做的工作没有做,反而不敢理直气壮地宣传马克思主义哲学,也不敢理直气壮地高举社会主义文艺的旗帜。有人说,我们要提倡哲学思想的多元化和文学观念的多元化,这实际上是主张在思想上和文艺上放弃马克思主义的指导和共产党的领导。联系这一情况看,对理解通俗文学的泛滥也是有帮助的。

以上是我对通俗文学浪潮的勃兴及其泛滥的原因所做的粗略分析。任骋同志的文章中提出要我们从美学和心理学方面找到时代的根据。我的上述分析,是否可以作为一种答卷?

七

目前的通俗文学热不仅是一个文艺问题,也是一个社会问题。只有作为一个社会问题看,我们对它的产生、泛滥、影响等等问题才能够认识清楚。由于出版者、编辑者、撰稿者、鼓吹者、各种支持者中有许多是共产党员,所以这股潮流也牵涉到党风问题、党员的思想素质问题。从 20 世纪 20 年代末开始,我们的党员和党的同路人就为革命文学的发展、前进而战斗,甚至在白色恐怖下被捕,坐牢,献出了生命,使新文学成为新民主主义革命中一支坚强的力量,没有像今天有些同志这样不但放弃了思想阵地,而且举手投降。这确实值得深思,应引起全党重视。

这股浪潮到底是什么性质的?我认为是新文学运动史上,也是当前建设社会主义精神文明的前进道路上出现的一股浊流。为什么说它是一股浊流?因为它背离了社会主义的方向,与革命的文学传统和道路背道而驰。除极少数较好的或无害作品可以读外,它是集合一支封建的、资本主义的、粗制滥造的甚至沉渣泛起的货色形成一股浪潮,向社会主义文艺阵地猛烈冲击。

由于通俗文学的销路好,夺去了革命现实主义文艺的一部分读者,于是为通俗文学吹嘘的同志们就有些陶醉,误认为会冲垮新文学或改变我国的文学道路。其实,这是不可能的。通俗文学虽然一时畅销,却不能代表新生事物,并没有生命力。倘若现在将《江湖奇侠传》重新出版,将《火烧红莲寺》重新放映,读者和观众依然很多。你能说这情况就代表生命力吗?

一种社会现象或事物,只有符合历史前进的方向,真正代表先进阶级的利益,才具有旺盛的生命力。否则,纵然表面上声势不小,以新浪潮的形式出现,也是没有生命力的,只是腐朽势力在适合的条件下沉渣泛起,暂时成为浪潮。

通俗文学的吹嘘者们喜欢贬低五四以来新文学的光辉成就和伟大的历史意义。尽管新文学的发展道路是艰辛的,在 20 世纪三四十年代,内受"左"的教条主义干扰,外受国民党的压迫,然而却在它的周围集结了进步的青年读者,都是国民中的精英。有好几代青年,通过新文学,受到革命思想的感染,进一步认识了现实,憧憬革命,走上革命,目前的通俗文学对社会主义革命起的是什么作用? 代表什么崇高的理想?

目前我们的文艺面临着两条战线的斗争:一方面要同"左"的思潮做斗争,一方面要同右的思潮做斗争。不健康的通俗文学的兴起是一股右的思潮。人民内部进行思想斗争的方式绝不是行政措施,不是强制,而是互相讨论、互相批评,共同加强学习马克思主义哲学和文艺理论,共同提高,在社会主义旗帜下共同前进。对通俗文学泛滥的现象漠不关心,蔑视,放任自流,都不是正确态度。

1985 年 6 月 20 日

(原载《文艺界通讯》1985 年第 9 期)

边缘耀眼：中国通俗小说 60 年

汤哲声

引言："通俗小说的语境"和批评标准的建立

进入 20 世纪以后中国通俗小说就一直处于被批判的状态。批判的声音来自于两个方面，一个是正统的文艺政策将通俗小说视作为不正经的小说，甚至是"黄色小说"或者"黑色小说"看待。直接体现这样的文艺政策的是对通俗小说的多次整肃，其中最彻底的是 20 世纪 50 年代。1951 年大陆对武侠、言情等通俗小说开始整理、整肃。1955 年大陆开始用发文的方式对通俗小说进行了清除、查禁。①北京、上海等地大量通俗文学作品在民间基本上被销毁一空。有意思的是，几乎是同时，台湾也开展了"暴雨专案"。据史料："暴雨专案"是台湾在文艺管控政策下，专门针对坊间流传的通俗文学展开的一次扫荡行动。项目实施于 1959 年 12 月 31 日，由"警总"负责规划执行，据 1960 年 2 月 18 日《中华日报》第三版刊载，"警总"于当月 15 至 17 日，于全省各地同步取缔所谓的"共匪武侠小说"，一天之内，就取缔了 97 种 12 万余册之多，许多武侠小说出租店，几乎"架上无存书"；而《查禁图书目录》所列"暴雨项目查禁书目"则高达 400 多种，其中九成以上是大陆"旧派"及香港金庸、梁羽生的作品，显见此一行动，持续颇久。

批判的另一个声音来自于"精英文学"（这个称呼并不科学，但是找不到更好的称呼，姑妄称之），它们视通俗小说不入流，是低俗的小说。以 20 世纪 50 年代北京大学、复旦大学、山东师范大学出版的中国现当代文学的史学著作为例，几乎毫无例外地将通俗小说视作为中国现当代文学的"逆流"。进入新时期以来，这样的局面发生了重大的转变，但是通俗小说的"文学地位"并不牢固。中国现当代通俗小说与中国现当代文学史的关系研究不够。对现当代通俗小说的美学特征的研究几乎没有触及。通俗小说与大众文化的关系、通俗小说的大众审美观念、通俗小说阅读群体研究等等问题没有深入的论述。现当代通俗小说的史学研究还处于与新文学"争名分"的阶段，对现当代通俗小说的史学地位的认识在学术界分歧较大。

但是与我们的文学政策和文学批评的状态相背离的是文学创作的实际状态。不管通俗小说如何受到批评，现当代通俗小说创作就是那么红火，特别是当下中国的创作界，说现当代通俗小说创作占每年创作总量的半壁江山，还是个保守的说法。说现当代通俗小说的读者占现有的小说读者群的一半，还是个保守的统计。为什么会出现这样的背离呢？是现当代通俗小说创作者的趣味低俗和读者欣赏水平低下，还是一些批评家的批评视角出现了问题？我认为指责作家和读者是没有道理的，应该反思的是那些批评家们。其根本问题是这些批评家的文化、文化观念以及所带来的文学批评标准出了问题。这些批评家们总是以他们心目中那一套理论(往往是教科书上的新文学理论)批评现当代通俗小说,常常是驴唇不对马嘴,他们对中国现当代通俗小说的历史渊源、文化特征、美学特征并不了解,只是在观念上本能地认为是低俗,听到是通俗小说马上将其排斥。令人难以接受的是,他们中间的有些人还往往以文学的正宗的捍卫者自居,嘲讽和挖苦通俗小说。当下文学评论脱离现实、脱离读者需求十分严重,按图索骥、自说自话、自鸣得意。令人哭笑不得。

根据这样的状态,我认为应该明确现当代通俗小说创作观念的合理性和科学性,并在此基础上建立"通俗小说的语境"和批评标准。文学是人类精神生活和物质生活的形象反映,形象反映的深刻性、生动性是文学创作和批评的终极标准,但是"条条大道通罗马",不同的"道"有不同的路径,不同的路径有不同的风景,只要能到罗马都是好道。就像下棋一样,围棋、象棋有不同的套路和规矩,虽然它们都是棋。所以真正合理地批评现当代通俗小说就要了解中国现当代通俗小说具有什么样的"路径",究竟有什么样的套路和规矩。

中国现当代通俗小说是中国传统小说的延续。在中国古代文学中小说本来就是"俗文学"的一个种类。"通俗小说"是1917年新文学登上文坛之后,新文学作家为了表明自我的创作是"新小说",而将这个名称赋予中国文坛业已存在的传统小说。经过近百年的发展,中国现当代通俗小说在文化内涵、生产基础和创作手法上都有了很大的变化。在文化价值取向上,现当代通俗小说是传统文化、中国新文化、世界流行文化的混合体;在生产基础上通俗小说是商品经济导向下的市场文学,对现代大众媒体特别地依赖,说现当代通俗小说就是大众媒体小说也未曾不可;在创作手法上,中国现当代通俗小说以中国传统小说为主,融合了新小说和世界流行小说的众多要素而构成。这就是中国现当代通俗小说所特有的"路径"。

了解了这一"路径",我们就能以欣赏的态度看待沿途的"风景"。

我们应该了解现当代通俗小说的创作观念是中国传统小说的"写实主义"。什么是中国传统小说的"写实主义"?1920年鲁迅在分析《红楼梦》时作了这样的解释:"盖叙述皆存本真,闻见悉所亲历,正因写实,转为新鲜","总之自《红楼梦》出来以后,传统的思想和写法都打破了"。[②]自《红楼梦》之后,中国的传统小说"写实主义"就开始形成,那就是:通过人情世故的"写实",表现社会、体验人生。中国现当代通俗小说就是这样的"写实主义"的现当代延续,那种以新文学的"启蒙主义"的观念要求和看待现当代通俗小说的做法都是不切合实际的偏颇的视角。

既然现当代通俗小说是市场的小说,追逐社会的热点就少不了。当下的读者最关心的是什么事情,当下的读者又喜欢读什么类型的小说,都是通俗小说创作中的特点。正因为如此,通俗小说自然具有大众文化氛围和草根阶层的心态。当下中国文坛上"官场小说"走红,《蜗居》式小说被热捧,都可以从这样的角度理解之。你可以批评这些小说媚俗,但不可以用"经典化"、"陌生化"、"距离感"、"人物中心论"等要求批评其浅薄,因为根据那一套理论就根本创作不出来通俗小说。

中国传统小说本来就是讲故事,特别善于编故事是中国通俗小说的特点。既然是讲故事,传奇乃至于离奇就必不可少,否则就不会有《西游记》、《镜花缘》,所以我们不必用"荒唐"、"荒诞不经"、"胡编乱造"来指责它们。既然是讲故事,模式就不可少。各种类型的通俗小说有各种类型的模式,这些模式是各种类型的通俗小说在长期的创作实践中积累下来的美学结晶,去掉这些模式这些类型的通俗小说就没有了特有的"趣味"。我们应该欣赏的是作家们怎样变化这些模式,就像玩变形金刚,都知道最后会变成什么模样,它的趣味就在于怎样扭来扭去。因此,要求通俗小说创作"个性化"、"创新化"根本就不可能,甚至是不能做。

　　中国的小说创作与大众媒体联姻是个传统,中国古代最大众化的媒体莫过于戏曲和评话,中国古代小说因此都有"戏曲气"、"评话味"。现当代通俗小说几乎是伴随着大众媒体而产生和发展。清末民初之际,现代报纸产生,此时的通俗小说也就是新闻体小说;以后杂志开始流行,通俗小说开始注意结构的完整;20 世纪 20 年代以后,电影逐步成为中国人欢迎的大众媒体,中国的通俗小说将很多电影的表现手法吸收了过来。到了当下,网络成为大众的媒介平台,通俗小说的网络化自然就会产生。因此,要求通俗小说摆脱媒体的影响,根本就做不到;指责通俗小说语言"新闻化"、"网络化",根本就没必要。

　　批评的标准建立在批评对象的适应性上,否则就是"驴唇不对马嘴"。本文是对 60 年来中国当代通俗小说的史学评论,是中国期刊上第一次如此完整、全面地论述处于边缘却十分耀眼的中国当代通俗小说。本文运用的批评标准就是"通俗小说的语境"。

　　通俗小说是一种体裁小说,每一种体裁都有各自的特点。基于此,本文根据体裁论述 60 年来的中国通俗小说。

一、社会小说

　　小说都要写社会生活,因此仅以社会生活的描述分雅俗是没有道理的。这里所分析的社会小说是根据既定的惯例,指那些运用大众化的创作手段,在题材上主要集中或者侧重描述、反映、批判现实社会热点问题的小说和社会世情的小说。

　　中国大陆的当代社会小说起步于 1991 年 8 月出版的曹桂林的移民小说《北京人在纽约》。这部小说试图告诉读者一个事实:美国是一个天堂与地狱并存的社会,中国人在美国拼搏可以成功,但是失去自律的中国人就可能堕落、破产,甚至是家破人亡。在同名电视剧的推动下,这部小说走红中国大陆,也引发了一系列的移民小说的出现。这些移民小说引领着读者向纵深处思考问题。

　　1992 年出版的周励的《曼哈顿的中国女人》就不仅仅是告诉中国人美国是什么,而是试图通过女主人公的生活经历对祖国和移民国的文化做出自认为客观的评价。作家并不反感美国,甚至还有些以美籍华人的身份显示出优越性,小说中她言必称"在美国",俨然以主人的身份向国人介绍美国社会,但是她也并不贬低中国,而是强调中国文化自有它的特点,因为那毕竟是自己的故乡,童年的记忆、初恋的重温、北大荒生活的纪实处处流露出恋家的情感。与她这种"客观性"的评价相适应的是小说的文体也尽量客观化。周励曾经做过一个时期的记者,小说中不断穿插着新闻笔法,努力地告诉读者,这些她的所见、所闻、所感都是真实的。

　　与周励这种两种文化并列共存的态度不同,之后出版的移民小说都开始写两种文化的差异和冲突,集中地表现在两种题材中,一是育婴、育儿,一是婚姻与性。王周生的《陪读夫人》通过中美两国育婴的不同习惯说明两国的文化的差异,又由于两种文化的差异造成了夫妻关系和家庭关系的紧张。几乎是同一个题材,王小平的《刮痧》就写得更生动了,刮痧是治病的方式还是虐童的表现,小说不仅仅是写文化差异造成夫妻、家庭的矛盾,还触及社会的观感、评价,甚至是社会的法律。两部小说都写文化差异,但是在情感的处理上不一样,《陪读夫人》最后女主人公蒋卓君回到了家,但是心态似乎永远是孤独的,《刮痧》中的许大同在圣诞夜装扮圣诞老人的举动感染了法官,表演了一场中国温情战胜美国呆板的喜剧,两国的文化似乎在亲情的基础上得到了融合和统一。不同的情感处理表明了作者不同的文化观念。在婚姻与性的题材的移民小说中,作者都强调中国人从来都是将婚姻与性结合在一起,性就是爱情和责任,美国人则常常将两者分开。这样的模式在移民小说中普遍存在。

在这类小说中,骁麒的《重返伊甸园》最有代表性。小说中的男主人公吴为分别与日本女人、欧美女人和中国女人产生感情并发生了性关系,日本女人就是奉献,欧美女人就是索取,只有中国女人不仅有温情,还有责任。小说虽然概念化的痕迹很深,却是将问题说得再清楚不过了。

域外小说创作与阅读的社会背景是中国要进入世界,趣味性和生动性来自于不同的人生观、文化观的比较和对比,随着中国开放程度的不断深入,原来在比较和对比中寻找陌生感的新鲜和差异感的刺激逐步地被平常化所取代,域外小说也就逐步地淡出人们的视野。20世纪90年代之后中国大地上滚动着商业大潮,与普通老百姓生活密切相关的就是股票、股市和波动,以此为题材的小说层出不穷,也成为最有市场吸引力的商战小说。这类小说有一个共同的特征,就是在股市的平台上写金钱与道德、爱情之间的搏杀,小说的结尾几乎都是主人公在取得金钱的同时,也是人生悲剧的开始。徐俊夫的《股海搏杀》、《股海亡灵》,杜建平、戚克强的《赢钱前后》,易迪的《股海遗梦》,园静的《股海情殇》,钟道新的《股票大亨的儿子》等等都是比较有影响的小说。在商战小说中颇受好评的是钟道新的另一部长篇小说《非常档案》。这部小说同样写金钱如何毁灭人性,同样写商界、官场的钩心斗角,但是最令人称道的是小说写了中国的经济改革所留下的大量的漏洞,让那些不法分子有隙可钻,例如股份制改革,国家是想通过此举将企业推向市场,但是大量的国有资产却在改制的过程中流进了很多人的私有的腰包。更为深刻的是小说告诉我们,在这样的制度下,想洁身自好都不可能,势大于人。20世纪90年代描写都市人生存状态和精神状态的都市小说独树一帜。它们所表现的问题具有特有的"都市味",这些"都市味"又都布满了当代社会的神经末梢。

大款生活是都市小说最引人注目的题材。1993年白天光写了两部小说《大款奶奶》和《大款爷们》。小说笔走"极端",尽写些大款们的奇事。小说用语调侃,笔锋机智,读之令人忍俊不禁。但是,如果仅仅限于叙述奇人奇事,那还只是反映了社会的那一群寄生阶层的荒唐和空虚的生活,只能满足读者的某种好奇心而已,这两篇小说的成功之处在于通过这些荒诞的行为举止的描写,时时对社会风气施以狠狠的针砭,给读者留下弥久的回味。

显示当代都市生活特征的另一个话题是"白领阶层"的婚姻、爱情问题。表现"白领阶层"的婚姻、爱情的小说数量极多,其中的核心话题是如何对待"第三者"。几乎所有的涉及"第三者"的小说都将其看作悲剧,但是对这些悲剧的思考又流露出作家不同的价值观念。洪都的《遭遇外遇》写的是妻子有了外遇而被丈夫杀害的悲剧故事。虽是妻子"越轨",却得到了小说作者深深的同情。对这一问题的思考更为深刻的是王葳、夏洛特的《甜蜜的折磨》。这部小说的情节并没有多少新意。少女爱上了已婚男人,已婚男人为了摆脱这种尴尬的境地,就将少女介绍给自己的儿子。把小说搅成婚外恋和多角恋爱是言情小说常用的手法,因为这样的关系最容易写出感情的磨难。小说的结尾同样是在社会的压力之下男女主人公分手了,这是现有的"第三者"小说中的必然结局。小说的深刻之处在于,它通过一则平常爱情生活的描述,引发对当前爱情、婚姻形式的思考。在当今社会中,男女之间的感情随着婚姻形式的确定也就被锁定,在已婚男女之间再出现感情别恋均被视为非分之想,而被指责为不道德。这部小说却提供了另一条思路,已婚男女之间的感情别恋是客观存在的,而且是美好的,真正丑恶的东西是那些束缚感情别恋的有形和无形的绳索。作品中的每一个人都是善良的,他们的冲突来自于各自的思维习惯。小说的结尾暗示着生活又将恢复正常,但是感情的伤口真的能愈合吗?留给读者深深的回味。

当代都市小说对生活在都市中的边缘人也进行了反映。都市边缘人主要有两种形态:一是生活在都市社会底层的人;一是来自农村的打工者。当代都市小说一般都是依据"人穷志不短"的原则写他们的传奇人生。邱伟鸣《巅峰的枪手》、孙少山的《垃圾箱里的女人》、张晓东的《死亡瞬间》、安之的《跟狐狸们游戏》等作品均可视为代表作。

通俗小说一直在追逐社会热点,并以此来吸引读者的眼球,因此一些亦真实亦虚构的纪实小说很是流行。20世纪90年代初期,纷纷创刊的通俗文学期刊,像《今古传奇》、《章回小说》、《民间故事》、《通俗小说报》、《中国故事》等都相继开辟了纪实小说专栏,使得纪实小说成了通俗文学期刊版面的重要组成部分。

最初,纪实小说多为一些中短篇,内容主要是回顾已故历史名人轶事和揭示一些社会黑幕。20世纪90年代中后期,纪实小说作家们直接面对现实生活、关注当下社会问题,并表现出强烈的社会使命感。中国的改革从农村开始,经过近20年的改革,很多曾经辉煌过的人和事都进入了历史总结阶段,此时的纪实小说中农村纪实小说写得最有深度。它在反映改革开放政策下的农村的新气象、新变化同时,还探讨了农村改革的新走向、新问题。1997年《今古传奇》第5期上发表的冯治的《中国三大村》是一部典范的农村纪实小说。小说共分为《风雨大邱庄》、《人间天堂华西村》、《红旗不倒说刘庄》三个部分,分别对天津的大邱庄、江苏的华西村、河南的刘庄三个小村子成功改革的历史进行了真实记录,进而对中国农村改革的深层次问题提出思考。张宇的《新鲜的神话》、向华的《中国第一"包"》、解永敏的《多事的乡野》、魏得胜的《敲起锣来打起鼓》等一系列作品,总结农村改革成功典型的经验教训以及对农村改革模式的反思,提出了农民的素质、农村基层组织建设、司法体制建设、民主选举机制建设等一系列问题。

所谓"官场反腐小说"就是描写、揭露官场生活和官场腐败现象的小说总称。官场题材贯穿整个中国文学史的创作历程,但集中描写官场现象的小说潮流却只有两次,一次是晚清的谴责小说,一次是20世纪90年代的官场反腐小说。20世纪90年代之初,官场反腐小说多为一些中短篇和小小说,如梁寿臣的《花脸县长》、李继华的《绑票》、胡飞扬的《破产》等作品,这些小说往往在一个相对封闭、稳定的结构模式中来展现官场规则的一角,表现官场规则的某一侧面,某一具体现象,情节十分简单,人物模式化、概念化,通常在单一权力网络中考察腐败的滋生。20世纪90年代中后期,官场反腐小说以长篇为主,创作倾向也开始多元化,概括一下大致有三种类型:

第一种类型表现的是官场中现实与人性、道德的冲突。身在官场就得遵照官场的生存法则来主体建构,个体的思维、言语、行为方式都要符合官场规范。浑浊的官场现实,其冷漠无情的规则,对以接受传统教育的人文知识分子为主体的官员群体而言,是残酷的挣扎,面对现实,他们做出了各自的抉择,一部分人固守自己的道德理想,另一部分人在经历了抗拒、挣扎、动摇之后最终走向了道德的彼岸。20世纪90年代官场反腐小说对各类官员在善恶抉择中丰富复杂的内心世界进行精确描写的是王跃文的《国画》、《梅次故事》、《苍黄》等,阎真的《沧浪之水》和王晓方的《驻京办主任》等小说。他们的官场题材的小说主要描写表现艰难而沉重的官场现实生活,作品中极少有鲜明的反腐宣言,反腐的主题被他们虚化处理了,他们实写官场生活中的冷漠、黑暗的一面,反对腐败的态度隐含在对官场污浊的描写之中,所以如果从文本表层来看,他们的小说更确切的表述是"官场生活小说"。

第二种类型表现的是官场中权与法的较量。这一类型的反腐小说往往以侦破案件为贯穿全文的主线索,围绕案件的侦破来逐步展示权力与法律的正面交锋。代表作家主要有张平与陆天明。张平笔下的官场就是一个"场","场"就是关系,平级关系、政敌关系、同盟关系、裙带关系、官商关系、官民关系,林林总总的关系纵横交错便形成了官场这张密不透风的网,在这张网的庇护下,非正义、不公平、无视法纪一次又一次重演着。张平小说的内涵在于揭示中国官场之所以形成网络的文化根据,作者显然认为中国的宗法制度和人治传统是形成官场腐败的网络的原因,反对腐败就是要反对几千年来形成的官场陋习,与集体无意识斗争任重道远。但是张平小说中那种"清官收拾残局"以及"大团圆结局"却也是表现出作者的人治观念和理想色彩。虽然同样是写反腐英雄,陆天明小说中的人物不仅仅是收拾残局,他们还冲在斗争的第一线。《苍天在上》中的代理市长黄江北生动的形象不是他最后怎样战胜了腐败,而是与腐败分子的直接的斗争。《苍天在上》写反腐英雄,《大雪无痕》则写腐败分子堕落的过程。小说试图告诉读者周密成为腐败分子不是他本性恶劣,而是他的性格和身处官场的环境造成的。侧重于写官场中的人性,陆天明的小说有着更多的余味。

第三种类型表现的是对官场体制的思考与探讨。腐败的本质说到底就是权力的腐败,权力的膨胀、失衡、滥用都将导致腐败。作家们描写腐败与反腐败的过程中,开始对官场体制进行认真思考,代表作家是周梅森和田东照。周梅森的小说比较大气,他直面官场的现实,以人文知识分子的眼光来观照现行的官场体制,对官场体制弊端的抨击尖锐、深刻。《人间正道》、《中国制造》最能代表20世纪90年代周梅森反腐小说创作的这一特点。田东照对当代中国官场体制的思考,主要表现在他的《跑官》、《买官》、《卖官》三部中篇小说中。这三部小说通过描绘官场黑暗的现实,在关系交错的背景中对现行的国家干部选拔和任命制度的弊端进行深刻反映。官职之所以能像商品一样随意买卖,实际上还是中国官场人治的弊端造成的畸形现象。田东照的三部小说可谓是当代官场的现形记。

吏治题材的作品中国古已有之,公案小说和晚清谴责小说均有精彩之作;政坛腐败的批评,外国小说作家也是津津乐道,很多有关丑闻、揭秘的小说常常引起人们的关注,但是如此密集、多角度地出现官场反腐小说确是当代中国文坛一个值得重视的文学现象。中国的改革开放的成就举世瞩目,党内腐败的问题客观存在。党和国家决定对腐败分子进行惩治,力度不断加强,反腐是人们普遍关心的社会热点。生活素材和读者的关注是作家创作的源泉和动力。与这样的社会需求相呼应的是这些官场反腐小说几乎一出版就成为畅销书,丰厚的商业利润回报,也刺激了官场反腐小说的规模生产。

中国现当代通俗小说流行着一种以历史名人的生活为背景进行小说虚构的"人物世情小说",例如自传性很强的徐枕亚的《玉梨魂》,毕倚虹以包天笑、苏曼殊等人的生活为背景的小说《人间地狱》,包天笑以梅兰芳生活为背景的《留兰记》等等。20世纪90年代后期"人物世情小说"再一次流行起来。在众多的作家作品中,陈丹燕和虹影的小说最有代表性。

陈丹燕代表性的小说是《上海的风花雪月》、《上海的金枝玉叶》、《上海的红颜遗事》。从这三部小说中,我们可以看到很多上海艺术界、文化界的知名人士的影子。这三部小说都有一个共同的特点,写的都是"被深藏在日常生活之下的记忆里的故事,被遗忘和不忍擦去了的故事"，是由"一次又一次的谈话，一段又一段的证实，旧了的照片，黄了的信纸"逐步完整起来的。人物是过去的人物，时代是过去的时代，再加之纤细婉约地娓娓道来，使得她的小说散发出浓浓的怀旧风。小人物，大背景，是作家的创作视角，也是作家知时论世的一双眼睛。滚滚红尘，恩恩怨怨都将被时代掀过（或者遮蔽），纤细的情感之中有着历史的记忆，使得陈丹燕的小说表现出众。在《上海的红颜遗事》的结尾，1975 年 9 月 23 日，小说主人公姚姚被卡车撞死。作家将笔锋一转，写了这一天《解放日报》上的大小新闻：黎笋同志率越南党政代表团到达北京，上海铁路分局的工人正在评《水浒》，朝鲜劳动党中央宴请张春桥，天气预报是"局部有小雨"……这些新闻的记述，说明姚姚死时的时代气氛，说明时代根本不可能将姚姚这样的小人物的生死记在心上。社会环境和人文环境的刻意的渲染散发出的是怀旧的情绪，将人与社会环境和人文环境映衬起来写表现出的是作家对主人公心境的把握和深深关怀。

不仅是时代的思考，还有文化的思考，虹影的"人物世情小说"显示出了独特之处。《K》发表之后，读者反响强烈。人们在小说中追寻中国文化名人的影子，据说虹影还为此事打了官司。其实，虹影只不过借历史名人的影子写了自己的文化观念。小说的两个主人公都是文化的符号。林是英国布鲁姆斯勃里（英国伦敦一个街区的地名，此街区住过很多名人，特别是范奈莎和弗吉妮亚·伍尔芙姐妹等自由主义者）的中国传人，朱利安却是英国布鲁姆斯勃里的正宗传人，英国自由主义文化的第二代的骄傲。朱利安来到中国标志着正宗的英国自由主义文化进入中国，他的逃离标志着正宗的英国自由主义文化在中国根本无法立足。他与林的悲剧，与其说是爱情悲剧，不如说是文化悲剧。他与林从聚合走向消散，与其说是小说情节的跌宕起伏，不如说是英国自由主义文化的消解过程。从这个层面上看，也就能看清小说所包含的更深刻的内涵。东方女人与西方男人的爱恋，情与欲、血与泪的交融的情节，死亡的悬念和结尾，东湖和珞珈山的山湖艳影，是一套通俗小说创作模式。在通俗小说模式中讲述了一个文化的沉重的故事，是作家的聪明。《K》之后，虹影推出《上海王》。这部小说当然夹杂着当时上海各位江湖人物的影子，但是小说的侧重点显然从文化思考转向了人性的诡秘、恩仇的快意和痛苦、情节的曲折和复杂，通俗小说的创作在小说中充分地得到展示。

二、言情小说

1949 年以后中国大陆在相当长的时期内并没有纯粹的言情小说，因为言情被打上了小资产阶级的情调和个人主义的标签。但是言情因素却始终没有断过。林道静和于永泽、卢嘉川、江华之间的爱情、婚姻选择（杨沫《青春之歌》），少剑波与小白茹之间的情感纠葛（曲波《林海雪原》），江玫和齐虹之间的情理冲突（宗璞《红豆》），这些小说中的故事虽然都是革命的理想战胜了小资产阶级的言情，但其中那些情感片段的描述还是激动了很多人的心。从中说明一个问题：作为人的基本情感之一的言情实际上是管不住，也关不住的。1949 年以后中国大陆第一次出现真正意义上的言情小说是 20 世纪 70 年代末 80 年代初以后登陆的台湾作家琼瑶的小说。琼瑶创作小说始于 1963 年出版的《窗外》。琼瑶小说曾经风靡海峡两岸，至今余韵犹在。琼瑶小说为什么能产生如此深广的影响，我认为应该从社会、美学两个角度上去思考。

20 世纪 50 年代台湾地区的文坛相当僵化,统治文坛的是一些歌颂"国民党政府"、反对大陆的"政治文学"。这些概念化的文学作品为读者所厌倦。20 世纪 60 年代初以余光中为代表的"现代文学"作家,他们将西方的现代文化与中国传统文化相结合,创作大量的诗歌、小说,给当时台湾地区的文坛吹了一股清风。但是余光中等人的作品毕竟属于"精英文学",普通的老百姓感受不深。此时琼瑶等一批通俗文学作家登上文坛,他们以感受得到的情感表达和看得懂的文字描述向台湾地区的读者吹刮着一股股软软的风。与那些宣教性的文艺作品相比,琼瑶等人的言情小说实在太好看了,怎么能不被读者所追捧呢?琼瑶小说 20 世纪 70 年代末 80 年代初来到中国大陆时同样给中国大陆的读者带来了惊奇。1949 年以后中国大陆的读者在接受感情教育的时候,都是讲阶级的情操高于血缘关系。现在突然看到琼瑶小说就会感到原来世界上还有这样的生动、感人的情感,就如甘露滴在干涸的心田,觉得很滋润。中国大陆的读者同样追捧琼瑶小说。所以说,海峡两岸的读者虽然是在不同时期接受琼瑶小说,但是同样热捧琼瑶小说,根本原因是社会背景造成的。同时,我们也应该看到,琼瑶小说虽然在海峡两岸不同时期出现,但是都起到了软化当时僵硬的文坛的作用,这应该是最值得肯定的琼瑶小说的历史价值。

琼瑶小说的美学价值,我认为有四个方面值得一说:

一是琼瑶小说宣扬"性格决定爱情"的爱情观念。这种观念宣扬的择偶标准不是金钱,不是社会地位,不是显赫的家庭,也不是迷人的外表,而是一种与自己相投的性格,用当今流行语言来说,就是"是否来电"。以这样的标准选择的爱情在别人看来也许非常怪异,难以接受,但是却投我缘,活得舒畅。根据这样的标准,也就不论对方是老师还是学生,只要性格相投爱情就有可能产生于其中。

二是琼瑶小说总是写一个女人和几个男人的故事,是多角恋爱的模式。与众不同的是她小说中的多角恋爱的中心不再是男性,而是女性。男性为中心的多角恋爱,女性处于被动的地位,或者被接受,或者被抛弃,爱情的悲剧往往表现在功利性污染了纯洁的感情,从而产生对感情的赞美,对功利性批判的阅读效果;女性为中心的多角恋爱,女性处于主动的地位,付出与索取并存。她的恋爱过程有情感的付出,或者是错误的付出,或者是正确的付出,不同的付出有不同的效果。但是错误的付出之后却还可以索取回来,因为主动权在女性手中。这样的角色变换最为积极的效果是给她的小说带来了女性的现代意识。另外,它还给琼瑶小说带来了两大阅读效果:小说中的爱情波折往往表现为感情的磨难,经过磨难后的感情再得到某种归属,感情就显得更加的纯洁和可贵。事实上这就是琼瑶设计故事情节的常用手法。在多角的恋爱线索之中必然有数角是写感情磨难的,在数角的感情磨难的衬托之下,那正确的一角必然是写得让人读得荡气回肠、唏嘘不止;女性的情感世界得到了充分的释放和细腻的表现。隐秘的、奔放的、迟疑的、热情的、悲痛欲绝的、激动人心的,女性的情爱心理和情爱生活伴随着曲折的故事情节,在琼瑶小说中得到了最生动的展现。

三是琼瑶小说是言情的,但绝不写性;对爱情的追求是执着的、坚韧的,却是含蓄的、温柔的;人物的观念是现代,甚至是前卫的,但故事往往在一个传统的大家庭中展开。在现代和传统之间琼瑶非常准确地控制着一个度。这个"度"使得琼瑶小说既有现代气息而又并不违背传统。在《我的故事》中,琼瑶说:"我想,在我的身体和思想里,一直有两个不同的我。一个充满了叛逆性,一个充满了保守性。叛逆的那个我,热情奔放,浪漫幻想;传统的那个我,保守矜持,尊重礼教。"琼瑶"身体和思想里"的两个"我",恰如其分地交融地占据在她的小说之中,而且我们看到那个叛逆的"我"是显性的,那个保守的"我"是隐性的,隐性的"我"支配着显性的"我"。我们看到琼瑶的小说恋爱和感情实际上是分开着的,恋爱是可以多角的,但感情却是一角的;恋人的身份是毫无顾忌的,但感情的真挚是必需的;男女主人公也许并不能终成眷属,给小说留下遗憾,但男女主人公的感情一定会有一个落实,无论满意不满意最后总有一个交代,从一定程度上说,磨难的感情是以喜剧告终的。看似热情奔放、浪漫幻想的琼瑶,她骨子里是保守的。

四是琼瑶的小说是"诗意小说"。人物是理想型的。男主人公都有英俊的外表、坚韧的性格和宽广的爱心;女主人公无论是泼辣还是含蓄,其内心都是温柔的,都有丰富的感情世界。环境描写是有意境的,无论是现代的、古典的,室内的、室外的,自然景观、人文景观,都很整洁优美,而且都与人物的感情的起伏相协调,很有韵味。书写的文笔充满了诗情画意,不仅是小说的名称诗意十足,就是叙述语言、人物语言也满是诗画气息。这种风格给琼瑶小说带来了正负两面的效应。从正面说,说明了作家有很高的中国文学的修养;从负面方面看,使她的小说减少了叙事作品应有的生活气息,而生活气息的减少,小说的现实社会性自然就不够了。

就生活的挖掘程度来说,很多作家作品都比琼瑶的小说深刻,例如丁玲的《莎菲女士的日记》。很多作家写的是爱情,目的是在爱情之中阐释人生,阐释文化,爱情生活只是一种题材。琼瑶的小说的思路正好相反,她也写人生,写文化,但根本的目的是写爱情。她正面地明确回答爱情是什么。她认为"真的爱情"是有的,而且是美好的。她认为爱情是一种真实的感情,而且是纯洁的。她认为爱情是要经过磨难的,而且经过磨难后的爱情的价值是超乎一切的。她的这种爱情诉求对很多人来说,觉得像梦一般;觉得苍白无力,但是她却满足了人们对爱情是什么的心理探求,满足了人们"真的爱情"的美好模式的心理期待,满足了爱情遐想的浪漫情怀。所以说,琼瑶小说真正的价值是对读者心灵的慰藉,而不是现实生活的指导。

进入 20 世纪 90 年代以后,台湾地区又出现了一批年轻的言情小说家,席绢、于晴、林晓筠、沈亚被认为是写作界的"四小名旦"。这四位作家中以席绢在大陆的影响最大。琼瑶的小说描述的是纯情,这一纯情又往往来自于感情的磨难。"四小名旦"的小说也写纯情,却抽去了感情的磨难,她们的小说就像一块蛋糕一样,香喷喷、甜蜜蜜,没有丑恶,没有压抑,只有美好生活的憧憬和令人陶醉的情感关怀,作者是用自己的青春体验,向读者诉说着青春情怀,所以说她们的小说是纯真中的纯情。

香港的言情小说也写感情磨难,但是与琼瑶小说的感情磨难内涵很不相同。琼瑶小说的感情磨难最后总是重归于好,好事多磨,感情赞美;香港的言情小说感情磨难不仅仅停留在情感层面上,而是触及婚姻以及人生命运,惨情告终,感情批判。所以,琼瑶塑造出来的女主人公往往是受过磨难的"白雪公主",而香港言情小说塑造出来的女主人公往往是在磨难中成型的"女强人"。

香港言情小说的代表作家是岑凯伦、亦舒、梁凤仪,她们的小说也正是形成了香港言情小说"女强人"模式的发展轨迹。

岑凯伦是最早进入中国大陆的香港言情小说作家,20 世纪 80 年代中后期她的小说曾经风靡神州大地。她的小说中的女性的强势基本上表现为两种形态,一是通过自己的奋斗,提高自己的含金量,获得美满的婚姻,例如《春之梦幻》中的梦诗、《野玫瑰与郁金香》中的宋玉妮;二是千金小姐爱上一个"寄居公子",有些下嫁的意味,例如《但愿人长久》《澄庄》等等。从小说的价值取向上说,她的小说还是属于纯情小说,因为她的小说还是围绕着男女主人公的感情纠葛展开,女性的强势只是在追求爱情的过程中表现出来。她的属于"豪门小说"。小说中的爱情故事基本上发生在富贵显赫的家庭之中,男女主人公几乎都是"富二代"或者"富三代",故事的发生地几乎都是都市中的高级消费场所,再加上小说语言中常常夹杂着英语,岑凯伦的小说能够产生影响,除了言情的描述之外,让当时刚刚步入改革开放时代的中国开了眼界也是重要的原因。

真正体现女性独立性的是亦舒的小说。岑凯伦的小说是写女性强势带来美满的婚姻,亦舒的小说是通过爱情婚姻的描述写女性人格的尊严,因此,亦舒的小说有着更多的女性生活观和人生观的阐释。亦舒小说中的女性人格基本上可以用 16 个字概括:才貌双全、独立自强、人格至上、批判父亲。亦舒小说中的女主人公不但有着令人忘怀的美貌,大多数怀里都揣着一张名牌大学的文凭,因为要完成学业,当然大多是 30 岁左右的成熟女性(如《曾经深爱过》中的邓永超、《银女》中的林无迈等);当感情受到挫折的时候,她们并不怨天尤人,而是努力奋斗出自己的一番天地(如《我的前半生》中的子君、《玫瑰的故事》中的苏更生等);她们需要爱情,但是拒不迁就爱情,当爱情和人格的维护发生矛盾时,会毫不犹豫地选择独立的人格(如《曾经深爱过》中的邓永超、《玫瑰的故事》中的玫瑰等);她们对父亲的所作所为常常抱着批判的态度,并认为他们是造就子女们情感危机的根源(如《胭脂》《喜宝》等小说)。才貌双全是条件,独立自强、人格至上是目的,批判父亲是寻源,爱情、婚姻的描写只是一个平台,因此亦舒的小说常常将笔伸向那些女性的内心深处。亦舒指出,别看她们表面上那么风光,性格是那么刚强,但是她们的内心深处却是很寂寞的,因为她们内心毕竟是女人,她的不少小说就是用"寂寞"命名,如《寂寞小姐》《寂寞夜》《她比烟花还寂寞》《寂寞的心俱乐部》《寂寞鸽子》等等。

亦舒的女性独立还只是人格的坚守上,那些女性总是以忍耐面对负心的男性和私利的社会,梁凤仪就不一样了,她笔下的那些受到损伤的女性总是用行动报复男性、对付社会。她的小说往往是两条线索,一条是缠绵的爱情线索,一条是残酷的商场争斗,爱情是内核,争斗是平台,因此她的小说总是爱恨情仇交杂在一起,可读性极强。这样的叙事格局造就了她的小说的两大特点,一是"女强人"的形象相当鲜明。在梁凤仪看来,女性的幸福爱情生活必须以自己成功的事业为前提,而成功的事业又需要性格上的坚强不屈和独立自主的精神。《九重恩怨》中的江福慧、《誓不言悔》中的许曼明、《今晨无泪》中的庄竞之、《花魁劫》中的容璧怡、《风云变》中的段郁雯等等都是职场女性,是自强自信、外秀内慧地掌握着自己的命运的女人。二是小说中穿插着大量的商场实战案例和商场知识。事务洽谈、人际关系、往来应酬,一系列的商场交往随处可见,一些故事情节完全可以作为经商指南来看待。自强不息的职场女人、浓浓的商场气息,再加上节奏明快的小说语言,梁凤仪的小说被称为"现代财经小说",名副其实。

从强势的婚姻到独立的女性,再到拼搏的女性,从岑凯伦,到亦舒,再到梁凤仪,她们笔下的女性形象越来越强大(坚强),读来却真实可信。因为她们的小说背景是香港的都市社会。都市社会带来了令人眼花缭乱的丰富的都市生活,也带来了激烈的商品竞争,在这样的生活环境中像琼瑶小说中的那些闺秀们多愁善感的生活态度显然是无法存在的。所以说,香港的言情小说实际上是一种都市言情小说。20 世纪 90 年代后期,由于李碧华的《青蛇》、

《霸王别姬》等小说的出现,香港的言情小说再次受到人们的关注。李碧华的小说不同于那些都市言情小说,她善于在历史的变迁中(个人成长史或者社会变动史)写凄美的爱情,男女不分、人戏不分、神鬼不分、生死不分,爱情在她那里不仅仅是一种境界,而且是生存的动力。李碧华对小说形式显然很重视,在小说的情景描述上侧重于具有影视化,在小说语言的选用上又充分利用了现代汉语的特点。例如《霸王别姬》中的程蝶衣与师兄段小楼唱了一曲《思凡》,把师兄看作自己的"夫"了。小说就将对程蝶衣的称呼从"他"改为了"她"。从此之后,程蝶衣男女不分,生活和舞台不分了。

20世纪80、90年代中国大陆虽然有些模仿台港言情小说的作品,例如"雪米莉"的系列小说等,但大陆的言情小说基本上不成规模。到了跨世纪的时候,卫慧的《上海宝贝》、棉棉的《糖》、九丹的《乌鸦》、春树的《北京娃娃》等小说在社会上广为流传。中国大陆的言情小说开始形成气候。可是,与读者的阅读热情相比,评论界对这些小说相当地冷漠。这些作品刚一露脸,众多的评论家就用"身体写作"或者"情欲小说"的封条将它们打入了"冷宫"。其实,任何一部文学作品的内涵都不能一言而弊之,何况这些小说在那个时期出现自有着它们的文化背景和文学渊源。

卫慧在《上海宝贝》中显然是想说明一个问题:什么才是真正的女人。在作家看来真正的女人应该是身心都应该得到满足的女人。倪可身边有两个男人,东方男人天天是她的男朋友,没有正常的性能力,行为乖僻,但是感情细腻,可以看作为是倪可的感情的符号;德国男人马克是她的情人,身材魁梧,行为粗鲁,却直截了当,可以看作为是倪可的身体的符号。对于天天,倪可"天天"少不了他,不管行为如何放肆,如何出格,她对天天的感情始终没有变,至死不渝。但是,天天只能给她感情上的慰藉。马克成为她生活中不可缺少的一个组成部分。倪可常常抗拒马克的诱惑,但每次都是情不自禁地迎合他。为了说明身心的健全对一个女人来说多么重要,作家还设计了另外两个女人的感情生活,马当娜(麦当娜,性感的象征?)婚姻不幸福,是因为她只追求身体的满足;朱砂(贞洁的象征?)的婚姻之所以破裂,是因为她只要求感情的满足。这两个女人感情生活的残缺衬托出倪可感情生活的健全。但是现实生活中的"健全"的生活是难以实现的,小说的最后,天天死了,马克走了。这样的结局意味深长。《上海宝贝》是"健全女人"的正面展示,棉棉的《糖》则将这样的展示建立在挑战姿态中。九丹的《乌鸦》将女性向生存的方向发展,春树的《北京娃娃》则是更多的青春挥洒和青春消费。如果只是一般地翻一翻这些小说,感受到的只是浓浓的咖啡气息和怪怪的肾上腺素的味道。如果再仔细地阅读,就会发现仅仅用"身体写作"、"情欲小说"加以概括似乎太简单了些,在身体的摆弄之中她们还有人生价值的思考,所以,严格地说,它们应是"身心写作"。

这些小说确实有一定的思想内涵,但是它们面世之后为什么受到大多数的读者的鄙视和批评呢?首要原因是作家在性的描写上出了问题。小说中性的描写不是不可以存在,关键在于怎么去写,如果仅仅停留在动作行为的层面上,渲染的只是动物性,那是很卑俗的;如果提高到文化层面和精神层面上,强调的文化性和精神状态,那就有了美学价值。这些小说表现出文化性和精神状态的性的描写实在太少,而那些停留在动作层面上的性描写实在太多。有些描写是不必要的,如女性的一些性的生理特征和一些性行为的具体描述,它们没有什么美感,反而令人恶心,但是作者却不厌其烦地津津乐道。这些描写极大地冲淡了小说中的思想表达和感情抒发。

问题还出在人物的形象的塑造上。这四部小说毫无例外地都写了所谓的"另类人类"。

这些"另类人类"由"真伪艺术家、外国人、无业游民、大小演艺明星、时髦产业的私营业主、新青年"组成。"另类人物"不是不可以写，但是"另类人物"的表现应该建立在深度的思想表现上。《上海宝贝》等小说要表现的"另类人物"缺少的就是这些社会和国家问题的思考，于是"另类人物"也就剩下"另类"的"自我意识"了。更重要的是，当失去了社会意义和积极的人生意义之后，他们那些行为的自私性也就表现了出来。他们似乎都有人生的创伤，但绝对富有；他们游移于公众的视线以外，自己形成一个圈子；他们绝对人数并不多，但始终占据着城市时尚生活的绝对部分。由于他们的生活就是展现欲望和享受欲望，行为的注脚是人生苦短和及时行乐，这样的生活片段自然就洋溢着"世纪末"的情绪。又由于他们只对自己负责，与社会无关，对小圈子负责，与公众无关，他们表现出来的自然是"凡俗伤感而神秘的情调"。

为什么在跨世纪之际，中国大陆会出现这样的言情小说呢？我认为是由三个因素所造成：一是消费主义的文化思潮夹杂着世纪末的情绪，将生活当作人生消费和生命挥霍，"找不着北"所带来的现时享受，构成了这些小说创作和阅读的氛围；二是20世纪80年代以来女性小说创作逐步个人化情绪为这些小说的出现起到了推动作用。20世纪80年代的女性小说还是追寻女性的社会价值和人生价值（如王安忆的《荒山之恋》、《小城之恋》和《锦绣谷之恋》等作品），20世纪90年代的女性小说将小说的价值取向转移到性别的对抗或对比之中，并追寻女性的性别价值（如陈染、林白的小说），卫慧、棉棉、九丹、春树等人的小说只是这条创作道路的延续。她们是将男性作为自我的一个部分的攫取式的女性意识。相比较而言，卫慧等人的女性意识要比陈染、林白的带有病态的女性意识似乎更完整，也更舒展。三是20世纪80年代后期在中国兴起的女性主义文化思潮和法国作家玛格丽特·杜拉斯（Marguerite Duras）《情人》的阅读发生着潜移默化的影响。20世纪80年代后期兴起的女性主义追寻的"性别解放"，它是以男性作为参照系追寻性别的独特性和性别的平等性，它的核心词是"社会性别"（gender）。这种以"社会性别"为中心的女性主义文化思潮自20世纪80年代后期一进入中国本土就受到了很多女性评论家的追捧，并很快地向各个学科蔓延。女性创作占重要地位的文学学科自然就成为女性主义重要的实验地。在这样的文化背景下，杜拉斯的《情人》又提供了一个绝佳的文本模式。杜拉斯的《情人》在欧洲引起了强烈的旋风。这股旋风漂洋过海，在中国吹刮的结果就是文坛上出现的那些"女性主义小说"。尽管她们写得没有《情人》那么感情热烈，难以使人灵魂战栗，她们都在写自己的"广告"，写一个女人的感情、一个女人的性和一个女人深藏于心底的情人。

三、武侠小说

武侠小说是中国的"国粹"。中国传统文化的演绎、江湖人士的刻画、中华武功的美学化为武侠小说的基本内涵。这些美学内涵为中国文学所独有。武侠小说古已有之，但是成就最高的武侠小说却在当代中国。

一般认为1952年梁羽生创作的《龙虎斗京华》是当代武侠小说创作的开始。如果以惯常的1949年为界分为现代文学和当代文学的话，这样的说法没错。如果从武侠小说的美学风格上区分，这种以历史为背景描述江湖争斗的"历史武侠小说"在20世纪40年代已经开始，以《七杀碑》为代表作的朱贞木的小说在40年代已经成为阅读热点，从这个意义上说，梁羽生的小说是现代武侠小说的继续。他从1952年到1984年，创作35部武侠小说，从唐代一直写到近代义和团运动,几乎涵盖大半个中国文明史。当然,梁羽生的小说自有独到之处。梁羽生的小说有着明确的历史观:国家为上、汉族中心。梁羽生小说中的矛盾大致上归纳为三种:"江湖—庙堂"冲突、民族冲突、正邪冲突。他演绎的矛盾冲突的基本思路是,当正邪的江湖矛盾与庙堂的国家矛盾发生冲突时,江湖的利益服从国家利益,例如小说《萍踪侠影》中的情节描述;当国家矛盾与民族矛盾发生冲突时,国家的利益服从民族利益,例如《七剑下天山》中的情节描述。梁羽生十分强调武者以侠为宗,宁可无武,不可无侠。真正的侠客一定是重情重义、道德完善,所以梁羽生是武侠小说作家中对女性比较尊敬的作家,例如小说《白发魔女传》,也是最讲究中国传统的伦理道德的作家,例如《飞凤潜龙》中的情节描述。梁羽生的中国传统文化的修养相当高,语言古朴,文采飞扬,有浓郁的书卷气,特别是他常用古典诗词写人物命运和概括故事情节,沉郁而有余韵。梁羽生写小说端庄和古秀,有"武林长者"的美称。当然,他的小说也存在着灵动不够,部分作品的结构也显散乱的遗憾之处。

迄今为止,武侠小说影响最大者当然是金庸小说,金庸有"武林霸主"之称。从1955年用金庸的笔名创作第一部武侠小说《书剑恩仇录》到1972年创作《鹿鼎记》后封笔,金庸一共创作了15部武侠小说。到1982年,经过10年的修改,金庸推出了他的作品集。为了让读者辨认,除了一部中篇小说《越女剑》之外,他取每一部小说的第一字写了一副对联:飞雪连天射白鹿、笑书神侠倚碧鸳,分别指《飞狐外传》、《雪山飞狐》、《连城诀》、《天龙八部》、《射雕英雄传》、《白马啸西风》、《鹿鼎记》、《笑傲江湖》、《书剑恩仇录》、《神雕侠侣》、《侠客行》、《倚天屠龙记》、《碧血剑》、《鸳鸯刀》。

金庸的小说是"文化武侠小说"。爱情、江湖、市井、妓院、食品、茶酒、地理、诗词等各类雅俗文化的描述让读者惊喜不已,当然也愉悦不止。不过,金庸小说最有价值的还是他的文化价值观念上的确立和描述。

金庸小说是最规范的中国的道德文化的小说。就武林世界的构造来说,金庸小说是最规范的。师弟、师兄、师傅构成了各种帮派,各种帮派构成了一个完整的武林世界。在各种帮派中师兄大于师弟,师傅统领徒弟,德高望重者统帅全帮派,此为"掌门人";在整个武林世界中帮大于会,派大于帮,少林、武当统帅各种帮派,此为"武林领袖"。这样的构造在金庸小说中不但规范,而且相当权威,长幼不容颠倒,尊卑不容侵犯。杀兄轼师者绝没有好下场;向少林、武当挑战者都是身败名裂。在金庸小说中只有一例稍有例外,那就是《笑傲江湖》中岳不群和令狐冲的关系,但责任不在于令狐冲不尊师,而在于岳不群自己为师不尊。中国传统的道德文化实际上是一种自我规范、自我约束的自省的文化。金庸小说中不管英雄是如何个性张扬,只要被看作英雄,他一定是个君子。因此金庸小说中的英雄都是英雄和君子的结合体。同样以此类推,金庸小说正是用这样的文化为标准来区分小说中的人物的正邪是非,反过来,也正是通过对这些人物的褒贬来弘扬道德文化。表现和宣扬传统的道德文化是武侠小说的基本特色,没有这样的特色,也就没有了武侠小说,金庸小说也不例外。

金庸小说独特的贡献在于,他将中国传统的文化、中国五四以来的新文化以及世界流行文化融合起来构造成小说的文化价值取向。如果把人的生命的阐释、个性的追求、孤独的情绪、离别的伤感等观念和情绪看作是现代意识的话,金庸小说同样表现得淋漓尽致。只不过,金庸并没有将这些观念和情绪与传统道德文化割裂开来,它们作为传统的道德文化的一部分在小说中加以表现。也有不同的地方,他的人物不像新小说那样在肯定和要求人的价值的同时,对既有的文化提出疑问或抨击,从而达到改变既有文化的目的;而是在肯定和要求人的价值的同时,依据既有的文化进行人格的自我完善,其目的在于维护和宣扬既有的文化。因此说,金庸小说实际上解决了现代文学长期困惑的一个问题,即:中国的传统文化与人的价值的实现是否相矛盾呢?中国的传统文化是否束缚人的价值实现呢?五四以来的新小说的理论一直持肯定的态度。金庸小说告诉我们,并非如此,关键是如何看待人的价值的内涵。如果将人的价值的实现看成是完全解除一切束缚的个性的自我实现,中国的传统文化显然是格格不入的,如果将人的价值的实现看成是道德的自我完善,中国的传统文化就是最好的标准。金庸小说中的人的价值的实现就是人的道德的完善,人的道德的完善并不抹杀人物的个性,相反,它使人的个性得到更合理的张扬;人的道德的完善并不是不要人的欲望,而是使人的欲望更富有理性。

中国长篇小说长期以来一直存在着结构不完整的问题,要么是前面严谨,后面松散,如《三国》《水浒》《西游记》,要么是中短篇小说连缀,如《儒林外史》等,以至于曹雪芹写《红楼梦》都难以结尾。金庸小说结构相当完整,其根本原因是金庸小说依据一种"成长模式"来写人,即:以人物的成长作为小说的创作中心。"成长模式"的确立也就确立了小说以写人为中心的创作观,不同的"成长模式"也就表现出人物不同的成长道路,不同的成长道路也就写出不同的人物个性,表现出不同的人生欲望来。于是,金庸小说能够塑造出不同的人物形象来,能够化解武侠小说的各种模式,能够把人和事都写活了。既然是以人物成长为创作中心,小说的结构就围绕着人物形象展开,小说形象塑造完整了,小说结构自然就完整了。

与梁羽生、金庸同时期的台湾地区也活跃着一批武侠小说作家,卧龙生、司马翎、柳残阳是代表作家。卧龙生约发表50多部作品,代表作有《飞燕惊龙》《玉钗盟》《天香飘》《金剑雕翎》《飞花逐月》等;司马翎大约发表50多部作品,代表作品有《关洛风云录》《剑气千幻录》《剑神传》《剑胆琴魂记》《圣剑飞霜》《帝疆争雄记》《纤手驭龙》《八表雄风》《剑海鹰扬》等;柳残阳大约发表80多部作品,代表作有《玉面修罗》《鹰扬天下》《修罗七绝》《渡心指》《神手无相》《天魁星》等。与梁羽生、金庸小说相比较,这些武侠小说作家作品有两大独特之处:一是他们构造了一种"女性江湖"。虽然梁羽生小说中也有一些女英雄,但基本上是以男性为中心,金庸小说中女性只是情感的符号,是为了表现男性英雄气概中还有儿女情长的一面而存在。这些台湾作家则是将女性作为小说的主人公加以塑造,将女性的情感世界作为故事的情节加以渲染,因此在他们的小说中,无论是女侠,还是女魔,是弱女,还是超女,女性的江湖世界在他们的小说中得到了充分的展现。值得一说的是,不管这些女性江湖写得多么精彩,这些女性还是属于"被看"的状态,因为她们的喜怒哀乐都是为了一个男性的情感归宿而展现,她们的喜剧或者悲剧的结局还是以得到或者失去一个男性为标志。因此说,这些小说虽是写的女性,却还是在男性话语的笼罩之中。二是除了武功的描述之外,他们的小说还相当注重布阵、机关等玄机的设计。这些设计显然是中国明、清时的公案小说的延续,却不太合现代人的阅读胃口。

台湾作家古龙被看作是武侠小说的改革者。古龙大约创作了60多部作品,他的创作大致上可以分为三个阶段,从1960年开始创作第一部小说《苍穹神剑》到1965年左右为第一阶段,这个时期的作品大致是学习模仿金庸、梁羽生的小说。他最有成就,并被认为开创了武侠小说新的境界的小说创作主要是第二阶段,主要作品有《武林外史》《绝代双骄》《楚留香传奇》《多情剑客无情剑》《萧十一郎》《陆小凤传奇》《七种武器》等等。1976年以后到他1985年去世的创作被看作是他的第三阶段,这一阶段并不被人看好,认为是古龙创作的衰退时期,代表作品有《白玉老虎》等。

既不同于梁羽生小说那样注重历史,也不同于金庸小说那样注重道德文化,古龙把世界文化之中的现代意识和现代情绪引进了武侠小说之中,从而大大拓展了中国武侠小说的文化空间。没有什么历史背景,古龙无须为是否违背历史的真实而拘束;没有道德束缚,古龙无须使笔下人物担负什么国家的大业、民族的复兴的重任。他的人物有着很强的个性,介入江湖纠纷相当程度上是由于自我的兴趣,随兴所至,显得特别潇洒;伴随着这样的个性的是人物的孤独感和寂寞感,因此裹挟着苍凉感。李寻欢、萧十一郎、楚留香、陆小凤,这些古龙笔下的英雄人物无不是这样的风格。"暮春三月,羊欢草长,天寒地冻,问谁伺狼?人心怜羊,狼心独怆。天心难测,世情如霜……"《萧十一郎》中的这首凄凉的歌裹挟着更多伤感和无奈。也许是与这世界格格不入,古龙的小说对死亡也就看得很轻。死亡在他们看来只不过是人的一个正常的人生归宿,他们所需要的是快意的生活、快意的人生,今朝有酒今朝醉,古龙的小说夹杂着一股世纪末的情绪。从这样的思维出发,古龙显然对女性尊重不够,在他的小说中,女性只是一个符号,代表了情欲和淫欲,甚至只是男性享受生活的一个侧面。

古龙小说在情节推理和神秘恐怖描述上显示特色,他将日本推理小说、欧美的"硬汉派小说"的一些美学要素引进武侠小说中来,形成了一种"古龙结构"。在武侠小说作家中,武功写得最轻松的大概要数古龙了。他似乎不愿意在纸上摹画武功,那就干脆不写武功的招式,只写武斗的结果。于是快刀成为古龙小说标志性的武功招式。与这样的层层推进的故事情节和讲究速度的武功招式相合拍的是古龙的小说语言,推理并尽量哲理化,短句并尽量连环化,是古龙小说语言的特色。

延续着古龙小说创新之路走的还有香港作家温瑞安和黄易。1970年温瑞安以《四大名捕会京师》而成名,以后他创作的一系列小说中以《神相李布衣》和《说英雄,谁是英雄》系列最有名。现代意识和现代情绪、推理式的小说结构、神奇的武功招式、散文化的语言叙述,温瑞安的小说显然受到了古龙小说的影响。温瑞安的小说个性主要表现在两个方面,一是同是写浪子形象,温瑞安主要是写平民浪子,因此他的小说人物有着更多的世俗风格和平民色彩,李布衣、王小石是代表人物。二是在语言上,不仅追求散文的效果,甚至将诗歌语言也写入其中,因此,他的小说语言似乎很美,却也很飘。黄易真正成名要到20世纪90年代以后,他的小说主要分两大系列:异侠系列和玄幻系列。异侠系列的代表作有《荆楚争雄记》、《大唐双龙记》、《边荒传说》等等,玄幻系列的代表作有《寻秦记》、《星际浪子》、《大剑师传奇》等。黄易小说以《寻秦记》最有代表性。小说写一个生活在21世纪的中国特种部队的精锐战士被高科技送到了公元前的战国,以广博的知识和非凡的功力揭破阴谋、战胜敌人,成为一个超人。这样的构思和写作为武侠小说前所未有,穿越时空,跨越时代;真身不坏,武功非凡;征服野蛮,彰显文明;俊男美女,谈情说爱……这些元素后来都被网络小说放大,成为网络上的穿越小说、玄幻小说、惊悚小说、情爱小说的先导。在这些神奇的情节中作家还努力地用"道学"的原理阐述着生命的价值和武学的境界,并不断穿插着历史、天文、医学、科学、宗教等知识。在渲染趣味性的同时加强了小说的文化性和知识性,以增强小说的阅读内涵。

古龙、温瑞安、黄易都是中国武侠小说的创新者,但是这样的创新充满着危险。武侠小说毕竟是中国的国粹,它是建立在中国传统的文化和中华武功之上的,排除了中国传统的文化和中华武功,"中国式"的武侠小说就难以成立了,或者就不能称为"武侠小说"。严格地说，他们的创新思维是与武侠小说传统文化的要求相背离的。他们的一些作品还能注意到武侠小说的特色，有些小说已经很难说是"武侠小说"了。但是武侠小说不创新就显得十分的老旧，因此怎样创新就成为武侠小说创作者始终面临的难题。20世纪80年代中国大陆也有一些武侠小说创作，较有影响的有戊戟的《武林传奇》、《江湖传奇》、《神州传奇》、《奇侠传奇》；沧浪客的《一剑扫江湖》，这部出版于1990年的小说在1995年与金庸、梁羽生、温瑞安等8人获得首届"中华武侠文学创作大奖"；独孤残红的"江湖四部"；青莲子的《威龙邪凤记》、张宝瑞的合称《京都武林长卷》的9部小说等等。这些小说虽然各具特色，但是总体上说都有中国现代武侠小说和台港武侠小说的影子，其影响当然都不如现代武侠小说和台港武侠小说的原作，甚至还不如一些现代武侠小说的改编本，例如1983年聂云岚改编王度庐的《卧虎藏龙》为《玉娇龙》，所得到市场反响的热烈程度大概是20世纪80年代中国大陆的武侠小说出版之最了。1990年以后中国大陆开始出现了一些新的作家，他们围绕着《今古传奇》、《武侠故事》、《新武侠》等刊物进行创作，特别是2001年《今古传奇·武侠版》创刊，大陆创作的武侠小说就颇成气候。这些作家主要有沧月、王晴川、凤歌、小椴、步非烟、沈璎璎、红猪侠、时未寒、杨叛等。他们之中还没有出现台港武侠小说作家式的大家，也还说不上哪一部作品成为武侠小说的经典之作，但是他们以其大量的作品在中国建立了比较稳定的创作阅读圈，成为新时期武侠小说的重要的生力军。他们似乎都努力地以新的姿态区别于前人，因此，他们称自己的作品为"大陆新武侠"。如果结合当下台港地区武侠小说的创作状况，这批"大陆新武侠"作家的崛起标志着中国武侠小说创作的话语权重新地归置于中国大陆。

中国大陆崛起的武侠小说作家群，有着"新武侠"的风格。首先这批作家大多是具有高学历的身份，经历过比较完整的学院式教育。他们学历教育的时期正是中国改革开放的时候，开放的国际视野使得他们的文化熏陶更为广阔而庞杂，表现在：他们接受中国传统文化的教育，但是并不注重于儒、墨、道、佛哪一家，他们受到现代外国文化的影响，却是感性多于理性；他们生活在中国社会，却又努力地感受西方社会生活态度，并从中归纳出自己的生活哲理，注重的是生活在当代社会中的"活法"以及感觉。他们身上的文化构成具有改革开放以后中国大陆那一代人共有的特征。这样的文化特征在他们的小说中纤细毕露地表现了出来。我们可以在金庸等人的小说中分析出什么是"儒家之侠"、"道家之侠"等指归型的结论，对他们的小说中人物却很难做出这样的指归和结论。沧月的小说(例如《镜》系列)、步非烟的小说(例如《人间六道》系列)、沈璎璎的小说(例如《琉璃塔》等)常常被人说是表现了中国道家的文化观念，可是仔细分析就会发现，她们小说中的人物行为看起来似乎很有道家的气息，但是小说人物评判是非的标准却是中国传统的道德文化。再仔细分析那些小说人物的行为动力，似乎真正的推动力又不是中国传统的"理念"，倒有不少是西方文化中的"意念"。再例如凤歌、王晴川、红猪侠、时未寒、杨叛等人被认为是"大陆新武侠"的"传统派"。他们的小说走现实主义的路子，中国现实主义小说一般以儒家的文化思想作为小说的价值判断。但是他们小说中的人物同样充满着现代人生的情绪。金庸等人的小说中的人物再孤独也有几个朋友，凤歌等人的小说中的人物的孤独是很彻底的一个人，因为感叹人生的无定和世事的感伤完全是个人经验，是无人可以理解的。可以这么说，大陆新武侠小说的文化构成实际上是一个结合了中国传统文化与当代西方文化的混合体。大陆新武侠创作群体体现出了与金庸等人的小说的切割，展现出了自己的面貌。

　　大陆新武侠的作家都是编故事的高手,情节传奇,故事生动,几乎每一篇小说都能刺激和满足读者的好奇心。但是他们的故事没有"根"。金庸等前辈的小说都很注重事情发生的人文环境的描述,写大山就写出是哪一座山(例如李寿民《蜀山剑侠传》等小说),写历史就写出哪一个朝代(例如金庸、梁羽生的小说)。大陆新武侠也写山,但是并不指明是哪座山,而是"有那么一座山";大陆新武侠也写历史,但是读不出来哪一个朝代,而是"有那么一个皇帝"。金庸等前辈们编故事是要在传奇之中突出故事的真实性,那些真实的人文环境是故事的"根",传奇故事似乎是从"根"中生发出来的"果";大陆新武侠作家追求的不是故事的真实性,他们需要的就是传奇,需要的就是那些"果"。正因为这样,大陆新武侠的小说故事显得很飘逸,主体色彩很浓。这样飘逸的主体色彩有时还漫延于小说文字的描述中,小说人物(或者是作者)的主观感觉和对客观事物的描写混合在一起,这样的文字在沧月等女性作家的作品中显得特别突出。看得出来,大陆新武侠作家们根本不耐烦金庸等前辈作家作品中的那些铺陈,而是迅速地切入小说的主要情节,迅速地将作者的思想感情传导给读者。

四、公安法制小说

　　这是一个特有的文学现象,在 1949 年以后的各个时期,公安法制小说的创作都没有中断过,即使是"文化大革命"期间公安法制小说都始终繁荣地发展着。为什么公安法制小说就这么绿色常青呢? 这与公安法制小说的时政性特点有很大关系。公安法制要求的是对外保证国家安全,对内保证社会稳定。国家安全和社会稳定是任何时期的统治阶层都追求的统治目标,只要公安法制小说不是挑战统治阶层,任何时期的统治阶层都需要公安法制小说为其增色。当然,作为增色作用的公安法制小说也就只剩下政治宣传的功能了。

　　相当长的时期内,中国的公安法制小说也就是作为政治宣传的需要而存在着。从 1949 年到 1966 年,中国公安法制小说的主题是:肃反反特。肃反要求的是国内的政治安全,反特要求的是国家的政治安全,这个时期的代表作品有:白桦的《山间铃响马帮来》、《无铃的马帮》;公刘的《国境一条街》、《祝你一路平安》;史超的《擒匪记》、《黑眼圈女人》等等。"文革"十年,中国公安法制小说的主题是:反敌反苏。反敌要求的是擒获那些破坏"文化大革命"成果的敌人,这些敌人既有隐藏得很深的阶级敌人,也有刚刚被打倒的"走资派",例如伍兵的小说《严峻的日子》。反苏提醒着人们苏联对我们国家的破坏,特别是 1971 年"珍宝岛事件"之后,反苏小说出现了一股创作的热潮,代表作有尚方的《斗熊》等。

　　由于政治宣传的创作目的非常明确,这些小说的政治使命感非常突出,它体现在两个方面:一是小说无一不是围绕着国家安危、人民安全的重大事件展开,国境的安宁、国庆节的安乐、国家的机密、重要机构的安全等等都是小说常用的题材;二是小说的主人公行动的内驱力无论敌我都不是为了自我,而是政治利益。

　　小说的结构比较单纯。总是一个敌人企图破坏并制造了很多假象,公安战士拨开种种迷雾,捉住了敌人。小说在"藏"与"揭"、"逃"与"捕"之中完成。

　　小说人物有明显的脸谱化倾向。公安战士一般都是严肃认真、坚忍不拔、无比坚强,当然有时还有一些儿女情长;犯罪分子凶狠歹毒、阴险狡猾,但内心一定十分虚弱。在形象塑造上,公安战士都是英雄形象,相貌堂堂,智勇双全(如《一件杀人案》中的丁处长、《一件积案》中的陈飞),敌人一般都长相猥琐(如《"赌国王后"牌软糖》)。最令人不可思议的是知识分子往往被塑造成隐藏最深的罪犯,如《一件杀人案》中的袁横、《一件积案》中的吴济仁、《"赌国王后"牌软糖》中的李曼华、《国境一条街》中的唐殿选等等。

为什么会出现这样的创作状态呢?我认为原因有三:

一是政治氛围。新的政权刚刚建立,巩固政权是当务之急,最适宜表现国家安全的小说当数公安法制小说,它责无旁贷地告诫人民必须警钟长鸣;1949年以后国内政治斗争不断,土地改革、镇压反革命、"三反""五反"一直到"文化大革命",每一次运动都会产生一批不同类型的敌人,地富分子、美蒋特务、坏分子、苏修特务等等,公安法制小说既是运动的宣传者,也是运动的记录者,充分表现出了小说的政治敏锐性。

二是小说模式。从历史渊源上说,公安法制小说从侦探小说发展而来,但是小说的模式已经发生了根本性的变化。侦探小说中的警察、侦探和罪犯的三者关系变成了公安法制人员与罪犯的两极关系。私人侦探消失了,探案中的个人利益和正反两极中的缓冲地带就消失了。公安法制人员代表的是国家利益,国家利益的代表者形象怎么能不高大呢?力量怎么能不强大呢?他们与罪犯之间的关系当然只能是猎手与猎物之间的关系,狐狸再狡猾也斗不过好猎手。小说的故事情节只能是老鹰捉小鸡似的"藏"与"揭"、"逃"与"捕"的游戏。

三是苏联影响。20世纪50年代苏联的侦探小说在中国很是流行,其中阿达莫夫的《形形色色的案件》、别列耶夫的《水陆两栖人》、沃斯托柯夫和施美列夫的《追踪记》,以及影片《侦察员的功勋》等,都是中国人耳熟能详的作品。这些作品向中国人演绎着苏联版的公安法制小说。

四是作家队伍。面广量大的公安法制小说大多数出自业余作家之手,他们大多数来自于工作的第一线,他们熟悉自己的生活,也熟悉自己和对手,但是他们缺少文学创作的修养。在时代的使命感和创作模式的潮流中他们很难有独特的创作风格。

回首历史,我们尽管可以对这个时期的公安法制小说指出不少遗憾之处,但是应该指出小说确实也激动了一代人和教育了一代人。对历史的评价还是要有历史的现场的要求。

20世纪70年代末80年代初,王亚平连续出版了《神圣的使命》、《刑警队长》等小说。从小说的主题上说,他的小说与当时的"伤痕小说"、"反思小说"一样,都是拨乱反正。"拨乱"要求的是对"文化大革命"的乱象进行整顿,"反正"要求的是对历史错案进行正本清源。从公安法制小说的角度看,这两部小说却具有转折性的重要意义。其中有三点特别值得一说,小说中对抗的双方不再是两个阵营中的阶级敌人,而是同一个阵营中的共产党内部的政治集团;情节中心不再是国家和人民财产的安全,而是个人的冤假错案;小说的结局并不是胜利的欢呼,而是更残酷斗争的开始。《神圣的使命》中王公伯在与帮派势力的坚韧的斗争中终于揭开了省委书记秘书毒死案的原委,可是他也被撞得昏迷了,看来斗争还在继续。20世纪80年代中后期开始中国文学开始摆脱政治性思维,向人性化拓展。同时,封闭式小说模式也被打破,融入世界文学的潮流,成为中国文学创作的发展方向。此时欧美、日本的很多侦探小说再次进入了人们的视野。不仅是《福尔摩斯探案》这类传统型的侦探小说不断地被重印,二战之后出现的欧美的"硬汉派小说"、日本的社会推理小说更成为中国市场上的畅销书。谢尔顿的《天使的愤怒》、《午夜情》,罗宾科克的《昏迷》、《狮身人面像》,杜伦马特的《诺言》,西默农的《玻璃笼子》,以及日本作家森村诚一、松本清张、水上勉等作家的作品在中国大陆非常走红。在这样的社会文化背景下,中国的公安法制小说开始向两个路向发展。一是"去政治化,重生活化";二是"去英雄化,重情节化"。

"去政治化，重生活化"主要是写民警的生活。代表作品当属 1986 年张卫华、张策出版的《警察生活录》。民警生活化描写在 20 世纪 50 年代的电影文学中也曾出现过，例如李天济的《今天我休息》就曾产生过广泛影响。《警察生活录》的特点是将创作视角伸向了民警的丰富的情感世界和复杂的心态之中，努力地写出一个民警真实的生活状态。这部小说集由六部中短篇小说组成，其中以《女民警的坎坷经历》为最。小说告诉我们女所长刘洁不仅是位工作勤恳、能力出众的优秀民警，而且是一个被卷入生活杂事圈子中的女人，夫妻矛盾、婆媳矛盾直接引发了工作矛盾，好胜心、责任心和痛苦、焦虑、煎熬等复杂的心态交织在一起，构成了一个很生活化的真实女民警形象。20 世纪 80 年代后期，中国小说界"新写实小说"开始出现，重生活化的公安法制小说也可以看作是这些"新写实小说"的一个侧面。"去英雄化，重情节化"主要写刑警的生活。这类小说明显地受到欧美小说的影响。欧美传统型侦探小说（如柯南·道尔的《福尔摩斯探案》）虽然还有余续（例如英国作家克里斯蒂的小说），但在 20 世纪下半叶之后引领世界侦探小说的创作潮流的是欧美的"硬汉派小说"和日本的推理小说。与传统型的侦探小说不同，"硬汉派小说"和推理小说不再是在生动复杂的情节中塑造智勇双全的私人侦探形象，形成英雄情结，而是将侦破人物视作普通的人，他们大错不犯，小错不断；使命感没有，责任心却很强；在他们手上案件侦破了，侦破案件的原因并不一定是他们个人的素质，往往是各种因素的综合推动，甚至是偶然侦破的。在这样的小说中，英雄没有了，小说的情节却加强了，因为人物以及人物的行为已经构成情节生动紧张的一个部分；侦破的痕迹淡薄了，小说的内涵却丰富了，因为追寻证据的目的不仅仅是破案，而是要展示人与人的关系网和暴露事件的真相。从侦破构思的角度看，中国公安法制小说一直受传统侦探小说影响，这种影响一直延续到"文化大革命"中的那些手抄本，例如《一只绣花鞋》《梅花党》等等。20 世纪 80 年代后期中国式的"硬汉派小说"出现了。代表作家是钟源与魏人，其中又以魏人的《刑警队长与杀人犯的内心独白》《刑警队长的誓言》最具代表性。魏人这两部小说中的刑警队长都是普通的人，普通人的性格和脾气渗透到他们的个人生活和工作中去，造成了他们生活和工作上的两重紧张，加强了小说情节的生动和惊险。特别是小说主人公对一个刑警的生活提出了价值论的思考，就更有些哲学的意味了。在小说风格上，主人公的幽默、调侃的自我打趣颇似那些硬汉派小说中的个人英雄的做派。

20 世纪 80 年代以后，世界侦探小说的创作开始向心灵化发展，小说中的多重力量（不仅仅是正反两极）较量的不再是案件破还是不破，甚至不再追究事件的对与错，侦探小说情节中的追与捕、刑侦对证中的问与答只是心灵交战的平台，国家和行政的力量基本退出，几乎是个人的智与力在一个平面上的搏杀。代表这股创作潮流的是北欧"犯罪小说"，其中瑞士作家杜伦马特的《诺言》最有代表性。这股创作潮流也很快地被中国作家所接受，李迪的《傍晚敲门的女人》和张策的《无悔追踪》代表中国作家尝试心灵化写作的成果。人的心灵是多层面的，情感、理智、责任、诺言等等多维的角度决定着人的心灵的不同的起伏，《傍晚敲门的女人》中预审人员和涉嫌人员的 17 次对证就是多层面、多维度的心灵交战。特别值得一说的是小说为了加强气氛，设计了明暗两条线索。明线是梁子追踪欧阳云的心路历程，暗线是当知青时的梁子追捕秃耳母狐的故事。小说结束时是明暗两条线索交汇在一起，母狐咬死自己以保护公狐，欧阳云在得知心上人丁力被判死刑后自杀身亡。心灵之战以悲剧而告终。《无悔追踪》中的警察老肖追踪国民党特务冯静波 40 年之久，已经不是什么任务的要求，更不是敌我的立场，就是一种精神，一种对自己逻辑推导的论证。

虽然与世界侦探小说的创作潮流隔断了相当长的一段时间,一旦创作思维被打开,中国的公安法制小说就很快地跟上时代的步伐。不过这种创作的势头很快地被海岩的小说所取代了。

海岩的小说创作可以分为前后两期。1985 年他创作的《便衣警察》在当时众多的公安法制小说中就显得相当地突出。从写案转向写人,《便衣警察》与其他作品一起完成了中国公安法制小说的创作转型。具有特别贡献的是《便衣警察》将写人与重大的时事政治问题结合在一起考虑。小说人物周志明也就被塑造成一个平凡英雄的形象。之后,海岩搁笔将近10 年,从 20 世纪 90 年代中期开始,他陆续推出了《一场风花雪月的事》《永不瞑目》《玉观音》《拿什么拯救你,我的爱人》《河流如血》《五星大饭店》等等,与电视剧联袂而行,他的每一部作品都产生了广泛的影响。

与他的《便衣警察》相比较,海岩 20 世纪 90 年代的小说风格发生了根本性的改变。首先是英雄人物的塑造。公安法制小说就是要塑造英雄人物,这是小说的性质所决定的。20世纪 90 年代海岩小说中的英雄人物已经没有周志明那样的理想主义色彩,甚至缺少起码的传统伦理道德的支撑,因此人物身上的使命感、社会责任感、正义批判感都很模糊。这些英雄人物都不是完人,根据既有的社会标准,他们身上缺陷众多。杨瑞(《玉观音》)、肖童(《永不瞑目》)等人后来之所以成为英雄,其动力来自于个人的需求、个人的性格,甚至是个人的爱情。作家试图用个人化的色彩和生活化的举止来证明英雄人物的平凡和真实。其次是小说的叙事结构。侦破故事构成了小说的纵向结构,爱情故事构成了小说的横向结构,时尚故事构成了小说的风格面貌。我们举《拿什么拯救你,我的爱人》为例,它有着完整的侦探小说叙事模式。设谜:是谁将女工祝四萍奸杀于工地的工棚里;破谜:是龙小羽,还是张雄? 说谜:龙小羽为什么杀了祝四萍? 整个案件扑朔迷离、曲折多变,山重水复疑无路,柳暗花明又一村,丝丝入扣,前后铺垫,作家的思路相当缜密。它是一部言情小说,有着惯常的言情小说的叙事模式:三角恋爱。韩丁、龙小羽,两个男人疯狂地爱着罗晶晶,可以为她活,也可以为她死;罗晶晶,对这两个男人一样地爱恋,一样地痴迷,为了他们可以奉献自己的一切。三位爱得你死我活的痴情男女,有着不同的社会身份。于是这一场爱情故事就有了更多的感情内涵。与这个大的三角恋爱相比较的还有个小的三角恋爱,它们是由张雄、祝四萍、龙小羽所构成的罪恶的三角恋爱。在这个三角恋爱中是财富的贪婪,是自私的占有,是个人的得失。

这同样是一个时尚的故事。小说人物不是俊男就是靓女,他们或者掩人耳目私下偷情,或者别墅公寓里卿卿我我,或者超市中疯狂购物,或者网络上传递信息。追求的是如电的感觉,讲究的是一见钟情,冲动,任性,感情至上,小说之中弥漫着的是强烈的青春气息。独立起来看这三个故事,并不出色。事件的安排和情节的发展是通俗小说常见的模式。小说的突出之处在于将这三个故事糅合起来。于是,生死之谜之中就有了爱情的选择,感情的弥漫之中有了人生价值的探求,轻松浪漫之中有了严肃的逻辑推理,既愉快又痛苦,既轻快又沉重,不同维度的思考空间和多种内涵的情绪的倾诉夹杂在一起,形成了这部作品的厚度,也形成了这部小说的与众不同的地方。王朔曾将海岩的小说称之为"披着狼皮的羊"(王朔《与其当披着狼皮的羊不如直接当羊》,海岩《我笔下的七宗罪》,北京:文化艺术出版社 2002 年版,第 57 页),这样的评价相当准确。

海岩的小说显然是 20 世纪 90 年代以来中国的大众文化盛行的直接产物,平凡人的生活、好看的故事、精神的愉悦,大众文化要求着小说创作大众化,连一直崇尚英雄、崇尚使命感和描述重大题材的公安法制小说都发生了如此的变化,可见在中国盛行的大众文化潮流的强大。海岩的小说有如此的影响力显然与影视剧的推动有很大关系。影视剧扩大了他的小说的影响力,也使得他的创作越来越剧本化,特别是他的有些后期小说是可以作为剧本来读的,例如《你的生命如此多情》等等。

海岩式的小说流行的同时,社会批判式的公安法制小说的创作还是有人坚守着,蓝玛是代表性作家。1992年蓝玛首次推出了"侦探桑楚"系列侦探小说5部,1994年他又推出了"侦探桑楚"系列侦探小说6部。他的小说中的追捕的对象不仅仅是社会破坏分子,还有更多的腐败官员,从中显示出作家的社会批判的敏感性。在创作风格上,他还保持着传统侦探小说的风格,塑造了一个幽默而充满智慧的小老头侦探形象:桑楚。当然,他只能是一个官方侦探。

在通俗小说的系列之中公安法制小说是最"政治化"的小说,"政治化"是其重要的美学特征,取消了公安法制小说的"政治性",小说存在的思想价值就会消失,所以"海岩之路"并不值得提倡。小说的表现方式可以多种多样,但是作家还是需要文学创作方式的创新,所以"蓝玛坚守"也不值得推崇。中国公安法制小说最需要的是独立的政治思考和深刻的文化思考,而不是随着社会政治气氛变化着自我的价值取向;最需要的是具有中国特色的表现手法,就如欧美具有"硬汉派小说"、日本具有推理小说一样,而不仅仅是跟随着别人后面的花样翻新。

沉寂了一段时期后,当下的中国公安法制小说出现了新的创作势头,其中有两部作品最引人注目,一部是麦加的《暗算》及其系列小说,一部是荷兰作家高罗佩的《大唐狄公案》。麦加的小说实际上是将"心灵化较量"的侦探方法推到了极致,他的小说中的"心灵化较量"不仅仅体现在敌我、同事之间,甚至是人物与自己从事的工作之间,而密码以及密码的设立和破解为小说的"心灵化较量"提供了绝好的平台。高罗佩的《大唐狄公案》实际上是一部用欧美的侦探小说手法写的中国公案小说,公案小说只是一个壳,侦探小说才是它的核。他的小说给我们一个重要的提示,想要重复历史根本就不可能,原样不动地所谓跨文化迁移也只是理论上的设想而已。但是历史可以翻新,文化可以变异,翻新和变异往往就是一种进步。严格地说,麦加和高罗佩的小说都不是用公安法制小说所能概括的,既然不能概括,就有新的因素出现,是否预示了中国公安法制小说正在发生前所未有的变化呢?我想应该是的。

五、历史小说

历史小说是中国传统小说文类,从古至今历史小说的创作一直延绵不断,佳作迭现。历史小说为中国读者所喜欢的根本原因是中国是一个具有悠久文化历史的文明古国,它给后人留下的不仅仅是历史事件,还有更深刻、更奇妙的文化思考。但是历史小说的创作始终有两个问题纠缠不清,一是历史小说是否要完全依据历史事件进行,即"贵真",还是"贵虚";二是历史小说是否要完全依据历史史识进行,即"贵古",还是"贵今"。不过,尽管评论家、作家在这两个问题上争论不休,作家照样根据自己的理解进行创作,不同的理解创作出不同的风格,也就形成了当代历史小说的不同的特征。

在要求表现新社会新人物的创作方针要求下,一直到新时期文学开始之前的中国历史题材的文学作品创作都很羸弱,历史剧还有郭沫若、田汉、曹禺等著名作家的几部剧作,历史小说除了几篇短篇外,到新时期改革开放为止也就是姚雪垠的《李自成》可算是标志性作品。姚雪垠的《李自成》共分5卷,从1963年第1卷出版(1955年开始构思写作)到1999年第5卷出版,时间跨度很大。从第1卷到第5卷,作家的小说的创作观念已经发生了重要变化。虽然他的小说中也不乏精彩的地方,但是总的创作原则基本上是用了"两结合"的写法,即革命现实主义加革命浪漫主义的创作原则。这种创作原则的核心内容就是把历史事件提炼出来为社会发展规律服务,也就是说把历史、情节、人物重新塑造,通过典型化来符合某种社会观念。在写作《李自成》的时候,作者是用中国历史上"官逼民反"的模式,同时借鉴了工农红军成长的历史,影射和表现了中国共产党领导下的军队如何一步步成长和发展的过程。小说的人物形象虽然写的是历史人物,但参照的标准则是中国老一辈革命家,根据他们的成长故事进行人物和情节的塑造,也就成为英雄人物的英勇事迹。譬如说,李自成召集他的十三个兄弟议事,这个形式就很像我们现在党支部开会,由各党小组汇报工作情况。一定程度上说,可以把这本书看作是革命传奇的历史化。当然对小说的评论不能脱离历史现场,在那个"厚今薄古"、"古为今用"的时代要求规范下创作,留下时代的痕迹十分自然。

这样的创作思路在20世纪70年代末80年代初出版于新时期文学开端之时的历史小说中还在继续,如冯骥才、李定兴的《义和拳》,刘亚洲的《陈胜》,杨书案的《九月菊》等等。1982年姚雪垠的《李自成》第2卷获得第一届茅盾文学奖,可以看作一个时期一种特色的历史小说告一段落。

如果把1985年以后中国社会的文化思潮的层面大致上分为大众文化、商业文化、精英文化和"主流"文化的话,历史小说几乎是"合拍"而行,在每一个文化层面都留下痕迹。

大众文化背景下的历史小说有凌力《少年天子》、《倾国倾城》、《晨钟暮鼓》,它们合称为"百年辉煌"系列,其中《少年天子》获得第三届茅盾文学奖。二月河(凌解放)的《康熙大帝》、《雍正皇帝》、《乾隆皇帝》,它们合称为"落霞三部曲"。它们是当代中国历史小说创作中最为繁荣的一个层面,影响也最大。

这一层面的历史小说之所以会这么吸引读者,是作者真正地将历史小说当作通俗小说来写:以说故事的形式来讲解历代皇室背后的历史和悲欢离合。第一,小说讲的是皇帝的故事。因为皇帝和老百姓的生活太远了,充满了神秘、传奇色彩,对老百姓而言是陌生的,越是这样,他们越是想了解。而他笔下的这些历史小说恰恰能够从一个侧面来印证和解释历来流传在民间的各种传说。在写这些皇帝的时候,作家努力地写出他们身上的人性,这些人性相当平凡,与普通的老百姓一样。既神秘又平凡,既遥远又贴近。第二,他遵循一条原则"帝王之道",即国家安定是核心,国泰民安是王道。只要是在国泰民安这个前提下,就可以容忍其幕后种种令人不齿的行径,包括皇室之间的钩心斗角,皇子之间的倾轧,官吏的贪污受贿等等。雍正皇帝大概是民间流言最多的皇帝了,要从民间的角度论其罪状,可以列数几十条。作者相当巧妙地利用了这些"民间罪状"构思小说情节,使得小说的可读性很强。但是,他又很明确地表明自己的历史观,那就是国泰民安。这是国事、公德、公论。承认雍正有这样的政绩,即使那些"民间罪状"是真实的,雍正也应该是一个好皇帝。正如电视连续剧《雍正王朝》主题曲里所唱:"得民心者得天下,看江山由谁主宰。"第三,小说的故事性极强。他们的小说一般都是大故事里套上小故事,使整部小说成为一个故事的连环。每部小说写一个君王,这是一个大结构,然后又把每部小说分成若干个小部分,每个小部分再分多个故事。以《雍正皇帝》为例，它分三部分，第一部分叫"九王夺嫡"，讲了九个皇子争夺皇位，第二部分叫"雕弓天狼"，说的是雍正如何治国，第三部分叫"恨水东逝"，三部分合起来写成一个雍正王朝。在这三部里，又是由多个故事组成的，像"九王夺嫡"就写了太子的废立，几个皇子之间的倾轧争夺。这种写法，有它独特之处。最大的优点就是它符合中国读者听故事的阅读习惯。在大悬念中套上小悬念，再以小悬念贯穿整体。第二个优点就是在保证大结构大故事真实的前提下，小故事存在虚构的成分，这样真实和虚构的融合，既使故事变得好看，又使得读者能够接受。

台湾作家高阳创作了近80多部历史小说，但是他最有影响的小说当属《胡雪岩全传》。《胡雪岩全传》在他那么多的小说中最被看好，显然是它迎合了当下社会中的商业大潮和人们的经济思维。这部小说诠释了中国商业文化中的一个核心问题：在中国怎样做商人以及商人的地位。小说通过晚清红顶商人胡雪岩一生的沉浮说明了一个道理，中国的商人的成功和失败除了个人的努力之外，主要靠官场。商人不管是多么成功，永远是官场的附属。小说除了展示胡雪岩个人的机遇、魄力、眼光、手段之外，还写了商场中的各种"潜规则"，因此很多人是将这部作品当作中国商场操作宝典来阅读的。胡雪岩是浙商，讲究的是一个"显"。成一创作了一部有关晋商的小说叫《白银谷》，第一章就是"莫学胡雪岩"。小说中说：做生意最大的关节处是个"藏"字。《白银谷》写晋商的发迹，试图说明商人就要守着商人的本分，明明是商人偏要把自己看成官，不败才怪呢。其实不管是"显"还是"藏"，都说明中国商人缺乏独立的、强势的社会地位。

20世纪80年代之后中国社会发生了巨大变化，文化思潮迭起，呼唤人性的回归，在重大的社会历史转型中展示人性的纯真性和挖掘人性的复杂性成为新时期小说创作的标志。这样的人性表现的创作思潮同样影响着历史小说的创作。不过，与那些要求个性解放的精英小说相比，历史小说表现人性有其特色：它是在现实社会政治得失的取舍中展示传统文化背景下的人格坚守的痛苦和执着。最有代表性的作品有唐浩明的《曾国藩》和杨书案的《白门柳》。

《曾国藩》写的是湘军和太平军战斗的故事，但是作家的创作兴趣显然不在于此，他是要通过战场、官场写出一个中国知识分子的才华和人格，并从中展示曾国藩的性格。小说写了曾国藩在三条战线上作战。第一条战线是和太平军的作战。在这条战线上曾国藩领导的湘军打败了太平军。这条战线最为激烈，场面也写得很惨烈，作家是要通过这些战争场面写出曾国藩的人格魅力和才华。曾国藩是以一个知识分子的形象出现的，他的人格魅力就在于他是一个中国传统文化的维护者，他的胜利实际上是中国传统文化的胜利。小说强调太平天国失败的一个重要原因是没有获得知识分子的支持。曾国藩是个文人，并不是个军事家，他曾四次败给太平军，但每次失败，又不是完败，他作为主将虽然是失败了，但他的手下却都打了胜仗。这就说明，他十分善于用人。曾国藩的用人思想也是传统的道德标准，即"忠孝为先"。第二条战线体现在他处理官场上的关系。他十分本分地坚守着一个汉臣的身份。有一个十分明显的例子，每次曾国藩打了胜仗后，皇帝和皇太后都要给他颁发嘉奖令，而曾国藩每次并不是满心欣喜，恰恰相反，他都十分惶恐，每次接旨都会一身冷汗，而且他会逐字逐句地揣测皇帝的每一个字每一句话是什么意思。所以，他的官场生涯是提心吊胆的，为了获得皇上的信任和官场上的地位，他不得不对朋友痛下杀手，内心却是充满着警觉、痛苦和无奈。第三条战线则是曾国藩对自身欲望的斗争。这种欲望最强盛的时候是他攻陷了南京,战胜了太平军以后,凭他的个人才能和手中所握的精兵,他当时完全可以自立为王。但他没有,他是这样想的:我之所以能够打败太平军,全靠的是程朱理学,而程朱理学讲究的就是君君臣臣的纲常伦理,如果我当了王,就是把自己的信念推翻了。当我为朝廷效力打拼的时候,很多人会支持,但是我当皇帝就不会得到别人的支持。自己能称王,别人也会这么想,这样必然会引起天下大乱。这一点上,曾国藩确实考虑得很远。事实上,他没有称王是明智的,因为中国历史在走到民国的时候,就有了一个袁世凯证明了曾国藩当年的选择是对的。袁世凯的失败正是因为他做了皇帝而弄得众叛亲离的混乱局面,他自己也得到了应得的下场。可以说这部小说写了曾国藩心灵交战的三条线索,军事和官场上的才能都是外在的,而战胜自我欲望则是内在的,成为一个知识分子入世的典范,能干又不篡权,这是统治者最喜欢的臣子。所以在很长一段时期内,人们都把曾国藩当作在官场为官的榜样看待,自有其中的道理。

杨书案的《白门柳》曾获得第四届茅盾文学奖。解读这部小说的关键词是:社会转型、知识分子和大众视野。与中国其他朝代更替不同的是,明清的交替还夹杂着种族问题,于是传统文化中的气节的是否坚守也就成为衡量人格是否完善的根本标准,对那些整日读着圣贤书、宣扬着圣贤思想的知识分子来说更是一场严酷的考验。这部小说也就是以此作为切入点展开了作者的人性思维。小说重点写了钱谦益、冒辟疆、黄宗羲等生活在明清转型期的知识分子的心路历程,无论是降清还是反清在人性中似乎都能寻找到答案,作者试图说明复杂的人性并不是单纯的人格能加以概括和评判的。小说能够吸引人还在于雅事俗写。这些知识分子都与当时的秦淮歌妓关系极深,他们之间的故事在民间流传了几百年,将这些故事通俗地演绎很能满足读者的阅读欲望。小说中的这些人物都是当时的名士、名妓,清高自不用说,作者的用力处却是这些清高的名士、名妓内心世界的世俗平凡之处,生活化的名士、名妓给读者新奇感、新鲜感。

出版于 2000 年的熊召政的《张居正》可以称之为"改革历史小说"。这部小说共分四部,它们是《木兰歌》、《水龙吟》、《金缕曲》、《火凤凰》。小说获得第六届茅盾文学奖。小说写的是明万历年间张居正改革的始末。张居正改革中的种种措施、手段以及效果、得失很容易使人们联想到当下中国正在发生的变革,所以将这部历史小说看作为当下"主流"文化的历史呼应未尝不可。呼应当下中国社会的政治、经济改革,作者对这样的创作意图并不讳言。值得肯定的是作者并没有借张居正改革的成就让读者推演出对当下中国社会改革的赞扬,而是在肯定张居正改革成就的同时注意到改革过程中的负面性,甚至是残酷性,并且从最后的改革失败中寻找社会、文化原因,显然作者强调的不是"居安",不是"盛世",而是"思危"和"危言"。张居正人物形象的刻画是小说的重点,作者同样更多地从两面性上做出深入的思考。宏图大志、呕心沥血、励精图治、埋头苦干,作者并没有停留在这些改革家的形象的刻画上,而是将笔伸向了张居正的另一面,得宠得志、不计后果、联络内宫、勾连太监,于是张居正的形象具有立体感,张居正改革的成败得失也都有了根据。为了突显小说的历史现场感,作者对明代的史籍典章和民俗民风运用描述得相当娴熟,一些文言书面语确当地穿插选用也增加了小说的历史氛围,看得出来,作者在书外下了一番功夫。

在台湾地区,高阳当然是历史小说第一人,其历史地位至今无人撼动。除高阳之外,还应该提及三位作家和一种文学现象。南宫博是当代台湾地区较早产生影响的历史小说作家,他在 20 世纪 60 年代写的《杨贵妃》、《江山美人》、《武则天》、《风波亭》等小说在台湾地区产生过很大影响。南宫博的小说很大程度上是借这些在民间广为流传的名人轶事写言情的故事，所以有"艳情历史小说"的称号。也许就是对南宫博小说风格的不满，政论作家李敖创作了《北京法源寺》。这部小说实际上也是以历史为背景说他事，只不过它说的是政事。小说以北京法源寺作为贯穿线索写了梁启超、谭嗣同等人在戊戌变法前后的活动和心路历程，突显的是中国知识分子忧国忧民的情怀和敢于牺牲的精神。小说带有明显的李敖式的论政风格，因此说这部小说是"论政历史小说"也未曾不可。与南宫博和李敖均不同的是，林佩芬就更加注重历史史料的整理，从中演绎故事性和挖掘趣味性，代表作品有《天问》、《两朝天子》等。20世纪80年代以后台湾地区文坛上出现一种写本土历史的文学现象，它们被称为"大河小说"，代表作家作品有东方白的《浪淘沙》、李乔的《寒夜三部曲》、钟肇政的《台湾人三部曲》等等。"大河小说"以本土人、本土事、本土情吸引人，但是他们的小说历史感并不强，小说的历史追述最远也不过是台湾的日据时代，更多的内容是写国民党败退台湾之后的事情，所以"大河小说"虽然在台湾地区学术界被称为历史小说，在我看来，其历史身份还值得商榷。

六、科幻小说

科学幻想小说（Science-fantastic Fiction）是中国对科学小说（Science Fiction）的称呼。在欧美，科学小说与幻想小说有着明显的区分，他们认为"小说"本来就有虚构和幻想的成分在其中，科学小说就是以科学为依据展开想象的小说，简称SF，而幻想小说则是与科学没有关系的纯粹的幻想小说。最初这类小说在中国也被称为科学小说。科学幻想小说是1949年以后逐步地约定俗成地对科学小说的称呼。中国传统文学中没有科幻小说，只有神话故事、怪异小说等幻想小说，所以说，科幻小说是外国引进的小说类型。

1949年以后中国大陆的科学幻想小说大致上可分为三个阶段。第一阶段是1949年以后到20世纪70年代末期，这一阶段可称为"少儿科普期"；第二阶段是20世纪70年代末期到80年代后期，这一阶段可称为"爱国强国期"；第三阶段是20世纪80年代后期到现在，这一阶段可称为"人性探索期"。1950年天津知识出版社出版的张然的《梦游太阳系》是20世纪中国科幻小说创作历程中的重要的转折点。这部标明"新少年读物"的科幻小说开了中国少儿科普型的科幻小说的先河。这以后的20多年的时间内，中国科幻小说创作时断时续，时急时缓，基本上是这种创作思路的反复。科幻小说作家萧建亨对这样的创作思路作了如此形象的概括："无论哪一篇作品，总逃脱不了这么一关：白发苍苍的老教授，或戴着眼镜的年轻工程师，或者是一位无事不晓、无时不知的老爷爷给孩子们上起课来。于是误会——然后谜底终于揭开；奇遇——然后来个参观；或者干脆就是一个从头到尾的参观记——一个毫无知识的'小傻瓜'，或是一位样样都好奇的记者，和一个无事不晓的老教授一问一答地讲起科学来了。参观记、误会记、揭开谜底的办法，就成了我们大家都想躲开，却无法躲开的创作套子。"③

为什么就躲不开这样的创作套子呢？可以从两个方面分析。

一方面是时代的要求，1949年以后中国的科幻小说的发展有两个波段相当明显。20世纪50年代末和60年代初是第一个波段，新中国的很多科幻小说都发表在这个时期。此时之所以能出现一系列的科幻小说，与1955年《人民日报》发表《大量创作、出版、发行少年儿童读物》的社论与中共中央发出"向科学进军"的号召是分不开的。1978年中央召开全国科学大会,在欢呼"科学的春天"来到的社会环境中科幻小说迎来了创作的第二个波段。可以看到,1949年以后中国大陆的科幻小说创作的潮起潮落,根本动力不是科幻小说特有的魅力,而是时代的需要。在相当长的时期内,中国大陆的各类小说创作都与时代的需求紧密相连,但是表现在科幻小说身上尤其突出。

另一方面与长期以来的中国科幻小说的"科普观"有很大关系。这是更深层的原因。20多年的科幻小说创作几乎一律是少儿科普作品。不是说科幻小说不能创作少儿科普作品,科幻小说创作少儿科普作品的确是其长项。但是,当科幻小说完全与少儿科普等同起来,而这类少儿科普又以传授科学知识为主要目的,实在是科幻小说发展中的极大的束缚。处于这种状态下的科幻小说强调的是少儿科普观:科学进步总是和美好的生活联系在一起,作品一律是科学畅想曲;人生观念总是一片灿烂,不是充满幻想的天真烂漫就是满腹知识的循循善诱;情节的构思和故事的编造只有一个目的,就是如何将作家心目中的"科学知识"有效地传递给小读者。结果,造成作品的文学性淡薄,难以深刻地反映社会现实。1978年童恩正在《人民文学》上发表了《珊瑚岛上的死光》,小说被评为"全国1978年优秀短篇小说奖"。这篇小说的创作思路是晚清以来中国科幻小说创作的延续,人物形象并不够生动,马太教授、布莱恩、陈天虹还是些类型化的人物。但是这篇小说对中国大陆的科幻小说的发展具有重要的意义:它使得中国大陆的科幻小说创作从20多年的少儿科普的模式中摆脱出来,使得科幻小说再次与"成人"联系了起来,与中国科幻小说的"爱国强国"的传统连接了起来。童恩正《珊瑚岛上的死光》被拍成了电影,影响就更大。之后,一批"爱国强国"的科幻小说出现在文坛,代表作品有郑文光的《飞向人马座》、王晓达的《波》、金涛的《月光岛》等。

在"爱国强国"逐步取代"少儿科普"成为中国大陆科幻小说创作主流的同时,一场科幻小说姓"科"还是姓"文"的大讨论也在20世纪70年代末展开了。作为科学文艺的重要文类的科幻小说是一种文学作品。这个问题本没有什么异议,就像武侠小说不是武侠,侦探小说不是侦探一样,其角色和定位是相当明确。但是它触及了长期的"少儿科普"的创作思维,于是在文坛上引起了争论。争论并没有什么结论,但是显示出了中国科幻小说创作正在发生变革,尽管这样的变革显得相当的缓慢。20世纪80年代中国的科幻小说可谓是"惨淡经营",全国只有四川的《科学文艺》和上海的《少年科学》还有"科幻小说"的专栏。这种局面一直到90年代一批新生的科幻小说作家出现才得以打破。这批新生的科幻小说作家主要有吴岩、星河、杨鹏、韩松、王晋康、刘慈欣等人,还有偶一涉足于科幻小说的毕淑敏。

这批新生作家最引人注目的突破是打破了中国科幻小说惯有的"少儿科普"和"爱国强国"的思维,他们将科幻小说与人类的终极关怀联系了起来。他们的小说除了从科学的原理中阐述人类的潜能和本能之外,还将人类的这些潜能和本能与某种力量对抗起来,在悲剧之中展示人性的伟大,代表作有王晋康的《天火》、《生命之歌》等作品。人与大自然既是征服与被征服的关系,也是认识与被认识的互相协调的关系。仅仅依靠某些理念,人并不一定能胜天,这批新生作家给中国科幻小说展示了一个新的自然观,代表作有刘慈欣的《地火》、杨鹏的《恐龙少年》等作品。这批新生作家与高科技的日新月异的发展同时成长,高科技的描述自然成为他们小说的主要题材,其中电脑是他们故事描述的主要对象。在很多写网络的小说中,星河的《决斗在网络》、吴岩的《鼠标垫》最为出色。中国有着悠久的文化传统和众多优秀的文学作品,借传统文学作品的"壳"展开现代科学想象也就成为这些新生作家常用的创作手段。韩松的《春到梁山》、潘海天的《偃师传说》、何夕的《盘古》、苏学军的《远古的星辰》等作品均是些借"壳"想象的佳作。

与大陆的科幻小说创作相比较,台湾地区的科幻小说有着更高的成就。一般认为1968年9月张晓风在《征信新闻》上发表《潘渡娜》是台湾科幻小说的起点。在这以前虽有赵滋蕃所写的《科学故事丛书》,也只是介绍科学知识的常识书。在张晓风发表《潘渡娜》以后,1968年10月,张系国的《超人列传》在《纯文学杂志》上发表。黄海1969年出版了他的科幻小说集《一○一○一年》。这些作家作品开辟了台湾科幻小说的创作的新天地。

从1975年开始到20世纪90年代初是台湾科幻小说创作的高峰期,表现在:一、《明日世界》、《宇宙科学》、《少年科学》、《新生副刊》、《明道文艺》、《幼狮文艺》、《宇宙光》等杂志开辟专栏刊登科幻小说,在数量上保证了科幻小说的创作。1978年美国经典科幻电影《星际大战》和《第三类接触》在台湾上映,1980年倪匡的25部科幻小说由远景出版社出齐,这些电影和小说对台湾的科幻小说的创作更是一种强有力的推动,台湾的科幻小说创作也是高潮迭起。二、为了保证科幻小说的创作质量,从1984年到1989年,《中国时报》连续举办了6届科幻小说征文,并评奖出版。三、1991年举办了首届"世界华人科幻艺术奖"。奖项有科幻短篇小说奖和科幻漫画奖两种。20世纪90年代以后台湾的科幻小说创作走向了衰退,其中一个重要的标志就是以张系国为主导的《幻象》杂志的停刊。这部创刊于1990年的科幻小说的专门杂志几乎集中了台湾科幻小说创作的所有作家,可是只办了8期就由于销路不好而停刊了。虽然张系国将其转移到网络上去,但科幻小说创作的颓势已经明显地显露出来。

台湾的科幻小说有相当多作品是属于"宇宙探险"类型,代表作家是黄海,他的代表作品有《一○一○一年》、《新世纪之旅》、《银河迷航记》等。这些小说都是从物理层面上的时空观念论述和评析道德层面上的人类生活,以科学论证、神奇之旅、人性批判而吸引读者,很像美国那些科幻灾难性的影片。"宇宙探险"不管是从海底怎么转向空间还是属于19世纪以来的传统的科幻小说创作的延续。20世纪60年代以来,美、英等国开展了科学幻想小说的"新浪潮"运动,开始将科幻小说向人道、人性等更深层次的思考空间开拓,更加关注人类的生存状态。人口膨胀、环境污染、能源危机、基因变异等各类困扰当今人类发展的问题往往成为作家展开科学想象和思考社会现实的主要的创作题材。张晓风的《潘渡娜》就是这个时期世界科幻小说的转向在台湾的表现。张晓风的小说实际上提出了一个人类生存的问题:人类的发展是否就要向科学性那样做到完美无缺呢? 小说告诉我们并不一定。小说中的那个无性繁殖人潘渡娜从形象到行为无可指责,科学家却在其面前精神崩溃,潘渡娜也在"究竟缺少什么"的自责中死去。什么是人类最好的生存环境,那就是一切依据自然规律办事,科学发展也许给人类的发展带来害处。这是张晓风小说中的答案,也是英、美科幻小说"新浪潮"所要倾诉的理念。台湾专门从事科幻小说创作的作家并不多,他们往往是从事社会小说的创作兼作科幻小说,例如黄凡等人在创作社会小说方面取得的成就也许更高。正因为这样,这些作家笔下的科幻小说社会性、时代感都很强烈。黄凡的《皮哥的三号酒杯》在幻想的神奇中批判了社会的势利和人心的沦丧,同时也透露出工商业蓬勃发展的时代气氛。1982年台湾作家开始进行科幻小说理论的探索。这一年《联合报》举办了科幻小说座谈会,提出"中国科幻小说"的观念。什么是"中国科幻小说"呢? 理论倡导者们提出从中国传统文学中培养出"中国科幻小说"的方向,的确是很有价值的创作思路,问题是怎样使传统的文化与现代的人文精神和现代科学技术交融起来。从台湾作家的创作实践中看,他们做了很好的努力。

在台湾的科幻小说作家中,张系国是一位很有成就的作家。

张系国从 20 世纪 70 年代开始进行小说创作,主要作品有《皮牧师正传》、《棋王》、《昨日之怒》、《黄河之水》、《香蕉船》、《不朽者》、《孔子之死》等。科幻小说以 1980 年结集出版的《星云组曲》最有名,除此以外,还有《城》三部曲。

《星云组曲》一共收录了 10 部小说,它们是《归》、《望子成龙》、《岂有此理》、《翦梦奇缘》、《铜像城》、《青春泉》、《翻译绝唱》、《倾城之恋》、《玩偶之家》、《归》。这部作品集具有张系国科幻小说创作的个人特色,代表着台湾科幻小说的创作成就。

张系国小说的特色在于他不是写科技给人类带来什么"幸福生活",而是对科技的发达造成人性的衰退表示深深的忧虑。张系国显然对人类自私、虚伪的劣根性深恶痛绝。《玩偶之家》中的人之所以沦为机器人的宠物,是由于他们的劣根性;在《翦梦奇缘》中,他之所以反对那些"反天视联盟",是因为这些人打着恢复人类本性之名,行争名夺利之实。张系国甚至要求将这些自私、虚伪的物种逐出星球。在《翻译绝唱》中那些盖文族人为了满足自己的欲望竟去吞吃自己的同胞,此为自私;明明是自私残暴的民族却把自己打扮成爱好和平的民族,此为虚伪。作者指出那个包含着"特别好"的意思的口头禅"盖"字就是"吃"的意思。对于这样的民族,张系国给予了他们全体气化灭族的处分。

更能体现他的小说的特点的是"中国味",其中写得最精彩的作品是《望子成龙》。小说辐射出来的各种层面都是从中国传统文化观念的剖析中产生:望子成龙。奇巧的构思与中国世俗意识相融合,构成了一部中国式的科幻小说。在中国传统文化中,来世和转生同样是影响很大的世俗观念,它有着人的永生欲望的追求和满足,可以延续精神,音容永驻;它也包含着道德律,要求着现世的人积善积德、祈求善报。张系国根据来世和转生的内涵,在《青春泉》、《翻译绝唱》等小说中创造了"转世中心",并展开对生命、青春、爱情等人生问题的思考。文学体裁的民族化是此类文学题材成熟的重要标志,特别是对科幻小说这样的舶来品来说,民族化就显得特别的重要,张系国完全明白其中的重要性。

香港是一个商业气氛十分浓厚的社会,出现在其中的科幻小说发生了基因变异。一种追求商业价值的科幻小说在这里诞生,那就是奇幻型的科幻小说。说其是"奇幻型"是指小说中的幻想达到了离奇的状态,称其为"科幻小说"是因为它还披着一件"科学"的外衣。香港的奇幻型科幻小说的代表作家是倪匡。

倪匡最初创作武侠小说,后以卫斯理为笔名创作科幻小说。从人物角度上说,倪匡的科幻小说分为三个系列:卫斯理系列、原振侠系列、其他人物系列。以卫斯理系列最有名。卫斯理系列开始创作于 20 世纪 60 年代初,第一部小说为《钻石花》。经过 30 多年的创作,以卫斯理为主人公的小说、散文、随笔达到 100 多部(篇)。

倪匡的科幻小说根本就不顾忌作品中有多少科学的成分,那些枯燥的科学的原理在作者看来可能还会影响小说的趣味性。科学在他的小说中只是想象的代名词,他只是依据故事情节创作出一些科学的因子,并凭借着这些科学因子大胆地、充分地发挥想象。卫斯理的想象空间有两个延伸点,一个是纵向型,它往往将过去、现在、未来连成一线;一个是横向型,它往往在人类社会之外,开辟一个充满超验色彩的灵异世界。纵横交错,使得他的小说有了特有的表现空间,前因后果,使得他的小说情节有了很强的神秘性。这两个延伸点使得他的小说往往达到了奇幻的地步。这样的小说有其优点,那就是小说悬念丛生、情节完整流畅,有很强的可读性。但是缺点也相当明显,那就是"科学"根据无力或无法解释那些疯狂的想象时,小说的故事情节也就沦为荒诞。由于是为"稻粱谋",倪匡的小说创作得极快。小说质量良莠不齐,学术界从各自的价值标准出发对他的小说评价也高低不等。不管怎么评价,倪匡确实为中国的科幻小说提供了另一种思维。

严格地说那些正宗的科幻小说在香港并不多见,也没有形成什么气候。当然,这些正宗的科幻小说在香港也不是无迹可寻。在倪匡、黄易的奇幻型科幻小说盛行之时,1987年至1988年间,杜渐在《商报》上开辟了《怪书怪谈》的专栏,推广正宗的科幻小说,之后,他编辑了一套《世界科幻文坛大观》,向香港读者介绍什么是正宗的科幻小说。20世纪90年代初,杜渐、李伟才、黄景亨、潘昭强等人协力创办《科学及科幻丛刊》。李伟才还编撰了《超人的孤寂》,夹叙夹议地介绍了一些世界科幻小说的经典之作,并阐述自我的科幻小说的观念。然而,香港除了这些介绍和评价之外,至今就没有一个正宗的科幻小说的创作大家,也没有一个刊登正宗科幻小说的杂志,与红红火火的奇幻型科幻小说相比,这些正宗的科幻小说的声音实在是太弱小了。

由于当今的人们更加关心自我的生存状态,更多地思考人类的生存价值,再加之影视剧的煽动,科幻小说创作在当今世界显得十分红火。相比较之下,中国的科幻小说创作明显地滞后。分析中国科幻小说创作的滞后原因是多方面的,其中两点十分明显,一是科幻小说创作的土壤不够丰腴。在一个占有自然而不是与自然相协调的物质时代,科幻小说只能被看作为与现实相脱离的梦想。二是缺乏产生重大影响力的作家作品。没有引人注目的作家作品就难以吸引主流媒体的关注,也就只能处于边缘化的状态。

七、网络小说

网络小说是从文学的载体而不是从小说题材划分的概念。载体只是一种工具,小说又是用语言来说故事,严格地说,这样的划分并不符合小说创作的原则,所以说以载体来划分是不得已而为之,因为网络载体和网络小说的美学特征实在是密不可分的。

一般认为少君1991年4月在北美中文网站《华夏文摘》上发表的《奋斗与平等》是全球第一篇中文网络小说。在中国大陆产生影响的第一部中文网络小说是1998年出现的痞子蔡的《第一次的亲密接触》(中国大陆的读者接触这部小说主要是1999年出版的纸质媒体)。这则爱情故事是相当传统的:偶尔邂逅、浓情蜜意、身患绝症、撒手人寰、睹物思人、不尽哀思。作者将这样一个被古今中外众多的言情小说家无数次搬弄过的情节拿过来,加上《泰坦尼克号》的浪漫,演绎了这则爱情故事。小说不仅情节传统,很多的表现手法也不新鲜。以形象的活泼、鲜亮展示其光彩照人的一面,以日记的叙事、寄情展示其真实的形态,以遗书的抒怀、示爱展示其内心隐秘的世界。这也是众多言情小说家多次搬弄过的女主人公感情表达法。但是这部小说却是以全新的美学情趣和表达方式呈现在读者面前:一是强烈的青春气息。校园的背景以及大量的看似嬉皮笑脸、玩世不恭的"爱情知识"和"生活知识"的摆弄,符合年轻人的审美情趣。二是构造了"网络"小说的情节结构。网络是大众信息传播的手段,它具有大众性和相对的自由度。它可以每天写一段,读者可以参与和评述小说故事情节,可以提供自己的意见,作者可以根据这样的意见写出下一段。既然网络的主要功能是"信息服务",因此,对话也就成为网络小说叙事的主要手段。用对话写小说,而又要吸引人,语言的俏皮和聪慧就必不可少了。小说中的男女主人公,一位叫"痞子蔡",一位叫"轻舞飞扬"，这些本是俏皮的网络名字。他们的对话更是妙语连连，有时使人忍俊不禁。三是制造了一套网络语言，这些语言夹杂着很多英语、数字和计算机符号，例如：）、＃、＊、～等等，不同的符号表达了不同的感情。《第一次的亲密接触》的走红给大众带来这样一个信息：原来小说可以这样写。

《第一次的亲密接触》很快地就警醒并引领着中国大陆的众多的写手涌向了网络。1999年、2000年的两年间，中国大陆的一些优秀的网络写手开始出现，邢育森（代表作《活得像个人样》、《网上自有颜如玉》、《柔人》）、宁财神（代表作《缘分的天空》、《假装纯情》、《网络鬼故事系列》）、俞白眉（1998年开始在网上写东西，代表作《网络论剑之刀剖周星驰》、《网络论剑之大梦先觉篇》、《寻男觅女》）、李寻欢（代表作《迷失在网络与现实之间的爱情》、《一线情缘》）、安妮宝贝（《告别薇安》）被称为网络小说创作的"五匹黑马"。李寻欢、邢育森和宁财神还被传统媒体第一次称呼为网络写作的"三驾马车"，安妮宝贝、吴过和Sieg这三人后来又被称作网络上的"小三驾马车"。当然，忽然间还会出现一些"名人"，如慕容雪村和木子美。他们的串红与新兴的网络形式——博客密不可分。在榕树下，还有其他成百上千的文学论坛上，更多的网络写手和出版社编辑在热切地互相寻找着对方。在这股热潮之后，网络文学不再成为吸引眼球的卖点，却仍以它自己的方式存在着。

在这个世纪转折点上，网络小说也完成了从网上到网下的延伸，并迎来了它充满辉煌泡沫的高潮期。2000年1月，安妮宝贝的《告别薇安》由世界知识出版社出版，是网络小说向纸质媒体转换的成功案例。2001年中文网站榕树下的首页上有这样一串数字：签约出版社37家；签约电台46家；已出版图书117本；已发行图书235万册；签约媒体521家；图书出版收入1600万；注册用户160万。

促进网络小说创作的是一些网站举办的网络文学大奖赛。其中影响比较大的主要有榕树下（www.rongshu.com）网络原创文学作品评奖、网易（www.163.com）的网络文学作品评奖、清韵（www.qingyun.com）网络新文学优秀作品评选活动。尚爱兰的《性感时代的小饭馆》是1999年榕树下网站举办的第一届网络文学大奖赛一等奖获得作品。2000年榕树下第二届网络文学大赛最佳小说是flying-max的《灰锡时代》。参赛作品从第一届的七千多篇猛升至七万多篇。网易首届"中国网络文学奖"金奖小说，是蓝冰（生长于安徽合肥，本名王斌）的《相约九九》。2000年清韵书院文学网站举办了第一届"网络新文学"优秀作品评选活动，小说部分评出了长篇小说3部：温雨虹的《斯泰因在上海的秘密生活》、尚爱兰的《永不原谅》和刘峥的《桃花部落》。2001—2002年，虽然有一些有影响的网络小说，例如蔡春猪的《手淫时期的爱情》、醉鱼的《我的北京》、慕容雪村的《成都，今夜请将我遗忘》等等，但是与前阶段相比较，热度减少了不少。2003年以后随着网络在中国大陆高度普及，网络小说创作再度掀起了热潮，至今不减。

网络小说在当代所产生的影响的深广令人惊叹。在起点等大型网站优秀作品点击率动辄以十万、百万甚至千万计。2005年初，两大搜索引擎谷歌和百度先后公布了2004年十大中文搜索关键词，一部名为《小兵传奇》的玄幻小说在谷歌搜索关键词中位列第3，在百度搜索关键词上排名第10，而且是唯一与文学有关的入选词语。

网络小说如此高的"人气"，在出版界逐步走向市场化的今天，自然要列为出版界"走市场"出版物的首选目标。网络与出版社携手迈向书刊市场，越来越多的网络小说被印刷成集陈列于书店的书架上。台湾城邦集团的红色文化出版公司在出版《第一次的亲密接触》获得市场热烈回应后,在 2000 年一口气推出柯志远的《孵猫公寓》、叶慈的《翼手龙与小青蛙》、琦琦的《晴天娃娃》、王兰芬的《图书馆的女孩》、dj 的《家教爱情故事》、霜子的《搭便车》、酷 BB 的《恐龙历险记》、许宜佩的《邂逅马口铁》、黄黄的《微笑情缘》、微酸美人的《在爱琴海的艳阳》等十余本网络小说。大陆的作家出版社、知识出版社、天津人民出版社、漓江出版社、上海文艺出版社、文汇出版社、时代文艺出版社、上海三联书店、中国社会科学出版社、湖北教育出版社……出版网络小说的丛书或作品选集。

传统的纸媒作家与网络小说接触并不晚,网易和榕树下第一届评奖评委方面包含了传统纸媒作家和当红网络作家。网易请来了王蒙、刘心武、从维熙、刘震云、莫言、谢冕和白烨等高手。榕树下则有贾平凹、王安忆、王朔、阿城、余华和陈村等作家。为了争取更大的阅读市场的份额,一些传统文学纸媒刊物也开始刊登网络小说。《当代》、《作家》、《大家》、《山花》从 2001 年起开辟了专门刊登网络小说的栏目“联网四重奏”。2000 年,大型文学期刊《当代》推出“网事随笔”栏目(2001 年《当代》第 1 期又将“网事随笔”改为“网络文学”)。具有标志性事件的是 2009 年 10 月《人民文学》第 600 期推出了“新锐专号”,除了郭敬明外,还收了春树、蒋方舟、赵松、马小淘、吕魁等 80 后网络作家的小说。

网络小说也逐步向电子媒体漫延。《第一次的亲密接触》被拍成了电影;《悟空传》除了被拍成了电影外,还有电视版和动画版。电视剧《武林外传》更是成为经典。连手机也成为网络小说的载体,例如获得手机小说大奖的《墙外》。

网络小说的流行当然与网络普及有着根本的关系。在当代社会网络已成为众多人的工作载体、信息载体,甚至是居家过日子的生活载体,须臾不可离。创作和刊登在这样载体上的小说当然会受到人们的关注。不过更值得我们思考的是,网络小说之中的社会文化原因和美学原因。

在商品经济大潮成为社会中心时,消费文化自然就成为当下中国主要的文化形态之一。消费文化制约下的文学作品被要求的是消闲和趣味,并成为一种紧张工作、快节奏生活的解压剂。既然是一种消闲和趣味的解压剂,文学创作就应该是人人可以创作、人人可以阅读的消费方式,只不过它属于精神领域。问题是中国的文学创作领域和这样的消费文化的要求有着相当大的差距。文学创作被作为一种精神启蒙工作要求着的时候,文学创作就总是引导着读者应该怎么活。希冀于文学消费的读者对这样启蒙和引导性质的文学作品只能是敬而远之,进而畏而逃避之。体制中的文学期刊的准入方式又使得那些有意于创作消费文学的作家作品无法进入,消费文学就只能在民间流传(或者是手抄本)。网络的出现满足了消费时代的小说创作与小说阅读的要求。网络上有两句话:“谁也不知道我(你)是一条狗”,“人人都可以当作家”。这两句话充分显示了网络小说的消费心态和自由度。

从消费心态和自由度出发,网络小说建立了一套自我的美学结构。首先网络小说几乎都是情节小说。环境的独特、故事的曲折、人物的个性、事件的离奇、语言的调侃是小说追求的基本要素。原因很简单,创作者必须以匪夷所思的情节和意犹所指的语言始终吸引网络阅读者,任何作深层状的写作读者都不会买账。网络小说是一种参与性小说。作者和读者即时的互动常常使得作者仅仅起到“船长”的作用,船的航行是由众人合力完成的。因此,网络小说具有很强的“狂欢意识”和“草根意识”。由于参与性很强,小说的情节发展不断地变化,网络小说的情节大多比较松散,但是每个情节单元一定很新奇。网络小说是一种信息小说,语言简短,但很生动;语句简短,却很灵动。

网络小说的社会文化的背景和自我的美学结构要求着我们阅读和评析网络小说必须从网络小说的角度出发。如果仅仅从阅读纸质小说的角度论述网络小说，我们将无法理解所面临的阅读对象。网络小说的类型很多，除了传统的武侠小说、言情小说、科幻小说等等类型之外，还有校园小说、玄幻小说、悬疑小说、惊悚小说、网游小说、穿越小说等等。我选择几部近年来影响比较大的小说分析之。2000年萧潜的《缥缈之旅》在网络小说的排行榜上名列第一达半年之久，在竞争极其激烈的网络小说界如此的成绩不多见。小说构造了两个世界，一个是现实世界，一个是超现实的修真世界。修真世界以星球系为背景，根据修真者的修炼形成境界和等级。小说让主人公在现实世界中受到挫折，到修真世界中得到修真，再到现实世界中展示超人的本领。写的是一个虚构的故事，但是创作者那种社会的征服心、支配心暴露无遗，而读者却正是在获得社会成功感的焦点上与小说产生了共鸣。小说的构思显然是多种要素的综合体：小说人物是个轻喜剧人物，轻松搞笑，油腔滑调，甚至是偷奸耍滑，但是却是个英雄，遇到是非之事从不糊涂，并且侠胆义肠，济贫扶危，颇具电影演员周星驰的表演风格；小说结构上有着李寿民《蜀山剑侠传》的痕迹，奇山异景之中飘忽着一批亦人亦仙的修真者；情节故事则又有《荷马史诗》的影子，如"冤魂海"的旅行与奥德赛的回归之旅很相似；当然还有当时正在热播的电视剧《越狱》的片段，例如"黑狱争锋"。《缥缈之旅》给网络小说带来了一个"修真模式"：魔法修真、异世幻想。最初这样的小说被称为"仙侠修真小说"，现在名称基本确定为玄幻小说。在这个小说系列中，后来产生影响的作品还有《诛仙》等。

香港作家黄易的《寻秦记》曾被众多青年读者所热捧。这部小说的时空穿越的构思被网络小说接替了过来，形成了网络小说的一个类型：穿越小说。2006年一部名叫《梦回大清》的穿越小说很引人注目。小说让一个在现实社会中总感到很失落的白领女孩回到了大清，成为满族贵族的女儿。经过了层层选秀来到了皇宫，以其美貌和聪明成为众位阿哥的追捧的对象，女孩子的娇媚、虚荣、浪漫、幻想等等都得到了充分的展示和满足。与玄幻小说相似，穿越小说能够得到众多网民青睐，根本的原因在于创作者和阅读者在现实层面的失落和心理层面争胜而形成的巨大反差，小说创作和阅读的过程就是一次弥补这样的反差的精神愉悦之旅。凭着现代人的智慧和技能回到古代社会去随意地实现自我渴望的一切，虽然有些阿Q的意味，却能够调剂当代人生活和精神的单调和枯燥。由于有了穿越时空的构思，穿越小说常常将现代生活思维和历史文化理念、现代人的语言与古人的行为举止穿插交织起来写，在反差之中制造新奇、生动，是现代人过于聪明，还是古代人过于愚笨，小说情节和语言常常令人忍俊不禁。

传统的武侠小说、言情小说等虽然是网络小说常备文类，也有稳定的读者，但是始终平稳发展，"火"不起来。但是在2006年一部赵赶驴创作的《和美女同事一起被困在电梯一夜的故事》的言情小说大大地吸引了网民们的眼球，以2006年4月上网算起，短短一个月阅读量便超过1000万人次，到了8月份，点击量已超过1亿人次。9月份北京中信出版社就以《赵赶驴电梯奇遇记》为名推出了纸质的完整版。小说虽说是言情，却不同于传统的纯情、悲情、惨情，而是写的感情的心态。小说主人公赵赶驴的感情全部来自奇遇，一次电梯意外，他喜欢上了同事白琳；一次偶遇，他又被白琳的妹妹白璐喜欢上了；一次手机信息的错发，他和女上司蒋楠有了暧昧关系。究竟爱谁呢？作者和读者一起为赵赶驴着急。小说的结尾赵赶驴当然谁也没有爱上，但是作者和读者在他的爱情生活表现中都满足了，因为赵赶驴那种初涉异性不知所措、既想纯正地恋爱却又有猥琐念头的冲动、既要爱情专一却又抵挡不住美色到处游离,将当代社会中的现实的恋爱状态表现得淋漓尽致。小说不仅情感表现时尚,语言运用更是充分地网络化,东东(东西)、挂掉(死去)、巨像(极像)、扁(打)等等网络语言满篇皆是。整部小说从情感、情节到语言均很时尚,当代人写当代人的时尚,这部小说展现了网络小说的一种重要的风格。2006 年网络上出现了一部引人注目的惊悚小说,那就是《鬼吹灯》。小说从上网之日起,点击量就与日俱增。破网成书后,第一次印刷就达到 50 万册。其后,小说被改编成漫画,10 天不到达 13 万人次阅读,跟帖 2200 多条。《鬼吹灯》俨然成为近年来最有影响力的网络小说。从美学传统上说,惊悚小说《鬼吹灯》是玄幻小说的发展,玄幻小说故事发生的境界是"天上",惊悚小说故事发生的境界是"地下"。天上说的是"仙",地下只能说"鬼"。惊悚小说就是以盗墓为线索将读者带到鬼的世界,在这个世界中有活动着的鬼怪,有硕大的尸虫,还有奇异的动植物。《鬼吹灯》以盗墓探险为线索将这个鬼世界中的各种形态呈现在读者面前,就像游历一个恐怖博物馆一样,让读者在应接不暇的前所未闻的恐怖事物面前始终惊悚不安。为了表明故事的可信度,小说采用了三种手法,一是写家族史,让现在发生的事情有历史根据;二是写大量的盗墓知识,让每个行为动作有知识根据;三是写沙漠边陲的奇异风光,让事实的发生有环境根据。在这样的小说中人物只是故事的叙述者和情节的贯穿者,所以性格、情感等形象要素都是可有可无的。《鬼吹灯》将网络小说"情节化"的特点发挥到极致,极大地满足了读者的窥伺、猎奇和寻求刺激的心态。

网络小说的出现打破了传统纸质小说一统天下的局面,也打破了长期以来僵化的小说创作的准入制度,其积极意义应该给予高度肯定。但是网络小说的缺陷也相当明显,特别是当下的网络小说创作状态。首先网络小说的一些网站正在建立"VIP"制度,让一些成名的写手享受贵宾级待遇,让读者通过付费的方式阅读他们的作品,从而使得网站和这些写手获得经济利益。让网站和写手获取一定经济利益似乎无可厚非,但是它在重复纸质媒体准入制度的老路,牺牲的是网络小说引以为骄傲的自由、随意和不功利。事实上一部产生重要影响的网络小说往往产生在写手不知名的时候。二是精品太少。我们不必指责网络小说的泡沫化和浮躁化,也不必指责网络小说的欲望化写作和情节化追求,这些都是网络小说自有的特点,抹去了这些特点就不成为网络小说。但是我们希望网络小说的精品更多一些,因为根据现有的创作量和阅读量进行对比,网络小说的精品量实在是不成比例了。

(原载《文艺争鸣》2011 年第 9 期)

注　释

①1955 年中共中央、国务院先后签发《中共中央关于处理反动的、淫秽的、荒诞的书刊问题和关于加强对私营文化事业和企业的管理和改造的指示》(5 月 20 日)、《国务院关于处理反动的、淫秽的、荒诞的书刊图画的指示》(7 月 22 日),1956 年 1—3 月,文化部连续发布《关于处理反动、淫秽、荒诞图书工作中的一些问题》、《关于一些反动、淫秽、荒诞图书的处理界限问题》和《关于各省市处理反动、淫秽、荒诞书刊工作中的一些问题》等文件。

②《鲁迅全集》第 9 卷第 234、338 页,人民文学出版社 1981 年版。

③萧建亨:《试谈我国科学幻想小说的发展》,黄伊主编《论科学幻想小说》第 24 页,科学普及出版社 1981 年版。

中国国民的"文学生活"

——山东大学关于"文学阅读与文学生活"的调查

温儒敏

去年底今年初,山东大学文学院发动全院师生,在山东、湖南、广东、江苏等十多个省市,开展关于"文学阅读与文学生活"的大型调查,调查主要采取问卷和访问等方式,经分析形成报告。最近一期《中国现代文学研究丛刊》(2012 年第 8 期),专门为这些调查新辟了"当代文学生活状况调查"专栏,集束式刊发了 7 篇调查报告。看看题目,就知道所关注的范围,包括:《农民工当代文学阅读状况调查》(贺仲明),《学校教育背景下的大学生文学阅读状况调查》(黄万华),《近年来长篇小说的生产与传播调查》(马兵),《网络文学生态调查》(史建国),《茅盾文学奖获奖作品接受状况调查》(张学军),《当下文化语境中鲁迅作品的阅读与接受状况调查》(郑春、叶诚生),《金庸武侠小说读者群调查》(刘方政),等等。这些调查提供很多信息与数据,从某些方面帮助人们了解当前国民"文学生活"的真实状况,也引发对文学生产、文学批评与研究的许多新的思考。

农民工文学阅读的低俗化

贺仲明教授主持了关于农民工的文学阅读调查。一般可能认为,农民工的文学阅读会低于整个国民阅读的水平,事实却并非如此。这次调查在大型企业、建筑业和城市摊贩等行业的 2000 多名农民工之中进行,"每年文学作品阅读量",结果是读 1—4 本的 46.3%,读 5—10 本的占 19.5%。这个量明显高于一般国民的文学阅读量。据第九次全民阅读量调查(中国新闻网 2012 年 4 月 19 日),全国人均读书 4.53 本,与农民工的阅读量大致持平,但农民工的数据是单指"文学阅读",那么农民工文学阅读量明显高于一般国民。另一项调查(黄万华的调查)也表明:业余时间较多用于阅读文学作品的农民工比例为 14%,高于职员阶层的 12%和学生的 10%。什么原因?可能是农民工的业余文化生活比一般城市居民单调,缺少选择性,阅读便是主要的选择之一。但调查同样表明,农民工之中对文学作品"基本不读"的仍然占 32%,这个数字也很惊人。还有一点值得注意,就是农民工文学阅读主要是网络文学,占全部阅读的 84%,纯文学(特别是纸质作品)所占比例是很少的。总的来说,农民工的文学阅读仍然是量少,质低,甚至可以说是有低俗化的倾向。

调查发现,农民工的文学阅读类型是很单一的。除了上网,他们"读过的文学期刊"范围很小,《故事会》占 68.8%,《读者》占 53.2%,其他也是《知音》一类通俗刊物。而具体到农民工"所熟悉或喜欢的作家",在多项选择中,选鲁迅的占 63%,其次是路遥、沈从文、赵树理、贾平凹,但比例都在 20%以下。"最受欢迎的作品"多项选择,所选古典文学最多的是《三国演义》和《红楼梦》,新文学中则是《阿 Q 正传》和《平凡的世界》。而当代文学在农民工的阅读中只占极少量。这说明一个问题：农民工的文学阅读大都仍然停留在中学语文涉及的范围内，缺少必要的拓展，他们与当代文学的关系是相当疏远的。

调查还显示，农民工的阅读有很强的实用性要求，他们大都喜欢选择与自己生活休戚相关、容易引起共鸣的作家作品。在新文学作家中，赵树理的小说和路遥的《平凡的世界》，是拥有最多农民工读者的。原因在于这两位作家都特别关注农民的生存状况，关注农村青年的前途命运。《平凡的世界》在基层读者包括农民工读者中长久受到欢迎，是绝无仅有的常销书。这次调查证明，当代文学对农民读者来说，仍然是缺少吸引力的。

中小学生与大学生文学阅读的偏至与下滑

学校背景下的文学阅读状况调查由黄万华教授主持，主要在济南、遵义等地一些中小学进行，调查也是采取问卷方式，收回问卷 312 份。调查表明，当下中小学生的文学生活总体上还是比较丰富的。小学阶段的文学阅读状况是好的。有 58.9％的学生每个月平均读 2—3 本课外书，62.5％的学生表示自己看书的时间超过看电视时间，有 75.9％的学生自己买课外书看。但进入初中之后，课外阅读状况就一路下滑。对初二学生的调查表明，有 56％的学生看电影电视的兴趣超过阅读，23％的同学沉迷于电脑和游戏，只有 12％的学生仍然喜欢读文学书。阅读来源也变为网上下载为主，而下载的内容只有 10％是文学作品。喜欢读漫画、绘本和青春类畅销书的，各占 52％和 32％。学生列出的"最喜爱的作家作品"中，只有 13％作品和 6％的作家是语文课本中出现过的，学生喜欢的作品主要是青春畅销书，所喜爱的作家绝大多数都是网络写手。初中生喜爱的作家居首位的是小妮子和漫画家猫小乐。阅读兴趣最大的为青春畅销书（占 36％），接受度最低的是文学名著（占 10％）。在文学作品中，受欢迎程度依次为：图文类作品（如《阿狸，梦之城堡》），科幻和现代童话（如《哈利·波特》），古典小说（如《西游记》），外国冒险小说（如《鲁滨孙漂流记》），而完整读过《朝花夕拾》这样作品的不及《阿狸，梦之城堡》的五分之一。这说明初中生不但文学阅读的量在降低，选择阅读作品的文学性和品性也在降低。而高中阶段因为准备高考，学生文学阅读总体情况远不如小学生、初中生。忽视课外阅读的语文课是不完整的，这种情况严重影响着整个语文教育的质量。

因为中小学没有养成好的读书习惯，到了大学，情况也不容乐观。根据对近 400 名在校理工科学生的调查，只有 43％受访者表示平时会有一定时间接触文学作品，几乎从来不读的占 6％。文学阅读的面也比较窄。从他们读过的文学刊物来看，都是比较通俗的，最集中的是《青年文摘》（占 93％），其次是《萌芽》（87％），《中篇小说选刊》（24％），而读过或者知道《收获》这样严肃的纯文学刊物的，只有 12％。

再看阅读的作品，阅读人数最多的有三部，是：《骆驼祥子》（80％），《雷雨》（74％）和《阿Q正传》（70％），其次是《家》（31％）。这些都是中学阶段要求阅读的，自然读过的人数会多一些。从另一方面也证明，中小学语文教学是否重视阅读习惯培养，在相当大程度上决定学生后来的阅读水平与品位。调查也发现，大学生对那些与青年的追求与励志有关，或者艺术上较有特色、社会上较流行的作品，持有较高的关注度，也较多人选择阅读，如《平凡的世界》（有 33％的人读过），《穆斯林的葬礼》（29％），《梦里花落知多少》（29％），《边城》（53％），《围城》（52％），《狼图腾》（39％），《白鹿原》（26％），等等。而属于红色经典的作品，阅读人数相对较少,如《红岩》(15%),《青春之歌》(3%),远比不上那些流行作品,包括网上发表继而出版的玄幻、穿越、诡秘等题材作品,如《鬼吹灯》(21%),《诛仙》(22%),等等。

从文学阅读的影响看,调查表明,理工科大学生喜欢的前十名作家依次为:鲁迅、金庸、韩寒、路遥、海子、张爱玲、余秋雨、三毛、徐志摩、钱锺书。而这些年文学界比较看好的一些作家,如汪曾祺、贾平凹、张承志、莫言、余华、阎连科、苏童、王安忆、严歌苓、王小波等,并未进入学生"最喜欢"作家的前十。

总的来看,小学生文学阅读状况稍好,到初二之后就一路下滑;大学生(理工科)阅读状况比一般设想的要好,但也存在明显的偏至。青少年阅读如果缺少必要的引导,是不能令人乐观的。

长篇小说生产与传播的三个现象

在国民文学阅读中,长篇小说历来是"大头"。第九次全国国民阅读调查公布的 2011 年读者喜爱的 10 本图书,除《史蒂夫·乔布斯传》外,其余 9 本都是长篇小说,占前 4 名的是中国古典四大名著,此外还有《简·爱》、《天龙八部》、《钢铁是怎样炼成的》、《平凡的世界》和《围城》。但这些年长篇小说的生产数量激增,2011 年小说类新书数量就达 4300 多部,首次发表和出版的长篇 2000 多部,中国成为世界上长篇小说产量最大的国家。但据这次马兵的调查,在长篇数量世界第一背后,发现几种值得注意的现象。一是虽然每年出版的长篇数量巨大,但绝大多数都印数不多,当然所拥有的读者数量也不会很多。除了极少量经过包装宣传的作品畅销,多数都是出生即灭亡。二是网络创作的跨媒体出版。大量网络小说转为纸质图书问世,是长篇出版数量激增的主要原因,很多民营文化传播公司都致力于从网络到纸质出版的资源转化工作,大赚其钱。光是博集天卷一家公司,十年来就依托网络策划出版职场、官场、言情、军事、悬疑、推理等类型小说 300 多种,其中长篇占 90%,包括《杜拉拉升职记》、《浮沉》和蔡骏"天机"系列,等等。盛大文学、华文天下、聚石文化等公司都在网络小说跨媒体出版方面大显身手。与此相关的调查发现,有 70% 以上的读者仍然偏爱纸质阅读,11.8% 数字阅读者读完电子书后还会购买该书的纸质版。可见,说网络文学取代传统纸质出版文学的猜想有些为时过早。第三,是影视同期书的现象。媒体中强势的电影电视改编自小说,反过来促进小说的传播与阅读。几乎每年都有阅读的热潮由影视同期书所推动,如《暗算》、《蜗居》、《山楂树之恋》、《亮剑》等等,都曾经进入过年度虚构图书的排行榜。虽然也有文学本位者对此持批评态度,但影视同期书现象似乎还有愈演愈烈的趋向。

调查者认为,作为考察读者阅读状况的晴雨表,畅销书与文化体制改革、文化观念转型、文化产业化趋势、文化市场的成熟、审美风尚的嬗变与大众消费心理有密切的关系。以开卷信息技术公司发布的 2011 年的数据为例,有 2 部小说入围综合排行榜的前十,分别是郭敬明的《临界爵迹 2》和杨红樱的《笑猫日记 绿狗山庄》。事实上,像郭敬明、韩寒、杨红樱、张悦然、郭妮、饶雪漫、江南等"青春文学健将"的作品已经占有市场最大份额。他们和书商一起用商业手段"培养"了庞大的青春读者群。这个现象就是王晓明所说的被新世纪以来最有购买力的人群的年龄和阅读趣味所决定的,这个巨大的读者群主要由中学生和大学低年级学生构成。

文学生产和传播的商业操作是双刃剑,一方面推进出版和阅读的繁荣,另一方面,也可能有意无意在制造平庸的阅读口味,降低国民的阅读品格。

网络文学的生态变化

这次山大的文学生活调查当然不会忘记网络文学。史建国主持这项关于网络文学阅读与创作情况的调查,所收集的数据是多方面的。调查表明,网络文学规模仍然处在快速增长的过程中,其用户从 2010 年的 19481 万户,到 2011 年 12 月底止增加到 20267 万户,绝对增长 4%。青少年理所当然构成网络文学最重要的用户群,其中 15—24 岁年龄段用户占 51%,30—39 岁占 18.4%,50 岁以上只占 1.8%。从职业构成看,学生群体比重最大,达 39.9%,具有大专与本科学历的占 54.3%;而网络文学用户的城乡比是 89∶11,差别还是相当大的。

网络文学的生态还可以从题材来观察。调查者将网络文学分为历史、官场职场、言情、奇幻、玄幻、武侠、性与暴力、儿童文学、其他 9 个类别,看各种类别所受关注的程度,发现不同性别、年龄段读者关注网络文学的类别还是有差异的。例如,最受女性读者关注的是言情作品,这方面阅读占 22%;而男性关注的是历史作品,占 17.9%。

有许多研究认为,网络文学使得“人人皆可成为作家”,标志着“公民写作”时代的到来。网络文学的兴起的确迎来了写作空前开放的时代,这次调查就提供了可以支持上述观点的数据:有 62.6% 的网民尝试过网络文学写作,还有 3.9% 的人向文学网站投过稿。有如此巨大“写手”数量作为基数,网络文学即使再杂乱,也有可能出现精品和真正的作家。还有些网络写手表示,目前他们创作的动机主要还是自由表达,赢得赏识,追求某种满足感,不太涉及经济利益。但抽样调查中仍然有不少网民对网络文学的评价不高。

调查者认为,未来几年互联网愈加向低学历人群扩散,会拉低网民网络文学使用率,网络文学的步伐将放缓,而商业化操作将愈加强大,必然会影响网络文学质量的提升。

关注普通国民的“文学生活”

山东大学文学院开展的这次调查,还涉及城市白领的文学阅读、鲁迅的社会接受,以及武侠小说的阅读状况等领域,都展现了许多以往不太为人关注的“文学民生”这一面。最重要的是在调查的同时,提出了“文学生活”这个概念。我所理解的“文学生活”,既包括文学创作、批评、研究等活动,但更主要的,是指社会上有关文学生产、传播、接受、消费等方面,是与文学密切相关的普遍的社会生活。事实上,普通人每天阅读作品,接触报纸杂志、互联网、电视或者其他媒体,以及课堂教学、辅导孩子等等,自觉不自觉都会以某种方式参与文学生活。社会上很多非文学领域(如政治、经济、法制、风俗等等),也常看到文学方式的介入和利用。当今很多博客、微博、QQ 的语言喜欢幽默、调侃和个性化;生生不息的“段子”呈现民间文学新的质素;法制节目以类似“传奇”的形式讲述犯罪与破案的经过;新闻报道、广告宣传借用某些文学手段吸引“眼球”,等等,这些活动都在一定程度上表现为“文学生活”。只不过我们谈“文学生活”,很直观地想到的就是文学创作、批评与研究这一块,而对普通社会生活中普通人的文学接受与消费缺少关注,对社会的“文学生活”缺少理论自觉。

当代中国正处于社会转型期,文学的创作、传播与社会接受出现很多前所未有的新景象,对此我们的批评家似乎还来不及去跟踪、研究,他们关心的主要还是作家作品和创作趋向,文学的社会生活仍很少进入学界的讨论视野。对当下许多重要的文学现象,我们似乎都有所感觉,但又都缺少调查研究,说不太清楚。把属于"文学生活"的问题弄清楚,将有利于文学创作,作家可能从中获得某种写作的启示;更有利于拓展文学批评的格局,使有些沉闷的批评界出现生长点,展开新生面;甚至还可以为了解认识当代社会生活,特别是当代人的精神生活,增加新的视点和丰富的材料。

现在的批评家和学者研究来研究去,都出不了一个"三角":即由作家写作,出版社(或者报刊)出版发表以及批评家对作品评论构成的圈子。这是有些封闭的三角圈,于是从创作到批评研究成了"内循环"。我们说哪部作品好不好,看什么?无非就看批评家的评论,而大众读者是很难发出声音的。翻开现有的文学史,其对作家作品及文学现象的评说,也极少考虑普通读者的反应,所依据的材料一般还是批评家的言论,仍然不出那个"自给自足"的"三角圈"。

作家创作作品,都会有"拟想读者",这其中不排除评论家,但更应当考虑的,恐怕还是社会上各种类型的普通读者。其实普通读者的反应最能反映作品的实际效应,正是大量普通读者的接受,构成了真实的社会"文学生活",理所当然要进入文学研究的视野。如果忽略普通读者"文学生活"这一块,始终在"作家—出版—评论家"这个三角关系中转圈子,又要谈什么文学接受,那就等于舍本逐末。所以,把作品的生产、传播,特别是普通读者的反应纳入研究的视野,意义重大。

用通俗的话来说,文学研究也应当关注"民生"——普通民众生活中的文学消费情况。

"文学生活"所关注的是"事实"、"文学生产"、"文学传播"、"精神结构"、"接受行为"等,这些内容有可能生发出许多新的话题,可以拓展现当代文学研究的眼界。举例来说吧,20世纪五六十年代,大多数上过中学和大学的年轻人都读过《牛虻》、《钢铁是怎样炼成的》、《约翰·克利斯朵夫》等外国小说,当时的阅读是很纯粹的、热情的,如今再也找不到类似的阅读状态了。写当代文学史,是否也应当关注一下当时这种文学阅读与接受的状况?再举个例子,40多年前《青春之歌》、《红岩》等作品影响巨大,当时普通读者到底是如何阅读接受这些作品的?记得《青春之歌》出版时,我正上中学,大家都渴望阅读,又买不起书,学校图书馆也只有几本,于是老师就把小说撕开,每天在布告栏上张贴几页,同学们就像看连续剧似的,每天挤着看完这部小说。我们这一代人当时就有这样的"文学生活"。《钢铁是怎样炼成的》、《青春之歌》等小说在20世纪五六十年代那样受到普通读者的欢迎,这些作品在一代人的精神结构上产生巨大的影响,这种"文学接受"及相关的"文学生活",恐怕不能简单地用什么意识形态"询唤"去命名,或者做所谓"体制内、体制外"的政治分析了事。可是现在学者研究20世纪五六十年代那些革命文学,顶多就是用某种现成理论去阐释文本,即使对当时的读者接受(其实很多仍然是评论家的言论)有所顾及,那也是为了证说某种预定理论,极少把目光投向当时的阅读状态与精神历程,并不顾及那种鲜活的"文学生活"。我们有理由期待那种知人论世的文学史,能真实显示曾经有过的"文学生活"图景。

"文学生活"的考察肯定要有文学社会学方法的介入,关注作为"文学生活"的那些"事实",包括文学生产、发行、传播、阅读、消费的"过程",以及形成这些"事实"的社会物质条件,必须依靠社会调查方法,例如深入查询访问、问卷调查、案例分析等等。"文学生活"的研究和通常的文学评论与文学史叙述有所不同,那就是更需要实证、数据、量化归纳的支持,所关注的重点不是个别性,而是作为普遍性存在的"现象"。

最近老是听到说"文化软实力",其实不只是艺术,文学的实际传播及其对当代生活的影响,也是软实力之一,不能不重视。

我们希望有更多的同行同好来关注当代的"文学生活"。

(原载《中华读书报》2012年8月22日第5版)

（三）学术会议综述

90年代：通俗文学的机遇和挑战

——1995年当代通俗文学研讨会纪要

阿　丹

　　初夏,万物萌生后成长的时节,由《中国故事》杂志社与连云港国际文化艺术交流中心联合举办的1995年当代通俗文学研讨会,经过一年多的酝酿、策划和紧张的组织筹备,在风景秀丽的滨海开放城市连云港市隆重召开。《中国故事》杂志社社长陈仁梁、主编王春桂、编辑孙丹作为东道主代表出席了会议。《中国故事》主编王春桂和国际文化艺术交流中心主任蒯天共同主持了这次研讨会。

　　通俗文学从20世纪70年代末的勃兴,80年代中期的火爆,到90年代初的回落;从兴起时社会舆论的口诛笔伐,鼎盛时期的褒贬不一,到90年代获得了生存空间,其间有很多值得总结的经验教训。在电视、广播等大众传媒日益丰富的今天,通俗文学的读者、作者、编者日益躁动不安。失去了浮华的通俗文学在世纪之交如何获得更大的生存空间并在理论和实践上有一个质的飞跃,是理论界,也是包括《中国故事》杂志社在内的众多刊社思索不已的课题。来自全国各地二十几位专家、学者、作家围绕这一问题,进行了多角度、多层面、深层次的探讨。涉及范围之广、层次之深,从一个侧面反映了通俗文学经过十几年的发育,已到了成长的临界点。在20世纪90年代,是挑战和机遇并存的时代,通俗文学应以更开放的姿态沉着应对!

一

　　精神文明建设的要领在于建设。

　　这是著名哲学家、科学家于光远先生对文化建设的真知灼见。应邀与会的八十高龄的于老在哲学范畴论述了经济和文化的关系。他认为,主要、次要矛盾不是个普遍的范畴,在一定的范围适用,在经济和文化的范畴内就不适用。对于社会主义建设来说,经济和文化是同等重要缺一不可的。因此,于老提出通俗文学的发展也重在建设并引申出阵地意识,主张用积极的文学与消极的文学做斗争,用积极的文学抵制消极的文学,建设积极的文学扼制消极的文学。

　　于老在会上介绍了他的短文《上帝厌恶真空》,这是古代物理学家做出的一个概括:你只能使容器内的物质越来越稀薄,却永远达不到完全的真空。其实这也是空间物质特性的一种表述。自然界如此,社会生活中何尝不如此? 在精神世界,如果只靠禁止和批判,则某些野蛮的、丑陋的、愚昧的东西即使被排除,另外的坏东西也有可能取代它们而占领精神空间。只有创造更多文明的、美好的、科学的精神产品并作好传播文化的工作,才能有真正的进步。精神文明建设的要领在于建设。

通俗文学十几年来的曲折发展似乎是对于老这段话的印证。无论是在过去还是今后，通俗文学面临的课题仍是建设。

二

通俗文学之所以兴盛，是因为读者需要。通俗文学已不必再在合法与否的问题上争论不休。通俗文学期刊湖北有三大家，《中国故事》是其中之一。

王春桂（《中国故事》杂志主编）：召集理论研讨会是《中国故事》的传统。一般每两年左右就召开一次。形式多样，邀请过不少专家学者献计献策。这次，有连云港市委、市政府的关心支持、有连云港国际艺术交流中心的积极努力，使我们四面八方的新老朋友聚会在亚欧大陆桥东方桥头堡连云港，探讨我们共同关心的通俗文学，作为主办单位之一的代表，我非常感谢！

通俗文学在过去被称为下里巴人，与阳春白雪是相对的。当代通俗文学发展的大致经历是 20 世纪 70 年代末兴起，80 年代中期形成热潮，在全国形成了一股通俗文学期刊热。《中国故事》就是这时创刊的。这个高潮的到来与我国当时的改革开放有关系。到 1989 年开始回落，90 年代走入平稳发展时期，各刊社都在注意提高作品质量、整顿自己的作家队伍，把刊物办得更精致一些，使各方面的读者都满意一些。目前我们感到，现在无论是办刊物也好、写作品也好、评论也好，首要问题已不是 80 年代对雅俗孰优孰劣，谁打倒谁的论争，而是如于老所言，是到了建设时期：建设一支高素质的作家队伍，创作出一批高质量的作品，把刊物质量提高。

湖北是全国通俗文学的基地。大型通俗文学刊物就有三家，《中国故事》是其中之一。这也是《通俗文学评论》在湖北创办的原因。《中国故事》从 10 年前创办始，就一直在追求一种文化品位，追求体现独特风格的目标。开始就提出了一个口号，叫作中国气派、民族风格、曲高和众、雅俗共赏。

现在通俗文学已是无处不在，大家身在文化界，从事研究或创作，每天都会主动、被动地接触大量的通俗文学，希望大家畅所欲言，给我刊提些诊断性的意见，也想听听各位对中国通俗文学发展的见解。

吴芝麟（人民日报社华东分社副总编）：通俗文学的话题谈了好多年，我同意大家的意见，通俗文学不必再在存在合法与否的问题上争论不休。现在各地的报纸，包括党报都有小说连载。上海的《解放日报》是较早搞连载的，后来还创办了杂志《连载小说》（现更名为《上海小说》——笔者注），这基本上是 20 世纪二三十年代上海小报连载的继续。出现这种情况，说到底是因为读者需要这些，读者需要这些故事性的作品。山东齐鲁出版社最近出版了一套中国古典文学普及系列，几十套，包括《西游记》、《三国演义》、《海上花列传》、《九尾龟》、《三言二拍》等等。只要是中国人，识点字或不识字的人都接触过这类东西，我们的土壤有这种丰富的渊源，百姓也有这个需求。纯粹的文学提供的层次要高一些，而通俗文学则是提供一个好的故事。所以对通俗文学来说，故事性更重要。《廊桥遗梦》虽然在美国畅销，但它更注重的是一种感觉、体验，读者很多，但每个读者的感觉并不一样。它在美国畅销，反映了美国普遍的文化层次。因此，本土的土壤、文化是很重要的。

高宁（文学评论家）：我认为通俗文学在中国的存在确是读者的需要。就有这么一批文化不高的读者需要这么一些故事。在西方,文学雅俗的分野并不这么明显.因为那里普遍的文化素质比较高。

三

《通俗文学评论》的创办是通俗文学的幸事。通俗文学理论的建设对通俗文学的界定和规范仍是当务之急。

钱文亮(《通俗文学评论》杂志编辑):前几年,通俗文学的概念界线模糊,不少作者也不清楚。为此,《通俗文学评论》创办(1992年创办——笔者注)之初,就进行了通俗文学现代化的专题讨论,从理论上引导,对通俗文学的理论界定才慢慢清晰起来。1993年,青年评论家李洁非发表了《通俗文学的艺术规范初探》一文,对通俗文学艺术规律进行了比较深入的探讨,并对20世纪90年代通俗文学怎样建立自己的规则做了比较科学的阐释,以期培养大陆自己的如金庸那样的大师级通俗文学作家。

目前,通俗文学的概念主要有这样两种解释:一是冯骥才提出的。他认为文学有三种形态,一种是探索性文学,一种是过去常提的传统的现实主义文学,一种是通俗文学;二是北京潘凯雄提出的,将文学分为两大类:凡是在思想上有所探索、对人类和某个时代所面临的共同问题有独到见解,在艺术有所创新的文学叫纯文学。除此之外则统统属于通俗文学。也有的人认为凭感觉,如果作品的叙事语言、结构套路、人物塑造大家都看得懂,提出的思想、探索、价值判断都不深奥复杂,就是通俗文学,并以马克思主义原典的理论是探索性的、毛泽东思想是它的一种通俗化进行类比。

我个人认为冯骥才提出的文学形态三分法是比较科学的。20世纪80年代以来探索文学主要在思想上、艺术手法上进行探索,不要说一般老百姓,就是有些受过高等教育的人也不一定看得懂。这肯定不是通俗文学。第二种现实主义传统的文学如刘心武的小说,带有历史主义的观点,这些观点经过多年的马克思主义宣传,读者也大都能懂,似乎可以划归通俗文学。但通俗文学是市民文化的产物,是与大市民文化相伴而生的。刘心武的作品显然与此不同。除开以上两种形态的文学,剩下的就是通俗文学,如民国时的鸳鸯蝴蝶派和张恨水,20世纪50年代以后的港台武侠小说、言情小说,其价值观念、表现手法一般百姓都能懂、能接受,很受欢迎。

吴芝麟:我在这里看到《通俗文学评论》这本杂志很激动。这本杂志成本不低,在今天还有人在搞这样的理论刊物,这是通俗文学的幸事。现在关心文学的人越来越少了,但也未尝不是好事。(钱文亮:剩下的就是真正关注文学的人了。)这种理论刊物,搞创作的人不一定看,看了的人不一定就会立刻提高创作水平,但这是一种文化积累、文化建设。通俗文学创作也一样,《三言二拍》是经过多年沉淀下来的,通俗文学只要认真经营,若干年后也会留下一批能流传后世的作品。

张宝林(《中国物资报》副总编):通俗文学的概念宽泛了一点,通俗文学的体裁是特指小说故事的。在文学作品中,很难说哪些诗歌、散文是通俗的,有些非常流行的流行歌曲的歌词根本就是朦胧诗,比如"我的世界开始下雪",是因为曲调而流行开来。从这一点来说,《中国故事》刊名取得非常好,只有故事才易通俗,才能为老百姓喜闻乐见。现今社会快节奏的生活方式人们都感到很累,尤想看消遣性的作品,看完后不需要沉重的思考,因而伸张正义的作品、爱情故事就会受欢迎。如好莱坞电影《真实的谎言》,运用高科技手段制作,情节、画面都非常刺激人的感官,上座率很高,这是通俗电影;好莱坞另一部大片《阿甘正传》表现了一个非常严肃的主题,它的上座率也非常高。

钱文亮:现代科学的发展一方面是学科越来越专业化,另一方面越来越综合。对通俗文学的界分也是很困难,因为通俗文学和纯文学都在汲取对方的优长,有互相融合的趋势。国外有一种归类叫间性文学,像王朔的作品,很难将他的作品划归严格意义上的纯文学或通俗文学。

四

大家不约而同地谈到了张恨水。目前通俗文学创作偶有佳作,但整体质量有待提高。通俗文学界呼唤大手笔。

严建平(《新民晚报》副刊"夜光杯"主任):"夜光杯"是《新民晚报》的副刊,这里所发的作品有时很难界定范围。雅、俗是从读者方面界定的。有时同一篇文章一般读者认为好读、可读,其深层的含义就不一定注意到,但是另一些文化层次较高的读者就会注意到。这就是雅俗共赏吧!

现在文学界对通俗文学态度已有很大转变。其实早在 1988 年我去北京拜访夏(衍)公时他就提出对张恨水的评价是不公正的。姜德明也是这个意见。作家孙犁在《文汇读书周报》和通信中多次谈到礼拜六派,他说礼拜六就是现在的周末版。

现在通俗文学创作存在一个日益突出的问题,就是文学素养比较高的作家写通俗文学的较少。金庸、张恨水都是功底深厚的作家,作品也耐看。现在通俗文学创作水平上不去还是跟作家素养低有很大关系。

伍立扬(《人民日报》社记者、作家):的确如此。张恨水深厚的文史哲修养决定了他作品的高度和地位。他的长篇小说《文君》中写骈体文的起源,完全可以移到文学史中作教材。

五

通俗文学应该更关注平民生活,拓宽题材,增强作家的社会责任感和使命感。

山谷(《雨花》杂志副主编):雅俗的划分只是相对而言,这种命题本身就是灰色的。好的作家实际上都是大俗大雅的。有识之士对文学现状已提出了新的想法,如在许多影视文学作品热衷于表现中产阶级生活时,张承志提出了作家的使命意识问题。通俗文学大师张恨水的作品对普遍人民关注的深度、高度,现在的一些作家也难企及。

目前影视走红的都是 20 世纪 30 年代题材的作品如《红粉》等。20 世纪 30 年代是中国现代史上很特殊的时代,既不同于 20 年代,也不同于 40 年代。30 年代出了一批大作家、大艺术家。夏公(衍)对自己最满意的作品是《包身工》。《上海屋檐下》、《芳草天涯》两部作品在文学史上影响很大。可现在对打工仔、打工妹的生活作家就关注太少,其使命感、责任感与 30 年代作家比就淡漠多了,通俗文学的思想欠缺也就在这里。

周维先(连云港市文联主席、《连云港文学》主编、剧作家):《江湖十八年》(发表于《雨花》杂志)写了知识分子的生活。写知识分子成为右派后怎样与底层民众融合、相濡以沫,有些场景很感人,也有可读性。如果通俗文学中多一点这样的作品,是可以提高人的思想素质的。而现在的通俗文学缺少平民意识、人文精神,对底层的关注太少。写性、暴力几近于一种技术操作,赤裸裸的,令人起鸡皮疙瘩。而一部分影视则出现贵族化倾向,如《住别墅的女人》、《外国洋行里的中国小姐》,看了让人气馁,普通知识分子一辈子也过不上这种生活。这次江苏电视评奖中,《病房浪漫曲》是视角很独特的作品,写精神病院患者的互助、友爱,这些心理、精神不健康的人反而比正常人更有爱心、有人情味,很深刻,很有平民意识。这是值得提倡的创作路子,启示我们通俗文学创作要贴近平民,并不是题材问题、生活范围问题,而在于作者是否把心与广大读者贴在一起。人性、人道主义、平民意识,这应该是通俗文学最基础的东西,没有这个底蕴,写什么都是脱离群众的。

钱文亮:《连云港文学》出了一期下海作家专辑。文人下海也是时代特色,梁凤仪小说就是抓住了社会生活的中心经济,塑造了经济界的强人。《胡雪岩》的畅销启示我们应该寻找这个时代的英雄,就是经济英雄。目前我国市场经济发育不完全,价值观念混乱,需要确立英雄作为一种价值的载体,作为大众跟随的偶像。《中国故事》编发的长篇小说《商骗》也是令人兴奋的作品。下海文人里也许会产生大师级作家。

六

增强包装意识,追求深刻的内容与精美的艺术包装的统一。

在谈到张恨水的同时,大家也多次谈及《廊桥遗梦》,谈到好莱坞的商业化的艺术包装。

高宁:美国畅销小说《廊桥遗梦》,写的是平民生活,但充满了贵族精神,各个阶层的人都爱看。小说女主人公是个农妇,男主人公是个事业不算成功的摄影师,穷困潦倒,但精神追求绝对高贵。作品写得非常细腻,结构也很妙,男女主人公只见了4天就永远不再相见,使作品留下了大量的空白,读者便急切地要看下去。小说的畅销连作者也没想到。

美国电影《阿甘正传》也令人回味无穷。影片通过阿甘反映了二战前的美国历史,内容是相当严肃的,有很多哲理思考。同《廊桥遗梦》一样,艺术包装精美之至,又完全是商业化的,一般人都爱看,票房收入达4个亿,仅次于《侏罗纪公园》,充分体现了好莱坞风格。好莱坞的成功经验就是用完全商业化的手段来包装非常严肃、深刻的社会内容。因此,从中国人的角度来分析就很难说是通俗的还是高雅的,国外其他艺术领域也如此,帕瓦罗蒂和摇滚歌星有同样的巨额收入,而影视演员的收入和地位是有天壤之别的,电影明星绝不会去演电视剧。这说明,在中国雅俗的分野,通俗文学的大受欢迎,是与中国百姓现时的文化层次相关。

实际上,雅和俗应该是能很好地结合的。因为雅和俗都有很严肃的东西。在中国,通俗文学和雅文学的结合需要走漫长的道路。整个社会文化水准提高到一定程度,这些东西才有可能融合,才会出现真正意义上的畅销与不畅销的区别,而不是俗与雅的分野。

（原载《通俗文学评论》1996 年第 1 期）

金庸：从大众读者走进学术讲坛

——杭州大学金庸学术研讨会综述

鉴　春

内容提要： 在 20 世纪 90 年代金庸由大众读者走进学术讲坛的背景下，如何从学术层面上加强对金庸武侠小说的深入研究，就具有特别的意义。1997 年 6 月，杭州大学召开了首届金庸学术研讨会，该文从四个方面综述了这次研讨会的学术新成果和研究新动向。

如果说，20 世纪 80 年代是金庸闯入中国大陆图书市场并迅速走红的时期，那么，20 世纪 90 年代便是他被我国大陆学术界逐步接受的时期。前两年王一川等人重排 20 世纪中国文学大师的座次，把金庸排在小说家系列的第四位，曾在学术界引起过一阵争议。严家炎先生在北大中文系开设金庸武侠小说研究的选修课，也被看作一大新闻而受到人们的议论。然而，金庸终究还是从大众读者走进了巍峨的学术讲坛。1996 年，《中国社会科学》和《文学评论》先后发表了有关金庸研究的长篇学术论文，《通俗文学评论》1997 年第 1 期刊出的金庸研究专刊，则标志着我国学术界对金庸以及以金庸为代表的通俗文学的接受与首肯。

在这样的学术背景下，成立不久的杭州大学金庸研究中心于香港回归祖国的前夜，在杭州大学举行金庸学术研讨会，在学术层面上对金庸的武侠小说创作进行深入的探讨与研究，自然引起了海内外学术界的关注。来自北京、上海、香港、南京、苏州的知名专家学者冯其庸、钱理群、吴中杰、朱寿桐、汤哲声、邝健行、孙立川、杨兴安，浙江文学评论界的著名学者陈坚、郑择魁、萧瑞峰、廖可斌、韩泉欣、吴秀明、骆寒超、徐岱、金永汉、龙彼德、高松年及杭州大学中文系部分中青年教师、研究生等 80 余人参加了本次研讨会。浙江省人民政府前副秘书长周洪昌先生对此次会议的筹备倾注了极大的精力，他和浙江省作家协会主席、著名作家叶文玲自始至终参加了会议并做了热情洋溢的讲话。杭州大学党委书记郑造桓对此次会议的筹备和召开一直都很关心，并给予了很大的支持；杭州大学党委副书记庞学铨及副校长王重鸣、胡建淼参加了会议并做了讲话。会议就金庸新武侠小说创作的现实主义精神、生命意识、人文关怀、爱国主义与民族观、历史观、道德观、爱情观、女性观及武侠小说的文体创新等方面展开了热烈的讨论，提出了一系列诸如"把金庸还给文学史"、"把金庸还给武侠小说"、"把金庸还给金庸"等有意味的话题，希望从中国新文学史、从通俗小说和武侠小说的本体、从金庸本身寻找金庸及其创作的应有位置，显示了金庸研究乃至以金庸为代表的通俗文学研究的最新成果和最新动向。

浙江是金庸先生的故乡，风景秀丽的杭州曾多次作为背景出现在金庸武侠小说中，所以，在杭州大学举行这样一次金庸学术研讨会具有特别的意义。为期两天的金庸学术研讨会分别由杭州大学金庸研究中心主任陈坚教授和副主任吴秀明教授主持。会议期间，金庸先生从新加坡来电，对会议的成功举行表示祝贺。

一、把金庸还给文学史

通俗文学是文学的一个重要组成部分,在中国古代文学乃至世界文学中的地位都不低。先秦的神话故事,汉代的竹枝词,宋代的话本和拟话本,明清的公案小说、侠义小说,西方古希腊的两大史诗、福尔摩斯探案故事、日本的推理小说等等,在文学史上都占有很重要的地位。但一进入中国现代文学史的领域,通俗文学的地位便一落千丈,置身于主流文学之外。如果说这种文学形态的产生在当时有一定的合理性,新文学为了自身的生存和发展有必要抢占旧文学的地盘,那么,在新中国成立后仍然让这种状态继续发展,其不合理性就非常明显。产生这一现象的主要原因,与我们过分强调文学的宣传和教育作用,同时又否认文学只有在娱乐功能的作用下才能影响和熏陶读者这一基本原理有很大的关系。从历史的角度看,这是我们在"治世"中继续沿用了"乱世"的思维方式指导文学工作的结果。

但是,在文学史中删去通俗文学的内容,就会使我们的文学史成为残缺的文学史;在文学创作中放逐通俗文学,也会使我们的文学成为一种不完整的文学。金庸新武侠小说在大陆读书界掀起的持续不断的"新武侠小说热",有力地促进了我国文学评论界重新评价通俗文学,重新认识文学史。陈坚(杭州大学)认为,金庸能够受到国内读书界的热情欢迎,金庸武侠小说浓郁的文化气息、鲜明的民族精神和独特的艺术形式起了很大的作用。在金庸与梁羽生等人的努力下,武侠小说从旧变成新,极大地提高了自身的文学品位,用自己的真实价值证明了自身的存在,从而为通俗小说重返(大陆)文学史创造了条件。吴中杰(复旦大学)认为,金庸小说是对中国武侠小说的一大发展。金庸小说气度恢宏,内涵博大精深,文化层次高,从艺术上看,金庸小说结构紧凑,文笔优美,在人物塑造上也有很大突破。这一切都使新武侠小说向雅文学靠拢,打通了文学的雅俗界限。钱理群(北京大学)在发言中强调应在中国新文学史的坐标中寻找金庸,寻找以金庸为代表的通俗小说的地位。钱理群认为,金庸对于中国武侠小说和通俗小说的现代化所作出的贡献,可与当年鲁迅之于现代小说的贡献相媲美。20世纪应该有通俗小说的位置,但是通俗小说一直未进入文学史,这种现状最近才稍有改变。任何形式的文学要进入文学史都有一个从不被承认到承认的过程,是鲁迅的成熟的创作实践使中国新文学在文学史上站住了脚。一种文学被文学史接纳的重要标志之一便是进入一个国家的教育体系,特别是大学教育和中小学课本。从这个角度来看,金庸的意义重大。钱理群认为,在金庸之前,武侠小说不被承认,除了其他原因外,作品本身的不够成熟也是一个原因。金庸小说标志了武侠小说现代化成熟文本的诞生。目前,北京大学以及香港一些大学都开设了金庸小说课程。最近在北大刚刚结束的博士论文答辩会上,一位博士以金庸为论题探讨金庸新武侠小说的影响和魅力,反响空前强烈。把金庸小说作为一种学术对象进行研究,这是值得关注的。

孙立川(香港天地图书有限公司)也就文学的雅与俗谈了自己的看法。他认为,雅与俗并非一成不变的,文学史上许多被我们今天的读者视为"大雅"的作品,当初可能却是被看作"大俗"的东西,"俗"与"雅"是会转化的。他说,金庸的文学创作对武侠小说文类的贡献极大,令人们正视这种非庙堂的民间文学的崛起。

吴秀明、陈择纲(杭州大学)在发言中提出一个口号:把金庸还给武侠。他们认为,只有把金庸正确定位在武侠小说作家的位置上，才能充分认识金庸的价值。朱寿桐（南京大学）也对金庸在文学史上的定位问题阐述了自己的观点。他认为，金庸的武侠小说创作属于通俗文学的极致。他那余裕、潇洒、不为所拘的自由、愉快的创作心态，是纯文学作家很难企及的，因为纯文学作家无法弱化历史使命感和社会责任感，这是他们创作的出发点与归宿。金庸写作时在情感和理性的投入上非常节制，处理是很聪明的。在处理与读者的关系方面，金庸也是典型的通俗小说作家。通俗作家面对的是"现实读者"，他们把读者放在低于作者的水平上进行对话，所以心态上有一种优越感，非常自由，创作过程非常愉快。把金庸定位为通俗小说作家，并未贬低他在文学史上的地位。无论从哪一个角度看，金庸都应该是20世纪中国文学史上的一个有影响的重要作家，金庸和金庸热都是当代文化的一个奇迹。金永汉（浙江师范大学）认为，严家炎提出的金庸小说带来了"一场静悄悄地进行着的文学革命"，可理解为是对传统武侠小说的一场革命，而不是文学革命，至少现在看不到。方爱武（杭州大学）则从"文化工业"理论的角度看待和分析金庸武侠小说，对金庸武侠小说的现实性与批判性进行了质疑。

汤哲声（苏州大学）认为，中国现代文学有两条发展线索，一条是1917年开始的中国新文学，后来发展演变成纯文学的路子；另一条是清末民初大约1902年左右从梁启超《论小说与群治之关系》之后发端的大众文学，继鸳鸯蝴蝶派小说而发展演变的通俗文学。这一条线索1949年在大陆随着新中国的诞生而中断，但在港台地区却得到了延续和发展，金庸就出现在这条发展线索上。金庸的贡献在于试图把通俗文学所关注的道德改良提高到精英文学所显示的人文关怀，从而以通俗文学反映精英文化，体现出了金庸提高通俗文学品位并且使之向纯文学靠拢的努力。

邝健行（香港浸会大学中文系）介绍了香港有关金庸研究的情况。他说，香港的金庸研究在金庸开始发表武侠小说后不久就出现了。从1988年开始，武侠小说研究风气进入香港学术研究机构，已有大学生以金庸为题撰写毕业论文，香港大学还成立了专门的金庸研究机构。

目前，香港学术界研究金庸的热情方兴未艾。

以上这些话题的深入探讨，使大家认识到，把金庸还给文学史，让金庸在中国新文学发展史上找到自己的一席之地，是把以金庸小说创作为代表的通俗文学纳入文学史，从而扩大和重新构建现代文学整体结构的一种呼吁，一种期盼。

二、金庸武侠小说的深层精神建构

武侠小说是近代商业文化的产物，它的出现为城市市民提供了一种文化消费样式。为了尽可能地获得更多的读者，大多数武侠小说作者都采取了迎合读者的策略，思想陈旧，缺乏对现实社会的批判性。这也许就是长期以来通俗文学不被评论界接纳的一个重要原因。但是，金庸新武侠小说的面世，改变了通俗文学和武侠小说的这种旧面貌。许多与会者就这一点谈了自己的真切感受。

金庸新武侠小说给读者最深刻的印象，就是它对中国传统文化的继承和阐释。著名红学家冯其庸在发言时指出，金庸是当代文化界的一个奇迹，金庸拥有广泛的读者，凡有中国人的地方就会有金庸的爱好者，这是中国文化的骄傲。金庸小说有着深广博大的文化、历史、哲学内涵,我们在短时期内还难以充分评价。作家叶文玲(浙江省作家协会)说,金庸小说在全世界有许多读者,金庸小说的认识价值超过作品本身内容。萧瑞峰(杭州大学)认为,金庸小说不同于一般的武侠小说,它表层下的哲学意蕴跳出了传统的武侠世界,展示了一种独特的文化景观,能启发人思考。李咏吟(杭州大学)认为,我们可以把金庸小说看作民间叙事狂欢化审美形式的自由表现。在创作思想形成时期,金庸就十分热衷于民间文化,沉醉于民间叙事中,自觉接受民间叙事影响。金庸叙事的民间化倾向,与他所受到的民间文化影响以及他那痴迷的民间叙事趣味相关。金庸相当看重小说叙事的中国作风和中国气派,他深刻地把握了中国文化的深层心理结构。金庸小说叙事充满了许多精妙的文化智慧,这可以看作是中华民族文化的一种诗性沉淀。在金庸小说叙事的诗性沉淀中,每一个汉语读者都感受到中国文化的独异魅力。华红(杭州大学)认为,金庸小说之所以具有如此大的艺术感染力,正在于他准确地把握住了文化与文学之间转化的审美中介。金庸能够运用他所具有的丰厚的艺术审美经验把他的文化哲理思想完美地转化为感人的文学作品,使得大众在阅读时审美心理上有着强烈的文化认同感,引起情感上的共鸣。这也正是金庸通过武侠小说这一艺术形式成功地传达他的文化哲思的原因所在。

当然,金庸武侠小说的成功并不是简单地承载和阐释传统文化。作为受过五四新文化熏陶的现代文化人,又长期生活于世界性大都市香港,金庸必定会对传统文化进行创造性转换。吴秀明、陈择纲认为,金庸在他的武侠小说中成功地对现代人文精神进行了价值重组,充分吸纳传统和民间的丰富养分,用精英文化的人文精神对旧武侠文类中的陈旧落后的文化思想体系进行了革命性的改造。金永汉也认为,金庸小说之所以能流行,并受读者、文学家、批评家和学者喜爱,不只是它的文化内涵与20世纪80年代能相沟通,更是由于其内在的现代性。

陈建新(杭州大学)认为,与一般武侠小说作家不同,金庸在进行武侠小说创作时,并不满足于给读者一些浅层次的娱乐,他把眼光时时投向现实世界,所以我们在他的作品中总是能读到现实生活的投影。他每每喜欢把社会动荡不安的朝代更迭时期作为小说的时代背景,写出战乱带给人民的痛苦。金庸对现实世界的关注与批判,在他的武侠小说创作中是一以贯之的。从《书剑恩仇录》开始,他就执着于这种批判,诸如封建统治者的残暴,礼教的虚伪,人性的险恶、贪欲,官场的腐败,群众的盲从,等等,在他的作品中比比皆是。在《鹿鼎记》中,金庸的人文关怀与现实主义批判精神达到了一个新的境界。金庸新武侠小说的思想价值,并不在那些爱国主义、除暴安良等等“陈旧”的思想内容,而是他对现实社会的关注和批判。梁慧(杭州大学)从解读《笑傲江湖》的隐逸主题出发,探讨了金庸武侠小说中时时慷慨悲凉地响起的隐士的悲歌。她指出,综观金庸的作品,主人公的命运皆殊途同归,大抵逃脱不了“退隐林泉中”的人生归宿。这隐士之路,表达了作家对现实世界的某种否定姿态。从这一角度看,《笑傲江湖》刻画的江湖不仅是政治社会的缩影,而且比其更严酷复杂,体现了强烈的现实主义倾向,表达了极深的人生境界。田志华(杭州大学)认为,文学对人的关注有两种指向,一种是形而上的,一种是形而下的。形而上的文学强调文本的意义深度,形而下的文学注重文本的表层娱乐。这决定了我们在考察文学作品的人文内涵时,看重的不应是文本类型,而应当是创作主体的人文关怀意向。阅读金庸的武侠小说,自始至终都有一股侠士言情之风扑面而来。但倘若你越过文本表层离奇曲折的故事情节,进入作品的深层结构中领悟之,同样又会感到一股浓郁的人文气息荡漾其间。金庸的武侠小说实际上具备了两种文化功能：在浅层次上，它作为一种娱乐消遣品，满足了一般读者的阅读快感；在深层次上，它作为一名知识分子为自我营造的一畦精神野地存在着，并传递着丰富的人文信息。刘忠(杭州大学)以"诗意生存理想的追寻"来归纳金庸的人文追求。他说，金庸小说气象万千、蕴藉含蓄，贯通于他所有武侠小说的一个共同精神指向就是人的生存方式，旨在对世俗生存的弃绝以及对诗意生存的憧憬和希冀。金庸小说关注人性，展现人生百态，寄寓生存理想的倾向，使金庸小说在通俗易懂的同时，也获得了"纯文学"的某些特质。

卢敦基(浙江社会科学院文学研究所)认为，金庸的前期创作主要继承了以汉族为中心的民族主义思想，以及当时在世界上颇有影响的社会主义思潮中的阶级斗争思想，这就形成了他这一时期小说中的民族性和阶级性内容。到了后期，随着金庸对历史、人生、社会的认识逐步深化，他的小说开始从描写民族性、阶级性向描写人性的方向转化，从描写人的民族特质、阶级特质等转化为描写人自身。这一方面可以看成金庸对文学本性的认识逐渐加深，另一方面也是他极力摆脱流行意识，特立独行，重新认识社会的结果。这就使金庸作品凝结了大智慧，足以让后人不断阅读、反复思量。

金庸武侠叙事并不仅仅停留在文化层面上，他的文化叙事总是落实到生命层面上来，这构成了金庸小说的深层结构。龙彼德(浙江省文联)从三方面考察了金庸小说的生命意识：第一，生命的本质与体现；第二，精神的分裂与统一；第三，欲望的膨胀与克制。金庸在他的小说中几次让人物提出"我是谁"的问题，这实际上是西方近代哲学的一个基本命题，是对生活意义的思索。

杨兴安(前金庸秘书)在分析金庸武侠小说风格的嬗变时，谈到了金庸的极具现代性的反战精神。他说，金庸作品之中，有一个非常强烈的主题，但很少有人提及，这就是他的作品中对古代战争的描写及悲天悯人的反战精神。在金庸的小说中，古战场战役常常被描写得气势磅礴，刁斗森严，使人有置身其中的激荡。金庸写出了战争的残酷和军人的豪勇，同时也写出了生灵涂炭的可悲可泣。金庸在《书剑恩仇录》中写乾隆之非在于穷兵黩武；《射雕英雄传》写铁木真野心虽大而内心凄凉；《天龙八部》写慕容氏欲兴兵的丑恶，写萧峰牺牲自己止息干戈的伟大；《鹿鼎记》写少年康熙视战争为不祥，不轻易言战的仁和。综观金庸的作品，一脉相承，都表现出强烈的反战精神。

骆寒超(浙江大学)从一个独特的角度谈了他读金庸武侠小说的感受，即金庸小说中的"应变文化"，这是为了生存，为了应付复杂情况而采取的随机应变的策略。这种应变文化根源于中国传统文化，从表层上看是一种权术问题，但其中也透露出了人生观与世界观。表现"应变文化"最透彻的是《鹿鼎记》中的韦小宝。

金庸武侠小说的历史观也是与会者讨论得较多的一个话题。因为把历史与武侠故事糅合在一起，在历史的再现中寄托作家的社会理想和人生理想，用通俗的武侠故事写尽历史的沧桑，表现人生的真谛，这正是金庸武侠小说的一个突出现象。王敬三(浙江海宁金庸研究会)称金庸小说是一部特殊的"史诗"，它符合了史诗的民间性、民族性、大众性、英雄性、历史性和艺术性。这种对史诗特点的概括当然是一家之言，但金庸小说结构宏大，气势磅礴，许多故事背景都是历史上朝代更迭的时期，民族斗争、阶级斗争纠缠在一起，的确很有史诗的特色。周兴武(杭州大学)则从民间立场和民间意识的角度剖析了金庸在小说中表现出来的历史观。

金庸的武侠小说不仅充满着阳刚侠气，同样也充溢着似水柔情，这侠气柔情是它深深打动读者的两大重要因素。金庸武侠小说中的情爱世界,几乎浓缩了人类几千年来的男女情爱史,各种类型的恋爱模式,各种奇奇怪怪的爱情中人,使金庸小说几乎成为"爱情大观园"。金庸正是通过各种各样的爱情故事,寄托着他对人生的思考。李君芳(杭州大学)对这一点进行了深入的分析。

三、金庸武侠小说的文类创新

当金庸新武侠小说被改革开放的大潮裹挟进封闭多年的祖国大陆,好奇的读者立即被这种文学类型所吸引,它那恢宏的艺术结构,千回百转、扣人心弦的情节,立体鲜明的艺术形象,侠骨柔情的故事氛围,深深地打动了各种不同阶层、不同年龄、不同性别的广大读者,其艺术效果,与金庸武侠小说在香港报纸发表时几无区别。为什么我们的许多小说写得那样索然无味,读之如嚼蜡?两相比较,反差的确很大。本次会议有许多与会者就此问题发表了自己的见解。

廖可斌(杭州大学)认为这反映了一个小说观念的问题。什么是小说?什么是通俗小说?什么是严肃小说?看起来都值得再探讨。金庸小说的出现,让我们再一次思考到小说本身的问题。钱理群也从金庸的小说谈到小说创作的艺术想象力问题,他认为20世纪我国小说创作的一大缺陷就是想象力的贫乏。而港台新武侠小说尤其是金庸小说在这方面却独放异彩,令人深思。

的确,金庸的15部武侠小说在这方面留给我们很多思索的余地。吴秀明、陈择纲就认为,武侠文类对于作家故事的技巧有一种特殊的要求。金庸的小说叙事总体来看与武侠文类的叙事要求十分吻合,但又有不少创意与突破,某些技巧对雅文学形态的小说创作也不无补益。他们从三个方面展开论点:第一,散点叙事与线性叙事的结合;第二,中国式"梅尼普体"的创化运用,借鉴评书的艺术技巧就是突出的例子;第三,多重互涉文本的构建。

傅谨(杭州大学)对金庸武侠小说如何构建范本及超越的问题谈了自己的看法。他认为与传统武侠小说相比,金庸小说颇重视侠客的内功修炼。其笔下人物不仅有"术",而且有"道",对道的领悟与追求,是金庸笔下武侠人物的最高境界。但有时金庸又破坏自己建立的这个规矩,令狐冲就是一个特例。在武林中,虽然总是以武功决胜负、定"真理",武功似乎比道德更有效,但小说的结局却往往是有道德的人获胜。这里暗含了一个前提:邪不压正,正义必然战胜邪恶。金庸的大部分小说也都如此。但也有明显的例外,令狐冲这个形象就构成了对这一定律的破坏,而《鹿鼎记》对这种道德定律的超越则达到了顶点。总之,金庸武侠小说就是在对范本的构建和不断的超越中进行着艺术创造的。

李杭春(杭州大学)在本次会议上以金庸的《天龙八部》为对象进行叙事解读。她以小说的四位年轻主人公段誉、萧峰、虚竹、慕容复为小说的结构要点,从他们的各自追求——段誉痴迷于情爱,萧峰欲报杀母之仇,虚竹觉悟苦乐人生,慕容复则为了复辟祖先基业——来寻找金庸武侠小说的深层叙事模式,因为人物的这些追求贯穿在他们的行为过程中,自然构成了文本中四条脉络清晰的故事线索;而对这些线索的铺张和演绎,则生成了文本丰厚而细腻的语义空间。赵宇(杭州大学)将金庸武侠小说中的结构特点与中华民族的传统审美机制及文化心理结合在一起进行考察,详细分析了金庸武侠小说对两种古典小说结构模式"圆满套式"和"惩恶扬善套式"的继承与超越。田兵君（杭州大学）则专门对金庸武侠小说的悲剧意识进行了梳理。

朱宁嘉（嘉兴教育学院）则从消解二值判断这一角度探讨了金庸武侠小说的美学追求。

四、走向后金庸时代

任何一种天才的创造，都不可能十全十美，都会留下某些局限和遗憾。金庸武侠小说创作也不例外。在本次学术研讨会上，许多与会者还深入探讨了金庸武侠小说创作的局限性以及留给武侠小说创作的后金庸时代有待解决的课题。

吴秀明、陈择纲在发言中提出了一个有意味的话题：金庸小说中的父亲形象缺席。金庸小说中表现出来的自由意志所反抗、斗争的对象，都是面目含混的社会群像，像西方同类主题故事中喜欢表现的母女、父子冲突，他完全避而不谈。从逻辑上说，一个自由个体为寻求自由，首先进行抗争的对象往往是自己的父母。但这对于金庸来说是太刺激了，为了争取自由，要彻底地连中国传统文化的最后内核"孝"也给破除掉吗？金庸对之是犹豫不决的，因此，他的 15 部小说里，在主人公的成长历程中，所有的父亲形象都很有意味地缺席了（段誉大约是唯一的例外，但他的父亲却是一位养父）。

丁莉丽（杭州大学）讨论了金庸小说中表现出来的女性观的内在矛盾，即在女性形象塑造上的一个深刻的悖论：对传统男权尺度与现代女性观的双重沿袭与反叛。对这一话题，吴秀明、陈择纲也有相似的看法。

不管研讨会上人们如何评价金庸的武侠小说，金庸作为中国 20 世纪武侠小说的大师，其地位是难以动摇的。遗憾的是，在完成 15 部武侠小说后，金庸在他的创作鼎盛期封笔挂靴，不再为读者创作新的武侠小说了。然而，人们仍然对金庸之后的武侠小说创作的发展前景有着很浓的兴趣：后金庸时代将会如何发展？

吴中杰在谈到后金庸的武侠小说创作时认为，金庸小说对某些传统的东西没有突破。怎样把传统文化与现代思想融合起来，是今后武侠小说创作的一大问题。吴中杰还对武侠小说的继续存在表示了某种程度的怀疑。他认为，武侠小说是侠文化的产物。中国侠文化源远流长，从先秦到晚清，侠文化之所以得到发展，主要由于统治阶级需要侠士壮大自己的力量，在一定程度上维持社会的稳定。而老百姓对侠士的崇拜，主要原因是中国历来法制不健全，恩怨不能公平合理地得到解决，所以希望有武侠出来主持正义。上下对侠文化的看法并不一致，但都有实际上的心理需要。随着我国法制建设的不断完善，文化心理的变化怎样影响侠文化，侠文化将怎样发展下去？这都是值得思考的问题。吴秀明、陈择纲对武侠小说的继续发展提出了三点需要解决的问题：第一，在现代女性地位不断提高的情况下，怎样让武侠小说的创作适应社会的变化；第二，在传统人文信仰不断受到现代社会发展变化的挑战下，作家怎样重新点燃人文信仰，以何种方式表达他的理想激情；第三，在"快餐文学"的时代，金庸式的超长篇、多重意味的文本构建是否仍然可行，武侠小说创作如何引进西方现代派理论进行文体改造。戴志刚则从"非小说化"的角度预测了后金庸时期新武侠小说的文体形态。他认为，"话本模式"和"戏剧模式"将被"全景模式"所取代。在"全景模式"中，小说的因素和非小说的因素将不再被严格区分。小说因素构筑非小说的音响、画面、空间形态或造型，非小说因素生动地表达小说的叙事、意味、情调，小说手法和非小说手法水乳交融。全景模式的唯一目的,是调动读者的各种艺术储备,在一个用语言文字表述的文本中同时实现几种艺术行为,各种艺术方式形成一股合力,让读者享受到语言和各门艺术创造的审美情景。

短短两天的学术研讨会很快就结束了,但与会者对金庸、对新武侠小说、对通俗文学和中国文学的讨论兴犹未尽。大家都感受到,一场文学革命和文学研究的革命正在这20世纪即将结束的时候,静悄悄地进行着。这场文学革命将会给中国文学带来什么,我们尚无法预测,但变化已经开始,而更大的变化还在后头,这却是确定不移的。

(原载《杭州大学学报》1997年第4期)

"古今通俗文学演变"学术研讨会综述

王　立　王莉莉　刘芳芳

2013 年 10 月 11 日至 13 日,作为辽宁省委宣传部、省教育厅、社科联主办的"社会科学学术月"活动之一,中国武侠文学学会协办、大连市通俗文学研究会、大连大学人文学部、语言文学研究所承办的本次会议,有来自全国各地的 80 多位专家学者就"古今通俗文学演变"中心论题交流,收到 70 余篇论文。辽宁省社科联姜晓秋主席代表主办方致辞,肯定了大连大学通俗文学研究、主题学研究方面的成绩,阐发了本次会议对当代文化建设的意义。大连大学潘成胜校长表达了该校建设一流地方大学决心,重视学术、延揽人才的迫切追求。浙江工大党委书记、浙江省社科联副主席梅新林教授代表与会专家学者,强调了本次会议延伸中国文学古今演变学科的学术创新意义。

一、关于古今通俗文学演变的若干理论问题

徐斯年指出金庸之所以无出其右,因其对侠之大者精神的注重,类似一种理论,也是一种哲学思考;作家及我们都是历史的参与者,不存在谁取代谁的问题,我们应具有平等的历史观,平等客观地看待那些历史过客,把历史看成是生态史、生活史,否则历史就会变成斗争史、兴替史、争霸史;市场经济才是通俗文学成长的土壤。

杜贵晨以《水浒传》李逵杀虎为例,探求中国古代"通俗"小说是"通"于"俗"的小说,指出其故事框架虽本于《夷坚志》,但细节脱化自《金楼子》和《老子》,表明古代通俗小说虽源于说话,流传至今的文本却是"雅"人做的,因此通俗小说不是"俗"文学,而是以"俗"传"雅",貌"俗"而神"雅",适用一种带有"治经"特点的由"雅"观"通俗"的小说读法。王少良指出文艺上的雅俗观与各历史时期的文化观念密切相关,原本凸显的是宗法伦理关系和政治等级秩序,魏晋后人的主体因素日益占有重要地位,"雅俗"范畴贯穿整个文艺思想发展史,其间联系着古代政治文化、道德评判、人格精神等多个领域的评价标准,基本文化视角的考察就是看待文艺雅俗关系的着眼点。秦鑫、王立认为通俗文学中的"通俗"具有相对性,不能只依靠语言形式来判定文本的文雅与通俗。如探究明清小说中医者形象的通俗性,往往文言白话共有,不仅体现在题材上,也体现在其他艺术形式的通俗化演绎传播上。

梅新林阐发了中国文学古今演变研究的学科建构意义,追溯了文学古今演变与文学史研究之因缘,强调从古今演变的视角探讨雅俗文学演变规律,认识通俗文学内在价值,对深化通俗文学研究的重要意义,并指出需要理清学理逻辑、学科体系、学术范式、学术路径、时空关系、研究队伍、交流平台、资源整合等问题。

董国炎认为中国古代通俗文学的社会基础,长期以来存在两种理解,一种认为通俗文学的社会基础是市民阶层,甚至直接称之为市民文学;另一种认为通俗文学的社会基础是平民

阶层。在中外比较后他指出,中国古代通俗文学的社会基础主要是平民文学,平民文学观念更适合中国国情,而市民文学理论体系则来自欧洲,在中国运用有生硬牵强处。平民文学的兴起和发展壮大,推动中国通俗文学不断扩展延续。

张恒军从传播学的视角,分析了清代通俗小说传播都市时尚、苏杭中心辐射、说书人中心等的八大影响因素。许卫全概括了冯宝善《文化视阈中的近古文学研究》的两个特点和诸多创获,并指出现代影视剧对中国古典小说进行通俗化的改编,带给接受者的影响。傅承洲探讨了吴组缃先生《聊斋志异讲稿》人物类化分析的丰富内容和深刻意义,指出其学术意义和胆识。石娟以《啼笑因缘》和《亭子间嫂嫂》为例,对商业运作视角下副刊与小报连载小说创作的差异进行比较,分析了市场经济下现代通俗文学在"物质现代性"和"审美现代性"之间往复并进而寻求突破。张从容认为在大众文化的当下社会里,通俗小说表现出多维的社会价值,主要体现在社会认识价值、政治价值、伦理道德教化价值、文化价值等。

二、中国古代通俗文学的演变及其通俗化特征

一是关于小说中故事类型、文体等演变。王连儒认为志怪小说对神话的承传与续接,体现在素材借鉴与利用,而非像诗歌等文学形式那样存在题材延续。齐慧源就孙悟空形象阐述了生育母题的嬗变与英雄神话延续。对于济公形象的演变,王平、赵晔主要考证了人物故事由话本到小说文本的变化,吕堃则进一步指明济公形象明中后期文人化倾向越来越明显。楚爱华认为明清家族小说代表了古代家族小说的最高成就,现代家族小说由此传统中走出,熔铸出自己独特的现代品格。罗立群认为侠义公案小说作为类型小说,界定问题不应只注重题材内容,而应关注形式与内涵两方面,并结合时间段与典范作品综合考量,明清说唱艺术是侠义公案小说重要来源。韩林分析说唐系列小说中的驴头太子形象,认为其出生后遭遇、成长借用了民间故事"弃儿"母题框架,该形象生成是社会思潮、市民文化、历史演义小说题材特点及文学宣泄作用等多种因素影响的结果。

二是关于叙事文本等文学史地位。黄大宏认为在隋代小说不发达的情况下,"世说体"小说《八代谈薮》以"事综南北,时更八代"的体例,收录南北朝统治阶层的琐言轶事,架起了南北朝至唐代轶事小说之津桥。段庸生指出"偏记小说"《史通》由以往对目录学意义的关注转为文学意义的探讨,其从"以叙事为宗"出发,分析了史家叙事与小说叙事的根本性区别及小说"可观"审美功能的不可代替,为此后小说繁荣提供了理论基础。兰翠梳理了晚唐《剧谈录》版本与研究现状后,讨论了该笔记小说忠君与治国、壮士与行侠、戒奢与清廉、赋诗与雅集、相者与预言、鬼神与灵异等文化内涵。王颖指出导致《老学庵笔记》小说学意义认识不一,主要因对小说文体的理解不同,反映了古代小说观念及小说文体历史语境变化的复杂性;该书体现了宋人"征史""求实"的史家小说观念,也呈现质实朴雅与浪漫诙谐兼具的美学风格。邱昌源讨论了洪迈《夷坚志》体现的宋代风水术理论及其民俗等,其不仅可了解宋人的生活观、生命观、价值观,还能借以认识宋代的社会政治、经济、历史和文化。

三是小说戏曲等形成发展及其与社会文化关系的讨论。周晓琳认为经济基础、地理环境、文化传统及主体心理需求,构建起"扬州"叙事亦俗亦雅格调的生成机制。熊明认为唐人小说命定观念不仅将唐人命定观念形象化,亦折射和反映出唐代士人面对人生困境的复杂心态。刘莲英认为宋代社会呈现重财、务实风气,宋元通俗作家群形成,与城市工商经济发

展和政治制度变革有密切联系。徐子方纠正了杂剧入明后与市俗大众隔绝的旧说,指出明初北杂剧市俗剧场仍很活跃,尚存在继承宋元传统的市俗勾栏,如仿院体界画《南都繁会景物图卷》,然而市俗剧场所演剧目主要以元杂剧名作担纲,缺少入明之后杂剧家新作。而原本活跃在北方农村的神庙戏台至明初仍在演出。舒红霞分析了黄娥散曲在艺术结构上的时空维度回环往复,认为其源自民族"大团圆"心理,通过幻梦、回忆与期待,实现对美好情感的把握和享受,反衬现实之苦,使散曲情感内蕴更为丰厚而凄美。

张蕊青阐述了明中叶后阳明心学的崛起给当时的官方意识形态和程朱理学重大冲击,认为《西游记》最后成书于阳明心学崛起和鼎盛时期,小说中肯定自我价值、向往自由人性、批判封建伦理正是受阳明心学影响。徐笑一认为晚明社会风气促进了冯梦龙自觉倡导"情教论"的文学主张,使"三言"突出体现了以真情、至情为基础的孝悌观。

四是对《三国》、《水浒》、《金瓶梅》、《红楼梦》等名著新探。郑铁生指出近三十年《三国演义》的研究由于理论研究不能与之并进,基本处于停滞状态,仍处在史料比对阶段;《红楼梦》后四十回研究薄弱;外国名著改编影视作品越拍越好,而中国名著改编却越拍越烂,原因是文学理论研究不能深入超越以往;"小众学术,大众欣赏",针对一些现象热如"红学热"等,学术不能跟风。雷会生认为《水浒传》"义"的概念严格遵循了早期儒家思想,宋江受招安一方面是历史的真实与无奈,一方面表现出作者思想矛盾,儒家的"王道梦"在宋江身上半途而废,作者改变不了历史,但作者体察到了"王道梦"实现的艰难。《水浒传》运用春秋笔法批评宋徽宗因无道、失道造成天下大乱,因谋杀忠义而最终亡国,其意义乃在于借此向明代社会最高统治者敲响警钟①。陈庆纪探讨了《水浒传》鲁智深的侠僧多元原型,及其诸多侠义精神的生发创造。刘鹤岩归纳明代小说发展的两个新特点,一是通俗小说创作兴盛,二是通俗小说载道功能得到广泛肯定且影响超越了文言小说。晚明时政题材通俗小说的政论性,继承了史传的纪实、评述特点,与晚明盛行的清议风气有直接关系。卫绍生梳理三国"连环计"故事的流变,总结了清代宫廷大戏《鼎峙春秋》对"连环计"的改造。赵建忠指出红学流派批评应在不同学派的冲突与磨合、影响与反影响、渗透与反渗透的张力中,寻求红学突破的契机。张云认为清末民初《红楼梦》研究呈现空前绝后的复杂性和多元性,在评论者、出版媒介、评论形式和对小说本体的批评等多个方面,都明示着《红楼梦》与时代同步的现代时期到来,在中国文学现代性的生成中体现了承前启后的作用。王祥强调了《红楼梦》第五回是对迷于"情"中的贾宝玉进行的指迷、规引和警醒,"梦游"隐喻的是贾宝玉一生的经历和体验。苏萍用女性心理分析法,透过王熙凤悍妒奸猾、凶残自私的表层,探寻其冲破传统理念的倔强心理,心巧嘴乖、理财治家的女性智慧。高日晖探讨了政治因素之于《水浒传》传播影响,或从政治革新的需要出发,把《水浒传》阐释成宣扬民主的政治小说,或将《水浒传》当作阶级斗争的文学范本。曾庆雨分析了《金瓶梅》故事的戏曲创作演绎与民间说唱演绎,指出人情事理的教喻性作品依旧比男女情色的感官性作品留存得更为久远。刘雪莲探讨了明清小说对科考舞弊现象的描述种类,指出其体现了小说作者对时代历史情境的认知与建构,亦包含着小说作者对个体命运的思考。从小说史发展角度看,《儒林外史》前一两百年间,通俗小说已把科举考试作为关注的重要内容之一。

韩国高丽大学赵冬梅从题材、人物、情节结构的安排诸方面对朝鲜汉文小说《六美堂记》与中国才子佳人小说的关系进行了探讨,并分析了叙事方式及人物形象塑造方面的独特风貌,发掘了处于儒家文化传统中的韩民族深层文化心理。王琪指出中韩古代通俗小说中女将形象塑造的差异性,主要表现在女将身份形成、感情婚姻态度、婚后生活变化三方面,由此可进一步了解中韩传统社会女性地位及相关社会思潮。

三、中国近现代通俗文学演变及其特征、规律

汤哲声提出中国现当代通俗文学的"不变"与"变"。"不变"是指根源于通俗文学的传统性特点,在文化表现、美学表现上有着恒定性;"变"是指新时期下,中国现当代通俗文学的适应性。"不变"与"变"共同构成中国现当代通俗文学的"现代性"特征,因此要结合参照中国传统文化、现代社会的进程以及大众文化来建立现当代通俗文学的批评标准。陈迪强反思了五四文学革命运动中对传统白话小说的定位,强调应从社会、审美、文学等维度去融合新旧、沟通雅俗,重新正视中国传统小说资源在现代的流变和整合。

李国平认为清末《七剑十三侠》在英雄侠士和剑仙的区分、具体武功招式描写等方面都超过了此前武侠小说,也为《江湖奇侠传》、《蜀山剑侠传》等现代武侠小说发展开创了广阔空间。张乐林通过对《近代侠义英雄传》内容、传统元素和艺术观念三方面进行现代性释义,阐明了其在武侠小说现代性进程中不可或缺的重要地位。刘卫英认为还珠楼主等民国武侠小说比武招亲母题,其开创性主要表现为小说中对女性主体地位的突出、复杂地方势力背景揭示与招亲曲折等方面,较民国早期小说家更增加了现代自由意志,给予金庸小说直接影响。

石娟对比了副刊连载《啼笑因缘》与小报连载《亭子间嫂嫂》的差异,发现大报副刊在人力、资本、时间、稿源、形式、发行渠道及发行量等方面优势,使其可对长篇连载充分运作,然而两部文本"续"的不同处理,又呈现了市场的双刃剑特质之于作家的种种可能。刘畅以张恨水小说为对象,从理论界定和转型轨迹两个方面对中国传统文学的现代型转型过程进行阐释,认为传统并不仅仅是"现代性"的对立面,传统并不抗拒变迁,中国文学"现代性"基因只能在与中国传统文学形态的整合重塑中生长。刘天利认为李宗吾发明"厚黑学"理论,深刻揭示了所谓"英雄豪杰"的成功秘诀,他把"厚黑"说成是认识社会历史真相最适用的理论工具,人性的本然,济世安邦的有力武器,源自荀子性恶论而与传统的价值观尤其儒家的价值观尖锐对立,带有强烈的叛逆色彩。

宋颖慧、李继凯纠正了认定赵树理是通俗作家或从通俗文化视角看赵树理的思维定式偏颇,指出农民出身的赵树理思维理念、价值取向、情感表达和艺术探索等不可避免地受到雅文化影响,相对多元、厚实的文化修养和特殊的审美文化选择,使他对古代雅文化传统有所承续,进入了俗中含雅、雅俗交融的艺术创造境界。刘金冬认为1940年以前延安诗人以诗歌的方式服务于战争,宣传抗战的街头诗(诗传单、标语诗)、朗诵诗的热潮就是诗人这种意识的具体体现,其写作热情开创了空前伟大的诗歌大众化时代。

王莹、孙伟威总结了金庸武侠小说结义母题五大类型,揭示了中国重视宗族血缘关系的深层文化心理和社会意义。刘国辉从读者审美体验入手,阐述了爱情的不完美与爱情难以深入发展、贪婪带来的人性丑恶集中化描写、误伤心爱之人的多重毁灭带来幻灭和无奈、追求权力堕入邪恶的刻骨铭心等,金庸挑战了读者的阅读底线。李阳指出《龙虎风云》、《无间道》、《变节》系列等香港卧底电影,隐含着香港人的政治无意识,"九七"前表达的是归属问题给香港人的焦虑;《变节》系列将它修改为港人构想世界秩序的想象空间,这一修改暗示了

"九七"后香港人政治感觉的变化。他还谈到了金庸小说如乔峰、韦小宝等人物的尴尬地位（乔面对北宋又要面对大辽，韦要面对天地会也要面对乾隆），可能与当时香港归属问题有关。韩云波从发生学逻辑理路来观察"后金庸"武侠小说创新的内在机理，归纳为三种方式，温瑞安代表的"抵抗突变式创新"，黄易代表的"另辟蹊径式继承"和大陆新武侠凤歌代表的"渐变改良式革命"。

四、通俗文学研究与当代城市文化建设

刘芳芳认为白长青主编的《辽宁文学史》对辽宁区域文学建设和进一步研究具有重要开创意义，凸显了辽宁文学的区域特色和历史变化，填补了辽宁区域文学研究空白，为辽宁文化建设做出了较大贡献。刘卫英指出高翔《现代东北的文学世界》直接搜集当时当地期刊原始材料，将东北与华北两个沦陷区加以比较，探讨了东北现代文学发生的历史渊源和发展脉络，是一部历史与共时论证完美结合的力作。王立认为《沈阳景致子弟书》作为以"城市"为主题的成功之作，以传统满族民间文艺形式，对作为满族发源地的东北地区中心城市沈阳的建筑、商业、饮食风俗等进行专题描绘，内蕴着深厚的城市文化整合意识，对研究清代沈阳城市文化历史演变有借鉴意义。张景明阐述了东北民间皮影戏题材、艺术风格和文化价值，强调了其对了解东北地区生活方式和地域文化心理的启示性意义。孙琳揭示了满族民间动植物报恩母题蕴含的敬畏自然、万物平等及人与自然和谐发展的生态伦理观念，及其对当代城市建设的积极意义。

王平强调，应加强探讨现代网络小说、古装电视剧等同古代通俗小说之间的内在联系等问题，特别是古代文学研究者，对此有着责无旁贷的使命。郭海荣指出网络小说作为当代最具影响力的通俗小说，故事题材、叙事空间及叙事时间仍深受传统文学特别是传统志怪小说思维影响。

柴红梅、刘伟认为大连殖民地社会文化为日本侦探小说创作提供了肥沃土壤，其不仅写出摩登大连的时代光影，也揭示了阴暗处中国人的悲惨生活，从而构建起复杂、立体的殖民地空间文学想象。王昕分析了村上春树小说的中国元素，其中多次出现的"中国人"形象，体现出作者对中华民族的独特感受。王莉莉评述了 20 世纪 80 年代以来，以大连为主的研究者所揭示的大连文艺创作之诸多通俗性特征，如作品体现的海洋性、东北"黑土地"的本土性、源自生活的角色意识等，其成因主要是受大连特殊的地理位置、多重殖民文化背景等文化环境的影响，显示了通俗文学与城市文化水乳交融的关系②-⑤。

傅承洲总结了本次会议四个特点：1. 时间跨度长。论文上自上古神话，下至当下网络小说，很好地体现了会议议题。2. 学科分布广，有跨学科性。有古代、现当代文学、民间文学、比较文学，有的涉及艺术学领域。3. 学术含量高，带有前沿性。尤其对通俗文学概念界定、雅俗关系在研究实践上的探讨，成为一个较集中的话题。4. 青年才俊多，思想活跃，代表了学术的希望与未来。中国武侠文学学会副会长刘国辉编审指出，在文学越来越大众化、通俗化的发展趋势面前，应进一步重视、加强通俗文学古今演变研究，将学术研究与当代大众文化建设结合，并代表与会专家、学者对东道主辽宁省社科联、大连市社科联和大连大学表示感谢。

（原载《辽东学院学报》2013 年第 6 期）

参考文献

①雷会生,李克臣.论梁山的忠义与招安——《水浒传》的思想倾向新探(二)[J].辽东学院学报:社会科学版,2013,15(5):49—57.

②王立,王琪,秦鑫.古代小说十年回顾与前瞻学术会议综述[J].辽东学院学报:社会科学版,2013,15(2):63—66.

③王立,任乾宇."文化视野中的中国古代小说"国际学术研讨会综述[J].辽东学院学报:社会科学版,2012,14(3):60—62.

④王立,秦鑫,王琪.中国"十字坡"与水浒文化全国学术研讨会综述[J].辽东学院学报:社会科学版,2011,13(6):99—101.

⑤王立,任乾宇.中国(梁山)天下水浒论坛会议综述[J].辽东学院学报:社会科学版,2011,13(1):136—138.

"通俗文学和大众文化与中国现当代文学史关系研究"学术研讨会发言摘编

范伯群 等

"冯梦龙们"—鸳鸯蝴蝶派—网络类型小说
——中国古今"市民大众文学链"

范伯群(苏州大学文学院):我觉得在中国文学史上只有明代的冯梦龙被称为"市民文学小说家"是不够的,明以后的社会发展,特别是在清末民初,市民社会越来越成熟,可是中国文学史中反而没有"市民文学"了。这应该是中国文学史中的一个疏漏,也是一个不正常的现象。

在明代,随着城市的发展与扩大,市民阶层的力量得到了进一步显现,他们在文学领域中的代言人以冯梦龙为代表,那么为什么要加个"们"呢?因为当时的话本小说家已成了一个流派,而当时的说书人也有了自己的组织,名字就叫"雄辩社"。冯梦龙的出现绝不是偶然的现象,这关涉以下四个因素:一是由于都市的扩大、商业的繁荣和手工业的发达,市民的数量因此大增,这是一个历史的渊源。二是地域优势。冯梦龙是苏州人,当时,江南是资本主义最早萌芽的地域。明代人文地理学家、浙江镇海人王士性,他遍游各地,了解各个地域的风土人情,全国除福建省他未到过之外,都进行了考察。他看到苏州商贸发达,百货聚集,工商贾人之利又居农之十七;而对苏州手工艺之精湛,他赞不绝口。与大城市相比,他认为苏州是当时的时尚之都:"苏人以为雅者,四方随而雅之;以为俗者,则随而俗之。"这是冯梦龙对古代工商城市的生活体认。三是冯梦龙的哲学思想。他受李贽思想的影响很深。李贽代表着当时工商业者的利益,被守旧势力视为异端文人。冯梦龙却认为他有先见之明。冯梦龙在《山歌·序》中也曾明确表达他反叛的思想意识:"借男女真情,发名教之伪药。"他将当时统治阶级所信奉的"理学"封建道德视为"伪药",这与李贽的思想体系是匹配的。四是冯梦龙的文学语言。他认为市民文学一定要用白话,"话须通俗方传远",他继承了《水浒传》文学语言的传统,用白话撰写小说,使中国的短篇小说步入了成熟阶段。以上四点使冯梦龙之所以成为冯梦龙,他是代表古代农业文明中的都市文化的市民文学家。

那么以后,当清末民初市民社会更趋成熟时,为什么现代文学史中就没有市民大众文学了呢?难道工商资本文明社会中就不会产生市民文学吗?原来工商资本社会中的市民文学在文学史中被"鸳鸯蝴蝶派"(以下简称"鸳蝴派")这个名词替代了。其实被称为鸳蝴派中的"优秀"或"较优秀"的作家就是冯梦龙的嫡系传人。我也想讲下面四点:第一,鸳蝴派的作品娱乐了市民大众,这一点无须证明。第二,它在"乡民市民化"的过程中起了很重要的作用。现代历史学家没有受我们某些新文学家的影响,他们肯定鸳蝴派在工商资本社会中的作用,他们深入研究了上海这座移民城市,指出大多数的移民是农村破产的乡民,而乡民进入城市后,就需市民化,这才能融入市民社会,才能在城市中安身立命。历史学家认为鸳蝴派的小说,特别是他们的许多"世情小说",是"乡民市民化"的启蒙教科书。这也是文学对老百姓的一种人文关怀。"乡民市民化"也是社会现代化的一个组成部分。第三,我研究了鸳蝴派作家的杂文。他们是写了不少杂文的,因为他们之中有许多人就是大众媒体中的"报人",上海清末民国时期的三大报纸——《申报》《新闻报》《时报》——的副刊都掌握在所谓鸳蝴派作家的手中。作为"报人",他们必然要配合报纸的整体版面,对国际国内的政治风云发言,就要为市民大众的疾苦呼吁。例如严独鹤主持的《新闻报》副刊"快活林"。我曾对他从 1915 年袁世凯称帝、1917 年张勋复辟、1919 年五四运动、1923 年"曹锟贿选"、1925 年五卅运动、1926 年"三一八"惨案等一直到新中国成立前夕所写的一万多篇杂文进行了研究,可以说他表现了社会的良知,是市民大众的喉舌。他们不是革命者,但是并非没有革命性。第四是他们在文艺上有一个比较重要的贡献,那就是把通俗小说以类型化的方式定型下来。冯梦龙时代,通俗小说的类型还不明显,鸳蝴派把类型定型化了,而且每一个类型都有他们的代表人物,比如社会小说以包天笑为代表,社会言情小说是张恨水,武侠小说是向恺然、李寿民,侦探小说是程小青、孙了红,等等。

肯定了上述这四点,我们就可以谈当下的网络类型小说了。网络类型小说和鸳蝴派是有血缘关系的。因为它们为市民大众提供娱乐,使市民认知社会现状,而且大多也是类型小说,不过它们把这些类型更加细化了。它们除了受鸳蝴派类型小说的影响之外,还接受了国外流行文艺的影响,如日本的动漫、国外的奇幻电影,等等。一些"穿越小说"、"同人小说"等等,鸳蝴派也有,不过不叫这个名字罢了。比如穿越小说,现在是现代人穿越到古代去,但是在清末民初的时候往往是古代人穿越到现代来,如贾宝玉、宋江、孙悟空等人都穿越到清末民初的社会中来了。贾宝玉经几世悟道而后下山,在上海遇到薛蟠,薛蟠正在上海做生意,就领着贾宝玉周游上海,后来贾宝玉还到了一个文明世界,遇见了这个文明世界的创始人东方文明,原来东方文明就是故人甄宝玉。这就是吴趼人的《新石头记》。我认为现在的穿越小说跟过去的穿越小说是同质而异向的。同样是"穿越",但方向不同,一个是往古代穿越,一个是往现代穿越。既然贾宝玉、宋江、孙悟空出现在清末民初的社会中,那不是又有了"同人小说"的质素了吗?因此我觉得"'冯梦龙们'—鸳鸯蝴蝶派—网络类型小说",这是我们中国市民大众文学的一条文学之链。

我觉得我们研究这个问题,很多时候被人家看成"野路子",我有时候也安慰自己:"野路子也很好嘛,现在野生的东西比家养的东西更受欢迎。"就像现在的网络小说为市民大众所喜爱一样,写手几百万,读者就上亿了。"野"也有"野"的好处。市民到菜场中就问:"这是野生的吗?"是野生的,就争着买。我们也吃杂粮、吃糙米,因为杂粮、糙米更自然、更时尚,还有利于健康。所以我有时候安慰自己说,我们还算"野"得正路,"野"得时尚。

在现代文学史写作中如何处理市民文学与通俗文学的关系

吴福辉(中国现代文学馆):自从范老师为首的苏州大学研究梯队在全国学术界对通俗文学研究做出了很大贡献之后,我也可以算最关心通俗文学如何进入通俗文学史的人士之一。写《中国现代文学三十年》的时候,我们三人①就开始考虑,一直到 20 世纪 90 年代修改《中国现代文学三十年》的时候,老钱提出我们修改的目标是要把近年来全国学术界的新成果都概括进去,只要写清楚哪个成果是从哪里来的,文学史写作是允许的。所以当时就把通俗文学三章交给我。现在一看就可以知道这本书里有如下问题:其一,是学习模仿;其二,它的概念是并置——很简单地将新文学与通俗文学并置起来:新文学小说有三章,通俗文学有三章。

等到我写《中国现代文学发展史》(插图本)(以下简称《插图本》)的时候,就开始考虑,简单并置是不可以的。如何让通俗文学进入文学史的写作呢?因此,在仔细研究以后,我觉得好像在《插图本》包含的时段里(刚刚范老师也谈到网络和当代了),通俗文学有三种形态:第一种是以鸳蝴派以来的市民通俗文学为中心。第二种是海派崛起以后海派中的通俗文学形态。这里我简单说一句。海派中的新感觉派是先锋文学,而海派里面的通俗文学所占的比例也是很大的。叶灵凤开始写《时代姑娘》、《永久的女性》、《未完成的忏悔录》的时候,讲得很清楚:"我是写给新文学以外的市民大众看的。"他同时写《第七号女性》这种新感觉派小说。他是两手都有。现在我们来看,他的通俗文学实践是非常明确的。以至于到了徐訏,到了张爱玲,到了无名氏(卜乃夫)《塔里的女人》这种通俗文学出现的时候,已经出现了胶合状态。第三种是 20 世纪 40 年代的解放区文学和都市文学,这里面一部分是以农民为对象的通俗文学,模仿章回体的和不模仿章回体的都有。在城市里面,比如,《马凡陀山歌》(解放区有《王贵和李香香》)是模仿民谣的。这种(文类)你说它是通俗文学又不像,说不是又有点意思。赵树理是个代表,他的作品是写给农村干部和农民看的。赵树理的作品属于通俗文学。除了三种形态,《插图本》中与通俗文学相关联的还有三种关系。第一,是通俗文学与传统市民文学的继承关系;第二,是通俗文学与海派文学又冲突又融合的关系;第三,是与左翼通俗文学、大众文学的碰撞关系。基本上来说,左翼大众文学是"化大众"而不是"大众化",它是教育大众的。其中"化大众"和"大众化"互相也有碰撞。左翼文学从把市民作为读者对象到以农民作为读者对象有一个复杂的演变过程。左联时期,瞿秋白写的《东洋人出兵》是用国语和沪语两种文本来写的,这显然是写给市民看的,不是写给农民看的。欧阳山在左联时期写了一篇大众小说,不算太成功,但它确实叫"大众小说",是给市民看的,不是给农民看的。后来中共转移到农村以后,把立足点放到了农村,才出现了为农民写的大众文学。这三个关系比较重要。

整个现代文学及其往上往下与市民文学之间的一条线索,我在《插图本》里面很重视这个问题的研究,因此一共写了七节市民文学:"晚清—鸳蝴之前"为一节;"狭邪、谴责、四大小说杂志"为一节;"鸳蝴早期"为一节(五四这部分继续写鸳蝴派,它和五四文学并置,是第十九节);20 世纪 30 年代两节,包含一节海派市民文学,一节"两种市民社会的文学视野"(带入老舍);抗战时期两节,一节"无家之痛",一节"农民—市民:大众文学的全新势头"。试图通过这七节来梳理市民文学的整条线索,这条线索我认为基本可以把通俗文学折射进去,它们之间不能简单画等号,但有着非常紧密的关系。

另外,《插图本》主张市民文学研究要"三个打开":一要向新文学打开,二要向新老市民打开,三要向农民打开。沙汀亲自对我说过:"我们老家安县集市上的文学都是在成都印的

---

① 编者注:《中国现代文学三十年》由钱理群、温儒敏和吴福辉三位先生撰写。

唱本,农民很喜欢。"可以看出农民和市民之间的关系需要打开来研究。我在东北农村带学生去劳动时,掀开炕席,下面有很多妇女们做的鞋样,都是《聊斋》和《水浒传》的绘图,这些几乎都是从城市中流通过来的。城市通俗文学、大众文学不仅影响城市,同时也影响农村。因此研究市民文学也要向农民延伸。最后,最令我困惑的是,究竟什么是市民文学? 我仍然没有弄清楚。我去河南参观河南文学馆,问河南文学馆里如何界定河南的作家。解说员说:"原籍河南,长久在河南居住的,写河南的。"如果这样理解,河南文学史和中国文学史就没什么区别了。如果这样来定义市民文学——用市民的价值观来看待市民、写市民的,自己本身是市民的,老舍首先不符合。老舍完全是从国民性批判的角度、从新文学的角度来写北京市民社会的,(他的角度)不是市民的价值观。但市民的价值观他是有的,比如市民很重视一个人要正义。"正义"在老舍小说中非常重要。小说中的人物发生危机时,总有一个正义的侠客一样的人物出现,这显然是具有市民性的,但这一部分比重较小。老舍大部分的北京市民社会文学都是从新文学的角度来批判市民的,因此市民文学要不要老舍呢? 我认为在文学史写作中,不能在建立起"市民"的概念和线索后,将"非市民"作为一个很大的对峙面去写。文学史写作要遇到什么就写什么。这个时期若只有左翼文学和通俗文学,就要写左翼和通俗文学;若只有老舍和赵树理的作品,就写老舍和赵树理,不要管老舍(的创作)是否为市民文学。用这样的方法,我在《插图本》中尽量将通俗文学写进去了。是否可以? 请大家批评。

文学史观的蜕变——研究近现代通俗文学史的心得

徐斯年(苏州大学出版社):文学史观目前发生了变化,过去都是讲斗争史观,现在通俗文学研究回到了傅斯年的那句话:"史学即史料学。"我觉得我自己回到了这个史料观上。我接触通俗文学的史料比较早,"文革"之前就看魏绍昌先生编的《鸳鸯蝴蝶派研究资料》,但是那个时候是站在新文学的立场上的,所以没看这些史料之前首先就有了一个价值判断。魏绍昌先生在前言里面就写:这是封建文学,是已经消灭了的文学(那个年头他也不得不这样写)。先有了这么一个价值判断,所以就轻视这个(通俗文学的)史料。后来我们写通俗文学史,开始大量阅读鸳蝴派的资料,之后的观点和价值判断上都有所变化。所以,我觉得作为一个研究文学史的人,对史料要有敬畏之心,不仅因为它能够告诉你历史的真实是什么样的,而且它会转变你的价值观和你的认知。这是我自己的一个收获。另外,在研究通俗文学史料的时候,我想起毛主席的《矛盾论》,他讲矛盾是对立统一的。他原来一直讲这个统一性,但在后来他就只讲一分为二、讲斗争,不讲统一性了。我在研究通俗文学史料的时候认识到矛盾的统一性很重要,矛盾对立双方或诸方都存在联结点,这个联结点非常重要。关注了联结点之后,就体会到现代文学也就是整个民国时期的文学,确实是个多元共生的那么一种文学景观。而通俗文学和新文学是互补的,我在我的发言提纲里面举了它们之间的五个联结点。

第一,是旧文学和新文学之间的承接关系,它本身就是一个联结点。鲁迅说刘半农是从鸳蝴派跳出来的,其实周氏兄弟自己最初的作品也都是在后来被称为"通俗文学"的刊物上发表的。新文学就是在这个摇篮里摇出来的。长大以后呢? 这个摇篮睡不下了,但你不能不承认这个"摇篮"以及"被摇过"这种关系的存在。我在文稿上还提到一个具体问题:把西文的"novel"翻译成"小说"是不是误译? 误译论者认为中国传统小说和西方的"novel"很不一样,所以不能这样对译。为了弄清这个问题,我托人查明,首先把"novel"翻译成"小说"的竟是外国人,是西方传教士,而且是在 1815 年。也就是说,早在五四新文学出现之前,早在中国的西化论者出现之前约一百年,外国人就把"novel"加以汉化了,他们认为中国传统"小说"与"novel"虽然存在区别,但从语源上考察,这两个词是可以对译的。那么这说明什么呢? 五四时代的西化论者只认"新小说"与"novel"的血缘关系,否认新小说与传统小说也存在血缘关系,这是片面的。范老师也曾提到,鲁迅在《〈草鞋脚〉小引》里面说新小说是外来的,中国传统没有新小说。我和范老师都认为,鲁迅在这方面也是西化论者。实际上,中国的新小说和传统小说还是有关系的,所以不能不研究旧文学和新文学之间的血缘关系。

第二个重要的联结点就是"通俗"。"通俗"实际上是新文学和通俗文学一个共同的文学观念。陈独秀三大主义之一便是建设"明了的、通俗的、社会的文学"。所以,新文学与通俗文学的分歧,不在于要不要通俗,而在于"谁来通俗"和"怎么通俗"。"怎么通俗"这个问题,长期以来新文学没有很好地解决。吴老师刚才讲到,20 世纪 30 年代鲁迅、瞿秋白他们做过一些尝试,并不成功;另外还有大众化的讨论。大众化讨论中鲁迅有一些见解非常重要,他说:在连环画里是可以产生达·芬奇的,在唱本里是可以产生莎士比亚。大致是这个意思。这说明鲁迅对于文学大众化、对于雅俗关系也有一些相当精辟辩证的认识,但是这些认识没有在实践上得到贯彻。抗战以后到延安时期,我觉得革命文学在通俗化问题上倒是有所实践的,而且取得了成就。所以,我们那时候研究并准备写通俗文学史,曾经讨论过要不要把这一部分容纳进来,后来决定暂不纳入。我觉得现在应该把延安以来这个时间段的"革命通俗文学"好好研究一下。作为通俗文学史,我觉得应该纳入。它是有成就的,因为我自己有体会。那时在国统区,听惯了《毛毛雨》,听惯了《何日君再来》,这个时候听到解放区的那些歌曲,看到赵树理的那些作品,就是有种清新感。新中国成立初期,有那么多青年去参军、参加革命,这种"革命通俗文学"就起了很大的作用。但是另外一方面,延安时期的通俗化后来又产生了一个不好的结果,就是过于强调宣传,强调为政策、政治服务。赵树理是个典型,但是他写的东西还是好看的。在强调文艺的宣传作用方面,国民党和共产党也是有联结点的,他们都有政工系统。解放军里的政工队伍之一是文工团,原来叫宣传队,一会儿又叫剧院,这里面就涉及对宣传工作要怎么定位,宣传工作应该往哪个方向发展,不同时期看法不一样。战争时期,它强调宣传,强调发动群众;和平时期,叫剧院,想往高精尖发展。党不仅指挥枪,也指挥笔。政治干预文艺,如果干预到把它仅仅看作宣传,是不成功的。左翼和"政工"讲了半天大众化,从来不讲兴趣、趣味,大众化首先是因为有趣味,大众才看。这些经验我觉得应该很好地借鉴,很高兴吴福辉老师已经写进去了。

第三,文化市场也是一个联结点。通俗文学也好,革命文学也好,其他文学也好,都是要靠书局、书店,这些书局、书店在民国时期起了很好的作用。网上我看到有的文章也说,文化最自由的时候是 20 世纪三四十年代,特别是 30 年代。30 年代这个时候的文学景观确实是这样的,因为文化市场对文学生态结构起了一种建设而且维护、支持的作用。在这个多元共生的构架里,互相可以有批评,可以有攻讦,但是谁也不怕谁,谁也骂不死谁。不像后来,一场批斗会可以结束一个人的政治生命。那时候政治虽然也介入了,但是政治和文学分得比较清楚。左联五烈士不是因为他们写了小说被抓,写小说的人他们不抓。鲁迅这样骂国民党,但是他们还是没抓鲁迅——现在有人说是因为鲁迅不骂蒋介石。尽管鲁迅也被监视过,但是没有下手。那么在这方面,我觉得倒也值得总结了。就是说:多元共生的局面为什么在那个时候能够维持,甚至繁荣,后来就不行了呢?

第四,翻译也是一个联结点。在翻译领域,过去都讲通俗文学作家只注意西方的通俗小说,所以他们的鉴赏力不高,等等,这是不准确的。我在文稿里举了周瘦鹃的例子,具体就不讲了。在这方面,实际上通俗文学作家是雅俗兼备的。周瘦鹃从事翻译工作而且取得成就的时候,郑振铎和茅盾大概刚开始翻译。所以不能因为周瘦鹃他们是通俗文学作家就贬低他们。

第五个联结点,就是范老师在他的《中国现代通俗文学史》(插图本)里讲到的电影。电影界在20世纪30年代的那种合作,倒是通俗文学、新文学和企业家三方合作的一个很好的例子,也是一个成功的例子。所以那时的文化景观是你中有我、我中有你的。通俗文学和新文学的关系是互补的。通过这些联结点可以看出这一点。

另外我在文章里面提到,要整合的话,有一个通俗文学和新文学的关系问题,以及现代文学里面各个流派的关系问题。吴老师刚才提到这一点,他这样写我就非常放心。我在文章里面担心的是什么呢?在澳门大学开会的时候我讲过,严家炎老师写过一篇很好的文章,讲金庸的出现是"一场静悄悄的文学革命"。文章很好,但是其中有一句话我有保留意见,他说金庸的出现标志着运用新文学和外国文学的经验改造通俗文学能够达到什么样的成就,而金庸自己讲,他是因为不满于新文学的西化而写武侠小说的,严先生的说法和金庸的本意不一样。而且这句话有一个缺点,那就是没有主语,"谁"改造了通俗文学?是党、无产阶级,还是新文学?好像还是指新文学。那么新文学和通俗文学的关系不能是改造和被改造的关系,应该是平等的关系。看到这句话,我感到最刺眼的就是"改造"两个字。

总之,我的意思就是:希望将来写成的文学史是一部现代文学的生态史,而不要一部"彼可取而代之"史。

论"鸳鸯蝴蝶派"与20世纪中国通俗小说

张登林(合肥师范学院文学院):我的发言主要有三个方面:第一,通俗文学基本的价值取向为休闲娱乐,但是从内容上来看,我们发现通俗文学不仅仅是消闲娱乐的,同时也有教化作用,只不过这种教化是传统赋予它的一种责任和惯性,例如"四大小说"、张恨水的作品等。第二,通俗文学与新文学的互动关系。在新文学获得了读者市场后,通俗文学必然自觉或不自觉地向新文学靠拢,从新文学中汲取养料来丰富自身。第三,讲通俗文学发展的启示,不能仅仅将通俗文学功能限定为娱乐消遣。在其发展过程中,在中国救亡图存的社会背景中,通俗文学也具有某些教化与启蒙的功用。

总之,"鸳鸯蝴蝶派"通俗小说在20世纪的兴起与发展,不仅是对古典通俗小说传统的延续,更是现代商品经济和文化市场催化、激发的结果。文化市场的建立不仅仅为通俗小说的兴起创造了外部环境和社会土壤,也使通俗小说本身完成了从古典到现代的转型。应该说,现代性有两个维度:一个是物质的、经济的、市场的、商业的,一个是精神的、启蒙的、审美的。在中国现代文学史上,精英文学与大众文学、高雅文学与通俗文学同步发展又相互渗透、融合的事实,构成了完整意义上的现代性文学语境。

文学历史如何叙述"通俗"对象

　　徐德明（扬州大学文学院）：我谈谈扬州评话是否可以进入现代文学史。如果可以的话，那么通俗文学就一点问题也没有。但是扬州评话是说的，它不是写的，需要后期进行整理。过去的说书人，几乎只有声音没文字，而说书的内容又属于传统通俗文学。晚清书面文学与评话有互动，例如，"脑箍"刑罚在李伯元的《活地狱》中首次出现时就被扬州评话《武松》吸收过来，在评话中变成更有声有色的表演。当老舍看到《武松》话本的时候，他以为这是不折不扣的"史诗"。评话对施耐庵已经定型的内容进行改编，那么这样被改编的文本又可称作什么？老舍还说类似《武松》这样的评话作品已经逼近了欧洲近代文艺。那么从这个层面上说它已经具有了现代文学的特征，那么它算不算现代？中国的传统小说中，心理描写的成分是比较少的，而扬州评话当中则出现了大段的心理描写。例如某人做了一个动作，说书人就说："何以呢？"追究为什么这样，然后描述人物的心理、情节发展的情理。我们中国的小说从来是不缺乏情理的，对于人情的分析、对于事理的分析一点儿也不缺，而进入心理分析层面的就比较少了。因为我们缺乏"神"，西方文学要和神、上帝进行对话，信教的人要进行一生的忏悔。我们的叙事文学传统完全是一种人际关系，没有人神关系，在人际关系当中动作性居多，心理的阐释很少。但是，扬州评话的艺人们深入人物的心理层面去了，它是不是一种现代因素呢？从叙事的技术因素上讲，它就是现代的。由此来看，我们认为扬州评话完全有资格进入通俗文学领域。为什么赵树理的板话有资格进入，而扬州评话等就没资格进入？就因为板话是1942年的文化？中国文化与文学研究中，一直以来就有跨文化的问题。不止于中西文化的跨文化，古代进入现代有很多跨文化的联结点。1950年后，从新文化转向无产阶级文化，也进行了一次非常艰难的跨文化。从通俗的市民文化进入五四后的新文化也是跨文化，新旧文学有跨文化的问题，扬州评话的现代话本与传统说书相比，已经有一条腿跨入了现代。我希望和通俗文学相关的文化研究可以做得更复杂一点。

　　王　尧（苏州大学文学院）：我代表我们学院还有同门欢迎各位、欢迎大家。一百多年来苏州大学文学院形成了两个传统：一个是钱先生的清诗研究，一个是范先生的通俗文学研究。在很多年的院庆包括几次重大活动中我们都把这两个传统优化和固定化。今年上半年，我们开了范先生的《填平雅俗鸿沟——范伯群学术论著自选集》学术论著研讨会，那次会议严家炎等先生都有到场。今天在座的吴先生、陈先生当时也特地从北京和香港赶过来与会，对范先生的学术成就给予了很高的评价。在范先生的带领下，我们这个学科一直在往前走，现在到了老汤和祥安兄这一辈，包括后面的弟子们，形成一个比较稳定的梯队，各位也给了蛮多支持，我非常感谢。

网络文学：国家话语方式的民间化转换

　　马　季（中国作家协会）：网络文学的现状与发展已成为大众关注的社会现象，我们在讨论网络文学时，实际上已经不只是关注文学，而是讨论一些由此产生的更加广泛的社会现象。尤其是新闻媒体，它们往往关注网络作家的收入，关注网络作家过劳死，关注网络文学的影视改编，关注由网络写作所延伸出来的诸多问题，但专业部门，比如作家协会，当然还是希望能够对网络文学做一些具体的研究工作,对新的创作现象进行分析,对网络文学的类型化、网络文学的审美特征等等,进行一些研究。

至今,网络文学已经发展 15 年了,目前还未进入学术体系,基本上处于自然研究状态,还没有专门的学术机构来统领,仍是各说各话。但这也未必不是件好事,因为网络文学还在高速发展、变化之中,现在时机还不成熟,所以没有必要对其下结论,也难以将其体系化。我们知道,从 1994 年互联网进入中国至今将近 20 年时间里,网络文学经历了几个阶段。1995年开始就有网络论坛,当时主要发表一些短小的网络作品。1996 年"网易"开办个人主页,开始彰显个人创作实力,直到 1998 年网络文学才获得正式命名,这本身就是一个自然发展的过程。对"网络文学"这一概念,虽然约定俗成,但还是有争论。很多人认为,把"纸媒出版的文学叫传统文学,互联网传播的文学叫网络文学"的定义不准确,但是目前尚未找到更合适的定义方法。其实,网络上传播的文学也分好几种:一种是只通过互联网传播,但是其创作的方法还是和传统文学一样;还有一种就是典型的网络文学,也就是商业化的网络文学。先讲第一种。1998 年首次对网络文学形成了比较明确的概念,主要强调它的原创性,即直接在网络上创作的、由作者自发上传互联网的文学作品。当时还没有商业化的文学网站。1997 年底"榕树下"文学网成立,出现了大量原创网络文学作品,主要是中短篇小说、杂文、散文和诗歌等。1998 年台湾"痞子蔡"的作品传到大陆以后掀起了一阵热潮,网络上开始出现一些长篇的连载。早期的网络文学,实际上是纸媒文学在网络上的延伸,一些在网络上发表作品的作者可以说都是我们传统意义上的文学青年,如"安妮宝贝"、"宁财神"、"李寻欢"等。他们也曾通过纸媒发表作品,但是认可度不高,却在网上迅速走红,然后被出版社发现,产生一定影响。他们的作品其实和传统文学的差别也不是很大,从作家对文学的理解认识,包括作品所呈现出来的形态都和传统的文学作品一致,唯一区别就是带有明显的个人化、私人化特征。最大差异是他们在都市领域里开辟了一条文学新路,但他们的作品并不是我们现在讨论的网络文学。我们现在讨论的网络文学,也就是第二种典型的网络文学,是 2003年以后才出现的,是网络文学找到自己的商业模式之后,脱离了纸媒出版涌现出来的一批作品。

2003 年至 2004 年,"起点中文网"逐步探索建立起一套在线阅读收费模式,到了 2005年,"起点中文网"出现了年收入过百万的网络作家,网络文学商业模式宣告正式确立。此前,网络作家获得经济收益的唯一出路是纸质出版,而很多具有鲜明网络特征的作品由于不符合出版标准,无法获得经济收益,网络作家只能从事业余创作。2005 年之后,网络上出现了职业写作者。同时,以前曾经活跃于网络的作者,像"安妮宝贝"、"宁财神"和"慕容雪村"等则逐渐淡出网络,转向纸质出版写作和影视编剧行业,有一小部分作者虽然还间或在网络上发表作品,但并不和网站签订合约。2005 年以后,网络作者和文学网站签约所形成的关系模式,成为网络文学的主导方向,这种模式可以使一大批网络作家从事职业创作,并以此为生计。我一直在做跟踪调查。有数据显示,在 2008 年网络文学达到第二个高峰时,已有超过 150 万名签约作家,到 2012 年时达到了 250 万。网络文学的创作队伍急剧膨胀,规模要比传统文学大很多。由于网络文学处在体制之外,商业化成了它发展的基本动力,无视这一点,就无法真正面对网络文学。但是,传统的文学研究领域不大可能把商业化作为研究范畴,这事实上导致了对网络文学研究的表层化。商业化对不对是一个问题,是否应该正视它并研究它,则是另外一个问题。

　　我个人还是比较关注这几年的网络商业写作的。应该看到,商业化的背后,是网络作家拥有的大量粉丝。比如,一位优秀的网络作家每次在线更新时,可能会有上百万的人同时在线阅读他的作品,并且与之产生即时互动,这是任何时代的文学都没有出现的现象。因此,我说网络作家是在"生存中写作",他们可以把自己的生活通过一种方式直接转换到写作中去,而传统的精英化作家却是在外部观察生活,他们在"写作中生存",在某种程度上讲,与其生活是有距离的。例如,鲁迅文学院办的网络作家班给网络作家安排了社会实践课,我发现,第二天他们的实践感悟就已经出现在其在线更新的作品中,这说明网络作家的写作与生活联系得非常紧密,这是一种新型的关系。网络作家迅速消化了他们的生活,这其实也是信息时代的重要特征。

　　从审美来讲,网络文学反映了这一代人对生活的理解与上代人的理解有着较大的差异。网络作家主要以幻想类作品为主,包括架空历史、玄幻、仙侠和都市这几种类型,这和传统的通俗文学有着极深的渊源。可以说,成功的网络作家都曾经大量阅读中国古典文学,甚至研究程度要比传统作家更细致。传统作家主要关注新文化运动以来包括西方在内的一些较有影响的作品,而网络作家似乎对中国古典文学作品更感兴趣。网络男性作家的作品以幻想类为主,女性作家作品比较贴近现实生活,比如都市情感类、婚恋类作品等,像《裸婚时代》、《失恋33天》这样的文本,在当代传统写作中是罕见的。网络作家善于迅速地切入生活,把生活中"沉重"的东西转化为娱乐化的"轻松"的描述,并能够产生社会反响,这一点是值得研究的。

　　另外值得一提的是,网络文学改变了已有的文学生态:首先,它导致作家产生机制发生了变化。青年作家无须通过高门槛的文学期刊和出版作品一点一滴成长,他们通过无门槛的网络,直接与读者沟通互动,找到自己的创作路径,其成长速度相当快,在一两年内可以成为一位较有影响力的作者,而精英化作家至少要用3～5年甚至8～10年的时间才能产生这种影响。其次,网络作家的来源结构很庞杂,学养基础千差万别。据调查,他们中70%是非文科生,例如"桐华"在北大学的是金融专业;唐欣恬是芝加哥大学的金融学硕士;"江南"毕业于北大化学系,后又在华盛顿大学获得分析化学硕士学位;"阿越"一开始是修火车头的,后来才去四川大学历史系读书;"烟雨江南"和"徐公子胜治"长期在证交所工作;"石章鱼"一直在一家医院当医生;"我吃西红柿"是苏州大学数学系的学生;"随波逐流"是一位女工科硕士……可以说,大量非文科专业的没有接受过文学训练的原生态作者,通过信息化时代所获得的流通量巨大的信息,进入了文学创作领域。他们的创作,无疑与当代传统作家之间存在很大的差异。再次,网络写作重视娱乐性,较少承担社会责任。网络文学没有传统精英化文学的严格规范,几乎是一种"野路子",他们的写作是靠与读者的不断磨合、互动、沟通所形成的规范,"读者为王"是网络写作的基本原则。网络作家的思想资源来源于青少年时代读书期间所阅读的一些作品,既有中国古典文学,比如《红楼梦》《封神演义》《七侠五义》、"三言二拍",甚至金庸、古龙等人的作品,也有很多西方大众文学,比如《哈利·波特》(Harry Potter)、《指环王》(The Lord of the Rings)等,是更加宽泛的古今中外文化的交融,是中国社会不断改革开放的必然产物,它们为网络写作提供了新的空间,也为中国当代文学提供了多种可能性。

　　孔庆东:但是这些文学现象在纸质文学中大量出现,并不是新的东西。你刚才所讲的这些,为什么不直接说网络文学创作模式是对传统文学的模仿和衍生呢?

马　季：我不认为是模仿，或者说不只是模仿，应该是传承与创新并重。网络作家当然会受其母语环境的影响，他们的阅读不可能与传统作家彻底断裂，但他们的成长环境和文化心理的确发生了变化。我认为，研究网络文学更加有意义的是找出它和传统文学的相异之处，而不是专注两者之间共同的部分。差异性更加宝贵，也更有价值。当代文学发展到20世纪90年代末，遇到了一些问题，网络文学的出现，带来一定的冲击和新生的力量。网络文学不仅吸收了中国古典文学元素，同时也杂糅了西方的一些人文理念，因此其创作现场丰富、凌乱而富有生命力。我觉得应该把视野放开，考察网络文学是否能为当代文学的发展带来新的元素，比如说其大众化、民间性等特质是否可以给当代文学带来新的动能。

刘小源（复旦大学中文系）：孔老师刚刚提到了网络文学的互动，你提到现在的网络文学是在电脑上写完再贴到网络上。你认为互动性不是即时的。但就我多年研究的情况看，根据网站不同，这种互动是即时的。就我所在的"晋江文学网"，读者评论是极其活跃的，发上一章，大概两分钟就会有读者的回复，关于内容，关于形式，等等，以及读者和作者的互动。而像"起点中文网"，由于它的商业化比较突出，读者评论区都是打赏票的回复。但其实作者与读者也是即时联系的。他们可以通过QQ群、作者群以及作者粉丝群等实现无间隙的互动，一两分钟就可以得到反馈。

孔庆东：这就是网络文学的特点，它利用现代信息技术，快速交流双方的看法。下一步就是读者的意见在多大程度上能够左右作者的继续创作。

刘小源：其实在很大程度上会左右，但还要取决于作者的写作水平。若作者的写作水平比较高，而读者水平比较低，那么读者可能只能在喜好上影响作者的创作类型。但有的读者水平高于作者，会给作者一些专业性的建议。比如一部清朝的历史小说，包括礼仪制度、称呼等等，读者都会提供给作者，作者也会虚心地接受，写进小说中，并且修改以前的错误。有些甚至是剧情的。这是一种互相影响的模式。网络平台创作门槛很低，它藏龙卧虎。但是对传统作家来说，一般写作素养较高的作者几乎不会受读者的左右，而网络则会。

孔庆东：刚才你描述的这种情况，恰好是研究网络文学所要关注的一个非常重要的现象。"文革"中有一种创作模式叫"三结合"："领导出主题，群众出生活，作家出技巧。"这在当时说得挺好，未必能够做到。今天的网络文学就可以做到。就是一部作品，多位作者同时创作。

刘小源：甚至也有多位作者同时创作的接龙小说。

孔庆东：接龙小说就是鸳蝴派的特点。

刘小源：鸳蝴派的接龙是一个接一个的，但网络上的接龙是链接性的，是多向发展的，有网络的特性在里面。

孔庆东：你所讲的和马季老师讲的"国家话语"联系到一起，这个国家面貌就是有多种可能性的话语模式。

马　季：读写关系和写作模式发生变化以后，就导致了作家产生方式的变化，在传统媒体里面，互动的紧密性是达不到这种程度的。这样作家的成长模式就悄悄改变了。一位作家，在读者的帮助下，在一两年之间迅速成长起来，到三五年这位作家已经成熟起来的时候，成长模式已经改变了。

孔庆东：从叙事学角度可以称为叙事者身份的复杂化和暧昧化。

石　娟(苏州市职业大学学报编辑部)：以前没有网络的时候,报纸是作者与读者沟通得最快的媒介,读者的意见可以很快地反映到作家的创作文本中,于是报刊连载小说作家在当时的背景下就非常容易在读者中产生影响。而网络出现以后,网络写作沟通的速度要快于报纸,但其实质和报纸还是非常相似的,只是载体的表现形式不同。从曹雪芹的"十年磨一剑"到张恨水在"快活林"上八个月连载完成《啼笑因缘》再到现在的网络小说,这条线索,就像范老师所说,是一脉相承的。这里就有一个很重要的问题:这种文本是如何形成的? 作家在文本形成过程中到底发挥了多少作用? 如何发挥作用? 个人认为作家在文本形成过程中的主体性在逐步削弱。以张恨水的创作和网络小说创作比较,这条线索就很明显。

陈建华:听上去仿佛越是和读者互动越是没有反抗。

孔庆东:它的这个权力关系不像以往那么明晰了。以前的作者是代表国家话语的。20世纪五六十年代作者的文化水平不高,出版社要找水平高的编辑修改,不只是修改文学技巧,甚至是改写,它表达了一种国家声音。

宋剑华:《林海雪原》初稿18万字,出版时40多万字,三个月,都是编辑写的。

吴福辉:高玉宝就是一个典型的例子。

徐斯年:现代的网络文学写作,除了刚刚各位所讲的,还有另一个原因,就是出版和发表的自由度高。书稿出版不需要经过传统的严格的和长时间的审查,网络上相对自由。网络为更多的作者提供了发表的空间。这种自由是以前没有的。

孔庆东:网络为很多文学爱好者提供了平台和空间,比如写旧体诗词的那些人,以前没有多少刊物,现在有了网站,就聚集在了一起。

徐斯年:而且不是一个人看,是一群人看的。

关纪新:一个人就是一个媒体,一个人就是一个杂志社,自己就是主编。

李　今:对,这就是20世纪40年代予且的理想,他说:"应该没有作家这个行业,各行各业大家都可以写。"

马　季:徐老师讲的非商业化的一部分基本没什么人研究,研究基本都集中在商业化这一部分。

孔庆东:比如网络上爱好朗诵的,还有喜欢写剧本的,都聚集成一个团体。现在正式拍电视剧、电影的,编剧常常被边缘化,导演甚至也被边缘化,制片最重要。但也有一批喜欢写剧本的,不是为了拍摄,而是当成一种文本和体裁来写,他们也聚集在一起。

李　今:原来的创作活动就变成了一种娱乐方式,写作本身对于这些写家来说就是一种娱乐。

孔庆东:这种娱乐带有一种高雅的色彩,它不是为了赚钱。

李　今:对大众文化核心的定义主要有两方面,一个是实用的,一个是娱乐的。像于丹的讲座,她对《论语》的解说如此受欢迎,就是因为她是实用的。她把《论语》解说成处理人际关系的准则。大众把它看成一种指导,具有实用的功能,它不是以一种做学问的方式。

徐斯年:还有就是表现主义。"苦闷的象征",现在谁都可以把它通过网络发送出去。

马　季:另外,网络上还有一些社团非常活跃。"榕树下"下面有几十个社团,都是一些兴趣、爱好一致的人,有专门写散文、诗歌的,甚至还有残疾人的、癌症病人的社团。它的社会意义还是很宽泛的。

电影、通俗文化与大众话语建构

丁亚平（中国艺术研究院影视研究所）：美国电影内容规划、审查是由电影行业协会完成的。当然美国政府也会参与管理，比如电影的国际贸易，美国政府会去管。当年，美国总统克林顿甚至还为电影背书，为好莱坞去接受采访。美国政府确实是从战略意义上来认识美国电影的价值的，所以好莱坞电影在世界电影市场中占了90%的份额，与美国把电影的海外贸易看作一种国家战略有直接的关系。早在1927年，美国的商业部就对世界各地的电影市场进行调查分析，并做出系列调查报告。这之中第一份关于世界各国电影市场的调查报告就是针对中国电影市场的。报告内容详细，分类齐全，编印在商业部的《贸易简讯》上。就在这前后，中国国内也出现了电影刊物《电影月刊》（实际上是半月刊），在1928年前后发表了系列文章，分别对除上海以外的二线城市如天津、济南、苏州、常熟、北京、常州、青岛、厦门等地的电影市场状况进行了调查和评述。关于苏州的电影市场，刊物专门请了一位苏州的文人——范烟桥——来写。范烟桥撰写的《电影在苏州》一文，介绍了苏州人的电影生活。他说，苏州人喜爱看电影，因为苏州的优势是距离上海很近，近水楼台先得月。上海的电影公司都到昆山、松江等地取景，而苏州人在上海做电影工作的人也很多，所以有地缘优势。范烟桥先生在20世纪30年代的上海编过很多电影，包括周璇出演的一些电影都是他编的，周璇唱的一些插曲是他写的。由于苏州和上海离得很近，苏州并没有成立专门的电影公司，苏州当地也没有电影评论队伍，没有产生多少电影批评家。文章还提到，苏州人喜欢看国产电影，因为他们有听书场的习惯，与对旧文化、对通俗文化的崇仰是一致的，他们对电影的要求首先是好看、情节曲折。

范伯群：他们是苏州的市民大众。鲁迅从来不看国产片，一直看外国片，日记上有写。

丁亚平：是的，范老师讲得很对。鲁迅非常喜欢看电影，特别喜欢看外国影片。鲁迅去世前还看了一部苏联电影，有人去探望病中的他，他还特别推荐人家去看这部片子。上海的20世纪30年代确实是电影史上的一个复杂、活跃、变化快速的丰收时期。这个时期的上海，其实在左翼电影思潮之外，还有商业电影和软性电影。软性电影不同于商业电影，这种电影既想对左翼电影进行超越和反拨，也是对商业电影的创新，是对艺术和形式的探索，或者称为试验和尝试。这些电影其实都可以归结为好看的电影，发挥、讲求电影的娱乐性。《化身姑娘》是著名的软性电影。当时的商业电影以及这一类的软性电影很多，但最有影响的是《化身姑娘》。放映时影院爆满，影响比较大。拍完一集后又续拍了四集。当时和《化身姑娘》相似的软性电影一共拍了19到20部。可见软性电影若是不精彩、不好看，没有娱乐性，投资商也不会追加投入去拍。因此软性电影比较好看，娱乐性比较强，人所共知。

我想补充的是，其实关于软性电影，也是有教化的意识和艺术的自觉的。黄嘉谟，《化身姑娘》的编剧，著名的软性电影论争的代表人物，最著名的论点是："电影是给眼睛吃的冰淇淋，是给心灵坐的沙发椅。电影是软片，因此说电影是软性的。"电影的"软硬之争"也由此而来。当时，他也创办了一本杂志《现代电影》，《现代电影》的创刊词是由黄嘉谟写的，其中说，电影既有消闲性、娱乐性，也有其综合性、艺术性，是现代的高级的娱乐片，同时也有普遍的教育意义，可以成为教育的利器，这个"教育"是广义上的教育。

"软硬之争"发展到后来，反对电影软性的论者在申明电影有教育意义的同时，也不再否定电影的娱乐性,可见这里面存在着对论争的自我调适和纠偏。实际上,《现代电影》作为软性电影的大本营,它也有变化。《现代电影》在第3期登了两部著名的"硬性"电影或者说是左翼电影的介绍,一部是田汉编剧的《母性之光》,一部是孙瑜导演、阮玲玉主演的《小玩意》。《母性之光》的广告词这样写:"这是一部最新的、最伟大的艺术作品。"《现代电影》还称《小玩意》是"一部精心的杰作"。同时,对软性电影论者反对最激烈的夏衍编剧的《春蚕》取材很新颖,情节生动,内容很好,受到观众的热捧。而软性电影论者也翻译苏联电影理论,写苏联电影的介绍文章,这些在当时并非只有左翼电影人才做。软性电影人做的这些事情,包括他们曾经发表过的《苏俄电影最近之动向》,称苏俄电影理论已经从实验的形式主义时代向为了观众、为了百万民众拍电影转变。这对当时的左翼电影是有启发的。软性电影重视都市观众、市民观众,特别是都市中的摩登青年男女,青年男女们要求无负担地、轻松地消费,因此电影从业者应该走这样一条道路。

我想,如果把软性电影理论置换到当下电影中去,也会给我们很好的启发。参考他们的这种娱乐观念、娱乐形式,会有助于我们思考。为什么当下的电影市场一再创造票房新纪录?为何网络文学会占据主流?这和"观众为王"、"体验至上",与电影颠覆性创新有直接的联系。网络文学的小资性、大众性以及低龄读者(受众)的心理值得我们关注与研究。现在网络作家很受欢迎,他们的收入之高难以想象,据"盛大文学"的老总讲,"唐家三少"每年收入1000万元,当然这可能包括了他的版权收入。纯文学如果不与网络、影视结合可能就比较难以达到这么高的收入。其实,电影也需要这种点击率,需要大家去看,电影有很强的大众性。电影工业、电影意识形态的实现其实需要依赖大众性。

总的来说,软性电影让我们看到了左翼电影或者现在的政治、时政电影宣传的短板,同时,它也揭示出商业电影的单一和过度追求商业利润的问题。重返当年的上海电影界、上海影坛,需要有一种历史态度,需要看到当时的观众喜欢好莱坞电影,无论哪家电影公司,努力去拍的都是运用大众熟悉的、喜闻乐见的影像语言,拍出的都是观众特别喜欢的电影。上海影坛创造的是这样一种局面——在拍摄商业电影的同时,也没有忘记人文关怀。所以,"软硬"、"左右"并置不仅建构了一种观点对立,更营造了一种模糊的现代性语境和场景。这恰恰可能为我们进一步接近当时的电影、当时的文学、当时的文化提供了一条重要的路径。

汉语新文学的"雅"与"俗"

朱寿桐(澳门大学):我就是漫谈式的报告,先从登林说起。登林说他是搅局的,不会有人响应他,我还真要响应他一下。看徐德明的扬州评话研究,他说心理描写是扬州评话"很现代"的新文学表现手法,我觉得还不止,扬州评话中的现代成分还有很多。至少它的人物关系的描写也非常现代化。我记得《武十回》里面讲到武松去鸳鸯楼杀人,最麻烦的是杀一个叫"韩玉兰"的人。韩玉兰在《水浒传》里是很简单地一笔带过,张都监派她去勾引武松,武松没有理她,而在要杀人的时候,武松看到她时也是一刀就把她结果了。但是这个情节在《武十回》里则写得比新小说还要"新小说":韩玉兰和武松产生了情愫,那可是柔肠百转,到了要杀人的那天晚上,武松看到她以后本来是不想杀她的,是不忍心的,倒是韩玉兰自己说的:"你如果不带我走,你就要把我杀掉。"她就跟欧阳予倩笔下的潘金莲差不多。所以这是一个非常现代的爱情悲剧。也就是说,通俗文学的表现有许多现代性因素,常常被忽略。

今天上午听了范老师、吴老师、徐老师还有剑龙师生等的报告,我更坚定了这样的观察。范老师最初讲鸳蝴派的时候,正好是给我们这一批学生做报告,所以我接受的范老师的通俗文学和鸳蝴派的文学教育可能算比较早,老汤和亚平应该都是如此。那会儿我们都有机会亲炙老师在学术上的成就。还有徐老师,我记得很清楚,对金庸的研究很深厚。刚刚王尧也讲苏州大学通俗文学研究学术传统非常深厚,现在哲声他们把老师辈的这样一种学术传统发扬光大,令人羡慕。

老师们今天讲的内容,总结起来,乃是从文学史、文化史和学术史的角度如何让通俗文学或者"市民文学"或者"市民大众文学",连成一条学术链、一条文化链。各位的报告在这方面显示出这样一种从文学史、文化学、学术史角度研究的势头。范老师提出从冯梦龙开创的这样一种市民文学、大众文学传统,对这个"乡民市民化"做出了一定的贡献。然后吴福辉老师提出通俗文学阅读对象的市民和乡民之间的联系,这就把通俗文学特殊的接受群体当作一个可以加以缜密研究的对象,这可能是通俗文学研究的一个生长点。

我的意思是概念的论辩先放在一边,我们先来考察文学形态、文学史料、文学史的现象和文化的生态,从这样一个角度,可能是通俗文学以及通俗文学与现代文学关系研究的一个非常可行的路子。在新文学背景下,把握通俗文学的难度会比较大。在不介入通俗文学的情况下思考,其实文学写作中确实也存在"俗"的因素。对通俗文学泛泛表面而谈比较容易,若是在通俗文学概念上微观深入地展开就相对较难。在内涵的把握上比较容易,所有的理论家、批评家、文学史家都可以根据自己的理解给出关于通俗文学内涵的表述,但外延的廓清任何人都很难做到。要找出哪些作品具有通俗文学的内涵是非常困难的。其次,通俗文学阅读对象的把握是比较容易的,但是主体的把握确实很难。

徐斯年:对象也不容易,比如金庸。

朱寿桐:因此,难易结合的状况使得我们在讨论通俗文学时面对各种难题。但这一点在古代还是相对容易的,比如"贾宝玉时代"就比较容易,他们都是按照文体来简单进行把握。经史子集是好的,但唱词、画本就相对欠缺。所以《红楼梦》中贾宝玉要看《西厢记》之类的书籍,需要小厮们从外购买。他们家没有此书,但薛宝钗家却有。薛宝钗在教训林黛玉时,透露出家中藏书与贾家不同,有此类书。林黛玉说出了《西厢记》的词,薛宝钗特别敏感,后来专门拷问林妹妹。到了现代文学阶段,难以从文体上区分雅俗文学。小说、诗歌、戏剧都各有通俗性的写作。散文中也有俗的写作,比如余秋雨和李敖的散文就可以从这一角度深入。理论概括和阅读的质感之间是有差异的。阅读的质感总是觉得通俗性写作一定存在,上升到理论层面就面临许多困难。这种理论上的困境或者称为文学史研究的困境确实会延续相当长的一段时间,短时间内可能还得不到解决。我们判断文学写作或者文学现象的俗与雅,都处于比较游离的状态。当年小说是俗文学,如话本,如冯梦龙的作品,在今天,绝大部分读者可能就认为是雅的,因为无论从语言难度还是从文化知识的难度来说,今天的读者都需要有"升格"阅读的要求。

而通俗文学在阅读上的要求就不是"升格",而是"逊格"——无论是文学写作,还是文学阅读,我们都有自己的一个预期,总希望有一个提升文学的阅读和鉴赏的能力和习惯,但"逊格"不仅会放任我们的阅读和鉴赏能力,使其停滞不前,甚至还会倒退降格。在语言上,通常人们最习惯阅读的是土语,习惯于欣赏的是书面语。这时,要处理书面语,将其"逊格"为大家熟悉的土语,便产生了俗化现象。余秋雨虽然很有学识,但他发表学术论文,还会"逊格"

为大众都能接受的形态,这也是一种通俗化的写作。因此在写作中,不可否认会存在通俗形态、通俗写作现象的文学。

那么,我现在就想求教各位一个问题,就是刚才几位老师讲的,政治主导下的或者说政府的力量、政权主导下的通俗文学、大众文学,一般来说都是不成功的,这到底是什么原因?是政治本身的原因,还是大众文学和通俗文学是不是本来就像范老师说的"接地气"?"接地气"现在有各种可能,它可以被关在笼子里养,也可以放开来养。可是有的东西是不能被关在笼子里养的,那么就是说大众文学或者通俗文学是不是不能被政治或者权力养起来,是不是这样呢?有的人认为是可以养的。

李　今:新文学是不能养的。

朱寿桐:新文学是可以养的。

李　今:不能被政府养。

杨剑龙:新文学本质是反抗,但是通俗文学是市民化的,要大众,所以加起来,文学是不能纳入政治体系内的,一旦纳入,文学本身就开始衰退、变形。

关纪新:其实吴老师,今天非常感兴趣你最后谈到的通俗和精英文化交融的那种很麻烦的胶着状态。总之,我们在概念上有点问题,谁在区分"通俗"和"精英",肯定是我们精英在说,我们肯定要给它戴个帽子。我总觉得"通俗"和"精英"这两个概念的提出就很麻烦。刚刚朱老师也说觉得很困惑,以后我们在写文学史的时候如何界定"通俗文学"这个概念呢?其实我觉得这里还有一个"伪概念"。"通俗"本来就是文学追求的对象和目的,就是让更多人去接受。人家做到了,我没做到,我就鄙视人家。还有一个问题是我们的再命名,比如说"市民"。我们作一个最简单的判断。最近我的一位博士在做徐枕亚的《玉梨魂》研究,我让他把里面的生僻字检出来,当然很多。我就想,读者要达到多高的文化修养才能看懂这个?

李　今:所以,我们的"通俗"分类就有问题。赵树理算新文学,徐枕亚的骈体小说却算是通俗文学,这本身就是应该检讨的一件事。在这里我是门外汉,大家都是研究通俗文学的专家。刚才我听了大家的这些焦虑,我有一个考虑,大家都想要权威的文学史,但实际上我们现在应该多元思维,"多元"的意思就是不要权威。我们为什么一定要权威?这是大学制度的产物,因为必须要有教科书,有教科书的话,就要有一个能够统领所有研究的权威性的文学史。所以,大家都想钻到这里头来。但实际上我觉得如果是多元化的思维,就应该有各种各样的文学史,每个人从自己的角度,从通俗的角度或者新文学的角度情感爱情的角度等,可以写出很多种文学史。我看过范老师的《中国现代通俗文学史》(插图本),觉得范老师写得特别好,因为他把通俗文学的期刊都看透了,通俗文学的来龙去脉他梳理得特别清楚,可是我觉得我们没有一本写到范老师这种功夫的新文学史,没有谁把新文学的来龙去脉真正给写清楚。

另一方面,如果从教科书的角度来考虑的话,因为它有时间的限制,所以,我们对于应该教学生什么又不能不有一个标准。我们要建构中华民族的伟大传统,这个传统的品质是什么,不能不有所取舍。但是如果我研究文学史、文学,我可以写不同的专史,但是教科书肯定不能将所有的都纳入,应该根据功能来考虑问题。我们现在的课时越来越少,时间有限,所以应该建构一个标准,这是需要讨论的。

杨剑龙:我们以前研究文学都研究作家作品,但我觉得通俗文学是把市场和读者放在重要地位。可能有一些新文学作家看到市场和读者需要他就转向了,所以通俗不通俗就很难说。我在 2008 年出版了一部小说,儿子问我:"爸爸,你这个印数多少? 韩寒、郭敬明印数多少?"我说:"这个不能比较。"我想:我自己写作的时候也没有判断是通俗还是不通俗。通俗不通俗很难区分,要看读者、看市场、看作家的读者对象。有时候作家就设定一个对象,比如赵树理的小说就是给农民看的,他肯定是通俗的了。所以从文学史发展来看,新文学最初是想启蒙老百姓的,它本来就是通俗的,发展到后来它就不通俗了,整体上它没有通俗,然后我们就把通俗又剔除出去了,尤其是在新中国成立以后,我们把通俗文学几乎等同于封建文学,把现代派文学等同于资产阶级文学,所以我们只有现实主义文学。后来新中国文学之所以这么单调就是因为这样一种思路。所以我们的文学观念和文学研究不能用二元对立的观点,这样去研究文学就会含混模糊。

李　今:我还想谈谈新文学的建构。新文学史总想建构一个体系,比如从新民主主义的角度或者从现代的角度,它就不像范老师从通俗文学发展的角度进行文学史写作从而可以自然形成几个阶段。新文学史不是这样去考虑问题,它是从思想的角度,而不是从文体的角度考虑问题。我很同意刚才吴福辉老师说的,不要考虑概念问题。因为文学本身就是个性的,如果一定要找个概念把人家套住,这就有问题。应该研究你关注或者你感兴趣的那些现象,它本身提供了什么,要这样去考虑问题,不要想去建构一个理论、建构一个概念来把这些都拢住,实际上是拢不住的。每个作家都提供了独特的东西。

范伯群:这可能是一个概观化的问题,既然多元共生是它的概观,把概观介绍以后,要去看各种专史,那么将来新文学史可能是一门选修课,通俗文学史也是一门选修课。先讲一个概观,我们是一个多元共生的文学史,接下来大家就去选吧。

徐斯年:我非常同意李老师讲的应该个人写文学史。因为每个人有每个人的价值体系,这样他写出来的文学史是能自圆其说的。官修的文学史,登林刚才讲国外不一定要用教科书,我们现在必须要有教科书,那么就像范老师刚刚说的先讲一个概观,其他的谁有独特见解谁就去写文学史,这样写出来的文学史,作为老师,可以提供选择的参考意见。我个人认为学不学文学史有什么关系呢? 刚才讲通俗文学和精英文学的区别,我觉得也是这么回事。就像杨老师讲的,作家管你什么通俗不通俗,我就写我的,你说我这是什么你去说好了。

老舍与"通俗文学"

关纪新(中国社会科学院民族文学研究所):我觉得在中国的学术领域里面,尤其是我们自己所从事的文学领域里面,过去过多地强调各种门墙森严、壁垒林立,很多概念都需要今天重新梳理。之后会发现,很多的"门墙"都是多余的,或者压根就是错误的。所以就需要像范老文章里讲的,有许多"鸿沟"需要重新把它填平。前几年在天津的一次会上我就说过,我所研究的民族文学,和通俗文学的范畴有很多相似之处,比如被外界视为研究中有一种要不得的"怨妇"情绪,好像我们总是觉得不公正,总是想要和别人平等。现在看来,通俗文学已经基本取得了"平等",正是由于范老的这本《填平雅俗鸿沟》大作的出版,所谓通俗文学与雅文学、纯文学之间——说句玩笑话吧,"坟头改菜园子"——扯平了。可是,民族文学界要做到这一点,还遥遥无期。我不是这个领域的人,也很少到这条船上来看风景,只能就这次会议的主题,说一说我个人的体会。

就从概念说起吧。比如"俗文学"、"通俗文学"、"通俗的文学",按照过去奉行的条条来理解,是三个完全不同的概念。可是,我怎么觉得这三个概念从字面上看几乎没什么本质区别。而且假如用学科既成的"俗文学"概念来看问题,那么"通俗文学"和它,又是彼此大相径庭的一个领域了。在中国文学领域里面,"俗文学"概念包蕴极其丰富,比如各个不同兄弟民族的所谓"俗文学",如藏族的《格萨尔王传》,它是"俗文学"还是经典文学?你要问它"俗"吗?它的确"俗",人人都听得懂,理解得了。所以我就想,可能从不同民族的眼睛里看问题,文学并不是一个玩意儿,不是同一种东西。比如满族作家老舍看文学,可能和许多汉族的经典作家,如鲁、郭、茅等人,就不一样。他的小说和话剧里面,随手插入"莲花落"、"快板书"、"单弦"等,他不是故意的,更非做作而为,他就是觉得写到那里,就该那样。艺术本身是没有界碑的,这就是艺术。所以对某些非中原民族来说,所谓"俗",就应该让它"俗"到底;但是,"俗"且俗矣,却又不影响它的"雅","雅"也要雅到极致。就像我这回提交给会议的文章中讲到的于是之的那句话:"《茶馆》的魅力到底在哪儿?……我到现在仍认识不清,但这个问题我却不是想了一天了。它没有什么故事情节吸引人,也没有用低级趣味迎合某些观众。学问大的人看了不觉浅,学问小的人看了也不觉深,就是这么一个戏。到底为什么会这样呢?"这几句话看似疑问,实际上,不单单点到了《茶馆》的精妙,也触及了老舍全部艺术创造活动的真谛:大雅大俗,雅俗共赏。这里,涉及了"大雅"能不能通"大俗"的问题,或者说"大俗"的艺术还能不能达到"大雅"的极致。《红楼梦》应该是"大俗大雅"的,但是,现在很多能读懂《红楼梦》的中国人对里面的诗词还是像我小时候读《红楼梦》一样,一到他们结诗社了,就把那几页翻过去了(笑)。因为我幼时的阅读水平,不足以区分林妹妹和宝姐姐的诗是否写得高雅,还有她们彼此追求上的不同。然而,除了那几页,《红楼梦》却是古典小说里面最易懂的,甚至在语言上面,比《三国演义》、《西游记》和《水浒传》还晓畅得多。老舍恰恰是接续了曹雪芹的,他们都是旗人。

　　我一直在研究老舍,也常常会替老舍打抱不平。因为老舍作品不属于"通俗文学"。但是,如果说通俗文学里面有一百条标准,老舍显然已经够得上九十来条了,就是最后那几条不够,90 分早就应该及格了吧,应该可以进入门墙了吧,结果,他还是无缘进入"通俗文学"范畴。好像老舍还不够通俗似的。对于我一个满族人,从满族文化的角度来看这个问题,我觉得是显失公正的。因为通俗文学这"通俗"二字,不能仅仅用以框定鸳蝴派的那些老百姓读起来尚存某些语言障碍的作品,反倒是老舍诸如《骆驼祥子》这样的作品,才最符合"通俗"的标准。因此我就觉得,我们今天不如把"通俗文学"转换一个概念——这其实是范老师还有在座其他几位都注意到的一个问题——不再把它叫作"通俗文学",而更多地注意到它的市民大众文学性质,改而唤之为"市民大众文学"。不过,所谓"市民大众",老舍又不十分符合。他有些地方并不是全盘"大众"化的。老舍不"大众"的地方,在于文学史家在他的作品当中清楚地看到了文学的批判性,看到了批判眼光的持有。这便似乎使老舍再不能进入"市民大众文学"这个圈儿。当然,我又想到,老舍的作品里头,除了像《猫城记》那种直着脖子骂人的,他大多数的作品,就是骂了你,还让你觉得挺好受、挺关心人的。老舍把祥子最后写成那么堕落,可是北京拉洋车的个体工人们照样还是觉得:"可算有一位为我们说话的大作家了,《骆驼祥子》写的就是我们的生活。"他们没有觉得老舍是站在对面骂他们,没有因为把他们写得精神堕落到那种不堪的程度就受不了了。难道说老舍把大众的民族劣根性都反映出来了,就不是"市民"了,就不是"大众"了,就不"通俗"了?恐怕也不是那样。老舍文学的关键,还是他的批判性。他跟鲁迅不一样,不是鲁迅那种金刚怒目式的。老舍天然就不是这样。老舍说他自己从来就不是那种具有战斗精神的人。我今年年初在《文学评论》上还发了一篇文章，当然那个话说得委婉一些，意思就是老舍从前是反对暴力革命的，是不同意激烈革命形式而倾向改良方式的。老舍尤其反对同胞之间的暴力厮杀，最见不得中国人骨肉相残，唯独到了外敌入侵的时候，老舍才是主张要刀枪相向的，这个才是老舍。老舍在"革命与改良"道路的选择中，他的文化精神实际一直通达到艺术上，只不过是表现为通俗文学，还是严肃文学罢了。他鼓吹革命的严肃文学，的确能有九十多条不一样，恰恰与通俗文学能看出九十多条一样。所以，我觉得把他搁在非"通俗"文学里面，他冤枉。

孔庆东：我有一次谈老舍的大众化意义。我就讲，我们老说鲁、郭、茅、巴、老、曹，这里面的"老"跟那五位八竿子打不着，因为那五位是一个阵营的，老舍自己是一个阵营的。新文学的"成功"之处，是把老舍拉入了那五个人的阵营里面。

关纪新：我下面就想谈这个意见。比如说在现代文学这个大圈子里面，我们过去太多屈从于那样一个标准，觉得鸳蝴派就是不地道的，就是等而下。其实，在中国现代文学对中国传统伦理整体放逐和缺少坚守的情况下，大量革命作家的作品里，其书写都是"乏善可陈"的。我用了"乏善可陈"这么一个有些严苛的词，就是感到我们现代文学的"主流"，对于中华民族善良品行的坚守程度实在是特别地缺乏。而在这一过程中，老舍则是和过去的"通俗文学"作者们站在了基本一致的立场上。老舍固守民族伦理建设这一点，放在严肃文学领域里面，显然势单力薄，踽踽独行，相当艰辛。而在通俗文学的作者当中，不管各位写家的观念是否一致，老舍却有着他的一支同盟军。

我以为，对于"通俗文学"这个概念而言，我们今后是不是可以承认，科学的观察判定里面，可以容许有"间性"的位置、"间性"的身份、"间性"的书写。老舍可能就是这么一位杰出的"间性"作家。鲁迅有一句诗，叫作"两间余一卒，荷戟独彷徨"。老舍比较惨的时候，委实是"荷戟独彷徨"。严肃文学界和通俗文学界，都把他当作异己力量。当然，今天的我们也许看到的是，老舍乃两间立一"帅"，他兼及了不同方面的优势，从而真正地走向了不朽。我建议，我们今后讲通俗文学的时候也要容纳老舍，讲严肃文学的时候也要讲到老舍。不然，再像过去那样，在讲严肃文学的时候，老舍诸多的个性，比如他的幽默就会被贬低挖苦为"市民趣味"，等等，就要造成大量的误读、误解，甚至指责。这样做，是不合适的，也是不能容忍的。

吴福辉：老关，在我的文学史里面，在写时代小说的时候也写老舍，《家》《四世同堂》和李劼人的"大河小说"都放到了时代小说里面；谈到市民文学的时候也把他写进去了，我把上海市民和北京市民都放在这一章里写。我同意你的观点，就是通俗文学里面可以谈老舍，非通俗文学里面也可以谈老舍，有什么就谈什么，他本来就具有这一特质。

情绪记忆与"红色经典"对民间传奇的传承

宋剑华（暨南大学文学院）：孔庆东上午说这个会肯定有一个重大的意义，通俗文学的研究以后确实要超越以往的概念。我也希望我们不要轻易界定通俗文学和纯文学。我最近在做一个课题，看古代的一些作品，包括《搜神记》。上午我们都谈到了把冯梦龙看作通俗文学作家，冯梦龙是通俗文学作家，那么古代文学中的《搜神记》的作者算什么作家呢？"通俗"意味着民间创作，实际上"民间"存在着，冯梦龙只是进行了加工，我认为把这个过程作另外一种解释可能更准确——通俗文学在中国文学历史演变过程中有一个精英化的过程，这一点恐怕我们都忽略了。其实我为什么谈到"红色经典"？不光"红色经典"，上次余华、苏童、毕飞宇到我们那去，我们就这个问题对过话。当时我对毕飞宇讲："你的《玉米》拿了'鲁迅奖'，你得了奖我很震惊，你那个奖完全不该得。"为什么呢？大家都知道"三言二拍"开篇就有："淫人妻女者，其妻女必被人淫"，整个故事就是一个传统的因果报应的轮回嘛！他把传统通俗小说里面的一个警句拿出来，用精英化的表现形式再陈述，然后还得了奖，现在它还被翻译成英文在国外推广。莫言也一样。莫言永远的时代是"红高粱时代"，最令人震撼的是《红高粱》。《红高粱》是精英的。实际上精英作家对传统的中国民间文学进行过一个精英化的过程。举个例子：鲁迅的《伤逝》。鲁迅自己在《中国小说史略》里面将《莺莺传》反复考证。现在我们把《伤逝》看完后再来看《莺莺传》，"始乱终弃"的情节是从这个故事里面演绎出来的，当然他也赋予了它一个现代性的意义，这就是精英化的过程，它本身就有通俗的因子。胡适（在文学上）最伟大的贡献之一是他说中国小说创作是"滚雪球"，《三国演义》、《水浒传》从几个故事开始逐渐滚下去，《西游记》在宋朝只有十三回，到了明代逐渐滚大，然后吴承恩把它集中起来。实际上，包括"红色经典"，当然也是其中的一个部分，哪一部作品不是呢？你看那杨子荣一甩手，"啪"，打落了两盏灯。但是结尾杨子荣进山打虎，我看了以后很震惊：只见一只老虎来了，他睡在雪地里直接拿起枪，"啪啪"两枪没打中，赶紧拿起马步枪，老虎离他 15 米，他瞄了瞄，"啪"一声从老虎嘴里打进去了。那老虎离 15 米不会动吗？前面一枪能打掉两盏灯，这里甩手两枪，离 15 米，老虎毛都没动一根。作品其实有点疏忽大意了。

这使我想到，经典化过程中，我们很多作家成名了，甚至他们的很多作品成为经典作品，不管是"红色"的还是"非红色"的，都有个人为的遮蔽过程。其实现当代作家有个最大的弱点——我们以前一直忽略——他们的文化水平相对较低。我曾让一位博士讨论"沈从文与赵树理的两种民间叙述"，他坚决不同意，他说沈从文怎么能是民间的通俗作家呢。吴老师研究海派文学，当时的沈从文在海派中之所以受到重视，是因为他这盘菜就像野菜。我们天天大鱼大肉吃惯了以后，他那盘菜上来了，绝对朴素，他没有融入城市，这就是上海市民特别喜欢他的原因。他和赵树理笔下的解放区农村有一个类似的接受群体。当时我考虑了一系列问题：这一类作家的文化素质不高，那么他们本身的文化素养、文学素养从哪儿来？老实说沈从文 1923 年以后才看到不全的《创造季刊》，才看新文学，才知道中国有新文化运动，他是小学文化程度，没读过什么西方文学作品，他说自己曾读过《三侠五义》等传统小说，这些就是他的情绪记忆，在他的创作过程中起了极大作用。他后来的创作里面，好多东西是对传统文学故事的不同变形和衍生。这种现象在所有作家中都存在，不光是沈从文、鲁迅。蒋光慈最典型。蒋光慈是通俗作家还是精英作家？说他是革命作家、左翼作家，这谁都知道。但是唐弢先生曾在一篇回忆录中提及，1931 年蒋光慈作品的发行量是和鲁迅齐名的。当时在上海卖得最畅销的书的作者就两个人，一位是鲁迅，跟鲁迅齐名的是蒋光慈。你说他是通俗还是不通俗？如果按照市场概率来推理，怎么解释这种现象？有些书商竟然伪造，出现了大量盗版，粗制滥造拼凑，甚至有《蒋光慈文选》。记得我当年在台湾，电影《色·戒》很火，当时在电影院门口就有小贩在卖张爱玲小说，整本书的封面上写了两个很大的红字"色戒"，但是下面却用小字写了"张爱玲小说选"。这是市场操作。所以我说这种文化的熏陶导致了民族文化的情绪记忆，而其多数来源于通俗文学。现当代作家没有一位逃得出（这种市场操作）。其实莫言小说《红高粱》的故事情节和中国古代侠义小说的那种放纵式描写非常相似，只是放在了一个特殊的环境里,用了一种特殊的现代的书写和表现形式,把中华民族传统的侠客艺术表现出来,所以大家喜欢。大家为什么喜欢?因为它放纵。

徐斯年:《红高粱》与《聊斋志异》有一定关系,那是他们本地的。

宋剑华:山东是出传奇的地方,莫言算半个山东人,我也是半个山东人,因为《聊斋志异》就出在那,《水浒传》也出在那。这是一种非常独特的民族文化环境。我在考察"红色经典"作家的时候,发现所有人都有传统文化因子。如曲波的《林海雪原荡匪记》。人家有《荡寇志》,他就有《荡匪记》,他就是模仿。还有《铁道游击队》的作者刘知侠,他看得最多的传统小说也是《三侠五义》、《小五义》这些东西,对他的情绪记忆没有影响吗?那些人物在火车上飞来飞去是他自己独创的?所以最终引起了我们一系列思考。我在看《太平广记》的时候就想,我们民族文化遗产在这么长的时间里,是以什么方式、在什么状态下被遮蔽和利用的?现代作家是怎样去发扬光大的?其实并没有丢失。我发现我现在想谈的好多东西都没有优势了,都是在我们的记忆中有所呈现,他们以什么方式来呈现,这就是民族记忆、情绪记忆。

孔庆东:"情绪记忆"或者说"民族记忆"需要在概念和理论上进行界定。

宋剑华:可能我们现在更偏于理性研究,可是太理性之后会出现一个问题,就是我们非要为了维持理论的准则性而编制一套话语体系,然后围绕这个体系进行所谓的文本解释。恐怕就像庆东讲的,宁愿回到文本里,用文本来证文本。我们为什么不用文本去证文本,却非要用理论去证文本呢?2013年我跟严家炎先生在山东开会,我对他说我特别不喜欢《〈狂人日记〉和佛教》那篇文章;严先生说他后来想想也是不太合适。我觉得《狂人日记》与佛教可能是两码事。我们不能太刻意追求用西方的理论体系来概括文学现象,包括今天我们这个学科的设立。现在有很多的命题,比如通俗、精英,谁在执行这个定义?我们说张恨水是通俗作家,那就把鲁迅划到了精英里面,精英肯定用精英文学来维持精英地位,其实文学有多重表现形式,我觉得不一定非要给它一个定义。当然用"通俗"、"精英"去命名好呢,还是用不同的表现方式、叙述方式和风格去命名它好?今天大家都意识到了这个问题。其实范老师团队的一个重要贡献在于,他们从一个侧面把我们文学史所忽略的部分,也就是过去不被接纳的这部分,用了一种极特殊、极不正常的方式,重新推回了文学史。那么我们现在面对这个问题,怎么接纳?是以什么方式?是以纯文学的方式,还是通俗文学的方式?就像关老师说的"两间立一'帅'",这是一种很无奈的感觉,我们为什么要用这种无奈的感觉去谈论我们自己都搞不清楚的一些概念呢?

中国现代通俗文学的转型和拓展

汤哲声(苏州大学文学院):研究通俗文学不能用新文学及精英文学的方法,因为通俗文学有它自己独特的地方。我今天主要讲有关当下通俗文学研究中几个比较重要的问题。

第一,通俗文学的经典化。通俗文学有大量的作品,其中很多作品艺术成就不高,是否有优秀的东西?这给我们通俗文学研究者提出了一个问题,到底哪些作家在我们的文学史中间可以留存,哪些只是一个过客?精英文学和新文学已经走过了这样的路,通俗文学正需要这样的思考。《海上花列传》大家认为不错,那么它之后呢?《玉梨魂》、《人间地狱》之类的算不算?《啼笑因缘》、《秋海棠》等,以及众多当代的作家作品,这些作品究竟怎样,值得我们甄别。经典化中也存在版本问题。如《啼笑因缘》光连载就有两个版本。《啼笑因缘》在上海

《新闻报》"快活林"连载时,同时也在北京《世界日报》的"明珠"连载。其实它们的内容是不同的,我们如何取舍?再如金庸作品中的杨过,最早的版本杨过的母亲不是穆念慈而是秦南琴,穆念慈是他生母的闺蜜,秦南琴去世后,穆念慈承担了抚养杨过的职责。如此,我们看到了其中不仅仅有夫妻之情,还有友情,与之后杨过是杨康与穆念慈的儿子这一版本不同。经典化是通俗文学需要研究的一个内容。不是仅仅与新文学进行比较,而是要研究其独特的地方。只有研究独特性,才能看出通俗文学不仅有文学史地位,还能看出通俗文学有文化史的地位。

第二,通俗文学的翻译。通俗文学不仅仅是创作,还有很多翻译作品需要研究。特别需要提出的是,国外对于中国文学的翻译能增加作家作品的海外影响。鲁迅作品被翻译了,然后大家去研究鲁迅作品在海外的传播;张爱玲作品被翻译了,然后大家研究张爱玲作品在海外的传播。包括茅盾等新文学作家作品也是这样。但是我们几乎没有关注到通俗文学在海外的传播。通俗文学有没有被翻译到海外的呢?有的。例如金庸作品被翻译为日文、法文、英文。其他作家有没有呢?有。例如海上说梦人(朱瘦菊)的《歇浦潮》,我手上的这个版本是 1931 年的,被翻译为德文。这是外国人第一次翻译这部小说,副标题为"上海风情小说"。我们对于中国通俗文学翻译到国外的关注度还不够。

第三,通俗文学文本研究十分重要。通俗文学的经典与非经典区分标准不同于精英文学。高行健的获奖感言是"自言自语";莫言的获奖感言是"一个说故事的人",两人不同。人与人不同,何况文类与文类呢?精英文学是小众文学,看的人较少,通俗文学是大众文学,它的生命力在流行。怎样流行呢?一个核心问题是它的运作。任何一部经典的通俗文学作品几乎都有一个运作的过程,它的后面都有一个乃至一批精明的出版人。通俗文学的出版、传播、阅读是一个整体效应,它是一个工程,时间比较长。《秋海棠》、《玉梨魂》等均是如此。通俗文学的运作特性应该加以关注,因为它指明了通俗文学的核心,就是市场文学。另外,运作中的一个环节就是媒体,可以说没有现代媒体就没有现代通俗文学。最早是报纸,后来发展到影视、网络,中国通俗文学的发展有一个媒体的发展链条。否则,它就只是在民间流传的民间文学。通俗文学具有流转性。一部通俗文学之所以成为经典,不局限于一部小说,还在于它的影响。例如《秋海棠》,它的内容无疑对《风雪夜归人》产生影响。一部优秀的通俗文学作品必然是上承下传,影响力就在其中产生。在当下,优秀的通俗文学作品一定与影视有关系。反之,影视对于通俗文学的影响也是不可低估的。最简单的例子就是没有电视剧的疯狂,哪有流潋紫《甄嬛传》的影响力?运作、影响和媒介是研究通俗文学文本时必须考虑的要素,它们是通俗文学自身的特点。仅仅通过与新文学的比较来找通俗文学的位置,那只是美学层面的一种思考而已,没有真正体现出通俗文学的特色。

李 今:由于时间关系,刚才一个问题没有提及。汤老师谈到通俗作家的翻译问题,我认为还应该包括经典名著通俗化翻译这一部分内容。即不仅仅要研究通俗作家的翻译,还应该包括经典作家通俗化的翻译。通过对读发现不同的翻译方式中去掉或增加的部分,可以更清楚地看到经典和通俗的区别何在。哪些部分被去掉了?为什么会被去掉?研究几个经典的个案可能就比较清楚了。

徐斯年:禹玲研究的是通俗文学作家的翻译问题,其中使用到了"文化转移"理论,就是不强求"对译"。像你刚才讲的《简·爱》的原文和译文,从我们现在的标准讲是一个字也不要漏掉。

李　今：对，这就是经典化的翻译。

徐斯年：这样的翻译我们才要看。但是一般受众只关注故事，所以经典的通俗化往往只剩下故事。

李　今：我还要再补充一点。实际上茅盾肯定伍光建的翻译，就是把伍光建的版本看成一个大众本、通俗本来肯定他。但问题是我们现在对伍光建的肯定，就忽略了茅盾的这个限定。茅盾肯定伍光建，是从普及大众的通俗本角度来肯定他翻译得好，但实际上茅盾也不赞成这种译法，他说这不是翻译的"大路"，"大路"仍是字对字的翻译。

会议总结

范伯群：我们这个研讨会出席的大部分都是老朋友，但同时也邀请了一些新朋友，因为这些新朋友是不可缺少的，比如马季先生，他是研究网络小说的专家。现代文学界对于网络文学的研究尚处在起步阶段。今天把这些新朋友请过来，就会给我们这个研讨会增加新的内容，那以后他们也就成了我们的老朋友了。这些新的内容是我们研究通俗文学不能不包容的，不然我们的研究就不能进一步发展了，或者说，不能跟上时代向前推进了。

我认为每一次开座谈会，都应该使我们的研究向前跨进一步。譬如说，我们总要提出一些新的问题加以探讨。应该这样评价：我们对通俗文学的研究正在走向成熟。例如，我们过去为了给通俗文学在现代文学史中报上"户口"，就会强调新文学作家对于通俗文学作家过于苛求的一面，而对他们正确的批评这方面却谈得不够。无论是茅盾、郑振铎还是瞿秋白，他们在这方面有说过头的地方，我们就必须指出（当然我们也承认他们是伟大的）。但是他们也有中肯的批评，我们也应该有所肯定。

徐斯年：实际上很多通俗作家在创作的过程中还是接受批评的，他们认为这种批评是合理的，但是不愿意讲出来，因为当时双方情绪上是有些对立的。

范伯群：如果要走向成熟，我们应该做得更好。当我们的《中国近现代通俗文学史》出版之后，樊骏先生一方面给予了肯定："把鸳鸯蝴蝶派文学纳入视野、提上日程，尤其是把它作为独立的重要的课题进行全面系统考察，是新时期以来中国现代文学学科的一大进展，也是我们文学观念、文学史观有了变动的鲜明标志。"但是他也以高瞻远瞩的全局眼光，从现代文学史的整体发展层面指出了我们的不足，希望我们换个角度来看，也即提醒我们不能将"雅"与"俗"的对立看得太绝对："既要看到'鸳鸯蝴蝶派'和新文学是不同的流派，有明显的区别；但在历史的进程中，有不少的具体事例，又往往是你中有我，我中有你，相似相通。"他论述了"在中国文学从传统向现代的历史转换中，比之五四新文学，它有好几方面（比如文学的平民化、世俗化，文学作品的商品化等）倒是先行者。从这个意义上说，把它称作'前现代（化）文学'、'前新文学'也不为过。""在五四之前，'鸳蝴派'应该说是当年文坛上一个最有影响力的新的流派。在中国文学现代化的进程中，就文学写作传播等环节而言，现代报刊事业→现代稿酬方式→作为自由职业者的专业作家'三位一体'体制的确立，起了决定性的作用。这种体制实现了文学的商品化……在这方面，新文学步的是'鸳蝴派'的后尘。"我认为樊骏先生这席话非常重要。而我们过去的研究，对"你中有我，我中有你"的文学史现象做得是很不够的。如果要使我们的研究走向成熟，在这方面我们还需好好补补课。

第二，我最近出版的一本自选集题名是《填平雅俗鸿沟》，我认为这是我们研究工作的一个努力目标。孔庆东老师说我们已"填平"了这个鸿沟,我以为他的评价是太高了一点,目前我们只是为"填平"做了一点很初步的工作。这条"鸿沟"的产生非一朝一夕,"冰冻三尺,非一日之寒",在很长的时期中它还以行政的力量、教科书的权威去开掘出来,根深蒂固。因此,实际上还需要我们作艰苦的努力。我认为至少要两三代学者的努力,没有这么长时间我觉得是填不平的。例如,我和汤哲声、孔庆东三人合作写了一本《20世纪中国通俗文学史》,原以为可以作为教材,但是它在目前看来还推广不了,这部书只出了第一版却没有第二版。我们的同行过去没有读过张恨水、包天笑、向恺然的作品,通俗文学的作品面广量大,它的总量要比新文学的作品多得多。我们许多同行主要还是根据自己原有的文学史教材脉络讲下去。目前以通俗文学做博、硕士学位论文的大有人在,但放在整个文学史中进行研究的又毕竟是少数。在现阶段,在少数高校中有老师为通俗文学开个选修课是可能的;但要全面推广这类选修课,还有待较长的时日。当然一个更重要的决定因素在于文学观念的转变问题,文学观念不转变,想要"填平"也难。因此我认为这个"填平"还需要我们将研究工作推向深入,让我们的一套理论能使别人信服;另外也需要一个相当长的过程,让我们的同行去逐渐熟悉那些优秀、较优秀或有代表性的通俗文学作品。所以,我不敢讲马上就能"填平",通俗文学现在在若干人的头脑中还是处于不登大雅之堂的位置。我们得把眼光放得长远一点,要拿出更有说服力的东西来。孔庆东老师谈到新文学与通俗文学之间的过渡地带十分宽广,这是很有见地的观点。而樊骏先生为我们这部《中国近现代通俗文学史》出版后所写的《近现代通俗小说评论——能否换个角度来看》的文章,对我们具有极大的指导意义,我们应该有真正的史家的眼光与智慧,进一步做好我们的研究工作,实现我们"填平"的宏愿。

吴福辉:记得陈寅恪先生给冯友兰的《中国哲学史》作评价报告的时候,说过一句话,大意是什么事情越是要条理化,甚至条理化要成为统系(系统)的时候,就离真相越远。这里承蒙会议不弃,要我来做总结,姑且谈谈我对本次会议的印象。

第一,大家对通俗文学的一个基本评定,对当前通俗文学研究到什么阶段,下一阶段的目标是什么,都有一个明的和暗的想法。这一点很重要。一方面这是我们这次会议的一个背景,也是本次会议所以召开的意义所在。原来我们主要是研究通俗文学自身,现在要研究整个通俗文学、大众文化与现代文学史的关系,进入一种关系的研究。从自身的研究转入关系的研究是一个很大的变化。虽然孔庆东老师的评价是过高了一点,但是他的评价中还有很多外延,比如反思,等等。"反思"也是我们本次会议的一个特点,到了反思时期也是我们通俗文学研究的一个新阶段。丁亚平老师提到很多人的发言带有一种总论性,这种总论性也是一个小结。小结性的发言也说明了通俗文学的发展到了一个新的阶段,这是一种形式上的表现。

第二,这次会议对关系的研究还是提出了一些看法,虽然这些看法还不成熟。徐斯年老师提出"联结点"的问题,这个提法很好,是整个通俗文学和整个现代文学史的"联结点"。范老师提出"文化—文学链"连接的问题,关于通俗文学—文化链也是一个联结点。还有人提出形态和关系的问题,意思相似。这个联结点正在进一步研究当中。同时在整个会议过程中就提出了很具体的联结点,比如电影、画报、评话、翻译、"红色经典"等等,这些都是联结点。宋剑华刚刚说过的,红色经典本身民间的通俗文学资源何在?这个提法很有意思。翻译则谈得非常细,李今谈《简·爱》如何改写,陈建华先生谈电影改写成影戏小说的问题,也是翻译问题。由于时间有限,他没有展开,实际上,他对影戏小说等改写的讨论暗含了对整个新文学的影响、对中国叙事文学的影响,这种联结点、关系的研究,是非常好的开头。

第三,对当下通俗文学有一些深入的研究,例如对网络文学的研究。从范老师到马季老师的题目都牵涉到当下通俗文学的状况——它的发展形态以及这种发展形态的传承关系如何。我认为这是一种深入,是对通俗文学的小结。刚刚汤哲声提出的通俗文学经典化的问题,既是一个小结,同时也是一个新的要求,对当下通俗文学研究提出了一些新的看法。关于通俗文学的当下形态,孔庆东提出了"生长点"的问题,等等,是深入地看待通俗文学的新的开始,这些研究都很值得重视。

第四,概念不能不争,但不能总是纠缠于概念之中,具体的对象考察十分重要。过去没有考察过的可以进一步考察;过去个别考察过的,现在可以综合考察。这一点非常重要。关于通俗文学与文学史的关系,我们要抱着一个实验的态度去做,一边做一边总结。我想这样努力下去,会有更远大的前途。

(原载《苏州教育学院学报》2014 年第 3 期。限于篇幅,选录时删除了"张恨水研究的生长点"、"论周瘦鹃'影戏小说'——早期欧美电影的翻译与文学文化新景观(1914—1922)"、"伍光建对《简·爱》的通俗化改写"、"《北洋画报》与'津派'通俗小说"、"小结一"、"小结二"等部分)

下 编

通俗文学理论建设

（一）雅与俗：通俗文学的性质和特点

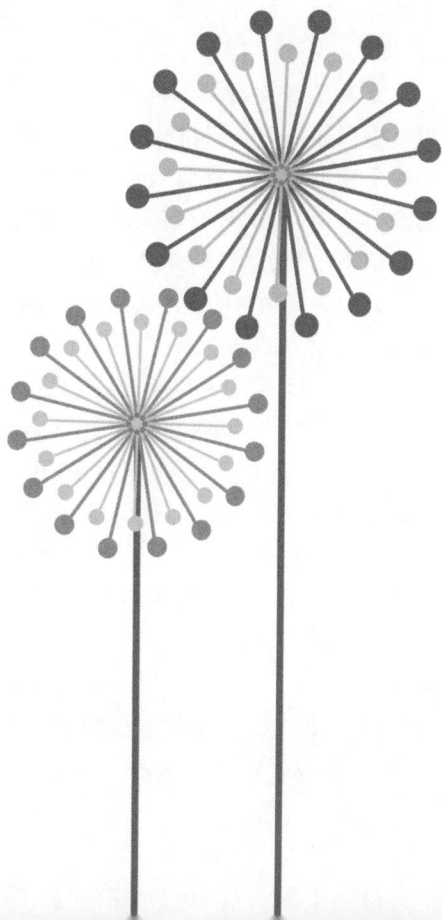

谈文艺通俗化

老 舍

根据我看稿子的经验,我可以这么说:文艺通俗化是件不容易的事。从我所能看到的文稿里,我发现:有许多人似乎还没注意过这回事。他们写来的稿子,从通俗化这一点来看,大概有三个毛病。

(一)篇幅太长:文章长本不算毛病,假若我们有那么多的话要说。我们不能因为求文章紧练,而把该说的不说完全了。可是,我所看到的长稿子,多数的是本无须乎写那么长,却硬写成那么长。这就不对了。这不该长而长的原因,据我看,是:

1. 在提笔之前,并没有任何准备,没想想怎样组织这篇文章,怎样安排层次;于是,拿起笔来,想到哪里,写到哪里,失去了控制。话要说乱了,就必说的多,东一句西一句地拉扯不断。为矫正这个毛病,我们不论写什么,都须事先想好:写什么和先说什么,后说什么。有了通盘的打算,就有了清楚的思路,而后才能顺理成章,不乱说,不多说。请记住,文章是有组织的东西,不是闲聊天儿。

由上边所说的,我们可以看出来:长而乱的文章,不是好文章。简短而有组织的文章,才是好文章。那么,我们应当给人民哪种文章呢?要通俗化,就是要把文艺交到人民手里去;那么,我们能把又臭又长的东西交给人民么?那就太看不起人民了!

2. 有的长文章并不乱七八糟,可是长而没劲,通篇的话都平平常常,可有可无。这也是没有重视通俗化。通俗化的文章既是给人民大众看的,就不许浪费大家的时间,教他们念些不疼不痒的文字。我们给人民大众写东西,必须短而精,好教大家念起来,既省力省时间,又能真有所得;否则对不起人民。所以,在提笔之前,我们必须详加考虑:我们要写的,值得写还是值不得写?然后,还要找重点去写。一般的冗长的文章,并不是完全要不得,它之所以成为冗长者,是因为没有选择重点,把重要的和不重要的一视同仁,全写了下来;于是,不重要的就把重要的拖下水去,大家因讨厌那些不重要的地方,就容易忽略了那重要的地方。假若我们一下笔就抓住要点,岂不就容易写得精彩么?写文章不是算计字数多少的事。我们必须把要写的东西,都在心里掂一掂,留着重要的,丢开不重要的。这也就是说,我们诚心地把真有价值的给人民写下来;可有可无的就放在一边。这样写文章,文章必能精彩。通俗化不是多说废话,而是供给人民最有营养的精神食粮。俗语说得好,宁吃仙桃一口,不吃烂杏一筐。我们得记住这句话。我们要抓紧突出的几点,简单干脆地写出来;不要老牛破车,慢慢往下拖。给老百姓写东西,不是降格相从,敷衍敷衍,而是要取精去粕。尽管言语通俗,可是要思想精,道理深。假若我们写好了一篇东西,连自己都觉不出有什么突出的地方,就该扔掉,万不可交给人民;假若自己觉得只有一二突出的地方,便该删去其余,重新写过。通俗的作品必须对老百姓负责!通俗化不是减低思想性,而是设法使思想更容易宣传出去,更普遍宣传出去。

（二）文字不通俗：在我所看到的文稿里，有许多篇的内容很好，可是文字不通俗。我看，其中的主要原因是大家只顾了写作，而忘了通俗化的重要，于是不知不觉的就转起文来，离开了人民日用的语言。所以，我们下次写文章的时候，最好先警告自己一下：要通俗化！能不忘了这件要紧的事，我们自然会多少地把文字通俗化了，因为大白话是人人会讲的。

断定通俗不通俗，我们的耳朵比眼睛更可靠。我们写完一段或一篇，不要只凭眼睛去看应如何加工，那可能越加工越不通俗。我们须朗读一遍。我们的耳朵会听出文字顺溜不顺溜，接近口语与否。经过耳朵的审定，再去加工，我们必定能把文字修改得通俗一些。这样做，即使不能很快地教我们完全掌握住通俗的语言，至少也会教我们消极地去掉太不通俗的字汇词汇，把长而别扭的句子改成短而顺溜的。这会使我们慢慢地认识到，用人民的语言写出简单妥当的字句，是多么可喜的事。我们也会慢慢地明白过来，能用人民的语言写作，不是减低了文艺性，而是提高了我们文艺创作的能力，加强了文艺性。想想看吧，一位生在现社会的文艺工作者，能丢掉半文半白的，或半中半洋的文字，而改用人民的语言，写出给人民读的文艺作品，他的本事不是提高了么？再想想看，世界上可有不给人民服务，不用人民的活语言的伟大文艺么？通俗化不是降低文艺，而是提高文艺。

明白了上述的道理，我们也就明白了：通俗化的文艺作品里不许生吞活剥地把革命的道理，用一大串新名词、专名词写了出来。我们应当把大道理先在心中消化了，而后用具体的事、现成的话写了出来。这才是文艺作品，这样的作品才能被人民接受，从而扩大了思想宣传的影响。不先消化了道理，我们自己就没有确实明白那个道理的把握。我们自己没把道理弄清楚，所以才仗着名词术语支持我们的文章。一旦我们真把道理消化了，我们才会把它用具体的事实表现出来——这就由照抄道理，改为以文艺形式表现道理。我们为什么不老用论文的形式，而时常也用戏剧的小说的鼓词的形式，向人民做宣传呢？那就是因为戏剧小说与鼓词是具体的表现，通过人物故事去说明某些道理。那么，我们的责任就一定不是教戏剧里的人物轮流地宣读一篇论文，论文中满是名词、术语和革命理论。没人愿意听那样的戏！我们必须把消化过的道理，就着人民的生活，人民的语言，人民所喜爱的文艺形式，写了出来。通俗化不是某几个写家的责任，而是每一个写文章的人的责任。我们的新的文艺杰作就是从这里产生出来的。

（三）我看到的第三个毛病，是爱要弄笔调。有些人似乎以为实话实说不够味儿，所以必须要要笔调，扯些闲盘儿，倒好像不"然而所以"一大套就不能成为文艺。这不对。自古至今，好文章都是真有话可说，而且说得一针见血，不拖泥带水。八股文专会要笔调，而空洞无物，所以才臭。写东西不是为自己消闲遣闷，而是为别人读阅，读阅了得到好处。

要把通俗化作好，我们一拿起笔来，便先要问问自己，我们对将要写出的人、事、道理，明白的够不够？假若不够，就须去多生活，多找资料，再去学习。我们万不可以用笔调去掩饰我们的知识不足。深入生活，我们才能得到真的知识，真的感情。这样，我们就不怕没的可写，也就不要笔调了。要笔调表示我们并不真诚。

我们一要要笔调，就不免惺惺作态，伤感一番。风不是风，雨不是雨，而是"大王之雄风"、"销魂的雨"了。其实，假若我们是在描写劳动大众，那风便不可能是大王之雄风，雨也并不销魂——雨有时候能要了穷人的命！

深入生活就必有话可说，没有生活就必拐弯抹角地去找俏头。我们最好是要说什么就说什么，说得明确，简单，有力。乱要笔调只是教文章东摇西晃，不切实，没有劲。有人以为文章里"之乎者也"地耍些笔调,为是教文笔动宕有致,引人入胜。其实,那是为有闲阶级的读者设想;我们今天写通俗文艺是为了大众,并不为伺候有闲阶级。人民大众没工夫听我们瞎扯。而且,专就文艺本身而论,也是言之有物的就好,虚张声势的就不好。因此,我们要控制自己的笔,不教它随便地乱耍花样。我们刚一想到:"啊,这清明时节,销魂的细雨呀!"就要警告自己:这庸俗! 没有真的感情! 通俗化的大敌是庸俗化! 有些看起来越漂亮的雅致的字句,也许就是越庸俗的。

上面提到的三个毛病,我自己也有时候明知故犯,愿和朋友们一齐努力,去掉它们。

（原载《文艺报》1951 年第 11、12 期合刊）

通俗话剧的来历及其艺术特点

赵铭彝

通俗话剧,它的前身被一般人称为文明戏,搞这种戏的人自称为新剧。这是我国现代话剧最早的形式。被称为通俗话剧是抗战胜利以后不久的事情,以前一直是叫作文明戏或新剧的。

通俗话剧,本来就是话剧,为什么要加上"通俗"两字?这是不是意味着像"北京人艺"那样的话剧不够通俗?这倒不是的,虽然像"北京人艺"这一类的话剧的确值得反省是否足够通俗。把新剧(我以下主要的用这一名称)加上"通俗"两字,是含有"轻视"、"低级"的宗派思想的。

早在20世纪20年时代,正是五四运动以后,当时许多文艺工作者曾经为反对旧的追求新的,把新剧和旧剧(京戏)相提并论,加以猛烈的攻击,说它一钱不值,诲盗诲淫,下流无耻等等,于是造成了一种印象:凡是洁身自好的人,都不要去搞新剧,也不要去看新剧,尤其是知识分子,应该和这类人划清界限,结果使这一种戏剧形式长期以来被人贱视,甚至话剧界用"文明戏"三个字作为骂人的名词。新中国成立以来,演新剧的人得到了政府的关怀,使他们在身份上和别的人平等了,但对于他们的工作来说,今天仍然值得加以考虑。

四十岁以下的同志,大多都是不清楚通俗话剧的历史的,甚至不少搞话剧工作的同志和文化领导部门的同志也不清楚,这就影响到我们对"百花齐放"这一方针的贯彻,也影响到我们话剧向民族遗产学习的方向。我想有必要简略地把通俗话剧(新剧)的来历介绍一下。

在清朝末年,当时唯一的戏剧——京戏,出现了一种改革的现象,先是由少数人如汪笑侬(今年是他的诞生百年纪念)等自己编写剧本,"发挥他个人的感时伤世的心怀而对观众为'发聋振聩'的呼号"(洪深语),编演了一些表现亡国惨痛(《哭祖庙》),斥权奸误国(《桃花扇》)的戏剧,观众受到感动与愤激,对于当时的人民有着相当的教育影响。接着京戏界中一些人如夏月润、潘月樵等更进一步,把表演的格式与方法大加改良,并且把当时的新闻事实改编成戏来上演,服装也加改良,就穿着时装上演,虽然有些不伦不类,但由于唱腔的减少,说白的加多,动作更加自由,观众容易领会,所以很受欢迎,这种京戏称为时事新戏或时装京戏。在这种时事新戏的基础上,一些爱好演戏的青年学生,就废弃了锣鼓或减少唱腔,而在各种游艺会上自行编演,逐渐形成了完全用对话来表现的戏剧形式。

恰于此时,从西洋和东洋传来了现代话剧的表现形式,于是在原有的时事新戏所发展出来的戏剧形式上,吸收了外来的话剧形式,就构成了我们初期的话剧——新剧。我在《中国话剧史记》的"绪论"(现在还没有出版)中说到这两条外来的话剧路线,可以引用来做说明:

一条路线是西洋的教会传教办学,在进行宣教宣传中把西洋的话剧带来了。……在一些教会学校里,如上海徐汇公学、约翰书院等,每逢宗教节日耶稣生日等,学校当局即排演宗教故事的西洋话剧,以做宣传。这样演出的结果,中国学生的确引起了极大的兴趣,因为这种戏剧形式很新鲜,既不要旧戏那种长久的训练,又不要打锣打鼓,渐渐地这种话剧形式为学生们所掌握,他们就开始编演起中国故事,用中国语言来上演。不仅在教会学校里,其他的中国学校如上海南洋公学、民立中学等校学生也跟着搬演起来,这种学生演剧从1899年到1904年间,相当流行,他们会编演"六君子"、"义和团"等和政治时事有关的戏,但在演出方面仍是极其粗糙的,要到1907年王钟声的春阳社和通鉴学校成立以后,才开始定型,成为新剧。

另外一条路线是中国留日学生从东洋日本传过来的。在清朝末年,有一部分留日学生,他们受了日本浪人戏的影响,觉得这种戏剧形式很有趣味,在日本朋友的帮助下由曾孝谷、李叔同(李氏在去日前已在上海组织过新剧演出了)等在东京成立春柳社(1907年2月),举行话剧公演,剧本是《茶花女》,以后又演《黑奴吁天录》等戏。这时欧阳予倩、陆镜若、任天知等人都加入,声势浩大。任天知提议春柳社回国公演,未得社众同意,就一个人回上海,和王钟声合作,这样,任天知就把日本的浪人剧带来中国。经过一个时期,春柳社也回来了,任天知组织的进化团在长江下游各地演出,他可能把春阳社时期上海原有的话剧形式又加以充实发展,这就完成了中国现代话剧最初阶段的形式,当时称新剧,又被称为文明戏的这个东西。

＊　　　　　＊　　　　　＊

新剧既是话剧,它和旧剧显然是两种表现形式。但是早期的新剧和现今的通俗话剧又大有区别,虽然它们是一脉相传的东西。我们可以从这一次通俗话剧的几个节目中看出来,如"张文祥刺马"、"光绪与珍妃"、"捉拿安德海"和"珍珠塔"、"啼笑因缘"、"婚变"等穿古装的戏与穿时装的戏之间,在动作上就有显著的不同,在同一个戏中四十岁以上的老演员与四十岁以下的青年演员之间的表演方式又有显著的差异。这就是说,老一代的演法是早期新剧的,后一代的演法是更多地受了现代西洋派话剧的影响的。在老一代的演法中,我们看出了一个非常使人惊异的特点,即他们在语言和动作方面都和我国传统的戏剧的表演程式有着极深厚的关系,例如田池同志演窦一虎这个角色,使人感到激动的是他那豪迈的姿势、语气和动作,而这些东西都是非常程式化的。还有人说,给他加上打击乐器,他的动作节奏也是完全吻合。但是我们却完全承认他的表演是话剧的,完全生活化的。又如"安德海"剧中秦哈哈老先生演的山东巡抚(不知道这一次是谁演这个角色)这角色,也是很程式化的,我们却并不感到什么不舒服,相反,却有一种亲切与熟悉的感觉。假如说,这是我们传统戏剧的表演方法中发展出来的东西的话,我想,我们今天叫喊话剧向民族遗产学习,这一点东西倒是十分值得重视和加以研究的。我是这样认定:在新剧的表演艺术中,真正存在着我们民族传统的表现方法。可惜的是老一辈的人都已经改行了或退休了,我们很难于向他们学习和研究,这是文化戏剧领导部门应该注意的事情。

不仅是在表演方面,新剧很好地接受了传统的方法,在剧作法方面也看出了和我国的传统剧作有着紧密的联系。例如在情节结构方面,和传统的有头有尾,原原本本,一贯的叙写这种表达方式,基本上是一致的;它不像西洋现代剧那样的过度集中,让许多关目在口头上交代,而采用多幕多场的安排,让过场戏也发挥了重要作用,他们因而创造了幕前戏。初期的新剧,幕场有多至二三十个的,即以1914年发表的陈大悲的"浪子回头"这剧来看,也还有十六幕之多,至于后来流行的幕表戏也仍是多幕多场的,而像民鸣社的"西太后"等连台戏,长达十几本,那更不用说。在描写方面,新剧的通俗性与明朗性也是从过去的传统中来的,所以新剧当时能得广大观众的欢迎,虽然后来这种特点演变成为浅薄无聊,那是另外的事情。

＊　　　　　＊　　　　　＊

新剧的兴起和它的衰落,顺便在这里也略加说明。

新剧和清朝末年的资产阶级民主革命要求有着密切的关系,搞新剧的人很多都是当时的革命志士,他们大半出身于地主、商人或官吏的家庭,富有民族观念与爱国思想,他们有的实际上参加起义的武装斗争的,所以早期的新剧,内容上是相当进步的,以鼓吹民族民主革命作为主要的任务,这和当时的人民的愿望相结合,所以能够受到拥护(虽然当时剧中有所谓言论老先生这种角色长篇大论地对观众讲演,而观众仍是拍手欢迎)。在 1914、1915 年间,上海的新剧压倒一切,当时的京剧只剩下两家,而新剧场却有十几家。但是这种兴盛的情况并不长久,一方面是许多投机分子流氓渗入,许多人就退出改行,大部分人去搞电影事业并把一些优秀演员也带走了。另一方面由于时代的演变,革命的更新的阶段要求更新的思想内容,新剧界残余的部队已经腐化了,不能担当起这个新的任务,这就是 1919 年五四新文化革命运动,因此,新剧和旧剧一起被看作"遗形物"而成当时激烈分子所猛烈攻击的对象,新剧于是衰落下去,代之以所谓真正写实的西洋派新剧,即后来成为话剧的东西,这个话剧踢开了有传统性质的新剧,而完全向外国学习,造成我们今天的外国式的话剧。

＊　　　　　＊　　　　　＊

从通俗话剧身上,我们可以看出中国现代话剧的许多问题,其中特别是话剧民族化的问题,而通俗话剧可以说是有着很多的民族特色的。但通俗话剧本身的发展也是值得研究,它必然和通俗话剧工作者的文化业务水平的提高,如何继承过去的特色为社会主义服务等相关,而目前作为"百花"中的一朵"花"来维护,则有着迫不及待的要求。

后　记

关于通俗话剧的特点,一般人喜欢强调提出它的"幕表制"和"行档制"。特点不等于优点,但提出它的人却时常把这个混合了,本文因为不是对专门研究的人作介绍,所以我没有把这些提出来。

另外还有一个原因,就是"幕表制"并不是一个优越的制度,是当时编剧来不及逼不得已而引用(旧戏中原有这办法)所产生的。"行档"并非初期新剧有意的提倡,而是归纳了若干演员的表演路子加以分类,也是属于表演流派的意思,并不是要分行档。当时朱双云先生只称它为"派别",目的是便于初学的后辈有所"适从"而已(见朱双云:《新剧史》),演员的流派与角色的行档是两件事情。

也许有人要问为什么谈通俗话剧的艺术特点而不谈"幕表"和"行档",我简单地在此声明几句。我在上海戏剧学院院报第 16 期上有较详细的说明,所以也不打算重复。

(原载《文艺报》1957 年第 11 期)

致贾平凹

——再谈通俗文学

孙 犁

平凹同志：

　　一月四日从北京发来的信，今天上午就收到了，出奇的快——寄一封平信到西安，要十天，挂号则更慢。可见交通之不便了。所以你不来天津，我是完全理解的，并以为措施得当。目前出门，最好不要离开团体，如果不是跑生意，一个人最好不要出门。

　　上次从西安来信，也收到。曾仔细读过。原以为你能看到我写的关于《腊月·正月》那篇文章，就没有复信。谁知道那篇文章写了已经半年，到现在还没有刊出。不过，我猜想，你在北京可能知道了它的内容，有些话就不在这里重复了。

　　你到北京去参加了那么隆重的会，是很好的事，这是见世面的机会，不可轻易放过。不过，会开多了也没意思。我只是参加过一次这样的会。

　　近来，我写了几篇关于通俗文学的文章，也读了一些文学史和古代的通俗小说。和李贯通的通信，不过捎带着提了一下。其实，这种文章，本可以不写，都是背时的。因为总是一个题目，借此还可以温习一些旧书，所以就不恤人言，匆匆发表了。既然发表了文章，就注意这方面的论点。反对言论不外是：要为通俗文学争一席之地呀；《水浒传》、《西游记》也是通俗文学呀；赵树理、老舍都是伟大的通俗文学作家呀。这些言论，与我所谈的，文不对题，所答非所问，无须反驳。

　　值得注意的是，凡是时髦文士，当他们要搞点什么名堂的时候，总说他们是代表群众的，他们的行为和主张，是代表民意的。这种话，我听了几十年了。50年代，有人这样说。60年代、70年代，有人还是这样说。好像只有这些人，才是整天把眼睛盯着群众的。

　　盯着是可以的，问题是你盯着他们，想干什么。

　　当前的情况是，他们所写的"通俗文学"，既谈不上"文学"，也谈不上"通俗"。不只与《水浒传》、《西游记》不沾边，即与过去的《施公案》、《彭公案》相比较，也相差很远。就以近代的张恨水而论，现在这些作者，要想写到他那个水平，恐怕还要有一段时间的读书与修辞的涵养。

　　什么叫通俗？鲁迅在谈到《京本通俗小说》时说："其取材多在近时，或采之他种说部，主在娱心，而杂以惩劝。"

　　社会上的，人心之不同，有如其面。文坛是社会的一部分，作家的心，也是多种多样的。娱心，是文学作品的一种作用，问题是娱什么样的心，和如何的娱法。作品要给什么人看，并要什么样的心，得到娱乐呢？

　　有的作家自命不凡，不分时间空间，总以为他是站在时代的前面，只有他先知先觉，能感触到群众的心声。这样的作家，虽有时自称为"大作家"，也不要相信他的吹嘘之词。

而是要按照上面的原则,仔细看看他的作品。

看过以后,我常常感到失望。这些人在最初,先看了几篇外国小说,比猫画虎地写了几篇所谓"正统小说",但因为生活底子有限,很快就在作品里掺杂上一些胡编乱造的东西,借一些庸俗的小噱头,去招揽读者。当他们正在处于囊中惭愧之时,忽然小报流行起来,以为柳暗花明之日已到,大有可为之机已临。乃去翻阅一些清末的断烂朝报,民初的小报副刊,把那些腐朽破败的材料,收集起来,用"作家"的笔墨编纂写出,成为新著,标以"通俗文学"之名。读者一时不明真相,为其奇异的标题所吸引,使之大发其财。

其实,读者花几分钱买份小报,也没想从这里欣赏文学,只是想看看他写的那件怪事而已。看过了觉得无聊,慢慢也就厌烦了。

你在信中提到语言问题,这倒是一个严肃的题目。你的语言很好,这是有目共睹的,不是我捧你。你的语言的特色是自然,出于真诚。但语言是一种艺术,除去自然的素质,它还要求修辞。修辞立诚,其目的是使出于自然的语言,更能鲜明准确地表现真诚的情感,你的语言,有时似乎还欠一点修饰。修辞确是一种学问,虽然被一些课本弄得机械死板了。这种学问,只能从古今中外的名著中去体会学习,这你比我更清楚,就不必多谈了。

我这里要谈的是,无论是"通俗文学"或是"正统文学",语言都是第一要素。什么叫第一要素?这是说,文学由语言组织而成,语言不只是文学的第一义的形式;语言还是衡量、探索作家气质、品质的最敏感的部位;是表明作品的现实主义及其伦理道德内容的血脉之音!

而现在有些"文学作品"。姑不谈其内容的庸俗卑污,单看它的语言,已经远远不能进入文学的规范。有些"名家"的作品,其语言的修养,尚不及一个用功中学生的课卷。抄几句拳经,仿几句杂巴地流氓的腔口,甚至习用十年动乱中的粗野语言,这能称得起通俗文学?

通俗也好,不通俗也好,文学的生命是反映现实。远离现实,不论你有多大瞒天过海之功,哗众取宠之术,终于不得称为文学。

过去,通俗小说有所谓"话本"和"拟话本"。话本产自艺人,多有现实性,而拟话本产自文人,则多虚诞之作,随生随灭,不能永传。现在的一些武侠小说,充其量不过是"拟"而已矣,还不能独立成章。

雪中无事,写了以上这些。不知你平日对此是何看法,有何见解?冒昧言之,希望你和我讨论。

祝

安好!

孙 犁

(原载《中国文学》1985 年第 3 期)

论通俗文学的范围、价值及其与雅文学的关系

梁志诚

近年来,随着通俗小说创作的勃兴,各地报刊已经发表过不少有关俗文学的讨论文章。有些是探讨新时期通俗文学热形成的社会历史原因,有些是就俗文学的社会作用和存在价值予以评估,还有大量对当前通俗小说创作进行评析的文章,涉及的方面较为广泛,但争议较多,分歧最大的还是对于俗文学的评价问题。

笔者认为,对俗文学的褒贬抑扬不同,固然系于人们在价值取向上的区别,但如果对俗文学的范围、存在价值(包括历史与现实的)及其与雅文学关系在认识上不一致,那么在俗文学的整体评价上也就难于取得共识。因此,愿献刍荛之见,以就教于方家。

一、俗文学的范围及历史地位

人们在应用通俗文学这一概念时,所指的范围往往不同。从目前情况看,一种是偏于狭义的理解,认为通俗文学即指在清末民初之后,文坛上出现的诸如历史演义、武侠、公案、言情等等小说作品,并自然地联系到 20 世纪初以"鸳鸯蝴蝶派"为代表的那类小说创作,以为此后的通俗小说也不过继其余波。另一种则是偏于广义的理解,即认为通俗文学不仅指小说,也包括通俗小说以外其他各种文字样式的通俗作品,如自有文学记载以来广泛流行于民间的通俗诗歌、故事传说、地方戏曲等等。尽管人们在文章中并未做出这样明确的文字表述,但从不同文章论述的观点与内容来看,实际上存在着上述两种看法。由于对俗文学范围理解上的差异,也影响到对其历史地位和存在价值的评估。

文学之所以区分为"雅"与"俗",是从审美特征与欣赏对象上所做的划分。所谓通俗文学,顾名思义,即内容和形式浅显易懂、语言明白如话,普遍为广大群众所易于接受,喜闻乐见的文学作品;而不是那种高雅难解,仅能为少数文人雅士所欣赏的艰深之作。大体而言,它俗而不劣,浅而不陋,有质朴、真率、平易之姿,而无矫饰、造作、深奥之态。(当然,除此而外,小说戏曲中的通俗作品也还有其特有的艺术技巧、章法和表现形式。)各类文学品种中,凡是这样的作品,无论来自民间还是出于文人之手或由他们加工整理的,均属通俗文学之列。

从上述理解出发,我认为把通俗文学的含义看得过分狭窄,仅局限于小说范围,甚至视之为在特定历史时期出现的某派、某类、某体的小说作品,这种看法是不允当的。其一,文学包括许多品种,通俗小说固然是俗文学的一部分,但不能指代全部俗文学,何况小说作为独立的文学形式出现于中国较为晚近的时期,不能说在它出现之前,我国就根本没有俗文学。其二,即使单从小说领域来看,我国通俗小说也不是从清末民初商品经济有新发展后才开始出现的。其三,俗文学是相对于雅文学来说的,如果仅将它指代小说品类中的一部分通俗作品,与雅文学相对应,则两者殊不相称。而且,对通俗文学作这样的狭隘理解,容易导致一种

误会——即把俗文学只看作某一特定历史时期的偶然出现的文学现象,这就不利于我们对其源流进行系统的探索。尤其在对通俗文学予以总体评估,厘定其历史地位和存在价值时,往往会由此而引出不公正的结论。有些同志对俗文学贬抑太过,恐怕同这种对俗文学范围的狭隘看法不无关联。

其实,从我国文化的总体结构来看,很早就包容着雅、俗两个方面。民俗文化是构成中国文化的一个重要的组成部分,在人民群众中产生了广泛而深远的影响。大约在先秦时期,我国的诗歌、音乐、舞蹈就有雅、俗之分。宋玉在《对楚王问》中所提到的"阳春白雪"与"下里巴人"两种乐曲,堪称乐分雅、俗的明证。汉季班固在《汉书·艺文志》所载:小说家言系"街谈巷语,道听途说"之类的"寓言、异记",自然也属于俗文化之列。这些都说明我国俗文化与雅文化同样是源远流长的。仅从文学而言,《诗经》分"风"、"雅"、"颂"三体,"国风"中的大部分,"小雅"中的少数篇章,均为民间歌谣,与"大雅"、"颂"诗在内容与格调上就有雅俗之别。《诗经》卷首开篇《关雎》在抒情的真率、语言的通俗浅显方面,都表明它是一首地道的民间情歌,无论历来有多少鸿儒硕学牵强附会地加以注解,使之合于"经义",丝毫也不能掩盖它作为通俗诗歌的真面目。"汉乐府"采之于街陌巷尾,多为民间里巷歌谣,其抒情叙事的质朴,表现形式的生动活泼,用语的直截俚俗,当属通俗文学无疑。宋代"话本"是我国古代小说体裁作为独立形式出现的界碑,它完全摆脱了散文的影响,应用当时活在人民群众中的口头语言进行创作,在勾栏瓦肆向市井细民们演述着古今惊险生动的故事,比起魏晋笔记小说、唐代传奇,简直就是更加纯粹的通俗小说了。至于宋元戏文、元杂剧、明清章回小说中的大部分,从内容到形式都继承并发展了我国早期通俗文学的传统,与"文以载道"的正统雅文学判然有别,自应列入俗文学的范畴。郑振铎在《中国俗文学史》中指出,俗文学包括的范围很广,确属言出有据①,切中肯綮,符合实际。不管他在其他问题的观点上如何偏失,这一点是谁也不能否定的。就拿通俗小说来谈,孙楷第在《中国通俗小说书目》中辑录的就有1600种,尽管其中有少数作品并非俗文学,也可谓洋洋大观。虽说金石俱有,优劣不等,但其中也不乏佳作,如影响遍于海内外的《三国演义》、《水浒传》、《西游记》、《金瓶梅》等等。一系列的事实表明,俗文学的产生发展绝非无根之木,无源之水,它的繁兴固然同商品经济的产生发展有一定联系,而绝非商品经济孕育的寄生物,而是在民族文化上渊源有自,与雅文学结伴共生共存。它的发展不是涓涓细流,而堪称水深浪涌的江河,在大浪滚滚之中未免泥沙俱下,但其中确有光华夺目的金玉珍品,以其奇光异彩丰富了我国文学艺术的宝库。

有的同志认为"历史上经久不衰传颂的作品没有一部是一般意义的俗文学","领时代风骚的只会是雅文学而不是俗文学"②。证之于文学史,事实并非如此。雅、俗两种文学在历史上都有历久传颂不衰的佳作,像上文提到的《三国演义》、《水浒传》、《西游记》、《金瓶梅》,这些明代的"四大奇书"就代表着那个时代的文学高峰,它们难道不是领时代风骚的俗文学作品?再说清末民初以来,经久传颂不衰的俗文学作品也不是"没有一部"。如《三侠五义》堪称其中的佼佼者,鲁迅先生就多有赞词,也得到评论界的基本肯定,尽管它有某些严重缺点,但至今仍广泛流传不衰,这或许就是所谓的那种"一般意义"的俗文学吧!其实,将俗文学区分为"一般意义"与"非一般意义"并不科学,也令人费解。在历史上文学有雅俗之分,而俗文学却无"一般"与"特殊"之别,既然意在比较雅、俗两种文学的社会价值和历史地位,那就不必人为地勉强去分"一般意义"与否。因为"非一般意义"的俗文学也还是俗文学,绝不是雅文学。令人奇怪的是,为推导出"俗不如雅"的结论,竟然进一步地说:"历史上领时代风骚的只会是雅文学而不是俗文学。"这就更使人难以置信。倘如作者所指是清末民初那种"一般意义"的俗文学,自然没有出现过领时代风骚的作品,但那毕竟是一段历史时期的文学现象。即使把时间推到当代也不过是百余年,焉能以此概括全部历史?事实上,在文学发展的历史长河中,雅文学并非始终居于先导地位的。从我国最早产生的诗歌来看,领时代风骚的当属"国风"而非"雅""颂";汉代诗歌中领时代风骚的应推乐府民歌,而不是雅文学"汉赋";宋朝以后的元、明、清三代,戏曲、小说标志着这些时代的文学高峰,俗文学的成就也不亚于雅文学,曾出现了不止一部领时代风骚的杰作。

由于时代条件与文学发展积累所造成的契机不同,雅、俗两种文学在历史上繁荣发展并不总是均衡并进,而往往是各领千秋的。在不同的时代,有时是雅文学居于先导地位,也有时是俗文学首占鳌头。同时,文学各部类的繁兴,总是为某一时代给它提供的条件和文学发展的规律所制约。因而更确切地说,雅、俗两种文学是在不同的历史时代和不同的文学种类中各领时代风骚的。

二、俗文学的社会价值

在长期的封建社会里,俗文学——尤其是其中的小说作品,一是被看成"残丛小语",于世"不无小补";二是被诬蔑为"淫词鄙语"、"海淫海盗"、有伤风化,它是封建统治者眼中的"梅毒鸩酒"。这一切反映了剥削阶级及其文人的政治偏见与艺术趣味,并不奇怪。然而,历史发展到今天,俗文学仍然受到一些人的轻视,得不到公正的评价。这固然与俗文学自身存在的弱点有关,但也和人们受习惯的影响而对它的社会价值存在着认识的偏颇,不无联系。有人任意贬低俗文学,乃至声称"不屑一顾",这自属偏见,不必去说。就是在部分肯定俗文学的存在价值的文章中,"重雅轻俗"的偏向也时有发生,比如认为只有雅文学才会领时代风骚的理论依据就是:俗文学不能"在广阔的背景上探讨并认识人生和社会问题,激励人们认识人的价值和改造社会"③。这里所谓的"广阔的背景"云云,恐怕只有那些优秀的叙事长篇才能达到,雅文学中的抒情短制固不可能,就是长篇中的平平之作也不可能做到。既然如此,它能作为俗文学注定不能领时代风骚的理由吗?这个"标准"倘如是就雅、俗文学的总体或其中少数优秀之作来说的,那么,我认为两者都能发挥这种作用,并具有这样的社会价值。

俗文学具有较强的娱乐性,能适应人民群众的精神消费需求,从这一点上肯定其社会价值,是评论界较为一致的看法,但如果仅仅看到这方面,乃至称之为"一次性消费的精神商品",而忽视或抹杀它的其他社会功能,则不能认为是公正允当的看法。诚然,娱乐性功能是俗文学赖以存在并获得社会公认的一个首要因素,然而却不能包括其社会功能的全部。人们一般将文学的社会作用概括为认识作用、教育作用和美感作用三个方面,这三者在欣赏过程中是统一而不可分割的。

从历史上来看,作为俗文学重要品种的章回小说与戏曲源出于瓦舍勾栏,几乎是同时繁兴起来的。这与西方大不相同。它们一开始就面向平民大众,为了适应市井细民的文化水平与审美爱好,就不能不在内容和形式上讲求通俗性与趣味性,以此赢得平民阶层的欣赏与爱好。老百姓看不到或读不懂文化历史典籍,就从小说、戏曲中汲取片断的文化历史知识,懂得些天下兴亡的道理、人生的价值、善恶的渊薮、祸福的由来、做人的品德等等。可见,人们对于俗文学的接受虽源于娱乐又止于娱乐。过去封建统治者谈通俗小说"蛊诳愚蒙",而严加查禁,就因为他们意识到这类作品不利于封建统治,这里显然不是把俗文学当作单纯娱乐品的。而我们的一些同志在肯定俗文学的存在价值时,却仅仅强调其"娱乐功能"、"心理调剂作用",这就失于片面。

目前文坛上对俗文学看法是毁誉并存,有的认为是"功过参半",有的则认为"弊多于利"。我以为不能笼统地讲,要给以具体的历史的分析,应从中国文化的结构与形成的角度评估俗文学的社会价值。总的来说,清代以前的俗文学作品,对社会的积极作用是占主导地位的,如民间诗歌、神话、故事传说、讲唱文学等等,虽然其中有落后乃至糟粕的成分,然而瑕不掩瑜,当属益多害少的精神食粮,此处可不具述。单就人们褒贬不一、争议最大的通俗小说而言,我认为也是利多于弊,功大于过的。

首先,中国文化的构成包括雅、俗两个方面,俗文学作为民俗文化的一个重要组成部分,曾经给整个俗文化以重要影响。如我国民间的戏剧、皮影、弹词、鼓琴书、雕塑、壁画以致刺绣、陶瓷等手工艺品,在题材、人物、故事上有许多都是出自通俗文学作品的。中国文化以重史为其特征,而俗文学中的讲史部分占有相当大的比重。一些取自历史题材和人物的通俗小说、戏曲,其虚构成分的比例尽管不完全相同,演义的成分居多,纯属虚构的人物、情节也不少。但是仍然不能否认俗文学在形成人们的历史观念、普及历史知识方面的积极作用。一般人重史较少,他们粗知各个朝代的历史人物和重要事件,是经过俗文学传递、熏陶的结果。我国俗文学对上自先秦下迄民国的两三千年的历史均有所反映。凡是历史上的重要事件、人物、民俗风习等等均有所描写。有些书尽管存在着不少子虚乌有、荒诞不稽的成分,但毕竟大致勾画出中国历史发展的轮廓,而且有些作品的描写还是切近历史真实的。如蔡东潘的《历朝通俗演义》,文学上的价值自然不高,但它在普及历史知识方面功不可没。也有不少作品是借写历史而映射作者所处的社会现实的。它们所展现的历史画卷,对人们形象地了解古代社会帮助甚大,而这些在正史、典籍中是根本看不到的。在过去的社会里,俗文学的接受者是广大民众和青少年居多。由于他们受生活水平、文化程度或年龄的限制,一般地说文化历史知识较为贫乏,于是俗文学便成为他们获得文化历史知识的一条方便途径,往往起着启蒙读物的作用。从这方面来说,俗文学的认识意义和作用还是显著的,是不应该也不可能否定或抹杀的。

其次,从俗文学的教育作用来看它的社会价值。与雅文学相比,俗文学在思想内容上十分驳杂。从总体上说是精华与糟粕并存,而后者在表现上更为明显突出,具体到一部作品也常常是良莠共陈,瑕瑜互现,至于内容反动、格调低下、思想情感不健康的作品,也并不鲜见。这种情况好像一层厚厚的尘沙掩盖着它的精华,很容易使人们忽视它的教育作用。不过,权衡其优劣利害,我认为俗文学中内容进步、思想健康的作品,仍占较大比重,而且这部分作品流传最广,影响最大,也最深入人心。就从这点上说,它的教育作用的确是不能低估的。

诸如一些历史演义作品,塑造了我国历史上爱国名将的光辉形象。他们在外族侵略者面前,奋勇抵抗,坚强不屈,以死殉节。这些作品描绘了我们民族不屈不挠、可歌可泣的反侵略斗争。尽管其中也渗透着忠君思想与正统观念,但仍然表现了中华民族的浩然正气,对于增强民族的凝聚力,发扬爱国主义的优良传统,起着积极的作用。像杨业、岳飞、于谦、戚继光、文天祥等人的英雄形象,深深烙印在中国人民的心中。另有一部分公案小说刻画了我国历史上清官廉吏的形象,写他们刚直不阿,执法如山,平反冤狱,为民请命。虽然,作为封建官吏,他们所追求的不过是贤臣良宰的理想,其目的在于实现所谓"海晏河清",以巩固封建统治。然而他们那种为官清廉,秉公执法,不徇私情,敢于同权豪势要斗争的精神,不是也可以作为我们今天的借鉴吗?在这些作品中还同时描写了侠义之士辅佐清官办案查奸的故事,他们路见不平,拔刀相助,扶弱济贫,见义勇为,不顾个人安危,杀赃官除恶霸救民于水火之中,尽管他们的目的与动机各有不同,但这种伸张正义、为民除害的行动,也是值得我们效法的。至于《水浒传》中描写的那些草泽英豪们,也具有侠肝义胆的一面,但他们粪土王侯、聚义造反,表现了"八方共域,异姓一家"的理想,其思想教育意义则更强。还有一部分作品描写了青年男女反抗封建礼教的束缚,渴望或追求爱情的自由,或突破封建牢笼终成眷属,或在封建制度的重压之下,殒命丧生,有的还表现了阴魂不散向压迫者复仇,死而复生,终结良缘。这种揭露控诉封建礼教,执着追求纯真自由的爱情的美好理想,对于人们深刻认识封建制度的罪恶,鼓舞人们为高尚自由的生活理想而奋斗,也不无积极作用。在俗文学中,还有一部分专门揭露讽刺社会黑暗的谴责小说,它们反映了旧社会官场的黑暗、科举制度的弊害,世情的浇薄,并描写了追逐个人贪欲(财利、酒色、权势)所受到的惩罚,这类作品对于人们认识封建社会的罪恶和虚伪,启发人们求真、向善、趋美,具有警醒劝诫的教育作用。在我们建设社会主义物质文明和精神文明的今天,仍不无历史的借鉴意义。

此外,在俗文学中还有相当数量的以描写神仙灵怪为主的作品。这些幻奇小说,多取材于古往今来的神话故事、民间传说、宗教和历史典籍,由作者广为搜罗,编织在故事情节中,并通过想象、幻想予以补充发挥。以幻为主,大多出自虚构,其中流传最广泛的是《西游记》、《封神演义》、《济公传》等等。它们虽然语涉荒诞,怪异离奇,幻化凌虚,但多寓世故人情。有的于故事演述中寄托了朝代兴衰更替的历史教训,有的则表现了作者愤世嫉俗的情怀,于诙谐滑稽之中暗喻讽劝,曲折地反映了现实中正邪、忠奸、真伪、善恶和美丑的矛盾冲突。可见,这类作品也不只是消闷解愁的单纯娱乐之作。

有些同志在评论通俗文学的社会功能和存在价值时,着重强调其娱乐功能、导泄和心理补偿作用,这固然是不错的,但如轻视其认识和教谕的意义就还不能算是全面、科学的估价,比如说"俗文学于雅文学有着不可否定的浅显和粗俗",较之于"雅文学那种高尚的审美情操、回味无穷的情趣"以及"对于人生社会的极大功利作用","是望尘莫及的"。④这样的议论显然是不够妥当的。一般地说,雅、俗文学有深浅之分,精粗之分。以文学性衡量,俗文学确实逊于雅文学,然而就文学的社会价值来说,却不能以"望尘莫及"扬"雅"抑"俗"。这里需要指出的是,人们往往习惯于单纯从艺术成就上来评估俗文学的社会功能。其实,文学的社会功能具有多面性,因而衡量它的社会价值就不能仅凭单一的价值取向。其一,俗文学是联系群众最广泛的一种文学形式,它以普及面广、阅读欣赏率高为其优长。文学是通过接受者发挥它的社会功能的。要谈俗文学对人生社会的功利作用,这一点显然不可忽视。试想,如今还活在老百姓心目中的人物形象,如精忠报国的岳飞、义薄云天的关公、鞠躬尽瘁的诸葛亮、铁面无私的包龙图、百岁挂帅的佘太君等等。有哪一部雅文学或正史典籍能给人们留下如此深刻、如此鲜明、如此经久不泯的印象?他们身上的闪光点、影响人民的推动力,主要的还不是俗文学所赋予的吗?其二,俗文学在取材上多种多样,描写内容极其广泛,举凡天文、地理、民俗、技艺、博物、星相医卜、儒道僧俗、百工千友、佚事掌故,无不涉猎。有些俗文学作者因为不注意在艺术上刻意求工,往往借创作而展示才学,以博学广识取胜。这从文学角度看固然是弱点,不足为训,却因此而在其中更多保留了一些在正统文化典籍中所看不到的知识见闻,虽然其中有不少荒唐谬误之说,但汰沙琢石仍可留下宝贵的金玉。其三,俗文学往往具有浓厚的传奇性,故事情节曲折变幻,贯穿着奇思妙思,特别是那些幻奇性的作品,飞天游地,幻化神奇,运筹决胜逢险化夷,生死异域声情相通。所有这些描写对启迪智力,丰富发展人们想象与幻想的能力,也不无帮助。当然,这并不意味着肯定那些宣扬封建迷信、因果报应的成分。俗文学在这方面的社会作用是具有积极与消极的两重性的。

文学是从整体上掌握世界的一种社会意识形态,不可否认它也是文化的载体之一,因而对它的社会价值的评估,应不只限于艺术水平和文学成就方面。这就要求评论者在视野上更为广阔,多角度加以审视。鲁迅先生在论述明代神魔小说时写道:

> 明初之《平妖传》已开其先,而继起之作尤夥。凡所敷叙,又非宋以来道士造作之谈,但为人民间巷间意,芜杂浅陋,率无可观,然其力之及于人心者甚大。⑤

这段话于无意中说出了俗文学的创作与欣赏的一种背反现象,即在文学专家看来不过是"芜杂浅陋"、不值一读的作品,然而却为普通老百姓所喜闻乐见,并大受其感染。这种现象属于接受美学需要研究的课题,此处姑且不论。我只是表明一种观点,单从文字价值着眼,似乎还不足以全面客观揭示俗文学的社会价值。

三、雅、俗文学的关系

我国文化虽然存在着雅、俗两种不同的体系,但在文学发展史上,雅、俗文学并非各自孑然孤立,相互绝缘;而是彼此影响,共存互补的。两者在发展过程中常常出现相互渗透、相互融合的现象。

先从诗歌发展来看。汉代乐府民歌滋润和哺育了一代又一代的文人诗歌,魏晋六朝诗人乃至唐代诗人,都从中汲取了有益的营养,从内容、形式及语言表现上加以借鉴。后代一些文人乐府诗歌明显地体现了雅俗共融的趋向。唐代诗坛曾经掀起影响很大的"新乐府"运动,对促进诗歌反映民生疾苦,艺术表现的通俗化起到了有益的作用。当时杰出的诗人白居易就写出了不少雅俗共赏的诗歌。产生在东汉末年的《古诗十九首》,虽然并非乐府歌行,但它所接受的从《诗经》到"乐府"以来的民间诗歌的影响,也是相当明显的。它被历来的文学批评家誉为"五言冠冕"、"深朴高雅"、"一字千金"。就其内容和形式来看,既具有文人诗歌的高雅与凝练,又有民歌的纯朴与通俗。语言晓畅,明白如话,实在是达到了雅俗融合的化境。

再从小说的发展来看,唐宋是我国小说作为独立形式出现的关键时期。唐传奇源出魏晋志怪,叙事议论又多接受散体古文的影响。语言奇艳,文采斐然。但它同时又受到"俗讲变文"和"说话"的影响,吸收了"说话"铺陈细节的表现手法,加进了"变文"里的那种平易的骈文或诗歌,散韵结合,雅俗共融,形成了既准确精练又直率活泼的语言风格。

小说发展至唐传奇已经出现了雅俗结合的端倪,不过在它的创作中是不自觉地融入俗文学因素的。直到宋末的罗烨才在理论上初步萌发了雅俗融合的文学思想。他认为,写作小说"虽为末学",但要"长攻历代史书",具备深厚的文化修养,多闻广见。作者不要趋向"庸常浅识之流",要懂得"博览该通之理",这样才能洞悉"世间多少无穷事"。⑥明代通俗小说家冯梦龙则在创作中实践了罗烨的文学思想,所以他写的小说通俗而不庸浅,淡雅而不粗陋。他认为小说创作既要避免"病于艰深","伤于藻绘",又须力戒以"淫谭猥亵语,取快一时,贻秽百世"。⑦这实际上是在创作论上发展了罗烨关于雅俗融合的思想。

我国古典小说中,雅俗共融的典范之作是《红楼梦》。它继承了我国通俗小说的章回结构,叙事、描写和议论仍带有"说话"艺术的传统影响。语言则采用通俗易懂、广泛流行的北京口语。在表现形式上具有传统通俗小说的某些共同性。然而,却在很大程度上已经融入了雅文学的许多因素,从而成为亦雅亦俗、雅俗交融、浑然一体的旷古杰作。人们不难发现,《红楼梦》在取材范围、情节展开及日常生活细节的描写方面,都受到了《金瓶梅》的一些影响。但它却不像后者那样任意铺排,头绪散乱,缺乏提炼。与《金》著的繁冗拖沓、分散杂陈相比较,《红楼梦》在情节结构上显得是那样首尾呼应,脉络贯通。这显然是经过作者去芜取精,精心剪裁、安排、熔铸的结果。同时,它也不像一般俗文学作品那样,以情节的曲折离奇和故事的惊险吸引读者。而是按照生活的逻辑,推动矛盾冲突的发展,以对于生活真实、细腻、逼真的描绘见长。在人物刻画上,《红楼梦》注重个性的精雕细刻,这和一般俗文学千部一腔、千人一面的类型化描写是大异其趣的。它不以显扬神圣、暴露恶行、礼赞神力圣功、制造英雄偶像取胜,这也是同一般俗文学迥然有别的。在语言运用上,它避免了语言的冗杂浅露,汰除了淫词秽语。用语精纯、含蓄、意深而丰,以深致高雅的诗词来抒情,并杂以通俗小曲来寓理。这一切都表明《红楼梦》是兼雅俗之美于一身、达于化境、臻于绝顶的文学瑰宝。一味求雅而不及俗或专门务俗而不求雅,则不可能像它那样成为中国古典小说的艺术高峰。在雅、俗两种文学中,都有上乘之作,这都不可否定,但我以为流传最为深广,社会效能最佳,最有艺术生命力,对文学发展具有强大促进作用的,首推"雅俗共赏"的文学作品。

当我们称赏一部文学作品时,往往以"雅俗共赏"去概括它的优点,并以"雅不进俗"、"俗不伤雅"说明两者的关系,这就是说雅、俗两种因素在同一部作品中不是相互对立的。扩而大之,就雅、俗两种文学的关系来说也是如此。在文学史上,雅、俗文学的发展尽管有各自的兴衰起伏,也存在着此消彼长的情况,但就相互关系来说是共存互补的。一方面俗文学给雅文学以滋润和营养,另一方面雅文学又起着促进和提高俗文学的作用,因而两者的共触互补又会结出文苑中的奇葩异卉。那种所谓俗文学要"真正取得一定的艺术成绩而给广大读者留下长久一点的印象,只有向雅文学靠拢"⑧的说法是片面的。文学发展的历史表明,雅、俗文学各有自身的长处与短处,只有互相靠拢,交流共融,各自取长补短,才能结出更具有艺术生命力、更能满足广大人民群众欣赏、需要的硕果。

四、关于五四以后的俗文学

五四文学革命以后,我国文学在内容与形式上都发生了质的变化,一大批具有进步思想的作家、诗人以西方文学为借鉴,创造了现代的新诗歌和新小说。它们在思想内容和艺术形式上都区别于传统的俗文学或雅文学,以更接近人民口语的文学语言塑造艺术形象,用批判的、写实的精神,在思想文化领域进行反帝反封建的斗争,充分显示了新文学的实绩,具有划时代的意义。我国当代文学是沿着五四新文学开辟的道路发展起来的,但中国传统通俗文学的余绪并没有在文坛上销声匿迹。当时,一方面古代通俗小说仍在继续流传,另一方面新创作的通俗小说也不绝如缕,风行一时。如产生于民国初年,活跃于五四前后的"鸳鸯蝴蝶派"作家,他们就创作出数量可观的新才子佳人小说。虽然采用的仍是传统的章回体形式,但作品的内容已注入了资产阶级的思想情趣,其中有些作品在艺术上还吸取了西方小说的表现技法。他们中的多数人把小说创作看成高兴时的游戏,失意时的消遣,专门描写才子佳人的哀、艳、惨、苦之情。1914年,一家杂志的创刊词声称"看我著书消岁月","不志兴亡志滑稽"⑨。这已经比资产阶级改良派重视和提倡小说的"群治作用"后退了一大步。特别是当时正值袁世凯阴谋复辟帝制,准备出卖国家利益与日本达成妥协的时刻,不仅困难当头,而被打退的封建文化势力又乘机向五四文学革命反扑,在这种情况下,以"鸳鸯蝴蝶派"为代表的那种文学思想和创作倾向,无论在政治上、艺术上都是同当时进步的思想文化主潮背道而驰的,理所当然地遭到鲁迅等人的批判。但是,他们在继承中国传统通俗文学进行创作这方面则不应否定,何况这并非是有严密组织的文学团体,其中各成员在思想观念与艺术追求上也并不完全相同。他们的作品在当时被人们广泛阅读,这至少是满足了部分社会需要,他们在艺术上所做的努力也不应该全盘抹杀。其中的有些作品对于人们了解当时社会之一角,也不无认识意义。他们在艺术上所做的努力对文学的发展也不是毫无助益。对于一个在历史上活跃了二十余年,其影响及于20世纪40年代,作品销行量遍及南北的文学流派,采取一笔抹杀,全盘否定,咒之为"混血儿"、"迷魂汤",在政治上一棍子打死,这是最简单不过的事,然而这并非马克思主义实事求是、具体分析的科学态度。至于后来如张恨水、刘云若等著名通俗小说家,他们写了大量旧体章回小说,或者揭露了旧军阀的飞扬跋扈、穷奢极欲;或者描写了抗战时期人民群众对民族敌人、汉奸败类的切齿痛恨,对于生活在底层的平民大众寄予真挚的同情,这些通俗作品既非"吟风弄月"、"无病呻吟"之作,又非"精神猎奇"、"感官刺激"的游戏文章,应当给予应有的评价,在文学史上占有一定地位。

20世纪50年代后,由于政治、经济和文化上的多种复杂原因,在中国大陆上旧体通俗小说难以为继。但在域外华人地区仍盛行不衰,并在文体形式和描写技巧上又有新的发展变化。在我看来,就我国的新文学作品来说,也还是有雅、俗之分的。如老舍、赵树理、周立波、李季、阮章竞等人的小说或诗歌,与同时代的其他作家的作品也还是有雅、俗之别的。他们的作品具有较明显的民俗文化特色,在语言、表现手法和风格上也更通俗化、群众化,似乎可以称之为新体通俗文学。

新时期以来,我国通俗文学再度勃兴,有商品经济发展的原因,但也有历史文化发展的惯性,与广大读者的欣赏需求等等远因与近因。自然,新时期的通俗小说仍处在方兴未艾的阶段,虽然出现了像《津门大侠霍元甲》(冯育楠)、《红颜怨——绝代美姬陈圆圆》(穆陶)等一些好作品,但在整个通俗文学领域包括通俗戏曲和曲艺,都还没有出现高质量、影响深远、超过前人的杰作。毋庸讳言,在通俗文学创作方面还存在着这样或那样的缺陷,像思想格调不高、内容贫乏、空泛、一般化等等。在曲艺方面为某些相声小品肤浅庸俗,缺乏深刻的思想内涵,只追求闹剧效果,滑稽怪诞有余而幽默不足。有些历史通俗小说在语言上失之"现代化",在细节描写上常出现谬误,把古人的言行和心理活动都写成今人的。至于武侠、公案小说也存在着生拼硬凑,粗制滥造,仅凭一知半解就敷衍成篇的情况。固守旧的模式而缺乏创新发展的也属常见。上述缺点的存在并不奇怪,究其原因,从通俗小说创作这方面来说,一方面因为它是经过几十年的"沉睡"之后刚刚苏醒过来,举足起步未免有时失态,这是偏于客观方面的原因。另一方面则是由于某些作者创作准备不足,在历史知识、文化艺术修养、社会见闻上都显得缺乏,对世情的洞悉也不够。如写历史演义小说的不甚通晓历史,写武侠小说的仅懂得一点简单的人所共知的拳术套路,写言情小说的又缺乏烛幽勾微的深切感情体验,加之没有丰富而常新的想象力与幻想力,其作品自然不能引人入胜,感人至深。

　　另外,当前通俗文学不能达到令人满意的效果,也和理论指导不够甚至不正确有关。有些评论文章一味强调俗文学的娱乐性、趣味性和精坤导泄作用,而不提倡创作需要高尚的审美理想、健康的审美情趣和作家的社会责任感。似乎通俗创作只要能博得一笑,令人开心解闷也就算是尽到它的社会责任了。其实,对于通俗小说的创作来说,娱乐性只是一种浅层次的要求,文学是审美教育的重要手段,不能等同于游戏。否则,那就真正成为"一次性"的"消费商品"了。通俗文学应当兼有认识和教谕的意义,这才是深层次的审美要求,也只有"寓教于乐"方能使之久远。像《三国演义》、《水浒传》这样的古代通俗作品,几近于形象性的百科全书。它们在客观上的意义和社会作用已经超过了文学自身。许多国外学者并不只是从文学角度来研究它们,自古以来也有部分读者并不单纯地将它们当作文学作品来读。所以这些作品才令人百读不厌,历久而常新。这才是通俗小说应当努力追求的目标与境界。

　　俗文学潮流的兴起是社会的需要、人民群众的需要,也是文学发展的需要。它不是"一种历史的补偿"⑩。历史是客观的、公正的,它总是按照本身的发展规律前进,它不需要也没有人可以任意对它增补或减损。中华民族在几千年的历史长河中创造了辉煌灿烂的文化,雅、俗文化同生共长在这个文化母体。我们的民族创造了美的文学,反过来又为她所熏陶,形成了自身特有的审美传统和习惯,当然世界上的其他民族也同样有他们自己的审美传统和习惯。我们继承自己的文化传统,正是表现了对本民族的自尊和自信,从这点上说,我们的"复归"是一点也不错。但是,如果把通俗文学硬说成是什么在"审美观念上向后看的文学形式"⑪,我实在不敢苟同! 所谓"审美观念"就是人们对美的看法,其中包括审美的标准、趣味和判断等等,它是在社会实践中形成的,并为实践所检验。审美观念有正确与错误、进步与落后之分,但无"向前看"与"向后看"之别。如果说因为通俗文学是古已有之,就是"向后看"的文学形式,那么,在我国,诗歌、散文比起小说来要古老得多,岂非也可叫作"向后看"的文学形式? 戏曲比话剧要古老,戏曲岂非也可叫作"向后看"的文学形式? 那么影视文学则就是"向前看"的最新文学形式喽! 文学创作只写影视文学,不要其他,行吗? 文学艺术总是要在继承的基础上革新的,要继承,就不能不向后看。因而,以"向后看"的文学形式为俗文学定义是不科学的。

　　总之,从雅、俗两种文学在历史发展中长期共存互补的关系来看,两者都应得到社会的重视。对俗文学应该给以实事求是的全面评价。不能仅仅因为俗文学在某个特定的历史阶段,曾经在创作上出现了偏失,走了弯路,就全盘否定,一概抹杀,而应从我国的全部文化史、文学史上,研究它的利弊得失成败,给以客观的评估。应当看到,俗文学的存在不仅对形成民俗文化起着重要作用,也对雅文学起着丰富补充的作用。俗文学只要能够克服自身的弱点,在思想与艺术上不断提高水平,跟上时代的需要,它绝不会走向衰止,前景是光明而广阔的。因为,人类对文学艺术的需求是多种多样的,人们在文化水平和艺术修养上总会有层次之分的,即便是遥远的将来,文坛也不可能是雅文学的一统天下。如果没有俗文学的存在发展作为辅助,雅文学也很难得以高度充分的发展。一枝独秀毕竟不如双璧辉映、百花盛开。雅、俗文学要携起手来,各自扬长避短,互补共存,并展开自由竞争,才能创造出中国文学艺术的春天。

(原载《苏州大学学报》1990 年第 4 期)

注　释

①郑振铎：《中国俗文学史》。

②③④⑧⑩⑪姚鹤鸣：《对新时期俗文学潮流的再认识》,《苏州大学学报》1989 年第 4 期。

⑤《鲁迅全集》第 8 卷,第 122 页。

⑥罗烨：《醉翁谈录·小说开辟》。

⑦无碍居士：《醉世恒言·序》。

⑨《繁华杂记》,《创刊词》,1944 年。

通俗小说的流变与界定

孔庆东

一

事实上,通俗小说这一概念从来没有一个固定的含义。人们对它的认识和研究是依凭其实际存在而不是"定义"。"所有的定义都只有有条件的、相对的意义,永远也不能包括充分发展的现象的各方面联系。"①因此,面对通俗小说这一复杂的研究客体,我们只能从其具体流变中去把握和界定,而不应是先设置好了画地为牢的定义,再去按图索骥。

考察"通俗小说"这一概念能指与所指的关系,首要的关键应考察其定语"通俗"二字。

《现代汉语词典》②释"通俗"为"适合群众的水平和需要,容易叫群众理解和接受的",例词为"通俗化","通俗易懂","通俗读物"。

《辞源》③释"通俗"为"浅显易懂",列举汉代服虔的"通俗文"和清代翟灝的《通俗编》,并引《京本通俗小说》里《冯玉梅团圆》中语:"话须通俗方传远,语必关风始动人。"

这显然是两种立足于现代视角的通常释义。从日常语言的运用效果来看,它们无疑是正确的。但对于一个概念的考察,比正确要求更高的是精确。在语言哲学家那里,无论亚里士多德还是罗素,"都未给出日常语言中任何表达式的精确逻辑,因为日常语言本来就没有精确的逻辑"④。比如《辞源》所引的两句诗中的"通俗",并不能简单地释为"浅显易懂",而是与"关风"对偶的一个动宾结构。《辞源》的这一条,在逻辑上是有欠精确的。

所以,我们必须暂时抛开日常理解的正确度问题,而去追溯一下这个日常理解是如何形成的。

根据《民国通俗小说论稿》的作者张赣生的研究⑤,中国人产生"俗"这个观念,大约是在西周时代。殷商的甲骨文和铜器铭文中均未见有"俗"字,似乎表明那个时候尚无"俗"的观念。到西周恭王(前968—前942)时所作卫鼎和永盂的铭文中已有"俗"字,用于人名;宣王(前827—前782)时所作驹父鲈盖铭文中有"董(谨)尸(夷)俗"句,意指南淮夷的礼法,已具有"风俗"的意思;同时代的毛公鼎铭文中的"俗"则当作"欲"解。西周铜器铭文并不常见"俗"字,现知仅数例,用法大体如此。从传世古籍来看,《易》、《诗》、《书》、《左传》和《论语》等重要典籍中均未见"俗"字,这不会是偶然现象,它似乎证明"俗"的观念在春秋时代尚未得到普遍确认。

张赣生的研究很细致。但用文献中有无"俗"字来判断当时有无"俗"观念,未免取巧,容易惑于名而乖于实。上古文献不见"猪"字,就说明上古没有猪吗?其实有猪,不过叫作"豚"罢了。文字符号能指与所指的关系永远是变动的。西周以前虽未见"俗"字,但人类只要进入了阶级社会,就必然产生文化分野,精神境界上的高下、尊卑、雅俗、精粗之分,是肯定存在的。韩愈所说的"周浩殷盘,佶屈聱牙"⑥的《尚书》,其中同时引录了"时日易丧?予及汝偕亡"这样的民谣,这已可说明雅与俗分别有了各自的"话语"。《史记·殷周本纪》记载周武王声讨商封"弃其先祖之乐,乃为淫声,用变乱正声",这里"淫声"与"正声"的对置,实际就如今日所言"通俗音乐"与"严肃音乐"的对立,雅俗的观念表现得已很分明了。至于《诗经》三百篇中风、雅、颂的区分,更说明当时之人已经能将艺术的功利目的与审美作用结合起来看待雅俗文化的实际存在了,问题在于"俗"这一早已存在的所指是如何与"俗"的能指统一起来的。张赣生对这一问题的梳理还是颇为清晰有致的。

张氏指出,进入战国时代以后,"俗"成了人们经常谈论的话题,如《孟子》云:"其故家遗俗,流风善政,犹有存者",《庄子》云:"差其时,逆其俗者,谓之篡夫;当其时,顺其俗者,谓之义之徒",《管子》云"渐也顺也靡也久也服也习也谓之化,……不明于化,而欲变俗易教,犹朝糅轮而夕俗乘车",《周礼》云:"以俗教安,则民不偷",《礼记》云:"入境而问禁,入国而问俗。"如此等等指的都是风俗或民俗,即某一民族或地区由习惯形成的特定的生活方式。风俗之"俗"本无所谓褒贬意,故《荀子》云:"无国而不有美俗,无国而不有恶俗。"风俗作为一种人类社会文化现象,它不是个人有意或无意的创作,而是社会的、集体的现象,是种非个性的、类型的、模式的现象,它体现在一般人的生活中,由此又引申出"俗"的另一层含义——"世俗",在"俗"字前加上"世"字,是指一般情况,虽然含有"平凡"意思,但并不一定就是"俗不可耐",如《老子》云:"俗人昭昭,我独昏昏,俗人察察,我独闷闷",《墨子》云:"世俗之君子,皆知小物而不知大物",都是指一般的见识不高明而已。

张赣生有意强调"俗"的中性色彩,强调其"无所谓褒贬"。而实际上,当"俗"由"风俗"引申出"世俗"已经作为"不世俗"的对立面而存在了("风俗"倒的确是中性的,因为不能说"不风俗"),即以张赣生所举的《老子》、《墨子》两句为例,不都是明显地贬斥世俗之人、反褒不世俗之人吗?"平凡"也好,"一般"也好,都可以作为"不高雅"的婉词。《商君书·更法》云:"论至德者不和于俗",《荀子·儒效》云:"不学问,无正义,以富利为隆,是俗人者也。"价值判断一清二楚,可以肯定,后世雅俗对立的观念已在此时萌芽了。

张赣生认为"雅"原本是诸夏之夏,是指周王室所在的地区,所以雅也是一种俗,只是由于儒家学派尊王,以雅(夏)为正统,才导致了雅俗对立,如《荀子》云:"使夷俗邪音不敢乱雅,大师之事也。"而《论语》中所谓"雅言"不过是指"普通话"而已,别无深意。

然而,正像普通话并非是某一种方言,将"雅"简单地视为俗之一种,实际上忽视了问题的本质。普通话相对于方言,本身便呈现着文化上的高雅优势。学者袁钟瑞指出:"方言是从小学会的'文化语言',普通话则是在学校学会的'教师语言'、'生活语言'。"⑦周王室所在地区之俗,除了生活习惯之外,必定还有超乎地区特点之上的其他文化因素,那才是"雅"的所指。当齐宣王不无惭愧地说:"寡人非能好先王之乐也,直好世俗之乐耳"⑧,"正声"与"淫声"的所指,便与"雅"、"俗"的能指,开始走向统一了。

所以,"俗"是一个双重语义的概念。当它作名词时,是习俗、风气,"多数人普遍实行的习惯生活方式"。当它作形容词表示性质、特征时,则是凡庸。这两重语义经常是同时呈现、含混表达的,正因为"俗"字的双重语义,才导致了对"通俗"一语的多重理解。

张赣生认为"通俗"有两层意思,一是通晓风俗,一是与世俗沟通,由于在古籍中通晓风俗不称"通俗"而称"知风俗",所以只剩下"与世俗沟通"一层含义。这样,张氏自然将"通俗"小说看作"要与民众沟通"之小说。张氏认为"从史实来看,中国的小说一直是通俗的,没有不通俗的小说",所以,小说而冠以"通俗",完全是一次历史的"误会"。

但"通晓风俗"也好,"与世俗沟通"也好,都是将"通俗"一词视为动宾结构,即固定"通"为动词,"俗"为名词。"俗"是被动的,静等着隐身的主语来"通"。这个主语是谁呢?如果并不是凌驾于"世俗"之上的话,又何必去"通"呢?可见,"与世俗沟通"本身便是一句"雅话语"。以高高在上的姿态而写出的小说,显然不能包括"通俗小说"的全部。

其实,"通"和"俗"本也可以简单地视为形容词。"俗"已如前述,是凡庸、俗气,与"雅"相对。"通"则有普遍、一般的意思,《荀子·仲尼》云:"少事长,贱事贵,不肖事贤,是天下之通义也。"这样,"通"与"俗"两个近义词合为一个并列结构,"通而俗",既"通"且"俗"。这个意义上讲,中国的小说就不见得"一直是通俗的"。小说与其他文类相比,也许确实"通俗"一些,但小说文类内部,其"通"的程度、"俗"的程度,却是不可以道理计的。所以小说自身当然会产生美学品位上的雅俗之分,其中"浅显易懂"、"适合群众的水平和需要"的,便是小说之通俗,因此,必须从"与世俗沟通"和"浅显易懂"两方面来理解,才能把握通俗小说的本质。"与世俗沟通"强调的是创作精神,"浅显易懂"强调的是审美品位。两方面既相区别又相依存,"沟通"才能"易懂","易懂"才能"沟通"。人们的理解多偏重于某一面,才导致围绕"通俗小说"这一概念,产生了"颇不通俗"的阐释。当然,这与中国通俗小说的流变是关联在一起的。

二

学术界一般认为,中国通俗小说的开山之作是罗贯中的《三国志通俗演义》和施耐庵的《水浒传》。此前,虽然有敦煌变文和宋元话本,但均非文人独创之作。正如鲁迅云:"宋之说话人,于小说及讲史皆多高手(名见《梦粱录》及《武林旧事》),而不闻有著作;元代扰攘,文化沦丧,更无论矣。"⑨《通俗小说的历史轨迹》作者陈大康认为,通俗小说的"起点应是出现于元末明初的《三国演义》与《水浒传》"。也有学者主张,宋元话本是通俗小说之滥觞,否则无法解释《三国》、《水浒》为何一出现便高度成熟。我认为因概念理解不同,对起点的标定可早可晚,关键在于要明确《三国》、《水浒》是通俗小说最早的完整、成熟之作。

受《三国志通俗演义》影响,随后的一些历史演义也都标出"通俗"字样,如《隋唐志传通俗演义》、《东西汉通俗演义》、《大宋中兴通俗演义》等。张赣生认为这是为了特意强调"演义与正史之区别",并非意味着其他小说就是不通俗的。这显然是仅考虑到"与世俗沟通"而忽略了"浅显易懂"。演义与正史之区别在当时不仅仅是种类之异,更有着等级之差。《水浒传》、《西游记》等虽不加"通俗"字样,但当时之人并不觉得它们是有别于历史演义的另一种文体。万历年间的夷白堂主人杨尔曾在《东西晋演义·序》中说:

一代肇兴,必有一代之史,而有信史、有野史,好事者蒐取而演之,以通俗谕人,名曰"演义",盖自罗贯中《水浒传》、《三国传》始也。

由此可见,在元末明初通俗小说产生后的一段时间里,人们是以"正史、野史、演义"这样的逻辑顺序来为其定位的。中国人文史概念区分较晚,往往以为小说所描写的生活内容必有一真实的"底本"⑩,只是若用史家笔法写出一般人读不懂;若用"通俗"笔法写出,人们就懂了。袁宏道在《东西汉通俗演义·序》中说:

文不能通而俗可通，则又通俗演义之所由名也。

陈继儒在《唐书演义·序》中说：

演义，通俗为义也者。故今流俗节目不挂司马班陈一字，然皆能道赤帝，诧铜马，悲伏龙，凭曹瞒者，则演义之为耳。演义固喻俗书哉，义意远矣。

这里的"通俗"，意在"与世俗沟通"。显然这是以正史为参比对象，将通俗小说视为低档文类。可观道人在为冯梦龙的《新列国志》作序时说：

自罗贯中氏《三国志》一书，以国史演为通俗，汪洋百余回，为世所尚。嗣是效颦日众，因而有《夏书》、《商书》、《列国》、《两汉》、《唐书》、《残唐》、《南北宋》诸刻，其浩瀚几与正史分签并架。

"与正史分签并架"，却又不如正史，通俗小说似乎担负着通俗历史教科书的任务。以正史作为文本标准，则通俗小说的价值不仅低于正史，连野史也不如。许多野史，在今天看来已是小说，与当时的通俗小说相比，这些用文言和"史家笔法"写出的小说，当然属于"雅文学"。所以，不能因为那时不以小说称之，就断言"没有不通俗的小说"。酉阳野史在《新刻续编三国志引》中说：

夫小说者，乃坊间通俗之说，固非国史正纲，无过消遣于长夜永昼，或解闷于烦剧忧愁，以豁一时之情怀耳。

这里的"小说"，很明显，并不包括源远流长的文言小说。文言小说虽为"小道"，但毕竟忝列雅文学家族，作者也愿意署上真名实姓，如《李娃传》末尾署"时乙亥岁秋八月，太原白行简云"，《柳毅传》末尾为"陇西李朝威叙而叹曰……"而通俗小说，开始是经历了一个比较漫长的由改编到独创的过程。进入独创阶段后，作者也很少署其真名，以致考辨作者成了小说研究的一个专门课题。

到此可以弄清，通俗小说在产生和发展之初就并非小说的全部。在"与世俗沟通"的意义上，它以历史文本为参照；在"浅显易懂"的意义上，它以文言小说为参照。无论从哪一方面，它都被视为低级文类，这种情况长期左右了通俗小说的界定并影响着雅俗观念的变迁。

从元末明初或更早一点的宋元话本阶段开始，小说家族出现了雅俗对立，具体表现为文言小说与通俗小说的对立。二者的差别在当时主要有以下几个方面。

一是语言。通俗小说除了开山之作《三国演义》用的"文不甚深，言不甚俗"的浅近文言外，全部用的是白话。而文言小说则专用文言，而且为炫耀文笔才华，其文言的艰深程度往往比正史更甚，如翟宗佑的《剪灯新话》。

二是题材。通俗小说以历史题材为主，尤其初期，几乎均为讲史演义，随后神魔题材也为数不少。而文言小说以传奇志怪为主，如鲁迅所云："每为异人侠客童奴以至虎狗虫蚁作传，置于集中。"[11]

三是成书方式。通俗小说多有漫长的集体改编历程，后来才过渡到独创。而文言小说虽有抄袭《太平广记》等前代作品者，主要为作者所独创。

四是接受对象。通俗小说的受述者[12]是粗通文墨的"看官"，而文言小说的受述者是艺术修养较高的文人。

通俗小说在产生了一批优秀作品之后，由于印刷业尚不够发达，文化市场不够成熟以及正统文学的压抑,发展十分缓慢,在二百多年的时间里几乎裹足不前。直到明末,由于上述各种不利条件的转变,通俗小说才重新迅速起步,形成了延续到清代前期的繁荣局面。[13]

在这一缓慢的发展过程中,人们对通俗小说的认识不断提高和深化,终于不再简单地视之为"羽翼信史",而是可以置于经史之外来看待的另一种有独特价值的文字,"与经史并传可也"[14]。人们认识到通俗小说不仅可以给人简单的娱乐和传播通俗的历史知识,而且可以寓教于乐,使"怯者勇,淫者贞,薄者敦,顽钝者汗下"[15],起到"触性性通,导情情出"[16]的效用。同时,通俗小说的题材和创作方式也逐渐发生了变化。

在题材上,历史与神魔题材的比例渐次下降,在新出现的拟话本和时事小说两大流派中,反映现实社会中的世情、恋情的比例大幅度上升,到清初后,人情小说成了最大的流派。方式上,由改编逐渐过渡到独创。"三言二拍"中,已经是改编与独创混杂,至若《辽东传》、《魏忠贤小说斥奸书》等,独创成分已大占优势。通俗小说彻底摆脱经史的束缚,进入独立飞翔的境界,终于产生了白话文学中最伟大的作品《红楼梦》。当然,《红楼梦》等几大古典名著在今日看来已属高雅文学,"红学"也是学术界的尖端学科,但这是历史的变迁、雅俗的位移所造成的,在当时,它们的的确确是通俗文学。即使是《红楼梦》,陈大康尽管认为它是通俗小说由改编转向独创的过程结束的标志,但仍承认"其间仍有改编的痕迹",事实上,明清通俗小说中并没有绝对纯粹的改编或独创的作品。[17](按:《红楼梦》可以看作一个特例。它在创作与问世的当时,到底算不算通俗小说,还大有商讨余地。从文类上看,既是白话章回体,则应属通俗小说无疑。但从其文人性及艺术品位上看,则至少应承认它是"超越性"的通俗小说。)

《红楼梦》问世之后,古代的通俗小说基本定局。鲁迅在《中国小说的历史的变迁》中将清代小说分为四派,其中《聊斋志异》、《阅微草堂笔记》等拟古派一路当属高雅小说,其余讽刺、人情、侠义三派则皆为通俗小说。

此时的通俗小说,题材广泛,技巧娴熟,风格多样,正像鲁迅所云:"总之自有《红楼梦》出来以后,传统的思想和写法都打破了。"[18]"与世俗沟通"的俯就姿态已不甚明显,"浅显易懂"的特点则普遍有所加强。明明是案头之作,却努力追求书场效果,仿佛背下来就可以去说书。其实真正说书人的"话本"倒是不需要那么多固定的口头艺术的标记的,因为在每次临场演出时,文本都是变动的。现在的宋元话本与明"拟话本"相比,后者更为"浅显易懂",便是明证。[19]尽管小说中也有诗词歌赋等高雅文学成分,但去掉这些,并不影响小说的叙述。事实上也的确有些书商为降成本,删去了这些点缀。而"有诗为证"的叙述套路,恰恰表明,作者自认所写的是审美品位低下的文类,需要用高级文类来证明叙述内容的"真理性"和叙述风格的"高雅性"。

至此,中国古代通俗小说以"与世俗沟通"的创作精神始,以"浅显易懂"的审美品位终,完成了"通俗"一语能指与所指的统一。陈大康的定义"以浅显的语言,用符合广大群众欣赏习惯与审美趣味的形式,描述人们喜闻乐见的故事的小说"[20],基本上适合中国古代通俗小说。它的一些主要特点为:

一、白话。按照胡适的解释,白话有三层意思:即"说得出,听得懂","不加粉饰","明白晓畅"。[21]这三层意思的共同指向就是接受效果上的"浅显易懂"。所以,不宜将白话理解为简单的口语化。有些口语作品并不比浅近的文言更通俗易懂,从宋代的禅宗语录到今日的某些"探索小说",都不乏其例。

二、形式上长篇为章回体,短篇为拟话本,中篇则二者都有。实际上拟话本也属章回体,不过并非每回所说的都是同一个连续的故事而已。二者皆源于说书。由于这一形式特点,古代通俗小说又被称为章回小说。时至今日,只要是章回体,则必为"通俗"之属无疑。章回体决定了结构单纯、情节紧凑、故事完整。

三、从题材上形成几大类型,如演义、侠义、神魔、公案、人情等。大类型有时可派生小类型,如"演义"中有历史演义和时事小说,"人情"中有世情小说、色情小说和才子佳人小说、狭邪小说。许多类型流变至今,成为固定的通俗小说类型,如历史演义、纪实文学、武侠、言情侦探等。类型化已是识别通俗小说的重要标志。可以说,通俗小说读者所"喜闻乐见"的并非哪些特定的人和事,而是经过了类型化处理的人和事。非通俗小说可以使用同样的素材,只是不能落入类型的陷阱,因为每一类型大都联系着某种叙事模式。突破了叙事模式的作品,就往往使人觉得很难用通俗小说去涵盖了,如《红楼梦》和金庸的武侠小说。

四、商品化倾向。通俗小说与其文学体裁相比,具有最强烈的物质形式的依赖性。它的起源、发展、传播、演变,都绝对离不开大众。在作品与大众之间,有一个关键的中介,那就是印刷和发售。这便决定了通俗小说除了制约于一般的艺术规律以外,还要制约于商品经济规律。中国古代通俗小说正是在印刷业得到长足发展的明末开始走向繁荣的。书坊为了牟利,不但大量篡改、删减作者的劳动成果以迎合市场,而且根据"行情"大批翻刻和编辑某一流行的类型,进而左右作者的创作内容和创作风格。中国古代通俗小说所具有的商品化倾向,决定于它的大众娱乐消遣性,这使其后来能够顺利地与"大众文学"(light literature)接轨,完成向现代通俗小说的进化。

三

古代通俗小说向现代通俗小说的进化,开始于清末。

清末文坛最重要的现象,便是小说的地位的大翻身,由文学的最边缘一下子走到了正中心。自梁启超等提倡新小说后,作小说不再是娱乐消遣之小道,而是关乎启蒙发聩、富国强兵之盛事,与曹丕所言的"经国之大业,不朽之盛事"[②]不遑多让。一时之间,通俗小说"与世俗沟通"的一面得到极度重视,小说家们用小说来阐发、宣传其革命思想。于是高雅小说与通俗小说有了彼此靠近的情况。

这时的高雅小说除了传统的文言笔记体如王韬《淞隐漫录》、俞樾《右台仙馆笔记》等外,一是以林纾为代表的对外国小说连译带改、半译半创的小说,二是以梁启超《新中国未来记》为代表的政治小说。前者既追求教诲色彩,又追求"古文义法"、"译笔雅训",后者以小说为政论,根本不顾小说的艺术特点,所以二者皆不属于通俗小说。尽管大部分译本的原作属于西洋通俗小说,大部分政治小说的作者也立意于开启民智,标榜通俗化,但正如陈平原所云:"作家是站在俗文学的外面,用雅文学的眼光和趣味,来创作貌似通俗的文学。""着意启蒙的文学不可能是真正的通俗文学。"[⑤]

这一时期的通俗小说以"谴责小说"和"写情小说"为主流,[⑥]它们思想上具有启蒙、变革精神,艺术上开始追求变化,但仍保持了传统通俗小说的主要特点,既"与世俗沟通",又注意浅显易懂。

晚清的中国小说处于重大的转折阶段。雅与俗、新与旧、中与西,犬牙交错,格局混乱。

从类型上看,分类杂多,标尺不一,例如《月月小说·发刊词》把小说分为历史小说、哲学小说、理想小说、社会小说、侦探小说、侠情小说、国民小说、写情小说、滑稽小说、军事小说、传奇小说等十余种。小说创作方法也在域外刺激下发生变化,叙述者处于一种艰难苦恼的境况,®这往往导致雅中有俗,俗中有雅。通俗小说一方面"命意在于匡世",另一方面又"过甚其辞,以合时人嗜好"®,前者随世事推移渐趋淡薄,后者则随小说市场的拓展不断翻新,终于促成中国小说叙事模式的根本转变®。于是,在市场机制制约下的现代意义的通俗小说便在清末民初登场。

辛亥革命以后,通俗小说既可说是大放异彩,也可说是大肆泛滥。所谓启蒙精神只剩下几句口头禅,"大都专迎合社会心理,没有一定的目标"®,以媚俗混世为能事的鸳鸯蝴蝶—礼拜六派席卷文坛,这个派别几乎成了通俗小说的代名词。(以下简称鸳—礼派)

杨义《中国现代小说史》分鸳—礼派为史汉支派和骈文支派,颇中肯綮。以高雅文言写作通俗小说,尤其是作为骈文的回光返照,竭尽雕红刻翠之能事,的确是通俗小说史上的奇特现象。这可说明近现代以后小说之通俗与否,并不一概决定于语言的文白深浅,而主要应视其创作精神是否为媚俗的或商品化的。徐枕亚《玉梨魂》所代表的骈四俪六作品,其受述者虽为文言素养较高的知识分子,但不能认定知识分子的便是雅的,知识分子、文人、学者、学术、科研,均有雅俗可分。那个时代的读书人,对于平仄音韵,骈散奇偶,并不觉得有何艰深,相反,自幼所受的韵文教育使他们颇能欣赏这种"有词皆艳,无字不香"的文体,这便成就了李定夷"使我片言,集来尺幅,博人一噱,化去千愁"的创作宗旨。五四作家对鸳—礼派的批判,锋芒直指其游戏消遣的创作观,而不问其白话与文言,正是抓住了现代通俗小说的要害。

民国通俗小说铺天盖地、兴旺发达的势头,到五四时期在理论上遭受重创。但通俗小说的市场并未被夺去,此后它与五四新文学平行发展,范伯群等学者称为"双翼齐飞"。事实上,新文学小说虽占据了文坛的制高点,被目为正宗,但在它周围汪洋态肆的仍是通俗小说之海。新文学作家甚至不能将自己的亲人从通俗小说的市场上拉走,例如鲁迅的母亲看书,"多偏于才子佳人一类的故事,她又过于动感情,其结局太悲惨的,她看了还会难过几天,有些缺少才子佳人的书,她又不高兴看"®。鲁迅的日记和书信中都多次记载为母亲购寄张恨水、程瞻庐等小说之事。若以围棋为喻,新文学所占的是"势",而通俗小说则占有大片实地。

由于有了新文学作为参照系,通俗小说的阵营显得比较清晰、整齐。当然,二者的关系并非势如水火,而是相当复杂。如果说新文学小说继承梁启超"欲新一国之民"精神,是反帝反封建的文学,是改造民族灵魂的文学,那么通俗小说中这种先锋意识是相对淡薄和滞后的,从思想内容到艺术形式都以"大众"能否接受为准绳。然而新文学的先锋意识往往又是经过通俗小说的变形传递才为大众所接受的。二者既相排斥对立,又相借鉴滋补,构成一个互动的矛盾体系。在 20 世纪 20 年代和 30 年代,新文学小说和通俗小说都经历了一个繁荣兴盛的时期,涌现了许多佳作、名作,但同时也暴露了各自的缺陷。时代呼唤着"雅"与"俗"的握手交流。从抗战时期开始,二者有了融汇的趋势,到 20 世纪 40 年代已经孕育出一批新的类型,例如张爱玲和赵树理的作品,都不能简单地称之为高雅小说和通俗小说便完事大吉,它们实际是雅中有俗、俗中有雅的混血品种。从通俗小说这一方面来讲,这也是它走向现代化的重要表征之一。

20 世纪 50 年代以后,中国大陆地区的文学市场机制很快消失。在"计划文学"的体制下,通俗小说以特殊的形态生存下来,主要方式是寄生在严肃文学的体内,如《敌后武工队》、《铁道游击队》、《万山红遍》、《大刀记》、《平原枪声》等。到"文革"时期,更以地下文学状态存在,如《梅花党》、《一双绣花鞋》、《李飞下江南》等,这时,它的姿态实际是对专制"高雅"、"严肃"文学一统天下的反抗和破坏。

而在中国大陆以外的华文地区,通俗小说一直在持续发展。尤其突出地产生了新派武侠小说和琼瑶为代表的言情小说,对重新开放后的中国大陆新时期文学带来了冲击和影响。这些通俗小说的艺术水准较之几十年前已经不可同日而语,比现代文学史上一般化的新文学小说还要技高一筹。从这里可以看出五四新文学和西方文学的滋养大大促进了通俗小说的现代化。

大陆新时期的通俗小说在舶来品的刺激和润泽下,很快恢复起步,20世纪80年代已形成市场规模,进入90年代,更对"严肃文学"造成压迫,逼使高雅、严肃文学向通俗靠拢。例如"陕军东征"中的《废都》虽然标榜是"纯文学",却利用市场效应,采用通俗小说的发行方法。内容十分严肃的《白鹿原》,推销广告中也充斥着商业气。另两部《骚土》、《媾疫》则均可视为通俗小说。在纯粹类型化通俗小说尚不发达的情况下,大量雅俗混血的小说填补了市场空缺。

四

正是通俗小说数百年的漫长流变,为通俗小说概念的界定既提供了依据,又带来了一定的困难。

首先,因时代的不同,通俗小说的所指不断发生变化。古代通俗小说可以径称白话小说、章回体小说,其对立面是文言小说、笔记体小说。二者的雅俗分野泾渭分明,由文体的类型决定何为高雅、何为通俗。然而从审美品位来看,白话小说未必"俗"、文言小说也未必"雅"。文学史的事实证明,正是白话小说开辟了中国小说的金光大道,白话小说产生了远远超过文言小说的优秀作家和优秀作品。中国古代小说的荣耀和成就主要应归功于通俗小说。

近代文学体系的大规模位移造成了雅俗界限的交叉混乱,文体类型的决定意义开始动摇。白话小说不一定通俗,如《新中国未来记》;文言小说不一定高雅,如《玉梨魂》。此时的雅俗判断一是主要依凭作品自身的艺术风貌,如陈平原所描述的有无启蒙意识、有无模式化、娱乐性等,②二是雅俗分野已难以泾渭分明,因为启蒙意识、模式化、娱乐性等在各类小说中都不同程度地存在着。于是,在雅俗之间,出现了一片"过渡地带",如壮者《扫迷帚》、颐琐《黄绣球》等。

五四新文学的诞生,以对民初小说的批判姿态,结束了近代小说雅俗混乱之局面。此后的雅俗对立在某种意义上转化为中西对立、新旧对立、传统与现代的对立。新文学小说的标志是科学、民主、人道主义等五四精神加欧化小说技巧,通俗小说则在坚持传统道德观念和创作技法的同时,适当吸取新文学精华以适应时代和市场。所以说,现代通俗小说与新文学小说的差异主要是审美风格上的,原因在于其思想、艺术两方面皆失去了先锋性。古代通俗小说并不以文言小说作为衡量自己的标准,而现代通俗小说却越来越趋向于与新文学小说尊奉同样的美学准则,只是滞后一些而已。于是,二者之间又渐渐产生"过渡地带",如张资平、叶灵凤等人的作品和20世纪40年代的一些小说。

范伯群在《中国近现代通俗作家评传丛书》总序中表述了一个定义：

中国现代通俗文学是指以清末民初大都市工商经济发展为基础得以滋长繁荣的,在内容上以传统心理机制为核心的,在形式上继承中国古代小说传统为模式的文人创作或经文人加工再创造的作品,在功能上侧重于趣味性、娱乐性、知识性和可读性,但也顾及"寓教于乐"的惩恶劝善效应;基于符合民族欣赏习惯的优势,形成了以广大市民阶层为主的读者群,是一种被它们视为精神消费品的,也必然会反映他们的社会价值观的商品性文学。

用这个定义来概括现代通俗小说,如果不考虑"过渡地带",大致上是很周全的。但问题往往就出在"过渡地带",而且随着世事推移,"过渡地带"不断扩大化和复杂化,以致从现代到当代到目前,通俗小说越来越容易被误为庸俗小说了。

其次,时代尽管变迁,但通俗小说始终有几个可以把握的标准,一是"与世俗沟通",二是"浅显易懂",三是娱乐消遣功能。后者乃学界共识,不必细论,前二者则经常联系在一起。"与世俗沟通"是一种文化策略,多少有点居高临下的"大众化"姿态。但它离不开"浅显易懂",它依靠后者来实现自身。而"浅显易懂"则是通俗小说的根本特征,它不单指语言和体式,也包括思想和题旨。当然,时代的不同决定了"浅显易懂"的标准及所针对的阅读群体的不同。即以《红楼梦》而论,当时的阅读群体是"开谈不说红楼梦,纵读诗书也枉然"的古代知识分子,语言、故事对他们来说是"浅显易懂"的;而对今天受欧式教育成长的知识分子来说,则已经不够"浅显"了,更因其"浅显"语言表层下所掩藏的深刻意义不断被挖掘、阐释,《红楼梦》早已成了当代的高雅文学精品。

这样,就可以理清许多认识上的混乱。例如,昨日之俗可能为今日之雅,今日之雅又可能为明日之俗,这在文学史上屡见不鲜。学术研究不应因此而采用多重标准,在解决文学史问题时,理当依循具体时代因素,采用历史标准。由此出发,通俗小说这一概念,在普遍具备娱乐消遣功能的前提下,可以在广义、狭义两个层次上来理解。

在广义层次上,凡是具有"与世俗沟通"或"浅显易懂"两类特性之一的,便是通俗小说。就是说,只要思想性或艺术性二者中任一方面不具备作品产生时代的公认的高雅品位,便是通俗小说。例如《金瓶梅》、《红楼梦》,在思想性上显然高于同期的文言小说,但其白话和章回体在当时属于"浅显易懂"的标志,所以它们是通俗小说。再如赵树理的小说,在思想上具有最进步的先锋性,但它出于"与世俗沟通"的文学策略,有意采用最为"浅显易懂"的民间故事形式,所以也算广义上的通俗小说。而鸳—礼派早期的文本的"形式"不那么"浅显易懂",但其思想风貌的趋时媚俗性质决定了它们是通俗小说。

广义层次上的通俗小说覆盖面很大,但并不能消除"过渡地带"。作品实际的复杂性决定了任何理论界定都难以天衣无缝。例如金庸的小说从类型上看无疑属于通俗小说中的武侠家族,但在美学品位上它却超越了武侠、超越了通俗,实为当之无愧的高雅文学。⑩再如王朔的小说,从其反抗正统、消解价值的一面看,颇具先锋性,但其艺术趣味和语言模式却明显迎合文化水平不高的都市青少年,故也有论者列其为通俗小说。可见,广义上的通俗小说,其中的一部分很可能同时也是广义上的高雅小说,这一部分,便是"过渡地带"。过渡地带的小说,必定是具有娱乐消遣的一面的。

从狭义层次来看,则必须是"与世俗沟通"和"浅显易懂"两大特征兼备的小说,才是通俗小说。就是说,这些作品无论思想性或艺术性都不具备其产生时代的公认的高雅品位,它们的存在意义主要以其娱乐性和模式化为读者提供精神消费,有的学者因此称之为"市场文学"⑧。这里主要包括那些可以批量生产和包装的类型化小说:武侠、言情、涉案、科幻、纪实等。狭义的通俗小说与所谓先锋小说、探索小说,恰好各据一端,中间则是广义的高雅小说和广义的通俗小说。

所以,从不同的意义、不同的角度来看,《红楼梦》《茶花女》《林海雪原》,都可看作通俗小说。而《废都》《白鹿原》则不然,尽管它们的发行方式利用了畅销书机制,但畅销书不等于通俗小说,非通俗小说也有自己的市场。由于强调的方面不同,通俗小说产生了不同的对立面。强调大众化品位时,与"高雅小说"相对;强调消遣娱乐功能时,与"严肃小说"相对;强调形式技巧的模式化与稳定性时,与"先锋小说"、"探索小说"相对;强调商品性、功利性时,与"纯小说"相对;强调传统性、民族性时,与"新文学小说"、"新文艺体小说"相对……需要注意,不能根据这些对立面的字面含义反过来指责、贬低通俗小说"不高雅"、"不严肃"、"不先锋"、"不进步"、"不纯",那是文不对题的"跨元批评"。

最后,在区分广义和狭义的基础上,还要强调除了"与世俗沟通"和"浅显易懂"外,通俗小说的另一个根本特征——娱乐消遣功能,这是不论广义和狭义的通俗小说都必定具备的。古今中外一切通俗小说的其他功能和特征皆是由此衍生或为此服务的。

总之,"与世俗沟通","浅显易懂",娱乐消遣功能,是判断和界定通俗小说的三大试金石。三者结合比例的不同,造成了通俗小说的千姿百态。钱锺书的《谈艺录》以"诗分唐宋"始,以"论难一概"终。本文追溯通俗小说的流变,以"小说分雅俗"始,亦以"论难一概"终。最好的界定方法也许并不是列出一个逻辑公式,以绳天下之说部。现代逻辑学认为:"我们不可能建立起一个无矛盾而能囊括一切的统一的逻辑系统,而只能够分别地建立一些不同的演算系统,因此普通逻辑学必然包括许多独立的演算系统,它也就只能是一个包括多个演算系统的拼凑体系。"③只要弄清了各个时代通俗小说的基本特征及其与非通俗小说的区别("演算系统"),并保留了容纳未来之发展变化的可能性,不是胜过下一个很快将被取代的"定义"吗?

(原载《文学评论》1996 年第 1 期)

注　释

①《列宁选集》第 2 卷,第 808 页。

②商务印书馆 1983 年版。

③商务印书馆 1983 年修订本。

④斯特劳森:《论指称》,《语言哲学名著选辑》,生活·读书·新知三联书店 1988 年版。

⑤语出叶洪生《万古云霄一羽毛》,转引自《通俗文学评论》1995 年第 2 期。下引张赣生之见解均见张著,重庆出版社 1991 年版。

⑥《进学解》。

⑦《推广普通话和爱国主义教育》,《光明日报》1995 年 7 月 21 日。

⑧《孟子·梁惠王》。

⑨《中国小说史略》第十四篇。

⑩赵毅衡："底本可以被视为以自然的时空状态存在的事件流。"《苦恼的叙述者》，北京十月文艺出版社1994年版。

⑪《中国小说史略》第二十二篇。

⑫与"叙述者"相对应的叙事学概念，亦有学者称为"叙述接收者"。

⑬详参陈大康《通俗小说的历史轨迹》，湖南出版社1993年版。

⑭陈继儒：《叙列国传》。

⑮绿天馆主人：《古今小说·序》。

⑯无碍居士：《警世通言·序》。

⑰《通俗小说的历史轨迹》，第6页。

⑱《中国小说的历史的变迁》。

⑲可参见赵毅衡《苦恼的叙述者》，第21页。

⑳《通俗小说的历史轨迹》，第1页。

㉑《白话文学史》自序，岳麓书社1986年版。

㉒《典论·论文》。

㉓《二十世纪中国小说史》第一卷，北京大学出版社1989年版，第103页。

㉔参见杨义《中国现代小说史》第一卷第一章第二节，人民文学出版社1986年版。

㉕参见赵毅衡《苦恼的叙述者》。

㉖鲁迅：《中国小说史略》第二十八篇。

㉗参见陈平原《中国小说叙事模式的转变》。

㉘沈雁冰：《反动？》，《小说月报》13卷1期，1922年。

㉙荆有麟：《鲁迅回忆》，转引自王得后《两地书研究》，第357页。

㉚《二十世纪中国小说史》第一卷第四章，北京大学出版社1989年版。

㉛徐尚扬：《第三次文化转型与通俗文学的勃兴》："金庸的作品的审美功能、教育功能、认识功能不比当代中国优秀的纯文学作品差。"《通俗文学评论》1994年第4期。

㉜易中天：《市场的文学》，《通俗文学评论》1994年第2期。

㉝赵又林、谢淑君：《现代普通逻辑学》，中国社会科学出版社1990年版。

俗文学研究的精神性、文学性与当代性

陈平原

如果我们对当代中国学术思潮保有足够的敏感,就不难发现,"俗文学研究"早已不是什么"显学",很难再吸引志向远大的年轻学者的目光。按理说,潮起潮落,阴晴圆缺,一切变化都很正常;可即便如此,我们也须追问:曾经显赫一时的俗文学研究,如今为何落得这般"门前冷落车马稀"? 在我看来,有三个有形无形的陷阱,制约着这个学科的进一步发展。这点,对比学科初创期的生机勃勃,当不难明了。

五四那代人——包括蔡元培、李大钊、周作人、鲁迅、胡适、刘半农、沈尹默、顾颉刚、常惠、魏建功、董作宾等——之所以关注俗文学,是有精神性追求的。眼光向下,既是思想立场,也含文学趣味。提倡俗文学(比如征集歌谣),在五四新文化人看来,既可以达成对于"贵族文学"的反叛,又为新文学的崛起获取了必要的养分。八十年过去了,"平民文学"的口号早已进入历史。从歌谣中寻找新诗发展的方向,这一努力基本落空;朱自清关于歌谣可以欣赏、研究甚至模仿,但"与创作新诗是无关的"这一论述(《歌谣与诗》,《朱自清全集》第八卷272—276页。南京:江苏教育出版社,1999年),基本上得到了证实。而"文学的新方式都是出于民间的",由于劣等文人的模仿而变成"一套烂调子",于是"文学的生命又须另向民间去寻找新方向发展了"(《〈词选〉自序》,《胡适古典文学研究论集》,上海:上海古籍出版社,1988年),胡适的这一"大胆假设",也受到了越来越多的挑战与质疑。时至今日,你还会相信《故事会》、《今古传奇》、《文学故事报》上的作品,或者哪个书场的成功表演,代表着中国文学的未来? 失去了"民间崇拜"这一精神支柱,在很多人眼中,俗文学研究正逐渐失去其生机与活力。另一方面,作为一个学科,边界的不确定、理论预设的过于迂阔,以及研究方法的相对陈旧,也使得后来者望而却步,对其发展潜力将信将疑。

20世纪20年代俗文学的迅速崛起,得益于特定的思想潮流,这样的机会可遇而不可求。今人无法复制五四新文化人的成功,但在学术研究中坚持某种理想性的追求,这点并不过时。如果俗文学研究失去其精神面向,沦落成为纯粹的技术操作,那确实前程堪忧。如何在经济全球化时代重建"民间"想象,并将其作为达成文化多样性的努力之一,是值得俗文学研究者探究的"真问题"。与此相联系的是,我们该如何面对以下两个危机:俗文学研究中文学性以及当代性的失落。

现代中国,不仅"俗"("民间"),而且"文学",这可能吗? 提这样的问题,是因为我注意到,当代中国的俗文学(民间文学)研究,其焦点正逐渐向外转移——研究者关注的,大都是民俗、宗教、语言等,与文学基本不搭边。这一转向,自有其合理性,但丢弃了"文学",只将内地的"三套集成"或台湾的"俗文学丛刊"作为社会史料来看待,实在有点可惜。1936年4月9日北大《歌谣》周刊复刊,胡适撰《复刊词》,称:"我以为歌谣的收集与保存,最大的目的是要替中国文学扩大范围,增添范本。我当然不看轻歌谣在民俗学和方言研究上的重要,但我总觉得这个文学的用途是最大的,最根本的。"(《〈歌谣〉复刊词》,《胡适全集》第十二卷 332 页,合肥:安徽教育出版社,2003 年)对于胡适"我们的韵文史上,一切新的花样都是从民间来的"这一假设,我是不无保留的;但我承认,胡适的提醒值得注意,俗文学确实可以"替中国文学扩大范围,增添范本"。

过去我们曾将俗文学说成是一切文人文学之母,如此过度褒扬,基于以下假设:文人文学与民间文学之间截然对立,前者如果想保持恒久的生命力,就必须不断地从后者汲取养分。不只胡适、郑振铎这么想,鲁迅也是这么说的。所谓"旧文学衰颓时,因为摄取民间文学或外国文学而起一个新的转变,这例子是常见于文学史上的"(《门外文谈》,《鲁迅全集》第六卷 95 页,北京:人民文学出版社,1981 年);"士大夫是常要夺取民间的东西的,将竹枝词改成文言,将'小家碧玉'作为姨太太,但一沾着他们的手,这东西也就跟着他们灭亡"(《略论梅兰芳及其他(上)》,《鲁迅全集》第五卷 579 页)。这样绝对化的思考与表述,现在看来是颇有问题的,尤其是将其引入文学史建构。或者"刚健清新"的民间,或者"陈腐浅陋"的文人,如此二元对立,为文学革命的展开提供了原初动力,但无法贯彻到历史写作中。胡适提倡白话文,获得了巨大的成功;但撰写《白话文学史》,则留下了很多的遗憾。关键在于,反抗者的"悲情",没能顺利地转化为史家的"通识"。其中最要不得的,便是为了渲染白话文学的"正统"地位,刻意贬低乃至抹杀二千年的文人文学。记得 20 世纪 20 年代初,胡适曾特别强调:"'正统文学'之害,真烈于焚书之秦始皇! 文学有正统,故人不识文学:人只认得正统文学,而不认得时代文学。"(《读王国维先生的〈曲录〉》,《胡适全集》第二卷 856—857 页)可他忘记了,这一反"正统"的理论武器,是一把双刃剑:既指向"文言正统",也指向"白话正统"。

在我看来,恢复对于俗文学的信心,不是靠唱高调,也不是靠争正统,而是洞悉并认同义学的多样性——俗文学自有其价值,不必要也不能够靠贬低李白、杜甫,或打击文人文学来给自己鼓气。无论古今中外,文坛上都需要雅俗对话,二者既互相竞争,也互相补充。尽管这里的"雅",不等于文人文学,"俗"也不就是民间文学。文学一如自然,必须保持生态平衡,没必要弄得有我没你,非此即彼。读者需要多种养分,需要多种体验,也需要多种文学作品。永远的"高雅"——比如拒斥一切"不登大雅之堂"的流行歌曲、武侠小说以及警匪片等——并不怎么值得吹嘘,有时反而是缺乏自信、胃口太弱的缘故。保守自家立场,而又能以通达的眼光来看待另一种文学趣味,这才是真正的高手。

当初提出俗文学命题时,直接针对的是高雅文学/文言文学/贵族文学——这里涉及文体、风格、体裁等不同层面的考虑。那么,今天该如何分拆,哪些思考明显过时,哪些则仍然有效? 有一点我深信不疑:谈论俗文学,必须考虑文类特征,不只注重其"说什么",还得关心其"怎么说"。表现形式的重要性,对于雅文学、俗文学来说,没有任何差异。

随便举个例子,陈寅恪论《再生缘》,便是从思想、结构、文词三点入手。今人注重女性意识与民间立场,此书的思想意义不言自明。至于结构和文词,陈先生同样非常重视:"若是长篇巨制,文字逾数十百万言,如弹词之体者,求一叙述有重点中心,结构无夹杂骈枝等病之作,以寅恪所知,要以《再生缘》为弹词中第一部书也。""《再生缘》之文,质言之,乃一叙事言情七言排律之长篇巨制也。""(元)微之所谓'铺陈终始,排比声韵','属对律切',实足当之无愧。"论及此,陈先生悬的甚高:前者对比章回小说,相形之下,《水浒传》《红楼梦》《儒林外史》等"其结构皆甚可议";后者则称:"世人往往震矜于天竺希腊及西洋史诗之名,而不知吾国亦有此体。"我们都明白,陈先生如此不遗余力地表彰《再生缘》,其实别有幽怀。除"论诗我亦弹词体,怅望千秋泪湿巾"外,更强调:"《再生缘》一书,在弹词体中,所以独胜者,实由于端生之自由活泼思想,能运用其对偶韵律之词语,有以致之也。故无自由之思想,则无优美之文学,举此一例,可概其余。"(陈寅恪《论再生缘》,《寒柳堂集》1—96页,上海:上海古籍出版社,1980年)你可以不同意陈先生的具体结论,但如此眼光,如此襟怀,还是很让人感动的。

不是靠争"正统",而是从文学形式、风格、趣味的多样性,来理解并诠释"俗文学"的独特价值,这样的研究,方才不至于将俗文学彻底"史料化"。

俗文学研究不能仅仅停留在稽古或资料普查的阶段,还得尽可能介入当代中国的日常生活。这一点,几年前我曾提到:"二十一世纪的俗文学研究,很可能是在学有根基的前提下,主动出击,以开阔的视野与灵活的姿态,介入当代中国的学术文化思潮。"(《我看俗文学研究》,刊2000年3月15日《中华读书报》)至于何谓"介入",因系大会发言,当时语焉不详,这里不妨略作补充。

我所理解的"介入",包含以下三个层面。第一,借助俗文学的资料或眼光,来从事其他领域的专门研究,一如顾颉刚以故事的眼光来理解古史的构成,胡适借母题(motif)的生长与扩张,来诠释中国章回小说的演进,或者像俞平伯、朱自清那样,以歌谣的趣味来解读《诗经》。这一类学科"溢出"的努力,还在继续,还可能会有丰硕的成果出现。第二,直面当代中国俗文学的发展,承认新民谣、二人转、网络笑话等同样值得关注,愿意对此进行严肃的学术批评,而不是将目光局限在传统中国。第三,吸取俗文学的养分,从事各种文学体裁的创作,好似电影、电视剧的挪用民俗与民歌,重编梁祝故事、白蛇传传说等。这三者,或学术,或批评,或创作,共同点是介入当代中国的文化建设。在我看来,刻意经营学科的"当代性",是保持其生命力的重要举措。

作为一个历史性的概念,"俗文学"的范围到底多大,一直是见仁见智。从20世纪30年代郑振铎的《中国俗文学史》(上海:商务印书馆,1938年),到90年代吴同瑞、王文宝、段宝林的《中国俗文学概论》(北京:北京大学出版社,1997年),历经半个多世纪的努力,学科边界仍在滑动中。俗文学、民间文学、通俗文学三者的互相纠葛,让不少研究者感觉头痛。但我以为,这不是最可怕的。真正的隐忧在于,像"俗文学"这样崛起于危难之中,曾深刻影响一个时代思想进程的学科,一旦失去"精神"、丢了"文学"、远离"当代",可就真的"一无所有"了。

(原载《中华读书报》2004年11月10日)

（二）边缘与主流：通俗文学与中国现当代文学史

我心目中的中国现代文学史框架

范伯群

摘　要：进入 20 世纪之后，知识精英的小说理论促成了通俗文学的大繁荣，形成了一个文学中的继承改良派。五四前后，知识精英们在理论与创作上均有上乘表现，他们以借鉴革新的姿态在本民族发动了一场文学革命。在知识精英文学与市民大众文学的剧烈碰撞中，出现了一个"接编—另办"模式，读者需求的多样性决定了文学多元共生的内在规律。嗣后虽用行政或半行政手段使市民大众文学出现了 30 年断层，但随着"引进热"又掀起了一个"重印热"，促使人们自省文学的生态平衡的必然性与"因势利导"的必要性。

关键词：中国现代文学史；继承改良；借鉴革新；生态平衡

一

中国文学现代化的进程肇始于 19 世纪 20 世纪之交，这一时期中国文学取得的历史性成就远远超过 20 世纪 21 世纪之交的成就。因为前一个世纪之交正值中国文学的转型期，也即从古典型转化为现代型。这种划时代的成绩是显而易见的。可是后一个世纪之交，文学没有发生什么"质"的变化，也没有什么标志性的作品出现。就这样平平稳稳（也许可以称作平庸）地没有"质"的突破地跨过了庄严的世纪之线。

前一个世纪之交是以"小说界革命"为龙头标志作腾越式前进。其标志性文章是严复与夏曾佑发表在 1897 年天津《国闻报》上的《本报附印小说缘起》。严复当时正翻译《天演论》，而这篇"缘起"简直是《天演论》的文学版。严、夏二人是有世界性的视野的，他们也懂艺术规律。但这样一篇连载了十几天的重要文章，竟用了一个很"事务性"的题目，使我感到非常可惜。另外还有一点应该提及的，"本报"究竟附印了哪些小说呢，查一查竟一篇也没有。梁启超在一则《小说丛话》中说："天津《国闻报》初出时，有一雄文，曰《本报附印小说缘起》，殆万余言。实成于几道与别士之手。余当时狂爱之……《国闻报》论说栏登此文，凡十余日。读者方日日引领以待其所附印者，而始终竟未附一回，亦可称文坛一逸话。"另一篇标志性文章是梁启超于 1902 年写的。实际上是《新小说》的发刊词。我们不得不佩服梁启超，他不愧是一位宣传鼓动家。他的文章的题目实在叫得响亮：《论小说与群治之关系》。如果他也用《〈新小说〉发刊词》、《创办〈新小说〉缘起》之类，就没有现在的效果了。这两篇标志性文章引进了外国先进的小说观，也强烈地提出了小说"新民说"。当然，梁启超说得过了头，好像小说是"万能"的，小说新民是"速成"的。另外他是位政治家，将小说与政治捆绑得太紧了，这对后代也产生影响。但他的文章一发表，国内文学界业内人士都赞成他的这个说法。连远在广东的黄小配也响应说：小说乃"瀹导社会之灵符"[①]。而且梁启超不像严、夏二位，连一篇小说也不附。他很有魄力地办了一个《新小说》刊物，而且一印就是 7000 册，真算得上开风气之先了。按照他的策划刊登了若干政治小说，还有若干政治性很强的历史小说。可是就连他自己写的《新中国未来记》在文学史上也是没有地位的。这说明了一个问题，就是知识精英们的理论是超前的，但他们的创作干部队伍却远远跟不上，他们提出了理论，可是缺乏创作实绩。而小说热潮的这把"火"倒是烧旺了。他们的锅子里无法烹调出鲜美的食物来。这把"火"对谁有利呢？我认为对通俗文学作家有利，也就是市民大众文学得了益。他们部分地吸收了梁启超等人的理论，同时也大量地发表小说。梁启超写小说是"专欲发表区区政见"②，而他们是以强烈的谴责与讽喻对准清政府的官场与当时腐败透顶的社会现状，他们与鼓吹"新民"的梁氏也可算是同盟军。他们的小说开始与传统的古典型的小说有所不同了，市民大众文学也在严氏、梁氏等人的理论的影响下改良自己。靠《新小说》成名的不是梁启超麾下的"小说家"们，而是吴趼人们和《二十年目睹之怪现状》等等谴责小说。1903 年办了一个《绣像小说》，是李伯元主编的。1904 年办了一个《新新小说》，是陈景韩（即陈冷血）办的，后来包天笑也参与写稿。1906 年办了一个《月月小说》，是吴趼人与周桂笙办的。1907 年又出了一个《粤东小说林》，是在广州出版的；1907 年改名《中外小说林》和《绘图中外小说林》，迁往香港出版，是黄小配与他哥哥黄伯耀办的。1907 年上海办了一个《小说林》，是黄人与徐念慈（东海觉我）办的。除了梁启超一帮搞政治的人之外，黄人是东吴大学文科总教习，算是学院派，其他办杂志的，基本上都是通俗文学作家，应该说，通俗文学在此期间是大繁荣。但他们在繁荣的同时，也在不断更新自己的面貌。

鲁迅的《中国小说史略》中提到了几部著名的狭邪小说，如《品花宝鉴》、《花月痕》、《青楼梦》和《海上花列传》，我认为作者花怜侬（韩邦庆）的《海上花列传》有着比较明显的都市通俗小说的特征。我在 2001 年第 4 期的《复旦学报》上，就提出过《海上花列传》是中国通俗文学现代化的开山之作。他的小说的时代印记是突出了都市中的商人群体。这部狭邪小说中冶游上海花丛的主体不再是文人雅士，所以不是才子佳人模式。《海上花列传》的主角是"万商之海"中的大小商人，而文人在里面只是扮演清客的角色。重商观念已很明显，商品意识也较为强烈。小说的开端是写外乡人到沪落脚谋生的"移民"，那就是赵朴斋到上海投靠他的娘舅——参店老板洪善卿。以后许多通俗小说都采用了这条"文字漫游热线"，一开始就写乡下人进城。如《歇浦潮》、《黑幕中的黑幕》、《上海春秋》、《人间地狱》、《人海潮》等等。这实际上是反映了上海这个移民城市的一大景观。小说主要写 4 对男女（女方都是妓女）的感情纠葛，甚至是忠贞不移的爱情生活。所以这是一部披着狭邪外衣的社会言情小说。韩邦庆是一位自视甚高的作家，我认为他"眼高手高"，很了不起。《海上繁华梦》的作者孙玉声劝他不要用吴语写小说，他说，曹雪芹能用北京话写小说，我为什么不能用苏州话写？孙玉声说，有的苏州话有音无字。他说，仓颉能造字，我就不能造字？他果然造了几个字，如"嚜"、"覅"等，也通行了。他不仅小说写得好，也很有若干片段的精彩理论，写在他小说的《例言》与《跋》中（开始散见于《海上奇书》上）。例如，他一方面向《儒林》笔法学习，另一方面在结构上有自己独到的手法，以补《儒林》之不足。

所以胡适曾说过，《红楼梦》"在文学技巧上，比不上《海上花》"③等语。我现在简单地介绍一下 4 位文学大师级的人物对《海上花列传》的高度评价。第一位是鲁迅，说它"近真"，"平淡而近自然者"。其实鲁迅对作者的高度评价是"固能自践其'写照传神，属辞比事，点缀渲染，跃跃欲生'（第一回）之约者矣"④P244。你看，韩邦庆的口气就是大，还没有写，就说自己的作品会如何如何好，而鲁迅则承认他是"自践其约"了。胡适不仅说小说是"吴语文学的第一部杰作"⑤P405，极口称赞，还为1926年的亚东版的《海上花》写了长篇《序言》，认真地考证了作者韩邦庆的生平。我们现在所知的生平不多，即使是这一点点，就有胡适的功劳在内。刘半农也写长篇论文《读〈海上花列传〉》，盛赞他的人物形象写得好，是"立体"的，而不是"平面"的。作为一个语言学家，他说："在语学方面，也可算得很好的本文。"⑥第四位是张爱玲。她在晚年，花了10年时间，先将《海上花》译成英语，然后再将这部吴方言杰作译成普通话。即《国语本〈海上花〉》。译得不差。这样，不懂吴语者也可读这部名著了。张爱玲在"二译"过程中，对《海上花》的每一个字经过了几番斟酌掂量，融会贯通，加上她的年龄段与当时的社会比较接近，她的确发表了一些"真知灼见"，对我们理解这部小说，有极大的启发。张爱玲用"禁果的果园"这5个字来概括《海上花》的主题。她认为在男女社交不能公开的情况下，盲婚使大多数的青年没有品尝过爱情的滋味，所以有的人就到妓院里去寻找"红粉知己"。但这毕竟是"禁果的果园"，如果为了爱情的需求而敢到这个脏乱的角落里去作勇敢的冒险，不甘以无爱情的生活而"虚度一生"，到这个果园内来偷尝禁果，保障"人"的"爱的权利"，大半是会有痛心的后遗症或造成终身抱憾的。小说在妓院这一男女公开社交场合中，展示了各类商人群体的社会众生相。可以说这是一部有着现代气息的通俗社会言情小说。韩邦庆为这部作品与市民大众见面，设计了一种非常现代化的传播方式。1892年，他自办一个个人文艺期刊《海上奇书》，这大概要算中国第一本文学期刊了。先是半月刊，后来是月刊，每期以刊登两回《海上花列传》为主。此刊由《申报》代印代售。共出版了15期，也即刊登了30回。鲁迅说它"遍鬻于市，颇风行"④P223。总之，《海上花列传》无论在内容和形式上，还是在市场营销上，都显示出现代意识的萌发。要选现代通俗文学的开山，恐怕就要选有现代性而又站在艺术水准制高点上的作品，才能当之无愧。正如选鲁迅的《狂人日记》为现代知识精英小说的开山之作一样。可惜小说1894年出版的同一年，韩邦庆就逝世了，年仅39岁。

现在要注意的另一个年头是1903年，也就是《新小说》创刊后的第二年，鲁迅所提到的"四大谴责小说"竟在同一年，好像相互约好似的一起开始连载了。而且都能与上海挂上钩的。这4部谴责小说的现代气息是更浓了，实际上是中国通俗社会小说现代化的始祖。李伯元的《官场现形记》连载于《世界繁华报》。鲁迅说《官场现形记》乃骤享大名。据统计，从1905年到1911年，以"官"或"官场"命名的小说，至少有16部；而以"现形记"命名的小说，也至少有16种。吴趼人的《二十年目睹之怪现状》连载于《新小说》。鲁迅说：吴趼人"名于是日盛"，而这部小说"尤为世间所称"。某某怪现状之类也出版了不少。刘鹗的《老残游记》连载于《绣像小说》。而金松岑的《孽海花》作为政治小说先连载于留日学生的革命刊物《江苏》上，后来由曾朴续写，1904写了20回，1905年1月出版。一两年内再版15次，印行了5万多册。它们同年出现，貌似偶然，但鲁迅回答了这个"偶然"中的必然："特缘时势要求"，"以合时人嗜好"。只12个字说明了许多问题。当时"群乃知政府不足与图治，顿有掊击之意矣。其小说，则揭发伏藏，显其弊恶，而于时政，严加纠弹，或更扩充，并及风俗"④P239—250。清朝过去搞了许多严酷的文字狱，现在由于上海租界的缝隙效应，就可以大骂而特骂清政府，有能骂会骂的人，有爱听骂的老百姓。听到这些"严加纠弹"的抨击，就觉得过瘾，舒畅，心头憎愤得以宣泄，以致成为一种"嗜好"。有了这种"嗜好"，市民就会去买书来看，以过宣泄之瘾，文化市场中的文学这一市场，就是这样建立起来，并走向现代化的。当然，鲁迅也批评了小说的不足，"辞气浮露，笔无藏锋"，不过从另一个角度去看，这也是一种通俗小说"适俗"的需要,太含蓄的小说,老百姓不一定能领会,恐怕也无法成为一种"嗜好"。至于《老残游记》和《孽海花》可说是第一流文学。胡适对《老残游记》与蔡元培对《孽海花》的评价都是极高的。胡适认为:"《老残游记》最擅长的是描写的技术,无论写人写景,作者都不肯用套语滥调,总想熔铸新词,作实地的描画。在这一点上,这部书可算是前无古人了。"⑤P454蔡元培说:"《孽海花》出版后,觉得最配合我的胃口了,它不但影射的人物轶事多,为从前小说所没有,就是可疑的故事,可笑的迷信,也都根据当时的一种传说,并非作者捏造的,加以书中的人物,大半是我所见过的,书中的事实,大半是我所习闻的,所以读起来更有趣。"⑦中国现代通俗社会小说在成熟中。

这个时期的一个很值得注意的现象是知识精英理论开路,他们是栽树人,可是流行的却是市民大众文学,结硕果的是通俗作家。这是一个中国文学现代化起步时非常值得玩味的现象。不过在1906年到1912年之间,中国的文学也受到很大的损失。1906年,李伯元逝世,时年40岁;1907年,李伯元的合作者和助手欧阳钜源逝世,年仅24岁,1908年《小说林》的主要编者徐念慈逝世,时年34岁;1910年,吴趼人逝世,时年45岁;后来黄人也在1912年突发疯病。而在南方,黄小配从1906年起,也写了不少通俗小说,如《廿载繁华梦》、《洪秀全演义》、《宦海潮》、《大马扁》、《宦海升沉录》等等,也主编期刊《中外小说林》,可是他在1912年被陈炯明和胡汉民枪毙了,时年41岁。在当年的办刊者中只剩下一个《新新小说》社的陈景韩和给《新新小说》、《月月小说》撰稿的包天笑。中国现代第二个办刊高潮的带头人就是陈景韩与包天笑,他们在文友们的死死伤伤,"天不假年"中,在1909年创办《小说时报》,并轮流主编。

《小说时报》最引人注目的是翻译小说的量大得惊人。它一直从1909年10月办到1917年11月,出版了33期加1期增刊。我统计了一下。翻译的量约占五分之四。即翻译作品共占4510页,而创作篇幅仅占1004页。他们是懂外语的,不像林纾,自己没有选择的余地。这个刊物中,外国小说名家很多,如普希金、契诃夫、托尔斯泰、狄更斯、雨果、大仲马、莫泊桑等等。译者也较多,但以陈冷血、包天笑、恽铁樵、周瘦鹃、张汉毅为主力,这些就是以后被归入鸳鸯蝴蝶派的作家。

1912年,史量才独资买下《申报》后,聘请陈冷血为总主笔,以后他很少有精力编杂志了。于是这第二个办刊高潮的主力就应该算包天笑了。当然还有别的杂志,如1910年王西神、恽铁樵办的《小说月报》;1914年王钝根、周瘦鹃办的《礼拜六》等等许多刊物。但以包天笑贡献最突出,他于1915年8月至1921年6月,创办了大型季刊《小说大观》,每期300多页,30多万字。这是中国第一个文学季刊。共出版15期。刊登的小说创作有短篇100篇,创作长篇小说18部;翻译短篇50篇,翻译长篇26部。其中叶小凤的《如此京华》,包天笑的《冥鸿》、《牛棚絮语》都较有名。更值得一提的是,包天笑在1917年1月办了一个通体是白话的《小说画报》。包天笑认为"小说以白话为正宗"。"盖文学进化之轨道,必由古语之文学变而为俗话之文学。中国先秦之文多用俗话,观于楚辞、墨、庄,方言杂出,可为证也。自宋而后,文学界一大革命即俗话文学之崛然突起。"所以他在《例言》中说:"小说以白话为正宗,本杂志全用白话体,取其雅俗共赏,凡闺秀、学生、商界、工人,无不咸宜。"《小说画报》创刊的同年同月,胡适发表《文学改良刍议》,而陈独秀则说:"白话文学,将为中国文学之正宗,余亦笃信而渴望之。吾生当亲见其成,则大幸也。"(发表《文学改良刍议》时的跋语)《新青年》是1918年4月才全部改用白话。陈独秀在北京写《文学改良刍议》的跋语时,他不知道在上海已出版了一个白话小说刊物。在《小说画报》的第21期上(1919年9月1日出版),刊登了两篇反映五四运动的小说,一篇是包天笑的《谁之罪》,一篇是姚鹓雏的《牺牲一切》。《谁之罪》是写爱国学生抵制日货的。在小说中他明确点出:"俗语说的'闭门家里坐,祸从天上来。'处这个乱民弱国的时代,和平之中时时寓着危险。"《牺牲一切》是写日资洋行中一个职员在五四时期宁可生活无着,辞去职务的毅然行为。你想,在1917年初,包天笑一个人手中有3个很有影响的杂志:一个以翻译为主;一个是大型季刊,有的长篇创作小说和长篇翻译小说,能一次登完;还有一个是通体白话刊物,你说他能不能算是第二个办刊高潮中的主力了?以上为什么只提通俗刊物,不提通俗小说单行本的成就?那是因为当时几部有名的小说,都先经刊物连载,才出版单行本的,谈刊物,就是谈若干当时影响很大的长篇小说。那时优秀的短篇小说不多,短篇小说集是很稀有的。最著名的短篇集是翻译小说集。在出版《小说画报》的两个月之后,即1917年3月,周瘦鹃在中华书局结集出版《欧美名家短篇小说丛刻》,分上、中、下3卷。鲁迅、周作人曾加以推荐,并加赞语:"凡欧美47家著作,国别计有十四,其中意、西、瑞典、荷兰、塞尔维亚,在中国皆属创见,所选亦多佳作,又每一篇署著者名氏,并附小像略传,用心颇为恳挚,不仅志在娱悦人耳目,足为近来译事之光。"认为在当时实属"昏夜之微光","鸡群之鸣鹤"⑧。我们说一句公平话,凡此种种举动,如此多的成果,请问一下,他们究竟是作为1917年文学革命的对立物,还是一座步入"文学新世纪"的桥梁?许多现代文学作家那时还是少年,不少人是读着这些作品才开始知道外面还有一个广阔的世界。据我的不完全统计,在五四前,这个通俗文学作家的圈子中(后来被称为鸳鸯蝴蝶派作家的)就有34人或多或少从事过文学作品的翻译工作。我认为这些通俗作家是为五四作过"隐性准备"的。文学的现代化是一个系统工程,通俗作家也作过或多或少的贡献。这是一条宽广的大道,而不只是少数人才能涉险而过的独木小桥,更不是新文学家的"专利品"。当然,通俗作家也有许多庸俗文字,那是我们应该指出的,应该去剔除和剥离。可是也应该看到,庸俗文字也总是打着通俗文学的牌子出现的,在市场化的情况下,也不是他们可以控制得了的。但他们一般皆有儒家风范,怎么黄色下流,也是不大会发生的。至于说是袁世凯称帝,政治上的反动,才使鸳鸯蝴蝶派"大行其道"的说法,更是属于"政治过敏症"的论调。他们之中有许多人是"反袁斗士"。在"附刊"中刊登《玉梨魂》和《孽冤镜》的《民权报》就是因为反袁而被袁世凯当局封杀的。

在民初,在小说创作中最令人注目的是徐枕亚的《玉梨魂》、吴双热的《孽冤镜》和李定夷的《霣玉怨》。从这些当时的代表作中我们可以知道,男女的婚姻自由已经提到了辛亥革命前后的议事日程上来了。这3部作品的骈俪式的外壳固然使我们可以作为当时的一种盛行的形式去加以研究,但我更觉得有意思的是,看一看一些中国的"老儿女们"在挣脱封建的桎梏中是何等的艰难,他们不仅是渐进的,而且是拖泥带水的。哪有后来胡适在独幕剧《终身大事》中那么干脆:这是你我两人自己的事,你自己应该决断。这是孩儿自己的事,孩儿应该自己做主等等之类。这是一种受西方影响的知识阶层的解决问题的方式。可是在市民阶层中,或是没有受过西方思潮的洗礼的中国老儿女们,就来了什么"发情止礼"啦,移花接木啦;既痛斥父母专制,又乞怜父母恩赐啦;女主人公明明宣布,"自由在法律之中,固不容人之干涉"啦,可是让她争取自由结婚,她却将父母之命"误读"为"法律之化身"。从这些作品中,我们可以看到另外一个"世界"的居民们的思想逻辑"法则",充分说明挣脱封建罗网的艰巨与曲折。

由于《玉梨魂》的畅销,另一类模式化的小说又大量涌现。那就是《玉梨魂》式的哭哭啼啼的哀情小说了。但这股势头很快得到了有力的批评与遏止,这位批评者就是《小说月报》的第二任编辑恽铁樵(鲁迅的《怀旧》就是由他签发的,他还加了许多评点赞语)。他在1915年4月25日出版的《小说月报》6卷4期上发表了《答刘幼新论言情小说书》。他写道:"爱情小说所以不为识者所欢迎,因出版太多,陈陈相因,遂无足观也,去年敝报上几屏弃不用,即是此意。"他认为"多用风云月露绮罗等字样",将几个乾嘉时期的骈文大家的典故翻来覆去,"以有涯应无涯,犹且涸可立待……而读者欲睡也"。他说,欧美言情小说很多,读者极为欢迎,原因在于"以意胜耳"。他又在1915年7月《小说月报》6卷4期上发表《论言情小说撰不如译》。他写道:"外国言情小说层出不穷,推原其故,则以彼邦有男女交际而言,吾国无之。彼有自由结婚为法,我国还在新旧嬗蜕之时……是故欧洲言情小说取之社会而有余,我国言情小说,搜索枯肠而不足。"他也不是一概排斥国人创作言情小说,他提出:"言情不能不言社会,是言情亦可谓为社会。"他大力提倡社会小说,同时也为言情小说开启了一条宽阔的道路:社会言情小说。我以为,在通俗作家之中像恽铁樵这样的理论指导实在太少了。恽铁樵是为通俗文学作过多方面的贡献的。

这一时期,那些通俗作家实际上构成了一个现代文学中的"继承改良派"。他们直接承传鲁迅所指认的"狭邪小说"、"谴责小说",还有就是"侠义公安小说"(后来侠义小说为武侠小说所取代,而公安小说则又因接受外来形式,就更注重侦探小说的探索,所谓包公与福尔摩斯的"交接班"),它们在渐进式的现代化的道路上改良自己。

<h2 style="text-align:center">二</h2>

时序发展到五四前后,一个崭新的情况发生了,那就是知识精英文学的创作队伍已经形成,甚至有的人已达到了非常成熟的地步。《新青年》的整体水平也远远超过《国闻报》与梁启超的改良主义报刊的理论高度,虽然恐怕还找不出有像梁启超那样有宣传魅力,甚至可以说有宣传魔力的人。鲁迅在《新青年》等刊物上所发表的小说,真可说,发一篇是一篇。胡适的《文学改良刍议》提出了比梁启超的"新文体"更彻底的语言革命的纲领。在文学上,中国的一个"借鉴革新派"开始形成。这"借鉴"是指他们向世界文学的精华学习与吸纳,翻译并尝试创作,从而掀起一个文学革命运动,使本民族的文学与世界接轨,并要使自己成为世界文学之林中的佳木。胡适的《尝试集》就是诗歌革新的初步尝试,而鲁迅的《狂人日记》是借鉴果戈里的作品的生态来针砭民族痼癖的革新之作,乃至成为新文学巨人起步的划时代丰碑。正如鲁迅自述《狂人日记》的创作过程时所说的:"大约所仰仗的全是先前看过的百来篇外国作品和一点医学上的知识,此外的准备,一点也没有。"⑨周作人也在1921年说过:"中国现在文艺的根芽,来自异域,这原是当然的;但种在这古国里,吸收了特殊的土味与空气,将来开出怎样的花来,实在是很可注意的事。"⑩这些由知识精英组成的"借鉴革新派"对那些曾经在现代化的道路上"渐进"的人当然会有若干非议。于是从周作人等指认他们是"《玉梨魂》派"的鸳鸯蝴蝶体⑪。到钱玄同命名他们是"鸳鸯蝴蝶派"⑫。周作人在《中国小说中的男女问题》中说:"近时流行的《玉梨魂》,虽然文章很是肉麻,为鸳鸯蝴蝶派小说的祖师,所记的事,却可算是一个问题。"⑬到后来指责与争夺更为剧烈,也就发生了《小说月报》的改组等等的实质性的变革。后来商务印书馆另组《小说世界》也引起了知识精英作家们的愤慨。其实

在《小说世界》创办之前，《礼拜六》就是针对《小说月报》的改组而复刊的。在1921年4月出版的第103期上，《礼拜六》记者就在《编辑室》中宣称："本刊小说，颇注重社会问题，家庭问题，以极诚恳之笔出之。"（这显然是受了知识精英文学的影响，但由于双方的对峙，往往不会承认是受了对方的影响。）在同一个月出版的104期上，以《各大报馆奖语汇刊》的形式，说出为什么《礼拜六》要复刊的原因："《中华新报》谈善吾先生语：'《礼拜六》小说，当时颇得阅者欢迎。惜久停刊，盖以《小说月报》内容较为丰富故也。现《小说月报》改组，向之爱读《小说月报》者，不无另换一种心理，于是《礼拜六》复活，为王钝根、周瘦鹃君之力，而社会之欢迎，较前此尤甚。但观其内容益加丰富，则销行之广，正未可量耳，谨贡片言，即为介绍。'"与《礼拜六》复刊相连接的一个动作是周瘦鹃又新办《半月》。在《半月》上，也想以短篇小说这个"借鉴革新派"的强项——作同类型小说之抗衡。具体的表现是何海鸣的《求幸福斋主人卖小说的话》：

> 我很想与小说界几个卖文的同志先将短篇小说认真地作几篇，成一种现代中国短篇小说的完成作品……慢慢地由于抬高现代中国短篇小说价值，紧接上世界文坛上去……我们做小说出卖的人倘若肯大大地努力，将小说的价值抬高，国人知道这是一种重要的文学，人生都应该有这种东西来安慰……⑭

这当然是有一种与知识精英文学进行比赛的意思。因为与此同时，他还说过不能让别人把我们看成"没心胸"的人。他的确写出了几篇我认为很有水平的小说，如《老琴师》、《先烈祠前》和《一个枪毙的人》等等，还有毕倚虹的《北里婴儿》，也可算是优秀的短篇，但毕竟数量不多，独木不成林，能写得水平较高的通俗短篇并不多，因为这不是继承改良派的强项。

在知识精英作家的批判声中，市民大众文学的作家一般总是采取守势，因为他们缺乏理论人才去阐明自己存在的必然性与必要性。1921年5月，《文学旬刊》创刊于北京，到1923年8月第81期时改名为《文学》，发表《本刊改革宣言》，其中说道："以文学为消遣品，以卑劣的思想与游戏态度来侮蔑文艺，熏染青年头脑的，我们则认他们为'敌'，以我们的力量，努力把他们扫出文艺界以外。抱传统的文艺观，想闭塞我们文艺界前进之路的，或想向后退去的，我们则认他们为'敌'，以我们的力量，努力与他们奋斗。"这里所说的两点，前者是文学功能观上的分歧，后者是指传统文艺观的问题了。于是3顶帽子也扣上了市民通俗作家的头颅：一是封建思想与买办意识的混血种；二是半封建半殖民地十里洋场的畸形胎儿；三是游戏的消遣的金钱主义。封建思想是有一些的，如"从一而终"、"发情止礼"、"愚孝"之类，但也随时代的步伐而不断"冲淡"，以致建立新的道德观；而买办思想是没有的，他们非常看重民族大义与民族大节之类的操守。大都市的成型必然会兴起通俗热，而且他们是站在市民的立场上观察评判一切的，而不是站在帝国主义的立场上去为"畸形胎儿"接生的。至于第三顶帽子纯属文学功能观的不同，他们是中国第一代职业作家，所谓"金钱主义"乃指文学的"商品性"而言。可是他们讲不出这番道理，他们的对策是在论争中保持沉默，他们不争领导权或中心主流等等；他们只争夺读者，保住自己的领地，只是"流自己的汗，吃自己的饭"。在知识精英文学还缺少成功的长篇小说可以切入市民读者层的时候，他们主要利用中国通俗传统小说的长篇章回小说的形式，去占领读者市场。在20世纪20年代，他们拿出了《广陵潮》、《歇浦潮》、《恨海孤舟记》、《人间地狱》、《春明外史》、《上海春秋》、《金粉世家》等等社会小说或社会言情小说，《江湖奇侠传》、《近代侠义英雄传》、《奇侠精忠传》、《荒江女侠》、《山东响马传》等等武侠会党小说,这些作品的确占领了广大的市民读者市场。他们不仅以情节性取胜,而且在他们笔下的那些人物与生活事件,也是知识精英作家笔下所没有的或是不熟悉的。就以《近代侠义英雄传》中的王五、霍元甲而论,知识精英作家不会去写他们,但又是活在市民大众心目中的英雄人物。《近代侠义英雄传》已完全跳出了清代侠义小说的窠臼,真正为民国武侠小说自立了门户。鲁迅曾对清代的侠义公安小说作评:"这等小说,大概是叙侠义之士,除盗平叛的事情,而中间每以名臣大官,总领一切。"④P352那时的侠义与公案往往是孪生子,而挣断这根传统的锁链的平江不肖生可以称得上民国武侠的开山大师。这部小说中的民族革命观念和爱国主义精神与武侠情节达到了水乳交融的程度。更为可贵的是,它是第一部反映近代中西文化冲突的武侠小说。作者对西方帝国主义的文化、"武化"侵略持坚决抗击的态度,但对于建立在实证科学基础上的西方文明,包括医学、体育、技击方面的科学成就,则予以肯定:作品反帝而不排外,肯定西学而不媚外;另一方面,对于中华民族传统武学中所浸润着的文化精神,作者并不满足于"武艺"表层的描述,而是从"道"与"艺"、"德"与"武"的辩证关系入手,深入揭示了作为"武艺"内核的深层文化内涵。把"武艺"提升到"文化"层次并在中西文化冲突中加以表现与阐释,不肖生实为民国时期武侠小说史上的第一人。不肖生的文学语言也几乎达到了"文体家"的水平,十分口语化,而又是十分纯正的书面语。《近代侠义英雄传》不愧是"继承改良派"的一部力作。在知识精英作家中像朱自清那样真正看到了他们的继承性也并不多:

> 在中国文学的传统里,小说和词曲(包括戏曲)更是小道中的小道,就因为是消遣的,不严肃。不严肃也就是不正经;小说通常称作"闲书",不是正经书⋯⋯鸳鸯蝴蝶派小说意在供人们茶余酒后的消遣,倒是中国小说的正宗。中国小说一向以"志怪"、"传奇"为主⋯⋯这个"奇"正是供人们茶余酒后消遣的。⑮

其实朱自清在这段文章中除了说明通俗小说的"继承性"之外,还说了一个大众化的很重要的因素,就是"趣味性"。我们讨论了多次大众化问题,谈了很多方案和方法,例如"旧瓶装新酒"等等,我们首先想到的是如何用通俗的形式让老百姓能接受我们要宣传的意识形态,可是从来不讲大众化首先要注意趣味性,同时也要注意"休闲性"。鲁迅说:"说到'趣味'那是现在确已算是一种罪名了,但无论人类的也罢,阶级的也罢,我还希望总有一日弛禁,讲文艺不必要'没趣味'。"⑯"在实际上,悲愤者和劳作者,是时时需要休息与高兴的。"⑰

市民大众文学作家笔下的生活的广阔性以及他们所关注的题材与人物,是与知识精英作家极具互补性。我提出过"都市乡土小说"这个概念。就是想说明市民大众文学作家对中国现代文学的最大贡献是写出了我国都市的民间生活与民俗风貌。知识精英作家侨寓在大都市里,他们笔下的乡土文学是写自己故土的独特的民间民俗生活。可是他们与侨寓的大都会的民间民俗生活是并不贴近的。鲁迅在谈乡土文学时也委婉地指出了这一点。这种生活正是由侨寓在大都会中的市民大众文学的作家来完成的。关于互补性的问题,我在2003年第1期的《中国现代文学研究丛刊》中发表了《论新文学与通俗文学的互补关系》,在2002年第3期的《文学评论》上发表了《论都市乡土小说》。在这里我不再复述了。但是我觉得,要探索通俗文学的价值体系,就是要着重研究这些都市乡土小说的价值,因为它"存真性"较强,原汁原味。而不像有的小说,能将一棵小苗按照作家对社会生活规律的所谓"预测",有时也叫作"革命浪漫主义",写成一棵参天大树。我担心,这种所谓对人民产生指导作用的作品,到我们子孙手中是否会被淘汰,也许子孙们更想读一点当时原汁原味的作品,以帮助他们懂得他们的祖先是怎么生活过来的。我也不想举我们心目中巍巍高山那种作品为例。我就举梁启超的《新中国未来记》为例罢。他是展望 1962 年的什么万国大会,宪政的成就简直非凡。可是以我们的眼睛来看,简直是儿戏。不及"存真性"极强的吴趼人的《二十年目睹之怪现状》,虽然有些人看来这是"低层次的真实",可是这是当年原汁原味的现实。而梁启超的《新中国未来记》的所谓"展望",只能鼓舞它那个时代的相同政见者,与我们后代却没有多大关系了。因此,通俗文学提供了我们许多值得研究的东西。从社会学的视角去阅读这派的小说,我们能看到一幅清末民初社会机体急遽变革的画像;旧的机体正在以怎样的速度与形态无可挽回地衰朽着。我们若要研究清末民初的社会,在他们的作品中一定可以获得许多有用的东西。如果我们从民俗学的角度去窥探,我们可以得到许多民俗沿革的瑰宝,特别是欧风美雨东袭登陆上海与固有传统习俗相对抗相杂交时,民俗的细致的变异过程。凡是从研究文化学的视角透视通俗文学,就会发现它是一座蕴藏量极丰的富矿。我们还可以列举通俗文学的其他价值。如从经济学的视角去衡定,它提供了若干中外"商战"的交锋和中国近现代经济结构变性的图像;从地域史的视角去追踪,我们会感到,要写上海、北京、天津、南京等大都会的历史,要写苏州、杭州、扬州等文化名城的地方史,编撰中国的租界史,而去阅读相关的通俗文学的小说,就会得到许多感性的知识。张恨水做了 5 年记者才开始写《春明外史》,以百万言再现故都在新旧流变中的社会众生相。李涵秋的《广陵潮》以鸦片战争至五四运动的许多重大事件为背景,再现 70 年间的稗官野史,使当时中下层社会的民间风情、闾巷习俗,跃然纸上。而姚民哀则以优秀评弹艺人的身份混迹江湖,悉心研究江湖会党,成为以写会党小说著称于时的通俗小说家。而包天笑侨寓上海 20 年,长期的记者与主笔的生涯,使他积累了大量的生活素材,写成了长篇小说《上海春秋》,这是一部"十里洋场二十年目睹之怪现状"。市民大众文学就是靠这些作品,在知识精英的排炮轰击下,存续了下来,这个流派也得以保存。至于市民大众文学的局限性也是非常明显的,我以为知识精英作家对他们的许多批评的确是有道理的,只是将这一流派置于敌我矛盾上的总体估价是偏差的,因此有些批评就失去了"准星"。

在知识精英文学与市民通俗文学的对峙中,20 世纪 20 年代最大的一次阵地争夺战是接编《小说月报》,可是商务印书馆又另办《小说世界》。20 世纪 30 年代最大的一次阵地争夺战是接编《申报·自由谈》,但报馆老板又另办《申报·春秋》。这种"接编—另办"模式是极为耐人寻味的。其实道理也很简单。你知识精英文学领导时代新潮流,我就将很有名望的老牌阵地让给你办,以显示我并非逆时代潮流而动。可是那么一大批市民读者群我也不准备放弃,于是我就来个"另办"。每次"接编"时知识精英作家们往往得意扬扬,可是看到"另办"时又觉得出版社和报馆又向旧势力"妥协"了。每次"接编"时,市民通俗作家总有点灰溜溜,可是"另办"时又觉得有了一点"安慰",也安于这样的现状。这是出版社和报社的"有倾向性的走钢丝的平衡动作"。我以为这个"接编—另办"模式极具象征意义,以致可以用来概括 20世纪二三十年代以后的文学生态。

在 1930 年前后,现代文坛是非常热闹的。可是知识精英文学中的革命作家们自己分成了若干社团争斗了起来。以致鲁迅也有无穷感慨:"这些团体,都说是志在改革,向旧的堡垒取攻势的,然而还在中途,就在旧的堡垒之下纷纷自己扭打起来,扭得大家乏力了,这才放开了手,因为不过是'扭'而已矣,所以大创是没有的,仅仅喘着气,一面各自以为胜利,唱着凯歌。旧堡垒上简直无须守兵,只要袖手俯首,看这些新的敌人自己所唱的喜剧就够。他无声,但他胜利了。"⑤P189鲁迅所指的"旧堡垒"是包括那些在新文学营垒中与左翼抱不同观点的人。可是我们也可以体会到,在那时,市民通俗作家头上的压力也相对小得多了。

从20世纪30年代的"政治大介入"发展到20世纪40年代的"政权大介入",是很有许多话可说的。但限于篇幅,在本文中不说也罢。不过从抗日统一战线的建立,在文学上的对峙也有了新的松动。可是这个文学上的抗日统一战线并没有真正清算"敌我矛盾"的"情结";或者说,还是没有懂得文学界的生态平衡问题。以致一旦权力在手,就可以动用行政手段。于是,在20世纪40年代末到50年代初,就以行政或半行政的手段中止了大陆通俗文学的发表权与流通权。以后那些以继承中国古代小说传统为特色的现代通俗文学只能在台港显示其生机,在大众读者视听的地平线上升起了如金庸、梁羽生、高阳、古龙、琼瑶等璀璨群星。在大陆发生断层期间,台港的通俗作家正在探索如何融汇新文学与西方现代主义的精粹,为"我"所用,在继承的前提下开启新思路,探索新模式,以更符合新一代的读者大众的审美情趣。通俗文学理应沿着民族文学传统的道路进行自我革新的现代化进程中发展壮大自己。在20世纪70年代末到80年代初,大陆趁改革开放的大好时机,这些作品被引了进来,使大陆文学迎来了一个手不释卷、趋之若鹜的阅读热潮,而"引进热"使大陆的读者忽然醒悟,台港通俗文学的"根"原是在我们大陆,于是引发了一场清末民初通俗小说"重印热"。这好像是一次"大循环",却包含着一个极为深刻的历史教训,而那些以斗、批、扫、围、堵为己任的"鲧"先生们也该对自己的所作所为有所反省了。他们所缔造的防"洪"大堤一夜间就被冲塌了。应该知道,对待通俗文学要以"因势利导"的"禹"的治水方法,使其走上"良性循环"的健康发展的道路。专门想以一元化的文学作品去满足全民的多元需求,这种想法本身就是不现实的。过去想将市民大众文学扫出文艺界,这是一种永远也不能成功的"无效劳动"。真正的出路是在于利用我们今天的理论优势,去总结出一套通俗小说创作的规律,从《三国演义》、《水浒传》、《西游记》等"民间积累型"的通俗作品中,从后继的"文人独创型"的通俗作品中,包括近代韩邦庆们的作品中,现代张恨水、刘云若们的作品中,总结出他们成功的经验,也包括某些不足的教训中,建立我们中国特色的通俗文学理论体系,使通俗文学得以健康地发展。我们应该承认文学生态平衡的必要性。以上就是我的知识精英文学与市民大众文学双翼展翅翱翔的"两个翅膀论"的中国现代文学史观。

(原载《深圳大学学报》2004年第1期)

参考文献

①方志强.黄世仲大传[M].北京:夏菲尔国际出版公司,1999.105.

②饮冰室主人.新中国未来记·绪言[J].新小说,1902.(1).

③胡适.胡适《红楼梦》研究论述全编[C].上海:上海古籍出版社,1988.290.

④鲁迅全集:第8卷[M].北京:人民文学出版社,1963.

⑤胡适文集:第4卷[M].北京:北京大学出版社,1998.

⑥刘半农.半农杂文:第1集[M].北京:星云堂书店,1934.247.

⑦魏绍昌.《孽海花》资料[M].上海:上海古籍出版社,1982.198.

⑧鲁迅佚文集[C].成都：四川人民出版社,1979.115.

⑨鲁迅全集：第四卷[M].北京：人民文学出版社,1963.393.

⑩周作人.在希腊诸岛·附记[A].周作人文类编8：希腊之余光[C].长沙：湖南文艺出版社,1998.17—18.

⑪周作人.日本近三十年小说之发达[A].中国新文学大系·建设理论集[C].上海：上海良友图书出版公司,1935.293.

⑫钱玄同."黑幕"书[J].新青年,1919,(6).

⑬周作人.中国小说中的男女问题[J].每周评论,1919-02-02

⑭何海鸣.求幸福斋主人卖小说的话[J].半月,1922,(1).

⑮朱自清.朱自清全集：第3卷[M].南京：江苏教育出版社,1996.139

⑯鲁迅全集：第七卷[M].北京：人民文学出版社,1963.187.

⑰鲁迅全集：第五卷[M].北京：人民文学出版社,1963.358.

"革命通俗文艺"文学史论断的批判

——兼论当代"红色大众文艺"的特殊形态

刘起林

一

从 1949 年中华人民共和国成立到 1976 年"文革"结束,中国当代文学在"为工农兵服务"、"为最广大的人民群众服务"文艺方针的指引下,一直存在着"文艺大众化"的创作倾向。肇源于此,在 20 世纪 90 年代后的学术界,因为一种新提法的出现,对于这一时段大陆主流文学的文学类型与审美品质应当怎样把握,成为一个需要进一步辨析的问题。

1991 年,李陀在《今天》杂志提出"革命通俗文艺"的概念,并以之为把握中国现代史、意识形态生产和当代文学发展全貌的一个重要环节。随后,在《今天》杂志开辟的"重写文学史"专栏,还陆续发表了赵毅衡的《村里的郭沫若》(1992.2)、黄子平的《文学住院记》(1992.4)、孟悦的《〈白毛女〉与延安文艺的历史复杂性》(1993.1)、李陀的《丁玲不简单》(1993.3)、陈思和的《民间的沉浮》(1993.4)等文章。唐小兵又把各种相关论文集中编为《再解读:大众文艺与意识形态》,于 1993 年由牛津大学出版社(香港)出版。由此,主要在具有海外学术背景的现当代文学研究者中,对 1949—1976 年大陆主流文学的文学类型与审美品质,就出现了整体视之为"革命通俗文艺"、红色"大众文艺"的倾向。这种研究倾向流传到国内,在 20 世纪 90 年代的文学史研究界乃至整个学术界,形成了较为广泛而重要的影响。

首先是对"革命通俗文艺"或"大众文艺"范围的划分。刘禾以歌舞剧《刘三姐》的改编为例,做出了"民间(口头)文学、官方(通俗)文学、市民(消费)文学、大众视听媒体"①的区分。唐小兵更倾向于"大众文艺"的概念,他认为,大众文艺的"滥觞应当追溯到 20 世纪 20 年代末期江西苏维埃政权倡导下的戏剧运动、民歌搜集,纵贯了后来的抗战文艺、解放区文艺以及工农兵文艺","延安文艺,亦即充分实现了的'大众文艺'",它包括"一系列民众性文艺实践"、"大批刊物杂志"、"有经典意义的作品(《白毛女》、《穷人乐》、《高干大》、《王贵与李香香》、《李家庄的变迁》)"和"相当完备的理论阐述"②;"中国现代文学史上 20 世纪 40 年代后期至 60 年代初期的一大批'转述式文学'(从《创业史》到《上海的早晨》,从《青春之歌》到《红岩》),而且也应当包括 20 世纪 70 年代完全垄断被许可范围内的社会象征行为的'革命样板戏'……是一个'革命时代'的大众文学"③。这样,论者其实就把延安文学以来所有的"民众文艺实践"、文人"转述式文学"和"革命样板戏"等大陆"革命文艺",不加区分地一概划为"革命通俗文艺"或"大众文艺"。

第二,在更进一步的具体解读过程中,研究者们则往往按时代政治话语显性言说和民间通俗文艺话语隐性利用的思路,来对文本的叙事元素进行拆解,并由此探索其文化意味、确定其审美品质。刘禾认为,"'民间'形式在被新型国家意识形态占有之后,经由大众视听媒体派生出一个占主流地位的通俗文艺,即'革命通俗文艺'"④。唐小兵认为,"'大众文艺'的理想状态是诗人和听众同时认同于一个想象性的集体化历史主体","诗人已转化成一项功能,退缩为'大众'这一硕大母体的自然延伸"。⑤也就是说,时代政治的理性意图加民间话语的形式意味或文化底蕴,即为当代中国主流文学的审美生成模式,所以从本质上来说,"红色文艺"和"样板戏文艺"是一种染上了革命色彩的通俗文化、大众文艺。孟悦研究《白毛女》的目的,就是"考察所谓'新文化'、'通俗文化',以及新的政治权威三者之间的相互关系在几个《白毛女》文本中的曲折体现,以及它们在《白毛女》几次修改中的演变"。比如她认为,在歌剧《白毛女》中,就存在"民间伦理逻辑的运作与政治话语之间的相互作用","可以看到一种回合及交换"。⑥刘禾认为,广西彩调剧《刘三姐》的原班作者与改编者乔羽之间的版权案,就是"民间文学与主流的文人(通俗)文学之间"的较量,歌舞剧《刘三姐》的改编就是"'民间'素材与都市通俗文艺结合";⑦而文人周立波创作的"《暴风骤雨》与其说是'革命历史小说',不如说是象征性神话,是解释、说明新的社会秩序的意识形态重构"⑧。他们形成这种观点的立论依据,则是"中国本土的雅文化,就今天来讲,就是一个能作为社会道德和文化理想的代言人(而不是民众代言人)的知识分子",但"本土的雅文化业已被摧毁"。⑨

二

笔者认为,这种观点作为对 1949—1976 年大陆主流文学的一种文学史判断,从研究思路到史实考察,均存在着巨大的误区。

首先从创作角度看。即使在 1949 年到 1976 年的特定文学形势下,文人"雅文学"和所谓的"大众文艺"、"通俗文艺",实际上也还是界线分明的。作为创作口号,当时确实存在着把"人民文艺"、"大众文艺"等概念混用的现象,比如新中国成立前夕创刊的《大众文艺丛刊》,其主要著作者邵荃麟、冯乃超、胡绳、林默涵、夏衍、郭沫若、茅盾、丁玲等,都是 1949 年后中共主管文艺工作的重要领导人,这个刊物所提出的"文艺中心口号是建立'人民文艺',又有人称为'人民至上主义的文艺',也有称'大众文艺'的","新中国成立后称为'工农兵文艺',其实质并无不同"。⑩但在具体操作层面,当时的作家专业创作与大众文艺创作之间,实际上界线相当明显。最为典型的例证,就是专业作家归作协、文联等机构管理,而群众性的文艺实践活动,则往往另有专门群众文艺馆、工人文化宫等部门负责。大众文艺创作也另有自己的刊物,比如形形色色的《工人文艺》、《工农兵文艺》、《大众文艺》等,它们与《人民文学》、《诗刊》等类刊物的办刊方针、选稿原则,是截然不同的。比如新中国成立初期北京出版的《大众诗歌》和 1957 年中国作协创办的《诗刊》两种刊物,从编辑人员、出版单位到作者,以及诗歌的内容、审美趣味、创作风格,等等,都存在明显的差异。《大众诗歌》由大众书店出版,《诗刊》由人民文学出版社出版;《诗刊》第一任编委组成中,从主编臧克家,副主编严阵、徐迟,到编委田间、艾青、吕剑、沙鸥、袁水拍等,⑪从当时到现在,大概都没人会把他们与比如农民诗人王老九、《红旗歌谣》、"小靳庄诗歌"的众多"工农兵作者"混为一团。再以作家的创作论,虽然著名作家赵树理曾经主编《说说唱唱》,老舍、郭沫若都曾经写作过通俗文艺作品,新中国成立伊始的北京,还成立过会员"包括工人、学生、艺人、教员、记者、编辑、画家、音乐工作者、演员、剧作家、诗人、新旧小说家、市民中的文艺爱好者"在内的"大众文艺创作研究会",⑫但大概没人会因此把《龙须沟》、《茶馆》、《正红旗下》、《蔡文姬》也当作"通俗文艺"。

其次从读者角度看。虽然当时的意识形态不断强调"为工农兵服务"、"为最广大的人民群众服务",乃至"文化艺术工作要更好地为农村服务",但即使到了1963年,也不过是"农村中能够看报读书的人多起来了,新的戏剧、音乐,新的年画、连环画,新的文学作品逐渐地深入农村,从来没有见过电影的偏僻山村有了放映队的足迹",而实际上"农村读物的出版和发行工作做得很差"。20世纪80年代的中国广大农村,还一直坚持着扫盲教育工作呢。所以,1949—1976年的中国普通群众特别是广大农民,文化水平到底是否达到了能直接阅读和感受当时文人创作的文学作品的层次,其实是大可怀疑的。文人创作的"红色经典"比如"三红一创"等,虽然发行量极大,往往上百万乃至几百万册,但读者实际上仍属中小知识分子的范畴,在那时候属于社会上较高的文化层次,城乡扫盲工作尚未完成的几亿普通百姓,是不可能进入这种阅读的。既然受众普遍地没有抵达"大众"群落,那么,笼统地认为当时的文人"转述式创作"是"通俗文艺"、"大众文学",就是没有根据的。就像五四时期的新文学作家们曾经提倡过"平民文学",我们不会因此就把他们的创作定性为"平民文学"一样。虽然读者范围不是决定作品审美品质的直接和充分的条件,但它也可从一个侧面说明,当时确实存在着文人"雅文学"和"大众文学"的差别。

当然,判断1949—1976年大陆的主流文学是否是"革命通俗文艺",主要应着眼于其审美文化的品质本身。这就涉及了对当时主流文艺审美文化内涵如何理解的几个问题。

第一个问题是,民间文化往往是指一种存在于民间的(20世纪五六十年代多半特指乡村民间而把都市民间排除在外)、已经定型的既往文化的积淀。它自然具有通俗文化的品性。但民间文化是否永远只会是通俗文化?实际上,经过作家创造性劳动的转换,这种民间文化完全可能发生质变,成为以独创性为根本标志的文人"雅文学"的有机组成部分。老舍的《茶馆》、《正红旗下》北京市井文化气息相当浓郁,但并不影响它们属于雅文学的范畴。新时期文学中比如莫言的《檀香刑》利用民间文艺形式,李锐的《万里无云》和阎连科的《受活》采用民间口头语,但它们无疑都是典型的具有先锋性质的雅文学。可见,文学雅、俗的区分和是否采用民间形式并不具有直接的关联。那么,当代大批具有"地方特色"、"乡土气息"的作品,就不能笼统一概看作"通俗文学"了。具体说来,刘禾认为《刘三姐》代表着"将'民间'和'民俗'引入'土洋结合'的都市通俗文化"所形成的"在当时造成'轰动效应'的主流通俗文艺"。⑬陈思和在《民间的沉浮》中敏锐地分析到,《沙家浜》、《刘三姐》、《红高粱》的"隐形结构",其实都是民间文艺中江湖人物"一女三男"的角色模型。那么,何以《红高粱》这部"新历史小说"就是雅文学,而《沙家浜》和《刘三姐》就注定只是"通俗文艺"了呢?可见,一概地认为采用民间文艺形式和具有民间文化意蕴就是通俗文艺,立论的逻辑基点其实是不能成立的。

相关地又出现了另一个问题。即刘禾所说的民间形式与新型国家意识形态的结合才构成"革命通俗文艺",而"能作为社会道德和文化理想的代言人(而不是民众代言人)的知识分子"所创作的文学作品,方可属于"雅文化"、"雅文学"。这其实是沿袭西方大众文艺理论思路的一种观点。比如美国德怀特·麦克唐纳在20世纪50年代美国关于大众文化的大讨论中,就曾有过类似的表述:"民间艺术是人民自己的风俗,是他们的私人小花园,与统治者的高雅文化深墙垒垒的大花园格格不入。但大众文化拆掉了这堵墙,把大众纳入了一种庸俗化了的高雅文化,从而成为政治统治的一个工具。"⑭

大概只有撇开完全可能"公说公有理、婆说婆有理"的纯理论立场论辩,以事实为依据,我们才能有力地解决这个问题。

我们先分析一下雅、俗文学与"能作为社会道德和文化理想的代言人(而不是民众代言人)的知识分子"的关系问题。按照刘禾的观点,《沙家浜》与《刘三姐》自然是"通俗文艺",而《红高粱》意在解构主流意识形态,所以应属于"雅文学"。但事实上,且不说体制知识分子是否就注定在任何历史时期都不能代表"社会道德和文化理想",也不说从1949年到1979年的书写"红色记忆"的作家是否真的都缺乏"社会道德和文化理想的代言人"意识,也不说把"民众"同"社会道德和文化理想"截然对立是否确实正确,只是把"能作为社会道德和文化理想的代言人知识分子"与"雅文化"、"雅文学"必然地联系在一起这一点,就不符合广泛的历史事实。比如近年来受到追捧的"文化汉奸"周作人的散文乃至真正的汉奸胡兰成的文学作品,大概连立论者本人都不会将其归入"社会道德和文化理想的代言人",同样也不会把他们的作品归入"通俗文学"的范畴。

而且,即使论者的理论立足点能够成立,这种说法也不符合1949年到1976年大陆主流文学的重要历史事实。因为并不是当时所有文学都是民间形式与国家意识形态的结合。就是"转述式文学"的典型代表作《红旗谱》,孟悦也认为:"《红旗谱》的形式感的源头可以追溯到五四以来的新文学中现实主义的创作方式,而后者又是借鉴了欧洲19世纪文学的结构。"⑮而刘禾认为:"由于本土的雅文化的破败,西方文化所具有的种种'优势',便乘虚而入,当仁不让地占领了雅文化的地盘。所谓'雅俗共赏'在大陆文化环境经常指的是'洋为中用','洋'和'雅'是被人换用的。"⑯那么,《红旗谱》当然也就是"雅文学"了。同理,"转述式文学"的《创业史》《青春之歌》又怎么能归为"革命通俗文艺"呢?

所以,"革命通俗文艺"论者对于大陆主流文艺的定性分析,也存在逻辑上不够周密乃至互相矛盾并且与历史事实不相符合的地方。

总的说来,把1949—1976年的大陆主流文学归为"革命通俗文艺"的学术倾向,虽然对把握当时文学的审美精神具有一定的启发意义,对批判当时文学的思想迷误也具有相当的精神冲击力,但论者盲目地执着于批判立场和生硬地套用西方的思想文化理论,而缺乏对于当代中国特殊状况的细致分析,以至把整整一个时代主流意识形态和各类知识分子共同的文化努力的结果,只作为一种特殊的通俗文学来看待,这就显得既缺乏对历史复杂性的充分把握,也缺乏学理基点的坚实性和话语逻辑的严密性,所以只能算是一种"片面的深刻",而不是准确、科学的文学史判断。

三

1949—1976年间中国大陆真正的"红色大众文艺",其实存在于另外一些地方。这首先涉及怎样判断"雅文学"和"俗文学"的问题。笔者认为,决定一部文学作品是俗文学还是雅文学,最根本点在于它满足受众的何种精神需求。人的精神需求系统的层次有高低、深浅之分,通俗性作品的主要阅读效果,应当是满足受众宣泄、消遣、娱乐的心理欲求,雅文学则以较高层次的审美享受和精神感悟为创作立足点。

假如这种基于常识的看法能够成立,那么,"革命通俗文艺"论者指认的1949—1976年间主流文学的大量作品,无疑不是以宣泄和消遣为主要创作意图和阅读效果的,所以,虽然作品从各个不同侧面包含着通俗文化的色彩,但从根本性质上看,不应当被划入"通俗文学"的范畴。

不过,正因为受众精神需求的差异是一种基于人性的客观存在,所以在任何时代应当都有雅文学和俗文学同时存在。在现代中国那种战乱频仍、时势极为紧迫的时代环境中,言情、武侠等等类型的通俗文学尚未彻底泯灭,新时期以来,通俗文学更是来势迅猛,那么,正如当时存在一种特殊形态的"雅文学"一样,1949 年到 1976 年的中国,同样也应该会存在一种特殊形态的"通俗文艺"。

事实上,1949—1976 年的中国大陆在基本属于"雅文学"的主流文学之外,各种艺术门类之中,确实存在着这种以通俗化和大众宣泄、消遣型文化娱乐为主导倾向的"红色大众文艺"。

在小说范围,通常意义上的言情、武侠类通俗文学作品,已被批判为"封建"、"买办"性的文化而受到排斥。但以《林海雪原》《铁道游击队》《敌后武工队》《烈火金刚》《野火春风斗古城》等作品为代表的英雄传奇类革命历史小说,虽然也述写革命历史,却不像《红旗谱》、《保卫延安》、《红日》之类史诗型作品那样致力于揭示"历史本质"和"革命规律",而是沿袭中国古代章回体小说的传统,以惊险故事的讲述和传奇英雄的塑造为主体,以大众"喜闻乐见"、满足读者痛快淋漓的冒险猎奇和英雄崇拜心理为审美企图的核心。这种"有限度地运用通俗小说的方法来写'革命历史'"的作品,完全可归入"红色大众文艺"的范畴。[⑰]

另外还有各种具有"泛审美文化"特质的读物,也可归入"红色大众文艺"的范畴。这类作品在诗歌方面,可以《红旗歌谣》、《小靳庄诗歌选》等操作形成的"民歌"和王老九等"农民诗人"的创作为代表。不管虚假与否,它们主要是一种大众参与的民众情绪的自我宣泄。戏剧方面可以"毛泽东思想文艺宣传队"的文艺实践为代表。这类活动依赖的文本,除了模式化编排的故事,就是对"样板戏"的模拟和基于自我情绪传达的即时性发挥,它们缺乏原创性,而以模仿性、复制性为根本特征。散文类的"红色大众文艺",则包括《把一切献给党》、《我的一家》、《高玉宝》、《毛主席的好战士——雷锋》等介绍性、回忆录性的传记文学作品,以及《红旗飘飘》、《星火燎原》中的文艺性故事,甚至包括那些具有一定文学色彩的"村史"、"工厂史"、"军队史"作品。它们缺乏思想内涵的独创性,而主要以生动有趣、引人入胜的讲述和宣传为特征。"红色通俗文艺"还应包括那些讲述各种斗争故事、儿童生活情趣稀薄的连环画作品。其作者多半是响应号召从事普及性文艺工作但有一定艺术造诣的文人,内容上则以革命历史类"雅文学"和其他类"红色大众文艺"通俗、精炼而直观的介绍为宗旨。

这类作品的具体情形相当复杂,多半被称为"工农兵文艺"、"群众文艺"、"大众文艺"等等,与当时的"雅文学"有着巨大的区别。总的看来,它们是 20 世纪 30 年代以来的文艺大众化运动、国家意识形态的宣传功能和民众浅层次文化娱乐需求共同作用的产物。其实,这些才是特定历史环境中的"通俗文艺"、"大众文艺"。

早在现代文学史上,大众文学的早期提倡者如瞿秋白就曾提到:"普洛大众文艺所要写的东西,应当是旧式体裁的故事小说、歌曲小调、歌剧和对话剧等,还应当运用连环图画的形式;还应当竭力使一切作品能够成为口头朗诵、宣唱、讲演的底稿。"[⑱] 20 世纪 80 年代,钱理群等著的《中国现代文学三十年》根据"解放区的文学通俗化运动"实际,认为当时这种"创作呈全面收获的景象"，主要表现在"通俗小说有章回体、演义体和新小说体；通俗诗歌……有街头诗、枪杆诗、墙报体，有仿民歌体；通俗戏剧……出现了广场剧、农村小话剧、秧歌剧等"。⑩可见，从中国大众文艺的先驱者到对于中国现当代历史文学特殊状况研究较深的学者，对这一问题的基本判断其实是一致的。

从国家意识形态机器的提倡，到广大知识分子和"准知识分子"的创作与改编，直到各阶层民众的接受，"红色大众文艺"因为其牵涉面之广、持续时间之长、影响之复杂深远，已经成为当代中国重要的社会文化现象。但由于缺乏对当代中国"雅"文学和"俗"文学、审美文化和泛审美文化特殊形态的细致的学理分辨和历史考察，由于当时源于"文学大众化"倡导和后来着意于批判性研究所造成的遮蔽，学术界目前对它的研究却还相当欠缺。

首先，我们应当广泛、深入地展开"田野调查"和对历史资料的搜集。当代"红色大众文艺"是一个庞大的存在。粗略地扫描一下《中国新文学大系 1949—1976 年》卷的索引分册我们即可发现，其中的 900 余种文艺刊物中，除《人民文学》这样众所周知的纯文学刊物和某些文艺研究刊物外，更大量的是各种地市级刊物、厂矿行业文艺乃至儿童文艺，明确以"大众"、"工农兵"、"群众"命名的刊物就比比皆是；而图书编目"文集综合"类的 141 种书目中，以"工人文艺创作"、"职工作品选"、"战士作品选"、"群英大会"、"工农兵青年创作选"命名或定位为"工人文艺"、"前线文艺"、"革命文艺"、"煤矿文化辅助读物"系列丛书的，竟然达 50 种以上。很显然，如果缺乏对这种"红色大众文艺"的管理部门、刊物状况、出版机构、创作和改编情形、接受群体等等方面资料的全面而细致的搜集与辨析，至少无法充分地解释比如"红旗歌谣"、"战士作家高玉宝"、"农民诗人王老九"等等"红色大众文艺"现象有着怎样的社会与文化的来由，就更谈不上深入一步的研究与把握。

其次，在研究方法上我们应当改变思路，把社会文化考察与审美批判结合起来。对这种完全可用"审美意味淡薄"一言以蔽之，却耗费了大量中国文化人几十年精力与才华的"大众文艺"现象，以简单的审美判断代替一切，实际上不利于问题的深入探讨。我们应当更侧重于社会学的研究和社会文化层面的考察，从文本的形成路线、思维境界与阅读效果，到受众的范围、层次与心理欲求等等方面，全面捕捉这一领域为我们展开的剖析、探索的丰富可能性；然后在与当时"雅文学"的对比中，剖析和阐述其话语模式的特征、局限及其形成缘由。这样，我们方可从更丰富细致的侧面，来把握当代中国文化与文学的内在特质及其生成机制，即使批判，也才能更有厚度和力度。

再次，从思想立场上，这项研究应当避免那种万事同源千篇一律、"向上看"式归纳为"专制性"、"一体化"的所谓"批判立场"。因为对这种已经众所周知几十年的答案的重复，无助于对只能"向下看"的"红色大众文艺"研究的深入。我们更应当做的，是实证性地展示当时大众文化娱乐客观实在的情形及其人性根基。因为"红色大众文艺"的存在本身恰恰有力地说明，即使在高度一体化的社会历史环境中，人性需求的丰富性、多重性仍然是不可扼杀、不会彻底泯灭的；人们对于包括消遣娱乐在内的各种文化的全面需求，仍然是一种不可抗拒的社会规律。所以，从人性欲求的普遍性及其表现的丰富多样性的角度，以实证性的研究，揭示政治、文化一体化时代民众文化娱乐满足的特殊形态，深入细致地挖掘出其扭曲、畸形但确实存活着的表现形式，反而可以更有力地显示历史和人性的伟力。

总之，不管是对于整个中国当代文学还是对于其中的"红色大众文艺"，我们都应当超越单纯批判和贬低的研究思路，更着意于充分展开其内在的丰富性、特殊性。只有这样，我们才能在更开阔的文化视野、更贴近人的本性和"中国国情"的思维视野中,建立起当代文学史研究更富有整体性、全面性和内在层次感的学术框架。

(原载《理论与创作》2006 年第 5 期)

注　释

①④⑦⑨⑬⑯刘禾:《一场难断的"山歌案":民俗学与现代通俗文艺》,王晓明主编:《批评空间的开创:二十世纪中国文学研究》,东方出版中心 1998 年版,第 355—385 页。

②⑤唐小兵:《大众文艺与通俗文学:〈再解读〉导言》,《英雄与凡人的时代:解读 20 世纪》,上海文艺出版社 2001 年版,第 248—249、255 页。

③⑧唐小兵:《暴力的辩证法:重读〈暴风骤雨〉》,《英雄与凡人的时代:解读 20 世纪》,上海文艺出版社 2001 年版,第 135、121 页。

⑥⑮孟悦:《〈白毛女〉演变的启示》,王晓明主编:《二十世纪中国文学史(第三卷)》,东方出版中心 1997 年版,第 183、194—195 页。

⑩钱理群:《〈大众文艺丛刊〉的批判》,程光炜主编:《大众媒体与中国现当代文学》,人民文学出版社 2005 年版,第 251—252 页。

⑪丁景唐主编:《中国新文学大系(1949—1976)第二十集史料·索引卷 2》,上海文艺出版社 1997 年版,第 995 页。

⑫王亚平:《〈大众文艺简讯〉:创刊词》,丁景唐主编:《中国新文学大系(1949—1976)第十九集史料·索引卷 1》,上海文艺出版社 1997 年版,第 763 页。

⑭[美]德怀特·麦克唐纳:《文化理论与通俗文化读本》。转引自[英]约翰·斯道雷:《文化理论与通俗文化导论》,南京大学出版社 2001 年版,第 48 页。

⑰洪子诚:《20 世纪中国文学纪事(下)》,林建法、乔阳主编:《中国当代作家面面观:汉语写作与世界文学(下)》,春风文艺出版社 2006 年版,第 525 页。

⑱史铁儿(瞿秋白):《普洛大众文艺的现实问题》,《中国新文学大系(1927—1937)第一集文学理论集一》,上海文艺出版社 1987 年版,第 434 页。

⑲钱理群、温儒敏、吴福辉:《中国现代文学三十年》,北京大学出版社 1998 年版,第 552 页。

关于中国现代文学史"重构"的几个问题

刘　勇

摘　要：近年来，关于中国现代文学史"重构"出现了若干热点话题，如现代文学史在时间上向当代文学与近代、古代文学的贯通，现代文学是否应该纳入通俗文学、古诗词创作，以及海外华文文学进行横向开拓等问题。对这些重要问题进行脉络上的梳理与学理上的探讨之后，可以发现：中国现代文学史的"重构"，在纵向时间贯穿方面的关键不是无限延长其时间长度，而是凝聚目光，回到现代文学自身上来；在横向空间拓展方面的关键，也不是层层增加研究内容的宽度，而是在多重视野的参照下强化现代文学研究的深度；在文学史向学术史提升方面的关键，是不断提升现代文学研究的学术含量，更加历史地看待现代文学，并由此获取现代文学的现实价值。

关键词：中国现代文学史；学术史；通俗文学；古诗词创作；海外华文文学

近年来，关于中国现代文学史"重构"的呼声很高，可以说这是自 20 世纪 80 年代以来又一次规模较大的关于文学史建构的集中探讨。那么究竟如何来看待这个既是理论性又是实践性的问题呢？这个问题的讨论对我们当下乃至今后的研究和教学有什么重要的意义呢？

中国现代文学学科的设置是从新中国成立之后即开始进行的，迄今已走过了半个多世纪的路程。而中国现代文学史的建构，却早在 20 世纪 20 年代末、30 年代初即已展开，至于对中国现代文学史历史地位的思考甚至是伴随着五四新文学的发生而同步行进的。胡适、鲁迅、郑振铎、周作人等新文学先驱，从五四新文学一开始就注重探讨现代文学的源流等问题，可见现代文学史的建构，与现代文学的发生、发展是一体的。这既体现了现代文学自身的时代特点，又显示了五四以来中国现代作家的高度自觉。历史资料表明，从 1922 年胡适的《五十年来中国之文学》，到陈子展的《中国近代文学之变迁》(1928)，谭正璧的《中国文学进化史》(1929)，周作人的《中国新文学之源流》(1932)，以及王哲甫的《中国新文学运动史》(1933)，李何林的《近 20 年中国文艺思潮论》(1940)，以及朱自清 20 世纪二三十年代在大学授课的讲义《中国新文学研究纲要》等，这些最初的关于新文学历史定位的研究与思考的著述，奠定并形成了现代文学史建构的基本框架；随着新中国的成立，20 世纪五六十年代王瑶的《中国新文学史稿》、刘绶松的《中国新文学史初稿》、张毕来的《新文学史纲》、叶丁易的《中国现代文学史略》等最早的一批现代文学史专著或教材，确定了现代文学学科的基础，进一步巩固了中国现代文学史的建构；唐弢等主编的《中国现代文学史》横跨 20 世纪六七十年代，集个人与集体的力量和智慧，最大限度地展示了当时的学术水平，也最大限度地表现了当时的历史局限，是一部具有重要过渡意义的文学史著作，它的现代文学史观承前启后，既是学术著作又被广泛当作教材使用，有着重要而深刻的影响。

上述几个历史阶段所形成的文学史的思考和建构，到 20 世纪 80 年代中期终于被钱理群、陈平原、黄子平还有陈思和等人相继提出的"重写文学史"的呼声所打破。其实重写文学史的要求并不是钱理群、陈思和等人的个性显现,而是最真实地体现了时代发展对文学史书写的基本要求;20世纪90年代以后,在更大的范围内出现了现代文学史建构的多重视角,以及在重写文学史呼声之后一批新的文学史著述,具有代表性的有钱理群、吴福辉、温儒敏的《中国现代文学三十年》(1998修订本),朱栋霖、丁帆、朱晓进的《中国现代文学史(1917~1997)》(1999),郭志刚、孙中田的《中国现代文学史》(1999修订本),孔范今的《20世纪中国文学史》(1997)等,至此为止,现代文学建构再次形成了比较稳定的格局。

21世纪之初,特别是最近几年来,全球信息化的巨大影响,加速了国内外学者文学史观念的快步更新,加上新史料的不断发掘,这使得中国现代文学史的建构面临着又一次新的冲击和刷新。中国现代文学史的建构呈现出新的发展态势,这集中体现在以下三个方面:一是时间上的纵向贯通,这不仅要求现当代文学一体化,也不满足于对晚清和近代文学历史渊源的追溯,甚至把整个中国文学贯穿一体,力图建构整体性的中国文学史观和宏大的文学史构架;二是空间上的横向拓展,极力主张打通新旧文学各自为政的格局,要求把通俗文学、旧体诗词的创作和研究一并纳入现代文学史的建构之中,甚至要求把海外华文文学也纳入现代文学史研究的范围之内;三是在深度上,从文学史向学术史的提升,近年来,关于现代文学研究之研究的成果,包括学术史的梳理,研究史的书写,史料学再次受到空前的重视,以及编撰史和接受史的建立,这些确已表明现代文学史进入学术史研究的阶段已渐成熟。但是,围绕上述三个方面的问题,还存在着明显不同的看法,甚至是激烈的争论。深入探讨这些问题,是关系到能否把现代文学史的建构引向深入并推进到一个新高度的关键所在,本文即针对这三个方面的问题谈一些不成熟的看法。

一、关于纵向时间贯穿的问题

中国现代文学史在其发展过程中一再拓展和放大,向当代文学和近代文学延伸,向古代文学领域延伸,向整个中国纵向大的文学方面延伸。文学史时间的贯通,看起来是文学史范畴的问题,是文学史所包含的内容的宽窄问题,是文学史发展脉络的问题,但实际上并不简单如此。文学史的起止范围、分期、划段历来涉及文学史的观念问题,无论是文学史视野的拓展还是凝聚,其实质都体现了是在什么样的观念之下来定位一段文学的历史价值和现实意义的问题。王本朝在《中国现代文学史的反思与重构:学科还是意义?》中就"新国学与中国现代文学","重绘中国文学地图",打通古代、现代和当代文学等诸多问题进行了讨论,并分析了它们的意图与意义:"它们有着扩大意义空间,确立学科地位,重建学术责任的意图和目标。就意义而言,是为了拓展中国现代文学史的研究对象和内容,扩大新文学史的地理时间;就学科定位而言,主要是为了使中国现代文学拥有更为准确而持久的学术归类,将新文学研究纳入新国学领域;就文学研究价值而言,是希望能与中国当代社会发生更为紧密的精神联系,重建学术研究的社会责任,让一个承担着学术和思想使命的中国现代文学,再次如人们期待的那样,在当下与历史、学术与思想之间建立真实而内在的联系,使文学研究能够重新履行已经逐渐丧失了的对文学和社会的解释力,在文学的历史事实上和当代价值之间实现新的融合与超越,让文学研究能够成为通向个体生命、民族国家和审美文化的价值认同和自觉实践。"①如果说20世纪30年现代文学的历史价值需要在整个中国文学发展的历史长河中来确定的话,那么我认为还远远不仅如此,还应该在世界文学的视野下来看待中国现代文学的价值和意义。我曾经为北京师范大学出版社主编过一套"走进经典"丛书,起初我从自身专业的习惯出发,排列了一大串中国现代著名作家的名字:鲁迅、郭沫若、茅盾、巴金、老舍、曹禺、沈从文、冰心、萧红、张爱玲、钱钟书、艾青、孙犁等等,但是当我面对世界各国的著名作家的时候,这个名单就使人相当尴尬和犹豫了,当俄罗斯只选择了托尔斯泰,法国只选择了巴尔扎克,德国只选择了歌德,英国只选择了狄更斯,美国只选择了海明威,日本只选择了川端康成,印度只选择了泰戈尔的时候,面对此种情形,中国现代作家应该列入几位呢?能够列入几位呢?这非常清楚地表明,我们不能只站在自己的学科范围内考虑问题。我坚定地认为,文学史只能越写越薄而不是相反,文学史在时间上的拓展应当是为了更好地凝聚视野而不是无限放大,这是历史的要求,而历史从来都是无情的。

我们再看看有关现代文学史视野扩大、时间打通的具体问题,比如所谓现当代文学一体化的问题。丁帆在《关于建构百年文学史的几点意见和设想》一文中就指出:"中国当代文学史(1949—2009)的研究却面临着价值混乱,许多作家作品、文学刊物、文学现象和文学思潮亟待重新定位定性的重大难题。因此,呼唤'大文学史'和'大文学史观',用一个中国现代文学的整体观来进行百年文学史的整合,已经是我们刻不容缓的历史使命与任务,要说'创新',这才是最大的创新!"②关于现当代文学的打通、现当代文学合二为一,这是在20世纪80年代重写文学史呼声前后就已经提出来的问题。这看起来是一个重要的理论性问题,但实际上这更是一个实践性的问题。从文学自身的发展来看,1949年中华人民共和国的成立,这一重大的政治事件,改变的是社会的性质、国家的命运,而很难成为文学的截然分界线。那种在特定时代历史下人为画线的简单做法很容易被超越。这一点在理论上形成共识并不困难,困难的是实际操作层面,实际情况是,无论在研究还是教学的具体环节中,现在没有人反对现当代文学的一体化,困难的是现当代文学究竟如何打通、如何融合、如何一体化?现在全国绝大多数大学里的文学院或中文系,现当代文学在组织形式上都是合二为一的,更何况现当代文学本来就同属一个二级学科,但这就解决问题了吗?现当代文学至此真正打通了吗?果真如此,丁帆等学者就不会那样大声疾呼了。实际上,在实际操作层面,现代文学还是现代文学,当代文学也还是当代文学,这从课程设置、教材编写、人员分工等实际情况来看,至今都是分得一清二楚的,即使在许多学校,现、当代文学是一门课程,也出现了许多现、当代文学合在一起的教材,但是现代文学和当代文学还是分开来讲授的。仅仅现、当代文学的实际贯通,在实际操作层面都如此困难,更不要说向近代和整个古代文学延伸了。

除了上述实际操作层面的困难以外,也还存在理论上的认识问题。吴福辉在《"主流型"的文学史写作是否走到了尽头?——现代文学史质疑之三》这篇文章当中就提到了这样的一个问题:"当年提出'二十世纪中国文学'和'重写文学史'时在学术界引发的轰动,还如在目前。当然,因为历史条件的不同,我们这次的变动已经不可能再有那种效应了。两者确有联系,但第一,那次的背景,实际上是为了消解政治文学史和革命文学史。这次则是经过了

---

① 王本朝:《中国现代文学史的反思与重构:学科还是意义?》,《兰州大学学报》(社会科学版)2009年第6期。

② 丁帆:《关于建构百年文学史的几点意见和设想》,《文学评论》2010年第1期。

一段'现代性'文学史的建构后,逐渐发生了破绽,而才自然萌生建立更上一层楼的文学史叙述的欲望的。第二,那次的消解是一次历史的'早产儿',即在改革的动机、欲求长久存在,而改革的具体准备并未完全做好的情境下,提前发生的。有点'消解了再说'的味道。这就难怪对新概念的解释匆促上阵,而运用新概念、体现新概念的文学史书写却长期阙如。"①应该看到,就现、当代两段文学而言,的确有着内在的必然联系,甚至是本质上的一体化趋向,打通它们,的确有助于我们在一个更完整的历史发展的过程中,来看待现当代文学的整体特性。但这并不是说,现当代文学,这两个不同阶段的不同点就不存在了,事实上,现当代这两段文学,各自的不同点,同样是带有本质意义的。比如五四时期文学的思想启蒙和1949年以后文学的思想教育是完全不同的,还有许多横跨现、当代两个时段的作家,他们的思想和创作,是有着深刻的差异的,无论是那些复杂的现象,还是看似简单的一个人,这都不是用一体化能够简单整合的。只能说,该合就合,该分就分。

近、现代文学的关系也是如此,近些年来,从国内到海外,不少人都强调"没有晚清,何来五四",如果说这个提法,主要针对我们以往的文学史书写太不重视晚清而言,是有积极意义的。晚清文学无论从思想资源来看还是从诸多的文学尝试来看,都的确是五四新文学发生和发展的重要基础和强力契机,我们研究现代文学,不考虑晚清文学的前奏,是不完整的,也是不正确的。但这并不意味着,研究现代文学必须过于强调晚清文学的作用,如果过于强调晚清文学的价值,那实际上,也就失去了其自身发展的逻辑意义,如果非要说五四的源是在晚清,那么晚清的源又在哪里呢? 这样穷追不舍下去,哪里是源头呢?! 这同样是一个理论上容易说清楚而实际操作上难以解决的问题。

至于整个中国文学大文学史观的问题,我认为,这是个方法论的问题,是个宏观的视野问题,是一个理解中国文学整体背景的问题,而在实际操作当中,我们不可能什么问题都从中国文学的"大局"去着眼。即使是中国古代文学内部不也是严格分段地来考察、研究的吗? 先秦、两汉、唐宋、元、明、清,这些段落加在一起,叫中国古代文学,但我们不可能一口吃掉整个中国古代文学,总是要一段一段地去看待和研究,每一段都有自己独特的东西,每一段都有别的阶段无法替代的东西。回到现代文学,它在整个中国文学的历史长河中,只有30年的历史,差不多是最短的一瞬,但这一瞬有没有特别需要注意的东西呢? 它有没有作为一个独立阶段存在的价值和意义呢? 如果有,那不就与其他前后的阶段如晚清、如当代区分开来了吗? 在当下,"打通"、"贯穿"的呼声甚高的情况下,我更愿意借助"回到"这个词来说一句:回到现代文学。

当下,以现代文学为主体的文学史著述达数百种之多,其中,以"打通"为特色的文学史的著述就不下数十种,已达到相当饱和的程度了,现代文学史还要怎样书写呢? 现代文学还能怎样建构呢? 我以为,现代文学史的建构(叫作重新建构也可以),最重要的是在扩大了认知范畴之后,在拓展了文学视野之后,在认清了历史发展的前后逻辑关系之后,应该回过头来,切实把握中国现代文学的本质内涵与特点,真正确立现代文学的经典,切实梳理现代文学的风范,真正建构现代文学自己的传统。否则如果一味追求"多元标准"、追求包容一切,就很可能出现温儒敏指出的一个重要现象与问题:"基本的价值标准放弃了,表面上似乎包

---

① 吴福辉:《"主流型"的文学史写作是否走到了尽头? ——现代文学史质疑之三》,《文艺争鸣》2008年第1期。

容一切,结果呢,此亦一是非,彼亦一是非,公说公有理,婆说婆有理,连起码的学术对话也难于进行,只好自说自话。过去是一个声音太过单调,全都得按照某种既定的政治标准来研究,学术创造的通道被堵上了;现在则放开了,自由多了,但如果缺少基本的评判标准,'多元化'也只落下个众声喧哗,表面热闹,却无助于争鸣砥砺,还会淹没那些独特的学术发现。"①

二、关于横向空间拓展的问题

如果说,在上一个问题里凸显的是文学史"重构"在时间上的打通,以期获得一种历史发展的纵深,那么,空间的拓展,则是当下文学史"重构"中具有更多呼声的话题,这突出表现在如何处理新旧文学之间的关系,如何看待越来越多旧体诗词的创作这一现象,以及如何面对和把握海外华文文学创作这一特殊情景等等,这些问题如果不能得到认真的思考并及时加以解决,将直接影响现代文学研究的发展和格局,甚至动摇现代文学研究的基础。

先说第一个点,新旧文学的关系问题。其实,这里的所谓旧文学,并不是上一个问题所说的中国古代文学,而是指与新文学一直同时并存,并驾齐驱的通俗文学。要求把通俗文学纳入新文学的研究、纳入 20 世纪中国文学史的研究的呼声近年来一直很强烈。比如,李天福在《通俗文学:20 世纪中国文学史不可偏废的元素》这篇文章中提出:"只有破除传统的'中心',消解传统的'正宗',以巴赫金式的平等对待'大众文学'和'精英文学'的美学立场去开展文学史研究,方能呈现文学发展史的全貌——雅文学史和通俗文学史的二元统一。由此,通俗文学便成了科学的文学史研究范式不可或缺的内容。"②他从文学通俗化的角度、从文学大众化运动所构成的文学发展的通俗化历史的角度来强调应该将通俗文学和以往所谓五四传统的精英文学并行看待,共同构成 20 世纪中国文学史的基本元素。陈波在《论通俗文学的合理性》一文当中也指出:"当我们追溯到人类文学发展历史中去看待问题的时候,或许能暂时撇开五四时期离我们太近而无法审视的局限。任何文学作品的流传与留传都不是某一时段某一意识形态所能决定的,当我们看到尘封书架上大量的革命文学作品时,我们或许更应该将一部作品的好坏交给历史,交给大众读者去评断。毕竟,无论严肃文学如何鼓吹文学的崇高理念,强调其艺术性,强调它对人性的解剖,对社会人生的洞悉,它始终无法脱离文学作为文学必需的'意味'。"③在强调通俗文学应该进入现代文学史书写的话题之中,苏州大学范伯群先生、汤哲生先生等人的努力是最为执着的,也是最有成效的。

当然这里首先要说明一点,就是范伯群、汤哲生等在通俗文学前面都加上了"现代"二字,这表明他们不是把通俗文学简单地看作是旧文学的。我认为这两个字加得好,事实证明,与五四新文学同步以来的通俗文学,无论从时间上还是内容上,都的确是具有现代意义的,正如汤哲生所强调的:"通俗文学入史使得我们关注的视角必须发生改变,治史者应该特别关注文学市场的变化。其实现代文学本身就具有很强的市场意识,只是长期以来被文化观念和创作观念遮蔽住了。关注文学市场就要求我们注意到作家的身份的确立和社会生活

---

① 温儒敏:《谈谈困扰现代文学研究的几个问题》,《文学评论》2007 年第 2 期。

② 李天福:《通俗文学:20 世纪中国文学史不可偏废的元素》,《求索》2007 年第 1 期。

③ 陈波:《论通俗文学的合理性》,《滁州职业技术学院学报》2007 年第 4 期。

的关注。"①

范伯群则更关注现代通俗文学与整个现代文学史整体格局的问题:"首先是中国现代文学史的起点是否要'向前位移'问题,这实际上是一个古今演变与文学史重新分期的大问题。现在有几位中国现代通俗文学史的研究者提出,通俗文学从古典型转化为现代型的标志是1892年开始连载、1894年正式出版的《海上花列传》,认为韩邦庆的《海上花列传》是现代通俗小说的'开山之作'。"②此外,还有诸多学者,普遍关注通俗文学的合理性与合法性的问题,其基本的意思在于,缺失了通俗文学的进入和研究,那么中国现代文学史乃至20世纪中国文学史的地位和研究,就存在合不合法、合不合理的问题。当然,不同的看法也不少,其主要意思是强调,五四新文学及其研究格局的确立,就是建立在排斥包括通俗文学在内的所谓旧文学(还有旧体诗词等)的前提基础之上的,如果把通俗文学和所谓旧文学纳入新文学的范围中来,那么新文学及其研究格局也就解体了。这种看法也就是被指责为固守"二元对立"的僵死的观点。

其实,关于这个问题的讨论和争辩,已经有相当一段时间了,但我总觉得讨论和争辩的双方,似乎都各执一端,缺乏一种彼此之间的呼应和观照,甚至在我看来,问题的双方就没有构成真正的冲突,在各自的轨道上行进着。比如,强调通俗文学及其研究的重要性、合理性、合法性,这本来就是对的呀,这有什么问题吗? 在中国新文学也就是所谓现代文学甚至是20世纪中国文学发生、发展的过程中,通俗文学也从未间断过自己的发展。用许多学者列举的确凿的事实来看,在相当的时日里,通俗文学发展得比新文学红火得多,有那么多的人对通俗文学感兴趣,自然,也就有了宽广的研究基础,但问题在于,通俗文学的发展和研究一定要和新文学的发展研究"融为一体"才具有合法性和合理性吗? 不和新文学融为一体它自己就不合法、不合理了吗? 这至少在事实上是说不通的,新文学不理我,新文学反对我、排斥我,我通俗文学不照样发展得很好吗? 为什么非要和新文学融为一体呢? 问题的另一方面是新文学的建构者和确立者们,他们从新文学的确立和发生开始,就是以反对旧文学、反对文言文为重要目标的,先不要说这个目标对不对,这个目标能不能实现,是不是实现了,从五四以来至今,新文学也就是现代文学的建构者们,事实上是以排斥旧文学也包括通俗文学为自己的建构范畴的,并以此来强调现代文学的合理性和合法性的。如果说从刚才列举的反对者的角度来看,新文学的建构者这么多年的反对和排斥并没有能够消除所谓旧文学特别是通俗文学的合理性和合法性,那不就是等于表明所谓的"新""旧"文学,大路朝天各走一边,各自可以拥有自己的发展道路和发展空间吗? 我总想,以这样的景观来构成20世纪中国文学的格局,不也是可以的吗? 难道非要两股道拧到一起不可,非此即彼吗? 说实话,我自己不太赞成《中国现代文学三十年》(修订本,北京大学出版社1998年版)中把新文学和通俗文学交织在一起的叙述方式,它在现代文学的三个十年之中,每个十年的文学发展基本按照小说、散文、诗歌、戏剧然后加上通俗文学五路并进的方式来叙述,我认为这种方式并没有真正有效地解决有关新旧文学关系的问题。我觉得比较简单的一种理解,就是在20世纪中国文学发展的广阔时空中,现代文学走现代文学的路,通俗文学走通俗文学的道,这两者有各自的起伏跌宕,不存在彼此之间必然的关联,也不存在二者之间必需的比照分析。两者的研

① 汤哲声:《中国现代通俗文学的"现代性"和入史问题》,《文学评论》2008年第2期。
② 范伯群:《现代通俗文学研究将改变文学史的整体格局》,《苏州教育学院学报》2009年第1期。

究也可以在不同的视角和不同的层面展开,没有必然的逻辑要将现代文学和通俗文学放在同一个层面展开。新文学和通俗文学是一个飞机的两翼,是一个车子的两轮,我非常赞同这个看法,只是多说一句,飞机的两翼不能合成一翼,汽车的两轮也不能并成一轮,左翼就是左翼,不能替代右翼,右轮就是右轮,也不能替代左轮,这两者,你是你,我是我,不存在你中有我、我中有你的关系,可以多元共生,但不必多元共融,你我是不同的。

再说旧体诗词的写作,眼下旧体诗词的写作人丁兴旺、势头很火,特别是相当一部分新文学作家在五四以后也写下了大量的旧体诗词,为此,有人专门分析了其中原因:"一是古诗词这种文体自身具有生存下来的生命力,这是古诗词能够在现代时期生存下来的前提条件;二是新文学作家自身的原因,这是古诗词在这个特殊的背景下存在的关键;三是新诗本体存在的缺陷和新诗建设过程中经历的多重困惑,这是古诗词存在的外部条件。"①其实,无论新文学作家写不写旧体诗词,旧体诗词从来就没有间断过自身的发展,这其中的道理非常简明,中国几千年古典诗词的深厚根基,登峰造极的辉煌成就具有强大的生命力,这种生命力不会因为五四以来新诗的出现而中断,这是一种很正常的发展态势,它与现代新诗的发展不相矛盾,也不必将现代新诗与旧体诗词非纠缠到一起去研究不可。写旧诗的人可以越来越多,一些写新诗的人也在改写旧体诗,但这并不能说明这就是新诗的萎缩,也不能说明这标志着旧体诗再次替代了新诗的地位,在历史发展的长河中,新诗旧词并存而生的情况比比皆是,不足为奇。再说,旧体诗词研究也没有一定要把新诗作为参照,而写作历史不足百年的新诗研究为什么一定要把旧体诗词纳入自己的研究框架呢?宽容有两层意思,一是包容,二是容忍,而容忍就是允许他者有自己的发展空间,允许他者有自己的研究格局。历史是客观的,也是宽容的,而非此即彼的思维往往是人们比较主观的想法。

至于海外华文文学的问题,其实没有多大的讨论空间,因为问题比较明显。有学者近来连续发表文章,应该说把这一问题讲得比较清楚了:"曾有研究中国现当代文学的学者主张把世界范围内用华文创作的所有作品都包括到中国现当代文学史中来,写一部完整的中国现当代文学史。无疑,这不仅事实上做不到,而且包含着我们自己也不曾意识到的,却会被别的国家和民族误解为大国沙文主义的意念。"②"海外华文文学学科要走向成熟,必须更好地解决三个基础性的问题,第一是弄清楚海外华文文学要研究些什么,第二是明确由谁来研究海外华文文学,第三是搞明白为谁而研究海外华文文学。海外华文文学,不能当作中国现当代文学的一部分来研究;相反,要关注它的既不同于中国文学而又介于中国文学和世界文学之间的那种身份,以及这种身份所包含的海外华人面临中西文化冲突时如何从自身的生存经验出发融合中西文化矛盾,从而获得不可或缺的精神支柱的独特经验。"③"他们的作品反映的不是中国的社会问题,也不是中国人在中国社会生存面临问题时所产生的感受和思考。他们对中国的怀恋主要是一种文化乡愁,而其追求的方向则是想融入他们现在所移居的国家,建立起与居住地相联系的文化认同。他们内心也有矛盾,但只是在争取建立新的国家认同过程中的矛盾,这与林语堂等上一代中国人移居美国却不加入美国籍,最终还是要回

①　谭旭东、卢力刚:《五四后新文学作家古诗词创作探因》,《甘肃社会科学》2006 年第 6 期。
②　陈国恩:《华文文学学科建设的三个基本问题》,《南方文坛》2009 年第 1 期。
③　陈国恩:《3W:华文文学的学科基础问题》,《贵州社会科学》2009 年第 2 期。

归中国的情况是明显不同的。"①我是赞同这一看法的,至于有些学者强调:"海外华文文学是一种世界性的特殊文化载体的文学,一种新的汉语文学形态。这种新的文学形态,既不同于中国本土文学,也有别于东西方各个国家的主流文学。其特殊性主要表现为它的世界性和跨文化性,有它自身的活力和张力。"②我认为,海外华文文学自然有其独特的价值和意义,也在世界文学发展进程中占有一席重要的地位,但那是另外一回事情。海外华文文学自身的价值和意义,与中国现当代文学关系不大,甚至就其本质意义上说,它与中国现当代文学就没有关系。旧体诗词、通俗文学跟中国现当代文学是两股道上跑的车,但那是在所谓民族国家的范围内进行的事情,而海外华文文学则应该另当别论了。

三、关于文学史向学术史提升的问题

上述两个方面的现象和问题集中反映了当下中国现代文学史"重构"的新态势,究其本质来说体现了两点欲求,一是力图建构一种更为完备、丰富、开阔的文学史叙述,其二是加强学科的建设,拓展学科的容量,扩大学科的视野,增强学科的辐射力和影响力。但在我看来,就中国现代文学史建构本身的实质意义而言,最重要的应该是凝聚目光,调准现代文学自身的焦距,提升现代文学自身的学术含量,同时如何更加历史地来看待现代文学。

首先,20世纪中国文学是一个宏阔的概念,在这一概念之下,通俗文学、旧体诗词甚至海外华文文学等等都在这个大的历史时空下,与现代文学及其研究相伴而生,而近代文学乃至古代文学和当代文学研究也都以各自的框架和格局相继进行着。在这样一种纷繁的情况下,如何更为清晰地厘清现代文学自身的含义,更为准确地定位自身的价值,这是所谓重构现代文学史应该首先重视的问题。只有真正重构现代文学自身的价值意义,才能更好地看到它与通俗文学、旧体诗词乃至海外华文文学之间存在(或不存在的)某种特定关系,才能更好地将现代文学研究与近代文学、当代文学乃至古代文学研究有机地结合在一起。从1917年文学革命正式兴起到1949年这大体30年的文学历程,作为五四新文学或中国现代文学(也就是不同于旧体诗词,不同于通俗文学,更不同于海外华文文学,也不同于近代文学和当代文学)的基本历史阶段、基本面貌和基本特质,应该确定下来。现当代文学学科,应该把现代文学这一历史阶段作为一个重要的、相对独立的历史过程来更加充分地认识和研究。而1949年以来的当代文学,也应该逐步形成一个确定的历史内涵,这是现当代文学学科的两个支点,是现当代文学学科的主干,其他诸如旧体诗词、通俗文学、近代文学和古代文学等既可以作为现当代文学研究的重要参照,更可以单独进行研究,但不一定非和现当代文学融为一体,"重构"不一定要叠加,厘清则是为了更好地"重构"。

其次,中国现代文学作为一个成熟的学科,它的"重构"更多的考虑应该是自身学术价值的提升,应该用更严格的学术史的眼光来梳理和观照现代文学自身的一系列根本问题,比如现代文学生成和发展的学术背景、思想背景、政治背景乃至社会经济背景是什么? 现代文学在其发生发展过程中,形成了哪些真正值得称之为经典的东西,这些经典在整个中国文学的历史长河中处在什么位置,在当下还有什么重要的影响和意义? 中国现代文学的存在,究竟

---

①　陈国恩:《海外华文文学不能进入中国现当代文学史》,《中国现代文学研究丛刊》2010年第1期。

②　饶芃子:《全球语境下的海外华文文学研究》,《南方文坛》2009年第1期。

给整个中国文学的发展带来了哪些新质？形成了哪些属于自己的所谓新的传统？在这样的基础上,用学术的眼光来判断和梳理现代文学与通俗文学、旧体诗词、近代、古代、当代文学之间究竟有哪些本质联系。所谓从文学史向学术史的提升,就是说学术史研究应该是对文学史研究更具有学术眼光,更具有历史沉淀,也更具有时代穿透力。我想在这里再次强调一下关于学科建设的问题。学科建设有各个学科自身不同的特点,对于中国现代文学这样一个经过了近一个世纪的发展和半个多世纪的建设已经相当成熟的学科来说,它更为需要的是提升自身的学术性,用更精准严格的眼光来审视自身的内涵,而不是更多地涵括多项内容和更多地扩大外延。其中有一项很重要的工作就是应该加强研究之研究,不仅要更严密地梳理文学史的发展脉络,而且要更严肃地梳理文学史研究的发展过程;不仅要认真总结文学史发展过程中的经典现象和经典作家作品,而且要认真总结文学史研究进程中的经典成果,清除研究中的泡沫。在此我想谈一谈黄修己先生刚刚推出的《中国现代文学研究史》这部著作。关于中国当代文学研究之研究的成果,近年来多有出现,但是像黄修己这部《中国现代文学研究史》如此深入、如此系统、如此集中于中国现代文学本身研究的著述还是不多的。黄修己概括了五四以来数代人对现代文学研究的主要贡献,其一是创建了现代文学的批评模式;其二是建构了现代文学的历史框架;其三是建立了现代文学自身的新的学科;其四是创立了学术上不断创新的学风。可以说这几点是对现代文学学科从创立到发展主要成就的准确概括,但其中有一点是我想特别强调的,这就是学科建设虽然是几代人的相继追求和共同努力,但其中真正有学术价值的、有创新发现的往往是某些学者个人坚守着独立思考的学术风范,没有这种个人的独立思考和发现,学科建设和发展其实是空的。我曾经听到黄修己先生在一次学术会议上概括他自己和他那代学人的一种研究情态,他用两个字来概括,这就是"孤往"。我认为这是学术研究包括学科建设非常宝贵的一种精神品格,而这一点对学科建设来说尤其重要,没有一个个学者坚守独立思考的"孤往"精神,很难想象众人一拥而上的学科建设能产生多大的学术价值。

再次,越来越历史地看待中国现代文学。中国现代文学的历史化,是一个不可以逆转的必然趋势,对此,既没有值得担心的地方,也没有可惜的地方。有些人觉得现代文学历史短似乎是一个不足,尤其是相比较中国当代文学而言。如果我们的学科建设和文学史研究看重谁的历史长谁的历史短,谁的内容多谁的内容少,那就比较简单了。然而,一段历史的根本价值不是由时间的长短来决定的,也不是由内容的多少来判断的,而是由它在历史上的特殊位置和它的特殊贡献所确定的。现代文学短短 30 年的历史,却处在中国文学历史发展长河中古今中外纵横交错的一个关键点上,有着其他文学历史阶段所无法替代的重要性和独特性,这一点无须赘述。现代文学的历史化并不令人担忧,相反,是它更加成熟的表现。因为,历史化使我们能够更准确、更客观地看待现代文学的复杂过程和重要现象,尽管在这方面还有许多所谓的禁区,包括一些作家的日记、档案还未正式公开发表和出版,但毕竟这种情况越来越少。历史化为现代文学研究提供了具有真正学术意义的筛子,使其具备了越写越薄的可能性。因为历史化,我们可以更加清楚地看待现代文学发生发展的历史原因,看到它对当代文学的实际影响,甚至可以看到它在将来文学发展中的命运。因此,我们应该用历史的眼光来看待现代文学历史化的过程,不仅仅是抱着"历史的同情心",更要抱着一种历史的进取心,以一种更加积极的心态来看待现代文学的历史化现象。

正因为现代文学离我们越来越远,这使得从动态的文学史向静态的学术史的提升具备了条件和可能。我们有条件更加冷静客观地看待已经逐渐固化的现代文学,在这种审视中应始终持有一种大胆淘汰的精神。现代文学作家有许多已至百年诞辰,各种纪念活动层出不穷,如此大量的作家作品究竟有多少可以经受时间历史的检验? 在这个问题上,俄罗斯文学为我们提供了很好的借鉴,当下俄罗斯文坛出现了一种重新定位托尔斯泰的风潮。一些研究者对托尔斯泰颇有微词,并认为陀思妥耶夫斯基更具有文学史研究的价值。这种大胆存疑和淘汰的态度同样适合中国现代文学的研究。当我们具备真正的世界眼光时就知道自己的文学还有多少东西。现代文学 30 年作家作品究竟沉淀下来哪些学术传统,最重要的文学品格体现在什么方面,真正的生长点是什么,这些都值得我们冷静地思考和看待。我们既要看到其对前人的继承,也更要注意其对我们、对未来有哪些影响,但是也非全面历史化、固态化。应注意提升的分寸和适度,避免将一些学术史分量不够的东西提升上来。

与现代文学越来越历史化相适应,我们在研究中也应该越来越增强历史化的意识,越来越保持理性和清醒的姿态,这也是不容易做到的。比如我们对鲁迅的研究依然存在许多难以摆脱情感层面的东西,如何真正看待鲁迅的历史价值,如何在历史发展进程中看待鲁迅的现实意义,我相信,只要我们对包括鲁迅在内的现代作家和现代文学的研究,是客观的、准确的、符合历史状况的,那么鲁迅和现代文学的价值也就真正确立起来,并且是经得住历史检验的。

(原载《北京大学学报》2010 年第 6 期)

（三）批评理论：通俗文学批评标准与方法

对20世纪中国文学研究学术规范的几点质疑

——兼与汪应果先生商榷

李　玲

摘　要：20世纪中国文学研究亟待建立学术规范,但究竟应该建立怎样的学术规范? 笔者认为：在文学批评方面,要以审美价值为核心而不是以思想价值为核心;思想内容与艺术形式不能截然分开,文学批评应该以作品为基点而并非以作家为基点;在文学史方面,通俗文学可以进入文学史;在文学理论方面,以基本观念为学术平台,倡导借鉴西方文论的同时,积极建构中国本土性原创理论。

关键词：学术规范;审美价值;通俗文学;原创理论

文学价值观念紊乱,学术规范意识淡薄,研究方法生搬硬套,治学态度过于随意等,都使得20世纪中国文学研究看似热闹非凡,实则不堪一击。然而到底应当建立怎样的学术规范才更为科学更为合理? 才能更接近文学研究的特质,更好地把握文学发展的脉络呢? 近些年来,以陶东风、李吉力、王晓明、许怀中等为代表的学者在理论上对这一问题给予了极大的关注,以钱理群、陈思和、洪子诚、陈平原等为先驱的学者在写作文学史时也做出了力图建构某种学术规范的努力。一种观点统摄天下是不可能的,但对一些基本问题达成大致共识却又是建构学科体系所必需的。针对目前文学研究的现状和汪应果先生所倡导的学术规范,我提出以下几点质疑,以求对该问题达到更深刻的认识和更全面的理解。

一、文学的价值是"审美价值至上"还是"思想价值至上"?

这的确是个"属于文学基本常识的问题"[①],也确实是"20世纪中国文学研究中搞得十分混乱的问题"[②],这个原本在20世纪80年代就被文坛讨论过的话题,今天又重新拾起,只能说明它还是个很成问题的问题。汪应果先生认为："决定作品艺术生命力的,永远是作品的思想价值。"[③]果真是这样吗?

众所周知,文学的价值体系是一个动态的多维结构,一部优秀的文学作品,它往往能给人以巨大的审美愉悦感,它引导人们透过作品的意蕴来思考社会人生,它陶冶人的情感,提升人的心灵,它帮助人们认识世界从而更深刻地认识自己。因而,一部经典之作往往能同时具有较高的审美价值、思想价值、教育价值和认识价值等。在这个多维结构的体系中,处于核心地位的应该是审美价值,而并非是思想价值。一篇思想价值极高的文章可以是学术论文而不是文学作品,若以思想价值、认识价值等为核心,则文学与哲学、历史、自然科学等学科之间的区别就会变得无法界定。"审美的特性,是一切文学艺术的生命力及其价值的安身立命之所。离开了审美的特性,也就失去了文学艺术,遑论其价值?"[④]所以,把"思想价值"当成衡量文学作品的最高价值尺度,无疑是荒谬可笑的。以汪先生的观点,《子夜》正确回答了"中国的资本主义道路能否走得通"的问题,因而是高品位的,《金光大道》对农村两条道路斗争的结论已被历史所否定,因而是低品位的。要求文学家去回答政治家所提出的问题,要求文学真实地反映社会生活,并不是文学的本意。勃兰兑斯指出:"文学史,就其最深刻的意义来说,是一种心理学,研究人的灵魂,是灵魂的历史。"⑤作为记载着人类情感历程的文学,在探索生命真谛的过程中自然要做出自己的选择,但判断它的价值是否高低远比判断其历史结论是否正确要复杂得多。《金光大道》就算是换了个正确的历史结论又如何?

它的文学价值未必因此而提升。五四时期"问题小说"一拥而上,思维方式被骤然打开的作家们突然发现原来世界充满了问题,短小的体式、急促的语言、力不从心的叙述与作家们焦灼的心态息息相通,他们急于得出结论而缺乏更深层次的审美精神与悲剧意识,一些作品即便结论正确,它们的文学价值也同样令人遗憾。

二、"思想内容"与"艺术形式"能否截然分开?

作家以一定的审美编码方式使语言符号参与到审美意蕴的创造过程中,在文本闭合之时升腾起独特的情境韵味与诗性智慧。离开对文本的解读谈"内容",打捞的只是社会学的材料,未符号化的事实;离开了"内容"空谈"形式","形式"是毫无意义的符号堆砌,属于语言学的范畴而非文学的范畴。汪先生批评文坛兴起"轻作品思想重艺术形式"的倾向,认为人们之所以欣赏林语堂等人,看重的是作品形式。但奇怪的是,他列举的"形式"实则竟是内容——"闲情逸致"。在汪先生看来,形式其实是可有可无的东西,当作品写了关系到人民生死存亡的重大历史事件时,其思想价值自然就高,此时谈形式纯属多余;当作品写的是小人物、小心情、小事件时,它竟然受到众人的赞赏,除了那不可理喻的"形式"作祟外,还能是什么呢?

机械的社会学决定论对我国文艺批评界产生的深远影响不是一朝一夕就可以清除的,它使得长期以来我们无法摆正内容与形式之间的关系,形式作为附庸安排在内容之后,内容与形式之间不是相辅相成而是"决定"与"被决定"的关系。从这样的角度出发,脱离了艺术形式的思想内容褪尽了它独特的审美意蕴,被还原为未进入作品之前的社会素材。人的内心作为整个世界的一部分被我们所忽略。陶东风先生在他的《文学史哲学》中对"内容与形式"的关系有着精湛的见解,尽管多年来为纠正对作品"内容与形式"关系的认识,人们做出过多方努力,并常以"重思想"或"重形式"来力图拨正二者的位置,但这对我国文学研究中用得最多最乱的范畴至今还难以得到澄清。所谓的"重思想"实际上是撇开艺术形式重题材,其思想价值未必较高;所谓的"重形式"则以胡乱堆砌的辞藻来建构封闭的文本,完全不顾文学语言的创意功能,其艺术形式的成就也甚为可疑。一部优秀的文学作品,它的艺术形式与审美意蕴应是和谐统一的,离开了任何一方,文学作品都无法获得恒久的生命力。

新时期以来,我国文学理论研究的重要收获之一,就是一部分学者倡导文学"审美意识形态论",力图摆脱"文学政治工具论"的束缚。这一理论的唤起,几乎为全体理论界所接受,认为是合乎文学本质的。但近年来不少学者又提出"审美意识形态论"仅仅是对"政治工具论"的反拨,作家还是必须写大题材、大事件,才能创造出堪称"史诗性"的作品。这种对作品

"思想内容"与"艺术形式"的模糊认识,以及对二者关系的严重曲解,应当引起文艺批评界的高度重视。

三、文学批评是以"作品"为基点还是以"作家"为基点?

汪先生认为,林语堂和梁实秋都"反共",他们的作品自然也不是什么好东西,无名氏被无辜划入了"反共"作家的行列,其作品只好蒙冤遭贬。汪先生的想法,其实很有历史渊源。如对徐志摩、萧乾、沈从文、张爱玲、周作人的批评都是如此。今天,取作家而弃作品的批评倾向依然存在,须知,作家是因作品而成为作家的。作家在创作过程中,从自己的审美理想出发,以主体的姿态调动着一切感染过他并已心灵化了的现实,他把自己的生命体验、情感意愿熔铸进作品中,用自己的艺术方式建构成一个完整的文本体系。在创作的各个阶段,作家的思想倾向和道德修养都会影响着他的选择,因此,传统的文学批评以作家为基点,十分注重研究作家与社会、作家与作品的关系,这对于我们认识作家的经历、思想、气质等如何制约着作品,或在作品中得到了怎样的反映,以便更准确地了解作品是有益的,但传统的文学批评在研究作家时,忽视了一个重要问题,即作家首先是因为作品而存在,读者也主要是凭借作品来认识作家,作品作为作家审美精神的直接物化形式,它一旦出现,就获得了相对的独立性与自足性。它不因人们对作家的褒贬而审美价值随之增减,也不因作家的情况发生变化而改变自身的面貌。作为文学活动系统核心与中介的作品,连接着作家、世界与读者,无论批评家怎样选择自己的批评对象,都应当以对作品的理解与阐释当作批评的基点,而不能脱离作品,去空谈其他。

文学批评由过去的"戴帽子"到现在流行的"骂"和"捧",有多少是把作品当作批评的基点?又有多少人通过扎扎实实地研究作品来真正认识作家的历史地位?确实有相当一部分学者在做着这令人可敬的工作,但相比较于庞大的批评群体来说,这一部分人又实在太少太少。以对作家的好恶来评定作品的价值,喜则友情捧场,恨则相互拆台,确实不失为一条批评的捷径,但这种批评悬离于作品,它除了能借机作秀,大量煽情,哗众取宠外,还能做些什么呢?

四、通俗文学能否进入文学史?

汪先生认为当前学术规范的紊乱与研究者素质的低下有着直接关系,因此规范研究行为势在必行。汪先生以"几乎没有一个先进国家是把通俗文学纳入文学史"为由,指出若让通俗文学进入文学史,则是"一次'中国式'的大创造"⑥。且不说"中国式的大创造"就一定见不得人,即便在"先进国家",通俗文学又怎么没有进入文学史呢?谈到"严肃文学"与"通俗文学",汪先生认为二者最大的区别在于,"前者要求脱俗,后者要求媚俗"。与严肃文学的差异存在着重复和交叉的现象,当这种差异上升为文学价值的层次时,我们不得不承认,严肃文学与通俗文学之间的界限其实是模糊不清的。如果"媚俗"就意味着能得到读者的普遍青睐,那么塞万提斯的《堂吉诃德》这部文艺复兴时期的经典之作算不算是通俗小说?

"通俗文学"与"严肃文学"原本就是一对内涵与外延不断发生变化的历史范畴,这两类文本在人类艺术文化里,一直存在着转化与融合,许多今天被视为严肃文学加以研究的文学作品,在相当长时间内却被当作通俗文学,一部中国文学史从另一个角度看,就是一部通俗文学与严肃文学相互转化的历史。

当然,多数通俗文学以复制生产来代替作家的独特创造,以拼贴组合来代替作品的深沉情感,以追求刺激、感伤来满足读者宣泄情绪的需要,确实存在着文学价值较低的弊端,但一方面,严肃文学中也同样窝藏着不少拙劣之作,通俗文学中亦不乏一些优秀的作品,另一方面,文学史的研究对象并不单是作家作品,它还包括文学流派、文学活动、读者反应等,那些审美价值不很高却在读者中引起极大轰动的作品,如鸳鸯蝴蝶派的创作等,我们可以把它当作一种文学现象来研究。

值得注意的是,当前许多文学史家为了使史学研究更具有整体性而做出了种种努力,如将"大陆文学史"扩充为包括港、澳、台地区的"中国文学史",在"严肃文学"之外增加了"通俗文学",有的文学史教材甚至还增加了"儿童文学"、"影视文学"等内容,但内容的扩充并不能保证文学史系统观念的贯通,缺乏对文学史观、文学史建构模式、价值尺度的整体反思与重建,"重写文学史"只能是对原来僵化的文学史体系作一些细枝末节的修改而已。

良好的学术规范除了需要基本观念来支撑外,还需要建立科学的学术体制。正如汪先生、朱寿桐先生所指出的那样,应当有一整套体制来追讨学术界的剽窃之风,改进学术成果的考评方式,建构学术品格,维护学术的尊严。

长期以来,二元对立的思维方式已深入人心,绝对的相对主义之风盛行,兼容并包的心态、多元化的研究格局距离我们还很遥远。真正的学术繁荣与众口喧嚣的闹市是两码事,只有建立起良好的学术规范,才能让这支无形的指挥棒来保证 20 世纪中国文学研究自由又有序地进行。

(原载《福建论坛》2001 年第 4 期)

注 释

①②③⑥汪应果:《20 世纪中国文学研究亟待建立学术规范》,载于《福建论坛》(文史哲版)2004 年第 4 期,第 3、4 页。

④敏泽、党圣元:《文学价值论》,社会科学文献出版社 1997 年版,第 237 页。

⑤勃兰兑斯:《十九世纪文学主流》第 1 分册,人民文学出版社 1998 年版,第 2 页。

"权威批评话语"在通俗文学批评中的尴尬

赵科印

提　要：通俗文学的繁荣已成为既定的文学事实，但由于受到特定历史语境中形成的"权威批评话语"的影响，通俗文学批评中存在一种不合理的历史性想象。这样，一方面，通俗文学的价值被任意曲解；另一方面，文学批评本身也成为一种虚假的批评。本文主要探讨这种"权威批评话语"的形成，以及它在当代通俗文学批评中的具体显现，并在此基础上进一步反思我们文学批评中存在的问题。

关键词：权威批评话语；通俗文学；文学批评；金庸

20 世纪 90 年代以后，文学自由空间的拓展和市场经济的发展，使通俗文学从创作到接受都出现了前所未有的繁荣。同时，在影视传媒的配合下，通俗文学已占有了最大份额的读者市场。

通俗文学在实践上的节节成功，使它成为实实在在的文学现实。但对通俗文学的接受研究，由于受到特定历史语境中形成的文学批评观的影响，则明显滞后。反映在具体的批评中，就是缺乏从学理层面的探讨，面对活生生的通俗文学现实，文学批评往往不顾其自身的审美特质，而是从批评的需要出发，肢解通俗文学。以金庸为例：一会儿，金庸被视为文化垃圾的制造者，群起而讨伐之。一会儿，金庸又被大肆吹捧，誉为"大师"。就像有人形容的，"金庸在内地由盗版而正版，由学院化而'主旋律化'，骂声不息，演绎不止，愈演愈烈"[①]。

究其根本，这种尴尬不过是不愿退出历史舞台的"权威批评话语"，在文学批评领域堂吉诃德式的历险。这些看似大相径庭的批评背后，深隐着一种共同的批评思维模式，那就是"权威批评话语"的思维模式。本文认为只有揭示这种"权威批评话语"的欺骗性，我们才能真正走近通俗文学。

一

本文提到的"权威批评话语"，特指我国文学批评中依附于一定政治意识形态，并被异化为这一政治意识形态工具的文学批评话语，它往往对文学作品做出蓄意的曲解，以满足特定政治意识形态对文学的需求。

这种政治化"权威批评话语"的形成，不是一朝一夕的事情，它与中国特定的封建文化背景和现当代政治背景有关。阿尔都塞的意识形态理论认为："意识形态是个人同他周围现实环境的'想象性关系'的再现。意识形态决定了个人如何在社会环境之中为自己定位。意识形态是一个隐蔽而又坚固的观念体系，主体通常根据这种体系形成的框架想象自己与现实环境的关系。许多时候,人们甚至意识不到这种观念体系的存在。尽管如此,意识形态的特殊效果就在于,人们仍然会按照这种框架提供的基本方位和坐标感知、理解、阐释自己的生活状况。这个意义上,主体和自我不是自足的;意识形态从众多的方面规范了人们如何理解主体和自我。"②正是在这个意义上,中国特定的封建文化背景和现当代政治背景建构了批评家的主体意识,形成了带有政治权威性的批评话语体系。

我们不能不承认这样一个事实,中国的文学批评,从传统的封建主流批评意识到现当代的主流批评意识,有一个共同点,那就是:都寄生于某一政治意识形态之下,成为这一政治意识形态的附庸,成为维护这一政治意识形态的工具。在长期的以儒家为主体的封建意识形态文化环境中,封建文化正是以这样的方式建构了中国正统文人的文学意识。随着中国向近现代的发展,传统"文以载道"的文学观遭到文学界的尖锐批判,中国文学好像真正获得了解放,但20世纪的文学现实告诉我们,政治意识形态对文学的控制非但没有削弱,反而得到前所未有的强化,特别到新中国成立之后,这一控制已达到近乎荒唐的地步。如洪子诚所讲:"对于这一时期'中心作家'的多数人来说,文学写作与参加左翼革命活动,是同一事情的不同方面。文学被看作是服务于革命事业的一种独特的方式。"③"这个时期,文学与政治的关系的密切,文学在社会政治生活中位置的突出,使作家的社会政治地位,比起20世纪三四十年代来说有很大提高。"④总之,20世纪80年代中期以前,我们文学创作、接受和评价的主体无不受到政治意识形态的非正常制约,不管他们是出于一种自觉还是被迫,他们表现出的政治意识形态热情是空前的。

在这种特殊的政治意识形态语境的建构下,就形成了中国特有的一种文学批评,这就是隶属于政治意识形态的文学批评,批评者可以依靠政治手段轻易清除不符合这一意识形态的任何文学,他们的批评标准是简单的,模式是单一的,话语是粗暴的、不容置疑的。周扬的"一点两线"式批评,即以"教育意义"为根本点,以"思想内容"和"语言形式"为两条批评主线的批评模式成为其典型的批评范式。在这样的批评语境中,真正意义上的文学批评根本不可能存在,它所形成的不过是周扬为代表的一种政治性极强的"权威批评话语"。"这种动不动以'我们'的姿态出现的批评习惯或训导式批评文体,对20世纪40年代乃至后来的许多批评家都产生过大的影响。"⑤通俗文学在这种语境中无疑成了被清除的对象。这一点,正像孙绍振所分析的:"早期的革命文学理论家不是正视矛盾,而是以理论的话语权威,来消解这种矛盾。共同的倾向是,但求其同,拒绝或者藐视明显与之相异的文学现象,即使感觉到了障蔽的存在,也不惜歪曲,将其纳入现成的有限话语之中。"⑥

二

进入20世纪90年代以后,文学开始由载道教化的工具回归自身,由强调其社会思想价值转向审美价值,由主要为意识形态服务转向着重审美愉悦、文化消遣、自我表现、自我认知,很多作家也在渐渐宽松的政治经济氛围中卸下神圣但也十分沉重的使命感和责任感,由听命于主流文学、追求社会轰动效应转入比较轻松自由的创作心态。这时,以娱乐大众为目的的通俗文学迅速占领文学市场,也就顺理成章了。面对汹涌澎湃的文学通俗化浪潮,以及政治生活向社会生活边缘的游移,"权威批评话语"陷于一种失语的尴尬境地。

不过"权威批评话语"并没有退出历史舞台。马克思说:"随着经济基础的变更,全部庞大的上层建筑也或慢或快地发生变革。在考察这些变革时,必须把下面两者区别开来:一种是生产的经济条件方面所发生的物质的、可以用自然科学的精确性指明的变革,一种是人们借以意识到这个冲突并力求把它克服的那些法律的、政治的、宗教的、艺术的或哲学的,简言之,意识形态的形式。"⑦因此"权威批评话语"作为一种意识形态形式,亦不会随着社会的转型而立刻消失,相反,在一个较长的时期内它还会长期存在。正像有人指出的:"就在中国的理论家们企图把政治话语扫荡出文学理论平台的今天,政治的幽灵却从未离开过我们的生活,无意识范畴的政治因素从未退出过历史的舞台。事实上,远离政治话语只是理论家们的一厢情愿。"⑧同时,由于思维惯性的作用,它往往通过有意无意的方式显现于具体的文学批评和社会群体的批评意识之中。

在这样的特殊语境下,就出现了"权威批评话语"在通俗文学批评中尴尬而耐人寻味的局面。以下以对金庸的批评为例进行分析。

首先,"权威批评话语"仅仅成为一种文学批评的标签,成为一种虚假的批评话语。明明通俗文学受到大众喜爱的原因,不是所谓的思想性而是娱乐性。但出于一种无意识心理,批评者硬要给它披上政治意识形态的外衣,以换取通往文学圣殿的通行证。《射雕》制片人张纪中说:"我们走的是主旋律的路子,说它是主旋律,主要是因为我们的意图在于弘扬一种精神,一种英雄主义的情怀。要表现的是以郭靖为代表的一系列人物疾恶如仇、为国为民的侠义之心。"⑨就拿金庸作品入选教材来说,反对和支持的意见几乎不约而同集中到一个焦点,那就是作品的思想内容,支持者说:"金庸的小说,气魄宏大,境界宽广,作品采取了通俗文化的形式,但思想内容一点也不俗。"⑩反对者则说:"语文教材应当是'雅'的,通俗文学不应当入选;武侠小说思想性较差,其中难免有'怪力乱神'的内容,对青少年的成长可能有负面作用。"⑪这些对通俗文学的评价或认识,并没有任何实质性的内容,仅仅是一种主观观念上的认识,一种虚假的意识。至于他们所说的"主旋律"、"思想内容",不过是他们借用过去权威批评的外壳为自己的合理性辩护而已。从这方面,也暴露出"权威批评话语"的最大弊端,即主观性和非学理性,一部作品可以随意言说,只要符合自己的标准就行,这个作品今天是一部思想性极强的名著,明天就可能成为一株大毒草。真是成也思想性,败也思想性。尴尬的是,由于缺乏政治意识形态的支撑,这些批评最终消失在大众审美意识的茫茫大海中。

其次,一些批评者对通俗小说(以金庸为代表)采取的批评方式,不过是"权威批评话语"的改头换面,那些批评者使用的话语、腔调、手法与"权威批评话语"并无二致。从通俗文学论争的过程来看,"反对方没有像支持方那样认真地研读金庸武侠小说,立足于文本进行切实有效的分析,而更多的是依据自己对武侠小说的'先见'进行批评。他们的主要观点可以归纳为以下几点:一是认为武侠小说自身的文学类型就决定了它肯定是精神鸦片,不用看我也知道金庸武侠小说是什么货色;二是认为金庸武侠小说是为旧文化续命的文学,是一碗旧文化的'迷汤',对它不加批判有悖于五四精神;三是认为武侠先天就是一种怪物,没有任何现实基础,金庸武侠小说中描写的人物的人性根本就没在人类中存在过。依据以上这些看法,金庸武侠小说简直就是文化垃圾、毒品,应该彻底清除出去"⑫。这种批评思维完全就是强盗逻辑,就像一段相声的台词所说的:"说你行你就行不行也行,说不行就不行行也不行。"有很多人把这种批评美其名曰文化批评,大概仅仅看到了文化二字。同时,这些批评者从身份上迥异于过去政治身份明确的"权威批评家",也从身份上掩饰了他们批评的本质。

还有的批评者说:"精神弱化,思想空虚,在打打杀杀中远离现实,在虚无缥缈中消解矛盾。从民族角度来说,金庸小说毒害青少年,应控诉之。"⑬"武侠小说对人们,尤其对青少年灌输黑社会的帮派思想,仇杀思想,争霸思想,有什么好处?! 宣扬怪异的形象,扭曲的人性,怪僻的行为,有什么好处?! 显然,对目前青少年的犯罪率上升,武侠小说要担点责任,金大侠也要负一点儿! 金庸武侠小说对青少年学生的毒害,实在是难辞其咎。"⑭从这里我们不但看到了"权威批评话语"无意识的显现,更看到的是这种话语在遭到大众文化解构之后,声嘶力竭的绝望的嚎叫。批评标准的简单,模式的单一,话语的粗暴与不容置疑,让人感到的只有文学批评观念的倒退。但在"权威批评话语"失去政治意识形态支撑的今天,这种批评颇有一点自言自语的味道,他们对通俗文学的严厉批评与通俗文学接受上的火热现实形成强烈反差,这在某种程度上也使这种批评本身陷于尴尬的境地。

再次,那些美化金庸的批评家使用的话语,表面上与以上的批评话语相反,实质上不过是政治权威批评话语的一种精心打扮。他们竭力把金庸打扮成"文学革命家"的形象,把金庸与鲁迅比较,把金庸作品的思想意义和所谓"文学革命"的意义无限放大,并试图把金庸经典化。严家炎指出:"鲁迅在小说《铸剑》中,曾赞颂了眉间尺、黑色人于专制统治下不得已而求诸法外向暴君复仇的正义行为。鲁迅对现代'复仇'的看法是正确的。金庸小说有关复仇的一系列笔墨,都证明了作者的思想和鲁迅等新文学家是相当一致的,而和传统的武侠小说却大相径庭!"⑮而王一川则在主编《二十世纪中国文学大师文库·小说卷》时,将金庸排在鲁迅、沈从文、巴金之后,老舍、郁达夫、王蒙、张爱玲、贾平凹之前,而现代文学史上的习惯座次"鲁、郭、茅、巴、老、曹"中的小说家茅盾落选。这种编选明显带有炒作的意味,在某种程度上符合了普通民众对政治化文学的反感,但从学理的层次上看来,并没有足够的依据。同时这种把金庸和鲁、郭、茅、巴、老、曹并置,也在某种程度上有借此抬高金庸之嫌。这样一种批评虽然过滤掉了与权威批评相关的敏感话语,但骨子里与政治化"权威批评话语"并无本质之别。他们就是想通过把金庸抬高到与革命文学作家一样的高度,从而到达消泯通俗文学与革命文学界限的目的。马尔库塞认为,通过消除高级文化中敌对的、异己的和越轨的因素(高级文化借此构成现实的另一向度),来克服文化同社会现实之间的对抗。这种对双向度文化的清洗,不是通过对"文化价值"的否定和拒绝来进行的,而是通过把它们全盘并入既定秩序,在大众规模上再生和展现。这种把通俗文学革命化经典化的文学批评,表面上是对通俗文学的肯定,实质上不过是在现实语境中,"权威批评话语"在丧失了对大众审美的决定权之后,对大众审美意识的一次图谋,他们试图通过赋予通俗文学革命性,把通俗文学纳入自己的话语范围,从而达到清除通俗文学的目的。

以上我们简要分析了政治"权威批评话语"在通俗文学领域的显现,这种中国特定政治语境中形成的批评模式有意无意的表现,对通俗文学的健康发展,具有极大的危害性,如何消解这种危害,应该引起批评界的广泛关注。

三

反思当前通俗文学批评中存在的问题,我认为存在以下几个方面的问题:(1)我们文学批评的原则需要反思。把文学当作阶级斗争战场的时代已经过去,文学批评中应多一点宽容,正如周作人在《文艺上的宽容》一文中所说:"各人的个性既然是各各不同(虽然在终极仍有相同之一点,即是人性),那么表现出来的文艺,当然是不相同。现在倘若拿了批评上的大道理去强行统一,即使这不可能的事情居然出现了,这样文艺作品已经失去了他的唯一的条件,其实不能成为文艺了。因为文艺的生命是自由不是平等,是分离不是合并,所以宽容是文艺发达的必要的条件。"⑮"因此周作人大声疾呼反对'统一思想的棒喝主义'。……批评家的工作意义仅在于为读者提供一种鉴赏和分析,而不是'法理的判决';认为任何批评家都没有权力按某个'批评上的大道理'去统一文坛,也不应当'特别制定一个樊篱',迫令'个个作者都须在樊篱内写作'。"⑯远离历史的纷扰,周作人的思想给我们的启发不能不说是当头的棒喝。我们的批评家应该还通俗文学一个自由的空间,不能拿过去的一番大道理统一文坛,这样,才能对通俗文学做出较为客观公正的批评。(2)文学批评应该与具体的文学实践相结合,在批评实践中充实理论基础。新时期中国文学批评界各种方法流派盛行,但空头的理论家多,实际的批评家少,理论研究与具体的文学批评相隔膜。导致"批评文学批评成为一种文坛现象,'失语'、'失声'、'缺席'甚至'失身'之类标签一道道往文学批评上贴"⑱。这里存在的问题很多,我认为最关键的问题是,理论研究的为理论而理论,理论不是从中国文学的实际中来,因此也不能回到中国文学的这一实践中去。撇开我们上文提到的政治化"权威批评话语"的局限性不谈,最起码它在当时的历史条件下做到了理论与实践的统一。然而,在通俗文学已成为一种重要的文艺现象,并得到广大读者认同的情况下,我们的批评界还是抱着一种以不变应万变的姿态,进行虚假的非学理的批评,这对于通俗文学的健康发展是十分有害的,对文学批评来说,同样也是有百害而无一利。(3)文学批评在某种程度上,可以引导读者更好地进行文学接受活动,但相对应的文学批评也应尊重读者,不能把读者当作无知被动的接受者,应该在读者与批评者之间建立一种互动的关系,不然,文学批评的自怨自艾只能使自己走向封闭和僵化,文学批评也就失去了它存在的意义。目前网络技术的发展,使普通读者的心声获得了充分的表达机会,他们已不愿再听任精英的摆布。这也是为什么通俗文学批评的口水仗打得如火如荼,而金庸、琼瑶在大众的心目中却岿然不动。这些应引起批评者的广泛关注。

总之文学批评是一个现实的敏感的话题,如何能使我们的批评走向健康,应该引起足够的重视,不能让文学批评在批评文学的堕落中自己先走向堕落。

(原载《甘肃社会科学》2006 年第 5 期)

参考文献

①张英.《射雕》香港导演内地制造[N].南方周末,2003-1-29.

②南帆.文学理论新读本[M].杭州:浙江文艺出版社,2000:280.

③④洪子诚.中国当代文学史[M].北京:北京大学出版社,1999:31—33

⑤⑯⑰温儒敏.中国现代文学批评史[M].北京:北京大学出版社,1993:199,36—37.

⑥孙绍振.西方文论的引进和我国文学经典的解读[J].文学评论,1999,(5):15.

⑦马克思.政治经济学批判序言[M].马克思恩格斯选集(第二卷).北京:人民出版社,1972:83.

⑧鲜益.政治意识形态批评话语的沉潜与复归[J].西南民族学院学报,2003,(1):211.

⑨杨瑞春,张英.被主旋律化的金庸[N].南方周末,2003 - 1 - 29.

⑩⑪张剑锋,甘丹.《天龙八部》入选高中读本引发辩论[N].新京报,2005 - 3 - 2.

⑫田智祥.对金庸武侠小说批评的思考[J].菏泽学院学报,2005,(1):61.

⑬⑭王若谷.远离毒品远离金庸[J].中国社会导刊,2005,(1):46.

⑮方伯荣.鲁迅金庸初步比较[J].嘉兴学院学报,2002,(4):58.

⑱梁永安.文学批评如何突围[J].中国艺术报,2004 - 6 - 11.

论中国当代通俗小说的语境和批评标准

——以近十年中国通俗小说创作为中心

汤哲声

内容提要：城市的发展、大众媒体的繁荣、市场化的推动和影视剧的影响，是当下中国通俗小说创作繁盛的社会原因。市民视野、题材模式、媒体介入、大众互动是当下中国通俗小说创作的美学要素。中国通俗小说有着自我的创作语境和美学语境。中国通俗小说自有的创作语境需要建立相适应的小说批评标准。

在当下中国小说的创作和阅读市场中，通俗小说（主要是流行小说和网络小说）最少也要占据半壁江山，这是客观事实，几乎是一种共识，我不加赘叙。本文所要论述的问题是为什么当下中国对通俗小说的批评就那么滞后于通俗小说的创作和阅读，是那些通俗小说作家和读者创作水平、阅读水平低下，入不了论家们的"法眼"，还是论家们的评论脱离现实呢？我看问题还是出在后者身上。问题的核心是论家们对中国当代通俗小说的语境认识不够，总是用既有的批评标准批评通俗小说，因此通俗小说总是被他们"不屑一顾"。所以，认识当代通俗小说的语境和建立当代通俗小说的批评标准是深入研究通俗小说的前提。

一

通俗小说是相对于"精英小说"（这个术语很不科学，姑妄称之）的文学术语。通俗小说是中国现代都市扩展的产物，主要反映和表现的是都市社会中的市民的思想情绪和阅读趣味。通俗小说的繁荣总是与城市的发展紧密相连。中国现代城市发展集中在 3 个时期，一个是清末民初时期，一个是 20 世纪二三十年代，一个就是当下。城市的发展越是迅猛，通俗小说的创作就越是繁盛，其根本的原因就是市民阶层迅速扩大[①]。庞大的中国的市民阶层构造了当下中国特色的都市大众文化氛围：他们接受的是中国传统文化的教育，很多人是从"乡民"转向"市民"，在价值观念上以传统的伦理道德衡量人物、评判是非，而不愿对传统的价值观念进行更多的怀疑和思辨；他们大多从事城市一线工作，对影响个人和家庭稳定和发展的事件的关心要大于对人生价值的思考；他们的工作单调、重复而又紧张，需要精神上的愉悦和松弛；他们不满于社会的黑暗面和风气堕落，却又很少愿意站出来大声反对……当下繁盛的通俗小说就是这样的浓郁的都市大众文化氛围的文学表述。当下中国通俗小说的繁盛的另一个原因是精英小说读者的转移。精英小说的主要读者是具有人生使命感的青年们。鲁迅在总结他的小说为什么会在五四时期受到那么大的欢迎时说得很清楚，是"颇激动了一部分青年读者的心"[②]。五四新青年们使得新文学登上文坛，并受到热捧。这种状态在 20 世纪 80 年代也出现过，以人生问题、社会问题的思考为使命的青年们对"伤痕小说"、"反思小说"等各类精英小说再一次表现出热情。在商品大潮的冲击下和自我中心的人生观的支配下,当下具有人生使命感的年轻人越来越少,他们对精英小说所表现的问题意识感到沉重并且越来越隔膜。精英小说不缺作家,但缺读者,在当下这个时代中萎缩势成必然。发展趋势还在于,相当多的人生使命感淡漠的年轻人努力地享受着现代生活,小说阅读是他们追求人生现代享受的标志之一,通俗小说的愉悦性与他们的精神追求相合拍,成为他们追捧的对象。原有的精英小说的读者层向通俗小说读者层转移是近十年中国读者队伍的重大转变。它直接影响了中国读者队伍性质的变化和小说创作的发展走势。

严格地说,中国古代只有民间文学并没有通俗小说,那些标有"通俗演义"字样的小说,实际上都是文人根据民间创作整理而成,例如《三国演义》、《水浒传》、《西游记》等。民间文艺主要依靠口传和民间曲艺节目保存和流转,无论是否识字都可以成为一个民间艺术家。通俗小说是以现代大众传媒为平台的文人创作,是伴随着大众媒体出现、成长、繁荣而发展变化的小说文类,没有了大众媒体也就没有通俗小说。中国现代大众媒体的出现也就百余年的历史,一直到 20 世纪 90 年代,中国现代大众媒体都是以纸质媒体为主导,尤以报纸媒体为中心。这个阶段的通俗小说创作同样是以报纸连载的形式出现,从晚清的李伯元、吴趼人等人,到民初的"鸳鸯蝴蝶派"作家们,到 20 世纪二三十年代的张恨水等人,再到 20 世纪五六十年代的金庸等人,他们几乎都具有报人和通俗小说作家双重身份。报纸的繁荣促进了纸质媒体的通俗小说发达。近 10 年来,中国现代大众媒体的重心发生了转移,变成以电子媒体为主导,尤以网络媒体为中心。中国的网民的数量更是裂变式地发展,达数亿之多。当下中国那些走红的通俗小说无不是网络小说的文类,例如玄幻小说、悬疑小说、穿越小说、网游小说,几乎都是网络小说专栏,而那些在当下中国走红的通俗小说作家几乎无不与网络有关系。纸质媒体的通俗小说创作并未衰竭,网络小说则更为发达,并逐步成为中国通俗小说创作的中心,这是当下中国通俗小说创作的一个重要特征。

通俗小说具有群众性,却不是群众文化的产物。根据美国学者约翰·费斯克(John Fiske)的解释,群众文化是统一生产出来的强行施加在大众身上的文化③。通俗小说是大众文化背景下的市场文学,它是由作者自由创作、读者自由选择的文化现象。文化乃至整个社会的市场性越强烈,通俗小说创作就越繁荣。事实上中国现代文学中的那些著名的通俗小说作家,如李伯元、吴趼人、徐枕亚、包天笑、周瘦鹃、张恨水等人,都是职业作家,都是依靠市场的拼搏获取生存的经济资本。近 10 年来,中国文化机构正经历着 1949 年之后最大的体制改革,民营出版机构、民营出版刊物允许成立,全国事业编制的出版社、报社、期刊基本上转为企业性质,各大网站更是企业化运行,可以这么说,中国的文化出版机构市场化转型风头正健。市场化了的出版机构和各大网站追求小说阅读所带来的利益最大化,通俗小说无疑是最好的选择。另一方面,出版机构和网站的市场化运作使得写手们的能量得到了极大的释放。过去由于小说创作准入门槛过高,很多写手被挡在创作之外,现在只要你有才,有吸引读者眼球的能量,你就有人追捧,乃至有人承包。任何人都可以一试,似乎也敢于一试,使得近 10 年来中国通俗小说的创作队伍数量之大前所未有。怎样看待通俗小说创作的市场化行为呢? 小说创作市场化必然会媚俗,媚俗必然有庸俗的现象(这是世界各国通俗小说创作的共同现象,非中国独有)。但是媚俗中有没有积极的因素呢? 我认为还是有的。通俗小说虽然媚俗,却使得作品内容和思想情绪始终贴近大众,优秀的通俗小说的素材、形式和感情倾诉、语言表达生活化、现实化,生动鲜灵。优秀的通俗小说作家为什么能始终保持这样的状态,道理很简单,在市场的压力下,通俗小说作家要保持活力和高知名度就必须时刻关注市场的变化,市场逼迫着他们不得不变化和创新,否则就要被市场淘汰。所以说市场化的创作不仅仅是给通俗小说泥沙俱下的数量带来了最大化,也是促使通俗小说创作能够良性循环的动力机制。

由于市场化运作和审美情趣的趋同性,通俗小说与影视剧创作有着先天血缘关系。20世纪 20 年代包天笑、周瘦鹃等人都是著名的电影编剧,他们参与造就的商业电影为外国引进的电影能够在中国本土立足起到了关键的作用。近 10 年来,中国最强势的文化艺术是电视剧。与电影相比,电视剧更加要求生活化、通俗化、情趣化,更加依赖于通俗小说的创作。只要稍微思考一下就会感觉到近 10 年来中国电视剧与通俗小说之间的密切关系,《亮剑》与军事小说、《金婚》与家庭伦理小说、《潜伏》与谍报小说、《神话》与穿越小说等,那些热播的电视剧几乎都是通俗小说的电视版。通俗小说给电视剧能够热播提供了绝佳的剧本,热播的电视剧则推动了通俗小说创作一波一波的创作热潮,几乎每一部电视剧热播都会使得同名小说成为畅销书并且带动同类题材的小说创作热。近 10 年来军事题材创作热、家庭伦理小说创作热、谍报小说创作热、穿越小说创作热等,此起彼伏,热播的电视剧都是其中最有力的推手。

二

中国通俗小说产生的原因造就了中国通俗小说自有的美学要素。

通俗小说特别关心社会热点事件和大众的热点话题,并常常站在“民间立场”启蒙民众、臧否是非。这些事件和话题为什么会产生,背后又有什么样的内幕,究竟应怎样面对,究竟有什么样感想和评判,通俗小说要想获得很好的市场效果,就必须追逐、描述、表现这些问题,因此,通俗小说就有了当代社会现实的反映或历史事件的当代表述的特点。如果说精英小说是现代中国文化思想的思辨者,那么通俗小说就是现代中国社会生活的记录者。清末民初中国社会的移民和都市化的扩展、军阀的混战和社会的动乱、现代金融市场的成立、抗日战争、反饥饿反内战的市民波动,这些在精英小说中很难看到的事件描述在现代通俗小说中都有比较完整的文学描述。到了当下,国际移民成为一种趋势,官场的一些腐败现象惹人关注,家庭和谐成为人们生活的基本追求,职场的拼搏成为人们生存的平台,历史的阅读成为人们的精神探求,于是国际移民、官场描述、家庭伦理、职场炎凉和真实的古代史、民国史等题材就成为近 10 年来中国通俗小说最热衷表述的对象。具有鲜明特征的是,对这些表述对象的思辨和评析,通俗小说不同于精英小说的文化思考、政治思考,而是更多的道德思考,例如近来十分红火的官场小说。写官员腐败,小说总是写腐败官员的如何道德败坏,将道德好坏视作为官员是否清廉的评判标准,将做“好人”然后才能做“好官”视作小说劝诫的启蒙意识。这样的小说的思考深度当然比不上精英小说,却很受中国大众的欢迎,几乎每出版一部都会成为畅销书,因为它最契合中国大众的精神文化状态,传统的道德标准是中国人普适的价值判断。市民视野、市民关注和市民思考是通俗小说重要的美学要素。

如果将人性分成社会人性和自然人性的话,通俗小说显然侧重于表现自然人性。例如穿越小说是近年来读者很追捧的小说类型。所谓的穿越小说就是将时间交错,将接受了现代文明、具有现代生活技能的现代人通过时间隧道送回古代生活的小说。这种小说的故事情节看似很荒诞,却很能满足人的自然本性。由于主人公是个现代人,他的观念和本领都高于古代人,于是他就无往而不胜、无处而不利,想要爱情就能得到最理想的爱情,想做英雄就能征服最凶猛的敌人,成为一个时代的超人。人的生命和生活都是有限的,人的欲望是无限的,无限的欲望在穿越小说所构造的虚拟世界中能够得到补偿和满足。武侠小说与人的英雄情结、侦探小说与人的好奇情结、爱情小说与人的情欲情结、历史小说与人的考据情结、科幻小说与人的想象情结……通俗小说实际上就是人的自然人性的释放、满足和畅想。传统的文化观念使得通俗小说作家很少参与那些文化思想交锋,"草根"出生和"草根"心态又使得他们没有能力或没有意愿介入那些政治斗争,通俗小说作家没有像精英小说作家那样将小说创作看得那么沉重和深重,在他们看来小说创作就是一种愉悦的劝诫或者是愉悦的满足。当然,决定通俗小说侧重于表现自然人性的根本原因还是市场的驱动。只有建立在自然人性之上的创作才能获得最大的市场和最多的经济效益,这是一个很简单的道理。

近几年来有一部小说一直占据着各大畅销书榜前列而不衰,那就是《鬼吹灯》。这部小说能够如此畅销就因为小说的盗墓题材惊悚而令人刺激,情节的描述曲折乃至离奇。曲折的情节、生动的故事,这部小说将中国通俗小说的美学特点发挥到极致。中国现代通俗小说的创作模式受中国传统小说的影响很深。中国小说有两个源泉,一个是话本小说,一个是传奇小说。话本小说来源于"说话","说话"以民间传说为素材,传奇小说是文人加工,其素材同样是民间传说。说话人和传奇作家们为了吸引人总是将故事编得相当地生动,民间性、故事性和传奇性是中国传统小说的特点。中国现代通俗小说延续着这样的特点并发扬光大。根据听众兴趣和口味不同,说话人根据题材将"说话"分成了不同门类:说"小说"、说经、说史、说合生;说"小说"中又分为说"银字儿"、说"公案"、说"铁骑儿"。到了清末民初,中国现代通俗小说同样是依据着题材区分小说的文类,历史小说、政治小说、侠义小说、侦探小说等等,到"鸳鸯蝴蝶派"时期分得更细,就是一种言情小说也分成悲情、惨情、怨情、苦情等等。近10年来随着网络小说的繁盛,一批新的小说文类开始出现,悬疑小说、玄幻小说、惊悚小说、网游小说、职场小说等等,新的小说文类不断出现。既然以题材作为小说的分类,要想吸引读者,曲折的情节和生动的故事的追求就势成必然。题材小说特别容易形成小说创作的模式化。题材小说在长期的创作中就会产生一些套路,这些套路又被实践证明特别能够吸引读者,并屡试不爽,小说的模式化也就产生了。武侠小说"争霸"、"情变"、"复仇"、"行侠"、"夺宝"五模式、官场小说的腐败—较量—惩治"三过程"、侦探小说报案—侦案—说案"三段论"、言情小说言情—变情—悲情"三波段"……当下那些新的小说类型的模式正在形成,悬疑小说的探求历史、玄幻小说的修真世界、惊悚小说的地界坟场、网游小说的网络漫游、职场小说的偶遇艳情……模式化是通俗小说最为人诟病之处,却不能简单否定,因为模式化实际上是每一类小说自我的一套招式,是通俗小说美学上最鲜明的特点。否定了一种模式就没有这一类通俗小说,否定了模式化也就没有了通俗小说。

大众媒体与通俗小说生死相连,盛衰与共,也给通俗小说带来了"媒体性"特征。通俗小说在报刊上占据的是副刊的位置。副刊对于正刊的作用是扩充正刊的内容和提高正刊的吸引力。正刊追求的是人物和事件的新闻性,副刊追求的是人物事件背后的故事以及人们在阅读新闻时的愉悦性,因此副刊又被称为"软性新闻"。从这个角度出发,我们就可以理解社会小说、历史小说为什么喜欢揭黑、揭秘,武侠小说、侦探小说为什么充满着离奇的想象力;言情小说、家庭小说为什么那么夸张地煽情,在副刊上刊登小说就要受到"副刊意识"的制约。在网络上写小说不仅有着"副刊意识",还要受到"网络功能"的制约。网民们的民间立场、草根心态、狂欢意识和网络操作中的键盘语言必然渗透于当下中国通俗小说的创作中。一种新的大众媒体的出现和红火必然会带来通俗小说创作的繁荣和新的"媒体烙印"。通俗小说的"媒体烙印"主要表现在两个方面，一个是小说的结构，一个是小说语言。纸质媒体占主导地位的时期主要受报纸的影响。中国现代通俗小说的结构是传统的章回体，但是章回体的那种"有诗为证"式的人物介绍和事件铺垫显然不适合以"日"为单位的报纸的连载，于是故事情节的描述开始紧凑了起来，将张恨水的小说与包天笑的小说一比较就可以看到现代通俗小说情节描述上的进步。但是仅仅是故事情节紧凑还不能使得副刊连载的效果发挥到最佳状态，于是以"千字文"为单位的情节悬念就成了现代通俗小说情节描述中的又一次进步，将金庸的小说与张恨水的小说进行比较就能感受到现代通俗小说的结构的变化①。用报纸语言写作小说，包天笑等人就有，到了张恨水更甚，他们的小说语言可以称作为"报章语"。不过，金庸小说语言是另一个境界，他的小说语言除了有"报章语"之外，还有他精心打磨的"新小说语"。近10年来，网络对通俗小说的冲击更加强烈。报纸毕竟还是纸质媒体，网络是电子媒体，它给通俗小说结构和语言的改造已达到伤筋动骨的状态。网络阅读以屏幕为平台，读者对内容稍不满意立刻点过。为了留住不停翻动屏面的读者，情节紧张、生动有趣的故事情节在网络小说中几乎是没有过渡地铺排而来，纸质媒体中的环境描写几乎没有（恐怖的环境除外），细腻的心理分析根本不写（离奇变态的心理除外）。在语言表达上，追求的是快捷和新奇。网络小说中很难找到挂满"定状补"的长句，均是短句和短节（那些有意的语言游戏小说除外）。一些网络小说的语言运用还有不少令人难懂的网络语言和键盘语言⑤。大多数精英小说作家创作时对小说的思想、故事乃至结构有一个大致的思考，有些作家还有提纲（例如茅盾创作《子夜》），通俗小说作家大多是只有一个有趣的题材，情节的发展和小说的结构都是在写作中逐步清晰并加以完成，例如张恨水写小说，一般都是在一些社会新闻中寻找有趣的小说题材，在每天的连载中逐步形成故事的框架。故事框架的形成一方面是作家的生活积累，另一方面就是根据读者的反应进行调整，因此与读者的互动就成为通俗小说作家创作过程中特有的写作现象。张恨水每连载一部小说都要在连载报刊上开设一个"读者问答"的栏目，既能够与读者拉近关系，也能够将读者的很多意见吸收到小说之中，引起读者更大的共鸣。金庸也是这样，他的小说多次修改都是根据读者的意见进行的修整。这种现象在近10年的通俗小说创作中越发突出，网络要比报刊来得更加即时、便捷，只要是一个能够受到网民们关注的好题材，小说连载时间不长就会收到大量的反馈，无论是"踩"还是"顶"，大量的跟帖都影响着甚至是支配着小说创作的情节和结构，有些小说可以说是作者在众人的智慧中写作完成。这样的创作状态会给小说创作带来结构松散、情节枝蔓的问题，但是其中的大众姿态和亲和作风却是精英小说作家无法比拟的。

三

有着鲜明特色的中国通俗小说在当下中国所面临的问题不是作者，更不是读者，而是如何评价。要说文化、思想的深刻性，它不如精英小说，只能批评为"浅薄"；要说人物形象、人物性格的生动性，它也不如精英小说，只能批评为"肤浅"；要说情节、结构的完整和创新，它更不如精英小说，只能批评为"雷同"。这些批评听起来都有道理，仔细推敲就有问题，因为文化思想的深刻性、人物形象性格的生动性、情节结构的完整创新性都不是通俗小说的特征,明明是"驴头",你偏要套一个"马嘴",当然是不合拍了。所以,要使得中国通俗小说批评具有合理性,就必须建立中国通俗小说的批评标准。

朱自清先生曾经对清末民初到五四时期中国文学的标准和尺度变化作过这样的描述:"这时候的文学是语体文学,开始似乎是应用着人情物理、通俗那两个尺度以及自然那个标准。然而人情物理变了质,成为打倒礼教,就是反封建,也就是个人主义这个标准,通俗和自然也让步给那欧化的新尺度,后来并且也成为标准。"⑥朱自清是说中国文学的标准和尺度在这个时期从传统转向了新文学,因为中国新文学登上了文坛。如果我们延续着这样的思路继续推演,就能看到中国新文学的标准和尺度后来逐步地被政治的标准和尺度所替代。到20世纪80年代新文学的标准和尺度又一次回归,到了20世纪90年代以后一些外国的文化思潮和文学流派的思想体系开始充实、混杂在中国新文学的标准和尺度之中。大致描述一下近百年来中国文学的标准和尺度我们可以清楚地看到一个问题,那就是中国传统文学的标准和尺度在清末民初的时候就已经停止使用了。传统文学的标准和尺度当然并不完全等同于通俗小说的批评标准和尺度,特别是当下的通俗小说创作有着很多新的要素,但是作为继承着众多的中国传统文学美学特征的通俗小说来说,传统文学的标准和尺度的停止使用,就迫使着中国通俗小说创作面对的是新文学标准、政治文学的标准以及当下的夹杂着外国文化文学概念的批评标准。近百年来,在这样的批评标准和尺度下中国通俗小说就一直处于被批评(甚至是批判)的地位,似乎也就理所当然。

中国通俗小说需要客观、科学的批评标准和尺度。它需要文化思想上的深刻性,但并不是将小说故事和人物作为文化思想的分析形象模本,而是将文化思想的深刻性在"人情物理"的描述中浸染渗透出来。文化思想的深刻性不仅仅是对传统文化思想的思辨和质疑,还有传统文化的继承和改良,不仅仅是精英文化思想的焦虑和愤怒,还有大众文化的诉求和期待。它需要人物形象性格的生动性,但形象性格的刻画除了通过社会矛盾冲突表现外,自然人性的表现也是重要的途径,既有人类的社会想象,也有人类的本能想象,那些描述人类社会生活的小说应该肯定,那些"超现实"、"超社会",甚至是看似荒诞不经的生活情节,只要是承担着合理合法的人类本能想象,也应该给予理解。它需要小说情节结构的完整和创新,但是并不要求小说情节结构的完整创新就是作家的独创,只要在既有模式中有了新的变化就是创新,就如体育项目,规定动作已经决定了相同的程式,创新表现在运动员完成这样的程序中的不同的招式,过程大于结论。它需要科学地理解市场的作用,市场会使小说创作受到"金钱意识"的冲击,但是市场又是小说创作变化翻新的动力。它需要合理地分析大众媒体对小说创作的影响,大众媒体确实会削弱小说创作的"小说性",但是削弱的过程也许就是新的"小说性"出现的过程,报章对于"报章小说"、电视对于"电视小说"、网络对于"网络小说",媒体性就是这些美学小说特征之一。我们需要从"大众意识"、"草根意识"的角度理解小说创作中的很多表现方式,可以批评很多小说创作方式的不严肃,但是其中的愉悦性、参与性而形成的小说创作世俗性难道不正是一种优势吗?当然,文学的批评标准和尺度除了分析作用之外,还有鉴别和指导功能。鉴别和指导同样需要客观、科学的态度,例如当下的通俗小说批评,就应该特别警惕小说创作媚俗所带来的庸俗、市场所带来的金钱唯上、大众参与所带来的狂欢泡沫等倾向。文学的批评标准和尺度建立在文学创作的实践中,脱离了文学实践的批评和尺度只能自说自话、自娱自乐罢了。

根据不同的文学现象采用不同的批评标准是很多优秀的评论家进行文学批评时的思

路,1923 年、1924 年鲁迅在北京大学讲授中国小说史,作为新小说作家的鲁迅并没有用新小说创作理论评判中国古代小说,他以题材分类将中国古代小说分成"神魔小说"、"人情小说"、"讽刺小说"、"侠义小说"等并加以评析。在论述到《金瓶梅》等小说时,他认为这是部"世情书",特点是:"大率为离合悲欢及发迹变泰之事,间杂因果报应,而不甚言灵怪,又缘描摹世态,见其炎凉,故或亦谓之世情书。"[7]1935 年鲁迅写《中国新文学大系·小说二集导言》评析五四以来的新小说,他就从人生、人性等角度分析这些新小说。在论述到自己的小说时,他说得很明白:"从一九一八五月起,《狂人日记》《孔乙己》《药》等,陆续出现了。算是显示了文学革命的实绩,又因那时的认为表现的深切和格式的特别,颇激动了一部分青年的心。然而这激动,却是向来怠慢了绍介欧洲大陆文学的缘故。"[8]"表现的深切和格式的特别"以及"绍介欧洲大陆文学"显然是鲁迅评判新小说的思路。朱自清同样如此,他在评判"鸳鸯蝴蝶派"文学时说:"鸳鸯蝴蝶派的小说意在供人们茶余饭后消遣,倒是中国小说的正宗。"[9]朱自清说"鸳鸯蝴蝶派"小说是中国小说的"正宗",看到的也就是其中具有传统小说的特征。认识到批评对象的属性,批评才能有效,只有建立了通俗小说的批评标准,通俗小说的批评才能有效。

朱自清将"标准"分为两类:不自觉的标准和自觉的标准。不自觉的标准是传统标准,自觉的标准是由于时代变化对传统标准所进行的那些修正。为了区别,他将不自觉的标准称作为"标准",将自觉的标准称作为"尺度"[10]。朱自清这样区分,也就是强调文学标准既有原则性,也有时代的适应性,总结的是中国文学批评标准的发展历史。中国现代通俗小说创作实践同样要求其批评观在建立原则性的"标准"之外,还要有发展性的"尺度"。清末民初时期以报刊为主体的纸质媒体影响了通俗小说创作,此时通俗小说的批评就应该有大众媒体的"尺度";张恨水时期新小说对通俗小说创作产生影响,此时的通俗小说批评就应该有新小说的"尺度";金庸小说时期除了新小说之外,中国的传统文化与外国的优秀小说都成了通俗小说的影响源,通俗小说批评的文化"尺度"就不应该仅仅是独尊传统,还需要更加宽广的眼光,甚至是"世界眼光"。近 10 年来中国的通俗小说创作无疑进入了一个新的时期。这个时期网络媒体是创作的中心平台,通俗小说的批评当然要有网络媒体的"尺度"。这个问题前面已经论述较多,不加赘叙。我要强调的是当下这个时期的通俗小说创作还是与世界大众文化和世界通俗小说全面接轨的时期。举个例子说明,悬疑小说是当下中国通俗小说走红的小说类型,中国悬疑小说能够如此地发展起来与丹·布朗的《达·芬奇密码》在中国热卖有着很大关系。丹·布朗的《达·芬奇密码》给中国人开了眼界,但是在欧美,这部小说只不过是 20 世纪五六十年代普遍流行的"黑色悬疑小说"中的一部优秀作品而已。所以当我们要批评悬疑小说的时候,就不能仅仅考虑到中国因素,还要有世界大众文化、世界通俗小说的"尺度"。没有传统标准就没有了小说的文类特点,没有发展的"尺度"就没有了小说的时代特点。与其他各种标准一样,通俗小说的标准也是静态和动态的平衡。

文学是以生动形象和情感表现人类生活与感情的语言艺术,表现人类生活和感情的文学表现方式则是多种多样的。文学创作目标的终极性和表现方式的多样性构成文学的特性和表现过程的丰富性。文学批评也是这样,在确立文学创作的终极目标的前提下,文学表现过程的丰富性决定了文学批评路径的各有不同。"条条大道通罗马"讲的就是这样的道理。

(原载《文学评论》2010 年第 3 期)

注　释

①以上海为例,1843 年开埠的时候,人口只有 20 多万,1949 年时已达到 546 万,到 2000 年时将是 1300 多万。材料来源:《上海通史》第 1 卷第 1 页,上海人民出版社 1999 年版。这样的人口扩张速度举世罕见。

②⑧鲁迅:《中国新文学大系·小说二集导言》,《中国新文学大系·小说二集》(影印本)第 1 页,上海文艺出版社 1980 年版。

③约翰·菲斯克说:"群众文化作为一个术语,其使用者乃相信,文化商品是由种种工业生产出来并进行分配的,而这种工业,能够消除所有的社会差异,为一群被动的、异化的乌合之众,生产出一种统一的文化,从而被强行施加到大众身上。"约翰·菲斯克(John Fiske)著,王晓珏、宋伟杰译《理解大众文化》第 208 页,中央编译出版社 2001 年版。

④金庸后来推出的《金庸作品集》与他最初的小说连载在情节描述上有很多变化。《金庸作品集》是金庸对连载本多次修改后的版本。

⑤例如"东东"(东西)、"挂掉"(死去)、"巨像"(极像)、"扁"(打)等网络语言满篇皆是。除此以外,小说中还有"♯"、"*"、":～"等键盘符号,它们都表达了一种感情,相当地新奇,很有趣味。

⑥朱自清:《文学的标准与尺度》,《朱自清古典文学论文集》第 11 页,上海古籍出版社 1981 年版。

⑦鲁迅:《中国小说史略》,见《鲁迅全集》第 9 卷第 179 页,人民文学出版社 1981 年版。

⑨朱自清:《论严肃》,《朱自清古典文学论文集》第 111 页,上海古籍出版社 1981 年版。

⑩朱自清的原话是:"不自觉的是我们接受的传统的种种标准"、"自觉的是我们修正了传统的种种标准"、"本文只称不自觉的种种标准为标准,改称种种自觉的标准为尺度"。见朱自清《文学的标准与尺度》,《朱自清古典文学论文集》第 5 页,上海古籍出版社 1981 年版。

（四）金庸及其意义

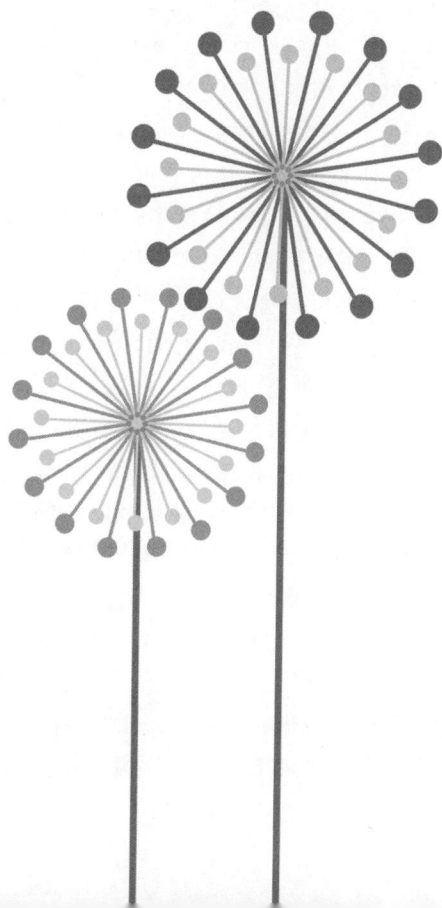

金庸现象引起的文学史思考

——在杭州大学"金庸学术讨论会"上的发言

钱理群

我对金庸毫无研究,仅仅是他的作品的爱好者;因此,我今天的发言,无法进入金庸作品本体,仅能从文学史研究的角度谈一点看法。

在进入主题之前,我想先谈谈我个人对金庸的接受过程。说起来我对金庸的"阅读"是相当被动的,可以说是学生影响的结果。那时我正在给 1981 届北京大学中文系的学生讲"中国现代文学史"。有一天一个和我经常来往的学生跑来问我:"老师,有一个作家叫金庸,你知道吗?"我确实是第一次听说这个名字。于是这位学生半开玩笑、半挑战性地对我说:"你不读金庸的作品,你就不能说完全了解了现代文学。"他并且告诉我,几乎全班同学(特别是男同学)都迷上了金庸,轮流到海淀一个书摊用高价租金庸小说看,而且一致公认,金庸的作品比我在课堂上介绍的许多现代作品要有意思得多。这是第一次有人(而且是我的学生)向我提出金庸这样一个像我这样的专业研究者都不知道的作家的文学史地位问题,我确实大吃了一惊,却又不免有些怀疑:这或许只是年轻人的青春阅读兴趣,是夸大其词的。但后来有一个时刻我陷入了极度的精神苦闷之中,几乎什么事不能做、也不想做,一般的书也读不进去;这时候,我想起了学生的热情推荐,开始读金庸的小说,没料到拿起就放不下,一口气读完了他的主要代表作。有一天,读《倚天屠龙记》,当看到"生亦何欢,死亦何苦,怜我世人,忧患实多"这四句话时,突然有一种被雷电击中的感觉:这不正是此刻我的心声吗?于是将它抄了下来,并信笔加了一句:"怜我民族,忧患实多",寄给了我的一位研究生。几天后,收到回信,并竟呆住了:几乎同一时刻,这位学生也想到了金庸小说中的这四句话,并且也抄录下来贴在墙上,"一切忧虑与焦灼都得以缓解……"这种心灵的感应,我相信不仅发生在我和这位学生之间,发生在我们与作者金庸之间,而且是发生在所有的读者之间:正是金庸的小说把你,把我,把他,把我们大家的心灵沟通了,震撼了。——对这样的震撼心灵的作品,文学史研究,现代文学史研究,能够视而不见,摒弃在外吗?

是的,金庸的小说的出现,对我们的现代文学研究提出了严峻的挑战,我们必须认真思考,研究,讨论,做出回答。或许我们可以作这样的一个比喻:在台球比赛中,一球击去,就会打乱了原有的"球阵",出现新的组合;金庸的小说也是将现有的文学史叙述结构"打乱了",并引发出一系列的新的问题。

现有的现代文学史叙述一直是以"新、旧文学"的截然对立作为前提的,而且是将"旧文学"(包括被称为"旧小说"的通俗小说,"旧体诗词",以及"旧戏曲")排斥在外的,在这个意义上,所谓"现代文学史"也就是"新文学史"。应该客观地说,"新(文学)"与"旧(文学)"的这种近乎水火不相容的对立,并不是今天某些人所说的那样,是由于新文学的提倡者(如鲁迅、胡适等人)的"过于偏激","割断历史"造成的;事实是五四新文化运动时期的中国文坛上占主导地位的仍是"旧文学",他们对刚刚诞生的新文学是采取"不承认主义"、"不相容"态度的,因此,"新文学"以与"旧文学"截然对立的姿态出现,对之进行激烈的批判,都带有争取自己的"生存权"的意味。而历史发展的结果是新文学不但没有像某些旧文人预言的那样,如"春鸟秋虫""自鸣自止",而且逐渐占据了文坛的主导地位,建立起了自己的文学史叙述(即"新文学史")体系,进而成为唯一的"现代文学史"的叙述体系,其中是没有"旧文学"地位的。于是,又形成了这样的局面:一方面,在一个世纪的中国文学发展中,"旧文学(体式)"——无论是通俗小说、诗词还是传统戏曲的创作潮流,尽管有起有伏,却从未停息过,事实上成为与"新文学"——新小说、新诗、话剧创作相并行的另一条线索,却不能进入"现代文学史"的叙述。现在所提出的问题正是要为"旧文学(体式)"争取自己的文学史上的存在权利。可以说这是 20 世纪两个不同的时代(20 年代与 90 年代)所提出的不同性质的问题;我们既不能因为五四时期"旧文学"对"新文学"的压制,而否认今天"旧文学"争取自己的文学史地位的合理性,也不能因此而反过来否认当年"新文学"对"旧文学"统治地位的反抗的合理性。

　　我们的讨论还可以再深入一步:为什么当年尚处幼年时期的"新文学"能够迅速地取代"旧文学"在文坛上的主导地位? 有一个事实恐怕是不能回避的:尽管中国的"旧文学(体式)"有着深厚、博大的传统,但发展到 19 世纪末及 20 世纪已经出现了逐渐僵化的趋势,不能适应已经开始了现代化进程的中国出现的"现代中国人"表达自己的新的思想、感情、心理的需要,并且不能满足他们的新的审美企求。也就是说,在 20 世纪中国,"文学现代化"是一个普遍的历史要求;中国的传统文学发展到 20 世纪,必须有一个新的变革,变而后有新生。——我曾在《百年中国文学经典》"序言"里提出:"抱残守缺,不思变革,才是'传统与现代断裂'的真正危机所在",说的也是这个意思。在这个意义上,可以说新文学对传统文学所进行的革新、改造正是为传统文学的发展提供了历史的新机的,其生命力也在于此。当然,问题还有另外一个方面:"变革"固然是时代发展的要求,但"采取什么方式变"却是可以有(而且事实上也是存在着)不同的选择的。也就是说,新文学对传统文学的变革方式并不是唯一(或唯一正确)的。这个问题也许今天回过头来进行总结,就可以看得更清楚。事实上,从五四(或者可以上推到 19 世纪末)开始,就存在着两种变革方式的不同选择。新文学采取的是一种"激变"的方式,即以"形式"的变革作为突破口,而且是以激进的姿态,不惜将传统形式搁置一边,另起炉灶,直接从国外引入新的形式,自身有了立足之地,再来强调对传统形式的利用与吸取,逐渐实现"外来形式的民族化"。最典型地体现了这种激变的方式的,无疑是新诗与话剧。——当然,这里所做的概括不免是对历史的一种简约,在具体的历史情境中,即使是早期白话诗的创作,也仍然有着旧体诗词的某些痕迹,不可能彻底割断,所谓"另起炉灶"是指对传统诗词格律总体上的摈弃。尽管今天我们可以对这种变革方式所产生的负面效果提出这样那样的批评性的分析,但有一个事实却是不可忽视的:即使是新诗与话剧这类从国外引入的文学新形式,经过一个世纪的努力,已经被中国民众(特别是年轻的一代)所接受,成为中国新的文学传统不可或缺的有机组成部分;而如果没有先驱者们当年那样的决绝态度,恐怕传统形式的一统天下至今也没有打破。但也还存在着另一种变革方式,即"渐变"的方式。记得著名京剧艺术家梅兰芳曾主张传统京剧(也包括其他传统剧种)的改革要采取"移步换形"的方式。他主演《宇宙锋》、《贵妃醉酒》,几乎每一次演出,都有新的变化,但只移动一步,变得都很小,让已经稳定化的观众(即所谓"老戏迷")都不易察觉;但集小变为大变,变到一定阶段,就显示出一种新的面貌,也就是"换形"了。通俗小说的变革("现代化")也是经历了"渐变"的过程。五四时期的"鸳鸯蝴蝶派"小说尽管已经采用了白话文,但在小说观念与形式上都与传统小说相类似,当时的新文学者将其视为"旧小说"也不是没有根据的。到了20世纪30年代,经过一段积累,终于出现了张恨水这样的通俗小说的"大家",其对传统社会言情小说的"换形"已昭然可见;同时期出现的平江不肖生(向恺然)等的武侠小说也传递出变革的信息。到了40年代,就不但出现了还珠楼主、白羽、郑证因、王度庐、刘云若、予且这一批名家,对传统武侠、社会言情小说进行了一系列的变革与创新,为金庸等人的出现作了准备,而且出现了被文学史家称之为出入于"雅"、"俗"之间的张爱玲、徐訏、无名氏这样的小说艺术家,这都标志着传统通俗小说向着"现代化"的历程迈出了决定性的一步。这样,20世纪五六十年代,金庸这样的集大成的通俗小说(武侠小说)大家的出现,不仅是顺理成章,而且自然成为中国通俗小说现代化的一个里程碑。这里有一个有趣的比较:新文学由于采取的是"激变"的变革方式,一方面很容易出现因对外来形式的生搬硬套或传统底气不足而造成的幼稚病,却并不妨碍一些艺术巨人的超前出现:鲁迅正是凭着他深厚、博大的传统与世界文化(文学)修养,他与中国现代民族生活的深刻联系,以及个人的非凡的天赋,自觉的反叛、创造精神,在新文学诞生时期就创造出了足以与中国传统小说及世界小说的经典作品并肩而立的成熟的中国现代小说;可以说正是鲁迅的《呐喊》《彷徨》,以及同时期其他杰出的作家(如小说方面的郁达夫,诗歌方面的郭沫若、闻一多、徐志摩,散文方面的周作人、朱自清、冰心,戏剧方面的田汉、丁西林)的创作实绩,才使得新文学能够在短时间内,不但争得了生存权,而且占据了文坛的主导地位,在中国的社会、文化结构中扎下了根(其重要标志之一就是进入中、小学语文课本及大学文学史课程)。而通俗小说的渐变方式,则决定了它的艺术大家不可能超前出现,必得要随着整体现代化过程的相对成熟,才能脱颖而出。但通俗小说的最终立足,却要仰赖这样的大师级作家的出现。在这个意义上,我们可以说,正是因为有了金庸——有了他所创造的现代通俗小说的经典作品,有了他的作品的巨大影响(包括金庸小说对大、中学生的吸引,对大学文学教育与学术的冲击),才使得今天有可能来讨论通俗小说的文学史地位,进而重新认识与解构20世纪文学史的历史叙述。我们的这种讨论,并无意于在"新文学"与"通俗文学"及其经典作家鲁迅与金庸之间作价值评判,而是要强调二者都面临着"现代化"的历史任务,并有着不同的选择,形成了不同的特点。除了已经说过的"激变"与"渐变"的区别外,这里不妨再说一点:新文学的现代化的推动力是双向的,既包含了文学市场的需求,也有思想启蒙的历史要求;而通俗小说则基本上在文学市场的驱动下,不断进行现代化的变革尝试。应该说这方面的研究还未充分展开,我们这里仅是把"问题"提出而已。

前面已经说过,在五四时期,"新"、"旧"文学的对立,是自有缘由的;但在发展过程中,却逐渐把这种对立绝对化,就不免出现了偏颇。金庸的出现,与20世纪八九十年代通俗文学的发展,更引发出我们的一些新的思考,注意到二者的对立(区别)同时存在的相互渗透、影响与补充。这里不妨举一个例子:许多现代文学的名著在20世纪90年代都被改编为电视或电影,茅盾的《子夜》、《霜叶红似二月花》,郁达夫《她是一个弱女子》、《春风沉醉的晚上》等的改编都引发出各种争论,最近更在《北京晚报》等报刊上对于电视剧《雷雨》展开了热烈的讨论。应该说,原小说(戏剧)与改编后的电视剧(电影)属于不同的文类,前者是我们说的"新文学(新小说、话剧)",后者则属于"通俗文学",它们有不同的文学功能、不同的价值标准,满足不同的审美需求,因而也无须在二者间比较高低,却可以在各自的艺术体系内去讨论其艺术的得失,并作出相应的评价。比如说,曹禺的《雷雨》,按作者自己的说法,原本是"一首诗",剧中的氛围、人物,都具有一种象征性:主人公繁漪就是作者所说的"交织着最残酷的爱和最不忍的恨"的"'雷雨式'性格"的化身,因此她在剧中的言行都是极端的,或者说是被剧作者极度强化了的,追求的是心理的真实与震撼力,而非具体情节、细节的真实;而电视剧《雷雨》是一部通俗的社会言情剧,改编者首先面临的是要使繁漪的性格、语言行为被观众所理解与接受,就必得对繁漪与周萍、周朴园父子感情纠葛的发展过程作细致的交代与刻画,自然也要考虑市民为主体的观众的欣赏趣味,从而增添了许多原著所没有的情节与细节;我们只能根据通俗剧的艺术要求去讨论其增添的得失,而绝不能以"不像原著"为理由否定改编者的创造。这里强调的是"原著"与"改编"不同,这是我们首先要注意的;但也不能因此否定二者的联系:上述新文学代表作能够被改编成通俗剧,这个事实至少说明,这些"新文学"作品本身就具有了"通俗文学"的某些因素(因子)。像《雷雨》里的情节元素,诸如"少爷与丫鬟"、"姨太太与大少爷"之间的偷情,"父亲与私生子"之间的冲突,失散多年后"父(母)与子"、"夫与妻"的相认等等,都是通俗言情作品的基本情节模式,电视剧作者看中了《雷雨》,自是显示了一种眼光的。这种眼光有助于我们更准确地把握新文学与通俗文学之间的联系:尽管新文学从一开始就是作为"通俗小说"(当时称为"旧文学")的对立面出现的,但这种对立并不妨碍通俗小说因素向新小说的渗透与影响(反过来也一样)。即使是像茅盾这样的当年批判"鸳鸯蝴蝶派"小说的大将,现在(20世纪90年代)人们也在他的作品中发现了"言情"因素,并据此而改编成社会言情剧。如果我们不固守"新旧文学水火不相容"的观念,就不应当把这类改编看作是对新文学的亵渎,并通过这类新的文化现象,不断调整与加深我们对新文学与通俗文学关系的认识。最近我读到了一篇博士论文,谈到了"《庄子》和上古神话的想象力传统"的问题,作者认为,这一传统的未被充分认识与继承,是中国现代小说发展中的一个重大遗憾,因此,鲁迅的《故事新编》里,对庄子与神话想象方式的继承,及由此产生的意义强化与消解,其中包含着十分丰富的艺术经验,值得认真总结(参看郑家健:《神话·〈庄子〉和想象力传统》,载《鲁迅研究月刊》1997年第7期)。我基本同意这位作者的意见,并引起了这样的联想:如果说"《庄子》和上古神话的想象力传统"只为鲁迅等少数新小说家继承,那么,或许可以说在以金庸为代表的武侠小说中,就得到了较为充分的发展。我们是不是可以从这个角度去探讨鲁迅的《故事新编》与金庸武侠小说中的某些内在联系呢?——其实,《故事新编》里的《铸剑》中的"黑的人"就是古代的"侠"。提出这样的"设想",并不是一定要将金庸与鲁迅拉在一起,而是要通过这类具体的研究,寻求所谓"新小说"与"通俗小说"的内在联系,以打破将二者截然对立的观念。

由金庸的出现引发出的新小说与通俗小说的关系的上述思考,也还可以引申出更广泛的问题,例如"新诗"与"旧体诗"的关系,"话剧"与"传统戏曲"的关系,等等。在这些领域,同样存在着将"新(话剧、诗)"、"旧(诗词、戏曲)"截然对立,而将后者排斥在现代诗史、戏剧史叙述之外的问题。我们已经说过,这样的"结果"是有历史的原因的;但历史发展到了今天,就有必要进行重新审视,正像有的学者所指出的那样,所要提出的问题是"重新检讨我们的历史叙事。我们怎样成为'现代'的?我们如何通过'现代的历史叙事'来重新组织我们的历史?这个重新组织的后果是什么——强调了什么?排斥了什么?等等。中国现代文学对现代性的处理,在哪些方面能够提供我们反思现代性的资源?"(参看汪晖:《我们如何成为"现代的"?》,载《中国现代文学研究丛刊》1996年第1期)这就涉及现代文学这门学科的性质、研究对象、范围等一系列的新的问题。目前,这类的讨论在现代文学研究学术界才刚刚开始,出现各种不同意见,不仅是正常的,而且应该更充分地展开,同时也要提倡进行新的研究的实验与探讨。例如从两种体式——新诗与旧体诗词,话剧与传统戏曲,新小说与通俗小说的相互对立与渗透、制约、影响中,去重新考虑与研究20世纪中国诗歌、戏剧与小说的历史发展——这不仅是研究范围的量的扩展,而且在"彼此关系"的考察这一新的视角中,将会获得对20世纪文学发展的某些质的认识。

这里,我还想强调一点:进行这类实验性的研究,必须谨慎,坚持实事求是的科学态度,要避免出现新的片面性。我这也是有感而发的:最近,我和一位朋友合作,选编了一本《20世纪诗词选》,试图用选本的形式对20世纪的旧体诗词的创作,作一个初步的整理,进行进一步的研究,以确立其文学史上的地位,作一些基础性的工作。我们的这一尝试得到了旧体诗词作者的支持,收到了许多来信,使我们更坚信这一工作的意义。但有些来信在对旧体诗词长期不被重视表示了正当的不满的同时,却将其"归罪"于五四新诗运动的发动者,进而对新诗作了全盘的否定,这些观点不仅是我们不能同意的,而且使我们产生了新的忧虑:这不仅是从一个极端走向另一个极端,而且不免使人联想起当年(五四时期)对新诗的抹杀。我们今天对历史的重新审视绝不能退回到历史的起点上。这又使我想起了鲁迅与周作人有关新文学运动的一些思考与意见。周作人有一个著名的观点:"(文学发展)正当的规则是,当自己求自由发展时,对于迫压的势力,不应取忍受的态度;当自己成了已成势力之后,对于他人的自由发展,不可不取宽容的态度。"(《文艺上的宽容》,文收《自己的园地》)他因此认为,"五四前后,古文还坐着正统宝座的时候,我们(即新文学者——引者注)的恶骂力攻都是对的",但在白话文已经取得主导地位,古文"已经逊位列为齐民,如还不承认他的华语文学的一分子,……这就未免有些错误了",他据此而提出了"将古文请进国语文学里来"的主张(《国语文学谈》,文收《艺术与生活》)。——不难看出,我们今天提出要给诗词、通俗文学及戏曲创作以文学史上的地位,与周作人的思路颇有接近之处。但鲁迅却另有一番考虑:他始终坚持五四白话文运动的立场(包括对"欧化文法"的借鉴),而对"文言的保护者"保持高度的警惕,因为在他看来,"开倒车"是随时可能的(参看《答曹聚仁先生信》、《门外文谈》、《中国语文的新生》)。——今天历史的发展已经到了这一地步:无论是新小说,还是新诗,话剧,都建立起了稳固的地位,不再可能发生全面的"开倒车",即重新恢复旧文体的一统天下,但在我们总结历史的经验教训时,却不能走到否定五四新文体的极端,在这个意义上,鲁迅的警惕仍是值得注意的。正如周作人所说,"文学家过于尊信自己的流别,以为是唯一的'道',至于蔑视别派为异端,虽然也无足怪,然而与文艺的本性实在很相违背"(《文艺的宽容》);我们所强调的"新小说与通俗小说,新诗与旧体诗词,话剧与戏曲在相互矛盾、对立、制约与渗透、影响中的发展",这既是尊重20世纪文学发展的历史事实,也是符合文学多元、自由的(而非独断的)发展的历史要求的。与此相关的还有一个问题:我们在研究与评价有关作家、作品时——无论是小说、新诗、话剧,还是通俗小说、诗词、戏曲,都要实事求是,掌握分寸:必须看到,在各种"新"、"旧"文体中,都有大量的平庸的作家、作品,真正的"名家"、"大家"是并不多的,而且又都是存在着自己的缺陷与不足的。鉴于长期对通俗小说,诗词与戏曲创作的忽视,我们今天的研究,对这些领域的成就,作比较充分的肯定与强调是必要的,但也要掌握好"度",也就是说,必须坚持文学史的严格的评价尺度——当然不是以新小说(新诗、话剧)的尺度去评价通俗小说(诗词、戏曲),或是相反;而是要建立起并且坚持各种体式自己的价值尺度,这自然是要在长期艺术实践与理论总结中逐渐形成的。不过一定要有"尺度",而且要严格掌握,不能搞"无高低,无等级"的绝对的"相对主义",那是会真正导致文学史研究,以至文学创作整体水准的降低的。——这是一个很值得注意也很复杂的问题,以后还可以作进一步的讨论。我的发言还是到此结束了罢。谢谢大家。

(原载《通俗文学评论》1998 年第 3 期)

金庸小说在20世纪中国文学史上的地位

刘再复

　　20世纪50年代中期,金庸首次执笔写武侠小说,前后约十七年,他笔无停辍,总共发表了十四部作品。他把书名的第一个字连缀成一副对联:"飞雪连天射白鹿,笑书神侠倚碧鸳。"其后又经过作者封笔之后花了十年工夫认真修订,现今刊行的版本比当初在报纸连载时精致了许多。尽管人们对金庸的作品有各种各样的评价,但有一个事实我们必须承认,金氏作品拥有最多的读者,他的作品先是在香港产生影响,继而流布至东南亚地区,广受欢迎,20世纪70年代开始有坊间的盗版本盛行大陆,至90年代才有全套正式授权版在大陆发行。可以说问世以来四十年间,读者对金庸作品的喜好未曾衰减。我们虽然不能仅仅据此论定金庸作品的质量,也不能仅仅据此论定他对20世纪中国文学的贡献,这样做有失文学研究的严谨。但是我们必须面对这个现象,做出学术上的解释。因为由读者广泛喜爱和支持的金庸作品在文学上的重要性,是任何试图重写20世纪中国文学史的人不得不重视的。我们有理由相信,缺少充分评说金庸作品的20世纪中国文学史是残缺不全的文学史。如果我们能够在20世纪中国文学变迁史的大背景下看金庸的作品,如果我们不囿于对20世纪中国文学史的一般解释去看金庸,如果我们能够不带偏见看问题,就会看到金庸对20世纪中国文学做出了独特的贡献。他真正继承并光大了文学剧变时代的本土文学传统;在一个僵硬的意识形态教条的无孔不入的时代保持了文学的自由精神;在民族语文被欧化倾向严重侵蚀的情形下创造了不失时代韵味又深具中国风格和气派的白话文;从而将源远流长的武侠小说传统带进了一个全新的境界。

1

　　以往的文学史对20世纪初文学变革的解释带有强烈的启蒙意识形态色彩,它把那个时代凡不具启蒙意识的文学一律看作是"封建文学",或带有贬义地称之为"旧文学"。其实,如果平心静气看20世纪初文学的变革,就会看到,由于社会变化和外来文学影响,中国文学已逐步分裂为两种不同的文学流向:一种是占据舞台中心位置的五四文学革命催生的"新文学";一种是保留中国文学传统形式但富有新质的本土文学。新文学以启蒙意识、外来文学的形式、欧化的白话文为其核心因素。它与此前文学的联系是次要的,充其量是某些作家采用了某些古代技法。它以前所未见的面貌出现于文学舞台,为那些赞同和倾向于"新思潮"的都市知识分子所认同,可以说新文学是表现这批活跃于都市的知识分子思想感情的。在新文学崛起的同时,另一种文学,即植根于古代文学悠长传统的那部分文学也在发生缓慢的蜕变。它虽然不能像新文学那样以耳目一新的形象示人,但文学史家戴着启蒙意识的眼镜,把它描绘成"封建文学"在清末民初的垂死没落,是不合适的。我们姑且把这种文学命名为本土传统的文学,它与新文学一起构成了 20 世纪中国文学的两大实在,或者说两大流向。本土传统的文学是在缓慢的积累中构造自己的文学大厦的,在 20 世纪初有苏曼殊、李伯元、刘鹗作为其代表,20 世纪三四十年代则有张恨水、张爱玲等作家,而金庸则是直接承继本土文学的传统,并且在新的环境下集其大成,将它发扬光大。

清末以来,口岸通商,催生了现代的都市,写作的环境和条件都在发生变化。例如,现代印刷业的传入,使报纸、杂志大量涌现,发行网不断扩大,书肆有如商业网点,随处可见。写作从有赖传抄和坊间刻印逐渐变为现代出版事业的一部分,从而也是都市消费文化的一部分。又如,稿费制度的建立,使写作由纯粹兴趣、个人目的更添一重商业交往,既大大刺激写作的欲望,又大大动摇了写作的严肃性。尤其是都市读者的分层和流动特点,对写作构成了很大的影响力。一时此一趣味的小说流行,一时彼一趣味的小说流行,使写作的风向随读者的口味而转移。范烟桥在《民国旧派小说史略》里曾经谈到这种"随着读者的口味而时相转换,汇成'潮流'"的现象。在都市环境下,本土传统的文学有它不健康的地方,这是很正常的。正如"新文学"传统同样会产生一些劣作一样,不同文学传统不是一个孰优孰劣的问题。看重古代文学传统的作者必须在一个逐步成长的都市环境中为文学寻求新的出路,就是说他们既不能墨守古代传统,但又必须在已经改变的环境下使写作不失传统的魅力。本土传统的文学以继承古代章回体和话本的遗产作为自己的使命,可以想见,这样一个文学和它的环境都处在不断演变的过程中,必须要经过漫长的积累与酝酿,才可能期望产生比较成熟的佳作。所以,判断本土传统的文学在 20 世纪的成就,一定要以较大跨度的时间去看它的转变,不能以一段短时间出现的大量粗制滥造之作,便断定这个传统没有生命力。无论话本体还是章回体,它的趣味都比较固定,怎样既表现光怪陆离都市的故事而又不失传统的趣味;话本与章回都是"文备众体",集韵散于一炉,但在读者欣赏习惯改变的情形下,韵与散怎样才是最合适的平衡;现代都市读者会产生一些与古代不同的价值观与关怀,怎样寻求这些价值观融入话本与章回这些古代的表现体制之中;怎样创造既能承托传统文化价值又能表现当代人思想感情的白话文等等,这些都不是容易解决的问题。而且,采取章回体制写作的人未必有如此的意识,加之都市环境对文学的侵蚀,直到 20 世纪 30 年代以前,本土传统的文学没有很出色的作品问世,这是可以理解的。

不像"新文学"那样以耀眼的光芒在五四新思潮运动中突然显露于文坛,本土传统的文学事实上从清末民初起就沿着缓慢的轨道演化。例如,章回体制在清末民初就变得更富有弹性,随意按照故事的长度来编排,不受明末经典的百回规例及固定部位的情节高潮的限制;作家有意识透过翻译小说的影响,学习其中某些描写的手法;结构故事的方式也开始多样化,不拘一格,有些则是明显体现了外来的影响;韵文,如诗、词、联句等在章回体制中的角色起了变化,使故事的节奏感进一步增强;白话文的写作也与时俱进,如令胡适赞叹不已的《老残游记》就是一例;某些在清代小说中正在发育的故事套路,"言情"、"武侠"等,在民国年间取得长足的进展。到 20 世纪三四十年代产生了李寿民、张恨水、张爱玲等作家,使本土传统的文学令人刮目相看。即使是新文学作家还将他们称为"鸳鸯蝴蝶派",但也乐于承认此"鸳鸯蝴蝶派"非彼"鸳鸯蝴蝶派"。因为这一文学传统脱出了"黑幕"、"色情"等低俗趣味的境界,能够在现代都市的环境下重新延续本土文学的生命力。

政治的急剧变化,中断了本土传统的文学在大陆的演化。它们对章回与话本体制的认同以及对政治非入世式的态度使它们不利于在新环境下生存,被主流政治认为是旧时代的

"余孽",因而随着江山一统而风流云散。当年主持过拥有大量读者的此派文学刊物的文坛宿将和作家,如周瘦鹃、张恨水、李寿民、张爱玲等人,不是远走他方,就是隐姓埋名,从此不再写作。其中周瘦鹃还因为"文化大革命"中张春桥一语而惊惧自杀。本土传统的文学从20世纪50年代起在大陆算是暂时打上了句号。

金庸的意义在于在香港一隅延续并光大了本土文学的传统。当老一辈的作家因政治急流而退出写作生涯的时候,金庸却在香港异军突起。文化的种子因严寒的政治气候不能生长于大陆,却在新的土壤又破土而出。这个事实本身就有文化的存亡继绝的意味。金庸的写作相当自觉地继承了本土文学的传统而又在新的环境下持续探索和创新。20世纪五六十年代的都市毕竟不同于以往的上海、天津和北京,香港读者毕竟不同于那个时代的读者,中国大陆的政治又非常微妙地影响着香港。金庸的写作虽然说认同于本土的传统,但毕竟要面对新的环境、新的读者。我们看到,金庸的小说一方面并没有失去悠久的文学传统所造就的独特趣味,尤其是清代至民国年间本土传统的文学演变过程中产生的成功的地方被金庸继承下来了;另一方面,他又有许多创新的地方,尤其是他注意刻画和表现人性——这虽然是古今中外优秀作品所具有的,但在民国时期本土传统的文学是不多见的——全面提升了这一传统中作品的品质,达到了雅俗共赏的至高境界。例如,他既保持了传统章回形式"文备众体"的一贯特点,又做出了符合现代阅读的弹性改变;既在作品中坚持善恶是非分明的价值传统,又为表达分明的具体价值观念带来新的时代内容;既继承了表达平易、绝无欧化弊端的白话文风格,又使白话文与时俱进,达到新境界;既秉承了传统武侠小说的题材形式,又极大地拓展了武侠题材的表现空间。这些都是他对本土文学传统的继承和发展,他的贡献使他成为本土文学传统在20世纪的集人成者。

2

众所周知,20世纪文学史的一个显眼现象是文学的意识形态化,五四时期短暂的自由氛围转眼便烟消云散,文学自觉或不自觉地转变成党派的工具,作家自觉或不自觉地改变立场成为党派中人。特别是新文学中的左翼作家,不仅将教条化的马克思主义意识形态当成解释生活的唯一信条,当成观察生活的唯一角度,而且更将作家组织化,作家的思想、生活、写作从此都置于一个非个人的机构的统制之下。就像本土传统的写作易于屈就都市商业的压力一样,新文学传统的写作在五四退潮之后便屈就了意识形态的压力。文学成了意识形态、政治权力的婢女,这是一个事实。从20世纪20年代后期,经过30年代左翼文学和40年代延安文学到50年代直至"文化大革命"结束,前后六十余年时间里,文学就像得了不治的绝症一样,在意识形态的统制之下奄奄一息,了无生机。

从历史学的角度我们不难找到20世纪文学意识形态化的解释。例如,李泽厚先生就提出"从启蒙到救亡"来解释现代思想史从五四到马克思主义兴起的现象。这是言之有理、持之有故的。同样合适于解释现代文坛为何五四之后不久便趋于一律的现象。不过,除了社会环境变迁对写作的影响这一令人信服的理由之外,我们还是要追问作家本人的立场和价值观念在这种转变中扮演了什么角色没有?只要我们追问到更深一层,就可以发现中国的写作传统中相对地缺少自由的精神。中国不是没有支撑自由精神的思想资源,而是这种思想资源过于微弱。无论古代还是现代,作家都受"载道"观念的熏陶,写作中的"头巾气"历代都有,数之不尽。一到合适的气候,各种各样的"载道"文字,在现代更是打上"使命"、"服务"等好名称而粉墨登场。救世之心良苦而真文学之心阙如,好名称之下掩盖的是"独立之精神,自由之思想"的贫乏。难怪陈寅恪当年感叹精神的沦亡而以此为大学问的先决条件。其实这何尝不是大文学出现的先决条件。然而,我们反观历史,不得不承认作家的价值观念中自由的精神是相当缺乏的。如果说20世纪中国文学有什么值得深入反省的,由文学的意识形态化导致自由精神的丧失恐怕是其中之一。自由精神的丧失,给20世纪中国文学留下了极为深刻的教训:能够写作的作家写下的是缺少人性光辉但充满"斗争"和"血腥"的文字;不能继续写作的作家在投笔罢书的苦闷中聊度余生。不论哪一种结局,都是抽空了写作的意义。

金庸的写作与新文学的意识形态化形成了鲜明的对比。20世纪五六十年代,文学的写作万马齐暗,大陆作家纷纷洗心革面,重新做人,而金庸在香港一隅保持了文学的自由精神,这是极其可贵的。他像他笔下虚构出来的武侠大英雄一样,凭着一身胆识、一身武艺,敢爱敢恨,无拘无束,堂堂正正做事,本本色色做人。假如我们追问金庸何以写得出如此脍炙人口的作品,那答案自然在除了文学的本领外,还在于他对文学的这种信念。伟大的创作无不根源于自由的精神。当然,或许有人会说,金庸生活于香港,政治生态环境不至于如当时大陆那般恶劣,写作自由本来就存在。这只是一个大体上的事实。应当注意到,社会体制赋予的写作自由并不等于文学的自由精神。在一个充分商业化的社会,束缚自由精神的压力,较少来自政治,但更多来自商业利益、大众趣味、来自心灵的自我束缚。不错,金著武侠初刊报纸时就获得了读者的喜爱,但他正当写作的盛年便决定封笔,等于放弃了巨大的后续商业利益,又费时十年,全面修订已刊作品。这在武侠小说史上也是仅此一例,足见金庸对文学的信念。20世纪60年代初,因大陆三年困难时期引发难民潮;20世纪60年代中期,因红卫兵运动引发左翼学潮、工潮。查先生其时主持《明报》,持论均逆潮而上,他成了众矢之的,受到人身安全威胁而处之泰然。这种"虽千万人吾往矣"的勇气与信念,既见于他的做事,也见于他的写作,而这正是自由精神的体现。作品所写,不必尽是作者的经历,然必与作者的品质精神息息相关,有着曲曲折折的关联。我们在金庸作品中体会到的独立不拘气息、任情自由的精神,正是金著武侠成就的因由本身最好的注脚。

金庸写作的自由精神,不仅使他的小说能够以自觉自创的文体把本属于俗文学的武侠小说提升到与新文学同等的严肃文学的水准,而且使他的小说在审美内涵上突破了中国现代文学的单维现象(只有"国家、社会、历史"之维),增添了超验世界(神奇世界)和内自然世界(人性)的维度,使"涕泪飘零"(刘绍铭语)的中国现代文学出现了另一审美氛围,并在很大程度上弥补了20世纪中国文学缺少想象力的弱点。而在描写"国家、社会、历史"维度时,用现代意识突破狭隘的"民族—国家"界限,消解汉族主义,质疑了通行的本质化了的"中国人"定义,使得金庸小说成为全球华人的共同语言和共同梦想。

3

新文学初兴的时候,胡适想通过提倡白话文造成"国语的文学",与古典文学不同的新文学;通过提倡新文学造成"文学的国语",即他心目中的白话文。五四提倡白话文当然有积极的意义,它推进了自清末以来的语体文运动,使得白话文在教育领域迅速普及,扩大了新思潮在知识阶层的影响力。但是,从当时语言与文学的关系来说,胡适的话只对了一半。白话文源远流长,宋元时代起中国自有白话文学的传统,并无待于新文学来造成"文学的国语"。所以,后来胡适写《白话文学史》就把白话文学的源头追溯到宋元话本,就是说,"文学的国语"是一个已经存在的事实。文学事实与所提倡口号的差异只能解释为新思潮的倡导者另有所指。事实上,五四文学革命所造成的并不是普通意义的白话文,而是新体白话文,它与当时的启蒙思潮有密切的关系。大量意译或音译新词、欧化的语句表达、新思潮的价值观,构成这种新体白话文明显的特征。都称为白话文,而文坛上存在的是两种不同的白话文。本土文学传统所造就的是地道的白话文;新文学传统所造就的是欧化的白话文。由于新文学在文坛的绝对主流地位,欧化的白话于是就成了书面语言的主流,加上新文学采取外来的文学形式,如新诗、话剧、短篇小说等,它的欧化程度更加严重。新文学登场不久,文坛就有"新文艺腔"的批评。就算是提倡新文学的人,也不能满意新文学在白话文问题上的表现。从造就一种健康的民族书面语文角度来说,新文学的贡献大有问题。因为它基本上是用欧化白话写出的西洋形式的文学,特别是 20 世纪 30 年代以前,"新文艺腔"的问题更加严重。

新文学产生于社会中上层的知识圈子,它的使命是启蒙,尽管它的意图是使社会大众都懂得新思潮,接受新思潮,但事实上却无法做到。新体白话文与社会大众依然是悬隔的。这不仅仅是语言问题,而是价值观念的问题。新体白话文在整个 20 世纪都只能在知识圈子发生影响而难以深入社会大众。20 世纪二三十年代新思潮的先锋如胡适、鲁迅、郑振铎等人热烈提倡民谣,三四十年代又有"大众形式"探讨以及延安文学,但这只是体现了中上层知识圈子对社会大众的"入侵",并不等于社会大众本身的"承认",悬隔的问题依然未能解决。20 世纪 50 年代之后,新思潮不再新了,社会主流思想趋向单一,新体白话又有了它的变体。但是,总而言之,新体白话与社会大众总是格格不入。从"新文艺腔"到"党八股腔"、"社论腔",新体白话文始终改变不了舶来的毛病与高高在上的社会身份。如果说新思潮及其主导意识形态对 20 世纪社会进程还有重大正面作用的话,那么,它们的语言表述——新体白话文——对民族语文的建设则没有留下太多有价值的遗产,至少它们的语言遗产不像它们声称的那么多。

其实,20 世纪文学的白话文努力还来自另一方面,这就是本土传统的文学。它们没有大肆声张要建设什么"国语",也没有宣称要建设什么文学,因为这一切都是不言而喻的。白话文学的读者自宋元以来一直是社会大众,大众使用的语言、大众喜好的形式、大众认同的趣味,与白话文学保持着最密切的关系。明白了新体白话文的缺陷,明白了悠久的白话文学的语言取向,在这个基础上才可以探讨金庸对 20 世纪白话文的重大贡献。他不但是本土传统在文学上最为杰出的代表,而且也是本土文学对白话文有最大贡献的作家。清末民初的时候,本土文学的白话文虽然也有清新自然的,但市井气味较浓的不在少数。没落的才子在都市里舞文弄墨,文字自然矫情做作。到 20 世纪 30 年代,这种情况逐渐改观。例如张恨水小说的白话文,不但能流畅地叙事,也能自然地描写。金庸小说的白话文,承继了这个语言传统接近社会大众的特点,祛除了它们在早期矫情、俗艳的毛病,丰富了白话文的表现力,造就了一个现代白话语文的宝库。与新体白话文相比,它没有各种各样的"腔",既没有欧化腔,也没有社论腔,纯然是道道地地的白话。在各种文化相互冲突和交流的时代,知识分子都为如何保持民族价值观和跟上时代潮流而煞费苦心,20 世纪文学语言的选择同样烙上了知识分子努力的印迹。新体白话文是新文学作家交出的一份答卷;金庸小说的白话文是金庸交出的另一份答卷,同时也是本土文学作家中交出的最好的一份答卷。两者的孰优孰劣恐怕还会有争论,但是无疑金庸的白话文比新体白话文负荷着更多的民族文化价值。假如我们要从语言观察、体认、学习汉语本身的文化价值,金庸的白话文肯定比新体白话文提供更多有益的启示。金庸透过写作,不但提高了白话文的表现水准,而且在西潮滚滚的时代,在中国文化价值备受挑战的时代,用他一以贯之的语言选择承担了重振民族文化价值的使命。

金庸对武侠小说的贡献是人们谈论得比较多的一个问题。武侠小说的成型是在清代,民国时期有了大的发展,被称为旧派武侠。旧派武侠在叙事描写、塑造人物上都有可观的成绩,但它们的最大不足在欠缺表现人性。金庸对武侠小说的最大发展是将非现实的武侠题材同探索人性结合起来,于无处可寻的江湖看出社会,于无处可见的英雄大侠读出丰富无比的人性,于神奇怪异的功夫显出文化特征。在他的笔下,武侠小说既有娱乐趣味,又有深入严肃的思考;它的题材纯粹是文学传统的产物,但在荒诞不经的想象里又蕴含丰富的社会现实内容。金庸将武侠小说带入了全新的境界,被公认为新派武侠最杰出的作家。武侠小说大概会被钟情于它的作家一直写下去,如果我们不能断言后无来者的话,那么金庸武侠的成就属于前无古人之列,应当不是什么夸大其词。

书写出来的现代文学史有太多的扭曲和偏见,在这样的框架下根本不可能认识金庸小说的价值,也不可能公正评价金庸在 20 世纪中国文学史上的重要地位。本论试图摆脱以往关于中国现代文学史框架的偏见,在新文学传统与本土文学传统两条线索分流演变的认识下重新检视 20 世纪中国文学史,并以此背景理解金庸对 20 世纪中国文学的特殊贡献,确认金庸在文学史上的地位。他以自己杰出的文学才华成为与新文学传统相对的本土文学传统的集大成者,使本土文学再次发扬光大;在政治权威侵蚀独立人格,意识形态教条干预写作自由的年代,金庸的写作本身就是文学自由精神的希望;他对现代白话文和武侠小说都做出了出色的贡献。金庸的杰出成就使他在 20 世纪文学史上享有崇高的地位。

（原载《当代作家评论》1998 年第 5 期）

我看金庸

王　朔

　　金庸的东西我原来没看过,只知道那是一个住在香港写武侠的浙江人。按我过去傻傲傻傲的观念,港台作家的东西都是不入流的。他们的作品只有两大宗:言情和武侠,一个滥情幼稚,一个胡编乱造。尤其是武侠,本是旧小说一种,20世纪80年代新思潮风起云涌,人人唯恐不前卫,看那个有如穿棉裆裤戴瓜皮帽,自己先觉得跌份。

　　第一次读金庸的书,书名还真给忘了,很厚的一本书读了一天实在读不下去,不到一半撂下了。那些故事和人物今天我也想不起来了,只留下一个印象,情节重复,行文啰唆,永远是见面就打架,一句话能说清楚的偏不说清楚,而且谁也干不掉谁,一到要出人命的时候,就从天上掉下来一个挡横儿的,全部人物都有一些胡乱的深仇大恨,整个故事情节就靠这个推动着。这有什么新鲜的?中国那些旧小说,不论是演义还是色情,都是这个路数,说到底就是个因果报应。

　　再读金庸就是《天龙八部》电视剧播得昏天黑地的时候。无聊的晚上也看了几眼,尽管很难容忍从服装到道具到场景到打斗动作的糊弄和得过且过,有几天还是被剧情带着走了。金庸迷们也不满,说比小说差远了。电视剧糟蹋原作是有传统的,这话我也就信了,看到书店摆着这套书就买了,准备认真学习一下,别老让人说没看过人家东西就乱说话。

　　这套书是7本,捏着鼻子看完了第一本,第二本怎么努力也看不动了,一道菜的好坏不必全吃完才能说吧?我得说这金庸师傅做的饭以我的口味论都算是没熟,而且选料不新鲜,什么什么都透着一股子搁坏了的哈喇味儿。除了他,我没见一个人敢这么跟自己对付的,上一本怎么,下一本还这么写,想必是用了心,写小说能犯的臭全犯到了。什么速度感,就是无一句不是现成的套话,三言两语就开打,用密集的动作性场面使你忽略文字,或者说文字通通作废,只起一个临摹画面的作用。他是真好意思从别人的作品中拿人物,一个段誉为何不叫贾宝玉?若说老金还有什么创意,那就是把这情种活活写讨厌了,见一女的就是妹妹,一张嘴就惹祸。幸亏他前边还有个《水浒》,可以让他按着一百单八将的性格往他笔下那些妖魔鬼怪身上贴标签。这老金也是一根筋,按图索骥,开场人物是什么脾气,以后永远都那样,小胡同赶猪直来直去,正的邪的最后一齐皈依佛门,认识上有一提高,这是人物吗?这是画片。

　　中国旧小说大都有一个鲜明的主题,那就是以道德的名义杀人,在弘法的幌子下诲淫诲盗,这在金庸的小说中也看得很明显。金庸笔下的侠与其说是武术家不如说是罪犯,每一门派即为一伙匪帮。他们为私人恩怨互相仇杀倒也罢了,最不能忍受的是给他们暴行戴上大帽子,好像私刑杀人这种事也有正义非正义之分,为了正义哪怕血流成河。金先生大约是纯为娱乐大众写的这类读物,若要你负起教化民众的大任你一定不肯,那又何必往一些角色脸上苦苦贴金?以你笔下那些人的小心眼儿,不扯千秋大义家国之恨他们也打得起来。可能是我不懂,渴望正义也是大众娱乐的目的之一,但我觉得,扯淡就是扯淡,非要扯出个大原则,最恶心。

我一直生活在中国人之间,我也不认为中国人有什么特别的人种气质和超于世界各国人民的爱恨情仇,都是人,至多有一些风俗习惯的讲究。在金庸小说中我确实看到了一些跟我们不一样的人,那么狭隘、粗野,视听能力和表达能力都有严重障碍,差不多都不可理喻,无法无天,精神世界几乎没有容量,只能认知眼前的一丁点儿人和事,所有行动近乎简单的条件反射,一句话,我认不出他们是谁。读他的书我没有产生任何有关人、人群的联想,有如在看一堆机器人作业,边读边问自己:这可能吗?这哥们儿写东西也太不过脑子了!一个那么大岁数的人,混了一辈子,没吃过猪肉也见过猪跑,莫非写武侠就可以这么乱来?

我认为金庸很不高明地虚构了一群中国人的形象,这群人通过他的电影、电视剧的广泛播映,于某种程度上代替了中国人的真实形象,给了世界一个很大的误会,以为这就是中国人本来的面目。都说张艺谋的电影歪曲了中国人的形象,我看真正子虚乌有的是金庸,会些拳脚,有意见就把人往死里打,这不是热血男儿,也与浩然正气无关,这是野生动物。

我尽最大善意理解这件事也只能想到:金庸能卖,全在于大伙活得太累,很多人活得还有些窝囊,所以愿意暂时停停脑子,做一把文字头部按摩。再一条,中国小说的通俗部确实太不发达,除了老金的武侠,其他悬疑、科幻、恐怖、言情都不值一提。通俗小说还应该说是小说家族的主食,馒头米饭那一类,顿顿得吃。金庸可算是"金馒头"了,一蒸一屉,十四屉,饭量再大也能混个饱。

这些年来,四大天王,成龙电影,琼瑶电视剧和金庸小说,可说是四大俗。并不是我不俗,只是不是这么个俗法。我们有过自己的趣味,也有四大支柱:新时期文学,摇滚,北京电影学院的几代师生和北京电视艺术中心的十年。创作现在都萎缩了,在流行趣味上可说是全盘沦陷。这个问题出在哪儿,我不知道。也许在中国旧的、天真的、自我神话的东西就是比别的什么都有生命力。

(原载《中国青年报》1999 年 11 月 1 日)

金庸致《文汇报》编辑部的回信

《文汇报》编辑部：

接奉传真来函以及贵报近日所刊有关稿件，承关注，及感，兹奉专文请指教：

一、王朔先生发表在《中国青年报》上《我看金庸》一文，是对我小说的第一篇猛烈攻击。我第一个反应是佛家的教导：必须"八风不动"，佛家的所谓"八风"，指利、衰、毁、誉、称、讥、苦、乐，四顺四逆一共八件事，顺利成功是利，失败是衰，别人背后诽谤是毁、背后赞美是誉，当面赞美是称，当面詈骂攻击是讥，痛苦是苦，快乐是乐。佛家教导说，应当修养到遇八风中任何一风时情绪都不为所动，这是很高的修养，我当然做不到。随即想到孟子的两句话："有不虞之誉，有求全之毁。""人之易其言也，无责耳矣。"（有时会得到意料不到的赞扬，有时会遭到过于苛求的诋毁。那是人生中的常事，不足为奇。"人们随随便便，那是他的品格、个性，不必重视，不值得去责备他。"这是俞曲园的解释，近代人认为解得胜过朱熹。）我写小说之后，有过不虞之誉，例如北师大王一川教授他们编《二十世纪小说选》，把我名列第四，那是我万万不敢当的。又如严家炎教授在北京大学中文系开讲"金庸小说研究"，以及美国科罗拉多大学举行"金庸小说与二十世纪中国文学"的国际会议，都令我感到汗颜。王朔先生的批评，或许要求得太多了些，是我能力所做不到的，限于才力，那是无可奈何的了。

二、"四大俗"之称，闻之深自惭愧。香港歌星四大天王、成龙先生、琼瑶女士，我都认识，不意居然与之并列。不称之为"四大寇"或"四大毒"，王朔先生已是笔下留情。

三、我与王朔先生从未见过面。将来如到北京耽一段时间，希望能通过朋友介绍而和他相识。几年前在北京大学作一次学术演讲（讲中国文学）时，有一位同学提问："金庸先生，你对王朔小说的评价怎样？"我回答说："王朔的小说我看过的不多，我觉得他行文和小说中的对话风趣幽默，反映了一部分大都市中青年的心理和苦闷。"我的评价是正面的。

四、王朔先生说他买了一部七册的《天龙八部》，只看了一册就看不下去了。香港版、台湾版和内地三联书店版的《天龙八部》都只有五册本一种，不知他买的七册本是什么地方出版的。我很感谢许多读者对我小说的喜爱与热情。他们已经待我太好了，也就是说，上天已经待我太好了。既享受了这么多幸福，偶然给人骂几句，命中该有，不会不开心的。

金庸

99.11.4

（原载上海《文汇报》1999 年 11 月 5 日）

文学的雅俗对峙与金庸的历史地位

严家炎

摘 要：雅俗对峙是文学发展的内在动力,20世纪中国小说地位空前变化,新文学对通俗小说发生影响,通俗小说则对新文学提出了挑战。雅文学、俗文学都能产生伟大作品,金庸就是超越雅俗的典范,他超越了"供消遣"与"为人生"的传统,以超凡的天马行空的想象才能,以对传统小说语言形式的发扬光大,达到了雅俗共赏的理想境界。

关键词：雅俗对峙;通俗小说;金庸;武侠小说

衡量金庸小说的历史贡献,必然要放到20世纪中国文学发展这个大背景,特别是小说雅俗对峙这个大格局中。

文学历来是在高雅和通俗两部分相互对峙中向前发展的。高雅和通俗两部分既相互冲击,又相互推动,既相互制约,又相互影响,构成了文学发展的内在动力。当然,所谓雅,所谓俗,都是历史的概念,不同时代的人们会有不同的看法。在中国古代,诗文被认为是文学的正宗,小说戏曲则是所谓"鄙俗"的"小道",不能进入文学的大雅之堂,因此,雅俗对峙发生在诗文与小说戏曲之间。

到20世纪初,梁启超等人受西方思潮影响,大声呐喊着将小说提高到"文学之最上乘"。尤其到五四文学革命,师法西方小说的新体白话小说占据了文学的中心地位,进入了文学的殿堂,连历史上那些有价值的小说也有幸沾光得到重新评价,脱去了"鄙俗"的帽子。但是,有一部分小说却享受不到这种幸运,那就是20世纪面对中国市民大众的通俗小说。它们仍被新文学家、文学史家摈斥于现代文学之外。于是,雅俗对峙转到了小说内部,形成新文学和通俗文学两大阵营。五四文学革命拿"黑幕小说"和"鸳鸯蝴蝶派"来开刀,这些就都是通俗小说。其中"黑幕小说"污浊得很,没有多少文学价值,五四当时对它的批判并不错。但对鸳鸯蝴蝶派,否定得就太简单了,把它说成封建的小市民文艺,连同它所采取的传统形式都不理睬。这种简单化的批判效果不好,最多缩小了它在知识分子圈中的市场,而对广大市民争读鸳鸯蝴蝶派作品的情况则几乎毫无影响,反而使五四新文学本身不能较快克服语言形式欧化的缺点。这样,雅俗对峙在20世纪就成为小说内部的事,成为严肃小说、高雅小说和通俗小说、商品化小说之间的抗衡。

其实,从历史上说,无论雅文学或者俗文学,都可能产生伟大的作品。中国的《水浒传》、《红楼梦》,当初也曾被封建士大夫看作鄙俗的书,只是到现代才上升为文学史上的杰出经典。英国的狄更斯、司各特,法国的大仲马,在19世纪也都被认为是通俗小说作家。直到20世纪80年代中期,当中国作家协会副主席邓友梅率领作家代表团访问法国,谈到巴尔扎克在中国作家中的崇高声望和巨大影响时,负责接待的法国主人还说:"原来中国作家对巴尔扎克这样的通俗作家感兴趣。"在法国当代作家看来,巴尔扎克是畅销书作家,地位低于雨果,而通俗小说家也大可不必在新文学面前自惭形秽。通俗绝不等同于庸俗。严肃文学中,其实也有大量思想和艺术上比较平庸的作品。起决定作用的,归根结底还是作家自身素养的高低、体验的深浅和文学表现才能的不同。

在文学史上长期以来的雅俗对峙中,高雅文学一般处于主导的地位。它逼得通俗文学吸取对方营养以提高自身的素质。但并不是说,高雅文学就不受到通俗文学的挑战。这种挑战,不但表现为通俗文学往往比高雅文学拥有更多的读者,而且表现为通俗文学中有时也出现相当优秀的作品,其质量可能达到高雅作品的平均水平之上,甚至可与高雅文学中的优秀作品相抗衡。明、清两代的种种史料表明,当《三国演义》、《水浒传》在长期说书和戏曲艺术的基础上由罗贯中、施耐庵分别整理、加工、改定的时候,当《红楼梦》最早的稿本开始流传的时候,都曾出现人们争相传抄、洛阳为之纸贵的盛况,这就是挑战。金圣叹在明末清初就把《水浒传》拿来和《庄子》、《史记》相比,而且亲手将这本书以及他自己在书上的批语交给10岁的儿子阅读,此种见地和胆识,当时真可谓惊世骇俗;这同样也是挑战。

进入20世纪,一方面,占据主导地位的高雅小说对通俗小说保持着影响。这突出地表现在鸳鸯蝴蝶派文人密切注视新小说的发展并给予很高评价。有位署名"凤兮"的鸳鸯蝴蝶派理论家,于1921年2月至3月间发表《我国现在之创作小说》,其中说:"鲁迅先生《狂人日记》一篇,描写中国礼教好行其吃人之德,发千载之覆,洗生民之冤,殆真为志意之创作小说,置之世界诸大小说家中,当无异议,在我国则唯一无二矣。"又说:"文化运动之轩然大波,新体之小说群起。若叶楚伧之《牛》,陈衡哲之《老夫妻》,某君(适忘其名)之《一个兵的家》,均令人满意者。"①他对胡适的《论短篇小说》也很推崇。鸳鸯蝴蝶派的秋山,还随着新文学一起提倡写社会小说。所以,张恨水这样的小说家在20世纪二三十年代的出现以及抗战爆发后终于靠拢新文学阵营,是一点也不奇怪的。这就是高雅文学的主导作用。

另一方面,通俗小说也常常以自己的某种优势向高雅小说挑战。20世纪20年代后半期和30年代前半期的张恨水,他的小说成就和影响就远过于当时那些严肃作家所写的大众文学(即使仅仅按"大众化"的标准来衡量也是如此),更不要说他拥有读者的广泛了。据荆有麟、许钦文回忆,鲁迅的母亲就很喜欢读李涵秋、张恨水的小说,读得津津有味,手不释卷。有一次,老太太听到许钦文和一两个年轻人在鲁迅家里谈论《故乡》这篇小说写得怎么怎么好时,老太太不服气地说:"有这么好的小说吗? 你们拿来给我看看!"当时老太太还不知道"鲁迅"就是她自己儿子的笔名,她带起老花眼镜,把《故乡》读了一遍,然后用绍兴话摇着头对几个年轻人说:"呒啥稀奇! 呒啥好看! 这种事情在我们乡下多得很!"让在座的几个年轻人听了哈哈大笑,鲁迅本人不插嘴,只在一旁静听微笑②。发生在鲁迅家中的这场争论很有意思,足以说明当时一些有成就的通俗小说掌握了多少读者,并且培养了怎样一种阅读趣味(老太太用"稀奇"、"好看"做标准衡量小说,就是由通俗小说所培养的;至于老太太不以为然地说到的"这种事多得很",恰恰是严肃文学所说的"真实"或"概括性")。

再举张爱玲的例子,同样可以说明通俗文学怎样在向严肃文学挑战。现在我们都知道,张爱玲是20世纪40年代涌现的有独特成就的新文学作家。其实,恰恰是张爱玲,具有与众不同的通俗文学的背景。除了西方文化和英国作家毛姆等人的小说外,她努力从中国通俗小说中吸取着营养。她不但熟读《红楼梦》等古典小说,甚至喜欢公开谈论上海商业文化(海派文化)和通俗文学对她的影响。她说她"从小就是小报的忠实读者",爱读张恨水的小说,还对上海书摊上的通俗小说《海上花列传》、《歇浦潮》推崇备至。在给胡适的信中,张爱玲说:"很久以前我读你写的《醒世姻缘》与《海上花》的考证,印象非常深,后来找了这两部小说来看,这些年来,前后不知看了多少遍,自己以为得到不少益处。"③她 14 岁仿照鸳鸯蝴蝶派的笔法写成《摩登红楼梦》,最早发表的小说《沉香屑·第一炉香》也刊登在鸳鸯蝴蝶派刊物《紫罗兰》上,无怪乎最初人们几乎一致地把她看作是海派通俗作家。认真阅读她的作品,才真正体味到这位晚清士大夫文化最后一个传人的骨子里的古典笔墨趣味,以及这位上海滩才女在感受方式与艺术表达方面的深刻的现代性。张爱玲完全自由地出入于高雅与通俗之间、传统与现代之间,达到了二者的沟通与交融;这正是她对中国现代文学的主要贡献,同样体现了通俗文学对高雅文学的挑战。

如果说辛亥之后鸳鸯蝴蝶派的崛起只被新文学家当做对立面,那么,张恨水的出现,张爱玲的成就,这些挑战似乎并没有使新文学界有所清醒,使他们的傲慢姿态有所收敛。他们只看到通俗文学和高雅文学相互对峙以争夺读者甚至给新文学构成威胁的方面,而看不到通俗文学对新文学还有推动、促进的另一方面。虽然抗战爆发以后为了动员群众实现全民抗战,新文学界也曾寻求通俗文学的支持,不少新文学家用通俗文艺的形式表现抗战的内容,却依然不曾改变居高临下的态度。这时比较清醒的,似乎只有赵树理。他真正看到了新文学存在的某种欧化倾向以及不能被农民群众接受的弱点,因而企图汲取通俗文学经验,创制一种新的小说,使它能在农民中扎根。这就是以《小二黑结婚》、《李有才板话》为代表的一条新的道路。他的小说,真正实现了农民化,是一种提高了的农民文学。人物是真正农民中的人物,语言、形式也是充分农民化的,连感情内容、审美情趣也浸透着来自农民的质朴、平易、幽默和乐观气息,使人读后耳目为之一新。这对新文学界有所震动,使他们对通俗文学的态度有所反省。可惜,理论家们总喜欢搞模式化的东西,他们以为从赵树理那里一下子发现了文学普遍规律,可以使高雅文学与通俗文学合二为一,于是,赵树理道路没有被正确理解而走样了,他文学营养、文学视野不够宽广的弱点反而被看成优点,他的道路被抬高、夸大成为"方向"④,似乎所有作家都得普遍遵循,这就在实际上使文学单一化,使雅俗关系问题不能得到正确解决。

事实上,高雅文学和通俗文学,只能是一种长期共存的关系,永远不可能谁吃掉谁而形成一统天下。陈平原教授把文学上的雅俗对峙比做"一场永远难解难分的拔河比赛",可说颇为贴切。确实,高雅小说和通俗小说,"双方互有占便宜的时候,但谁也别想把对方完全扳倒",而小说艺术则正是在这场没完没了的拉锯战中悄悄地"移步变形"⑤。这原是一种正常现象。人为地幻想用某类作品既取代高雅文学又取代通俗文学,绝对行不通。即使像赵树理这种很有新鲜气息、很受农民欢迎的相当优秀的小说,也很难成为以它作准的一杆标尺,让矮的拔高、高的锯矮。20 世纪 50 年代之所以出现大批既不高雅也不通俗,只能说较为平庸的作品,理论指导上的失误,也是一个重要原因。我很赞成陈平原教授的这些见解。

金庸 20 世纪五六十年代在香港的出现,意味着 20 世纪以来长期困扰着人们的雅俗对峙问题,从实践上和认识上得到了较好的解决。金庸小说的成就,是吸取了"雅"、"俗"双方的文学经验因而又是超越"雅"、"俗"之上的。金庸小说在以下四方面的经验,对中国文学的发展,都具有根本性的意义。

第一,在创作观念上,如果说严肃文学是"为了人生"、通俗小说是"供人消遣"的话,金庸小说把这两方面统一了起来,既供人娱乐,又有益于人生。朱自清在 20 世纪 40 年代曾经说过:"鸳鸯蝴蝶派的小说意在供人们茶余饭后消遣,倒是中国小说的正宗。"⑥这话出自 20 多年前反对将文学当消遣的文学研究会作家之口,很值得玩味。可见文学的娱乐性功能并没有理由否定。金庸又不止于这方面。他的小说同样还有"为人生"的一面。金庸自己说:"武侠小说本身是娱乐性的东西,但是我希望它多少有一点人生哲理或个人的思想,通过小说可以表现一些自己对社会的看法。"⑦金庸小说虽然写的是虚幻的武林世界,却写出了真切的现实人生,写出了真实丰富的人性,显示了作者独立的犀利的批判的眼光。当20世纪五六十年代中国大陆相当一部分作家受到"左"倾政治观念与庸俗文艺观念的影响而失去独立见解时,金庸保持了"为人生"与"供消遣"相统一的自由创作心态,既以自娱,复以娱人,无拘无束,驰骋想象,写出了一系列富有艺术魅力,又有着思想寄寓的作品,活泼轻松而有时又令人沉重,让人休息却又启人深思。鲁迅历来主张真正的文学要启人之蒙,又要令人愉悦,给人以艺术享受,金庸的文艺观,可说与鲁迅这样的伟大作家在根本上是相通的。

第二,20世纪中国文学(包括严肃文学和一部分通俗文学在内)的主潮是写实主义,这种文学感时忧国,关心现实,反映民间疾苦,有很大的长处,但也存在一种有的学者称之为"单维"的现象——只有"国家、社会、历史"之维,只有写实主义之维,因而多少给人单调的感觉。刘绍铭曾开玩笑地说20世纪中国文学的特征是"涕泪飘零"。除鲁迅等人的少数小说外,大量作品中断了自《庄子》、屈赋、《山海经》、《西游记》、《聊斋志异》以来的浪漫想象传统,可以说和文学想象久违了。金庸小说在这方面有巨大的突破,他显示了超凡的几乎是天马行空般的想象才能。金庸没有到过大理,却想象出了无量玉壁那样奇幻的景色;金庸没有去过新疆,却想象出了玉峰宫殿那样神异的去处。武功的创造,更是无奇不有。《书剑恩仇录》开头,就是陆高止发金针钉苍蝇的场面;以后各部小说更有什么"九阴白骨爪"、"玉女素心剑"、"降龙十八掌",什么"吸星大法"、"六脉神剑",乃至瑛姑的"泥鳅功",杨过的"黯然销魂掌",等等,极尽想象之能事。《天龙八部》所写的青年一代,几乎每人都有一个独特的身世之谜,这些谜相互错综,又交织成了整部小说极其复杂的人物关系网络,它们完全超出了人们的想象,使读者如书中人段誉那样感受到"霹雳一个接着一个"般的巨大震撼,这在金庸以外的其他作品中,我们能够读到吗?《鹿鼎记》第32回,写到在昆明附近的三圣庵中,聚会了古往今来第一大反贼(李自成),古往今来第一大汉奸(吴三桂),古往今来第一大美人(陈圆圆),古往今来第一武功大高手(九难,即长平公主),古往今来第一小滑头(韦小宝),这想象更是大胆之极!这种想象的神奇,满足了多少读者的好奇心,构成金庸小说异乎寻常的魅力!

第三,金庸小说坚持了传统白话小说的形式和语言,而又有所改造和创新。刘再复先生在一篇文章中曾经指出:"如果平心静气看20世纪初文学的变革,就会看到,由于社会变化和外来文学影响,中国文学已逐步分裂为两种不同的文学流向:一种是占据舞台中心位置的五四文学革命催生的'新文学';一种是保留中国文学传统形式但富有新质的本土文学。新文学以启蒙意识、外来文学的形式、欧化的白话文为其核心因素。它与此前的文学的联系是次要的,充其量是某些作家采用了某些古代技法。它以前所未见的面貌出现于文学舞台,为那些赞同和倾向于'新思潮'的都市知识分子所认同,可以说新文学是表现这批活跃于都市的知识分子思想感情的。在新文学崛起的同时,另一种文学,即植根于古代文学悠长传统的那部分文学也在发生缓慢的蜕变。它虽然不能像新文学那样以耳目一新的形象示人,但文学史家戴着启蒙意识的眼镜,把它描绘成'封建文学'在清末民初的垂死没落,是不合适的。我们姑且把这种文学命名为本土传统的文学,它与新文学一起构成了20世纪中国文学的两大实在,或者说两大流向。本土传统的文学是在缓慢的积累中构造自己的文学大厦的,在 20 世纪初有苏曼殊、李伯元、刘鹗作为其代表,20 世纪三四十年代则有张恨水、张爱玲等作家,而金庸则是直接承继本土文学的传统,并且在新的环境下集其大成,将它发扬光大。"⑧虽然新文学与此前文学的联系究竟如何,或许有待学术界深入讨论,但从总体上说,我比较赞成这种看法。金庸武侠小说在本土传统形式方面所做的贡献,可以说完全适应了历史的要求。早在 20 世纪 40 年代,张恨水就多次提出过改造和弘扬章回小说的愿望。他在《总答谢》一文中说:"我觉得章回小说,不尽是可遗弃的东西,不然,《红楼》、《水浒》何以成为世界名著呢? 自然,章回小说有其缺点存在,但这个缺点,不是无可挽救的(挽救的当然不是我);而新派小说,虽一切前进,而文法上的组织,非习惯读中国书、说中国话的普通民众所能接受。正如雅颂之诗,高则高矣,美则美矣,而匹夫匹妇对之莫名其妙。我们没有理由遗弃这一班人,大家若都鄙弃章回小说而不为,让这班人永远去看侠客口中吐白光,才子中状元、佳人后花园私订终身的故事,拿笔杆的人,似乎要负一点责任。"⑨在另一篇文章《武侠小说在下层社会》中,张恨水又说:"中国下层社会,对于章回小说,兴趣的,第一是武侠小说,第二是神怪小说,第三是历史小说。中国下层社会里的人物,他们的思想,始终有着模糊的英雄主义的色彩,那完全是武侠故事所教训的。这种教训,有个极大的缺憾。第一,封建思想太浓,往往让英雄变成奴才式的。第二,完全幻想,不切实际。第三,告诉人斗争方法,也有许多错误。自然,这里也不是完全没有意义的。武侠小说,会教读者反抗暴力,反抗贪污,并且告诉被压迫者联合一致,牺牲小我。"在张恨水看来,"二三百年的武侠小说执笔人若有今日先进文艺家的思想,我敢夸大一点,那会赛过许多平民读本的能力。可惜是恰站在反面"⑩。张恨水呼吁有"先进思想"的新文学家,不要抛弃中国的"普通民众",不要抛弃本土的章回体小说形式和传统的白话语言,这表明他很有卓见。历史的发展与这类见解若合符节。就在张恨水发出呼吁 10 年之后,金庸在香港出现了,而且他正是抓住了章回体中影响最大的武侠小说这个类型,作了出色的实验,证明张恨水之言绝非虚妄。金庸对本土传统小说形式的继承和革新,既是用精英文化改造俗文学的成功,同时又是以俗文学的经验对新文学的偏见作了最切实的纠正。这确实具有"存亡继绝"的重大意义。

在小说语言上,金庸吸取新文学的某些长处,却又力避不少新文学作品语言的"恶性欧化"之弊。他扎根于本土传统文学中,较多承继了宋元以来传统白话文乃至浅近文言的特点,形成了一个新鲜活泼、干净利索、富有表现力、相当优美而又亲切自然的语言宝库。金庸小说语言是"本土文学作家中交出的最好一份答卷"⑧;或如李陀先生所说,金庸"为现代汉语创造了一种新的白话语言",是"一个伟大写作传统的复活"。⑫刘绍铭⑬、黄维鄂⑭两位先生早在 10 年前就不约而同地提出金庸小说可用作海外华裔青年学中文的教本,足见学者们对金庸小说语言成就的高度重视。

第四,历史上的高雅文学和通俗文学,原本各有自己的读者,简直泾渭分明。但金庸小说却根本冲破了这种河水不犯井水的界限。他借用武侠这一通俗作品类型,出人意料地创造出一种文化学术品位很高的小说境界,实现了真正的雅俗共赏。金庸作品中包含的迷人的文化气息、丰厚的历史知识和深刻的民族精神,不但为广大通俗作品所望尘莫及,而且也远远超过了许多严肃小说。金庸笔下的武技较量,固然能传达出中华文化的内在精神;就连陈圆圆为一字不识的韦小宝弹唱吴梅村《圆圆曲》这个作者忽发奇想的情节,又包容了多少历史兴衰与个人际遇的沧桑之感。可以说,金庸是一位深得中华文化精髓的作家。他在法国被称为"中国的大仲马"。其实,如果按照作家本人对各自民族文化的理解程度以及小说创作所获得的综合成就而言,我个人认为,金庸恐怕已超越了大仲马。他在文学史上的实际地位,应该介乎大仲马与雨果之间。

(原载《西南大学学报》2004 年第 5 期)

参考文献

①凤兮.我国现在之创作小说[N].申报·自由谈,1921 - 2 - 27 至 1921 - 3 - 6.

②荆有麟.鲁迅回忆断片[M].上海:上海杂志公司,1943:第一节"母亲的影响".

③胡适.致张爱玲[A].张爱玲.张看[M].台北:皇冠出版社,1976.

④陈荒煤.向赵树理方向迈进[N].人民日报,1947 - 8 - 10.

⑤陈平原.小说史:理论与实践[M].北京:北京大学出版社,1993:274.

⑥朱自清.论严肃[A].朱自清选集:第 1 卷[M].石家庄:河北教育出版社,1989:437.

⑦王力行.新辟文学一户牖[A].诸子百家看金庸:五[C].香港:明窗出版社,1997:71.

⑧刘再复.金庸小说在二十世纪中国文学史上的地位[J].明报月刊,1998,(8).

⑨张恨水.总答谢——并自我检讨[N].新民报,1944 - 5 - 2 至 1944 - 5 - 22.

⑩张恨水.武侠小说在下层社会[N].新华日报,1945 - 7 - 11.

⑪李陀.一个伟大写作传统的复活[A].林丽君.金庸小说与二十世纪中国文学[C].香港:明河社出版有限公司,2000:29—33.

⑫刘绍铭.金庸小说与侨教[A].武侠小说论卷[C].香港:明河社出版有限公司,1998.

⑬黄维梁.章蒙可读此而学文——金庸武侠小说语言的抽样分析[A].武侠小说论卷[C].香港:明河社出版有限公司,1998.

金庸武侠小说与地域文化现代性构建

——兼谈地域文学在一体化进程中的文化应对策略

吴秀明　黄亚清

　　20世纪80年代以来,处于文化消费饥渴的大陆读者,遭遇金庸时得以释放的武侠情结,与海外华人世界的金庸热潮交相辉映,造就了金庸武侠小说万众瞩目的盛况,也直接促成了其在大陆文学史地位的直线上升。金庸的出现为大陆学者打破几十年来文学研究的狭隘视角,提供了可供言说的话题,并强烈冲击乃至颠覆了"鲁、郭、茅,巴、老、曹"等长期主导现代文学的超稳定结构。围绕着他展开的争论,足以成为现代文学发展史上的一个典型事件,它见证着中国文学的世纪变迁。

　　那么,是什么样的精神品质和艺术魅力,能使国人如此着迷于金庸? 仅仅是金庸自己解释的"中国形式",还是另有其他更重要的原因? 这当然比较复杂,非三言两语能讲得清楚,但这之中,无疑与他对地域文化现代性方面的努力密切有关。从吴越之地走出去的金庸,他所内含的价值和意义,不仅是文学史的,同时也是地域文化的。在金庸创建武侠小说的辉煌世界时,一方面,它深深地打上了与之具有血脉关联的吴越文化的特质;另一方面,又极富意味地吸纳与所居地香港相谐的异质文化资源,形成了既地域又超地域、既同构又异质的双重观照视角。遗憾的是,对于这一点,迄今为止人们往往缺乏应有的关注,在量多而质不高的文章中有关地域文化的研究显得颇为薄弱,至于真正有深度的研究就更少了。有感于此,也为了给文学如何进行地域文化现代性构建提供某些借鉴和思考,笔者不揣冒昧地写下如许文字,希望得到有关方家的批评指正。

一、"书剑"传统与作家的推陈出新

　　半个世纪前,当大陆的武侠前辈作家纷纷放弃自己的"武侠梦"时,金庸在香港却异军突起,取得了超乎寻常的辉煌成就。这是为什么呢? 学界对此一直众议纷纭。我们认为,从地域文化角度考察,首先归因于具有"根性"意义的吴越文化给予他的宝贵的精神馈赠。这里所说的吴越文化,是指以古代吴越地区为地理文化疆界成长起来,在历史发展中吸收、融合、创造、充实而逐渐定型的一种区域性文化传统。龚自珍所谓的"一剑一箫",便形象地概括了其刚柔并济的特点。当然,吴越文化并非是恒定、静态的。翻检中国历史版图,它曾长期处于长江文明与黄河文明"太极式推移"的交叉口上。也因此故,相对于中原主流文化,吴越文化较少受到主流政治意识形态的染指而获得某种独立性和自足性。另一方面,它的滨海的地理位置又使其与开放的海洋文化唇齿相依,成为外来文明传向中原的中介站,起着过滤和稀释的作用。与上述两种文化的既抗拒又融合,它必然激活了吴越文化的内在张力及其自身丰富驳杂的内涵。"在异质文化因素相互化合的过程当中,也就改变了原来的文化形态。"①尽管自晋以后,历史上三次大规模的南渡,大运河的开凿,特别是士族南迁后带来的玄学和佛学的兴盛,形成尚文的文化心理,导致吴越文化中"崇武"精神的式微;但实际上吴越文化最核心的刚烈和坚韧并没有消失,如明代东林党人的"冷风热血,洗涤乾坤"的豪气,龚自珍的暗夜疾呼,以及在近现代的章太炎、秋瑾、鲁迅等人身上,我们还是可强烈地感受其中的铿锵音质。

得天独厚的地域优势和丰厚的文化滋养,形成吴越子民开放进取的文化品性。这种文化品性体现在金庸武侠小说创作中,最突出的就是书剑文化传统。金庸出生于浙江海宁,从小耳濡吴越之地的神话传说,接受了机智柔和、重乐轻礼、富有创造精神的吴越文化的熏陶;雄伟壮观的海宁潮也在它貌似文柔的书生气中,镌刻下了勇敢叛逆的性格。金庸从小爱看"琴剑二侠"的武侠小说,年轻时走南闯北,也不乏"行侠仗义"之举。1955年,他在报纸上连载第一部武侠小说《书剑恩仇录》,一书一剑,代表了一文一武,传神地点出了吴越文化的精髓;剑是实践恩仇的工具,书是对剑的反思和沉淀;在"侠"、"义"、"情"的起承转合中,渗透着吴越文化刚柔相济的品性,呈现出超越旧武侠打打杀杀的不凡气度。二十年后,金庸在该书修改版的后记中说:"乾隆皇帝的传说,从小就在故乡听到了的。小时候做童子军,曾在海宁乾隆皇帝所造的石塘边露营,半夜里瞧着滚滚怒潮汹涌而来。因此第一部小说写了我印象最深刻的故事,那是很自然的。"②当金庸在香港创作时,是故乡的传说和浩瀚的海宁潮,撞击出他的灵感。江南雅致的民情风俗,陈家洛由西湖而引发的故园情怀,他与霍青桐姐妹浪漫而伤感的柔情蜜意,在小说中被反复咏叹,充溢着吴越文化温文尔雅的情致。但"万马奔腾"的海宁潮所启示的不仅是"吞天沃月"的自然奇观,同时也是"金鼓齐鸣"的人文江湖。金庸小说情节发展的内在驱动,永远是家仇国恨。陈家洛等英雄行走江湖的宗旨是为了"反清复明";吴越文化中的勇敢剽悍和复仇精神,在此也得到了淋漓尽致的表达。他后期的短篇《越女剑》,更是直接以"卧薪尝胆"的故事为蓝本,再现了勾践在吴越争霸时期的复仇精神。至于永嘉之乱后,江南士族在政治上受压制所产生的"朝隐心态",主要体现在范蠡"远离庙堂,纵情山水",与西施驾扁舟入五湖的爱情归宿中。这种貌似对立的书剑文化传统潜移默化地渗透在金庸的血脉之中,使他的小说既有"豪气干云"的刚毅气质,又有"一湾碧水一条琴"的诗化意境。

当然,武侠小说作为一种文体,最本质的特点还是"武"和"侠",武功或武打依然是金庸小说的重要内容。他笔下那五花八门的江湖门派,令人眼花缭乱的掌拳手法,精妙绝伦的搏击比拼,卓尔不群的套路招式,所凸显的"剑性"特征,与他对"书性"传统的偏爱,是有错位的;金庸有关江湖仇恨、武林厮杀等血腥暴力的书写,与其对安稳平静生活的向往③,也存在着某种对立。这是武侠小说文体特点规约作家创作理念的必然结果,金庸对此也是无奈的,他只能作适度规避而不可能作根本性的超越。

再深入一步,金庸上述书剑传统还与吴越地区独特的文化品质不无关系。众所周知,吴越至隋唐宋时,已成为当时中国经济文化的中心。尤其是明清之际,新兴的城市文化、商业

---

① 杨义:《杨义访谈录》,《东南学术》2003年第1期。

② 金庸:《书剑恩仇录》"后记",广州出版社2002年版,第479页。

③ 金庸在为吴蔼仪《金庸小说的男子》作的序中提到:"少年时代的颠沛流离使我一直渴望恬淡安泰的生活。"

文化与式微后的吴越文化的士人韵致结合,极大地推进了江南风尚的雅俗相得,使之走向成熟并进而成为经典性的主导文化。"其民老死不识兵革,四时嬉游,歌鼓之声相闻。"(苏轼:《表忠观碑记》)苏轼此话,从一个侧面点出了这一时期吴越子民的文化消费意识;在野的士大夫阶层,则成为沟通雅俗的主要力量。明代以后,历史文化转型,吴越文人更是进入了与雅文学相对的戏曲等俗文学领域,从而极大地提升了俗文学的品质,促成了吴越民间文化的兴盛。作为富有活力的一种俗文学形式,金庸小说本身体现了追求民间趣味的大众文学特点:"我本人认为武侠小说还是娱乐性的,是一种普及大众的文字形式,不能当成是一种纯文学。"①曲折离奇的故事情节,浪漫多角的男女爱情以及登峰造极的武功描写,就是通过不断的"惊奇"或"惊喜"的制造,满足大众娱乐消遣的需求。当然金庸并没有就此驻足,而是从中赋予较为丰沛的文化内涵。中原文化是传统文化的主干和发源地,历史上中原士人的南迁,促成了吴越文化中"雅"的一极的兴盛。从这个意义上,说传统文化的精华更多保留在规范之外的吴越文化之中,是有道理的。金庸可资称道之处就在于在"娱乐性"的俗文体中,大容量地融进雅文化的元素:他把庄骚传统中的天马行空的想象力,与古吴越之地少数民族的神话幻想及史诗思维结合②,营造出小说亦真亦幻的美学风格,使之俗中有雅,这在相当程度上弥补了20世纪中国文学缺少想象力的弊端。《书剑恩仇录》由海宁民间耳熟能详的乾隆身世传说,串联起"反清复明"与"八大遗诏"的历史事实。民间与庙堂对立所产生的狂欢气氛,大历史和小历史交相辉映的丰富想象力,不仅满足了读者的猎奇心理和浪漫幻想,也让他们感受到历史的恢宏与震撼。同时,金庸采用《史记》、《三国演义》历史文学化的手法,增添小说的阅读趣味。《天龙八部》中段誉的原型段和誉是神秘的大理国历史上文韬武略的帝王,让他化身英俊潇洒的"侠士"行走江湖,并演绎出浪漫的爱情故事,其所产生的阅读诱惑是可想而知的。虚实相间的叙述,不仅增添了小说的神秘感,也让读者获得了"窥视"历史的喜悦。

另外,士人文化相对于民间文化,比较重哲思,中原士人受孔子"文质观"影响,重视内在仁德的质朴思维。所有这些,也对金庸产生了潜在而深刻的影响。金庸出身海宁,滨海小城自古为文化之邦,诗书家庭使金庸对士人文化有很深的感受。与前辈不同的是,金庸在粗粝的武侠想象中,注入了浓重的士人哲思:"武侠小说本身是娱乐性的东西,但是我希望它多少有一点人生哲理或个人的思想,通过小说可以表现一些自己对社会的看法。"③这也就是金庸高于一般武侠小说、别具人文内涵的深层原因所在。《射雕》在一个边塞部落崛起为历史上庞大帝国的扩张史的表达中,渗透进郭靖历经磨难,成为一代大侠的个人成长体验。小说最后郭靖与年老的成吉思汗关于"英雄"的争论,见出金庸"以民为本"而不是"以英雄为要"的质朴思维。它也从一个侧面,展现了与吴越相通的文化品性。

金庸曾坦言:"自己真正喜欢的武侠小说,最重要的不在武功,而在侠气——人物中的侠义之气,有侠有义。"④因此,他笔下的英雄武功不一定是最好的,但无一不具有深挚的"仁义"

① 转引自费勇、钟晓毅编著:《金庸传奇》"附录",广东人民出版社1996年版,第395页。

② 按照杨义先生的说法,中国传统文化中的完整的神话和史诗集中在少数民族。如今已成为中华民族共同的创世神话资源的盘古,在少数民族的起源传说中频繁出现,南朝梁人任昉认为是来自于"吴楚间说"。

③ 转引自费勇、钟晓毅编著:《金庸传奇》"附录",广东人民出版社1996年版,第390页。

④ 金庸:《历史人物与武侠人物》,《明报月刊》1994年第12期。

精神。因为在他看来,传统的儒家与墨家思想的"极致是'杀身成仁,舍生取义',武侠小说的基本传统也就是表达这种哲学思想"①。《鸳鸯刀》在表现"仁者无敌"时虽有某种概念化之嫌,但通过萧半和、卓天雄等褒贬分明的描写,见出金庸对"以德服人"的武学最高境界的标举。当然,金庸更多是将对武德的这种哲思隐含在情节叙述和人物性格的书写中。《雪山飞狐》中胡一刀和苗人凤在沧州空前绝后的鏖战,难分胜负;最终是"德性"引发的崇高的道德感,使他们萌生了英雄相惜的感觉。总之,地域文化中的书剑传统,使金庸推陈出新,超越了武侠小说比较固定的叙述模式,不期而成为俗文学的经典文本。

二、地域文化与现代人性及大众传媒的关系

书剑传统毕竟只是传统,如果没有现代文化思想的观照,那也无法使武侠小说获得全新的提升。20世纪中国文学的思想启蒙和文化市场,既是构成金庸创作的大背景,也是成就他事业的双向推动力。大家知道,金庸从事武侠小说创作期间(1955—1972年),正是大陆、台湾和香港文学各行其道的时期;至于20世纪前半叶,因复杂的原因,中国文学在紧张的政治对峙中艰难发展就更不用说了。金庸武侠小说在承续五四以来形成的"人的解放"的现代精神的基础上,从一个独到的角度参与了处于瓶颈期的中国文学的现代性进程。这里所谓的参与,也许是"不入主流",甚至是"被压抑的"(即所谓的"被压抑的现代性")②;但它却可激活中国文学传统内部潜存的生生不息的创造力,在"娱人娱己"描写的过程中把笔墨投向人性:借用金庸自己的原话,就是"我写小说,旨在刻画个性,抒写人性中的喜愁悲欢"③。

金庸对人性的态度与吴越传统具有内在的关联。吴越是中国最早接收西方现代文化的地区之一。江南人敏利多思,更能细腻体察东西方文化的冲突,敏锐捕捉现代意识与地域文化之间微妙的信息。五四时期,鲁迅、茅盾等人在异域的环境中,以故乡为精神园地,透视老中国儿女的人性,积极参与中国文学现代性建构,为吴越文化的发展注入了新的因素。金庸的人性抒写也延续了鲁迅等前辈的传统。然而,由于个人的兴趣所至,也由于时代环境的新变,他开始关注和重视处在复杂民族关系中的人性困境,其人性的内涵和外延较之五四有明显的拓展。民族关系是中华文明从秦汉时代形成的多元民族国家起,就一直纠结又被简单处理的问题,也是中国及其文学在走向现代过程中必须面对并且亟须解决的一个重要话题。但可能是思维观念特别是"汉族正统观"的局囿,过去以往的武侠小说在这方面存在着明显的偏颇,这就不能不使其人性描写的真实性和时代感大打折扣。金庸小说大多选择宋元之交和明末清初作为背景——前者如《射雕》、《神雕》、《倚天屠龙记》,后者如《书剑恩仇录》、《鹿鼎记》、《碧血剑》,其重要意图就是借助这样两个少数民族入主中原、民族矛盾激化的时期,在更宏阔的层次上做好这篇人性文章,赋以时代新意。在这点上,金庸的追求是非常明确、十分自觉的。他不止一次地表达对旧有的"汉族正统观"的不满,认为在今天应该树立"多元共生"、"和而不同"的民族历史观:"我想写几篇历史文章,说

① 金庸:《小序:男主角的两种类型》,吴蔼仪:《金庸小说的男子》,明窗出版社1992年版,第2页。
② 王德威:《想像中国的方法》,生活·读书·新知三联书店1998年版,第12页。
③ 金庸:《金庸作品集》"新序",《书剑恩仇录》,广州出版社2002年版,第7页。

少数民族也是中华民族的一分子,北魏、元朝、清朝只是少数派执政,谈不上中华亡于异族,只是'轮流做庄'。"①

正是在这个意义上,金庸把武侠小说演绎成中华民族内部的宋、辽、大理、西夏、吐蕃等国的"多国演义",并由此获得了透视人性的独特而又宏大的视角,丰富了地域文化的现代内涵。他笔下的不少主人公,民族身份往往比较复杂;而民族征战的降临,就迫使他们急需完成自我的身份确认。一切矛盾和困境,均由此而生。如《射雕》中的郭靖与杨康,虽然小说以炽热的爱国主义情怀演绎了郭靖的英雄壮举,规避了他内心抵抗蒙古入侵时可能发生的人性冲突。但金庸显然不想如此简单地处理杨康,面对未曾谋面的"生父"与视如己出的"养父",他个人的情感选择,却是关乎民族、国家的。金庸最终通过杨康人品的"非道德性",完成其因背叛民族、国家而导致的"人性恶"的评价;但杨康处在个人与民族间的人性挣扎,其所浸渗的矛盾和展现的悲剧命运,还是让人唏嘘不已。在《天龙八部》的乔峰身上,金庸则糅合了杨康的处境与郭靖的道德自律,其内在的人性冲突就更为惨烈。乔峰是中原武林的丐帮帮主、英雄人物,但同时又是由汉人养大的辽人,血缘之爱,养育之恩,都不能丢弃;家国之忠,难以两全,民族之间的杀戮与争斗撕扯着他的人性,纵然是顶天立地的大英雄,以一己之力,难以改变民族的仇恨。英雄末路的绝望,使他最终只有以死亡解脱自己。民族歧见所导致的人性约束,同样也存在于爱情中。在《白马啸西风》、《书剑恩仇录》、《天龙八部》中,异族男女的恋情,遭遇种种阻碍和牵绊,最终导向悲伤的结局。

除了揭示人性的矛盾,金庸也歌咏了人性的自由。而这,与吴越士人回归山水的理想特别是与吴越现代作家的精神追求,无疑也是契合的。"武侠"作为一种民间力量,主要是为了修正社会的无序和失范。正是基于此,金庸更多也更愿发掘传统侠客的崇尚自由的成分。《笑傲江湖》的令狐冲傲视权贵和功名,是"追求自由和个性解放的隐士"②;"神雕大侠"杨过,自幼愤世独立,欺师叛祖地做了古墓派传人,并公然对抗礼教大防,娶师父小龙女为妻。所以金庸眼中真正的"侠者"不仅是有德之人,更有自由之心,这分明是五四话语在武侠小说中的渗透。而落实到爱情上,则是"携手走天涯"的理想情爱模式的构筑。虽然受男权文化的影响,他的小说也程度不同地存在"男性中心"的观念;但男女平等与恋爱自由的现代思潮,毕竟深刻地影响和左右了金庸的情感,并成为其创作的基本价值取向。殷离与张无忌,令狐冲与任盈盈,杨过与小龙女,他们根植于个体自由基础上的爱情故事,体现了金庸武侠既张扬个性又强调自律的思想理念。它不仅继承了吴越现代作家倡导自由的精神宗旨,也与五四以来"人的文学"的历史大潮契节相符。

与人性描写相对应而又不同的是对大众传媒的态度,这也是金庸立足地域又超越地域、构筑雅俗共赏的现代武侠叙事的重要基础。吴越本是商业文化兴盛的地区,金庸武侠小说的创作背景是更加商业化的香港。所以与工商社会及其市民文化相适,他逐渐探索并形成了自己的一套思维理念和运行机制。香港不同于地处江南的吴越,这里不仅商业色彩浓厚,而且现代报业传媒十分发达。这对金庸武侠小说的传播与流行,起了决定性的推动作用。"报纸要吸引读者,那么我写点小说就增加点读者。"③事实上,熏染过吴越商业文化气息的敏

① 金庸:《金庸的历史观》,《明报月刊》1994年第12期。
② 金庸:《笑傲江湖》"后记",广州出版社2002年版,第1441页。
③ 金庸:《答现场观众问》,《中国历史大势》,湖南大学出版社2001年版,第17页。

锐多思的金庸,时为长城电影公司编导和报人,他比一般的作家更能把握商业文化的运作规律,并不惮于将创作与金钱联系在一起:"我以小说作为赚钱与谋生的工具,谈不上有什么崇高的社会目标。"①但大众传媒在成就金庸、促成其武侠小说大众化和商业化的同时,反过来也影响和制约了其武侠小说在故事情节、人物性格方面的发展。最典型的莫过于《神雕》的结尾,当小龙女跳下绝涧,此时的金庸,考虑到读者的期待,又设置了带有"金氏"特点的"大团圆"结局。读者永远是上帝,这是大众通俗文学不变的"定理",武侠小说的受制于读者由此可见一斑。金庸后来花大力多次修改自己的小说,应该是认识到当年的写作因为受制于市场,其间颇多粗糙和悖理之处。但读者的阅读热情,也激励了金庸的"精品意识"(一般是精英文学的专利),促成其与众不同的文学追求,使之成为提升通俗文学内在品质的"第一家"。

更为重要的是,吴越文化热情探索但又避免走极端的调和品格,使金庸不至于迷失在大众传媒的耀眼光环中。他从香港文化蕴含的海洋性、边缘性特质中感受到中西文化之间的碰撞和融合,并逐步萌生了深切的家园意识和本土历史意识,触摸到了西方文化影响下港人共同的身份焦虑和对传统文化的依恋心态。从某种意义上,金庸创作满足了港人对母体文化的期待与想象。他笔下的主人公杨过、胡斐、萧峰、虚竹等"孤儿"的身份,暗合了香港脱离母体的少年沧桑;他们在流浪生活中创造的"赤手空拳打天下"的创业神话,激励着处于"虚根"状态的港人的立业想象。而尤有必要值得一提的是,"贯穿在金庸小说里的思想主流,是爱国主义和民族精神"②。快意恩仇和行侠仗义,只是一般的"侠客"所为,为国为民,才是"侠之大者"。作为金庸江湖世界永不变色的主旋律,郭靖、乔峰、陈家洛、张无忌等人荡气回肠的爱国情怀,激荡着香港民众。这与吴越文化中的爱国主义传统,虽然在内涵上有差别,但在本质上则是相通的。它曲折地反映和表达了处在中西文化交汇点上的彼时香港社会的开放心态:"十八世纪、十九世纪时最大的困难,就是个人想发展个人主义,争取自由,但背后有个国家,如果过分争取个人自由,组织、国家就会无力,所以自由和组织都应有所限度,不要逾越,也不能任由国家权力无限膨胀,漠视人民自由,如此国家会变得混乱。"③这种不乏理想化的中庸,渗透着吴越文化从容自在的圆融性特征,恰到好处地传达了中国现代独特的思想取向,从而使金庸得到了华人世界的广泛认可。

此外,吴越士人"朝隐"的心态,也会影响到金庸对小说与政治关系的处理。金庸曾指出梁羽生小说过于浓郁的政治色彩,表明自己对政治的疏离:"因为小说写得好不好,和是否依照什么正确的主义全不相干。"④话虽如此,但金庸的创作,与其作为"香港第一健行"的政论家生涯是同步的,所以他也不可能完全超逸于政治意识形态。以江湖隐喻朝廷,中国几千年的封建政治文化在他的小说中得到了充分的展示。金庸写作不同于中国大陆曾经盛行的政治小说,他的独特之处在于:基于吴越士人疏离政治的审视姿态和香港独特的文化环境,获得了一种更加切近历史本质和本真的深度。他用貌似疏离实则极具政治洞见的描写告诉我们,江湖上的恩怨情仇与各族间的逐鹿中原,前者是为了争夺武林霸主,后者是为了"谁主沉浮";武林中的"千秋万载,一统江湖",事实上是"普天之下,莫非王土"的另一种说法。"不顾

① 转引自冷夏、辛磊:《金庸传》,湖北人民出版社2007年版,第244页。
② 冯其庸:《读〈金庸笔下的一百零八将〉》,《落叶集》,中国社会科学出版社1997年版,第222页。
③ 金庸:《历史人物与武侠人物》,《明报月刊》1994年第12期。
④ 金庸:《飞狐外传》"后记",广州出版社2002年版,第664页。

一切地夺取权力,是古今中外政治生活的基本情况,过去几千年是这样,今后几千年恐怕仍会是这样。"①《笑傲江湖》中的任我行、东方不败、岳不群、方证大师、冲虚道人等,表面看是武林高手或佛道子弟,其实则是政治人或准政治人。江湖世界背后政治意识形态强大的操纵性和异化性的力量,使得给予无数侠客无限想象的"葵花宝典",最终只能成为政治权力崇拜的隐喻。这是中国文化的可悲。

不仅如此,金庸还从权力对人的异化,揭示它的残酷性和非人性。《天龙八部》的慕容复,可堪称是这方面的典型。为了恢复慕容家族百年前的大燕王朝,慕容复牺牲了与王语嫣纯洁无瑕的爱情,践踏了兄弟情义,一代翩翩公子最终变成了一个疯子。欲望是人的一种本能,但当它依附于权力无限膨胀后,却给人性和道德带来毁灭性的打击。所以真正的英雄即使抱着"为国为民"的宗旨,也要竭力避免成为权力斗争的工具,追求与此对立的"且自逍遥没人管"的人生境界,不顺从妥协,也不直面回击,显示出吴越文化"柔中带刚"的温婉的对抗和坚守。联系金庸"武侠小说没有前途"的悲观一叹,一方面固然是对超乎法律"程序公正"之上的武侠精神在现代沉沦的无可奈何;同时也是对江湖世界自身藏污纳垢、热衷争权夺利的深刻失望。这最终促成了他的《鹿鼎记》的"封笔",并导致"《鹿鼎记》已然不太像武侠小说,毋宁说是历史小说"②。通过韦小宝这个特殊人物,金庸揭示了传统侠之群体与政治权力的复杂纠缠,表现了他后期创作对武侠本体的深刻反思。

三、"金庸经验"与地域文化现代性构建

全球政治经济一体化进程和西方文化的软着陆,不仅对整体的中国文化而且也对包括吴越文化在内的具体的地域文化带来了巨大的冲击。面对这样的形势,文学如何应对,从而进行地域文化的现代性建构?这是摆在我们面前的一个并不轻松的话题。金庸的实践,在这方面为我们提供了很好的经验和借鉴。

首先,是关于地域文化的定位。这里有两点值得注意:一是他对吴越文化的辩证认知。在撰写《越女剑》时,金庸曾指出吴越文化的"外来"的特点,对其开放性和吸纳性的优势予以称道;同时也不讳言它"柔性"过甚的客观事实。他的十五部作品,其重要贡献就是激活和还原了吴越文化中粗野奔放的一面,保持了当时乃至今后地域文化的生态平衡。这也是金庸武侠小说最引人入胜、最具魅力的地方。而这,恰恰也是当前不少地域文学所欠缺的。就拿浙江文坛来说吧,自 1949 年以降,其总体气质和美学特征主要是清俊秀美,缺乏厚重的"质感"。虽然一个作家可以偏重于吴越文化中的"柔性"特征,但如果所有的作家都忽视"刚性"的一面,这对该地域的文学来说恐怕是不利的。王旭烽的《茶人三部曲》之所以较好地避免这个缺憾,荣获"茅盾文学奖",重要原因之一就在于紧契吴越文化"刚柔相济"的特点,将茶文化的精致与茶人的坚忍负重有机地结合。因此,它既有浓郁的地域气息,又有厚重的历史感。地域文化是动态的,它可分传统与现代的两种不同的形态。现代的地域文化,是现代某一地域精神和生活在文化上的投影。因此,反映在创作中就应顺时应势地对此做出调整,特别是对地域中新增和新变的内涵敏锐地做出反映。为了保护所谓的"地域特质",而置日趋

① 金庸:《笑傲江湖》"后记",广州出版社 2002 年版,第 1440 页。
② 金庸:《鹿鼎记》"后记",广州出版社 2002 年版,第 1812 页。

开放而又鲜活的现实地域文化于不顾,将现代的地域文化"古典化",无论如何是不可取的,也是不应该的。二是他对吴越文化的理性把握。这当然与金庸所处的香港的多元文化背景有关。多元文化的融合,有利于调动多姿多彩的文化能量和构建健康良性的文化生态环境,从而推动地域文学的发展。正是在与吴越相异的文化"空间"中,金庸超越不同意识形态和地域文化的差异,在保持武侠传统范式的同时,成功地实现了从思想到艺术的现代转换。

需要指出,金庸上述这份理智和理性,源自于自我的正常、健康的心态——生活在远离本源地域的环境中,依然能保持作为一位成熟作家的一种正常、健康的心态。因此,他左右逢源,在充分发挥香港文化开放探索特点的同时,又不忘其与大陆母体文化的血脉关联:"香港是中国传统文化与西方现代文化交融的地区。香港人受西方国家如英国、美国等的影响较深,但他们毕竟是中国人,也具有深厚的传统文化背景。"①从而为地域文学如何超越自身并保持独立性提供了宝贵的经验。

其次,是关于地域文化的创新。地域文化生生不息的动力,来自于它的创新,而创新的基础则是反省。金庸在南大的一次演讲中提到,东晋以后南方政权更迭中皇帝与大将的相互争斗,导致了中国南方人性格的文弱,这是金庸对吴越地域文化偏重阴柔秀美的单一性的一次审视。虽然在理念上,他更倾向于吴越安稳平和的一面,但从创新角度讲,他却对其中蕴含的粗野奔放的一面格外推崇。更为重要的是,中国武侠小说经历了由古典重"义",到民国重"情"的历程,而到了金庸那里则在义之刚和情之柔的矛盾中渗透了"理"。这一点,也表现在他创办和主持《明报》时期,"虽千万人吾往矣"的行事风格。其实,不仅是金庸,晚近以降,几乎所有的浙籍作家都表现了高度自觉的创新精神,其中不少成为一个方面的领袖人物或代表人物:如龚定庵首倡"诗界革命",王国维开近代美学之先河,"鲁迅是现代文学的奠基人,乡土小说和散文诗的开山祖;周作人是'人的文学'的倡导者,现代美文的开路人;茅盾是文学研究会的主角,又是社会剖析派小说的领袖和开拓者;郁达夫则是另一个新文学团体创造社的健将,小说方面的主要代表,自叙传小说的创立者;徐志摩是新月社的主要诗人,新格律诗的倡导者;丰子恺则是散文方面一派的代表"②。这种敢于创新、敢为人先的精神,是吴越地域最宝贵、最值得提倡的一种文化品格。从这个意义上说,所谓的地域文化现代性构建,不能简单地理解为对固有地域文化特别是对传统地域文化的复制和还原,而是同时还要讲创新和出新。因为文学不同于其他,它除了反映和表现地域文化之外,还对地域文化有新的发现和创造。这也是文学的职责和功能之所在,是地域文化现代性构建的一个最基本的立场和姿态。

由此以观当下的地域文学创作,我们看到在这方面存在着不少问题。其中的一个突出表现,就是颇多作品把笔力集中在风土民俗的展览,或抱持崇古的立场对此作不适当的夸饰,而忽略了其藏污纳垢的另一面,忽略了它在现实生活中已经变化或正在变化的某些新质。这样的创作,连对地域文化的"反映"都谈不上,更遑论"创新"。弄得不好,因过于公式化、标准化,极易应验福柯所说的把公共资源和知识资源成功转化为自己的利益源泉的预言。当文化创新一俟变成某种地域的自大或自恋,并且滞后于现实生活时,其最终的结果必将南辕北辙。美国汉学家费正清认为:"在我们所理解的中国农民的传统中,充斥了大量的

---

① 戴雪松:《立业香江乐太平——金庸访问记》,《世界博览》1997 年第 4 期。
② 严家炎:《区域文化:研究二十世纪中国文学的重要视角》,《中国文化研究》1994 年第 4 期。

江湖意气。"①这同样适合地域文化。如同任何地域一样,吴越文化的现代性构造本身是一个包含着内在冲突的结构。如果我们忽略了其内在的紧张,而将它简单化、平面化,那么就会不可避免地使其丧失应有的创新能力和反省能力。

最后,是关于地域文化的融合。地域文化特征不是某种自我的规定,而是在具体的历史网络中多种力量和文化互动的结果。金庸深谙个中道理,在这里,他凭借扎实的国学根底,努力发掘和准确把握"中华民族母文化"即中国传统文化的精髓(陈寅恪先生认为中国是"文化大于种族"②,不同种族之间的矛盾可以用母文化来包容),用道德至上的武学思想,阐释以伦理道德为本位的中国文化的精核,以此契合了华人对文化传统的崇仰和感怀,获得不同语境中的读者的认同;同时还超越狭隘的"地方之见",高度重视其他地域文化特别是少数民族文化的存在,体现了"天子失官,学在四夷"③的包容开放姿态。如对岭南、大理、辽、西夏、吐蕃的描写,它们作为高山、大漠等边缘文明的原始性、神秘性、阳刚气质和勃发进取,被作家提到了与包括吴越在内的汉族既参照又平等的高度。这是非常难得的。它不仅为丰富充实地域文化,而且也为其如何进行创造性转换提供了很好的经验。吴越文化自身是一个多层面的文化系统,这是地域文化共同体得以形成和发展的基础。因此在讲地域文化特征时,不仅要考虑文化要素的整体性,而且也要顾及各层面的差异性。如海派文化,作为中国最早接受西方现代工业文明的地域,它的文化辐射力,会为地域文化的现代性建构带来更多的现代文化理念。如将其融会于吴越文化,应该能提升地域文化的现代内涵,并使之具有强大的生存活力。金庸对此也做得相当到位。他的雅俗互渗的创作理念以及借助传媒成功"入市"的运作方式,都很值得借鉴。

大量事实表明,浅薄、狭隘的文化视野和积累,是造成当下地域文学写作封闭僵硬、缺少强大的生存活力的一个重要原因,也是制约地域文学写作进一步提升水平和质量的关捩所在。为此,我们在加强自身文化素养的同时,有必要开放思维视野,站在今天时代的高度对其相关乃至相异的各种地域文化进行整合或融合。如此,地域文学写作才有可能跳出现有的徘徊不前的境地,实现质的突破。这就是金庸留给我们的艺术经验,也是本文所说的地域文学在一体化进程中所采取的应有的文化应对策略。

(原载《中山大学学报》2010 年第 2 期)

---

① 费正清:《费正清对华回忆录》,知识出版社 1991 年版,第 552 页。
② 刘梦溪:《论国学》,上海人民出版社 2008 年版,第 155 页。
③ 孔子语,见《左传·鲁昭公十七年》。

（五）网络与文学

数字媒介与中国文学的转型

欧阳友权

摘　要：以计算机网络为代表的数字媒介,用不可抗拒的技术力量引发了当代中国文学的转型,又约束和限定了这一转型的内涵,为汉语文学的历史演变扮演了"消解"和"启蒙"的双重角色。新媒介使文学的审美构成、表意体制和时空观念产生了根本性变化,也对文学传统的赓续造成伤害甚至异化。前者表现为用平民化的叙事促动文学向"新民间写作"转型,用技术方式赢得更大的艺术自由度,以"词思维"和"自娱娱人"的新理念拉动文学深层观念的调整,为文学体制更新探索了新路;后者则表现为技术对文学性的消解,作家主体责任的弱化,技术复制导致对文学经典信仰的消退。新世纪的中国文学仍需秉持人文性的精神原点,自觉履行文学的价值承诺,通过调控引导和主体自律改善文学生态,使数字媒介对传统的挑战变成文学新生的契机,让新媒介成为新世纪中国文学发展的强大动力和有效资源。

关键词：数字媒介;中国文学;转型;新世纪;文学建构

在不到 20 年的时间里,当代中国文学即遭遇了两次巨变,一是始于 20 世纪 80 年代末的"边缘化"退缩态势,二是在世纪之交出现的"数字化"媒介的冲击。第一次变动让文学失去了轰动效应,而第二次则使文学开始步入存在方式与表意体制的技术转型。究其原因,如果说前者是源于经济体制转轨的社会掣肘,那么后者则是信息科技的革故鼎新对文学渗透和与文学博弈的必然结果。时至今日,第一次变动形成的文学震荡庶几归于平静,而数字媒介下的文学转型才刚刚拉开序幕。问题的重要性还在于,数字媒介对当今中国文学的影响已远远超出媒介和技术层面,而关涉到其生存与走向,因而特别引人瞩目。

随着互联网的迅速普及和手机等数字通信工具的广泛使用,网络文学、手机小说、博客书写、电脑程序创作、赛博朋客小说、多媒体和超文本文学实验等纷纷在文坛浮现。这些依附于数字化技术的新媒介作品,对文学的嬗变形成了强大的推力,也对文学传统的历史赓续形成较大的阻力。这种情形究竟是给文学带来了春天还是不幸? 问题的症结还在于,面对数字媒介下的文学转型,我们如何正确利用新媒介的技术特性来提升文学性,进而在数字化语境中开辟文学的新境,增强文学的魅力,而不是被技术牵着走,使技术手段遏制文学的生命力,更不是让文学传统在数字技术的狂飙突进中花果飘零。于是,关注并探讨数字媒介下的中国文学转型,已成为急迫并事关中国文学发展的重大课题。

—

如果说 19 世纪是火车和铁路的时代,20 世纪是汽车与高速公路的时代,那么,21 世纪就是电脑与网络的时代,一个数字为王的时代! 确实,以数字化技术为依托的"第四媒体"已成为当今社会不可抗拒的技术力量,无论从覆盖广度还是影响深度看,数字媒介都是当今最具彰显力和关注度的媒介现象。1996年4月,来自世界各国的网络专家共聚北京,他们曾激情满怀地宣布:"一场汹涌澎湃的计算机网络化、信息化的世纪风暴,正席卷着世界的每一个角落:从东到西,从南到北,从亚美利加,到欧罗巴,从亚细亚,到澳新大陆,从阿拉伯到阿非利加⋯⋯不分种族,不分肤色,不分语言,不分地域,不分国度,信息化已经成为不可逆转的历史进程!""百万年蒙昧,数万年游牧,几千年农耕,几百年工商,如今,正经历一场前所未有的巨变,由工业时代迈向信息时代。"①十年时间过去了,信息社会的巨变仍在加速。

这个以数字通信和互联网为标志的信息时代以超乎想象的速度步入中国——1994年我国以".cn"的域名正式加入国际互联网,1997年中国互联网络信息中心(CNNIC)首次对我国网络使用情况进行统计,结果表明,截至该年10月31日,我国上网计算机有29.9万台,上网用户有62万人。而到2006年6月30日,我国网民人数已达1.23亿,联网计算机有5450万台②。不到十年,上网人数猛增近200万倍,联网计算机增长180多万倍,这样的发展速度是历史上任何一种媒体都不可比拟的。据国家信息产业部最新统计显示,到2006年6月底,我国的手机用户已超过4.26亿户,手机普及率已达每百人32.7部,2006年上半年手机短信的发送量就有2029.6亿条。③ 可见,互联网、手机等数字媒介已成为当下中国人生活中普遍使用的联系工具。

数字媒介与汉语文学的联姻是在20世纪90年代初。1991年北美留学生用中文在互联网上张贴的思国怀乡之作大约算是最早的网络文学雏形④。1994年我国正式加入国际互联网后,创生于海外的汉语文学网站如"新语丝"、"橄榄树"、"花招"等,迅速挺进其母语本土,赢得国内文学网民的青睐。20世纪90年代中期以来,得风气之先的港台网络文学写手的作品(如台湾痞子蔡的《第一次的亲密接触》等)影响到内地,引发了一波又一波的网络文学热潮。"新浪"、"网易"等门户网站上文学频道的点击率节节攀升,注册域名的汉语文学网站和个人主页,以及网络原创作品,均以几何指数增长,一个网站一天的作品发布量就以百篇甚至千篇计⑤。一次次网络文学评奖活动使热门的网络小说从网上火到网下,与传统文学争夺读者市场,带来了网络文学的出版热⋯⋯一时间,网络文学,这个数字媒介文学的领头雁,伴随网络的广泛使用而一片红火,与传统文学创作的疲惫之态形成鲜明对

---

① 陆群等:《网络中国》,兵器工业出版社1997年版,第48页。

② 2006年7月19日CNNIC发布《第十八次中国互联网络发展状况统计报告》,http://www.cnnic.net.cn/html/dir/2006/07/19/3994.htm,2006年9月28日查询。

③ 新华网北京7月20日发布(记者冯晓芳)《全国电话用户超过7.9亿户　手机用户达4.26亿》,2006年9月30日查询。

④ 1991年的4月5日,全球第一家中文电子周刊《华夏文摘》在美国诞生,此后,遍布世界各国的中国留学生联谊会主办的中文网站和文学主页大量涌现,所发布的内容多为海外游子思国怀乡之作。迄今能见到的第一篇中文网络文学原创作品是署名张郎郎的杂文《不愿做儿皇帝》,发表于1991年4月16日《华夏文摘》第3期;第一篇中文网络原创小说是一篇小小说,名为《鼠类文明》(作者佚名),发表于1991年11月1日《华夏文摘》第31期。

⑤ 如1997年底创办的网络原创文学网站"榕树下"(www.rongshu.com),截至2006年10月21日已经积累作品3509592篇,当日发布作品724篇。

照。笔者用"百度"搜索引擎查询了几个与数字媒介文学相关的关键词,得出的结果列表如下:

类别	找到相关网页(篇)	类别	找到相关网页(篇)
网络文学	8680000	多媒体文学	163000
网络原创文学	755000	超文本小说	114000
网络小说	34900000	数字艺术	1290000
网络诗歌	155000	数字媒介文学	2670
网络文学书库	2520000	手机文学	344000
网络文学写手	157000	手机小说	966000
网络文学论坛	4960000	博客文学	3750000
网络文学定义	134000	电脑程序创作	2730

数据来源:"百度"搜索引擎,查询时间:2006 年 9 月 28 日。

时至今日,可以毫不夸张地说,正如古代的四大发明改变了人类的文明史一样,数字媒介的出现已经为文学艺术乃至整个社会文化带来了重大的历史性转变,这种转变正以不可抗拒的力量让文学处在挑战与选择之中。今天谈文学和文化,不能不谈数字媒介;要了解当今文学的面貌与走势,也不能回避数字技术力量给予文学转型的巨大影响。这种影响正通过文学的生存背景和表意体制两个核心层面日渐凸显出来。

从外部的生存背景上说,数字媒介对社会文化生态的全方位渗透,导致文学存在方式大范围转向"数字化生存",从技术媒介本体上改变了文学的阅读、写作和传播方式。当"以机换笔"、网络阅读、"比特"叙事、手机作诗等技术方式成为习以为常的文学表达方式时,网页挤占书页、"读屏"多于读书、纸与笔逊位于光与电,便是文学必须面对的现实。这时,麦克卢汉(M. McLuhan)所预言的"地球村"[①],吉布森所说的"赛博空间"(Cyberspace)[②],马克·波斯特描述的"信息方式"[③],尼葛洛庞帝提出的"虚拟现实"和"信息 DNA"[④]等,都成了文学创作、传播和欣赏的技术平台和社会文化背景。当人类的生存被数字技术浸染和改变,文学的生存也就难逃"数字化生存"的藩篱。如今,几乎所有的传统文学作品都被数码复制而储存在网络资料库中,众多网站、文学主页、个人博客中的原创文学更是汗牛充栋,难以计数。我国国民人口中有近十分之一是网民,近三分之一是手机用户,这个庞大的人群均有可能成为数字媒介文学的潜在作者和读者。

数字媒介的广泛覆盖使大量的阅读行为来自网络,大量的文学写作已不再是文字书写,而是操作数字界面完成"比特"的压缩处理与解码转换,昔日的"爬格子码字儿"变成了轻松的符码输入,乃至把人的艺术想象和语言表现一道交付给机器完成。作家叶永烈曾欣喜地

① 马歇尔·麦克卢汉:《理解媒介——论人的延伸》,何道宽译,商务印书馆 2000 年版。
② 威廉·吉布森:《神经漫游者》,雷丽敏译,上海科技教育出版社 1999 年版。
③ 马克·波斯特:《信息方式——后结构主义与社会语境》,范静哗译,商务印书馆 2000 年版。
④ 尼葛洛庞帝:《数字化生存》,胡泳、范海燕译,海南出版社 1997 年版。

描述以机换笔的畅快淋漓："从此，我在写作时不再低头，而是抬起了头，十个指尖在键盘上飞舞，就像钢琴家潇洒地弹着钢琴。我的文思，在噼噼啪啪声中，凝固在屏幕上，凝固在软盘里。"[①]"榕树下"文学网站主编朱威廉说："Internet 的无限延伸创造了肥沃的土壤，大众化的自由创作空间使天地更为广阔。没有了印刷、纸张的烦琐，跳过了出版社、书商的层层限制，无数人执起了笔，一篇源自于平凡人手下的文章可以瞬间走进千家万户。"[②]较早出道的网络写手李寻欢则从文学体制找到数字媒介写作的技术优势："在过去的文化体制里，文学是属于专业作家、编辑、评论家们的事情，他们创作、发表、评论，津津有味，却不知不觉间离'普通人'越来越远。……现在我们有了这个网络，于是不必重复深更半夜爬格子、寄编辑、等回音、修改等等复杂的工艺了。想到什么，打开电脑，输入，发送——就 OK 了。你甚至可以在几分钟之后看到读者给你的回应。"[③]这一新媒介语境，为文学延伸出一个新的历史地平线——人类的文学在经历了蒙昧时代的"口头说唱文学"和农耕与工业文明时代的"书写印刷文学"之后，终于被技术的战车带进第三个历史嬗变期——数字媒介文学或曰网络文学阶段。如今，文学作为被因特网率先激活的审美资源，已全方位介入数字媒体之于艺术成规的转型和技术美学的书写。

而从自身的表意体制来看，数字媒体对文学构成要素的技术重组，造成了艺术表征关系的深刻变化，改写了文学与现实之间原初的审美关系。这里有表征内容和表意符号两个环节。

传统的文学表意体制是基于笛卡尔主客"二元分立"的哲学观念，它先验地预设了文学内容之于物质现实的依存性，作品所表现的总是人与现实世界之间的艺术审美关系，并且用语言的符号中介去表征这种关系。此时主客之间的界限是清晰有效并蕴含审美制衡的——创作要基于主体对感性现实的理解，反映客观的现实生活，让作品呈现出艺术与外部世界之间的人文关联性。数字媒介写作则有所不同，在这里，如尼葛洛庞帝所说，"比特"已取代"原子"而成为人类社会的基本要素[④]，创作需要面对和处理的是数字符号与虚拟空间，而数字虚拟中的主体与客体、艺术与生活的界限是模糊甚至是混淆的，创作者需要在对技术的依赖和对物质现实的信仰之间寻找一个平衡点。于是，数字媒介作品往往长于表征自我化或虚拟化的感性世界，而不是社会的"百科全书"和艺术化了的"人生镜鉴"。它把艺术与生活的依存关系衍生为写作与超现实的虚拟关系，不仅艺术与现实间的"真实"关联被抹去了本体的可体认性，主体与现实之间的审美体察也被赛博空间所隔断。于是，文学对现实的艺术表征，就变成了文学与数字虚拟世界之间的互动生成，创作成了一种马克·波斯特所形容的"临界书写"[⑤]，文学作品的表征内容最终成为对文学生成要素的一种技术置换。

在表意符号方面，数字媒介的技术特质是复制、仿真和拟像，它正以"图像"表意来挤压甚至排斥"文字"表意。当图像被当作文学对于现实和主观关联物的符号中介时，它就会被当作现实本身——用图像的直观性替代自然物的在场性。艾尔雅维茨在《图像时代》里曾引

---

① 叶永烈、凌启渝：《电脑趣话》，文汇出版社 1995 年版，第 121 页。
② 朱威廉：《文学发展的肥沃土壤》，《文学报》2000 年 2 月 27 日。
③ 李寻欢：《我的网络文学观》，百度搜索：2006 年 10 月 2 日查询。
④ 尼葛洛庞帝：《数字化生存》，第 3 页。
⑤ 马克·波斯特：《信息方式——后结构主义与社会语境》，第 150—151 页。

用米切尔(W. J. T. Mitchell)的话来说明图像符号表意对现实认知的巨大干预：

　　图像是一种伪称不是符号的符号,从而伪装成(或者对相信者来说,事实上能取得)天然的直接性和存在性。词语则是图像的"另类",是人为的,是人类按照自己的意愿武断地生产的,这种生产通过把非自然的元素引进世界——如时间、意识、历史,并通过利用符号居中的疏远性干涉——而中断了自然存在性。①

　　数字媒介中的"比特"作为软载体符号(可以是图像或词语),正在利用技术仿像的新的表意体制,伪装成具有自然的直接性和呈现性。它通过将非自然、非真实的成分引入创生性赛博空间,并运用超文本或超媒体符号思维的外在干预,形成自然呈现的中断和现实表征的阻隔。其所导致的数码虚拟人为而任意地对人的愿望的生产,会形成人与现实真实关系的遮蔽和文学表意方式的图像化转型。这时候,人与艺术对象世界之间出现了聚焦置换——电子文本所要表现的要么是仿真的符码世界,或曰"虚拟现实"(virtual reality),要么表现图文增殖而现实缩水的超文本世界。创作不过是符号仿真的选择性运用,其表意形态不再是在话语能指与符号所指之间寻求现实的对应性,不再是在传统的主客分立的世界中设定审美关联,而是用异质性的图像符号表意消解原有的话语表意体制,将图文语像引向文学的意义表征。这便是数字媒介时代所普遍出现的"图像转型"、"符号内爆"的技术依据。在这种情况下,作为纸质"语言艺术"的传统文学不得不迅速移至后台,而把中心舞台让位于影视、计算机创作等视听艺术,这也许是数字媒介不可抗拒的技术力量影响中国当代文学的深层原因。

二

　　数字媒介对当今文学转型的推力是媒体与技术联姻的文化结果。在麦克卢汉所说的新媒介新技术构成了社会机体的"集体大手术"②时代,文学如果不能避开新媒介犀利的锋芒,就只能借助这种媒介来打造自己新的文化命意。一部文学史,就是媒介变迁拉动文学逻各斯命意延伸的文化传播史。早期语言媒介传播形成的部落族群与"熟人社会",创造了"杭育,杭育"的临场文学和歌、乐、舞三位一体的经验审美;文字书写媒介的创生智慧所形成的规范化艺术惯例,把文字的凝练诗意和彼岸想象性推进到言志、传情的人文高峰,而印刷术的发明又加速了知识的普及,使得民族文化、国家利益和主流话语成为文学审美意识的观念设定,让理性的审美追求成为普适性的艺术法则。晚期资本主义的技术革命和文化逻辑催生了电影、电视、广播等电子媒介的兴起,创生了开放、多元的审美取向,引发了艺术受众的市场化细分,也刺激了现代人感官享乐化的文化消费,加速了媒体的权力化和商业化。这些早期电子媒介对传统文学的技术解构和观念颠覆,已显露出后来数字媒介下文学转型的征兆,以至于让麦克卢汉对电子媒介的强力提出入木三分的警示:"媒介的'内容'好比是一片滋味鲜美的肉,破门而入的窃贼用它来涣散思想看门狗的注意力。"③

---

　　① 阿莱斯·艾尔雅维茨:《图像时代》,胡菊兰、张云鹏译,吉林人民出版社2003年版,第26页。

　　② 麦克卢汉说,"新媒介新技术构成了社会机体的集体大手术",见《理解媒介——论人的延伸》第100页。

　　③ 马歇尔·麦克卢汉:《理解媒介——论人的延伸》,第46页。

　　数字媒介对文学发展的影响力比此前的所有媒介都要广泛、深刻和迅捷得多——这不仅包括文学创作、欣赏、传播的方式，也包括文学文本的存在形式和功能模式，还有文学生存、生长的整个生态环境和文化语境，从而对文学转型扮演"消解"和"启蒙"的双重角色。

　　借助数字媒介的平民化叙事，促动文学向民间意识回流，让文学从专业创作向"新民间写作"转型，是新媒介给予当下中国文学转型的第一推力。以计算机网络为代表的"E媒体"，先验地预设了兼容和平权的机制，技术化"在线民主"强化了在线写作的民间立场，激发了社会公众的文学梦想和艺术热情，让文学在消解中心话语和权级模式中，实现话语权向民间的回归，正如一位文学网友所言："平民话语终于有机会同高贵、陈腐、故作姿态、臃肿、媚雅、世袭、小圈子等等话语并行，在网络媒体上至少有希望打个平手，并且感受到：网络就是群众路线，网络文学至少在机会均等上创造了文学面前人人平等的局面。"①网络媒体是一个反中心化、非一元化的虚拟世界，它漠视权威，消除等级，拒斥英雄情怀和盛气凌人，无论是达官贵人还是黎民百姓，在这里都是平起平坐的网民。因而，网络写作常以平民姿态、平常心态写平凡事态，用大众化、生活化的叙事方式，展示普通人本真的生活感受。于是，崇拜平庸而不崇尚尊贵，直逼心旌而不掩饰欲望，虚与委蛇和矫揉造作让位于任性率真，鲜活水灵冲淡了呆板死气，所有这些便成为数字媒介写作最常见的模式。

　　众所周知，文学的根基在民间，文学发轫之初本属于"民间文化"。远古初民感性生存的精神诉求是文艺起源的人类学基点。那时，文学话语权属于所有社会成员，生活中每个言说者都可成为行吟诗人，机会均等与创作自由成为那个时代高扬的艺术旗帜。后来，随着社会分工的出现，文学在走上高、精、尖时，逐渐脱离大众而将专有的表达技艺演绎成文学的权力话语和文化垄断，把庶民文学的"众声喧哗"转化为象牙塔中的个人吟咏和文人间的应和酬答。主流意识形态赋予文学以社会责任，文人道义给予作家以审美承担，文学创作和欣赏都成了精英的事业和少数人的特权，"创作高台"和"传播壁垒"的双重关卡使文学中的民间审美意识日渐稀薄，社会主流文学离民间、民众和民俗的母体越来越远，文学活动由众声喧哗变成"你写我读"的布道与聆听，由此形成了千百年来文学话语权的垄断模式。

　　数字媒介的出现改变了精英书写的陈规旧制，网络传播重构的公共空间向民间大众特别是文学圈外人群开启，于是重新确立了民间本位的写作立场。网络构筑的"平权"意识使文学得以回归民间母语，实现平民化叙事和表达民间审美意识。尽管目前的"网络民间"基本上还是个"都市民间"或"知识化民间"，但数字媒介创作的开放和民间姿态仍然是文学观念的一大进步，也是文学生产力的一次新的解放。因为全民参与文学的诗学意义在于：它革新了文学旧制，颠覆了文学等级观念，消除了"贵族书写"，打破了专业作家对舆论工具的垄断，分享了社会精英、文化贵族的话语权。作家陈村说过，文学史素来都不是杰作史，"许许多多的人在文学中积极参与并有所获得，难道不是又一层十分伟大的意义吗？"②

---

① 假道学：《戏说网络文学》，"白鹿书院"网站：http://book.qu-zhou.com/wlwz/0607/duanp/003.htm，2006年10月2日查询。

② 陈村为首届网络原创文学奖《网络之星丛书》所作的序，花城出版社2000年版。

　　数字媒介对当今中国文学转型的另一推力表现为:用技术方式为文学活动赢得了更大的艺术自由度。恰如有研究者所言,网络写作最明显的特点是它的高度自由:"它不像传统写作那样依靠作品的出版和发行实现社会的最终认可,因而不仅摆脱了资金和物质基础的困扰,更重要的是……署名的虚拟性和隐蔽性,使写作者实现了真正的畅所欲言。"①如前所述,互联网等数字媒介的一个突出特点就是在虚拟空间为用户提供自由。文学本来就是自由精神的产儿,它源于人类对自由理想的渴望,对自由世界的幻想,又以"诗意的栖居"为人类精神打造自由的精神家园。数字媒介的出现为文学装备了自由的引擎,为文学更充分地享受自由、更自由地表达插上了翅膀。可以说,数字媒介之接纳文学或曰文学之走进数字媒介,就在于它们存在一个兼容而共享的逻辑支点:较大的自由度。"自由"已成为文学与数字科技的结合部与黏合剂,数字媒介的自由表达为我们赢得了科技与人文相得益彰的更为广大的时空。

　　数字媒介推进的文学自由,是在突破文学成规的过程中实现的。以网络写作为例,其写作的非功利性首先改变了原来的创作动机。多数人上网写作都是出于某种交流欲望、宣泄诉求甚至游戏心态,往往不求获得文学名分、版税收入和社会地位,这样写起来就容易做到无拘无束、任意挥洒,以"无我"之心态表达"真我"的情怀。作家张抗抗曾形容说:"无论大鱼小鱼,在网络世界里自由漫步,发问与应答、痛苦与欢乐,都是悄然无声。岸上的人听不见他们的发言,他们的话是说给自己和朋友们听的。那些声音发自孤寂的内心深处,在浩渺的空间寻找遥远回声。网络写作者的初衷也许仅仅只是为了诉说,他(她)们只忠实于个人的认知,鄙视名誉欲求和利益企图——这是最重要和最宝贵的。"②另外,网络写作的匿名性质提供了虚拟身份的自由,消解了文学的"责任焦虑"。互联网拆除了创作者身份等级的藩篱,只要愿意人人都可以上网写作和让写作上网,因为在网上没有人知道你是谁,"大狗小狗"都可以在这里"汪汪"叫上一通。再者,网络传播技术为网民提供了发布作品的自由,它用"无纸传播"实现了文学的无障碍传播,解决了作品"发表难"这一关键问题。互联网的节点融通性拆除了创作成果"出场"的围栏,降低了作品资质认证的门槛,使来自民间的文学弱势人群有了发布作品的平等权。数字技术以比特代替原子,用"软载体"消弭作品的重量和体积,又以蛛网覆盖和触角延伸的方式把"文学的海洋"拉到每个读者的眉睫间,使人在尺幅之屏可阅尽文学春色,充分满足万千读者对文学"在场"的期待,使昔日的"踏破铁鞋无觅处"变为"得来全不费工夫"。还有,网络的交互性特征还为文学接受创造了交往的自由。在网络上,作者与读者、读者与读者的交往变得平等而迅捷、自由而直观。一个作品上网立即可以得到来自读者的反馈,不仅有点击率的记录、排行榜的公示,还有直言不讳、不留情面的真话或"酷评"。这个用鼠标"拉"来的神奇世界,能将万千曼妙尽收眼底,让悠悠永恒在一刹那收藏,文学"隐含的读者"直接走进了网民的"接受屏幕",作品的"召唤结构"迅即印证着网民的"期待视野",作者、读者、批评家的彼此沟通和身份互换,就这样轻松地共聚在一个自由的平台。

　　数字媒介对今日中国文学转型还有一个推力是,突破了原有的文学惯例,对文学体制的历史演进探索了新的可能。数字化媒介用不同的技术工艺对文学实施"在线手术",让传统

---

① 赵宪章:《网络写作及其文本载体》,见《文体与形式》,人民文学出版社 2004 年版,第 313 页。

② 张抗抗:《网络文学杂感》,《中华读书报》2001 年 3 月 1 日。

的文学体制与活动机制遭遇拆解和置换,这里有几个为人熟知的常规表现。比如,文学媒介由语言符号向数字符号转变,文学突破了"语言艺术"的阈限,减少了对语言单媒介的依赖,实现了符号载体的"脱胎换骨";与之相关,作品形态由"硬载体"向"软载体"转变——用"比特"替代了"原子",用"符码"替代了"物质",用"空中的文字"替代了"手中的书本";文学类型的分化与文学边界的模糊,纪实与虚构、文学创作与生活实录、文学与非文学的界限被逐步抹平,传统的文学分类方式变得模糊或淡化,一些新的文体如"聊天体"、"接龙体"、"短信体"、"对帖体"、"链接体"、"拼贴体"、"分延体"、"扮演体"以及"废话体"①等不断涌现;还有更为明显的是文学传播方式的根本改变,如由"推"(pushing)传播向"拉"(pulling)传播的转换,由单向传播转换为多向交互式传播,由迟延性传播转换为迅捷性传播等,从物质、时间、空间三位一体上突破了原有的藩篱,实现了文学的无障碍传播。

更深层次的突破则表现在思维和观念上。在思维方面,源于技术更新,数字媒介写作由传统的"字思维"转变为工具理性的"词思维"。键盘与界面的数码书写创造的是一个"铅字无凭、手稿遗失"的时代,机器的规则代替了汉字的结构规范,数字操作颠覆了铅字权威,"输入"代替"书写"的直接结果便是"词思维"对"字思维"的替代。以机换笔后,创作主体的艺术思维没有了执笔"戳"字时的语言形象相伴,也没有了笔意和书法,甚至没有了"文化",没有了"文章千古事"的道义约束和"手稿时代"严肃与执着的创作心态,以及因纸张变黄发脆而产生的历史感。有一篇文章《遗失手稿的时代》说得好:"电脑写作使敲击键盘代替了执笔手书,速度的成倍增加使书写具有了某种一泻千里的快感,思维因书写过慢而受阻的现象也大大地减少了。这使得写作比以往更接近'心想手书'的同步状态,也使作者(尤其是诗歌作者)能更好地捕捉稍纵即逝的意识流;而且,熟练的键盘操作使'手书'成为一种近似于无意识的行为,'手书'意识的减弱,使作者能把更多的注意力集中在'心想'上,这样的写作状态更自然、更真实,并减少了书写意识过强时易造成的理性对于初始情感的扼杀。"②可见,这一革命性的变化远非技术操作层面显现得那么简单,它影响的是创作者的艺术思维——"词思维"的直观与快捷使表达"提速",却挤占了"字思维"的理性过滤和思想沉淀,把文学创作的意义生成全部交给了感觉的播撒,消弭了文字书写时的深思熟虑和因表达"延迟"而凝练的语言诗性。并且,技术复制、删改、位移和运字如飞的便捷可能造成"文责"承担感的减弱、文字垃圾的滋生和文学韵味的消失;写作的随意性和信息的频频更新亦会消弭文学的精粹,导致快餐文化的膨胀;而手稿的消失也会使读者无从考据作品的写作时间、心境、修改踪迹乃至私人化的背景和人格魅力方面的东西,造成文学性的平面化和碎片化,失去时间的纵深感和历史深度。

文学观念上的变化突出表现为重新确立"自娱娱人"的功能范式。传统的文学创作主要是精英书写,追求的是"文以载道"、"有补于世",乃至于"畅神比德"、"立言立心"而成"不朽"。大凡文学都要高标一定的精神向度,注重涵养人的道德家园,给人以情感的亲切

---

① 如时下在互联网上热炒的"废话诗歌"、"废话写作"讨论和"赵丽华诗歌恶搞事件"。2006 年 9 月 30 日,一批当代"废话诗人"在北京召开新闻发布会,对外界的各种疑问集体做出答复,使"废话体"网络写作产生了更广泛的影响。参见新浪网"新浪读书",2006 年 10 月 16 日查询。

② 任晓文、林剑:《遗失手稿的时代》,见孙洁、李露璐编《网络态度》,安徽教育出版社 2001 年版,第 18—19 页。

抚慰与心灵皈依的启迪,使人性更加丰满和灵魂得到净化;都要体现终极关怀,用艺术灵犀展开对精神彼岸自由王国的向往、叩问与追寻,通过求真、向善、爱美的理想化诉求获得信仰之光;都要有现实的民生关注,使自身成为社会文明的火炬,以便用优秀的作品鼓舞人心……

这些文学功能模式在数字媒介时代日渐成为一个渐行渐远的历史背影,并且被后现代观念视为"宏大叙事"(grand narrative)或"元叙事"①(metanarrative)(利奥塔)及"表征危机"②(representational crisis)(波德里亚),而需要施以"范式转换"。数字媒介语境中的文学行为,它不是救世济民而主要是表现自我,不企求终极关怀而注重抒发性情,不求崇高宏大只求兴之所至的淋漓表达。就像一网友所说:"只要比李敖更狂傲,比王朔更痞气,比金庸更平庸,我就将在网络里打造天堂!"③李寻欢《边缘游戏》、《数字英雄》的搞笑煽情,邢育森《活得像个人样》的浪漫和悖谬,宁财神《在路上之金莲冲浪》、《网恋鬼故事系列》、《歪歌瞎唱》的幽默调侃、装神弄鬼,龙吟《智圣东方朔》的"文侠"智慧和东方式幽默,以及 flying-max 的获奖小说《灰锡时代》表现出的黑色幻想和生存狡智等,都是以自娱娱人、轻松谐谑的特点在网上网下广为传播。笔者曾对十大文学网站的原创作品作过调查,结果表明:爱情、搞笑和武侠题材位居前三位,其中搞笑的作品约占作品总数的 17%,那些 BBS、聊天室、新闻组、讨论区和个人博客里的文字如果也算文学的话,这类作品的比例会更大。

可以说,数字媒介下的文学功能,开始大范围由社会性尺度向个人化标准转变,从"寓教于乐"转向了"自娱娱人"。新媒介作品犹如"电子面条",旨在使自己一显身手,让网虫们开胃解馋,既不希冀编辑或出版商认可,也无须社会权力话语的首肯。创作者要的就是"孤独狂欢"的感觉,只要能畅神达意、开心解颐,便是"数字一族"所要的一切。学水利专业的博士痞子蔡说他上网写小说就像"不穿鞋的奔跑",就要一个"爽"字,自己在网上一夜成名不过是"擦枪走火"击中了文学。安妮宝贝称自己写作《告别薇安》时,是"在写着一本写在水里的小说","它好像是黑暗中的一场幻觉"。宁财神在回答"为了什么而写"时,得出的结论是:"为了满足自己的表现欲而写、为写而写、为了练打字而写、为了骗取美眉的欢心而写。"④网络创作如此,网上欣赏何尝不是这样?网民漫游网络完全是跟着感觉寻找快乐,很少有意义的探究和隐喻的延宕,不像书面阅读那样亦步亦趋依据语言符号的间接转换去达成再造性想象的彼岸性。敞开抚慰性幻想和快感消费的满足,才是新媒介活动所要摁住的"文化快捷键",于是文学功能在其中自然就发生了巨变,也比原来更为丰富多彩了。

三

数字媒介对中国文学的转型有不可否认的积极作用,但也应该看到,它又有消极解构和品质异化的一面,甚至给文学的健康前行带来不可忽略的阻遏与伤害,"米勒预言"提出的

---

① 让-弗朗索瓦·利奥塔:《后现代状况:关于知识的报告》,车槿山译,生活·读书·新知三联书店1997年版。

② 让·波德里亚:《消费社会》,刘成富、全志钢译,南京大学出版社 2001 年版。

③ 云中君:《网络文学进阶三部曲》,见孙洁、李露璐编《网络态度》,第 175 页。

④ 参见《网络文学的生机与希望——网络文学新人新春寄语》,《文学报》2000 年 2 月 17 日。

"文学消亡论"即源于此。①笔者同意米勒先生"电信时代文学不存"的某些分析,但不能接受他的结论。因为文学消亡也就标示着人类精神和审美的消亡,亦即表明人类生存的无意义乃至于消亡。不过,米勒预言的意义在于:应该充分认识电信技术对当今文学转型的不可逆转性,特别是对新媒介给予文学的负面影响必须有清醒的认识,对其所导致的文学异化更应引起警觉。

首先是数字媒介对于文学性的技术化消解,从而造成文学的非艺术化趋向加剧。文学走进数字媒体是时代的必然选择,但文学的数字化生存并不就是艺术的胜利。网民的"文学在线"一旦不是为了文学性的目标,纵使文学被数字技术纳入新媒介的丛林,它生长的也未必是艺术审美的果实。以网络文学为代表的数字媒介作品数量庞大,但艺术质量不高乃至于文字垃圾泛滥却是不争的事实。作品发表"门槛"的降低和作者艺术素养的良莠不齐,使得"灌水"之作充斥网络空间。有"网络"而无"文学",或者"过剩的文学"与"稀缺的文学性"形成的鲜明反差,已成为新媒介作品的最大诟病和严重制约网络文学发展的瓶颈。

深而言之,这种状况与数字媒介对语言的诗性特质施加技术"祛魅"(disenchantment)不无关联。数字化比特叙事所创造的是图文语像汇流的技术文本,在此,文学很容易由间接形象的"语像"(language iconography)转化成直观的"图像"(structured image),昔日的"语言艺术"变成了图文兼容的界面文本,那种通过书页文字解读和经验还原以获得丰富想象的间接性形象,已让位于图文兼容、音画两全、声情并茂、界面流转的电子快餐。此时,文字的诗性、修辞的审美、句式的巧置、蕴藉的意境等,一道被视听直观的强大信息流所淹没,语言文字独有的魅力被技术"祛魅"或"解魅"了。数码技术的"无所不能"和数字信息的"无远弗届",正在把最大众化的"祛魅"工具交到每个数字用户终端。昔日"纸面"凝聚的文学性被"界面"的感觉撒播碾碎,文学表达对技术机器的依赖,无情地分割了原有的美与审美,用过剩的符号信息制衡了文字的蕴藉体验。当作品的"界面"流动淹没"纸面"沉淀的思想时,文字写作与阅读时的那种风格品味和诗性魅力便荡然无存了。众所周知,汉语文字内视性、蕴藉性、想象性和彼岸性的细嚼慢咽、心灵内省和思想反刍,本是文学审美的高峰体验,欣赏者对文字表征的间接形象思而得之、感而悟之、品而味之,"此诗之大致也"②。但在网络文学等数字媒介作品中,文字的速度阅读和多媒介的相互干扰,不断解构文字品味时的"澄怀味象"(宗炳),"余味曲包,深文隐蔚"(刘勰)和"境生于象外"(刘禹锡)的想象性审美体验,消解了文学韵味的主体沉浸感和审美意象的丰富想象力。这样的作品似乎不再拥有"有意味的形式"③和

---

① 美国厄湾加州大学教授希利斯·米勒(J. H. Miller,1928—)在《文学评论》1997年第4期发表了《全球化对文学研究的影响》一文,初步提出"文学终结论"的观点;2001年第1期的《文学评论》又发表了米勒《全球化时代的文学研究会继续存在吗?》,该文从德里达的名作《明信片》开始提问,依次论述了印刷技术以及电影、电视、电话和国际互联网这些电信技术对文学、哲学、精神分析学甚至情书写作的影响,提出:"在特定的电信技术王国中,整个的所谓文学的时代(即使不是全部)将不复存在。""新的电信时代正在通过改变文学存在的前提和共生因素而把它引向终结。"

② 明人王廷相在《与郭价夫学士论诗书》中说:"夫诗贵意象透莹,不喜事实粘著。古谓水中之月,镜中之影,可以目睹,难以实求是也。……言证实则寡味也,情直致而难动物也。故示以意象,使人思而咀之,感而契之,邈哉深矣,此诗之大致也。"

③ 克莱夫·贝尔:《艺术》,周金环、马钟元译,中国文联出版公司1984年版。

"艺术里的精神"①，文学的诗性特质被电子"仿像"（simmulacrum）的技术操作拆解，文字的隽永美感让位于图文观赏的快感，艺术欣赏变成了感官满足和视像消费，文学应有的品质就这样给"电子幽灵"吞噬了，"文学性"——这个文学审美的内蕴支点和文艺学建构的核心命题也失去了讨论的现实基础。

主体承担感的淡化导致文学作品的意义缺失，是数字媒介下文学受阻和异化的又一表现。数字媒介里的文学行为具有实时、互动、跨境、跨文化、跨语言传播的特点，又有着匿名交流、孤独狂欢、行为自律的特性。在网络的虚拟空间里，人们揭去了生活中的各种面纱，消除了现实里的社会角色，尽可以用真实的自我祖露心性而与他人交流，可以用最"无我"的方式实现最"真我"的传达，这是数字媒体的优势。但与此同时，作品"在场"与作者"不在场"，又将导致创作主体观念的虚位和作者承担感——文学承担、审美承担、道德承担和社会承担的缺席。由于创作者身份的虚拟和游移不定，许多网络创作在"无我"与"真我"的双重游戏中放弃了主体的艺术使命，回避了不该回避的社会责任。作者全凭自律而无他律，因为他无须为人民代言、为社会立心，也毋庸给艺术的进步以承诺，甚至不再秉持文学传统的赓续和艺术规范的服膺。结果，文学生成中应有的价值承载、意义深度、审美创新和社会效果等艺术期待，均失去了合理的逻辑前提。有网友这样表达自己失去主体承担时的困惑：

> 我想每个人都很迷茫，到底自己在网络里寻求些什么呢？寻求心灵的安慰？寻求感情的寄托？寻求一刹那的刺激？寻求不变的承诺？或许是孤独时想上网找个人消磨自己的寂寞；或许是悲伤时想上网找个人发泄自己的痛苦；或许是失意时想上网找个人倾诉自己的落魄。大家都在这个虚幻的网络里寻找各自永不凋零的塑胶花。②

而另一位网友则真实地解释了这一困惑：

> 到论坛里走走看看，是自己的愉快，别人无权说三道四；到论坛里说不说话，是自己的愿意，别人无权指指点点；到论坛里大闹天宫，是自己的选择，别人无权刻意阻挡；到论坛里说话不多，是自己的习惯，别人无权要求改变。仅此而已。③

于是，文学的精神品格和价值承担、人类的道德律令和心智原则，终于让位于个体欲望的无限表达，在线写作的修辞美学让位于意义剥蚀的感觉狂欢，虚拟空间里失去约束的主体和得到解放的个体，最终得到的只能是消费意识形态的文化表达。这导致许多网络作品拒绝深度、抹平厚重、淡化意义、逃避崇高，封堵了文学通往思想、历史、人生、终极意义、理性价值的路径，消弭了文学应有的大气、沉雄、深刻、庄严、悲壮等艺术风格和史诗品格，抛开了文学创作者所应担负的尊重历史、代言立心和艺术独创、张扬审美的责任。

数字媒介下文学经典引退形成的文学信仰消退和地位下滑，也可看作是数字媒介对今日文学的一大负面影响。文学经典是基于艺术积累并由特定审美文化命意所标持的价值规范，数字化媒体打造的是大众文化、新民间文学，而不是典雅的精英文化或"纯文学"，数字化写作常以委地如泥的"渎圣化"思维，将精英文学时代崇高的文化命意改造成快乐游戏，就像

---

① 瓦西里·康定斯基：《论艺术里的精神》，吕澎译，四川美术出版社1986年版。
② 颍都墨人：《我们为什么来到网络》，刘学红编《网上江湖》，第115页。
③ 白云：《随便说说》，刘学红编《网上江湖》，第142页。

瓦尔特·本雅明所说的那样用作品的"展示价值"替代"膜拜价值"①。经典是由时间的历史累积而成的认同标准,它总是以"缺席的在场"方式被历时性地延迟出场,而数字媒介写作却只在当下的空间共享着交互的过程。当技术媒介越来越以自己的祛魅方式揭去文学经典的神圣面纱,抛弃、回避和挤兑其认同范式、深邃意旨、生存空间时,文学还有能力用"经典"为人类圈起一个理性的精神家园吗?技术平权下的数字化文学是"寄生"而"易碎"的,它根本不给人品味和反思的时间,不仅难用经典的标准评价它们,甚至无从形成评判标准。文学网民以快捷的技术操作游弋于虚拟的快乐世界,他们不会去刻意追求经典性与精致性,所要做的只是如何更充分地展示自己和被人欣赏,所诉求的也是自况而非自律,所追求的更是"当下"和直观,而不是经典、深度与意义。此时,文学经典逐渐枯竭的力量已无法抗拒,它及其所依存的体制要么认同新媒介的合法性,要么在数字媒体面前隐遁皮藏和沉默不语。

　　新媒介消解文学经典的一个重要原因在于:数字化复制与拼贴技术造成艺术创新观念的淡化。经典是一种审美发现,一种艺术原创和个性独创,而数字媒介写作重发表不重发现、重表达不重原创,它用机械复制与技术拼贴消弭了原创与仿拟的界限,如本雅明指出的,"技术复制能把原作的摹本带到原作本身无法达到的境界"②。尼葛洛庞帝也认为:"数字化高速公路将使'已经完成、不可更改的艺术作品'的说法成为过去时。给蒙娜·丽莎的脸上画胡子只不过是孩童的游戏罢了。在互联网上,我们将能看到许多人在'据说已经完成'的各种作品上,进行各种数字化操作,将作品改头换面。"③于是,经典艺术和艺术经典的观念一道无可避免地遭遇技术的解构:一方面数字技术的无穷复制改变了艺术经典的沉积,转移了人们对经典的审美聚焦;另一方面,艺术复制用技术干预造成了原创观念中断和文本诗性的语境错位。复制就是本源,拼贴就是生成,文本生产成了"文化工业",符号仿真成了文本诗意天然合理性的依据,真正的艺术性和艺术的经典性倒成了被遗忘的隐喻。恰如有评论者所言:"经典写作那种可供反复阅读、欣赏的情况在网络写作中将不复存在。一千个哈姆雷特中的九百九十九个已经死去了,只剩下一个还在此时此地嬉皮笑脸,做抓耳挠腮的快乐状。……经典文学写作的黄昏已经来到。"④经典不再,文道焉存,一旦昔日被膜拜的经典从文学地平线上消逝,经典所代表的那一整套审美规则和艺术理念将复何以求?

四

　　在数字媒介迅速成为这个时代的"元媒体"(metamedia)和"宏媒体"(macromedia)时,人们不会怀疑它对文学的强势覆盖和敏锐渗透的威力,却不免担忧和反思文学的命运和前景。媒介革命已成为催动新世纪中国文学转型的技术引擎,但这一语境中的文学能否真正延伸成为文学发展的历史关节点,推进转型中的文学健康前行?在由传播媒介引发的文学新生与守成的博弈过程中,中国文学是否还有创新的活力?基于此,我们必须确立新世纪中国文学发展和建构的理念,以确保在不可抗拒的技术力量面前,还有足够的自信悉心地呵护

---

① 瓦尔特·本雅明:《机械复制时代的艺术作品》,王才勇译,中国城市出版社2002年版,第94页。
② 瓦尔特·本雅明:《机械复制时代的艺术作品》,第9页。
③ 尼葛洛庞帝:《数字化生存》,第261—262页。
④ 敬文东:《网络时代经典写作的命运》,百度搜索:http://www.baidu.com,2006年10月18日查询。

文学,使它既能坚守又有发展。此时,我们需要找到能顺应新媒介变革又能福佑中国文学前行的建设性维度。

转变观念、调整对文学的理解方式、建构数字媒介语境下的文学观,这是当下文学创新的前提。尼葛洛庞帝说过,"计算不再只和计算机有关,它决定我们的生存"[①]。现在看来,数字媒介决定的不仅是我们的生存,还有文学艺术的生存。正所谓"文变染乎世情,兴废系乎时序"[②],变则通,通则久。当"数字化生存"成为人类不可逆转的生存方式,文学的数字化存在就将成为文学史的现实存在。此时,最需要做的就是高扬通变的旗帜,重塑与之相适应的文学观念。电脑艺术、网络文学、手机创作等,是与知识经济时代的高科技环境相适应的,是这个时代的文化和文学表达。我们只有立足现实、超越传统、实现知识视野和观念模式的更新,才会有文学的进步与创新的活力。今天,数字媒介的技术力量,已经使文学的存在方式、功能方式,文学的创作、传播、欣赏方式,文学的使用媒介和操作工具,以及文学的价值取向和社会影响力等,都发生或正在发生着诸多新变,因而传统文学的观念形态也必须在思维方式、概念范畴、理论观点、思想体系和学理模式等总体构架上有所革新,这样就可以由观念转变推动理论创新,由理论创新达成理论创新体系。由此,我们才能把数字媒介对于文学传统的挑战变成文学在涅槃中再生的契机,在迎接挑战中建设数字媒介语境中的新文学。

在这个过程中,文学仍然需要践履人类赋予其精神原点的价值承诺,让新媒介成为建构新世纪文学的有效资源,这是我们必须坚守的立场。面对传统文学与数字媒介文学并存的发展格局,应该以兼容和互补的立场,确立文学多元发展的层级模式,让数字媒介文学成为传统文学的必要补充和有效延伸。需要确认的是:数千年延续下来的文学传统及其精神原点永远是本位和本体的,它们是文学发展之根和文学观念之源,需要恒久的绵延和持续的坚守,即使文学要变也要将之视为改变的依据,任何新媒介文学都需要将它作为发展的前提,并以不断创新的业绩给传统的文学精神以生命滋养,而不是让数字媒介淹没伟大的文学传统,用工具理性覆盖文学的本性,用新媒介的技术力量吞噬文学的审美品格。质言之,文学是一种人文精神性的价值存在,它浸润的始终是创作者的审美情怀,释放的是审美化的诗性魅力,营造的是人性化的心灵家园。当一种文学止于媒体突围却尚未实现艺术创新和价值重建时,人们对它的疑虑是必然的,因为它自身的历史合理性是未经证实,也是处于悬置状态的。如果数字媒介文学的时尚意义大于审美意义、媒体革命多于艺术创新、传播方式胜于传播内容,它一定得不到现实的承认和尊重,其合理性亦将不复存在。从此意义上说,新媒介文学永远需要从传统的精英文学中汲取营养,坚守人文审美的价值承诺,并用新媒介拓展文学的新空间与新价值;同时,传统文学也要在调整与转型中吸纳新媒介文学的新鲜经验,在丰富和改变自身中重塑文学的新境界。

综观中国文学发展史,一次次的媒介变迁从未中断文学精神原点的历史赓续,倒是新媒介的不断涌现赋予了文学更替以新的资源。历代文人的写作由甲骨、钟鼎、木牍、竹简而绢帛纸张,由刻刀到毛笔,由毛笔到铅笔、钢笔、圆珠笔,这些书写工具和文字载体的更替和进化,并没有影响反而推进了文学的进步和发展。进入 20 世纪后期,人类发明了电脑和网络,诞生了数字媒体,键盘鼠标和界面操作逐渐改变了传统的书写印刷和纸页阅读。毋庸置疑,

---

① 尼葛洛庞帝:《数字化生存》,第 15 页。
② 刘勰:《文心雕龙·时序》。

这场媒介革命必将引起文学的巨变。但是归根结底,媒介还只是创作工具、载体和传播工具的改变,不会改变文学的本质与品格,不可能也不应该改变人类赋予文学的精神内涵。"变"中的不变与"不变"中的变,永远都是相对而辩证的,数字媒介只能给文学传统以新鲜的力量,而不能成为它的掘墓者。有作家敏锐地看到这一点:"网络文学会改变文学的载体和传播方式,会改变读者阅读的习惯,会改变作者的视野、心态、思维方式和表现方式,但它究竟在多大程度上能改变文学本身? 比如说,情感、想象、良知、语言等文学要素?"①另有作家给出了这样理性和乐观的答案:"只要人性没有变,只要人类对美、对爱、对理想和幸福的追求没有改变,那么,文学的本质就不会改变。不管科技如何革命,不管书写的工具和传媒如何花样翻新,文学仍将沿着自身的规律走向未来。"②这是理智和令人信服的见解。

面对新变的媒介载体和不变的文学本性,还要确立一个调控、引导与主体自律的约束机制。互联网上的虚拟生活及其自由写作就像一个开放的实验室,把人性的丰富性与创造性、个性的多样性与局限性,都鲜活毕现地展示在公众面前。在这个虚拟、自由、兼容而共享的空间,极容易出现滥用自由、膨胀个性、无限张扬欲望的现象,从而导致意志薄弱者放弃伦理责任和道德约束,也容易使他们视网络空间为"电子烟尘"的集散地,甚至是藏污纳垢的"无沿痰盂"。我们不愿看到的是,网瘾、网恋、网络黑客与计算机病毒等负面文化,以及网络欺诈、网络黄赌等网络犯罪现象的滋生,不时地玷污网络空间,甚至让虚拟世界的道德败坏成为现实社会德行失范的诱因,导致造福苍生的信息科技偏离其人文的准星。因而,实施对数字媒介的必要控制,倡导网络空间的主体自律,其所涉及的不仅仅是个人的操守品格,还关涉到这种文化空间的净化与健康,乃至于社会的精神文明、文化建设、社会和谐与可持续发展等一系列问题。

如前所述,数字媒介在给予主体以较少限制和更多自由时,可能导致这里的文学活动松懈本该秉持的艺术操守与道德承担,而让信手涂鸦之作、无效乃至于有害信息挤占文学空间。有一网络写手这样说:"在网上,不想要法律就没有法律,不想被管制就不被管制,不想有规则就放弃规则——还有什么东西比网络更让我们疯狂的呢?!"③不过应该看到,事实上,即使是最自由的网络空间,也要保证自由与限制的统一。姑且不说这里存在着人文伦理和相关法规的限制,计算机视窗系统(如 Windows)尚未开放的"信息源代码"就是一种天然的约束和限制,而"电子牧场"潜在的技术监控更是无时不在,高技术背后的知识权力结构无时不在地左右着显见的信息权利分配,这是赛博社群的自治伦理和网际生活的自我伦理共同构筑的虚拟生活的伦理框架。因此,"必须在双重视域之中考察电子传播媒介的意义:电子传播媒介的诞生既带来了一种解放,又制造了一种控制;既预示了一种潜在的民主,又剥夺了某些自由;既展开了一个新的地平线,又限定了新的活动区域。"④

于是,健全"他律"与"自律"并存的约束机制,也许是庇佑新媒介文学健康前行和发展的

① 张抗抗:《网络文学杂感》,《中华读书报》2001 年 3 月 1 日。
② 赵丽宏:《网络会给文学带来什么》,《2000 中国年度最佳网络文学》序,漓江出版社 2001 年版,第 3 页。
③ 云中君:《网络文学进阶三部曲》,见孙洁、李露璐编《网络态度》,第 175 页。
④ 南帆:《双重视域——当代电子文化分析》,江苏人民出版社 2001 年版,第 4 页。

必要前提。在此,"他律"指的是国家调控的法律法规约束,当然也包括研发必要的技术软件①以监控网络的不良信息,设置文学主体行为的"数字边界",倡导或引导高品位的文学艺术创作;而"自律"则是培育主体在数字媒介下的信息伦理观念,倡导"慎独"精神,以自我约束坚守文学的人文本位。因之,与传统文学一样,数字媒介文学仍然是人的精神现象学和人类的精神家园,仍需打造灵魂的健康,培植坚挺的精神,在技术与艺术的融合中添加人性化的伦理装备,重视信息科技之于文学底色的价值赋予,要借助新媒介做好自己的"道德文章"。说到底,网络上的自由写作还是个人自由与道德限制的统一,一个网络写手如何利用这种自由与限制之间的张力,首先必须遵循信息空间的公共秩序。譬如,上网写作需要像传统写作那样遵循一定的创作规律,又需要服从电脑操作的技术规范,而这两种约束都必须基于个人、社会和他人的共同需要,统一于科技伦理、人文操守和艺术审美的共同设定。这样就会有利于文学创新、技术进步和人性健全的共同理想,让新媒介文学更有效地促进人类社会走向和谐与文明,而不是本末倒置,造成技术对德性的排斥或机器对心灵的伤害,更不是把人和文学都变成"技术的奴隶",导致科技发展水平与人文道德、文学创新之间的深刻矛盾和巨大落差。如果说科技以人为本,文学以人为限,那么数字媒介时代的文学就要在科技与人文之间架设艺术的桥梁,它只能为技术的人性化加载伦理的亮色,而不是用数字技术的锋刀斩断道德底线和艺术良知。

与此相关的是,数字媒介语境中的新文学构建还要解决另一重要问题:文学的技术化或曰文学对数字技术的依赖。数字媒介源于高新信息技术,新媒介引发的文学转型首先是由技术载体的分野引起的。但技术不等于文学,技术优势也不等于文学强势。说到底,文学是源于人的精神和心灵而不是技术,技术只是文学借助的工具,它应受制于文学的艺术目的,为创作者遵循艺术规律插上创造的翅膀,而不是以技术优势替代艺术规律。毫无疑问,文学艺术的发展离不开技术进步,但文学的价值命意又是超越技术的。计算机网络技术无论多么神奇,它仍然只是技术而不是文学。技术可以具有"艺术性",而文学艺术则不能"技术化",因为技术作为文学的道具,它永远代替不了文学的创造。技术要转换成为文学是有条件的,它只能在两个层面与之结缘:一是工具媒介,二是理解世界的观念。前者是文学创作借助的手段,后者才是真正让技术介入文学内核并对之施加影响的决定性因素,即技术化生产方式导致的人类理解世界方式的变化,以及由此产生的人对自身与世界的审美关系的深入体察和把握。当前的一些新媒介创作如网络文学等,之所以被讥之为"灌水"、"马路黑板"、"乱贴大字报"等,就在于它们多是在工具层面体现数字媒介的技术特性,却未能在理解世界的方式上进行审美创造,以至出现以游戏冲动替代审美动机、以工具理性替代诗性智慧、以技术的艺术化替代艺术的技术性等"非文学化"或"准文学化"的现象。技术是功利的操作,文学是精神的凝聚;技术像庖丁解牛一样实现驾驭规律的自由,文学创作则如春蚕吐丝般酿造生命的境界。同理,数字媒介技术能为文学插上科学的翅膀,但它飞翔的目的地应是艺术审美的殿堂而不是技术的作坊。

技术进步会给未来的文学创作增加更多的技术含量,但新世纪的中国文学转型最需要的并不在技术媒介的升级换代,而是借助新技术提升作品的艺术水准与审美价值。在传媒技术

---

① 如近年电脑软件市场出现的"巡视软件"、"黑名单软件"、"因特网内容选择平台"、"中性标签系统"等,就可以通过技术手段过滤掉一些网络上的违法或有害信息。

愈来愈艺术化的创作语境中,文学有时还需要摆脱对技术的依赖,与技术霸权的"赢家通吃"相抗争,让新世纪的中国文学遵循艺术的规律而不是屈从技术的设定。只有这样,才能用数字化传媒重铸中国文学的历史,在复杂多变的社会和文化语境中创造属于自己的文学辉煌。

(原载《中国社会科学》2007 年第 1 期)

六分天下：今天的中国文学

王晓明

内容提要：最近十五年，中国大陆的文学地图明显改变。不但"网络文学"迅猛膨胀、急剧分化，纸面文学内部也快速重划领地：以《收获》《人民文学》为首的"严肃文学"的影响范围明显缩小，《最小说》一类"新资本主义文学"急剧扩张，《独唱团》更是异军突起，树起"第三方向"的路标。文学地图的巨变背后，是社会结构、科技条件、政治/经济/文化机制及其相互关系的深刻变化。面对新的文学格局，评论和研究者必须放大视野、转换思路、发展新的分析工具。当代世界，文学绝非命定"边缘"之事，就看文学人怎么做了。

———

一

仅仅十多年，中国大陆的文学地图就大变了①。

首先是"网络文学"。这似乎是中国大陆特有的现象，世界其他地方，即便有网络文学，气势也没有中国大陆的这么旺，对"纸面文学"的冲击，更不如我们见到的这么大。从1992年前后"图雅"等人的诗歌和小说算起，中国大陆网络文学的历史还不到二十年。可是，如果翻翻这些数据：主要的文学网站上每天新发表的小说的字数②、一些有名的网络小说的访问和跟帖量③，再去任意一间稍大的书店的文学新书架，数数那上面网络小说占的比例④，再看看网络小说被拍成影视作品的规模，以及地铁和病房里年轻人用手机读小说的热情⑤，你一定会说：今天，网络文学足可与纸面文学平分天下了。

这不奇怪。中国是文字大国，每年都新添无数跃跃欲试的文学青年。可是，与这巨大潮水相对的，却是通道的稀少：大的方面就不提了，单就文学领域来说，几乎所有重要的纸面文学媒体，都归属于各级政府；整个20世纪90年代，政府对各种文学媒体，总体上是逐步收紧的；在长期体制下形成的所谓"文学界"，其行规的凝固、群体边界的封闭，在这一时期也越来越高⑥；由政府、官办出版社/书店和各种"二渠道"民间资本⑦合力形成的图书市场，虽然迅速取代作家协会，成为影响文学创作的老大势力，它的潜规则的拘束、狭隘和保守，却一点不亚于作家协会……

在这样的情形下，你当可想象，一旦电脑开始普及、互联网在大陆迅速铺开，文学的潮水会如何激荡。成千上万不能在纸面实现文学梦想的年轻人，立刻涌进互联网，其中相当一部分，更直扑纸面文学的两大禁区："政治"和"性"。各种毫不掩饰的嬉笑怒骂，开始还有点控制、很快就肆无忌惮的色情描写，爆发性地在网上流传。

在纸面世界里，并不是没有作家试图打破禁区，莫言的《天堂蒜薹之歌》（1988），贾平凹的《废都》（1993），还有阎连科一步踏进两个禁区的《为人民服务》（2005），都是明显的例子。但是，随之而来的各种限制和惩罚，足以让作者暂时——或就此长期——止步，后继和跟风者消失。

网上就不同了,只要有人起了头,后面就是一大群,你写一步,我写十步,键盘一按就贴上去了,读者的反应也很快就来了,大家都是化名,你想找也找不着……⑧ 显然,正是这样的自由表达的兴奋,掀起了网络文学的第一波大浪⑨。唯其是乘着自由之风扶摇而上,第一代网络文学的作者,大都不掩饰对于纸面文学的挑战姿态,一时间,将"纸面"等同于"传统"的称呼满天飞,而在当时的中国,"传统"的第一词义就是"过时"。2000 年 1 月,"榕树下"网站举办"首届网络原创文学作品奖颁奖典礼",一批刚冒头的网络作家(李寻欢、安妮宝贝、宁财神、Siege……),与多位资深的文学名家(余秋雨、王安忆、王朔……)并排登台,以评委身份授奖。上海商城剧院里的这个豪华的仪式,清晰无误地显示了一个新的文学世界的"崛起"之势。

二

但这只是事情的一面。就在网络文学高举自由的旗帜一路前冲的时候,资本的手也伸进来了。在中国大陆,从 20 世纪 90 年代中期开始,各种"民营"资本一直以各种方式渗入文化领域。但是,一来自己的体量不够大,二来也觉得"文学"的市场价值不够高,"民营"资本始终没有大规模地进入网络文学的领域。倒是海外资本一度探头探脑,但都只是试探一下,并无大动作⑩。但到 2000 年后,情况不同了。从电影到网络游戏的各类视觉文化生产的持续混战,已经培育出一批体量庞大的"民营"公司,一旦注意到十年间网络文学的持续增长,它们立刻嗅出了其中的巨大商机。

2008 年 7 月,以网络游戏起家、总部设于上海的盛大公司,斥资数亿元⑪,一举收购了 4 家在大陆排名前列的文学网站,加上早就纳入囊中的"起点中文网"⑫,合组为"盛大文学"⑬股份有限公司,声势浩大地推出了一系列以"原创文学"盈利的新模式:从简捷原始的"付费在线阅读",到各种令人眼花缭乱的多媒体——包括纸质媒体——推广,以及与作者的形式繁多的利润分成。

大资本的直接介入,其网上文学盈利模式的强力推广,从根本上改变了网络文学的基本走向。不知不觉间,"资本增值"的无穷欲望,取代"自由创造"的快乐精神,成了网络文学的第一推手⑭。靠着对潜在读者的精准把握,"盛大文学"公司及其同道迅速将"类型小说"推上了文学展销台的中心位置;在这个基础上,它们更调动原已掌握的其他各种文化和技术媒介,特别是各类网络视觉产品,大幅度扩充文学的"类型"及其跨媒介属性。即以"起点中文网"为例,其首页列出的 16 个文学类型⑮中,大约有一半,是网络文学兴起以前的通俗小说没有,或不成一个稳定类型的⑯,亦有三分之一,明显超出了原来通行的"文学"范围:它们似乎是小说,但也同时是某种其他文化形式的文字脚本:动漫、电视剧、MTV、网络游戏……⑰

这是在以产业化的方式大规模地经营文学了。网络作者的脑力、通俗小说迷的模式化的欣赏习惯、年轻网民的跨媒介阅读兴趣……统统成了生产资料。当别国的大资本纷纷涌入影视、建筑、音乐、美术、网络游戏等领域,大兴"创意产业"的时候,中国的大资本却独具慧眼,到文学里来淘金⑱。其第一步,就是以"盛大文学"为先导,通吃整个网络文学。

还有第二步、第三步。"盛大文学"公司的 CEO 侯小强预言,随着"盛大文学"的全面推进,网络文学和纸面文学也将重归于一:"没有什么传统文学、网络文学,文学就是文学,所谓的'网络文学'可以退出历史舞台了。将来文学将完成在网络平台上的统一,这就是'盛大文学'正在做的。我们已经与中国作协取得合作,进一步获得主流认可。"⑱

只有巨大的资本,才能养出这么大的野心。

三

不过,至少到目前为止,"盛大文学"还远未在网络的世界里一手遮天。大资本的胃口虽然凶猛,它的兴趣却很狭隘,它好像是要把一切都搞成让它赚钱的东西,但是,一旦觉得搞起来不划算,即便已经抓在手里的,它也会迅速丢开。比如文学作者与读者的"即时"互动,这是互联网的一大创造,也几乎从一开始,就被"盛大"式的文学产业盯上了,但是,这种互动的散漫多变的特性,与"盛大文学"追求的模式化状态⑲,毕竟距离太大,所以,它至今基本上还是一块荒地,没有被大资本仔细地圈垦过。而恰恰是这个互动,在网络文学兴起时的那种自由风气大面积退潮之后,在"盛大文学"的高墙之外,继续滋养一片特别的天地。

这天地的边界并不清晰,既没有连成一个整体,也随时都在变化,有点像中世纪欧洲城市里的大学,东一幢楼,西一间屋,分散镶嵌在大街小巷。随着"盛大文学"攻城略地,有名的文学网站一个个俯首称臣,这天地似乎逐渐退入博客和小网站上的个人网页,以"小范围"——相对于"盛大文学"式的"大呼隆"——的传播,四面扬花。这当然未必持久,目前这种博客式的空间形式及其阅读和讨论群体,一直都在变化。不过,人生世界,尤其今天,大概也没有什么形式——无论哪一类的——能够坚固不变,所有的不变,都只有寄寓在"变"中才能实存。我就姑且用"博客文学"来称呼这片天地吧。

各种各样的人到这里来发表作品:有文名颇甚的纸面文学作家,退休了,用化名在博客上发表长篇小说,与几十个读者——其中还有远在北美的——在留言板上持续探讨,不亦乐乎,一部写完了,还要再写第二部;有出身名校政治学系的70后男性专业人士,应该是忙得四脚朝天了,却一有空就进博客发同性恋小说,而且是女同性恋小说,写龄还不短;有地处山野小镇的年轻女子,白天在旅馆前台打工,晚上却隔三岔五往博客上发长长短短的散文式感言,一见有谁留下只言片语,就高兴得不行,回复一大段……

这样的举例可以无穷无尽、千差万别,但有一点相通:这些人绝大部分不是冲着钱来的,"博客文学"的后台里,没有人统计字数和点击量。虽然这些博客和个人网页能够存在,多半与资本逻辑的运行有关⑳,但这些老老少少所以进博客来持续"涂鸦",主要还是因为,这里有一样比钱更能吸引他们的东西:读者。不是那种眼神散漫、频繁点击、只为松弛疲惫身心而来的读者,而是另一些定睛细看、热切关心、要对作者说话,甚至一路跟着走很远的读者。说得粗糙一点,他们不光是来表达,更是来寻找倾听和关切的。当今社会,表达固然受限,倾听和关切更是稀少。

这里确实有读者,成千上万。他们不光读,还评论——有的甚至骂骂咧咧、建议——有些非常专业,甚至——往往是作者迟迟不更新的时候——挽起袖子、下场献技,把一个本来是围观独奏的场面,几乎搅成"接龙"式的集体竞技!这里也有纸面世界那样界限分明的单向的写→读关系,但更多的,却是种种即时性很高、基本是自由无羁的双向关系:读—写、读—读,甚至写—写。这些关系不断地改变作者和读者的位置,甚至互换他们的身份。网外养成的种种界限和等级,到这里不知不觉就乱了。门外世道叵测、弱肉强食,这里却多有呼应、好赖能取一点温暖;若干逾越文学范围、在一段时间里相当稳定的"准社群"认同,也开始在这里形成。

这造成了"博客文学"的两个似乎矛盾的特点。

其一,因为空间分散、读写互动,"博客文学"很快形成了一种似乎是以无章法为章法的生长模式。倘说纸面文学是暴发户的花园,常常被大剪刀修裁得等级森严,"网络文学"却有点像城外的野地,短树长草一齐长,互不相让。比方说,最初由报纸创造的"连载"方式,在这里是广泛运用了,但鲁迅、张恨水那种面对读者的优势地位㉒,在这里却难以维持。一想到几十个读者每天晚上都可能点进自己的博客等着看下文,即便慢性子的作者,也会被催得慌吧?如果那几位屡屡给你建议和鼓励,因此被你下意识地视为同道的"资深"读者,忽然都不见了,你就是素来自信,是不是也不免要生出一丝沮丧和惶惑?

世上其实没有真无章法的地方。近身层面的秩序散了,稍远或稍下层面的秩序就会浮上来,隐隐约约地取而代之。多位 80 后的网络作家坚持说:"真正的网络文学"不是别的,就是"全民娱乐",是"放松、好玩和消遣"㉓;"博客文学"的整体水平持续徘徊、始终是一副业余身段,引得读者都开始普遍抱怨;尤其在想象力和突破力方面,至少到目前为止,"博客文学"并没有表现出当初期许的那种进步,与譬如 20 世纪 80 年代的小说相比,无论"形式"还是"内容",今天的"博客文学"似乎都相当保守……㉔目睹这种种情况,你一定深感那些来自社会深层的强制力的牢固吧?一时的自由,并不能消除长期禁锢所造成的狭隘和贫瘠,何况现在,即便网络世界里,也远非真正能无拘无束。

但还有其二。虽然野地里一时养不壮优异的文学花木,杂草丛生之中,文学与非文学的边界,却实实在在被打破了。在纸面世界,是那些软硬不等的制度:大学中文系的学科分类、文学杂志的栏目、出版社的经营范围、书店的分类标签、作家协会的组别……划定和维持着边界,但这里,那些制度基本不管用。相反,是另一些更无形的因素,在影响人们对"边界"的感受:由跳跃式点击主导的网上阅读方式、网外生活中多媒体交互影响下形成的感受和表达习惯、作者/读者互动过程对奇思异想的激发效应……天性中本就有一股偏要踩线越界才快活的热情的写作者,当然要在"博客文学"里跨过来跨过去了。

四

正是这个在网络上被大大激发起来的跨界的冲动,造成了网络文学的一片极大但其未来走向也极多样的新空间。这里不像"博客文学"那么安静,大大小小的各式资本,都吹吹打打,进来占一块地。但也因此,一些本来只是心血来潮的念头,反而可能借其力,实现为五花八门的新文体,甚至更大类的新媒介。只要还没有赢家通吃,资本的活跃,有时候也能为其他冲动,提供行动的条件。

其中一个明显的趋势,是文字与图像、音乐表达的多样混合:有动漫那样基本由图像主导但借用了不少文学和音乐因素的,也有如《草泥马之歌》(2009)和《重庆洋人街标语集锦》(2009)那样,仍以文字为主却套上一件图像和音乐外衣的;大量是商业性的,也有非商业的;大部分自律颇严、甚少违碍,但也有嬉笑怒骂、锋芒毕露的……㉕

即便文字作品,文学与非文学的混合也愈益多样,文类身份不明的作品层出不穷,从"当年明月"的《明朝那些事》那样的长篇巨制㉖,到形形色色的讽刺文:拟名人讲话、寓言式笑话、对联、歌词和诗词改写……㉗其中许多——往往篇幅短小的——作品,文字之活泼犀利、思路之聪敏跳跃,那样肆无忌惮地发掘核心字词的表意潜力,都每每令我惊叹。一些高度凝聚了当代生活的某种特质、值得刻入历史的词汇与句式——例如"打酱油"和"被……"，常是因了这些作品的托举而脍炙人口。倘说剔发文字的符号指涉能量，正是诗对这个将一切——包括文字——都视为工具、竭力压扁的时代的重大抵抗之一，这些文类暧昧的作品，就正体现了这个时代的某种诗性。

更值得注意的是文学与游戏的结合。在中国大陆，对男性青少年影响特别大的网络游戏，已经养育出规模全球第二而设计能力第三的巨大产业，中国玩家的技术水准，据说也到了全球第二。文学本是网游得以开发的基础之一；中国的网游开发业，近年开始发展内容的民族特色，更加大了对文学——不仅是网络文学——文本的利用。尤其是，玩着网游长大的一代或两代人，用不了十年，就会成为文学——无论网上网下——的主要读者群，和可能最大的作者群之一，网游对未来文学的影响之大，也就不必说了。事实上，今天已经出现了不少主要以网游作品——而非文学经典——为样板的文学、图像甚至建筑作品⑧，各种文体和媒介类型的互相渗透，真是深入肌理了。

说到这里，你可能已经发现，从网络文学的角度看过去的这个新空间，已经很难说只属于文学了。从这个空间里出来的新东西，一旦长大，多半都可能脱离文学而去。但是，即便另立门户了，它们一定会反过来影响文学，唯其曾混居一室，多少都有些相类，这影响就非常大，大面积挤占文学的空间，大幅度改变文学的走向，都是有可能的。不过，网络文学的活力，也会经由这种种牵扯，传入更宽的用武之地。池子再深，水还是要死，只有凿通江海，才能流水长清。当《网瘾战争》结尾处，"看你妹"仰天喊出那犹如百行长诗的滔滔自白的时候，我不禁想，或许正是在这样的多媒介空间里，网络文学的力量才最大地爆发出来？

五

再来看纸面文学。

我首先想到的，当然是以譬如莫言和王安忆为代表的"严肃文学"——请容我继续用这个其实相当可疑的词。这是一百年前由新文化运动催生的中国现代文学在今日的直系继承者，也是我这个年纪的人通常都会认可的文学的正宗。今天大学中文系和中学语文科所教授的"当代"文学，各级作家协会及所属报刊以及大多数评论家所理解的"当代"文学，也都主要是指这一种文学。

2010年，"严肃文学"数度引起媒体的正面关注⑨，但总体来说，这文学的社会影响，仍在继续下降：主要刊登这类文学的杂志的销量，依然萎缩——尽管幅度并不剧烈；代表性作家的著作销量，继续在低位徘徊；几乎所有重要的公共问题的讨论声中，无论网上网下，都鲜有"严肃文学"作家的声音——这一情况已经持续了十多年，去年依然如此；"严肃文学"作家所创造的文学形象、情节和故事中，也几乎没有被公众视为对世态人心的精彩呈现，而得到广泛摘引、借用和改写的⑩。

六

与"严肃文学"的沉静形成鲜明对照的，是一种新的文学的喧闹。郭敬明可以被看作其头号作家，他所主持的《最小说》及其"最"字系列杂志，也可以被视为其代表性的纸面媒体，恰如《人民文学》和《收获》,是"严肃文学"的代表纸媒一样。

这文学的历史很短,即便算上混沌一团的发轫阶段①,也不超过十五年。但是,到 2010 年,《最小说》的单期销量已经多于三十万份,远远超过《人民文学》和《收获》。

如果比照"严肃文学"的标准,你一定说:"郭敬明算什么文学?"的确,这个带着化妆师去参加中国作家协会的会员大会的年轻人,从形象到身份都很不文学:他竭力将自己打造成一个明星;他更自觉地将文学当作一门生意去做。2007 年,他的公司与赞助人联手,在全国推广了一场持续一年多的"文学之星"大赛,层层选拔、雪球越滚越大,当 2009 年在北京某高级中学的礼堂内举行大赛的最后一场时,上万粉丝——大部分是中学生——激情尖叫,这再清楚不过地说明了这一种文学的基本性质:它是中国特色的"文化工业"的产品,也说明了郭敬明本人的身份序列:首先是资本家,其次是大众明星,最后才是写作者。

难怪《最小说》上的作者介绍,通常是这个格式:"某年成为某公司签约作家,有某某作品上市。"②也难怪郭敬明的第二部长篇小说被法院判定为"抄袭"之后,他可以宣布:"我绝不道歉。"大批粉丝则涌进他的博客力挺:"不管怎么说,就算他是抄袭的,我也一样喜欢他!"③

这的确是一种和"严肃文学"完全不同的新的文学——如果我们还用这个词,也是和以前的"通俗小说"——例如民初兴起的言情小说和后来的武侠小说——明显不同的新的小说。它建基于作家与其作品的新的站位关系,在这种关系中,作家越是成为大众偶像,他本人就越比他的作品靠前;它更建基于作家/作品与读者的新的互动关系,在这种关系中,作家是否抄袭、作品是否新颖,都已经不重要了,能否向读者提供一个可以帮助其确认自我、进而充当其认同物件的光彩符号,才是头等大事。

正是在这个意义上,我要说,这文学已经开始充当今天的社会秩序的得力助手,加入社会的支配性结构的重要一环,它参与的是社会再生产的关键环节:持续培养大批并不愚笨但最终驯服的青少年,将他们的青春激情,转化为不接地的幻想和不及物的抱怨。倘说"新资本主义"一词,可以比较准确地概括当下社会的基本特质,以郭敬明和《最小说》为首席代表的这一路文学,就应该被称为"新资本主义文学"④。

有意思的是,随着"新资本主义文学"日长夜大,它在"严肃文学"那儿引起的反应也明显变化。照例的轻蔑并没有持续很久,反倒是"招安"乃至讨好的表情明显起来。郭敬明本人被邀请加入中国作家协会,尽管依照前例,一旦其重要作品被法院判定为抄袭,已经当了会员的,也该被除名。他的新作更相继被《人民文学》和《收获》刊登在醒目的位置上,尽管《最小说》继续将莫言或王安忆一路的文学,坚决地排除在外。一些五六十岁、七八十岁的文学名家,兴冲冲地参与郭敬明——或类似人物——主导的各种"文学"评奖和发奖大会,站在边上分取粉丝的欢呼:他们早已看清楚了,在争夺年轻人——无论读者还是作者——的竞争中,"新资本主义文学"遥遥领先。

尽管不情愿,我还是得说,至少目前来看,"新资本主义文学"在纸面世界里的声势,尤其是其前景⑤,是越来越明显地超过"严肃文学"了。

七

在纸面世界里,还有别样的文学。

无论"严肃文学"还是"新资本主义文学",背后都有一套体制在支撑和规范:由各种官办或类官办机构⑧合力构成的主流文学生产体制,和主要由中国特色的"文化工业"——它现在有一个更合法的名称:创意产业——主导的纸面读物生产体制⑩。这两套体制虽然明显不同,有时候还激烈冲突,但它们并不截然分隔⑱,因此也就共享一个目标:都是要规划和驯服文学内涵的反束缚、反规范的巨大能量,令其为己所用⑲。

但是,有两个因素决定了文学很难被如此驯服。首先是主要由"经典"构成的文学历史,其次——也更重要的——是每年新加入"文学人口"的年轻人⑳。不单是因为这些人年轻、有活力,更是因为现实粗暴地压迫他们,逼迫他们呻吟和叫喊。

应试教育、职场竞争、高房价、信息渠道管制、以官场为根底的社会腐败、近视、消极、功利主义的主流文化……当这些逐渐连成一气,仿佛要将年轻人的愤懑之心连根销蚀的时候,依然会有许多反抗的能量,往体制指引的方向之外,四散分流。

这些能量远非文学所能容纳,但是,如果其他领域里阻力太大、过于危险,它们也会较多地转入文学㉑。压迫性社会结构的文化支撑日益粗大,则又从另一面,促使对这结构的反抗,更多地从文化领域起步,文学,也就随之首当其冲。转入文学的能量中,多数或许是去了网上,但也有不少留在网下,网上越是将文学的边界冲得七零八落,就有越多的能量可以被文学在纸面接纳。纸面的世界虽然局促,却必有一种文学,在现有的各式体制以外——更确切地说,是在它们的边缘和之间——呻吟和叫喊。

十年来,这样的文学已经四处冒头㉒,你甚至可以感觉到,一旦汇聚成团,它可能有极大的潜在体量。但是,至少到目前为止,它似乎还没有形成一个稳定的整体轮廓,这里,我就只能极粗糙地概括几个可能的特征:构成其主要作者群的,大多是年轻人,"80 后"乃至"90后",他们瞧不上郭敬明式的写作模式,觉得那太低级㉓,但似乎也不愿步莫言式创作的后尘,在《人民文学》式的门口候补良久,自然,也更无意申请加入作家协会。

虽然是出自不平之忿,总体上,这文学却似乎羞于神情严肃,而更愿意摆出调侃和自谑的姿态。以各种"貌似"懦弱、颓唐、没心没肺的"搞笑"方式,表达认真——乃至激烈——的社会和人生情怀,这方面,它有极多的表现,事实上已经开始重新定义什么是"文学的反抗"㉔。

与网上的同类相似,它在形式上也偏爱出格,越是逼近禁区,越常取混淆文类的姿态。《独唱团》第一辑里,韩寒们配了大量插图文字,又专设一个"一切人问一切人"的栏目,将各种刁钻古怪的提问,和若干官样文章的回应,并列呈现:这是有意将自己藏入非文学的折缝了。2011 年春节初一,《南方周末》以全部版面,刊发 16 篇总题为"我爸"的回忆散文,页边空白处,更印出多行北岛、海子、里尔克……的诗,俨然一张文学报,但其实不是,其中有多篇记者整理的口述记录,以"家人"的口吻,重描这一年的新闻热点㉕,似乎撑开一把文学的大伞,就更方便抒发非文学的关切㉖。但另一方面,也唯其开出了这条紧贴着边界走的道,多位年轻作家——包括歌手周云蓬——就能借路入场,在通常该是套红喜庆的新闻版面上,既与多篇"口述"同声唱一曲不应景的调,也与同时刊出的别的文章对立㉗,凸显哪怕是再小的空隙,也必多有冲突存焉的现实。

到目前为止,它还没有建成稳定的存身空间,《独唱团》第一辑虽有 150 万份非盗版的销量,第二辑却被迫销毁,无限期停刊。它不得不这里那里四处游击。在这个缝隙和陷阱犬牙交错、极易互换的世界里,借力者很难不被借力,它的具体面目,从文本内容到流通方式,也就经常是变动不定、暧昧多色的。例如其目前的代表作家之一韩寒,本以小说起家,现在却更多拿混杂了时评和散文的博客文字对读者说话。2010 年 9 月,他的长篇新作《1988——我想和这个世界谈谈》的单行本上架,居然推出 100 本限量版,每本售价 998 元,附送 1 支 10 克重的细金条![⑨]

尽管有这么多不清楚和不确定,我仍然愿意相信,这广阔土地上的体制外的呻吟和叫喊,即便在纸面世界里,也会继续彼伏此起、连绵不绝。它们多半不得不继续混在别式的聒噪之中,许多也因此变了声音。但我们应该更仔细地倾听,更准确地将它们辨识出来。缺乏稳定可辨的外形,可能正是新事物的特点之一,中国文学的生机,就纸面世界而言,或许有极大一部分正在这里。

八

"一半"和"六分"都只是比喻,文学的版图本来不该这么用数字划分。"盛大文学"、"博客文学"、"严肃文学"和"新资本主义文学",也都类似佛家所说的"方便法门",并非仔细推敲过的概念。事实上,这些被我分而述之的文学之间,也有诸多相通和相类之处,这些相通和相类中,更有若干部分,可能比它们之间的相隔和相异更重要。

比如,网络上的"盛大文学",至少其主体部分,就与《最小说》式的纸面作品一样,同属于这个时代的"新资本主义文学",而且可能是其中更有力量的部分,这几年,它们之间的呼应与合作,就正在快速扩展[⑨]。网络内外的各种跨界写作,尤其是那些政治性较强的作品,也几乎从一开始,就是互相启发、持续互补的[⑨]。一个本来是文字性的讽刺的灵感,迅速显身为视频短片、拟儿歌、吉他曲、小品文……在极短的时间里传遍中国:类似这样的情形,几乎每天都在发生。与此相应,许多"博客文学"与"严肃文学"作品在文学内容和形式上的"保守"联盟[⑨],表现得非常明显。时至今日,依然被一部分优秀作家——其中多数是中年乃至更年长者——坚守住的"严肃文学"的社会批判的底线[⑨],与主要由年轻一代推动的"体制外"文学的四面开花的前景,这二者之间的互动关系,更值得深究。

不过,总的结论很清楚:中国的文学真是大变了,我们必须解释它。

九

最近三十年社会巨变,无论政治、经济还是文化领域,基本条件、规则和支配力量,都和 20 世纪 70 年代完全不同,文学世界之所以"六分天下",从根本上说,正是这些巨大"不同"的结果,当然,也在较小的范围内,成了它们的若干局部的原因。不过,在那些政治、经济、文化的整体变化和文学的多样现状之间,有一系列中介环节,需要得到更多的注意。正是这些中介环节,才最切实地说明,文学是如何被改变,又如何反馈那些改变它的因素的。

在我看来,这些中介环节中占第一位的,就是新的支配性文化的生产机制[⑨],正是它在 20 世纪 90 年代中期以后的迅速成形,从一个可能是最重要的角度,根本改变了文学的基本"生产"条件,进而改变了整个文学。

没有篇幅在这里介绍这个支配性文化的生产机制究竟"新"在何处,以及这些"新"是如何改变整个文学的生产条件的。但我想列出其中几个关键之处,它们应能足够清楚地显示,新的支配性文化的生产机制,对于今天的文学状况,实际负有怎样重大的责任:

为国际国内一系列事变——从 20 世纪 80 年代末期的剧烈风波、20 世纪 90 年代初苏联和东欧地区的社会巨变,20世纪90年代中期以后"权贵资本主义"的膨胀以及对在全球复制"美国模式"的幻想的破灭,等等——所强化的普遍的政治无力感;

普通人,特别是城市中——或正在努力进入城市——的年轻人的日常生活的越来越强大的意识形态功能,如果仔细查看这生活的经济部分,你会发现其意识形态的功能尤其强大;

从小学阶段就开始强化的"应试教育"对青少年身心习惯——而非只是学习能力、知识状态和智力倾向——的巨大铸造力;

各个层面——不仅是流水线上的体力劳动,更是以金融、IT行业为风向标的各色白领行业,乃至教育、新闻等"事业"单位——的雇佣劳动的强度和作息时间表的明显改变;

城乡文化之间越来越悬殊的力量对比,以及与此同构的沿海巨型都市——通常自诩为"国际大都市"——对内地和中小城市的近乎压倒性的文化优势;

新的通信和传播技术及其硬件的愈益普及:个人电脑、卫星电视、互联网、高速公路网、手机……

越来越侧重于流通环节的文化和信息监控制度,正是这个监控重点的转移,令"创作自由"这个在20世纪80年代激动许许多多人、近乎神圣的字眼,成了一个无用之词。这是文学内外的巨变的一个虽然小但却意味深长的注脚。

还可以再列出一些,但上面这些方面,应该是最重要的。其中颇有一些,是我们过去不习惯注意因此深觉隔膜的。更有一种不自觉的退缩,与这隔膜密切相伴:"这些都是文学以外的事情,我是研究文学的,这跟我有什么关系?"十年来,类似这样的疑惑,听得何其之多。

但是,要想有效地解释当今的中国文学,判断它今后的变化可能,我们必须注意上面说的这些,以及本文未及列出的其他重要方面,努力去理解和解释它们。为此,必须极大地扩充我们的知识、分析思路和研究工具,哪怕这意味着文学研究的领域将明显扩大,研究的难度也随之提高。从某个角度看,文学的范围正在扩大,对文学的压抑和利用也好,文学的挣扎和反抗也好,都各有越来越大的部分——也越来越明显地——发生于我们习惯的那个"文学"之外,这样的现实,实在也不允许我们继续无动于衷、画地为牢了。

十

20世纪80年代中期,随着文学对社会的直接影响的急剧减退,文学杂志的销量从单本几百万份几十万份,迅速跌到几万份甚至几千份,一种认为"现代社会里文学必然寂寞"的判断开始流行,而其最常举的例子就是美国。有论者甚至以文学的丧失"轰动效应",来反证中国的现代化的进步。不到十年的时间里,越来越多的作家和研究者接受了这个看法,逐渐安下心来,不再惶惑,不再抱怨,当然,也不再反省[④]。

但是今天却可以看得很清楚,当代世界的文学状况,其实是千差万别,绝非一律的。在美国那样的社会里,福克纳、海明威式的文学的确是寂寞了,但在欧洲、南美和亚洲的其他许多地方,文学在精神生活中依然相当重要,也因此有很大的社会影响力。特别是今天的中国,由于互联网的普及和网络文学的兴盛,习惯于经常阅读一定量的文学作品,因而可以被记入"文学人口"的读者的总量,以及与之相对的各类文学作品的纸本的出版数量,实际都是在增加的。即便我前面的那些非常粗略的介绍,应该也可以说明,当纸面的"严肃文学"在整个文学世界中的份额持续减少的同时,这个文学世界的版图,却是在逐步扩大的。

也就是说,与此前近百年的情况并无根本的差别,今天中国社会的很大一部分精神能量,依然积聚在文学的世界里。在这一点上,"盛大文学"的营造者们,正和我有共同的判断,他们同样认定,至少今后相当长一段时期里,文学依然相当重要。当然,文学为什么重要,看法又大不同,他们是觉得,中国人的很大一部分"创意",是在文学里面,而在这个时代,"创意"是最赚钱的东西。我却相信,当整个社会继续为了开拓适合自己的现代方向而苦苦奋斗的时候,中国应该有伟大的文学,如同 19 世纪的俄罗斯文学那样,提升和保持民族和社会的精神高度,尽管这个伟大文学的体型和面貌,不会——也不应该——再是托尔斯泰、陀思妥耶夫斯基和契诃夫那样的了。

之所以对当代文学深感失望,却依然热切地关注它,甚至不避"门外汉"的隔膜,冒失地勾勒论今日文学的变化图,也就是出于这个信念,而且我还觉得,这个信念确实在如此勾勒的过程中,得到了若干局部的证实。

注　释

①这里说的"十多年",是指这个大变明显表现出来的时间,它的实际形成的时间,当然不止"十多年",20 世纪 90 年代初,王朔的小说走出北京、在各地引起大群不习惯京腔的读者的热烈共鸣,就已经表征了这个变的开始。

②据"盛大文学有限公司"的官方网站(www.sd-wx.com.cn)的数据,截至 2010 年第 3 季度,该公司旗下的 7 家文学网站每天上传的新的作品的总字数,约为 8300 万字。2010 年 12 月,该公司 CEO 侯小强在回应中央电视台的批评时,更将每天的新增量表述为"近亿字"。因为是商业宣传和"危机公关",这些表述都有夸大之嫌,但即便打对折,对比纸面出版的字数(2010 年后,每年新出版的长篇小说为 1000—1200 部,以每部 30 万字计,一年的总字数不到盛大公司所属网站一周的新增),网络文学作品的日增量,依然惊人。

③从"痞子蔡"的《第一次的亲密接触》(1998)传入大陆网站开始,出名的网络小说多能在很短的时间里引聚很大的访问量,例如慕容雪村的《成都,今夜请将我遗忘》(2002),不到一周即有超过二十万人次的访问量;"天涯蓝药师"的《80 年代——睡在东莞》(2009),则在不到半年的时间里,造成超过二百万人次的访问量。

④在网络上成名的文学作品的大规模纸面化,除了直接挤占纸面文学作品的书店份额,还可能在更深层次上引发后者本身的"网络文学化"。网络文学与纸面文学的最主要的区别,不在其物质形式(电脑类屏幕还是纸面),而在不同的物质/技术条件对作品成形(从创作到阅读)的深度干预所造成的作品的内生逻辑,只要对比"手机小说"与刘震云、张炜那样的鸿篇巨制的形式差别,就能明白这种内生逻辑上的明显不同。极端地说,如果书店里的大多数文学作品都主要是依照网络文学的那些内生逻辑创作出来的(幸运的是,目前这还没有成为现实),那么,无论这些作品是否先在网上发表,都说明了文学的"纸面性"的整体溃败。

⑤当然,用手机看小说,并不就一定是看网络小说。2008 年 7 月,我在上海北部某中型专科医院的住院部,曾随机访问过 5 位年轻病人及其陪床的家属,她(他)们都喜欢用手机看小说,觉得方便、省钱,而其手机上存储的小说中,就有大约三分之一是纸面文学的网络版(其余都是网络小说)。

⑥以作家协会为例,与20世纪80年代相比,整个20世纪90年代,活跃在创作一线的作家对从中央到地方的作家协会的影响力都持续减弱,越来越多的官员(不少直接出自各级宣传部)出任作家协会及其所属杂志的领导人,尽管其中不乏喜爱文学写作甚至造诣不错的人,但其本职身份却是官员,而非作家。同时,各级作家协会对文学新人的影响力持续减弱,这一时期涌现的文学新人大部分都不再主动申请加入作家协会。

⑦其主要形式是所谓"民营"书店,例如一时间快速连锁扩张的"席殊书屋"。

⑧当然,榕树下网站还是设有后台审查员的,只不过尺度相对宽松很多,参见七格等:《神圣书写帝国》,上海书店2010年版。20世纪90年代晚期互联网开始热闹的时候,由于各种行政和技术条件的限制,政府来不及建立有效的监管系统,那一时期网上的表达空间,确实相当大,比如,据"慕容雪村"自述,他的网络成名作《成都,今夜请将我忘记》2002年4月在天涯社区首发并引起网上的轰动效应之后,虽立即引起成都公安部门的关注,他的人身自由却并未遭遇限制。正是类似这样的种种情况,令当时的主流民意确信"网络是自由的",以至2002年6月新闻出版总署和信息产业部联合颁布《互联网出版管理暂行规定》时,陈永苗等一百余人(多数以网名自署)还联名在网上发布"控诉书"。这与民意对政府对纸面媒体的长期监管的默认,对比鲜明。当然,现在的情况完全不同了,1999年就在网上开专栏的张辛欣(20世纪80年代名重一时的作家)在2010年末感慨地说:"曾经是自由表达和幻想的第四空间,现在是比纸媒更谨慎的雷区。"(见舒晋瑜:《张辛欣:我》,中华读书报2010年12月22日)

⑨"榕树下"的创办人朱威廉就如此定义"网络文学":这是网络上的"大众文学",能绕开出版社和报刊编辑的审查,自由发表。20世纪90年代晚期的重要网络作家邢育森,也如此描述他上网写作的动力:"在没有上网之前,我生命中很多东西被压抑在社会角色和日常生活之中。是网络,是在网络上的交流,让我感受到了自己本身的一些很纯粹的东西,解脱释放了出来……"此处引自落叶飞天:《论中国网络文学的发展与现状》(www.goodmood.cn)。

⑩1998年8月朱威廉成立"上海榕树下计算机有限公司",将原先以个人网页的方式存在的"榕树下"改成正式的"原创文学"网站时,他所融得的投资仅120万美元。2002年贝塔斯曼中国公司以1000万美元的名义款项收购"榕树下"网站,是海外资本进入网络文学领域的最大行动,但收购以后,贝塔斯曼并未投入较大经费以重整该网站的旗鼓。

⑪单是2008年对"起点中文网"的投资就达1亿元人民币。

⑫分别是"红袖添香网"、"晋江文学城"、"榕树下"和"小说阅读网"。后来又增加了"潇湘书院","起点中文网"则分设一个"起点女生网",到2011年初,盛大文学公司运营的"原创文学网站"达到了7家。此外,"起点中文网"还设有一个"手机网",力图覆盖手机屏幕。

⑬可以将"盛大文学"视为一个含义相当精准的新词,用来称呼网络文学中被大资本所造就的那个部分:它属于类似"盛大"这样的文学公司,也因此能快速膨胀、以"盛大"的规模取胜。

⑭在主要是靠计算点击率而决定作者所得的分成模式的刺激下,"读者爱看什么我就写什么"很快就成为大多数在营利性文学网站签约的作者的第一写作原则。

⑮每一大类下面,又有数量不等的二级类,例如,根据该网站"起点书库"2009年7月公布的分类表,这16大类中位居第一的"奇幻"类下,就有"魔法校园"、"西方奇幻"和"吸血家族"3个二级类;位居第二的"玄幻"类下,则有"变身情缘"、"东方奇幻"等6个二级类。需要说明的是,该网站会根据作者投稿和读者反应的变化,隔一段时间调整一次分类,其中的二

级和三级分类,有时变化甚大,首页上列出的一级分类,则大体保持不变。

⑯如"奇幻"、"玄幻"中的大部分二级类别、"军事"中的一部分(特别是"战争幻想"部分)、"竞技",以及所有与非"文学"因素结合而成的新类别。

⑰如"游戏"、"漫画"、"同人"和"剧本"这几个大类中的大部分二级类别。

⑱"盛大"集团总裁陈天侨说得很明白:"在成功利用创新的互联网模式推动网游业发展之后,盛大就一直在思考,同样的思路和模式,能否复制到其他传统的文化产业中去?"见钱亦蕉:《文学,"梦开始的地方"——盛大文学公司 CEO 侯小强专访》,《新民周刊》2009 年 2 期。

⑲同上注内钱亦蕉文。

⑳尽管这种模式化的主要的表现形式,已经越来越明显地从可重复的标准划一,转向往往看上去像是一次性的花样翻新。

㉑例如被商业网站利用来博取人气。有一些文学博客,其实是由大大小小的"盛大"式公司,为了扶持其看好的签约作家而帮助建立,或者作为宣传工具而出资维持的。也有一些"博客文学"的作者,是将这里当作跳板,先来锻炼身手、积攒人气,以便日后更顺利地转往"盛大文学"或其他(包括纸面)市场。

㉒报纸的连载小说或其他文体的专栏,虽也时常发生根据读者反馈调整情节、作者,甚至腰斩连载的情况,但总体来说,报纸连载还是更多地体现了作者和报纸经营者影响乃至调动读者(所谓"吊读者胃口")的强势地位。

㉓2010 年 12 月,"中文在线"旗下的"一起看小说网"在北京举办第 4 届作者年会,多位年轻的网络作家在会上发表了类似的看法,参见《中华读书报》"网络时代"版的相关报道。

㉔从表面上看,"博客文学"似乎五花八门,什么都有,但是,如果将"对社会的主流价值观念、思维方式、情感倾向、表达模式……的差异性/挑战性"视为文学想象力的不可或缺的因素,今天的"博客文学"在想象力上的整体的保守性,还是非常明显的。

㉕例如 2010 年 3 月在网易房产论坛出现的视频作品《楼市春晚》,全长 14 分钟,以充满讽刺意味的新编台词、歌词、画外音、恶搞人名和地名谐音词等,结合当年春节晚会的画面,尖锐表达对于房价高涨的愤慨之意。同年 1 月在土豆网上开始流传的长达 64 分钟的视频作品《看你妹之网瘾战争》,更是富含多方面的社会和政治批评,风靡一时,并在土豆网和中银集团合办的"2010 土豆映像节"上,获"金土豆奖"。

㉖这部系列作品同时兼有"白话散文体史书"和"历史小说"两种特质,入选 2010 年《南方周末》组织评选的"十年给力网络文学",名列第 9。

㉗严格说起来,目前在网上流传的这些混合型的讽刺文类,除少数(如"拟名人讲话")以外,大都在互联网兴起之前就已存在,并非网络的产物。但是,由于能借助网络及时地大面积传播,乃至经由手机短信传播到不能上网的地方,这些讽刺文的具体的针对性和形式的自由度,就大大强化,远非譬如苏联那样的信件和口耳相传时期的政治笑话所可比拟。

㉘在"盛大文学"中位居显要、主要由青少年创作和阅读的"玄幻"、"仙侠"和"游戏"类小说中,这个情况特别明显。

㉙例如因为史铁生的去世、张炜的 10 卷本系列小说(其中包括多部旧作)的整体问世、阎连科等作家的新著(如《四书》)的完成、《收获》和《上海文学》的稿费的大幅度提高(从一般 60—100 元/千字,提高到 150—200 元/千字)等。史铁生的《我与地坛》,因此一度进入生

活·读书·新知三联书店 2011 年 2 月排行榜的前十名。

㉚对比 20 世纪二三十年代创造并长期成为公共意象的"阿 Q"、"狂人"、"家"、"边城"、"吴荪甫",以及 20 世纪 40—60 年代创造并在至少二十年的时间里脍炙人口的文学形象:"小二黑"、"梁生宝"、"林道静"和"茶馆"……20 世纪 90 年代中期以后"严肃文学"在这一方面的乏力,是相当触目的。当然,被习惯性地归入"严肃文学"的作家和作品,情况并不一样,有不少值得重视的作品,但因为整体而言,"严肃文学"并非本文论述的重点,这里就不展开分析了。

㉛例如从《萌芽》改版和"新概念作文大赛"算起。

㉜由此开创将作品出版、书店上架称为"上市"的表述习惯,例如韩寒对其主办的《独唱团》,也如此表述。

㉝"见证奇迹的时刻":《郭敬明抄袭案:迷失在"小四"的游乐场》,http://wenxue.xilu.com/2009/0911/news_51_15153_2.html。

㉞成熟的现代社会的一大特点,就是会通过类似"文化工业"的经济、文化乃至政治制度,大批量地生产一种新的文学,这种文学的主要功能,不是激发读者对丰富的"美"的感动以由此激发的敏感、怀疑和多思,而是相反,通过提供各种表面似乎多变、实质却极为模式化的故事和形象,满足读者的越来越主要是消遣性的精神需求,并以此潜移默化,在不知不觉间改变读者的精神世界的基本结构。整体而言,这种文学的主要的社会效应,是推动读者成为与其所处的社会的现实结构渐趋适应,因而有意无意地顺从和配合社会现实秩序的人。20 世纪 30 年代的法西斯文学与纳粹德国、20 世纪 60 年代以后兴起的消费主义文学与消费社会,就是说明这种文学与其所属的社会的基本关系的两个很好的例子。

㉟需要说明的是,"新资本主义文学"是极为灵活,因此极为多变的,它随时会抛弃其带代表性作家、作品和流通媒介,同时送出新的替代物,因此,郭敬明也好,《最小说》系列也好,其"走红"期可能很短,远远短于"严肃文学"的代表性作家,但是,唯其能如此迅速地更换和调整自己的代表符号和媒介,"新资本主义文学"反而显示了强大的生存和竞争能力。

㊱这些机构主要是:官办的报刊、出版社、图书发行中心、中宣部、新闻出版总署、中学语文科、大学中文系、作家协会、书店,以及主流文学评论和研究圈。

㊲这套体制除了由若干特别的机构——例如各种非官营的图书出版和发行公司——强力推动之外,也大量借用主流文学生产体制的各种部分——包括政府管理部门——来展开运作。十年来,这种借窝孵蛋式的情况越来越普遍和明显。要说明的是,这个读物生产体制并不只是生产狭义的"文学作品",只要有销路,什么读物它都生产。也因此,它并不尊重各类读物的界限,而是会敏锐地根据图书市场的反馈,不断试探各种通过打破形式界限、杂糅和混合多种体裁特质——而非通常一般所理解的创造新内容——的方式来生产"新内容",因此,这套系统的运作越成功,规模越大,就越会释放出冲击文学和非文学边界的巨大力量。

㊳参见上注。从另一个角度面来说,因为小心翼翼地避免触犯禁忌甚至不惜自设雷区、刻板自律,"文化工业"主导的纸面读物生产体制,实际上是将政府管理部门的禁行机制,也吸收为自己的一部分了。

㊴正是这个共同点,决定了它们时常会在一定程度上合作,相比于 20 世纪 90 年代早期,这种实际上的合作关系在今天是更经常也更深刻了。

㊵不只是以作者身份加入的年轻人,还有以读者和评论者身份加入的年轻人,在互联网

时代,如前文所述,这种一身兼二任乃至更多任的情况日益方便和普遍。

㊶这样的情形并不仅仅发生在文学领域,而是广泛发生于整个文化乃至更大的范围。例如,越来越多的年轻人拒绝按照"新资本主义"的要求"积极上进",成为合格而驯服的劳动力,他们固执地"宅"在家中、沉溺于网络世界,玩游戏、聊天、开小店、围观、发议论、传"谣言"、制作讽刺视频短片……就从一个特别的角度,体现了生命及其叛逆和反抗的能量,如何被逼入/转移进文化领域,在其中消耗、积聚或爆发的复杂情形。

㊷20世纪90年代晚期开始接连出现的"70后"、"80后"之类流行命名,正是评论界对于这些新类型的呻吟和叫喊的一种比较无力的反应。2010年韩寒主编的《独唱团》第一辑问世,可以被视为是为它们开辟了第一个相对独立的新的空间。

㊸尽管其中的一些人,依然会以"签约作者"的身份,暂时依靠"文化工业"性质的文学公司。

㊹没有篇幅可以详细分析为什么会形成这样的现象,这里只列出几个必须要考虑到的方面:"文革"式意识形态的破灭造成的对于"崇高"理想的习惯性疏远,因官场腐败及各类"假大空"而形成的对于"严肃"神情的普遍不信任,因生活压力增大、身心疲惫而得到强化的"只想轻松一点"、近乎本能地回避直面人生之痛的心理倾向,以及在学校和家庭教育、媒体信息、城市物质空间等合力熏染下养成的普遍不习惯感应和悟知"宏大事物"的精神状态。此外,网络文学的流行风气的影响,也是原因之一,"搜搜问问网"上,一位资深作者在回答某位新手"如何能增加读者点击量"的问题时,列出了4项要点,依次为"生活化"、"感情化"、"找到适合自己的手法"和"幽默感",并特别说明:一般人上网读小说都是为了找乐子,不能写那些让人头痛的事情。"反弹文学"与此风气的关系,也就值得注意。

㊺这样的口述整理一共4篇,分别涉及富士康跳楼事件、"钉子户"、强拆民居致死和女大学生校园内被撞死事件。

㊻有意思的是,两天之后(2月5日),上海的《解放日报》也在其"新财经周刊"的版面上,刊发了12篇千字左右的散文,表达市民——尤其是年轻市民——对择业、住房、成家压力等经济社会问题的多样议论。

㊼16篇散文中,有一篇重庆贪官文强之子的署名文章,着力叙说文强作为父亲的非贪腐的另一面,所说虽或属实,还是很自然地引起读者颇大的反感。

㊽这一相当恶俗的炒作引起许多读者的反感,一时间,网上的批评声浪四起。这也恰好说明,大量读者是将韩寒与郭敬明视为两种不同的作家,因此才不能接受这种炒作的:"怎么你也搞这一套啊?!"在另一个不这么直露的层面上,张悦然从2008年起编辑的系列"主题书"《鲤》,也表现了类似的暧昧多色:那些小心翼翼地四面讨巧的主题词(如"孤独"、"上瘾"、"荷尔蒙"等),与书内一部分作品之间的张力,以及书内不同作品之间的张力,都相当明显。

㊾2009年盛大文学公司与郭敬明签约,收购其新作《小时代》的网上版权(在"起点中文网"全文连载),就是一个例子。

㊿在这样的互相启发和补充中发展起来的跨界写作,与中国特色的"文化工业"及其"盛大文学"所推动的跨界写作,这二者之间的复杂关系,非常值得深入分析。

(51)此处的"保守"的含义,简单来说就是:这些作品一般不会让读者发生很大的疑惑:"这是什么作品?小说?散文?还是……"也不会让读者在其他方面(主题、结构、叙述方式、寓意等)感到明显的所谓"陌生化"的刺激。

(52)今天中国的"严肃文学"虽然整体上严重受制于规范和支撑它的那套主流文学生产体制,但这文学的残存的"严肃性",依然继续表现为一部分作家不断试图突破这体制的束缚。从这个角度看,这一部分作家的创作,和本文第7小节所述的体制外的"呻吟和叫喊"的文学,相通更多于相异。

(53)一般来说,一个社会,总是会形成某种支配性的文化,它不但在整个文化领域里具有支配力量,而且因此带动或裹挟其他的文化力量,大致按照它意愿的方向,对社会其他部分发挥程度不等的持久影响。从这个意义上说,没有支配性文化的参与——尽管支配性文化不一定具有可以清晰辨认的系统形式,社会的再生产是无法继续的。越是现代社会,支配性文化对于社会再生产的参与程度就越大,甚至逐渐发挥出引领——而非只是参与——社会再生产的明显作用。与此相应,越是现代社会,支配性文化的形成,也越来越不再如一些古代社会那样,要经历较长时间,因此接受许多"偶然"因素的影响。现代社会的越来越严密复杂的结构特征——尽管这个"严密"经常表现为形式上的飘忽易变、令人觉得毫无刚性,决定了其支配性文化的形成、变化、破灭……都不可避免地具有一种"被生产"的特性,也就是说,都比较直接地受制于社会的各种基本的制度性力量之间的角力/协力。因此,现代社会的支配性文化,通常是在这角力/协力所形成的各种"不成文法"的合力运作中形成的,这些"不成文法",就构成了这个支配性文化的基本的生产机制。

(54)在我看来,"严肃文学"最近三十年的"寂寞"的持续扩大,从作家和研究者这一面说,上述这种"文学必然寂寞论"也是重要的原因之一。

(原载《文学评论》2011年第5期)

网络文学的"网络性"与"经典性"

邵燕君

摘　要：文学的"经典性"不仅是衡量文学作品的标尺，其本身就是文学标准变化的风向仪。中国网络文学的爆发并不仅仅是被压抑多年的通俗文学的"补课式反弹"，同时是一场伴随媒介革命的文学革命。

对于网络文学的"经典性"的讨论需要从"网络性"的角度展开。由于"网络性"彻底瓦解了印刷时代确立起来的"雅俗对立"的二元结构，对于拥有最大读者群体的网络类型小说的文学地位需要重新评估，对其"经典性"的讨论需要排除一些观念误区。在确认网络类型小说同样具有文学性、独创性和思想严肃性的基础上，笔者尝试对"网络类型经典"做出定义，并倡导一种"介入式"的研究方法。

关键词：网络；类型；经典；主流文学

文学的"经典性"通常意味典范性、超越性、传承性和独创性。它不仅是衡量文学作品的标尺，其本身就是文学标准变化的风向仪。每一次文学变革运动都是一次经典重塑的过程，媒介变革自然更具颠覆力量。

进入网络时代以来，中国的网络文学获得了举世瞩目的迅猛发展①。特别是 2003 年以后在资本力量的催动下向类型化方向发展以来，网络文学不但形成了自成一统的生产—分享—评论机制，也形成了有别于五四"新文学"精英传统的网络大众文学传统。这不但对传统精英文学的主流地位构成挑战，也对"新文学"以来的文学评价体系构成挑战。随着网络文学日益"坐大"，网络文学的"经典化"问题日益被关注。网络文学也能拥有自己的经典吗？人们在问这一问题时，通常还是以传统精英文学的经典定义作为参照。在这一参照系下，我们最多可以引进通俗文学的尺度。但不管我们如何自觉地另建一套批评价值尺度，都难免受限于精英本位的思维定式，落入为网络文学辩护、论证其"次典"地位的态势。如果从媒介革命的视野出发，中国网络文学的爆发并不仅仅是被压抑多年的通俗文学的"补课式反弹"，而同时是一场伴随媒介革命的文学革命。"网络文学"概念的中心不在"文学"而在"网络"，不是"文学"不重要，而是网络时代的"文学性"需要从"网络性"中重新生长出来。所以，对于网络文学的"经典性"的讨论，我们不妨跳过通俗文学这一步，直接从媒介革命的视野展开，从"网络性"的角度讨论网络文学的"经典性"。

---

① 据中国互联网络信息中心(CNNIC)2014 年 1 月发布的第 33 次中国互联网络发展状况统计报告。网络文学近年来稳步高速发展，网络文学用户 2009 年 1.63 亿户，2010 年 1.95 亿户，2011 年 2.03 亿户，2012 年 2.33 亿户，2013 年 2.74 亿户。

一、跳出"印刷文明"的局限

从媒介革命的角度出发,意味着需要跳出哺育我们长大的印刷文明的局限——这正是麦克卢汉在半个世纪之前发出的那句著名警句"媒介即信息"提示我们的。

麦克卢汉指出,媒介和社会的发展史同时也是人的感官能力由"统合"—"分化"—"再统合"的历史。拼音文字发明之前,部落人感觉器官的使用是均衡的。拼音文字的发明打破了部落人眼、耳、口、鼻、舌、身的平衡,突出了眼睛的视觉。从古希腊荷马开始的文字时代在人类社会持续了约两千年,而直到 15 世纪谷登堡印刷术的出现才最终结束了部落文化,保证了视觉偏见的首要地位,进一步加重了感官使用失衡的程度。以电报发明预示的电子革命的来临,尤其是电视和网络多媒体的出现,则恢复了人的感官使用比例的平衡,使眼、耳、口、鼻、舌、身重新均衡使用,在一个更高的层次重新统合化。电子时代由于人的感觉器官重新统合化,人们比分割化的过去更多地使用形象思维。形象思维尽管是人类最早的思维方式,然而它又是综合的思维方式。逻辑思维是人类的高级思维方式之一,然而它又是单一的思维方式。在更深广的意义上,形象思维包括了逻辑思维。

麦克卢汉猛烈抨击了西方建立在拼音文字基础上的理性文明导致的个人主义、专业主义、工业主义和民族主义,认为电子时代可以使人的所有感官深度参与,在"地球村"的愿景上重新"部落化"。他对电子革命可能带来的"地球村"的乌托邦想象是以前文字时代为蓝本的。在他看来,以媒介技术的发展变化为基本判断标准,人类社会发展划分为三个历史阶段:前文字时代/部落时代、古登堡时代、电子时代。我们以往认为的人类真正进入文明的印刷时代,在他这里恰恰是"文明割裂的时代",是两个伟大的"有机文明"之间的过渡。①

麦克卢汉的观点提醒我们从人类文明整体发展的"大局观"审视人与媒介的关系。在这一视野下,"纸质文学"虽然在时间上是与"网络文学"最近的,却不是最具亲缘性的。从生产—分享机制和文学形态上看,与"网络文学"最具亲缘性的文学应该是前印刷时代的"口头文学"。从《荷马史诗》到莎士比亚,从《诗经》到"说部""聊斋",这些口口相传的"舌尖上的文学",更是即时互动的"网络文学"的"活的源头"。而从"自然村"到"地球村",从"脸对脸、面对面"到"相聚在二次元","网络文学"必然发展出其全新的媒介特征。

如果我们认可印刷文明很可能是两大有机文明之间的过渡文明,至少不是终极文明,那么,想必也能接受,文学的发展轨迹未必是线性的,而是螺旋性上升。在这一前提下,当我们考察网络文学的"经典性"的时候,可以引为参照的,就不是"纸质文学"的标准,也不是更具亲缘性的"口头文学"的标准,而是"经典性"如何在"口头文学""纸质文学"发展进程中,以各自的媒介特性呈现出来的。"内容一经媒介必然发生变化",这正是"媒介即信息"这一论断的重要内涵。

这样的研究前景无疑是令人振奋的。我们无须再讨论"网络文学是否可以拥有自己的经典"这样的问题,这其实是一个伪命题。媒介革命已经不以人的意志为转移地发生了,在不久的将来应该不再存在"网络文学"的概念,相反,"纸质文学"的概念会越来越多地被使用。因为网络将是所有文学、文艺形式的平台,"纸质文学"除了一小部分作为"博物馆艺术"

---

① 参见马歇尔·麦克卢汉:《理解媒介——论人的延伸》(增订评注本),何道宽译,译林出版社 2011 年版;《古登堡星汉璀璨》,杨晨光译,北京理工大学出版社 2014 年版。

传承以外,都要实现"网络移民"。目前各种居于"主流""非主流"的文学传统、文学力量都要在新的媒介平台上重新争夺"文化领导权"。不过,"纸质文学"的"网络移民"绝不是原封不动的"穿越",而是要经过脱胎换骨的"重生"。来自古老传统的"经典性"必然要穿越印刷时代,以"网络性"的形态重新生长出来——不管经典之作何时问世,"经典性"的萌芽都被携带在胚胎里,而考察这一胚胎形态的生长过程才是我们今天的研究任务。

二、网络文学的"网络性"

从媒介革命的角度出发,"网络文学"的核心特征就是其"网络性"。严格来说,"网络文学"并不是指一切在网络发表、传播的文学,而是在网络中生产的文学。也就是说,网络不只是一个发表平台,而同时是一个生产空间。我们至少需要从以下几个方面理解"网络文学"的"网络性"。首先,"网络性"显示"网络文学"是一种"超文本"(hypertext),这个概念是相对于"作品"(work)、"文本"(text)提出的。

我们在传统意义上所说的"作品"是印刷文明的产儿。印刷术解决了跨时空传输的问题,但封闭了所有感官,只留下视觉,并且把创作者和接受者隔绝开来。这就需要一群受过专门训练的作家和读者系统地"转译"和解读——作家们在一个时空孤独地编码,把所有感官的感觉"转译"成文字,读者在另一个时空孤独地解码,还原为各种感觉。这种超越时空的"编码—解码"过程,使文学艺术具有了某种神秘性、永恒性和专业性。即使是最低等级的大众读者也必须识文断字,具备一定的在形象思维和抽象思维之间转换的能力,并且在一定程度上与作家共享某种"伟大的文学传统"。

从结构主义—后结构主义的理论谱系上看,印刷时代的"作品"是典型的结构主义的概念。"艺术家"是孤独的天才,他们谛听神的声音,创造出具有替代宗教功能的艺术品,这样的"作品"是一个封闭完整的世界,读者和批评者的人物只是探索出其中隐藏的真理而已。20世纪六七十年代,后结构主义理论家罗兰·巴特几乎与麦克卢汉同时提出了"文本"概念,打破了"作品"的封闭完整性,"文本"是无限开放的,读者不仅拥有创造性解读的权利,甚至具有创作自己"文本"的权利。而"网络文学"则是"超文本",它由"节点—链接"的"网络"构成,链接的目的地可以通往内部,也可以通向外部另一个"超文本"。网络技术使"超文本"具有了无限的开放性和流动性。

出于各种原因,中国网络文学的发展没有走西方"超文本"实验的道路,而是以商业化的类型写作为主导。"超文本性"在这里表现为其"网站属性",每个网站本身就像一个巨大的"超文本"。如果说"作品"意味着一个向往中心的向心力,"超文本"则意味着一种离心的倾向。我们可以说"作品"的时代是一个作者中心、精英统治时代,"超文本"的时代是一个读者中心、草根狂欢的时代。

其次,网络文学的"网络性"是根植于消费社会"粉丝经济"的,并且正在使人类重新"部落化"。

在网络文学的生产过程中,粉丝的欲望占据最核心的位置。网站经营很大程度上利用了"粉丝经济",有人称之为"有爱的经济学"。粉丝既是"过度的消费者",又是积极的意义生产者。他们不仅是作者的衣食父母,也是智囊团和亲友团,和作者形成一个"情感共同体"。从媒介革命的角度分析,这种根植于"粉丝经济"的"情感共同体"正是网络时代人类重新"部落化"的模式。在麦克卢汉看来,在印刷时代以前,人们生活在一个彼此息息相关的部落化社会中,印刷文明使人从部落中独立出来,也孤立起来。而电子技术作为一种"人的延伸",它与轮子(人类腿脚的延伸)、房子(人类皮肤的延伸)、文字(人类视觉的延伸)不同的是,它延伸的是人的中枢神经,"在电力时代,我们的中枢神经系统靠技术得到了延伸。它既使我们和全人类密切相关,又使全人类包容于我们身上。我们必然要深度参与自己每一个行动所产生的后果。我们再也不能扮演读书识字的西方人那种超然物外和脱离社会的角色了"①。或许历史的发展未必如麦克卢汉预计的那样乐观——人类打破印刷文明建构的"个人主义"、在"地球村"的愿景上重回彼此密切相关的"部落化"生活——但至少重新"圈子化"了。只有在重新"部落化"或"圈子化"的意义上我们才能真正理解"粉丝文化"那样一种"情感共同体"模式,这不但是一种文学生产模式,也是一种文学生活模式。

第三,网络文学的"网络性"指向与 ACG(animation 动画、comic 漫画、game 游戏)文化的连通性。

网络文学方兴未艾,但我们不得不清醒地意识到,作为"文字的艺术",它本质上是印刷文明的遗腹子。几百年来,文学居于文艺的核心位置实际上是印刷文明技术局限的迫不得已。互联网时代最盛行的是 ACG 文化,未来居于核心的文艺形式很可能是电子游戏。根据媒介变革的理论,每一次媒介革命发生,旧媒介不是被替换了,而是被包容了,旧媒介成为新媒介的"内容"(如"口头文学"是"文字文学"的内容,"纸质文学"是"网络文学"的内容,文学是影视的内容,而这一切都是电子游戏的内容),而旧媒介的艺术形式升格为"高雅艺术"。当电子游戏君临天下的那一天真正到来的时候,文学,即使是寄身于网络的文学,除了作为一种小众流行的高雅传统外,主要将以"游戏文本"的形态存在——并非人类在印刷文明时代形成的一系列关于文学的标准和审美习惯都要被废弃,而是要如麦克卢汉所言引入"新的尺度"。必须把"新的尺度"带来的"感官比例和平衡"的变化引入对文化的判断标准之中。

对于网络文学创作者和研究者而言,我们不得不面对这样一个残酷的事实——网络文学尚未获得合法性就已经开始准备被边缘化。但这并不意味着,在此期间网络文学不能出现一批经典化作品,也更不意味着不能形成其不可替代的经典化传统。只是我们在考察其"经典性"时必须同时考虑到其过渡性,特别是与 ACG 文化的连通关系。

三、"网络性"对雅俗二元对立结构的瓦解

在"网络性"的意义上讨论"网络文学"的"经典性",首先的一个前提是,把"经典性"与那种一以贯之、亘古不变的"永恒价值"脱钩。在这个问题上,笔者明确反对以《西方正典》作者哈罗德·布鲁姆为代表的那种带有文化保守倾向的审美精英主义的观点,而站在他所说的"憎恨学派"的一边②。

---

① 马歇尔·麦克卢汉:《理解媒介——论人的延伸》(增订评注本),何道宽译,作者第一版序。

② 布鲁姆以"审美价值"为核心的经典研究有鲜明的针对性,他对当代一些流行的批评理论持反对态度,称之为"憎恨学派"(school of resentment),包括新马克思主义批评、女性主义批评、拉康的心理分析、新历史主义批评、结构主义符号学等,因为这些批评观念常常主张颠覆以往的文学经典,并特别重视社会文化问题。参见哈罗德·布鲁姆:《西方正典》译者序言,江宁康译,译林出版社 2005 年版。

如特里·伊格尔顿在《文学原理》①一书中所言，"文学"就像"杂草"一样，不是一个本体意义上的概念，而是一个功能意义上的概念。如果说"杂草"是园丁需要拔除的一切东西，"文学"可以相反，是被人们赋予高价值的写作。这意味着"文学"不再是一个稳定的实体，拥有永恒不变的"客观性"。什么样的写作可以算作"文学"？什么是"好文学"？都是一时一地的人们价值判断的结果。价值判断与判断者"自己的关切"密切相连，本身必然是不稳定的，随着历史环境的变化而变化，但又不是随心所欲的，"它们根植于更深层的种种信念结构之中，而这些结构就像帝国大厦一样不可撼动"（第 14 页）。这个隐藏着的价值观念结构，就是意识形态的一部分。在这个意义上，"永恒的经典"的说法就是一种彻头彻尾的"妄见"，"所谓的'文学经典'以及'民族文学'的无可怀疑的'伟大传统'，却不得不被认为是一个由特定人群出于特定理由而在某一时代形成的一种建构（construct）"（第 11 页）。只要历史能够发生足够深刻的变化，未来很可能出现一个社会，人们不再理解莎士比亚，也不需要读懂他，因为以那个社会的情感和思维方式，人们不再能从莎士比亚那里获得任何东西。虽然很多人会认为这种社会状况将是一种可悲的贫乏，但未必不可能是进化的结果，"不考虑这种可能是武断的，因为这种社会状况可以产生于普遍全面的人的丰富"（第 11 页）。

网络时代发生的一个最深刻的社会变化就是，网络的媒介特性为瓦解精英中心统治提供了技术可能。"超文本"与 ACG 文化的共通性，打破了创作的封闭状态和"作家神话"，甚至"个人作者"也不被认为是必需的②，由此，"天才的原创性""个人风格"等信条也就烟消云散了。"粉丝经济"决定了网络文学只能以受众为中心，判断什么是文学、什么是"好文学"的，不再是某个权威机构代表的"特定人群"，而是大众读者自身。

在印刷时代虽然大众通俗文学也相当发达，但一直存在着"精英文学"和"通俗文学"两个系统，"通俗文学"无论拥有多庞大的读者群也是"不入流"的，而"精英文学"无论多小众，也握有"文化领导权"。"精英文学"必然是高雅的、难懂的，大众要么敬而远之，要么以谦卑的态度学习。哈罗德·布鲁姆也承认，"经典的原意是指我们的教育机构所遴选的书"③。"西方正典"的形成在相当大的程度上是英国文学成为一个正式学科建立的结果。自从经典确立以来，高雅文学和通俗文学之间就始终存在着竞争，不断有通俗文学登堂入室，被布鲁姆奉为"经典的中心"的莎士比亚，本身正是由通俗成为经典的写照④。中国自五四"新文学"建立以来，通俗文学一直处于被压抑的状态。但 20 世纪 90 年代"市场化"转型以后，通俗文学的影响力日益扩大，"超越雅俗"逐渐成为学术界的主导倾向。到 20 世纪末网络文学兴起的时候，金庸的经典化地位已基本确立——这或可以象征着印刷时代末期雅俗合流的大势所趋。

网络革命不但打破了精英文学—大众文学之间的等级秩序，而且根本取消了这个二元结构。在"网络性"的主导下，未来的网络文学将不再分"精英文学"和"大众文学"，只有"主

---

① 特里·伊格尔顿：《二十世纪西方文学理论》，伍晓明译，北京大学出版社 2007 年版。

② 参见许苗苗：《"作者"的消解——媒介的转换与文学观念的变迁》，《当代西方文论与中国文论建设》论文集，中国文艺理论学会、曲靖师范学院人文学院主办，2014 年 4 月。

③ 哈罗德·布鲁姆：《西方正典》，江宁康译，第 11 页。

④ 参见斯蒂芬·格林布拉特：《俗世威尔——莎士比亚新传》，辜正坤、邵雪萍、刘昊译，北京大学出版社 2007 年版。

流文学"和"非主流文学","大众文学"和"小众文学"。那些针对各种特定人群、特定趣味的"非主流文学""小众文学",有的可能更高雅,也有的可能更低俗;有的可能更先锋,也有的可能更保守。它们将形成一个"亚文化"空间,与"主流文化"保持既对抗又互动的张力关系。

目前的"网络文学"以类型小说为主,但也不是铁板一块。随着 2012 年互联网进入"移动时代",针对移动受众阅读时间碎片化的特点,一些主打"小而美"的 APP 终端应运而生,如韩寒主编的"ONE・一个",中文在线推出的"汤圆创作",专门发表短篇小说的"果仁小说",以及 2011 年底就上线的"豆瓣阅读"。此外微博、微信公共账号也是相当活跃的个人作品发表平台。这些"小而美"有很浓的"文青"色彩,某种意义上可以看作当年被资本"一统江湖"压抑下去的"网络文青"的复活。与此同时,传统文学期刊也开始进行"网络移民",如由《人民文学》杂志推出的"醒客"也于 2014 年 7 月上线。各种具有"纯文学"追求的网络平台的出现,极大地丰富了网络文学的生态,使网络真正成为一个媒介平台,而不是网络类型小说的专属平台。但是,它们不再可能形成一个"精英文学"系统,高居于网络类型文学之上,而是将进入网络环境中本已存在的"非主流""小众"文学圈中,为居于主流的大众流行文学提供文化思想和文学探索方面的借鉴资源,推动其发展,但难以再形成"文化领导权"。

我们必须意识到,网络时代也是文化全球化的时代。在资本主义文化体系中,居于主流的、承载一个国家主流价值观的"主流文学"只能是大众流行文学,这是大众读者的阅读趣味决定的,也是文化工业的性质决定的[①]。21 世纪的中国已经置身于全球化体系之中,我们的"主流文学"可能会因为特殊的文化制度而颇具"中国特色",但也不再可能是由文学精英和政治精英联手打造的精英文学的大众化版本。由精英启蒙、教育、引导大众的历史时期已经终结,各种精英力量只能隐身其后发生作用[②]。目前,拥有最大量读者的文学就是网络类型小说,它能不能分层、分化,形成一个内在的精英指向,从而担纲"主流文学"的职能? 能不能以"网络性"的形式重新让文学的"精灵"长出翅膀? 这正是我们考察网络类型小说"经典性"的重要意义所在。

四、"网络性""类型性"与"经典性"

对网络类型小说的"经典性"的考察,必然涉及"经典性"与"网络性""类型性"之间关系的问题,也就是要引进"网络性"和"类型性"的尺度对"经典性"重新定义。

从"网络性"的角度出发,正如上文谈到的,网络时代经典的认证者不再是任何权威机构,而是大众粉丝。不再有一条神秘的"经典之河"恰好从每一部经典之作中穿过——任何时代的大众经典都是时代共推的结果,网络经典更是广大粉丝真金白银地追捧出来的,日夜相随地陪伴出来的,群策群力地"集体创作"出来的。经典的传承也是在当下进行的,没有"追认"一说,并且是否被传承本身就是确认一部作品是否经典的重要指标之一。在网文圈内,如果一部作品不但走红后很快引来众多跟风者,几年后还被后来居上的"大神"们借鉴、改装、升级换代,往往会被称为"经典"。而他们反复致敬的前辈大师之作,会被认为是"传世

---

① 参见弗雷德里克・马特尔:《主流——谁将打赢全球文化战争》,刘成富等译,北京:商务印书馆 2012 年版。

② 参见拙文:《网络文学的崛起与"主流文学"的重建》,《文艺评论》2014 年第 11 期。

经典"。所有的"传世经典"都曾经是"当代经典"——"网络性"放大了人们经常忽视的经典的"当下性",经典的"超越性"在于它穿透了那个孕育它的时代而不是超离了那个时代,正是对于本时代的"盈满状态"使其获得了"穿越"的力量。

根植于"粉丝经济"的"网络性",使原本依据读者不同口味而形成的"类型性"获得了新的生机。"类型"是一个古老的文学概念。即使在雅俗文学的秩序内,"类型"也不是通俗小说的专属特性。类型化倾向是文学创作的一种普遍特征,它与人类基本欲望的固定表达方式相关,"类型是一系列贯彻同一种内在确定性的文本"(亚里士多德)[①];与作家写作经验的积累和读者的阅读期待相关;"类型就是一套基本的成规和法则,随着时代的变化而变化,但总被作家和读者通过默契而共同遵守"(罗兰·巴特)[②];也与文学研究的分类有关,"在文学批评中指文学的种类、范型以及现在常说的'文学形式'"(艾布拉姆斯)[③]。但文学的类型化倾向与类型文学不同,后者是文学类型化倾向的固定形式。它是为满足读者某种既有阅读预期(如题材、情节模式、情感关系、语言风格等等)的文学生产,因而被认为是通俗文学,并且是通俗文学的基本存在方式。类型小说的发展依赖于媒介发展,可以说,每一次媒介革命(出版、报刊、网络)都带来一次类型文学的繁荣,而这一时期的类型文学样式也与新媒介特征密切相关。这也无怪乎中国的网络空间刚一打开,网络类型小说就旺盛蓬勃地生长起来。

中国网络文学发展十几年以来,产生的"类型文"的丰富性是古今中外前所未有的:既有从西方舶来的,如奇幻、侦探、悬疑、言情,又有从中国古典小说继承的,如玄幻、武侠、官场、世情,还有在"拿来""继承"后发扬光大的"耽美""穿越"等,更有本土原创的"盗墓""重生""宅斗/宫斗""练级"等。在各种"文"的大类下,还有各种分类更细的小类或变化更快的"流",如"仙侠·修真"类中有"修真流""洪荒流","玄幻·练级"类中有"凡人流""无限流","都市言情"类中有"宠文""总裁文","清穿文"之后有"清穿种田文",等等。正是借助网络媒介提供的细分和互动功能,网文类型才得以层出不穷、变动不居。每一种"文"、每一种"流"都"戳中"不同粉丝群独特的"萌点",那些生命力强大、可以衍生无数变体的类型文,大都既根源于人类古老的欲望,又传达着一个时代的核心焦虑,携带着极其丰富的时代信息,并且形成了一套独特的快感机制和审美方式——网络文学发展十几年来成为中国最大的"欲望空间"和"幻象空间",甚至形成了一套"全民疗伤机制"[④],如果要考察当下中国人的生存状态和精神欲求,应该说没有一种文学创作比网络类型小说更具"盈满状态"的了。

"类型化"为网络类型小说抵达"当代性"提供了经验模式和欲望通道,但其固有的商业性、程式化、娱乐性会不会与"经典"要求的文学性、原创性、思想超越性有天然冲突呢?这正是我们从"类型性"的角度重新探讨网络时代"经典性"问题时,必须事先排除的几个误区。

---

① 转引自让-玛丽·谢弗:《文学类型与文本类型性》,载拉尔夫·科恩主编:《文学理论的未来》,陈锡麟等译,中国社会科学出版社1993年版,第416页。

② M. H. Abrams:《A Glossary of Literary Terms》,转引自陈平原:《小说史:理论与实践》,收入《陈平原小说史论集》,河北人民出版社1997年版,第1316页。

③ M. H. Abrams:《A Glossary of Literary Terms》,转引自陈平原:《小说史:理论与实践》,收入《陈平原小说史论集》,第1316页。

④ "全民疗伤机制"一说的提出者是目前正在美国加州大学戴维斯分校攻读人类学博士学位的周轶女士。2013年12月周女士在笔者于北京大学中文系开设的网络文学研讨课上做专题报告时提出此说,尚未正式发表。笔者提前借用,特致感谢!

首先,类型小说的商业性不排斥文学性。在雅俗文学的体系架构内,作者的创作动机被认为是有本质分界的——"纯文学"是诉诸自我表达的,"俗文学"是为满足读者欲望的。作为类型小说"本分"的商业性,在"纯文学"一边堪称"原罪"。这样一种楚河汉界的貌似天然,其实是有其特定历史背景的——进入19世纪后,资本主义粗鄙的功利主义将中世纪欧洲的各种有机社会组织全面拔起,艺术家失去了贵族保护人,又尚未在新兴的资本主义市场找到消费者。在与政府和市场的双重决裂中,"文学场"开始形成。根据布尔迪厄的"文学场"理论,"文学场"的"自主原则"(如"为艺术而艺术")建立在一种"颠倒的"经济原则上:输者为赢。艺术家只有在经济地位上失败,才能在象征地位上获胜。"文学场"的内部等级建立在不同形式的"象征收益"上,如声望(prestige)、成圣(consecration)、知名度(celebrity)。在这个意义上,"文化场"是一个"信仰的宇宙"。纯艺术的生产者除了自己产生的要求外,不承认别的要求,只朝积累"象征资本"的方向发展,而"象征资本"可以再转化为经济资本[①]。这一逻辑虽然十分有利于形式实验和创新,毕竟是一种产生于特定历史环境下带有口号性的原则。不过,在20世纪80年代中期,这一高蹈的信念却特别契合于同样急于摆脱政府和市场双重压迫的中国文学界的普遍心理,被奉为"纯文学"的神圣律条。很多作家开始"背对读者"写作,这是致使以文学期刊为中心的传统文学在"市场化"转型过程中迅速被边缘化的重要内因之一[②],而其观念惯性仍延续至今。

如果"纯文学"真的是"背对读者"的,且不说如何生存,也违背了小说兴起的原始动因:交流的需求[③]。从交流互动的意义上说,鼓掌和投币只是读者两种不同的回报方式。互联网的本质不是商业而是分享,粉丝文化的核心要素是影响力,影响力如同象征资本,可以转化为商业资本也可以不转化。目前的互联网写作中也存在一些非营利的网站、论坛,即使对以赚钱为首要目的的商业类型小说而言,其文学价值和商业价值可以并行不悖,甚至相辅相成(参阅徐艳蕊《网络女性写作的生产与生态》)。可以这么说,卖得好的类型小说不一定是好类型小说,但好的类型小说一定是好卖的。因为类型不是任何人预先设定的,而是多年来"好看"文学经验的积累,能成功调动这些文学经验的小说必定是"好看的",也会是"好卖的"。当然,这里的"好看"标准不是由专家认定,而是由粉丝认定的。"经典性"的作品必然是一流粉丝推出的,对更大众的读者也有广泛的影响力。

其次,类型小说的程式化不排斥独创性。类型小说的最大特点就是有一套约定俗成的套路,所谓"程式化"就是为了保障其最优化地实现娱乐化功能的快感机制。这其实是该类型在长期发展过程中积累起来的最有效地满足读者快感的成规惯例。按照这些套路,一个平庸的写手也能生产"大路货",而再具个性的作者也不能随意打破这些套路,否则就违背了与读者的契约。程式化是保证类型小说作为一项文化产业得以繁荣的技巧基础,但会不会限制一个作家的原创性?对于这个问题的思考,我们仍然需要跳出印刷文明的限制,从网络时代人类重新部落化的角度思考人们"文学生活"方式的改变。

---

① 参见皮埃尔·布迪厄:《艺术的法则——文学场的生成和结构》,刘晖译,中央编译出版社2001年版,第99—100页。

② 参见拙文:《传统文学体制的危机与新机制的生成》,《文艺争鸣》2009年第12期。

③ 如克林斯·布鲁克斯在《小说鉴赏》中开篇所言:"当夜色笼罩着外边的世界,穴居人空闲下来,小说便诞生了。"主万等译,中国青年出版社1986年版。

印刷时代是一个孤独的时代,文学的功能在于使孤独的个人更好地与自己对话,如布罗姆所说:"西方经典的全部意义在于使人善用自己的孤独,这一孤独的最终形式是一个人和自己的死亡相遇。"(《西方正典》,第21页)所以,他会把作家的原创性指向"陌生化",一种人类前所未有的、天才的、个人的神秘创造。虽然他认为经典作家都处于深深的"影响的焦虑"中,但其竞争的对象却只是同一系列的经典作家——那条神秘的"经典之河"必然穿过的人。如他关注莎士比亚与乔叟、但丁之间的竞争,而对与他同期的戏剧家们不屑一顾。

事实上,莎士比亚更是在与他同辈戏剧家的竞争中成为经典大师的,他在文学史上表现出的"陌生性"很可能是同期作家的时代共性。在一个文化全球化的时代,纯粹的"陌生性"难以存在,所谓作家的"原创性",不如称为"独创性"。网络时代的读者不再追求"众人皆醉我独醒"的孤独感,而是迷恋于在一个"情感共同体"内的集体沉醉,他们迷恋的"大神"既要"独具魅力",又要负载一个群体的欲望投射,太多的"陌生感"是不能被接纳的。

对于类型作家而言,"影响的焦虑"更直接表现为生存危机,既有同行紧逼,又有前辈压顶。粉丝们可不是好伺候的,资深粉丝都是专家级的,对各种桥段了如指掌,对前辈作品如数家珍,除非能在前辈搭起的"危楼"上再加一层,否则,谁会奉你为"神"? 正如陈平原在谈到类型小说成规与创新性关系时所言,这些艺术成规"与其说是缩小了作者的独创性,不如说是帮助说明了独创性"①。一种有足够生命力的类型可以跨越时空在不同代作家手中花样翻新。那些堪称大师的类型小说作家不但能把该类型的各种功能发挥到登峰造极,往往还能融合其他类型的精华,甚至进行"反类型"的创新(如金庸大师的最后两部作品《天龙八部》和《鹿鼎记》,前者是武侠小说的集大成之作,后者则是有意的"反武侠"之作)。从一定意义上说,类型文学就是在类型化和反类型化的抗衡张力中发展的,所谓类型经典的"大师"就是"规定动作"跳到满分之后还能跳出自己风格的作家。

第三,类型小说的娱乐性不排斥严肃性。

就像商业性是类型小说的"本分"一样,娱乐性是类型小说的"天职"。但是,娱乐性就一定是严肃性的天敌吗? 难道娱乐性就只能满足人的本能欲望,不能托起价值关怀吗? 如果是这样,"寓教于乐"又如何谈起? 将文学的娱乐性完全等同于消遣性,从而与严肃性、思想性对立起来,这仍然是延续了"新文学"传统建立之初奠定的价值模式——五四先贤们当年迫于救亡图存的压力,把从西方引进的现实主义定为唯一正统,将消遣性的类型小说作为传统腐朽的"旧文类"压抑下去。中华人民共和国成立以后,文艺大众化工作也是由革命大众文艺承担的,对代表资本主义腐朽文化的通俗文学进行严厉批判驱逐。如上文所述,在全球资本主义文化体系中,承载一个国家主流价值观的"主流文学"必定是大众流行文学。对于文学研究者和管理者来说,面对拥有如此庞大读者群的网络类型小说,建设性的态度是如何引导其将快感机制与"主流价值观"对接,积极参与"主流文学"的建构,而不是继续怀着傲慢与偏见将之定位在消遣性的"快乐文学"的位置上。

网络类型小说无疑是快乐的,但在快感的高速路上,思想也同样可以飞奔。特别是一些幻想类小说(如科幻小说、奇幻/玄幻小说),尤其适合宏大命题的探讨。事实上,随着启蒙价值的解体,现实主义文学"赋予现实世界以意义与形状"的功能遇到严重障碍,早已开始变得

---

① 陈平原:《小说史:理论与实践》,收入《陈平原小说史论集》,第1322页,此处为引用法国学者基亚的说法。

"不再可能",这正是现代主义小说兴起的一个重要内因①。中国网络文学发展十几年来,最繁盛的类型文都是幻想类的(奇幻、玄幻、科幻)。那些"架空"的世界,既是欲望满足空间,也是现实折射空间、意义探讨空间。许多原本在现实主义文学中讨论的现实命题、人性命题,诸多现代主义文学勘察的人类悖论困境,都被放置在"第二世界"特定的"世界设定"和"世界观设定"下重新探讨。一些注重"情怀"的作家正在努力寻求在"第二世界"重新立法,将人们的"爱与怕"引向对道德、信仰的思考,重建人们的道德底线和心理秩序。

至少在笔者看来,这些年来中国类型小说中的优秀作品(包括刘慈欣《三体》为代表的科幻小说,科幻小说先于网络文学以期刊为中心发展起来)对严肃命题的思考,其尺度之大、深度之广、现实关怀之切,远非号称精英文学的传统写作可比。当然,这些既有极高娱乐性又有相当思想性的作品,目前在网络类型小说中还算少数,但能在"小白当道"的商业竞争环境中脱颖而出②,说明衷心拥戴它们的"高端粉丝"不在少数,其影响力也不在"小众"。一批超越"大神"级别的具有"大师品格"的作家开始出现,一个相对成熟的"高端粉丝"群逐渐形成——这意味着中国网络类型小说的经典时代开始到来了。

五、"网络类型经典"的初步定义和研究方法

只有在承认类型小说也可以同样具有文学性、独创性和思想严肃性的基础上,我们才可以讨论网络类型小说的"经典性"。在讨论有关定义时,既要参照"经典性"曾经穿越"口头文学""纸质文学"等多种媒介形式的"共性",如典范性、超越性、传承性和独创性,又要充分考虑到"网络性"和"类型性"的特性构成。

从这三重视野出发,笔者姑且尝试概括出以下的网络类型经典的"经典性"特征——其典范性和超越性表现在,传达了本时代最核心的精神焦虑和价值指向,负载了本时代最丰富饱满的现实信息,并将之熔铸进一种最有表现力的网络类型文形式之中;其传承性表现在,是该类型文此前写作技巧的集大成者,代表本时代的巅峰水准,在该类型文发展进程中具有里程碑的意义。并且,首先获得当世读者的广泛接受和同期作家的模仿追随;其独创性表现在,在充分实现该类型文的类型功能的基础上,形成了具有显著作家个性的文学风格。广泛吸收其他类型文以及类型文之外的各种形式的文学要素,对该类型文的发展进行创造性更新。

以上定义的概括主要还是从理论层面出发,真正有效的定义必须通过创作实践的检验,在经验的提炼和理论论证之间反复推演。其中一项重要的基础性工作是,从网文发展15年以来的进程中,梳理出最有代表性的类型文(尤其是具有中国本土特色的新类型),挑选出具

① 参见斯拉沃热·齐泽克:《斜目而视:透过通俗文化看拉康》第一部分第三章,季广茂译,浙江大学出版社2011年版。

② 目前的网络"大神"中有"文青""小白"之分。"小白"有"小白痴"的意思,指读者头脑简单,有讽刺也有亲昵之意;也指文字通俗、意思浅白。"小白文"以"爽文"自居,遵循简单的快乐原则,粉丝群年龄和文化层次较低。2012年末,著名网络文学评论网站"龙的天空"有人提出"中原五白"之说,包括我吃西红柿、唐家三少、天蚕土豆、梦入神机、辰东。"文青"通常指一些"有情怀"的作家,代表作家有猫腻、烽火戏诸侯、骁骑校、愤怒的香蕉、烟雨江南、方想等。"文青"的粉丝人数不及"小白",但文化层次和忠诚度更高。著名"文青"作家的收入也很高,猫腻就是起点的"白金作家",2010年曾凭"最文青"的小说《间客》打败《凡人修仙传》《斗破苍穹》两部高人气的"小白文",摘得"起点中文网年度作品"桂冠,该奖完全靠粉丝投票决出。

有代表性的作品——它们可能是引爆这一流行类型的"第一本书",可能是这一类型发展到高潮的集大成之作,也可能是此类型落潮后再度出现的"反类型"的重生之作——进行深入剖析。从而挖掘出这一网文类型的文学渊源、独特的世界设定、世界观设定、核心快感机制(爽点)、人物设置、审美特征,以及促使这一类型流行的国民心理趋向和隐蔽其后的"如帝国大厦般不可撼动"的意识形态心理结构①。这些作品本身未必是经典之作,却蕴含着经典要素。只有把这些鲜活的网络原生要素提炼出来,在此基础上建构的网络类型经典体系标准,才能在网络空间落地生根。

麦克卢汉的媒介理论常使人误解他在欢呼印刷文明的崩解。恰恰相反,他一再警戒媒介变革可能带来的文明中断。如 16 世纪古登堡印刷技术兴起时,当时注重口头传统的经院哲学家没有自觉应对印刷文明的挑战,很快被扫出历史舞台,随之而来的印刷术的爆炸和扩张,令很多文化领域限于贫乏。"倘若具有复杂口头文化素养的经院哲学家们了解古登堡的印刷术,他们本来可以创造出书面教育和口头教育的新的综合,而不是无知地恭请并容许全然视觉形象的版面去接管教育事业。"②

在媒介革命来临之际,要使人类文明得到良性继承,需要深通旧媒介"语法"的文化精英们以艺术家的警觉去了解新媒介的"语法",从而获得引渡文明的能力——这正是时代对文化精英们提出的挑战和要求。具体到网络文学研究领域,我们不能再扮演"超然"的裁决者和教授者的角色,而是要"深深卷入",从"象牙塔"转入"控制塔"③,通过进入网络文学生产机制而发挥影响力。一方面,"学院派"研究者要调整自己的位置,以"学者粉丝"的身份"入场";另一方面,要注重参考精英粉丝的评论,将"局内人"的常识和见识与专业批评的方法结合起来,并将一些约定俗成的网络概念和话语引入行文中,也就是在具体的作品解读和批评实践中尝试建立适用于网络文学的评价标准和话语体系。这套批评话语应该是既能在世界范围内与前沿学者对话,也能在网络文学内部与作者和粉丝对话。研究成果发表的空间也不应只局限于学术期刊,而是应该进入网络生产场域,成为"意见领袖",或对"意见领袖"产生影响。比如,如果学者们提出的网络类型经典标准能够影响粉丝们的"辨别力"(discrimination)与区隔(distinction)④,甚至在点击率、月票和网站排行榜之外,再造一个有权威影响力的"精英榜",那么就能真正"介入性"地影响网络文学的发展,并参与其经典传统的打造了。

(原载《北京大学学报》2015 年第 1 期)

---

① 这是笔者本人目前正在从事的一项工作,选取"西游故事""奇幻""玄幻""盗墓""历史穿越""小白文""现代官场""清穿""宅斗""都市言情""耽美"等十数种类型文的代表作品进行解读,成果将编为《中国网络类型经典解读》(暂名)一书,预计 2015 年由北京大学出版社出版。本文为该书导言主体部分。

② 马歇尔·麦克卢汉:《理解媒介——论人的延伸》(增订评注本),何道宽译,第 92 页。

③ 麦克卢汉谈到,在技术前卫的时代,"为了防止社会中不必要的破坏,如今的艺术家倾向于离开象牙塔,转入社会的控制塔。正如高等教育不再是虚饰或奢侈,而是电力时代生产和操作设计中绝对需要的设施一样,在塑造、分析和理解电力技术所创造的形态的力量和结构时,艺术家的作用是必不可少的"。马歇尔·麦克卢汉:《理解媒介——论人的延伸》(增订评注本),何道宽译,第 85、86 页。

④ 辨别力(discrimination)与区隔(distinction)也是约翰·费斯克提出的粉丝的基本特征之一。粉丝会非常敏锐地区分作者,推崇某些人,排斥某些人,在一个等级体系中将他们排序,这对于粉丝是非常重要的。参见约翰·费斯克《粉都的文化经济》(收入陶东风主编:《粉丝文化读本》,北京大学出版社 2009 年版)。

电子化文学史料的内在形态与知识谱系

吴秀明　李一帅

摘　要：作为文学史料与现代科技"联姻"的一个新族类，当代电子化史料的产生与互联网剧增密切有关，它的最大功能在于检索，通过网络化达到信息资源共享。从生成方式与途径上看，主要由文学或学术网站、博客、视频、电子论坛、电子书等新媒体史料构成，如今已形成了一套独特而又自洽的知识谱系。在研究空间上，电子化史料具有打破中外疆域、追求彼此相互建构的特点；在研究方法上，则融涵了诸多新技术的元素。电子化史料只有将现代科技的开放性与优越性集合其间，寻求传统与现代的协调，才能建构"中国当代文学史料学"的"电子化体系"，有效地发挥自身的优势和特点。

关键词：电子化史料；新媒体构成；空间与方法

全球化高科技时代的到来，深刻影响着中国当代文学，计算机和互联网的出现给文学研究带来了新的际遇和挑战。于是，当代文学在传统纸质文学史料的基础上，又新增了电子化史料新族类，其史料的内在形态和知识谱系呈现出了前所未有的丰富驳杂。尽管对于后者，迄今为止，人们有着较大的分歧，但谁也不会否认电子化史料的日趋强大的存在。有统计显示，截至 2014 年 6 月，中国网民规模已达 6.32 亿，手机网民 5.27 亿，网民人均每周上网时间长达 25.9 小时。信息改变了人们认知和社会交往方式，为人类开辟了前所未有的"互联网时空"，现实时空与互联网时空的互联互通，极大地拓展了人类的生存视野，数字化生存、网络化生存已成为人们基本生活形态之一。[①]

本文根据有限的阅读和接触，拟对此作专门的探讨，以期抛砖引玉，进一步引起学界同仁的关注和重视，推进当代文学史料研究由传统向现代的转型。

一、新族类史料出现及其定位

电子化史料，是指以数码方式将图、文、声、像等多方位多媒体信息存储在磁光电介质上，通过计算机等设备阅读使用，用以表达思想、普及知识和积累文化的史料，它是史料现代化的基础。樊骏指出，史料现代化就是"让史料工作摆脱传统的纯粹手工业模式，改而采用新的技术手段，装备先进的工具和设施"，它有广义与狭义之分。狭义的史料现代化，"主要指将新的科学技术运用于史料工作，像增加录音录像之类新颖的资料载体，使我们得以直接地以真实的声音和形象记录和储存原始资料，提高了史料的质量特别是保真的程度；更为常见的是将各类图书文献制成缩微胶卷、缩微平片、光盘等，或者作为软件输入微电脑"[②]。而广义的史料现代化，还包括图书馆、档案馆，我们所说的电子化史料，属于樊骏所说的前者，主要是指"载体的现代化"与"现代化的载体"。

电子化史料的出现,与当代文学研究具有密切关联,尤其是互联网使用量的剧增,更是不知不觉地改变着当代文学创作和研究的思维方式、评价方式。像余华《第七天》中将性丑闻、毒大米、野蛮拆迁、强制引产、暴力审讯、上访卖肾等的"新闻串烧"式的写作,显然与博客、微博等新兴的电子文化载体有关(也正因此,有人将余华的《第七天》称为"微博段子集锦"),这在传统的图书纸媒时代是不可想象的,仅仅用生活的丰富性和复杂性,那是很难解释的。至于 2006 年在新浪博客上展开的那场轰动一时的"韩白之争",当时的网民(严格地讲,应该是"80 后"的网民)对韩寒声援几乎是"一边倒"的力挺,致使白烨不得不关闭网站以宣布退出,实则是以失败而告终。如果不了解网络上的实际情况,不从网络史料的向度来考察,那同样也让人感到不可思议。

每一次文学革命和学术发展的背后都有技术因素的作用,同样,每一次技术革新也必然带来文学的革命和学术的发展。从甲骨文时代到竹简时代,再到图书时代,在这环环相扣的学术链上,正如陈寅恪所说,"一时代之学术,必有其新材料与新问题。取用此材料,以研求问题,则为此时代学术之新潮流"③,这是双向能动又互惠互利的一种关系。而对于今天的文学来说,现代科技的发展不仅使其创作和研究的思维方式发生了变化,同时还衍生出新的文学类型和研究形态,将纸质媒介转化为计算机媒介,用数字代码方式存储信息。因此,它不仅需要配备与互联网相联并能进行检索、浏览和下载文件的电脑以及相关的输出设备,而且还要求使用者必须懂得有关计算机硬、软件方面的知识,具有相关软件的应用技能。而这,显然需要并具有一定的技术含量。

电子化史料最大的功能在于检索,借助于这一功能,它极大地改善了学术研究和史料考证的手段。就当代文学研究来说,诸多证据的收集,个中出现的密集的史料引用次数或频率,靠传统手工统计几乎是不可能达到的。而在电子化检索系统中,它因具有全文数据库的结构和相应的检索软件,就十分便捷,且检索途径也多,读者只要输入"篇名"、"作者"、"关键词"等字段,就能很快搜集到自己所要的内容。以中国知网为例,如在该网站数据库系统中直接输入"陈忠实",即可得到 5000 多篇有关陈忠实的史料,如输入关键词"陈忠实"和"生平",即可得到 170 多篇有关陈忠实生平研究的史料。在网络时代,获得史料最重要的是信息。通过数据库、索引文件、超文本等现代技术,我们就可将这些信息按其自身的逻辑关系组织成相互联系的网状结构,而相当容易地获取想要的有关文学史料。

计算机与网络技术是电子化史料依存的平台,因此,以技术为平台是电子化史料的一个重要特点。每一种新技术的产生和发展,都会推动作品的变化,也会改善旧有文学史料的网络呈现。现代史料发展变化的原则,就是制作便利、发布快捷、利于传播、易于存储、高度复原。随着来自网络的文学积累与旧有文学及各种史料的电子化、复原化,特别是随着这项工作的规模和积累的不断扩大,各类网络史料的庞大累积效应,这就不仅使当代文学史料现代化显得日益迫切,而且也为数字化的合理合法的存在,提供了理想的途径。

电子化史料来源分为两种:一种是将传统文学输进计算机网络,实现数字传播,形成数字化图书馆,包括各种已出版的纸质文学作品、文学报刊等,供研究搜索、查询与使用。从 20 世纪 90 年代后期开始,在市场化大潮的影响下,纸质期刊的运行机制越来越难,导致《昆仑》、《漓江》、《小说》、《峨眉》等一些纯文学杂志停刊,退出文坛;另一方面,广播、电视、新闻出版、网络媒体、手机媒体等新兴媒体的迅速发展,信息量覆盖面越来越广,传播速度越来越快。"正是基于上述文学的表层困境——文学走向边缘化,快餐文化抢占了文学市场,视听霸权对文字媒介的接受性挤压,以及文学的深层矛盾——文学之于艺术审美及其人文精神价值的表征危机,使得世纪之交的中国文学宿命般地走进了一个特殊的生态背景,从而迫使文学在新的选择面前寻找新的活法。"④ 所以,在这样的情形之下,为求生存和发展,诸多纯文学杂志纷纷与电子刊物和互联网建立了联系。如由人民文学出版社主办的《当代》杂志就拥有自己的门户网站,读者可以通过网站上的指引,文章以时间顺序编排,阅读到每期该刊的作品。还有一些文学杂志通过开设官方博客刊登出部分作品,使读者可以在博客中查询到所需作品。如《花城》、《中国作家》等杂志,都有自己的官方博客。

还有一种是来自于网络的有价值信息形成的电子化史料,它是直接以数字化形式表现并保存传播的,同时还衍生了新的文学类型——网络文学。作家直接在网上写作和发表评论,在有关这方面"海量神话"般的创作中⑤,也有部分作品会走进纸质印刷市场,并为数字图书馆所收录。互联网电子史料信息一般来自于门户网站、博客、视频等。电子化史料内容丰富,传播速度快,是它的最大优点,而且不仅仅传达文字静态信息,也可传达集图文声像为一体的动态信息,利于组合编辑,更改更新可以及时进行,节省空间及时间。

信息资源数字化的最终目的,是将数字化信息通过网络进行储存、传播、交流,以达到信息资源全方位共享。"权力、阶级、阶层甚至地理位置在电脑网络空间中都毫无价值,在这里,每一个人都可能成为中心,因而人与人之间也趋于平等,不再受等级制度的控制。"⑥ 目前,电子化文学史料的结构和服务方式正在发生迅速的变化,有的学者提出:今后电子化文学史料将取代纸质文学史料,虽然现今未能实现,但在互联网生活的今天,此趋势也越来越明显,新型载体具有传统的手段和工具所无法比拟的传播速度快和传播范围广的优势。如16卷、计300万字的《鲁迅全集》,借助"微机检索系统",全集检索只需6分30秒,单卷25秒,单集20秒,单篇5秒;全集统计只需8分,单卷35秒,单集10秒,单篇3秒。⑦ 此外,它的优势还在于可以通过互联网进行远距高速的传播,在网络环境下,不管哪个国家、区域、民族的网民,只需几秒钟便可得到所需的文献信息,达到信息资源共享。纸质文学史料在制作时耗时耗材,运输不便,不够环保,储存也要占用地理空间,而一张电子光盘就可存储3亿多个汉字。如果按平均20万字一本书计算,一张光盘可存储纸质书1600多本。这样巨大的存储量,是前人根本无法想象的。光盘作为一种新型的存储介质,具有存储量大,携带轻便,使用方便,易于保管,成本低廉等优点。而现在网络媒体中出现的网盘,更是大大提高了读者的效率,不仅方便,在能上网的媒介中,都可以随时随地下载,而且还克服了光盘的弱点——易丢失。一般读者查询史料不需要到图书馆,只要坐在家里就可完成整个查询过程。电子化史料将越来越多,其使用也会越来越普及,但是否能代替纸质文献成为第一文献工具,还很难说。在大众没有完全接受电子史料之前,电子化史料与纸质文献各显特色,相互补充,也相得益彰。

当然,在肯定电子化史料给当代文学史料研究带来诸多快捷方便的同时,我们也不能忽略它先天的局限。毕竟纸质文献经过上千年的发展,如今已很成熟成体系了,它在知识产权和版权保护方面也有较齐全的法律法规;而电子化史料由于产生的时间比较晚(有人认为,电子化史料最早可以追溯到1969年美国国防部高级研究计划局所进行的一项计算机网络方面的研究实验,也就是Internet的最早起源),也由于数码代码方式的特殊性和网络环境的复杂性,它不仅造成文本之间的相互渗透、相互影响,而且还导致文本之间的极易复制、修改,从而对知识产权保护产生不利的影响。有两起法律纠纷引起大家注意:一是1999年6

月,王蒙等六位作家状告"北京在线"网站,在未经许可的情况下刊登他们的作品,由此引发了我国首例著作权网上纠纷案。二是 2011 年 3 月贾平凹、韩寒等知名作家状告"百度文库"盗版再次引发网络侵权案,随后,"百度文库"与出版界代表谈判,但事实上,因版权问题,事情并不好解决,从而可能进入法律程序。"百度文库"是一个网友免费分享资料的平台,可以免费上传,免费下载,所以网友可以免费在线看文学作品,这给作家的利益带来极大的影响。但由于法律对网络知识产权的保护尚未完善,利益分享机制失衡,公众知识产权保护意识薄弱,直至今天,网络文学的侵权还在屡屡发生。基于此,国家在近些年来出台了一系列法律法规,加以规范。如《互联网著作权行政保护办法》(2005 年)、《信息网络传播保护条例》(2006 年)、《最高人民法院关于审理侵害信息网络传播权民事纠纷案件适用法律若干问题的规定》(2012 年)、《最高人民法院关于审理利用信息网络侵害人身权益民事纠纷案件适用法律若干问题的规定》(2014 年)等,有关部门并于 2014 年开展了历时八个月的"净网行动",国家新闻出版广电总局还在 2014 年底出台《关于推动网络文学健康发展的指导意见》的通知,提出多项推动网络文学健康发展的保障性和规范化措施。在这里,所谓的法律法规和指导意见,它同时包括知识产权和思想取向两方面内容。

　　从技术的角度来看,电子化史料也有其先天的局限。如:它的磁性载体在使用时容易损坏,载体感光变质,容易折断,盘片数据易丢失,而且还因受到温度、湿度、光照、空气污染等侵蚀;电子化文献虽然使用清晰的字体,也可以调整字体,但长时间注视屏幕,容易造成眼睛酸痛、疲劳;计算机的辐射过量,甚至还会导致某些身体疾病的发生,其阅读舒适性亦不及纸质史料,因而大多数读者只在计算机上进行专题检索和简单浏览,而不愿随机仔细精读,等等。当电脑越来越普及,电子化史料逐渐成为学生阅读的主要文本形式,那就必然造成他们纸质文本阅读能力(尤其是经典纸质文本阅读能力)的不应有弱化。据有关资料显示,在美国、英国等图书馆自动化程度较高的西方国家,多数读者依然习惯于阅读纸质史料。计算机作为一种技术,网络作为一种工具,调整阅读习惯很难,因此在短时间内读者还很难完全适应和接受电子化史料,电子化史料也不可能彻底取代传统的纸质史料。

　　总之,现代科技对当代文学史料的深刻影响,或者说,当代文学史料的"电子化",已成客观事实。它不仅扩大了文学史料的内涵和外延,而且也大大增加了其保存的力度,为我们节省了很多时间。

　　尽管存在着种种的先天局限,这样那样的不少问题,但总体上应予充分的肯定。有人说:"自由是文学的本性,数字技术是人类从自然界中赢得更多自由的手段之一,而文学与数字技术的'联姻',让我们得到的就不仅是自然科学世界中自由对必然的超越,还有精神世界、情感世界、意义世界、意义世界里人文价值的自由体验,后一层面已经超越了技术工具的征服而升华为形而上的人类本体论自由境界。"⑧诚哉斯言,我们也应该站在这样的高度,来看待当代文学中的电子化史料。

二、史料与科技"联姻"的方式与途径

　　作为与现代科技"联姻"的新族类,电子化史料具有自己的生成方式与途径,并由此构成了一套自洽的知识谱系。人们通常所说的电子化史料的恒河沙数般的存在,它的包容性、开放性、自由性特点,包括它的优势和局限,都与此密切有关。

1. 文学或学术网站史料

文学门户网站,是专门传播和发布文学史料信息的节点,一般由文学机构、网络公司或个人建立,是文学在网络空间的聚点,也是电子化史料的来源之一。而学术网站,主要靠科研机构和校园网的建设,现在先后在"全国建成了四大公用数据通信网和四大 Internet 主干网","形成了以中国公用计算机互联网(CHINANET)、中国科学技术网络(CSTN)、中国教育和科研计算机网(CERNET)、中国公用经济信息通信网(CHI-NACBNET)为龙头的中国互联网络体系"。⑨除了文学和学术门户网站之外,还有文学或学术主页,非文学或学术网站的文学或学术栏目、文学或学术频道,等等。

在当下诸多网站中,以文学、作家为主体的门户网站是电子化史料的最重要来源。但网站更新是否及时、内容是否翔实可靠,这是造成网站质量不一的重要原因。以更新及时、内容翔实可靠的中国作家网为例,它是隶属于中国作家协会的门户网站,也是中国作协与新浪于 2009 年 9 月战略性合作改版推出的网站。中国作协的重要文学奖项,如茅盾文学奖、鲁迅文学奖、少数民族文学创作"骏马奖"、全国优秀儿童文学奖,以及中国诗歌节等重大活动,新浪网都作为独家授权报道的门户网站,体现出网络合作效应。

在中国作家网中可以及时查到包括图片和视频在内的新闻、公告、权益、评奖、探讨等信息,信息每日更新,内容翔实。网上附有作协机构的链接,包括组织机构、章程、历史资料等信息。网站还设有外国文艺、经典作家、军事文艺、民族文艺、书香中国等栏目。其中权益栏目,主要刊登维护作家权益、调解作家知识产权纠纷的新闻和进展;作品扶持栏目,重点刊载每年作协重点扶持的篇目等等。中国作家网专业性强,可信度高,对当代文学的发展趋势有准确的把握,得到业内人士的广泛认可。网站上的内容也已形成了自然的文学史料,可随时查阅。

不仅综合性的文学、作家网站可挖掘出文学史料,以作家个人名义开辟的网站也是文学史料来源之一,适用于某个作家作品的文学史料研究;尽管这样的网站现在还不多。曾在多家读书网站担任版主的作家陈村说:"目前作家有个人网站的极少,以前称作个人主页。张辛欣的还在,以前棉棉有,反正极不普遍。即便建了,也不长久。网站要经常更新,非常费力费时。一个作家没那么多内容来吸引人,也没那么大的雅兴。而且这些站即便建起来,人流也很少。更多的时候作家们是在别的热闹网站上有一名字,点进去有点内容,几篇文章什么的。国外的情况我不知道。我理想中作家不要建网站,那是白费力气。为报刊写篇短文有几十万读者,网站有几十万点击几乎是不可能的。"⑩

也有一部分当代作家已经开始主动开设自己的个人网站,既满足喜爱自己的读者的阅读需要和猎奇心理,又可以增添商业利益。早年王朔想办一个和"美国在线"相媲美的网站,产生影响力,但后来因经济原因没有成行。但如今,六六、冯唐等作家都开设了自己的网站,在这类网站中不仅有他们的文集、博客摘录、专栏、新闻,甚至有批评家、网友对他们批判的文章。在信息轰炸的网络时代,作家们开始选择主动面对批判,这是互联网带来的不得不去面对的改变。

通过开设个人网站达到一定关注效果的应该属"80 后"作家。"80 后"作家的阅读对象基本上是青年人,他们是上网的主要群体。所以,"80 后"作家的个人网站往往能引起这些青年读者的关注,作家们还在个人网站上与读者互动,传递有价值的信息,让读者了解他们的最新动态和想法。作家个人网站作为一种网站存在,当然自有其意义,但不必讳言,它的实际价值却远不及综合性的文学网站,提供的史料也非常有限。

一些网站通过把传统的文学作品做电子化处理输入网站,按照文学类型、时间或作家姓氏分类,读者只需要登录网站,随时可以阅读到需要的文学作品。这类网站与电子图书馆查询系统相似,它一般会承担侵权风险,大多数网站会做"仅为网友交流之用"的说明,是比较可信的。目前,文学网站的数量呈增长趋势,但往往鱼龙混杂,并不是每一个网站都有较高的可信度。其中不少以原创网络文学为主,为增加访问量和广告收入,获取丰厚的盈利,一味迎合大众。这类网站缺少应有的品位,所收的作品不多,内含的史料价值也有限。

2. 博客史料

博客(blog)是一种通常由个人管理,按照日期排列发布文章的网站。一旦申请,所有的网民都可以拥有博客,作为自己的一个"发声平台",自己主导言论,也同样要为言论负责。有的博客以自己抒发心中所想之事为主,有的则基于特定主题或共同利益写作。近年来,自博客的概念兴起后,很多作家和评论家都纷纷开博客,在博客上发表文章。因为博客可以随时发布,所以作家和评论家们的话题阵地也不仅仅局限于文学,而放眼于时事评论、生活杂谈等等,这就为文献史料提供了新的素材,它使我们可以在第一时间看到作家和评论家在博客上发布的信息,并做上记录进行汇编。博客的特点是以时间顺序排列,所以,每一位作家和评论家的博客都可以说成是以个人为单位的史料,整理起来就更加便捷。

当代作家中开博客的比例是比较高的。如作家残雪、余华、方方、刘醒龙,诗人梁晓斌、芒克,评论家陈晓明、孟繁华等都拥有博客。他们的博客,点击率普遍都比较高,在其博客上还能发现一些读者的思考性留言。博客不仅是一个发布的平台,同时也是互动的平台。在没有博客等传媒平台之前,读者对作品的反映主要通过读者来信、杂志短评等方式体现,速度慢且不够公开透明。博客给了每个人平等发言的机会,他们可以自由发表看法,人人可见,这有利于政治和艺术的民主化。也正因此故,它为我们提供的文学史料往往更本真,更带私人性的特征,它让我们看到在其他公共性空间和场合里看不到的作家创作和生活的多个侧面。以作家方方的博客为例,在三百多篇内容丰富、形式多样的博文(截至2014年)中,她不再是一个著有多部小说给人产生距离感的作家,而是一位平凡的母亲、同学、邻居,她与读者聊家常、扯闲话,还为自己没有时间及时更新博客向读者道歉。方方在一篇名叫《居然开博一年了》的博文中坦白了博客对她的吸引力:"想不到我这样一个最自由散漫最没有毅力的人,居然坚持写了一年的博客。"在博文中,她也向我们讲述了博客的几个优点:(1)随意性:"细想来,博客这玩意,还是很适合我的性格的。反正你开了之后,也没人管你,也没人给你提要求,你完全可以爱写不写。"(2)交流性:"还有,我因长期不坐班,几乎是没有同事的。同时,也不喜欢经常一帮人一帮人的扎堆活动。除了大学同学,我几乎是没有朋友圈子也不喜欢有朋友圈子的。家里的电话,整日无声,而我自己,三天或是一周连大门都不出的时候很多。多年来,这就是我的生活状态。但是,太不与人交流,太没有东西牵挂,也会非常无聊。生活有时就这样矛盾:一来不想经常与外人一起吃饭聊天什么的,二来又不想太过孤单,连一点基本表达的对手都没有。这不,有了博客。博客这东西,就恰好是给我这样的人准备的。"(3)自主性:"你想写什么就写什么,没有编辑删改和总编辑审稿;你可以东扯西拉,闲扯一些报纸杂志绝对不会登载的东西;看到有趣的文章,你还可以顺手转载,也不存在版权问题。"(4)时效性:"当天发生的新闻,你还可以当天发表议论,不担心隔日发馊。"⑩

从方方总结的博客的几个优点中可以看出,她把博客当作一个轻松的、可以自由交流和抒发真情实感的阵地。但方方可能没有注意到,她关于"没有编辑删改和总编辑审稿"的说法并不确切,其实严格地讲,网站上还是有编辑的:他们一方面对言论进行审查,另一方面决定把吸引人的文章推向公众视野。美国媒介理论家、科幻小说家保罗·莱文森指出:"网上编辑挑选时,给少部分故事以特权,其余的故事则予以剥夺,不让他们受到读者的关注。""因此,网上编辑成了支持者而不是凶恶的门神。而经典的编辑使命,正是执行这可恶的过滤程序。"⑫可见,方方所说的博客的随意性、交流性、自主性、时效性,也不是无限的。作家的生活现场,所经所见所思所闻一直都是文学史料中记录较少的一部分,博客恰恰填补这一点。不过,并不是每个作家都有博客,每个作家都有相似的博客内容,更不要说他们建立博客后内容更新的情况。应该说,后者,情况是相当不乐观的。包括方方也不例外。截止到2009年,她发布了300多篇博文,而2009年之后只发布了三篇(截止到2015年4月),所以,基本上只有三年时间的博文能汇编进文学史料。

博客不同于传统网络,它的分散度较高,这也给史料研究提出了挑战,增加了难度。大量事实和经验表明,为了有效地推进这方面工作,我们需要特别关注以下三种类型的博客:一是以作家、评论家、学者的博客为主的个人博客,二是以报刊、学刊、杂志等传媒为主的官方博客,三是由具有专业素质的网友及史料爱好者建设的专业性较强的博客。这三种类型的博客,文学史料的价值相对也高些。"作为传播渠道的博客,同样也是史料收藏者、研究者对史料搜求、研究、发布的一种渠道,与其他形式的网络传播渠道形异而质同。"⑬不管是博客中的私人表达,还是官方信息,博客作为一种新的媒介,都为史料的积累提供了一种新的渠道。

3. 视频史料

当代作家的纪录片、访谈、专题节目等视频影像资料和声频,也是电子化史料的重要来源,它们均可通过网络搜索并观看收听下载。视频史料一般分为以"电视节目"为主的影像转换成的视频史料和来自"民间"网友传到网上的视频史料两个部分。它们彼此虽有差距,但都具有影音史料的特点,且较之静态史料更富感染力。其中后者,即由"民间"网友上传的视频史料,虽然不如电视节目转换成的视频史料来得完备,但恰恰是因为其"民间"性,它给我们带来了"电视节目"史料所没有的异样的东西。而这类视频史料中,也不乏有文学素养的网友创造的作品,其中有的是文学研讨会的现场录像,以及被编辑删除的访谈片段、网友拍摄的散文视频,等等。

与"民间"视频史料不同,"电视节目"视频史料不仅史料更完备,而且专业化的程度也更高,它往往集图、文、声、影等审美因素于一体,给接受者以颇强烈的视听觉冲击力。这样,作为电子化的视频史料,它也就显得更为立体,更具文学意味。有关这方面的作品,我们认为2010年5月拍摄完成的《路遥》是比较有代表性的(由路遥的弟弟王天笑筹资拍摄)。该纪录片以路遥的生平经历为主线,分黄土、饥饿、爱河、立志、收获、辉煌、燃烧、不朽八集,通过大量文字、图片、影像史料,全景式地展现了路遥不凡的人生和创作,给人以相当强烈的思想和艺术震撼。

纪录片从路遥出生到离开王家堡的这一段童年生活开始说起,在还原陕北的民俗和地貌的同时,徐徐讲述了路遥从小学到大学求学阶段对知识的渴望,特别是1966年至1978年这段既有爱情也有被撤职,既有他对别人及世界的爱,也有别人及世界对他的爱的坎坷经历,让人无限感叹。1973年,路遥进入延安大学,迎来了人生的一个重要转折点,毕业后来到《延河》杂志从事编辑工作,开始了短暂而又可称得上是辉煌的文学创作。片子以时空为主线,表现了路遥在这个阶段的创作与生活,包括《惊心动魄的一幕》、《人生》、《平凡的世界》获奖和获奖后的轰动细节,《人生》电影获奖的评价和影响的热烈场面等。尤其是用了不少场景、声音和人物图景,细致入微地表现了他六年来从事《平凡的世界》创作的艰辛。最后,片子是在压抑的气氛和哀婉的叙述中,向我们介绍路遥与疾病的抗争,他面对死亡威胁所产生的焦虑和对生命的思考,以及社会各界对路遥的深切缅怀。

为丰富和深化内容,该片子还穿插了陈忠实、贾平凹、李星以及路遥四弟王天乐、原陕西省煤炭工业局局长霍世昌等人的采访,他们就路遥的思想性格、创作场景、艺术追求等发表自己的看法。例如,在片中,贾平凹说:"在陕西,可以说有两个人是长久的,一个是石鲁,一个就是路遥。"中国作协党组副书记王巨才说:"也许路遥是二十世纪以来,中国的文学版图上,最后的一个殉道者。"陈忠实说:"那个时期,我读任何文学作品,都没有发生过那样严重的撞击。"评论家李星说:"路遥逝世应该说是天缺一隅。"这是路遥生平记录和作家采访交相辉映的史料。它在配音演员富有磁性声音的讲述中,结合路遥手记《早晨从中午开始》,重现了作家当时的创作场景:"第一个音符似乎按得不错。一切都很艰难,但还可以继续进行。写作前充分的准备工作立刻起到了作用。所用的材料和参考资料一开始就是十分巨大的。""五六天过后,已经开始初步建立起工作规律,掌握了每天大约的工作量和进度。墙上出现了一张表格,写着 1 到 53 的一组数字——第一部共五十三章,每写完一章,就划掉一个数字;每划掉一个数字,都要愣着看半天那张表格。"画面中呈现的是路遥当年深夜创作的场景,烟雾缭绕的办公桌前,伏案疾笔,让人们通过视觉真切了解这位作家的创作过程,进入心灵与之对话,它也为嗣后路遥的"英年早逝"埋下了伏笔。

路遥的四弟王天乐在纪录片快完成时查出癌症,与路遥同时期的朋友,其中有不少已经相继离世。纪录片策划人之一张井采访了路遥的四弟王天乐,而这段录像却成了他有生之年最珍贵的一段有关于路遥故事的影像史料。纪录片中对路遥的原音重现也具有较高的史料价值。所以这部纪录片,可以算是有关路遥文学史料的一次抢救性行动,为后来研究路遥的人们提供了非常立体的史料。

4. 电子论坛史料

论坛 BBS(Bulletin Board System,电子公告栏)是网上的一种电子化信息服务系统,它相当于一块白板,每个用户都可以在上面发布信息或提出看法,针对其他用户的信息,也可以进行二次甚至多次交流,内容丰富,是互联网上最具社群性的沟通系统。BBS 注册门槛低,参与人群广,以话题为讨论对象,通过发帖回帖的方式发表文章或意见。在文学逐渐融入大众的今天,广大读者依然很难进入传统的文学领域。BBS 在一定程度上打开了读者和文学隔阂的大门,为缺少话语权的读者和民间势力提供了一个发表言论的空间。所以它不仅呈现了较强的民间性,而且还成为民间史料的重要来源。电子论坛有非权威性和可匿名交流的特点,这有利于在讨论的差异中找到共识,对话题的判断更加客观。北大中文论坛是国内少有的学术性较高的论坛,国内其他著名的论坛还有天涯社区、猫扑等。

查建英主编的《八十年代访谈录》①是一本围绕 20 世纪"80 年代"情境及问题意识的对话录,是关于 20 世纪 80 年代文化的记录和反思,主持者选取的谈话对象多为 80 年代较有影响力的人物,如阿城、北岛、陈丹青、陈平原、崔健、甘阳、李陀、贾宪庭、林旭东、刘索拉、田壮壮,涉及诗歌、小说、音乐、美术、电影、哲学及文学研究等诸多领域,成为很有影响的 2006

年度人文畅销书。

《八十年代访谈录》可以作为20世纪80年代文化和历史研究的一种史料存在，具有历史感的跨领域范畴，但它却能激发出更多的可暂名为"二重史料"的网络表达。天涯社区于该书出版后，迅即有网友将写作观点对立的主帖发布，如网友"闫广英"在天涯论坛闲书话版发出"我的八十年代，我自己的神话：关于《八十年代访谈录》"一帖，引发数量众多的网友点击并跟帖，该网友认为，"与《八十年代访谈录》的那些现在的成功人士所说的大不相同，对他们来说是如此浪漫的、充满激情的、理想主义的、奋发有为的八十年代，在我的小小的记忆中是一个无比贫困的、没有任何所谓快乐的童年生活。""《访谈录》中八十年代是一个神话。用公共或者集体想象力构筑的神话。在这个神话中，一些衣冠楚楚的人开始出场并表演。我是这场表演的一个观众，渐渐地，我观众的立场开始模糊，我眼神迷离地沉浸在他们的表演当中，被最终融入他们。"⑮在跟帖中网友"笔回"也发表了类似看法，并强调指出："写一个时代的东西，特别是要写得客观和全面很难。对于当代人写当代的东西，有许多局限性。"

从史料网络化的角度来看，《访谈录》例子可说明三点："一是时代的文学或称大文化讨论正以相当数量的规模转移到新的技术平台下。二是由于网络平台的虚拟性，评论中的个人色彩大大增加，专门意义上的专业讨论水准降低。三是它之所以成为热点，一方面表现出该书所具备的大众文化热点性质，另一方面也同样表达了精英话语与学院派态度不足以涵盖网络作品的话语空间，而仅仅只能在这个远比想象中广大的空间内以一种强势话语的面目出现，甚至更鲜明地凸现了主流话语与民间话语在当代文化中客观存在的二元对立。"⑯也因此故，《八十年代访谈录》出版后，其纸质图书存入电子化磁盘转化为电子化史料，但随后网友在BBS上对该书的大量讨论又形成了"二重史料"。这说明电子化文学史料具有多重性的特点：史料不仅来自现实资源，而且也来自网络民间的流动资源。

5. 电子书及其他史料

电子化史料获取的方式与途径还有电子书、电子邮件、微博、网盘、搜索引擎等。互联网的兴起逐渐改变了人的创作方式甚至生活方式，重塑社会的组织和交往模式。由于信息的传播不再受社会权力结构的制约，网络媒介以其互动性为人们在电子化空间里开辟了一个类似于"现实广场"那样的自由表达空间。正如作家张抗抗所说："网络变成了一座桥梁，一头是民间原创作品——通过网络的传递，成为网络文学的印刷品；另一头是传统制作方式的文学出版物——通过网络的广泛传播，吸引更多的网民阅读并购买成书。这是一种互动的关系，互补的关系。"⑰

同时，电子化史料也引发了史料的网络判断，来源于网络的文学史料价值也会遭到质疑。实际上，电子化史料的挖掘和利用程度决定了史料的价值标准，而这里所说的价值标准，主要取决于以下三方面：一是当代文学史料的还原度，即对传统史料的电子化再现水准——网上的史料复原的程度有多高，决定了网络作品史料是否可靠，也决定了它的利用程度。二是权威度，即史料出现的网站、博客或BBS等媒介的权威度越高，史料的可信度越高，个人网站与民间网站虽形式与来源更为新颖多变，但其可引用及调阅度显然难以与官方网站及一些大型综合性网络相比。三是整理度，网络上的史料内容丰富，但也粗糙庞杂，怎样按照顺序编整，按照什么样的顺序编整还都有待推进，可以说这些都是由网络催生的社会文化史料，所以必须依托于一定的信息分类与整理。可以说，电子史料编辑整理的程度，决定了当代文学史料的价值高低与利用程度。

从以上不无粗略的归纳和梳理中，我们不难可知，从1994年互联网首次进入中国大陆地区的公众生活以后，作为人类所掌握的最新也是极具影响力的一种媒体，它以特有的方式和路径参与当代文学史料的建构，为我们提供了一个与现代科技密切相关而又富有时代特点的新型史料形态和谱系。当然，电子化史料建构十分复杂，不可能一蹴而就，靠一二十年就能完善和成熟，但目前至少已有相当的积累和基础。

三、研究空间与研究方法问题探讨

这里想从空间与方法两个不同的角度进行阐释，以深化、细化对上述问题的探讨。

（一）关于史料研究空间

现代科技的发展不仅拉近了古今之间的距离，而且也拓展了横向的时空。借助于媒介载体和网上搜索，我们可以足不出户地实现"史料全球化"：一方面，让中国当代文学史料超越本土疆域，"走出去"，使之成为人类共享的文化资源；另一方面，又放出眼光，从异域那里"引进来"，以丰富补充自己，达到彼此的相互建构。这些年来，中国实施的"经典中国国际出版工程"（新闻出版总署）、"中国图书对外推广计划"（国务院新闻办）、"中国文化著作翻译出版工程"（新闻出版总署）、"中国当代文学百部精品译介工程"（中国作家协会），以及愈来愈密集的作家和学者出国讲学交流、参加学术会议等，都在这方面发挥了积极影响。因此，也应纳入当代文学史料研究视域给予重视。

加拿大教授梁丽芳（Laifong Leung）在《如何使中国当代文学走得更远：一个加拿大华裔学者的体验》一文中告知：从2008年7月开始，加拿大华裔作家协会设立文学讲座系列，邀请了痖弦、陈建功、铁凝、陈忠实、阿城、池莉、苏童、项小米、袁良骏、刘登翰、陈公仲、白烨、格非、刘震云、刘庆邦等几十位中国大陆和台湾地区作家及学者来讲学，收到了良好的效果，几乎场场爆满。她认为，"这样的交流，对本地人来说，可加深对中国文学的认识；对中国作家来说，不但见识了加拿大，还能从异地看中国，获得距离感带来的不同视野。当然，通过报刊、电台、电视和网络的运作，也可增加宣传效果"⑱。类似的情形，在近些年来莫言、余华、阎连科、贾平凹等在国外获奖或出国访问的作家身上也同样存在。而这，则是以前所罕见或没有的。与之相反但在本质上却完全相同，还有不少域外的当代文学史料，包括从中国大陆流传出去的文学史料（如西方著名大学的汉学研究中心收藏的"文革"时期地下刊物、小报等），也包括世界汉学家和国外诸多学者研究中国大陆的文学史料，通过网络化和国际化的史料交流、文化交流等管道，也都陆续进入我们的视野，对当代文学研究尤其是近一二十年当代文学研究产生辐射和影响。尽管这一切是初步的，成就也比较有限，它尚停留在初级阶段，但对当代文学及其史料来说，意义是不言而喻的。

探讨当代文学史料研究空间，还不能不提及国外的有关网站。有位我们熟悉的青年学者在谈及文学史料教学和研究"酸甜苦辣"时曾说：绝大多数学生"以前基本上只知道利用中国知网查找所需文献。而通过编纂训练之后，学生们知道了如何充分利用中国知网、万方、维普、读秀、浙江网络图书馆、全国报刊索引、台湾'全国图书目信息网'、台湾期刊论文索引、台湾文史哲论文集篇目索引系统、台湾博硕士论文知识加值系统、台湾各大专院校之博硕论文检索系统、台湾OAI博硕士论文联邦查询系统、台湾汉学研究中心跨资料库检索、香港中文期刊论文索引、cinii 日本学术期刊资料库、东洋学文献类目等各种数据库,以及中国国家图书馆、上海图书馆、北京大学图书馆、台湾傅斯年图书馆、香港公共图书馆、香港中文大学图书馆、澳门中央图书馆、澳门大学图书馆等各类图书馆的网上资源,并知道了如何从各种相关纸质文献(如《古典文献研究辑刊》)中查找有用的信息。同时,学生们还较好地掌握了文献著录规范化的要领"[19]。从开具的这份清单,我们就可知他对网上史料生态的熟知;而他的这份清单,有一部分是属于国外的网站或检索系统。由此可见,学海无涯,史料亦无涯,我们不但要学会搜索史料,而且还要超越本土地域的界限,将世界范围内的"他者"史料纳入研究视野。

史料原本是全人类共享的精神文化资源,在如何搜索、占有和研究史料问题上,我们应该具有海纳寰宇的大视野、大境界。

顺便指出,根据我们的了解,目前国外已有可供快速查询电子化史料的网站。如 Electronic Literature Organization(http://eliterature.org/),就是一个非营利的组织,它由作家 Scott Rettberg、小说家 Robert Coover 和因特网商业先驱 Jeff Bal-lowe 倡导并成立于1999 年,其宗旨是促进和推进电子文献的写作、出版和阅读。截至 2008 年,该网站已经收录2353 部作品,共有来自世界各地的 1196 位作家和 193 位出版商加入组织。该网站根据写作技术手段将网络作品细致地分为八类,每一类都又分成诗歌、小说、戏剧和散文。网站内设立的搜索引擎可供读者查询相关作品、作者信息。所有的作品都可以免费阅读,我们可以通过该网站读到各个语言的作品,也包括中文的作品。又如 Hyperizons(http://www.duke.edu/~mshumate/hyperfic.html),该网站于 1995 年 3 月成立,它专门为读者提供各种超文本链接的网站,主要有:原创小说阅读链接地址,纸质文学作品转化为网上作品的链接地址以及相关图书馆、出版商、杂志的链接等等,为研究者提供了很方便的渠道了解相关信息,节约了时间。这里特别需要强调指出的是瑞典文学院的网站 http://www.svenskaakademien.se/en,作为诺贝尔文学奖授奖单位的网站,它的情况自然比较特殊,但唯其如此,有必要值得引起我们关注。从 2012 年莫言获诺奖后,中国颇多媒体乃至政府有关部门的"过度"解读情况来看,其中一个重要原因就是没有及时上网,获取准确的信息(特别是作为获奖重要理由的"授奖词");包括一些评论和研究文章,往往以意为之,或仅仅根据其中的片言只语,就随加评判。这也从另外一个角度,证实了解国外的横向空间获取史料信息的重要性和必要性。

(二) 关于史料研究方法

前文曾经说过,用现代科技制作的缩微胶卷、光盘或软件,不仅极大地缩小了史料的保存空间,方便了史料的保存和检索,而且还为研究现代化和社会化提供了有益的启迪。但这样说,并无意于抹杀传统研究方法和手段的作用,事实上即使研究方法现代化了,一个人固有的思想观念、学术水平、知识结构依然对史料研究起着重要作用,它也不能取代传统目录学、版本学、校勘学、考据学、辑佚学的研究方法,以及重解题、重编目、重引得的学术态度的作用。这里的关捩,不是非此即彼或厚此薄彼,而是寻找彼此沟通协调的交汇点。

那么,到底怎样处理传统研究方法和现代科技关系呢?这当然比较复杂,非三言两语所能解释得了。但就目前史料研究的现状而言,我们认为尤有必要注意以下三点,这也是电子化史料建设亟须弥补和强化的三项基础性的工作:

1. 运用现代科技对数量堪称世界之最的当代文学创作和研究成果进行整理分类。电子化史料的特点是史料内容形式的多样化,往往融文本、图形、图像、声频、动画等多种方式于一体,并能在各种介质之间实现自由转换。根据电子化现代史料内容或写作出版特征的不同,可以把史料分为图书、期刊、报纸、政治史料、会议史料、学位史料、科技报告、档案材料等。由我国图书馆学、情报学界权威人士联合编纂的《中国图书情报工作实用大全》这样概括:"一次文献是人们对已创造的知识进行第一次加工(固化)而成的可传递的文献。二次文献是对一次文献进行加工整理后的产物,即对无序的一次文献的外表特征(如篇名、作者、出处等)进行描述,将其内容压缩成简介和文摘,并按照一定的学科或专业加以有序化而形成的文献形式。三次文献是按一定的目的,利用二次文献选择有关一次文献加以分析、综合而编写出来的成果,如文献综述、专题述评、学科总结、进展报告、手册等。"①

史料整理分类后,建立相应的当代文学创作和研究的电子化文学史料库。在这方面,"中国人民大学复印报刊资料全文专题目录索引"、"中国人民大学复印资料全文"、"中国学术期刊光盘版"、"人民日报全文数据库"等光盘数据库的建立,就为大型文学史料数据库的建立提供了先行的经验。当代文学发展到今天,已有丰富的积累,无论从当下创作和研究的实际需要来看,还是从长远的文学传承和保存的角度着眼,都有必要建立大型的文学史料数据库,通过这种方式实现史料的集成;而这,必须借助现代科技,也只有借助于现代科技,才能有效地实现史料的集成。

2. 加强网络文学史料的搜集和整理,尽快制订网络文学史料的规范和准则。网络的新颖性、开放性、平等性、交互性的特征,使之在短短的一二十年突飞猛进,成为当下文学史料的重要利用形式与沟通渠道。从某种意义上,网络史料符号是一个自洽的系统,每种网络作品的表现形式都是一个符号范围。如博客的形式就是以个人为单位的符号集合,这些个人符号为自我表达提供了途径,也为众多的史料发布收藏提供了许多个人空间。当然,不必讳言,网络作品的这种表现形式,也给它的史料搜研带来这样那样的问题,尤其是对可信性问题提出了挑战。因为在网络这样一个不同于传统物化(纸质)的虚拟空间中,它所呈现的史料是否真实,史料来源是否可靠,这其中的确比较复杂,有很多不确定的因素。它既有技术方面的原因,也有史料发布者的学识、素养、道德因素在起作用。谢泳和台湾的黄一农,据此曾提出网络时代史源的"道德自律"、"E 考证"命题,认为"在网络时代,凡获得提示的史源,一般来说都应当说明获自何处,特别是网站、目录、索引性的史源,学者有自觉公开的责任,当然这主要依靠学者的自觉,是一种道德自律"②。这个问题,今天的学术界可能还没有清晰的意识,但它对我们如何进行当代文学史料的网络呈现与现实传播,如何制订与网络相适的史料规范和准则,无疑具有直接的借鉴作用。同时也为更好地开展网络史料的理论研究,提供一个自我约束的网络制度。

3. 重视多语种的文学史料搜索、分析和处理,逐步构建一个跨区域、跨文化、跨语际的当代文学史料新体系。这个"文学史料新体系",包括"文字史料"、"口述史料"、"实物史料"三大板块。从内容上看,不仅涵盖文学制度、文学运动、文学思潮、文学批评、文学传播等众所周知的"大文学史料",也包括书信、日记、家谱、生活状况等不为人知的"微文学史料"(私人性文学史料)。这里特别需要提及中国台港澳地区文学史料,以及国外与中国有关的文学史料,如留学生文学、新移民文学、海外汉学乃至第三代儒学大家杜维明所说的将与中华民族没有任何血缘关联的外国学者研究中国的文学史料(杜维明将其称之为"文化中国"的"第三个意义世界")。我们不能因为其中"异质"的因素给予轻视或怠慢,相反,应该看作是中国大陆汉语文学史料的一种特殊的存在和丰富的表现,从彼此相互建构的角度加以引进、整合和吸纳。如此,才有可能为当代文学史料跨区域、跨文化、跨语际的建构,在资源和向度上提供强有力的支撑。

如何处理传统研究与现代科技的关系,构建"中国当代文学史料学"的"电子体系",这是时代赋予我们的一个新的课题,事实上,它也对史料研究者的学养和知识结构提出了挑战,要求我们不仅要很好地继承传统研究方法,而且还要将现代科技的开放性与优越性集合其间,达到传统与现代结合的有机化、最大化。当代作家张炜指出:"中国文学仍然离不开自己的传统。它在网络时代,在商业时代,会变化,不过也大致是传统的延伸。""我想优秀的中国文学,仍然是追求传统的隽永,却又要保持新时代的生长力量。"②

(原载《福建论坛》(人文社会科学版)2016 年第 1 期)

注　释

①参见云德:《文化搭乘信息时代快车》,《文艺报》2014 年 12 月 17 日。

②樊骏:《关于中国现代文学史料工作的总体考察》,《中国现代文学论集》,人民文学出版社 2006 年版,第 401 页。

③陈寅恪:《金明馆丛稿二编》,上海古籍出版社 1980 年版,第 236 页。

④[美]希利斯·米勒:《全球化时代文学研究还会继续存在吗?》,《文学评论》2001 年第 1 期。

⑤网络文学数量令人惊叹,达到"海量神话"的地步。据有关文章介绍:仅盛大文学旗下 6 家文学网站(起点中文网、红袖添香、小说阅读网、榕树下、言情小说吧、潇湘书院),截至 2011 年底,就拥有作品数超过 580 万部,累计发布作品超过 730 亿汉字,每天有超过 6000 万字的原创作品增量,月度访问用户 6970 万人次,拥有作者总数近 160 万人。参见欧阳婷、欧阳友权:《网络文学的体制谱系学反思》,《文艺理论研究》2014 年第 1 期。

⑥刘吉、金吾伦等:《千年警醒:信息化与知识经济》,社会科学文献出版社 1998 年版,第 278 页。

⑦以上材料参见《鲁迅研究动态》1989 年第 12 期的"微机资料选刊"。

⑧欧阳婷、欧阳友权:《网络文学的体制谱系学反思》,《文艺理论研究》2014 年第 1 期。

⑨赵士林、彭红编著:《网络传播论》,上海交通大学出版社 2002 年版,第 210 页。

⑩钱秀中:《作家网站是自恋还是推销?》,《中国图书商报》2005 年 9 月 23 日。

⑪方方博客:http://blog.sina.com.cn/u/1222425514。

⑫[美]保罗·莱文森:《数字麦克卢汉》,何道宽译,社会科学文献出版社 2001 年版,第 187 页。

⑬⑯张立彬、陈镭:《网络作品的史料价值及利用策略》,《图书与情报》2007 年第 6 期。

⑭查建英主编:《八十年代访谈录》,生活·读书·新知三联书店 2006 年版。

⑮参见天涯论坛 http://bbs.tianya.cn/m/post-books-79102-1.shtml。

⑰参见中国散文网《张抗抗谈网络文学创作》,http://www.sanw.net/swkx/2012-11-

07/3024.html。

⑱[加]梁丽芳:《如何使中国当代文学走得更远：一个加拿大华裔学者的体验》,张健主编:《全球化时代的世界文学与中国》,中国社会科学出版社 2010 年版,第 437 页。

⑲陈东辉:《目录编纂的酸甜苦辣》,浙江大学中文系内刊《博雅中文》第 8 辑(2013 年 12 月)。

⑳武汉大学图书情报学院主编:《中国图书情报工作实用大全》,科学技术文献出版社 1990 年版,第 123 页。

㉑谢泳:《中国现代文学史研究法》,广西师范大学出版社 2010 年版,第 206 页。

㉒张炜:《茂长的大陆——对美国文学的遥感》,张健主编:《全球化时代的世界文学与中国》,中国社会科学出版社 2010 年版,第 8 页。

（六）另一种空间

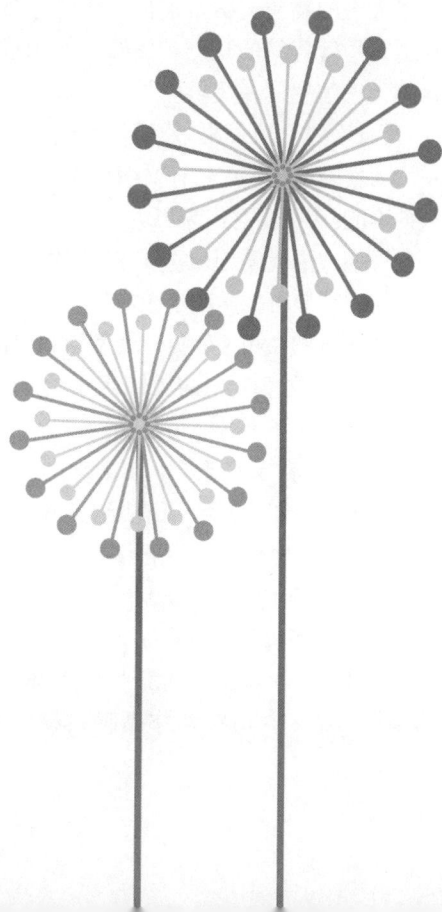

"种族、环境、时代":
中国通俗文学在东南亚土生华人中传播的重要原因

莫嘉丽

提　要：19世纪末,大量的中国章回小说和历史故事被东南亚,特别是新马、印尼的土生华人有计划地翻译为马来文,使中国通俗文学得以在当地广泛流传。这与处在中西文化夹缝中的土生华人这一特殊的群落的特殊处境、文化心态以及经济发展有极大关系。土生华人以对中国文学的选择,表达他们对祖籍国文化的依归。

关键词：种族;时代;环境;中国通俗文学;传播;土生华人;文化心态

一、"种族、环境、时代"与文学

　　法国著名的史学家、批评家丹纳(Hippolyte Adolphe Taine,1828—1893)在《英国文学史·序言》以及《艺术哲学》中,阐述了他的艺术理论。在继承孟德斯鸠与黑格尔的基础上,他提出并完善了其中一个被沿用至今的社会学派艺术观点,即认为"种族、环境、时代"这三大因素,决定了人类的物质文明与精神文明的性质：种族是内部原始动力,环境是外部压力,时代是后天动力。尽管丹纳的观点有偏颇之处,如认为种族特性是该民族文学艺术发展的永久的动力,而这却无法解释同一民族不同时期的艺术盛衰状况;在讨论环境因素时,有"单因决定论"的倾向,而且受进化论局限,片面强调气候、土壤与艺术的影响如对植物的影响一般重要。但是,这三大因素确实是构成精神文明的重要因素。"种族"如果不仅仅指其"原始模型的巨大标记",[①]永久的本能,而看到它作为历史的产物,必然带有历史的痕迹,具有"后天"的特质;"环境"如果不过分重视地域的气候、土壤等自然条件,而看到地域自然条件与区域人文因素相联结,透过区域文化这个中间环节对文学产生影响;如果更多地关注到人文环境形成的关键一环——经济因素,触及与上层建筑密切相关的生产力发展状况的话,那么,其以存在决定意识的立论应该更完善。

　　对产生文学艺术的关键因素的论述原理,同样可以借以考察一个民族或族群的文学欣赏的选择。

　　中国文学与东南亚华文文学的关系源远流长,中国文学的传播与华文文学的产生和发展,谱写着两者的血缘关系历史。中国文学在东南亚的传播广泛而深入,其传播的媒介基本是华人自身;而传播途径很多,如劳工口头传播、私塾授课传播、社团活动记志传播、文人酬唱传播等。在印尼、马来亚等地,还有通过马来文的翻译,使中国文学得以在土生华人中广泛流传的特殊形式。

　　值得考察的是,早期那些略通华语(方言)而不懂华文的土生华人,为何对中国古典文学感兴趣? 他们对哪一类作品感兴趣? 为什么? 那些来自祖籍国的古典文学作品,对他们意味着什么?

二、关于土生华人群落

"土生华人"统指在当地出生而有华人血统的人,这一阶层世界各地的情况有不同。马来亚的土生华人中,以海峡侨生(The Straitsborn Chinese)为代表,他们的俗称叫"峇峇"②。峇峇社群的形成,始自海峡殖民地,特别是马六甲的华巫二族通婚。峇峇最初指华人男子与马来女子通婚所生之混血儿;后来这些混血儿之间也相互嫁娶,生儿育女,于是形成一个土生的华侨群体。19世纪,他们中的女性开始与当时大量涌入的中国新移民通婚;由于新移民中绝少女性,峇峇们只好仍然娶马来女子为妻。这两者的后代的不断增加,峇峇群落的人口遂迅速发展。

峇峇社会群落的文化形态因此而呈现出较为复杂的情形。峇峇是殖民地中的一个特别阶层。他们的生活方式基本从母系而马来化。语言文字上,通用稍有变异的夹杂闽南话的马来语(又叫低级马来语),略通华族方言;有不少人受到英文教育而精通英语。他们有自己的社会团体,自己的报纸杂志(以英文、马来文为主);二战前,他们享有许多其他华人所没有的政治、经济与教育权利,如可入主高级公务员、立法议员等职位,可从事任何经济活动,可享有种种受教育优惠,甚至有机会获取英政府的"皇后奖学金",到英国深造。他们后来往往成为华人社会的上层人物。而且,土生华人与当地中国移民甚少往来,有意保持一定的距离。

然而,从种族的角度而言,"马六甲的华人的血液中有和华人的血液一样多的马来人血液。但是,他们的后代是华人而不是马来人。他们保持着华人的文化,华人的风俗习惯和华人的服式"③。他们的文化认同没有脱离传统华人的轨迹。中国文化,特别是传统的风俗习惯,在峇峇群落中得到较完整的承袭。如承袭姓氏、祭祀祖宗,至于社会礼仪、婚丧嫁娶,更依华族古制。一般的衣着打扮,也有中式的,甚至陋习如男子拖辫、女子缠足也见诸其间。他们建立的庙宇,也多是中国宫殿式的构架、雕工;宇内所悬匾额对联,所置碑铭,皆以中文书写。中华文化以其最表层的形式,渗透于他们的日常生活中,可见其民族意识是十分明晰的。20世纪初,海外华族民族主义运动的兴起,更强化了这一意识。从文化学的角度看,这实际上是一种寻根意识,是华族在选择了另一种生存环境,在时间与空间上远离自己的祖籍国之后,心灵原始无意识积淀"浮出海面"的寻根表征。

这样一个特殊的阶层——在政治上融入当地主流社会,在文化认同上倾向于中国文化;在生活方式上且巫且中;在语言上,除少数受英文教育的人外,大多数人是既失去中文能力又不谙荷文、英文而只通低级马来语,也就是说,他们当时面临这样一个矛盾:既想亲近中华文化又只有阅读马来文的能力。一些有意思的历史现象可以证明这一族群的此类"亲近感":例如马华互译交流的早期,新移民出于维持生计的需要,编著了多类华、马双语词典,而未有人将丰富的马来亚古典文学译为中文;而土生华人,在当时由于享受到种种政策优惠,成为经济领域的宠儿而无衣食之忧,转而寻求精神食粮。其主要手段,就是以马来文大量翻译中国文学作品,以满足精神需求。

三、接纳中国通俗文学的心态及意义

据现有资料证明,在19世纪末,就"有许多中国章回小说和历史故事等,被土生华人有计划和有系统地翻译成罗马化的马来文。由 1889 至 1950 年,前后翻译了不下七八十种书目,……"④而印尼的以马来文译中国小说更早至 1882 年。⑤印尼土生华人的状况与海峡侨生有相似之处,其华译巫的作品,多于海峡侨生群落。相似的是,生活在两国的土生华人为自己的群落选择的中国文学作品,早期的基本是演义、奇观、志怪等通俗小说,它们囊括了中国古、近代通俗小说的五大类:历史演义、公案小说、侠义小说、志怪小说、言情小说。其中以历史演义为最大量,公案、侠义次之,志怪与言情只占很小的比例。⑥总的看来,译者选择的大多是具有非常强的历史性、故事性与民俗性的作品。这样一个特殊群落,为什么选择这一类作品作为他们了解中国文学的蓝本呢? 在他们尚未建立自己的文学时,这些作品起到什么作用? 除了这类作品由于其通俗性而易于流通的原因之外,必定还有其他历史因素。

"任何一个民族的艺术,都是由它的心理所决定的"(普列汉诺夫),民族心理因素决定了艺术创造的性质、形态。丹纳认为应该从物质世界、自然环境、社会环境中寻找决定因素。其中的社会环境因素,通常制约文学艺术的产生:"某些持续的局面以及周围的环境、顽强而巨大的压力,被加于一个人类集体而起着作用,使这一集体中从个别到一般,都受到这种作用的陶铸和塑造。"⑦民族心理同样影响甚至决定一个民族的审美取向。一个民族甚至一个群体的审美趣味,与其所处的环境以及环境因素形成的文化心态、社会心理密切相关。"文化是一个有其自身生命和规律的自成一格的体系,其功能在于使人类适应自然界,以保证种的生存和延续。"⑧土生华人群体是一个具有同质文化的相对稳定的族群,在这一文化圈中,华族的文化寻根,既为文化发展所固有的传承性所引发,也是对生存方式选择的使然。而且,人类的一切活动都是由于一定的欲望驱使产生的。土生华人群落在具有特殊地位的社会环境下有优越感,而在文化归属感上,又未能西化而依然趋向于认同中国。这种心理使他们在尚未建立自身的文化体系时,对本源民族文化抱完全认同的态度。然而,他们生活的环境很难直接给他们提供这样一种精神需求。从接受美学的角度看,特定的行为主体总是生活在有限的时空中,体验有限的人生,人们对这个有限空间以外的世界,往往抱着一种企求最大限度地认知这个世界的欲望,而文学恰恰是最能通向扩展生存空间、延伸生存时间的有效途径。中国古典小说,对土生华人而言,恰恰是他们了解遥远的祖宗之国,一解乡愁的媒介。

中国通俗小说,大量地承载了中华民族文化的因素,它的认识价值有时超出了正史记载。中国传统文学观认为,小说可以翼史补经,劝善惩恶。历史小说通常属稗官野史的性质,它是对历史的一种补充。通过历史小说,在享受文学作品带来的愉悦的同时,了解一个国家、一个民族兴废盛衰的历史,对普通人而言,比读史书更有趣味。清代的蔡元放在《东周列国志·序》中说:"顾人多不能读史,而无人不能读稗官,稗官固亦史之支流,特更演绎其词耳。善读稗官者,亦可进于读史,故古人不废。"土生华人正是通过对通俗小说的普遍阅读,了解中华民族历史,濡染中华民族文化的。小说的另一教化作用,即它的"补经"之功:小说足以借故事阐发传统的知识伦理、道德观念。如《三国演义》、《水浒》等作品,虽然是"造反"小说,《水浒》还属官禁之作,但它们所塑造的领袖人物——刘备与宋江,都具有儒家哲学核心的"仁者爱人"的品格。他们都怀有"上报国家,下安黎庶"、"替天行道,保境安民"的民本思想。他们对百姓"施仁政",即使如宋江者并非命官,无"政"可施,却也以绿林首领的身份,广施仁义,从而得到了"及时雨"的美誉。《水浒》的马来文译本,改以《宋江》之名,亦反映译者的认同与取向。敬朋友,重义气,也是这两部小说所倡导的人物品格。刘备等人的"桃园三结义",宋江等梁山泊英雄排座次歃血誓盟,都是以"义"为纽带,将同道者以传统的结拜兄弟形式联结在一起,"义"成为人物行为的道德准绳。《水浒》的全称就是《忠义水浒传》,强调忠与义的人际关系。关羽在后世之所以被封为"关圣大帝",皆因其义行而得其英名;东南亚国家的许多华人地区都设有"关帝庙",足见海外华人对中国文化中"义"的观念的认同。世界各地的华人,都毫无例外地建立各种地缘、血缘、行业团体,盖因非团结不足以图生存、非互助不足以言发展;而"义"是这些团体的灵魂。新加坡的"古城会馆"之名,即包含了对三国"桃园结义"的文化倡导。⑨对土生华人和其他的移民而言,这种以血缘为基础构成的中华传统文化框架,是中华民族生存、延续的意义网络,他们对本源文化中"义"的认同与重视,是生存意志的体现。就其情感状态而言,是由于在异族文化环境中出现的陌生感、不安全感所产生的。希望通过对民族文化的认同,在本民族中形成凝聚力,在应付异质环境时,创造性地运用中华文化传统所蕴含的智慧,去化解、平衡、协调各种冲突与危机,是土生华人在特定的环境与历史时期中采取的一种生存的策略。对他们来说,以本民族文化去弥补"当下"文化的意义失落的可能性更小些。

译者的节译文本选择,以及在译文前的附序、文中的加注等,也都明显地表现了其传达中华文化思想与道德观念,以正风气、图生存的意图。如著名的峇峇翻译家曾锦文,从事马来文翻译中国章回小说工作十多年,前后完成了18部译著。在每一卷⑩译作的卷首,他都附刊序言,点明题旨,析意辨义,以明教化。译文中也常常随时就人物心理、行为中的道德观念,加以评点。⑪这与中国古典小说的叙述者常常以叙述干预的行为,对作品人物、事件进行道德评价的风格是一脉相承的,客观的环境造成的生存需要与主观的本民族认同的情感需求,使土生华人群落选择了充满"义"文化色彩的中国通俗小说。

通俗小说在土生华人中广泛流传,除了上述的出于生存策略的需要外,另一重要的心理原因是,这些小说中的英雄建功立业的经历与气概,使身处异邦中艰苦创业、谋求发展的土生华人,感受到了一种生命力舒展的快感。各种英雄人物传说,在英雄人物身上表现出来的个人气质与社会使命感,如在艰苦环境中自强自立,在重重磨难中表现出顽强的承受能力,反抗不平等的处境,以及伴随着其南征北战建功立业的民族精神,总之,一种张扬的民族气概,与土生华人的处境、心理需求有许多重合点。这些文本向土生华人们提供了个体日常生活经验无法企及的完美境界和领域,构建出一个更自由、更理想的世界。一种在日常生活中难以实现的理想,在小说中得到了完满的实现。这使他们的阅读不仅得到心理满足,也寻找到了精神支柱。

同时,这些小说,有相当一部分,是描写汉民族反抗外族入侵的历史的,如《说岳全传》、《万花楼》等等。小说所颂扬光大的,是汉民族不甘外侮、宁死不屈的英雄气概和崇高精神。1894年,日本进兵朝鲜,朝鲜请援于中国,于是三国开战。曾锦文在其时陆续出版的译著《三国》的序言中,称此次战事为"我们这时代的三国",并连续报道战争进程,加以评论,表明其坚信中国必胜的态度。⑫此举在峇峇群落中引起热烈反响,这鲜明地表明了土生华人强烈的中华认同意识。

实际上,通过对中国文学文本的阅读,加深与稳固土生华人对中国文化的认识,对于形成、发展该群落自身的文化体系,具有积极的意义。土生华人既然选择了异国的生存空间,必然面临着遭遇异国文化的问题。而任何民族,如果想在异文化中保有自己民族的生存标志——文化,以保存该民族的存在意义,就必须以本民族文化体系为参照,以决定自己将对另一种文化的选择、切割、认知与解释。如果没有内化为心理结构的特定民族文化模式为参照基础,必然在遭遇异质文化时无所适从,或全盘接受,以至本民族文化在异质文化的淹没下失去生存的空间与意义;或作错误选择,而陷入无法兼容与吸纳的尴尬境地,更遑论与异质文化相碰撞而产生新质文化了。因此,我们有理由相信,本文所讨论的中国文学传播,对土生华人而言,不仅只有娱乐的、实用的生存经验借鉴功能,以及文学的浸淫与阅读心理满足的意义,还有自身文化建设的哲学意味。

不可忽略的是,当时由于土生华人在经济上处于先导的地位,他们有足够的精力从事文化建设。由 1894 到 1935 年,土生华人创办过数份双语和单语的马来文报刊,它们是:《土生华人报》《东星报》《马来西亚维护者报》《每日新闻》《土星报》《土挥报》《讲故事报》。在单行本没有出现以前,翻译作品就在这些报刊上连载。[13] 而且,在二战前,新马的出版业尚处于萌芽状态,只有峇峇才有能力大量出版文学作品。

四、结语

中国通俗文学首先从文化心理的角度,对印尼、马来亚土生华人,产生较大的影响;而其文学的影响也是毋庸置疑的。印尼的土生华人文学发展,高于并影响当地土著现代文学,与当时的中国章回小说的广泛翻译的促进有直接关系。至于海峡侨生,文学的影响虽然不是立竿见影的,但它沟通了中国文学与峇峇群落之间的关系,使峇峇群落从未中断过来自祖籍国的文学、文化的联系。峇峇群落一直坚持中华文化的选择,与中国文学在其中的前期传播有直接的关系。这种传播,一直延续下来。二战后,印尼以马来文大量翻译了中国港台地区的著名的武侠小说,如梁羽生、金庸、古龙等人的全部武侠小说,几无遗漏。新马的翻译,就不仅限于俗文学也不局限于峇峇群落了。这时,新的时代、环境,新的国家认同意识,[14] 以及文学发展规律本身,使中译马走向另一个更高的层面:由单向翻译发展为互译;由个人行为变为官方行为;由单项的通俗小说选择到多项的选择——体裁上,有小说、诗歌、散文,内容上,既有《浮生六记》一类古典小说,也有鲁迅、巴金、艾青、郭沫若、冰心等人的名作,还有马来西亚华人文学作品翻译。这时就不仅仅是生存意识使然,还有文化理想的诉求,文学的交流目的等新因素的加入。这就不是本文的论述范围了。

特殊的身份、特别的生活环境与特定的历史文化背景,使土生华人具有与其他移民不同的文化心态、思维方式与价值取向,而这一切,无疑影响和制约着他们的审美情趣的形成,影响和制约着他们的文学选择。

（原载《暨南大学学报》1999 年第 2 期）

注　释

①［法］丹纳:《英国文学史·序言》,伍蠡甫主编:《西方文论选》,上海译文出版社 1979 年版,下卷,第 237 页。

②峇峇,亚语 Baba 的译音,为侨生的统称;另,也用于专指男性侨生,女性侨生称"娘惹"。

③［英］巴素(Purcell):《马六甲华人居留地》(Chinese Setllement in malacca),转引自林

远辉、张应龙著《马来西亚、新加坡华侨史》，广东高等教育出版社1991年版，第267页。

④扬贵谊：《华、马译介交流的演变》，见《亚洲文化》(新加坡)总第9期，第168页。

⑤廖建裕：《华文文学翻译在印尼》，见《亚洲文化》(新加坡)总第15期，第65页。

⑥关于印、马的中国文学作品翻译书目，据注④⑤文，以及梅井的《峇峇翻译文学与曾锦文》，许友年《印尼土生华人马来语文学与土著现代文学之比较》等文，后两篇分别见于《亚洲文化》总第2期、第11期。上述文章提到的被译为马来文的作品有(由于是意译、节译，书名与中文文本有异)：《三国》、《宋江》、《西游》、《孟丽君》、《乾隆君游江南》、《大闹三门街》、《封神万仙阵》、《凤娇与李旦》(选自《晚唐》)、《五美人》、《今古奇观》、《聊斋》、《包公案》、《施公案》、《蓝公案》、《林爱珠》(选自《金石缘》)、《齐天和尚》(选自《西游记》)、《温如玉》、《粉妆楼》、《七侠》、《征东》、《征西》、《后五代》、《列国志》、《后列国志》。另外一些资料还提到如《二度梅》、《黑白蛇》(又名《白蛇精记》)、《雷峰塔》、《反唐演义》(又名《薛刚反唐》)、《三宝太监》等等。

⑦[法]丹纳：《英国文学史·序言》，伍蠡甫主编《西方文论选》，上海译文出版社1979年版，下卷，第239页。

⑧[美]莱斯利·怀特：《文化的科学——人类与文明研究》，沈原、黄克克、黄玲伊译，山东人民出版社1989年版。

⑨三国故事中，刘备、关羽、张飞三人于徐州大战失散之后，在"古城"重逢，赵云也在此时此地加盟。新加坡"古城会馆"便是一个由刘、关、张、赵四姓连宗的团体；1946年，该团体更易名为"刘张关赵古城会馆"，以彰其义。"古城会馆"事见方雄普、许振礼编著《海外侨团寻踪》，中国华侨出版社1995年版，第242页。

⑩每一部小说的译本，都分若干卷出版，如《三国》共30卷，《宋江》共19卷。

⑪见梅井《峇峇翻译文学与曾锦文》一文。

⑫资料来源：同注⑪。

⑬见扬贵谊《华、马译介交流的演变》一文。

⑭二战后，华侨的国家意识与身份发生了新的转变，他们由"落叶归根"转为"落地生根"，由华侨变为华人，新的民族——华族随之产生。

20 世纪中国翻译史研究

——共和国首 29 年对外国通俗文学的翻译：1949—1977

王友贵

内容提要：本文考察中华人民共和国最初 29 年(第 1 时期)对外国通俗文学的翻译。本文认为我国使用"通俗文学"时存在指涉含混、概念不清之弊，于是首先厘清含义，继而对本期通俗文学汉译单行本作初步统计，基于统计对比苏东社会主义国家跟欧美国家通俗文学的翻译，同时对比晚清、民国、第 2 时期(1978—1999)在这个领域的翻译，观察本期通俗文学翻译的兴衰演变，析述变化的主因。

关键词：通俗文学；定义；统计数字；边缘化

一、定义的困惑

在中华人民共和国整个第 1 时期(1949—1977)和第 2 时期(1978—1999)前半段的 20 世纪 80 年代，中国大陆主流文化界、学术界和翻译界不唯对该文学门类怀有深深的偏见，且在使用"通俗文学"术语时，程度不同地受主管部门影响、受主流诗学影响，存在指涉含混、概念不清之弊，尤其当文化界和研究界关注通俗文学翻译之际，往往是主管部门行政干预之时。此时的文学研究界往往以官方的含混概念为绳墨，绝少独立地从学术角度、文化角度廓清此术语的确切含义。譬如通俗里边的"通"和"俗"，分别作何解释？通俗跟流行是什么关系？"俗"是中性还是隐含贬义？学界和文化界往往语焉不详，态度暧昧。

通俗文学一语，原本应该在文字、题材内容、艺术形式、功能作用、读者对象、文化属性和文化特征方面有明确的界定。我国研究近现代通俗文学的代表人物范伯群先生就在这些层面给出过一个详细的界定[①]：

> 中国近现代通俗文学是指以清末民初大都市工商经济发展为基础得以繁荣滋长的，在内容上以传统心理机制为核心的，在形式上继承中国古代小说传统为模式的文人创作或经文人加工再创造的作品；在功能上侧重趣味性、娱乐性、知识性和可读性，但也顾及"寓教于乐"的惩恶劝善效应，基于符合民族欣赏习惯的优势，形成了以广大市民阶层为主的读者群，是一种被他们视为精神消费品的，也必然会反映他们的社会价值观的商品性文学。

加州大学伯克利分校汉学家大卫·约翰逊(David Johnson)花费了十几年研究中国民间文艺(包括中国地方戏)，他在其论文里大量使用 popular literature 这个术语来描述中国的民间文学和民间文艺。基于对中国传统民间文学的研究，他尝试澄清通俗文学的概念。他很聪明地避免直接为该术语下定义[②]。但他的研究跟我眼前的考察一样，必须尽可能清楚地说明 popular literature 的含义。他的办法是阐释而不是下定义。阐释的方法是先把中国传统社会从社会等级(hierarchy of dominance)和教育背景等级(hierarchy of education)作一个划分,前者和后者各自分三个等级。前者的顶层是那些在法律上享有特权的人,例如他们如果犯罪,法律对其会比较宽容;前者的底层,生活不能自立自足,其生存与否掌握在别人手里,因其生存资源不足,如土地资源不足等;在顶层跟底层中间的是那些生活可以自立自足但不享有法律特权的人群。后者的三个等级分别为:顶层是那些接受过良好的古典教育,有能力阅读任何书面文字的人,底层则是那些文盲,中间是一些异质的群体,他们识字但文化程度高低不等,他们不能够轻松自如地阅读高雅文学(广义的文学)的主要作品,其写作能力也不为那些受过良好教育的人所接受③。

运用这两个划分标准,约翰逊将中国全社会的人进一步划分为 9 类不同的社会—文化群体(social-culture groups),最上端是前面说过的顶层,最下端则是底层。鉴于社会等级和教育等级的不同水准必然极大地影响到不同群体的心理意识,他认为 9 类社会—文化群体各自形成不同的从事精神、文化活动的能力④。然后,他引入"高雅"和"俗"这两个对立概念,"高雅"即包括前面讲的社会顶层那些受过古典教育、享受法律特权的人,也可以包括受过古典教育、生活能够自立、能识字,能够享受一定法律特权的其他群体;而"俗"的这一部分却极为庞杂,至少又可以进一步划为 6 类群体。每类群体有他们自己的"亚文化"(约翰逊这里使用的是"文化"一词);所以,如果有 6 类群体就有 6 种不同的"通俗文化"(约翰逊这里使用的仍是"文化")⑤。

主要介绍了约翰逊对"通俗文学"所做的阐释之后,我现在来做一件吃力不讨好的工作。即不明智地尝试约翰逊回避之事,将他的阐释归纳出一个定义。这个定义就是:"通俗文学"与"雅文学"相对,实际上没有一个全社会通用的、适用于所有人的"通俗文学",不同的社会群体有各自的"通俗文学"。

我认为,把这个定义和范伯群的整合,能得出较为清晰、准确、完整的界定。

约翰逊阐释的核心意义是,不同社会地位、教育背景的人群,有各自的"通俗文学"。我在考察中华人民共和国第 1 时期和第 2 时期翻译文学史的过程中,发现文化界和主管部门在使用该术语时,就假定全国有一个标准统一、不同人群共同的通俗文学,原本应区分者未予区分。一说通俗文学,似乎约定俗成地只有一个标准。这种尴尬,是主流文化界、文学界、翻译界、主管部门共同的尴尬。

观察发现,除了定义不明,概念不清,主管部门和主流文化界在使用"通俗文学"词语时,还喜欢强化两个标准,即政治和道德标准。一旦主管部门认为通俗文学出了问题,主管部门和主流文化界关注的焦点恰恰在此,其担心始终聚焦于此。因了这两个标准,通俗文学,尤其是它范畴内的部分常见品种,如言情小说、黑幕小说,在第 1 时期极易政治化或(过度)道德化,处于身份不明、不尴不尬的文化地位。翻过来的通俗文学,主流文学冷落它,本土的民间文学、民间文艺不睬它,落得个"姥姥不疼,奶奶不爱"。即便改革初期头 10 年(1978—1988)情况明显好转,可它仍处边缘,且数次引动主管部门的严厉批评和行政干预。

尽管我在上面检讨、梳理了"通俗文学"术语在我国的"误用",但下面两节在检讨通俗文学在我国的翻译时,有两个方面需要说明。第一是本文只能沿用通俗文学这个术语,以免在尚未取得共识的情况下换用术语造成新的混乱;第二是我在为写作本文所做的 29 年翻译文学的统计中,没有把可能有争议、分类可能有分歧的那些原本可算通俗作品的计算在内。如各国民间文学、寓言童话、民间故事、民谣统统未算作通俗文学,虽然我觉得应该算。此外在计算方法上,同一原作不同译本、不同版本分别计算。

二、通俗文学的分类

翻译家董乐山对于美国通俗小说的划分,可为本文提供一个易于操作的分类框架:历史小说、言情小说、哥特式小说、西部小说、侦探小说、社会小说以及科幻小说[⑥]。对比一下范伯群先生基于中国近现代通俗文学所做的分类,对本文读者不无帮助:谴责黑幕小说、言情小说、武侠小说、侦探小说、历史小说、滑稽小说、通俗戏剧。这里的通俗戏剧,并不单单只有中国才有,苏联和其他国家也有。鉴此,我想综合董、范两位学术背景完全不同者所做的美国、中国(即中西)通俗文学分类,基于我考察的整个 20 世纪外国通俗文学的类别,理出如下种类:侦探推理间谍小说、科幻小说、冒险侠盗小说、言情小说、历史小说、社会小说、恐怖小说、滑稽小说、通俗戏剧。

按照新的分类,美国的西部小说,可以归入冒险侠盗小说;日本的推理、苏联的间谍小说,可以归入侦探推理间谍小说;美国、意大利的黑手党小说,可以归入社会小说,连当下十分流行的"商战小说"、"职场小说"都可归入社会小说,以此类推。

三、20 世纪翻译文学史背景下的第 1 时期通俗文学翻译

1. 从数字看第 1 时期外国通俗文学翻译

第 1 时期最初 5 年(1949—1954)译界和出版界似乎无暇关注通俗文学翻译。虽然这几年出版社数目众多(1956 年所有制改造完成后全国上百家出版社或换牌或消失),可成绩寥寥。5 年间出版苏联通俗小说 15 种、波兰 1 种、罗马尼亚 1 种,凡 17 种,年均 3.4 种。以这样微不足道的成绩,头 5 年可以说是沉寂期。

接下来的 5 年(1955—1959)是恢复期。其特征是产量骤增,头一年产量倍增之后呈逐年递增(1959 年除外)之势,该品种的翻译也开始有了影响。1955 年是恢复期头年,是年一下翻译了大约 49 种,超过头 5 年沉寂期之和,其中 40 种是苏联冒险间谍和科幻,东德 3 种,朝鲜、波兰各 1 种,英国 3 种,美国 1 种。1956—1957 年我国发起"向科学进军"的全国运动,刺激了科幻小说的创作和翻译,也带动了整个通俗文学的翻译,伴随而来的是 1956 年有 47 种,其中 41 种为苏联冒险间谍、科幻小说,还有罗马尼亚 2 种、东德 1 种,清末已成热点的法国凡尔纳的科幻,也于是年重新翻译 2 种;1957 年苏联有 29 种,波兰 3 种,捷克 1 种,东德 7 种,英国 6 种,法国 3 种,本年小计 49 种;1958 年苏联 39 种,东德 4 种,波兰和越南各 1 种,英国 4 种,法国 2 种,本年小计 54 种;1959 年苏联 35 种,波兰 2 种,捷克斯洛伐克 1 种,英国 3 种,法国 1 种,本年小计 42 种。20 世纪 60 年代和 70 年代可称之为沉睡期,因中苏关系交恶,其表现为一开始大幅收缩,3 年后草草收场,停止所有国家、所有类型的通俗文学翻译。具体的成绩,1960 年苏联 6 种,东德 2 种,本年小计 8 种;1961 年苏联 6 种,法国凡尔纳 1 种,本年小计 7 种;1962 年苏联 2 种,保加利亚 1 种,本年小计 3 种。

从以下概述可以看出,本期通俗文学翻译时冷时热,两头冷,中间热。热也不过短短 5 年时光。

第 1 时期大致沿袭了以苏联冒险间谍、科幻小说为大宗的路数。晚清、民国众多品种中的好些品种,如言情、历史、滑稽、侠盗小说,多半没有;欧美式的恐怖小说没有了,代之以苏东样式的冒险小说。沉寂期基本没翻西欧、美国的通俗作品,恢复期于苏东大宗作品之外,其他国家,尤其是西欧国家,始见少量翻译。如被誉为"英国侦探小说之父"、对英国侦探小说有重要贡献的威廉·柯林斯(william Collins,1824—1889),山珊译有他最有名的《月亮宝石》(新文艺,1957)。沉睡期所有国家、所有样式的通俗作品压缩,直至完全停译。

按本期各国通俗小说译入汉语的数量多寡排列,依次是苏联 213 种,英国 16 种,东德 14 种,法国 10 种,波兰 7 种,罗马尼亚 3 种,捷克 2 种,保加利亚、朝鲜、越南和美国各 1 种。本期从事通俗文学翻译的出版社大约有 18 家,从中央到地方两级都有,地方社居多,跟纯文学的翻译出版仅有两家形成鲜明对比。这 18 家机构除头两家外,大多数产量有限,若按其翻译数量多寡排列,最多的是中国青年出版社和群众出版社,其余次第为上海文艺、科学技术、科学普及、江苏人民、江苏文艺、云南人民、重庆人民、北京出版社、天津人民、百花文艺、天津通俗、浙江人民、辽宁人民等。以影响论,中青社的影响最大,其次是群众社。

2. 从翻译史和翻译策略看彻底边缘化的通俗文学翻译

将本期通俗文学翻译置于 21 世纪翻译史观察,晚清 1896 年 9 月的《时务报》首发张坤德译的《歇洛克呵尔唔斯笔记》(即福尔摩斯),奏响我国翻译文学大潮的先声。此后,晚清所有新潮文艺杂志都刊登通俗文学译作,包括当时影响最大的 4 大小说杂志《绣像小说》(1903 年创刊,下同)、《新新小说》(1904)、《月月小说》(1906)和《小说林》(1907);接着民国那份销量惊人的《小说世界》(商务主办的鸳鸯蝴蝶派杂志,刊创作和翻译的通俗小说)继续着通俗文学翻译热;可到了本期,除了少量科普杂志发表若干苏联科幻小说译作外,没有任何有影响的发表通俗文学译作的杂志;进入共和国第 2 期后,单单 1978—1982 年这 5 年间涌现的几十种刊物,几乎全部发表通俗文学译作(并非只发通俗文学),其中有专发科技类文艺译作的《科学文艺译丛》(1—8 辑,江苏科技出版社 1980 年版)、《科学小说译丛》(广东科技出版社 1981 年版)等,还有并非专发但时发科幻译作的《智慧树》(天津新蕾出版社 1981 年版)等。连今日变成学术刊物的《当代外国文学》和只发创作文学的《钟山》、《芙蓉》等大型杂志当时也一头扎进来凑热闹①。

通俗文学单行本译作,晚清究竟翻了多少虽无确切统计,但其比例甚高,乃不争的事实;民国虽然纯文学单行本的翻译日增,但通俗文学翻译也同样得到发展。凡尔纳的小说有了各式各样的中译本,《福尔摩斯探案大全集》也问世了;进入共和国第 2 时期更是迎来高潮,单单柯南·道尔和阿·克里斯蒂两位,围绕他俩推出的不同的中译本系列,其数量就超过了第 1 时期通俗文学译作之和。

从出版机构的变化来看,晚清民国几乎所有出版社都积极参与通俗文学翻译,商务正是这个领域的执牛耳者,严肃和通俗(文学)并举。相比之下,第 1 时期获准出版外国文学作品的北京人文社和上海新文艺,新文艺还出一些,人文社则"端着",基本不出,委实要出的话,则假其副牌"作家出版社"。这个重大变化证明了通俗文学的彻底边缘化。

在本时期的大陆,通俗文学翻译头上戴着三顶"帽子"。一顶是意识形态层面的,如被指为"宣扬资产阶级腐朽的生活方式";一顶是诗学上的,如被指为"格调低下"、"手法陈旧";还有一顶是道德层面的,如被指为"诲淫诲盗"。

因了主流诗学在通俗文学问题上的暧昧,因了政治意识形态对通俗文学的成见,还因了当代作家、学者和翻译家对通俗文学普遍的成见，第1时期的通俗文学翻译唯有两条路可走。要么追随程小青（下文将详述）一走了之；要么调整方向，低调维持。实际的情形是选择后者，在一个逼仄的空间勉强辟新路，勉强维持。这条新路便是选译苏联和东欧国家间谍、冒险小说、革命军人、警察和公民，甚至少年儿童与罪犯、反革命分子做斗争的惊险故事，以及科幻科普文艺作品。

本期冒险间谍、反特类译作，以苏联数量最多，很多译本配有插图，翻阅起来十分诱人。苏联科幻作品的翻译量本期远高于民国，其中不少也配有插图。科幻类除极少数宣传了伪科学外——如朱育义译杜甫仁柯的电影剧本《米丘林》（艺术出版社1955年版，米丘林就是苏联的一个伪科学家），多数译作给亟须科学知识普及和想象力培育的读者带来了新天地和新想象。在科学普及、想象力培育方面作了不可或缺的工作。然苏东在这两大门类皆不像西方通俗文学那样产生过国际级的大作家。

与此同时，享誉西方通俗文学界的国际级作家柯南·道尔和凡尔纳，因其出名早，其作品已获举世公认，且被认为在道德上和思想意识上问题不大，也捎带出版了一点，不过对其重译的热情不能跟晚清、民国相比。全球侦探小说的鼻祖、美国的坡（Poe）的相关小说没有译介，而受坡启发、率先在英国开始现代侦探小说创作的柯林斯，待遇比坡好一点，如上文提到的山珊翻译了他的《月亮宝石》。《月亮宝石》是欧洲第一部长篇侦探小说。作者安排了7人来讲述围绕印度的国宝而发生的故事：英国军官亨卡利杀死看守，将举世闻名的月亮宝石抢到手，印度人跟踪到英国，受人尊敬的艾伯怀特在弗兰克林临睡前喝的白兰地中加入鸦片剂，以验证鸦片的效果。弗兰克林在鸦片的作用下，神志恍惚地走进表妹的房间，拿了宝石回到自己房间又睡了，宝石立刻被守候在旁的艾伯怀特取走，他还嫁祸弗兰克林。最后在探长的协助下，找到了宝石真正的窃贼，可窃贼已经被复仇心切的印度人杀死。

显而易见，对柯南·道尔和凡尔纳的策略是有限翻译，凡尔纳还沾了1956年"向科学进军"运动的光，所以译得多些。所谓有限翻译，既非完全不译亦非全译，而是选译一点。适当满足读者需要。其数量与品种跟民国、第2时期不可同日而语，譬如法国仅有凡尔纳一人有10种中译本，仿佛他之外法国就没有通俗文学作家了。至于英国此时声誉鹊起的阿加莎·克里斯蒂、民国曾经译入我国的法国作家勒布朗等，通通打入冷宫。跟他/她们一起被打入冷宫的，是普遍意义上的西方通俗文学，是文学的娱乐性和消遣性，还有翻译产品的商业性。

3. 制约、推动通俗文学翻译的因子

通过观察，发现本期通俗文学的演变跟下面这些因子息息相关。它们有正面也有负面，有硬性亦有软性。大致有：1）经济发展和城市发展；2）读者/市场需求；3）商业性；4）趣味性与可读性；5）意识形态；6）伦理道德；7）主流诗学；等等。它们或推动或制约本期这个门类的翻译选择和翻译活动。

上述7因子可分两组，前3个为前一组，后4个为后一组。因子间彼此关联、制约。如因子1）和2）有此生彼长的关系。现代文明的一个重要标志是工业化和城市化，没有二者的发展，广泛的城市市民群体难以形成；没有数量可观的市民，通俗文学难有市场，难有源源不断的读者群。市民群体里，大多数人的阅读趣味、取向，跟通俗文学，包括翻过来的外国通俗文学，最相一致。因他/她们对文学的趣味性、娱乐性、知识性和可读性的要求，能够在这个大杂烩里边得到满足，甚至是最大满足。正是他/她们的阅读需求，形成并推动了图书市场，制造并延续着市场需求，而提供这类产品的报刊和出版社，既能满足其需求，又能获利。与此同时,这类文化产品,要吸引最大数量的读者群,就必然跟主流意识形态(不等同于政治意识形态)和道德规范大体保持一致,还要尽可能跟主流诗学大体保持一致。

通常情况下。前一组因子比较"硬",居主导地位。它们中任何一个缺席,都将影响通俗文学的翻译;后一组因子则要"软"些,它们影响通俗文学翻译的方式和程度没有那么直接,那么不可抗拒,那么绝对。然而在我国第 1 时期情况却颠倒了。后一组由"软"变"硬",外"软"内"硬",尤其是后 3 个因子,不允许违反,不允许冲突,否则就采用行政手段干预。这样的情形在第 2 时期也有发生,但后期根本的变化,在于主管部门顺应形势的变化,逐渐把后一组软化了,没有第 1 时期那么"硬"。

譬如,第 1 时期的政治意识形态高于一切,法国勒布朗的通俗小说、亚森·罗平的探案小说,被认为不合此时的政治。20 世纪 30 年代傅东华译美国米切尔的《飘》、40 年代汪宏声译美国奥尔科特的《小妇人》,本期被认定不符合"社会主义道德观"而被打入冷宫。

观察发现,本期城市发展了,城市人口增长了,普及初等教育使读者增加了,市场需求也很明显,但由于后 3 个因子被人为强化到不适当的程度,严重遏制了原本具备推动通俗文学翻译的前一组因子,导致通俗文学翻译远远不能满足读者需求。最具说服力的证明,是第 2 时期几十家刊物争相发表通俗文学译作。它一方面证明了巨大的市场需求,另一方面证明那恰恰是一种补偿式的疯狂翻译,好似 10 年没吃肉的人一旦开禁拼命吃,也不怕噎着。

第 2 时期,前后两组因子的关系逐渐理顺,逐渐复位。不过在复位的过程中,尤其是 20 世纪 80 年代和 90 年代初,主管部门仍然出于惯性,以某些译作不合政治意识形态和"社会主义道德观"为由,尝试限制通俗文学翻译,譬如一度试图控制"外国惊险推理小说"®。

结　语

柯林斯的侦探、柯南·道尔的福尔摩斯、凡尔纳的科幻,三位所代表的,刚好是本期通俗文学之两大路向:侦探与科幻。只是作品源的主流改变了,从英、法、美转向苏联。这就跟晚清、民国的翻译活动有了很大区别。

整体而言,晚清盛极一时的通俗文学翻译,民国在"为人生"和"为艺术"两派严肃文学家的偏见里开始边缘化;本期一方面彻底边缘化,一方面偏见加深,有的成为"一剑封喉"式的偏见。有的偏见很好笑,譬如本期的通俗文学翻译仿佛要跟民国"离婚"。一个证明,民国程小青的《福尔摩斯探案大全集》一本不用,其他民国探案和凡尔纳的科幻小说译本一概不用,通通重译、出新版;而纯文学的民国译本,只要质量不差,意识形态方面无碍,本期多半重印,如朱生豪译莎士比亚的 31 部剧。彻底边缘化的证明除了上述出版社的巨变,还有一个证明,是本期从事此道的译者多为无名之辈(参看上文和下文提到的部分译者姓名)。廖尚果是个例外。当然还有例外,杨宪益等偶尔来此"友情客串"也不当一回事。从未听见杨本人说起他译过凡尔纳,顶多说明他骨子里喜欢科幻。

苏东国家之外的通俗文学,无论作家还是作品,无论是恐怖小说、侦探小说还是情爱小说,不同程度地受到压制,情爱小说受到彻底压制。例证之一,坡的恐怖小说不译了;例证之二,上文提到的程小青(原名青心,1893—1976),在民国除了创作"霍桑探案"60 多篇,还译过大量美国、英国探案小说,成为"中国侦探小说之父",可 1949 年之后掉头他顾,急流勇退。尽管他早年创作的惊险小说 1956—1957 年有 4 种获重印®,但他本人毅然放弃作家和翻译家的头衔挂冠而去。虽然不清楚他离去是否有其他(如健康)原因,但他的离去,象征着英美模式的侦探小说翻译在第1时期难以抬头,难以发展。

代之而起的是苏联模式。苏联样式的通俗文学,第1时期主要译有二类。一类是间谍小说,如周彤译亚·阿夫捷因柯的《蒂沙河上》(天津人民,1956)和云南大学俄文教研室集体译阿夫吉延柯的《山野的春天》(云南人民,1956)等,如陈生译瓦西里·阿尔达马茨基的间谍小说《危险的旅途》(天津通俗,1955),述苏军军官奥卡也莫夫叛国投敌,卫国战争期间帮助德国人、二战后替美国间谍机关工作,被空投到苏联境内的黑森林,其任务是盗取某重要研究所的资料,炸毁该研究所;他利用某些人的麻痹疏忽步步逼近目标,在最后一刻被国家保安局擒获⑩。陈生译本配有"阴森森"的插图,效果突出,非常吸引普通读者。一类是冒险小说,20世纪50年代上海潮锋社专门出了一套"苏联冒险小说译丛",如陈复庵、鲁林合译阿达莫夫的《驱魔记》(潮锋,1955),一之译格·杜什允的《朱拉》(潮锋,1955)等;该译丛之外的译作更多,如许铁马、于浩成译米哈依洛夫的《冒名顶替》(中青,1955),吉金译弗·阿尔达马茨基的《我是11—17号》(江苏文艺,1958)等。一类是科幻小说,如滕宝、陈维益译阿·贝略耶夫的《"康爱齐"星》(潮锋,1955)和联星翻译的《在月球上》(中青,1956)等。《在月球上》乃苏联著名科学家齐奥尔科夫斯基为青少年写的一个科幻作品:"我"和我的物理学家朋友游历月球,在月球上吃完最后一餐饭后"我"昏睡,忽然醒来,发现月球之行只是一个梦。这个译本也配有插图,展现月球上的情景,在当时一定令很多青少年浮想联翩,然作品本身想象力极弱,艺术性差,作者的虚构能力弱,跟凡尔纳的作品迥异,其科普作用大于艺术欣赏⑪。此外,还有把防奸反特、科幻结合一体的丛书及其译作,如奈温等译罗萨霍夫斯基等著《金刚石》(辽宁人民,1955)。

著名德语翻译家廖尚果1957—1958年猛不丁推出"新惊险小说译丛",一鼓作气译出德、法、捷克等国通俗文学凡9种。例如他译德国费列德列·朗厓的《约哈山的猎人》(江苏人民,1957,以下如出版人和时间同,略),译彼德·维普的《贩卖黑奴》,还译茹礼士·维尔尼的《冲破封锁线》(中译本版权页上标出Jules Verne,即法国凡尔纳,后面的书名是德文,廖用的应该是德文本⑫),君特尔·波罗德尔的《采珠女工》,君特·约哈那的《最后一次斗牛》(江苏文艺,1957),君特·布劳恩和约哈那·布劳恩的《逃出盗窝》(江苏人民,1958)等。它们全部译自东德新生活出版社策划的"惊险丛书"⑬。有趣的是,廖尚果单枪匹马"走东德",撑起东德通俗文学翻译的大半江山。

因共和国首29年对欧美通俗文学采取有限翻译的策略,渗透在通俗文学作品里的西方发达国家的现代生活,如社交活动、家庭生活、政坛风云、商战、情感生活、思维方式以及历史、军事诸层次诸方面的枝枝叶叶,几乎全部被过滤了。这恐怕也是本期选择不译当代欧美通俗文学的主因之一,担心那些"腐朽的资产阶级玩意儿"腐蚀我们单纯的读者。当然,那些枝枝叶叶里边蕴含的现代性、现代生活理念与生活方式也被屏蔽了。同时被屏蔽的,还有想象力、好奇心、创新意识,还有活色生香的西方现代社会生活。

第1时期翻译的苏东国家间谍反特冒险小说,其影响20世纪50年代最盛,60年代中期之后式微,70—90年代减少到无甚影响。尽管20世纪90年代中期有出版社试图重印其中部分作品⑭。另一方面,部分苏联科幻小说不仅在第1时期影响很大,第2时期仍有一定影响。

参考文献

①范伯群主编.中国近现代通俗文学史[M].上卷.南京：江苏教育出版社,1999,18.

②③④⑤Johnson, David. Scripted Performances in Chinese Culture：An Approach to the Analysis of Popular Literature[C],原文为英文,引文由笔者译为汉语,原文刊《汉学研究》[C]8 卷 1 期.台北：汉学研究中心编辑并出版.1990,38,38—39,39,40.

⑥董乐山.西行的足音[M].武汉：湖北教育出版社,2002,120—126.

⑦《百花洲》编辑部,1977—1982 翻译外国中短篇小说索引(内部参考资料)[C].南昌：《百花洲》编辑部,1983.

⑧参看"文化部出版局关于'六五'计划和'七五'规划"(1982 年 7 月 20 日),第 1 条第 1 款,第 14—15 页;参看"国家出版局关于坚决控制外国惊险推理小说的紧急通知"(1982 年 3 月 19 日,[82]出版字第 177 号),第 105—106 页等,收入：图书发行工作文件选编(1982—1987)[C](内部发行),北京：新华书店总店编印出版,1988.

⑨程小青.大树村血案[M].上海：文化出版社,1956;她为什么被杀[M].上海：文化出版社,1956;不断的警报[M].南京：江苏人民出版社,1957;生死关头[M].南京：江苏人民出版社,1956.

⑩[苏]瓦西里·阿尔达马茨基.危险的旅行[M].陈生译.天津：天津通俗出版社,1955.

⑪[苏]齐奥尔科夫斯基.在月球上[M].联星译.北京：中国青年出版社,1956.

⑫冲破封锁线[M].廖尚果译.南京：江苏人民出版社,1957,版权页.

⑬[德]君特·布劳恩、约哈那·布劳恩.逃出盗窝[M].廖尚果译.南京：江苏人民出版社,1958,书名页.

⑭如春风文艺出版社 1995 年策划一套"苏联冒险侦破丛书",参看弗·阿尔达马茨基.我是 11—17 号[M].吉金译.沈阳：春风文艺出版社,1995,"出版说明".

(原载《广东外语外贸大学学报》2011 年第 6 期)

通俗文学的政治

——海外中国现代文学研究论之一

季 进

摘 要：本文通过翔实的第一手资料，较为系统地梳理与评述了海外学界关于通俗文学研究的基本情况，辨析了海外学界对"通俗文学"概念理解的多元性和变迁的复杂性，指出海外学界通俗文学研究的特点是从研究对象出发，而非简单地从概念入手进行研究，注重"通俗文学"文本的阐释空间，而不急于做出高低雅俗的判断，表现出较为明显的文化研究的特征。海外学界对通俗文学的研究，与其说是对通俗文学审美价值的重估，不如说是对晚清、民国文学现代性的重估。他们重视的不是其文学性的缺失，而是这种缺失如何辩证地构成了一种新的现代机制。这对于我们反思通俗文学的命运、探讨雅俗文学的关系，都具有重要意义。

关键词：海外汉学；通俗文学；雅俗辩证

通俗文学作为一种"被压抑的现代性"，受到海外中国现代文学研究的广泛关注与热议。我们与其说这是出于对通俗文学审美价值的重估，不如说是缘于对五四神圣性的解构。安敏成（Marston Anderson）敏锐地指出："自夏志清与普实克的著作之后，西方对五四文学最具雄心的研究已转而集中于该时段文学史中其他较为边缘性的取向。"① 具有代表性的作品有李欧梵的《中国现代作家的浪漫一代》（The Romantic Generation of Modern Chinese Writers. Cambridge：Harvard East Asian Series，1973），林培瑞（Perry Link）的《鸳鸯蝴蝶派》（Mandarin Ducks and Butterflies：Popular Fiction in the 20th Century Chinese Cities. Berkeley：University of California Press，1981），以及耿德华（Edward Gunn）的《被冷落的缪斯》（The Unwelcome Muse：Chinese Literature in Shanghai and Peking，1937—1945. New York：Columbia University Press，1980）。这些著作或专章，或通篇论及通俗文艺及其作者的艺术特色和文化形象。李欧梵和耿德华两位，以"浪漫"为名，考察了日后被大家公认的通俗文学作家——苏曼殊、苏青以及与通俗文学大有瓜葛的张爱玲。李欧梵将苏曼殊视为五四浪漫主义的前驱，似乎暗示了通俗文学所具有的现代性，以及它与五四文学之间微妙的关联。耿德华以"五四浪漫主义的没落"谈论苏青，以"反浪漫主义"的概念归纳张爱玲，也足见通俗文艺在新的政治、文化环境之下所拥有的艺术多样性和现实关怀感，它绝非"消遣娱乐"的代名词。

事实上，早在 20 世纪 60 年代初，夏志清撰写《中国现代小说史》时就已明确提出："纯以小说技巧来讲，所谓'鸳鸯蝴蝶派'作家中，有几个人实在是很高明的，这一派的小说家是值得我们好好去研究的。"② 夏济安也几番去信，向他提起："最近看了《歇浦潮》，认为美不胜收；又看包天笑的《上海春秋》，更是佩服得五体投地……很想写篇文章，讨论那些上海小说。"其至认为："清末小说和民国以来的'礼拜六'派小说艺术成就可能比新小说高,可惜不被注意。"③

虽然夏氏昆仲对通俗文艺的代表"鸳鸯蝴蝶派"赞许有加,但话说回来,当时学者关心"鸳鸯蝴蝶派",与其说是由于它的文学价值,倒不如说是出于对社会学和民俗学的兴趣。为此,夏志清笔锋一转,接着写道："这一派的小说,虽然不一定有什么文学价值,但却可以提供一些宝贵的社会性的资料。那就是:民国时期的中国读者喜欢做的究竟是哪几种白日梦。"④夏志清的这句话,明显包含了一种文学等级论,即高雅的文学可以做艺术上的判别,但等而下之的通俗文学就只能作为社会文献资料来看待。无论我们承认与否,这与现在颇为时新的文化研究理论是如出一辙的,它们寻觅的都是文学的外缘价值,关心的是文学与历史、社会的对话关系,但对其肌质、审美构造则未作深入剖析。比如,吴茂声(Mau-Sang Ng)通过对秦瘦鸥小说《秋海棠》的分析,重绘了20世纪40年代上海的市民生活,论述了它作为描摹世态百相、人生浮沉的"社会小说"的"类的特性"。⑤可惜,未能充分阐述小说应有的个性光泽,其论述重心是"社会",而非"小说"。可以说,当时通俗文学的研究重点,还旨在为其正名,并试图恢复其艺术特性。

那么,我们到底应该如何理解和界定"通俗文学"这个概念? 它与"大众文学(文艺)"、"民间文学"、"流行文学",以及"俗文学"等概念相伴而生,且互有指涉,它们之间的差异又到底何在?

20世纪80年代,施蛰存曾专门写过一篇文章来讨论这个问题。在他看来,俗文学、通俗文学、民间文学、大众文学四个概念,都可溯源于英文"popular literature",有的取其本意,有的取其引申意,各有侧重。比如,"民间文学"就是从"popular"的本意中直接获得,意思比较清楚,专指由人民大众中的作家或艺术家创作的作品,其作者多为不可考的无名氏或集体创作。与之不同,"通俗文学"的作者则有名有姓,且在相当程度上具有号召力。"俗文学"的概念,本从"popular"、"廉价的"、"低档的"定义出发,但为了避免人们将"俗"字曲解为"粗俗"、"鄙俗",学界就专门用它来指代"民俗"文学(fork literature),它讨论的对象是各地的风俗习惯、神话传说、谣谚礼仪以及语言等民族文化现象。至于"大众文学",因为它是20世纪30年代从日本、苏联引入的,因而具有极强的意识形态性,其实质是指"无产阶级文学"。⑥

这个理解后来得到唐小兵的呼应。在《我们怎样想象历史》一文中,唐小兵仔细区分了"通俗文学"与"大众文艺"的概念,指出:"'通俗文学'所体现的实际上是市场经济的逻辑;其所追求的最终是文学作品的交换价值化,与商品的运作方式是同构同质的。"而"大众文艺","也许最终涉及的将是文学话语(以及更广泛意义上的象征行为)在现代民族—国家的营建过程中不可或缺的意识形态功能",其所偏重的是"行动取向"以及"生活与艺术同一"的原则。⑦换句话说,"通俗文学"以利为驱动,"大众文艺"则以义为追求。尽管唐小兵在重审"大众文艺"的价值功能方面有其贡献,但对"通俗文学"的理解则失之简单。我的理解是,"通俗文学"在经济上的成功,并不能构成对其写作初衷和动机的解释。一个最简单的例子是,活跃于20世纪一二十年代的鸳鸯蝴蝶派作家,他们撰稿通常是不取酬劳的。文学仅仅是他们的副业和理想,他们厌恶那种纯粹以买卖文字来生活的方式,所以,他们的笔名除了诗情画意之外,也有部分是表示自我嘲讽和揶揄的。⑧

正是因为通俗文学自身的丰富性与灵活性,使得我们难以对20世纪的中国通俗文学做出一个清楚厘定。也许这就是定义的两难,没有它,可能进退失据;有了它,又容易画地自限。有鉴于此,大家都刻意回避这个概念,或者就事论事,不谈归属,或者干脆用其他概念以指代。例如,夏济安就主张采用"romance"来替换"通俗文学",以示其与小说的区别,并彰明其有独立的批评准则。夏济安说,"中国的'旧小说',够得上 novel 标准的,只有《红楼梦》一部",其余则是卷帙繁重的 romances。从才子佳人到神仙武侠,再到演义公案,romances 类型各异,却有一个共同点,那就是"机械公式化的","写 romance 的人根本不想'反映现实'",不过"这种故事,可以叫人听之不倦","支配社会上很多人士的 imagination"。可惜的是"中国研究中西文学比较的,常常不注重 romance,而且忽略它的存在;拿 novel 的标准来评 romance,当然会使人觉得后者的幼稚可笑"。夏济安甚至想以英文写一本书,就叫《风花雪月》,副题是 The World of Chinese Romance,专门讨论中国的俗文学。⑨

柳存仁在 20 世纪 80 年代也提出了所谓的"middlebrow fiction"(二流小说)的概念,字面上虽避开了"通俗文学(小说)"的提法,但其实质和内涵跟"通俗文学(小说)"并无二致。他们主要关注的是通俗文学,特别是鸳鸯蝴蝶派文学与传统中国文学之间的血缘关系,考察其在主题与技巧方面的承继、延伸,这当中佛教的影响尤为巨大。在柳存仁看来,尽管鸳鸯蝴蝶派文学不乏其艺术特色,但它们毕竟只是"温性的启蒙或消闲的滋补品",是二流小说之中较好的部分而已,同最高等的文学相比,相距甚远。⑩这样的论点明显流露出作者对通俗文学的鄙夷与不屑。

林培瑞也专门发明了"传统样式的都市通俗小说"(traditional-style popular urban fiction)这个概念来指代通俗文学的大宗鸳鸯蝴蝶派。通过添加定语的方式,林培瑞赋予现代"通俗文学(小说)"一些可供识别的体征:一是其有迹可循的文类风格;二是"城市"这个生产和消费的语境。林培瑞把鸳鸯蝴蝶派文学的流行,主要归功于"鸳蝴派小说对中国民众的社会准则所持的保守态度以及对西方与现代化社会所持的反抗态度"⑪。这种无论是对传统,还是对西方都有所保留和怀疑的姿态,使得鸳鸯蝴蝶派区别于五四的全盘性反传统或全盘西化的取向。也许,这才是民初通俗文学与高雅文学的实质差异之所在,城市及其经济利益的运转不能从根本上区分两者,因为两者共享了"都市"这个要素。

从夏济安、柳存仁和林培瑞的论述可以发现,人们对定义抽象意义上的"通俗文学"缺乏兴趣,更普遍的倾向是专注于特定时空背景下的文学实践,对其做出具体的解读。这些文学实践主要集中于民初到五四、20 世纪 40 年代以及 80 年代以降这三个时段。这与陈平原分析的"通俗小说的三次崛起"若合符节。⑫不过,有一点不同的是,陈平原把"通俗作家"高雅化(如张恨水)和"高雅作家"通俗化(如赵树理),视为 20 世纪 40 年代通俗文艺高涨的表现。但实际上,张恨水承袭的不过是民初鸳鸯蝴蝶派小说的风格,而赵树理所表征的又是政党政治意志的"大众文艺",所以严格说来,两者可能都不能算是 40 年代这个特殊语境下的"通俗文学"代表。相反,海外学界将战争与文艺合而观之,认为真正能代表此一时段通俗文学成就的是张爱玲、苏青、丰子恺、叶浅予等人。他们既不须听将令于意识形态,进行所谓的"思想改造"或"为工农兵服务",也不必为艺术而高雅,将文艺装点成人生大义。他们的作品多从日常的生活出发,表达一己之见。小情小爱、细枝末节,看似平凡无奇,却无不透出别样的情感心智和文化政见。洪长泰的《战争与通俗文化》(Chang-tai Hung. War and Popular Culture: Resistance in Modern China, 1937—1945. California: University of California Press, 1994),以及黄心村的《乱世书写》(Nicole Huang. Women, War, Domesticity: Shanghai Literature and Popular Culture of the 1940s. Leiden: Brill, 2005),正是这方面的

来,他更是将研究的触角伸向了鸳鸯蝴蝶文学与电影及都市文化的跨学科关系,追查通俗文学的先驱意义和启蒙形象。㉖胡晓真探索了弹词这一冷僻的文类,引导我们注意鸳鸯蝴蝶派文学与近代女性叙事的关联,同时,也在周蕾的女性视角之外再添一种向度。㉗

鸳鸯蝴蝶派的热浪一直从民初延伸到 20 世纪 40 年代末。40 年代的通俗文学出现了又一波高潮,最重要的代表者不是别人,正是大名鼎鼎的张爱玲,她将 romance 变成了新传奇,㉘大俗大雅,苍凉世故。同苏青、潘柳黛等女作家一道,她们在战争的环境下共谱了一曲通俗文化的时代新歌,女性的家庭生活和都市日常情感得到了极大的书写。黄心村的著作《乱世书写》,正是由此展开。她看到,渗透在这些女性作家文字中的主题,无论是从事散文、闺秀小说,还是自传小说的写作,无外乎女性、战争以及家庭性(domesticity)。她们利用这些看似无伤大雅的主题和材料,在一个政治高压的环境里巧妙地占据了一席之地,不仅巩固、发展了一个中层读者群,也建立了一个新的文化舞台。在那里,发端于世纪之初的现代都市文化反思得以延续,上海这座饱受战争蹂躏的大都市中的文化生活也得到了维护。她们穿梭在视觉文化、时尚话语、日常生活、传统经验以及政治反抗的多维关系之中,龃龉、摩擦,然后偶合,最终演绎出 40 年代不可磨灭的"乱世佳人"风景线。

同样是针对此一时段的考察,洪长泰的观察视野有所放大,由文学转向了文化。他所讨论的对象包含戏剧、漫画、报纸以及其他的通俗文化形式。其中有相当一部分是"大众文艺"的内容,特别注重从"大众文艺"这一政治化的文化运动中梳理个人性的东西,比如丰子恺的漫画。洪长泰从格尔兹(Clifford Geertz)有关"文化理解"的理念中得到启示,认为文化乃是一种话语。任何的人类行为,包含象征行为,都可作语义学的分析和解码。借着对各种通俗形式的分析,洪长泰指出,战时通俗文艺的急速流通,改变了人们对它的传统看法。

都市形象以及文化的精英特征也开始在此过程中褪色,乡村开始得到关注,这种转变奠定了日后新中国文艺的一个重要面相。这个面相同样得到杜博妮(Bonnie Mc Dougall)的关注,她编撰的《中国通俗文学和表演艺术》(Popular Chinese Literature and Performing Arts in the People's Republic of China, 1949—1979. Berkeley: University of California Press, 1984),就讨论了中国文学民间化和大众化的根源问题,而杜博妮的《毛泽东〈在延安文艺座谈会上的讲话〉》(Mao Zedong's "Talks at the Yan'an Conference on Literature and Art": A Translation of the 1943 Text with Commentary. Ann Arbor: Center for Chinese Studies, University of Michigan, 1980)的研究,更是点明这篇充满文学功利主义色彩的文章在上述进程中的典范意义。

不可否认,1949 年之后的中国文艺被彻底大众化了,现代通俗文学或遭冷落,或被改造,所谓娱乐、劝诫的功能日益被启蒙、服务的思想所取代。当然,这样的表述可能失之于简单。陈小眉关于 20 世纪 60 到 90 年代当代戏剧研究的著作 Acting the Right Part: Political Theater and Popular Drama in Contemporary China (Honolulu: University of Hawaii Press, 2002),就以"样戏"为例,说明了通俗文艺与金钱、女性、国家、革命及视觉文化之间纷繁复杂的关系。她也指出,这些有着特殊政治语境的文艺创作,也在相当程度上影响着当代中国的戏剧表演和政治表现。1978 年,是通俗文学发展的另一个转折。思想解放使得文学创作中的政治性因素开始逐渐消退,改革开放则带来了港台通俗文艺的广泛传播。金介甫编辑的《毛泽东之后的中国文学与社会(1978—1981)》(After Mao: Chinese Literature and Society, 1978—1981. Cambridge: Harvard University Press, 1990)就分门别类地论述了各种类型的通俗小说,如浪漫小说、侦探小说、科幻小说等等,充分肯定它们的价值。他本人关于法治文学的专著,更是突破通俗小说这个范畴,将其视为中国文学的一个缩影。既分析文学文本与法律文本在结构和语体上的相似之处,也探讨中西文学在类型建构上的异同。

针对1980年代以来的"文化高热"(high culture fever)所形成的雅俗共生的文化局面,海外学界颇多关注,张旭东讨论了其中的先锋文学与电影,查建英则评价了肥皂剧和畅销书,两人各执一端。⑧除此之外,我们还必须把中国港台地区的通俗文学考虑进来,其中金庸无疑受到了极大的关注。从传统文化、民族国家,再到雅俗互动、后殖民理论,乃至元小说叙事,各种立场都以金庸小说作为讨论的对象,我注六经与六经注我,互为阐释。⑨其实西方世界对武侠小说的关注由来已久。刘若愚1976年的著作《中国之侠》(James J. Y. Liu. The Chinese Knight-errant. Chicago:University of Chicago Press,1967)便是我们屡屡征引的材料之一,可惜他"主要考虑的是中国文化中的'侠'这一精神侧面,而不是某一文学体裁或类型的艺术发展"⑩。近年来,人们尝试将这两种观察合流,来深入地研讨问题,这方面韩倚松(John Christopher Hamm)的《纸之侠》(Paper Swordsmen:Jin Yong and the Modern Chinese Martial Arts Novel. Honolulu:University of Hawaii Press,2005)可为表率。韩倚松不仅上溯当代武侠小说的源头到唐传奇和明清白话小说,更通过仔细地阅读金庸原著,指出其著作在融通传统、发展叙事艺术,以及传递政治、文化经验方面的突出成就。更为重要的是,他还深入追查了"作为文化现象的金庸",即他如何利用他的媒体帝国——《明报》来发展自己的小说事业,并使其作品成为文化的经典,被广泛地评价和接受。

通过简要地回顾海外学界对现代通俗文学的研究情况,可以看出,其主要的特点就是从研究对象出发,而非从概念入手来进行研究。他们更多地注重"通俗文学"文本的阐释空间,而并不热衷于对文学作品做出高低雅俗的艺术判定。几乎所有的海外的通俗文学研究多少都带有文化研究的特征,这往往容易牺牲文学作品的审美特性,而只将其当作文化材料。恰恰是这种失衡,使我们注意到所谓的"通俗文学"并不完全落足在一系列可供复制的书写模式和情感表达之上,更重要的是它背后的大众传播机制和组织形态。我们可以进而讨论通俗文学和新文学在传播和组织方面的差异性,重新审查雅与俗之间的辩证。从这个意义上来说,文化研究要真正建立起它的本体意义,就不能混同于文学的外部研究,或者是对文学外部的研究。唯其如此,当我们带着这种方法进入"通俗文学"之时,所注意到的就不是它们在文学性上的缺失,而是这种缺失如何辩证地构成一种新的现代机制。这或许正是海外学界的通俗文学研究给予我们的最大启示。

注　释

①安敏成:《现实主义的限制:革命时代的中国小说》,姜涛译,江苏人民出版社2001年版,第5页。

②④夏志清:《中国现代小说史》,刘绍铭等译,香港中文大学出版社2005年版,第20页,第19—20页。

③⑨夏志清:《夏济安(1916～1965)对中国俗文学的看法》,见《夏济安选集》,辽宁教育出版社2001年版,第218、227页,第219—222页。

⑤Mau-Sang Ng, "Popular Fiction and the Culture of Everyday Life：A Culture Analysis of Qin Shouou's Qiuhaitang,"Modern China,1994,no. 2,pp. 131—156.

⑥施蛰存：《"俗文学"及其他》，见《施蛰存学术文集》，上海人民出版社 2012 年版，第 216—218 页。

⑦唐小兵：《我们怎样想象历史》，见唐小兵编《再解读：大众文艺与意识形态》，北京大学出版社 2007 年版，第 1—3 页。

⑧赵孝萱：《"鸳鸯蝴蝶派"新论》，兰州大学出版社 2004 年版，第 11—15 页。

⑩Liu Ts'un-Yan, ed. Chinese Middlebrow Fiction：From the Ch'ing and Early Republican Eras. Hong Kong：Chinese University Press,1984.

⑪佩瑞·林克：《论一、二十年代传统样式的都市通俗小说》，贾植芳主编《中国现代文学的主潮》，复旦大学出版社 1990 年版，第 131 页。

⑫陈平原：《通俗小说的三次崛起》，《小说史：理论与实践》，北京大学出版社 1993 年版，第 271 页。

⑬Catherine Vance Yeh, "Shanghai Leisure, Print Entertainment, and the Tabloids, xiaobao."in Rudolf G. Wagner ed. Joining the global public：word,image, and city in early Chinese newspapers, 1870—1920. Albany：Stat University of New York, 2007, pp. 201—233.

⑭Hu Ying. Tales of Translation：Composing the New Woman in China, 1899—1918. Stanford, California：Stanford University Press,2000.

⑮Hu Ying. Tales of Translation. pp. 94—98.

⑯孔慧怡：《还以背景，还以公道——论清末民初英语侦探小说中译》，王宏志编《翻译与创作：中国近代翻译小说论》，北京大学出版社 2000 年版，第 88—117 页。

⑰李欧梵：《福尔摩斯在中国》，《未完成的现代性》，北京大学出版社 2005 年版，第 117—202 页。

⑱Jeffery Kinkley. Chinese Justice,the Fiction：Law and Literature in Modern China. Stanford：Stanford University Press. 2000.

⑲范伯群选编：《鸳鸯蝴蝶——〈礼拜六〉派作品选·代序》，人民文学出版社 1991 年版，第 1 页。

⑳周蕾：《妇女与中国现代性：西方与东方之间的阅读政治》，蔡青松译，上海三联书店 2008 年版，第 71、81 页。

㉑李达三、罗钢主编：《中外比较文学的里程碑》，人民文学出版社 1997 年版，第 493 页。

㉒唐小兵：《漫话"现代性"：〈我看鸳鸯蝴蝶派〉》，《英雄与凡人的时代：解读 20 世纪》，上海文艺出版社 2001 年版，第 264—271 页。

㉓Haiyan Lee,"In the Name of Love：Virtue,Identity,and the Structure of Feeling in Modern China". Ph. D. Diss. Cornell University, 2002；Revolution of the Heart：A Genealogy of Love in China, 1900—1950. Stanford：Stanford University Press, 2007, part one.

㉔Denise Gimpel. Lost Voices of Modernity：A Chinese Popular Fiction Magazine in Context. Honolulu：University of Hawaii Press,2001.

㉕Chen Jianhua. "A Myth of Violet：Zhou Shoujuan and the Literary Culture of Shanghai，1911—1927."Ph. D. Diss. Harvard University，2002；陈建华：《从革命到共和：清末至民国时期文学、电影与文化的转型》，广西师范大学出版社 2009 年版。

㉖胡晓真：《才女彻夜未眠：近代中国女性叙事文学的兴起》，北京大学出版社 2008 年版。

㉗有关"新传奇"的讨论，见孟悦《中国文学"现代性"与张爱玲》，《人·历史·家园：文化批评三调》，人民文学出版社 2006 年版。

㉘Jing Wang（王瑾）. High Culture Fever：Politics，Aesthetics，and Ideology in Deng's China. Berkeley：University of California Press，1996；Zhang Xudong（张旭东）. Chinese Modernism in the Era of Reforms：Cultural Fever，Avant-garde Fiction，and New Chinese Cinema. Duke University Press，1997. Jianying Zha. China Pop：How Soap Operas，Tabloids and Bestsellers Are Transforming a Culture. NewYork：The New Press，1995.

㉙可参阅田晓菲《"瓶中之舟"：金庸笔下的想象中国》、《〈鹿鼎记〉：金庸，香港通俗文化与中国的(后)现代》两篇文章，见《留白：写在〈秋水堂论金瓶梅〉之后》，天津人民出版社 2008 年版。

㉚陈平原：《千古文人侠客梦》，新世界出版社 2002 年版，第 194 页。

（原载《当代文坛》2014 年第 2 期）

图书在版编目(CIP)数据

中国当代文学史料丛书.通俗文学史料卷／南志刚
本册主编;吴秀明丛书主编. —杭州：浙江大学出版社，
2017.9

ISBN 978-7-308-17402-2

Ⅰ.①中… Ⅱ.①南… ②吴… Ⅲ.①中国文学—通
俗文学—当代文学—文学史—史料 Ⅳ.①I209.7

中国版本图书馆 CIP 数据核字（2017）第 223439 号

中国当代文学史料丛书·通俗文学史料卷

主　　编　吴秀明
本册主编　南志刚

策 划 者　袁亚春　黄宝忠　曾建林　宋旭华
责任编辑　胡　　畔(llpp_lp@163.com)
责任校对　杨利军　於国娟
封面设计　续设计
出版发行　浙江大学出版社
　　　　　（杭州市天目山路 148 号　邮政编码 310007）
　　　　　（网址：http://www.zjupress.com）
排　　版　杭州林智广告有限公司
印　　刷　浙江海虹彩色印务有限公司
开　　本　787mm×1092mm　1/16
印　　张　29.25
字　　数　740 千
版 印 次　2017 年 9 月第 1 版　2017 年 9 月第 1 次印刷
书　　号　ISBN 978-7-308-17402-2
定　　价　72.00 元